GIULIA ROMANELLI

Villa Amalfi

Giulia Romanelli

VILLA AMALFI

TRÄUME ÜBER DEM MEER

Roman

LÜBBE

Dieser Titel ist auch als E-Book erschienen

Die Bastei Lübbe AG verfolgt eine nachhaltige Buchproduktion. Wir verwenden Papiere aus nachhaltiger Forstwirtschaft und verzichten darauf, Bücher einzeln in Folie zu verpacken. Wir stellen unsere Bücher in Deutschland und Europa (EU) her und arbeiten mit den Druckereien kontinuierlich an einer positiven Ökobilanz.

FSC
www.fsc.org
MIX
Papier aus verantwortungsvollen Quellen
FSC® C014496

Originalausgabe

Textredaktion: Marion Labonte, Wachtberg
Titelmotive: © getty-images: Buena Vista Images | Jorg Greuel
© Matilda Delves | Arcangel
© shutterstock.com: Arkady Mazor | Epifantsev | paseven
Umschlaggestaltung: Manuela Städele-Monverde
Satz: two-up, Düsseldorf
Gesetzt aus der Goudy Oldstyle
Druck und Verarbeitung: GGP Media GmbH, Pößneck
Printed in Germany
ISBN 978-3-404-18806-2

1 3 5 4 2

Sie finden uns im Internet unter luebbe.de
Bitte beachten Sie auch: lesejury.de

PROLOG

Tramonti, Januar 1934

Emilia kam erst, als es Nacht wurde und Raffaele schon fast nicht mehr darauf gehofft hatte. Die Hebamme war beeindruckend groß und vielleicht auch ein wenig furchteinflößend in ihrer schwarzen Robe, die schon bald unter einem weißen Kittel verschwinden würde. Sie war stark und unabhängig, und man wusste im Ort, dass sie sich von keinem Mann etwas sagen ließ, was sie bei den Herren der Schöpfung nicht gerade beliebt machte. Aber man kam auch nicht um sie herum; wenn die Familie wuchs, brauchte man sie irgendwann.

Es war kalt und roch nach Schnee, doch das schien ihr nichts auszumachen. Vielmehr sah sie aus, als wisse sie nicht, wie Kälte sich anfühlt, obwohl jeder ausgestoßene Atemzug ein Wölkchen in der Luft hinterließ. Nun pustete sie ihre Öllampe aus und stellte sie zusammen mit der Tasche ab, dann zog sie ihre Handschuhe aus und blickte auf. Ihr Alter war schwer zu schätzen, da ihr Haar zwar vollkommen ergraut, ihr Gesicht aber von keiner einzigen Falte durchzogen war.

Raffaele setzte an, ihr wegen ihrer Verspätung ordentlich die Leviten zu lesen, wenngleich sie sicherlich einen triftigen Grund dafür hatte – immerhin war sie die einzige Hebamme in der Gemeinde Tramonti, und die jungen Familien bekamen viele, wirklich viele Bambini, immerzu und dicht an dicht, eine ganze Armee geradezu. Noch dazu lebte Raffaele mit Maria Grazia weit außerhalb des Ortes, was es schwierig machte, zu ihnen zu gelangen.

Aber sein Vater Peppo hielt ihn mit eisernem Griff zurück. Der alte Mann hatte bis zu dem Moment ruhig, geradezu unbeteiligt, auf dem klapprigen Stuhl mit der geflochtenen Sitzfläche neben ihm vor dem Eingang gesessen und eine filterlose Zigarette nach der anderen geraucht. Die Zigarettenstummel zu seinen Füßen waren kurz und dick und sahen im Dunkeln aus wie Maden, was Raffaele an diesem besonderen Abend regelrecht anwiderte. Er schüttelte sich, während er darüber nachdachte, dass die Geste seines Vaters gereicht hatte, ihm den Wind aus den Segeln zu nehmen.

Emilia, die jeder rufen ließ, wenn die Wehen einsetzten, nickte ihnen flüchtig zu – sie allein wusste, ob sie etwas von dem Geschehen mitbekommen hatte – und ging mit ihrer Tasche hoch erhobenen Hauptes ins Haus. Ihre herrische Art ging Raffaele gehörig auf die Nerven und störte ihn noch mehr als das Rascheln ihres dicken schwarzen Rockes, der in mehreren Lagen ihre breiten Hüften und Beine umkleidete. Emilias schwere Schritte überdeckten Maria Grazias Wimmern aus dem Haus jedoch nicht. Aber dann schloss die Hebamme die Tür, und Raffaele hörte nur noch die gewöhnlichen Laute der Nacht. Das war ihm auch lieber. Er konnte das Wimmern seiner Frau nicht ausstehen, denn auch darin zeigte sich, wie lahm sie war, selbst wenn sie ein Kind gebar. Wäre sie ein Tier, hätte er ihr schon längst mit der Axt gezielt den Schädel eingeschlagen, um sie nicht mehr hören zu müssen. Nichts geschah bei ihr spontan oder mit einer gehörigen Portion Leidenschaft, und er hatte ihre Passivität so satt – vor allem im Bett. Raffaele wunderte sich noch immer, dass sie überhaupt schwanger geworden war bei all ihrer Zurückhaltung. Aber, nun gut, irgendwie hatten sie trotzdem ein Kind gezeugt – was natürlich allein sein Verdienst war. Bald schon würde sein Sohn auf die Welt kommen – für ihn war klar, dass es ein Junge war –, und wenn alles nach Plan lief und er gesund und stark wuchs, dann würde Raffaele schon in fünf, sechs Jahren seine erste Arbeitskraft mit auf den Feldern haben. Das fühlte sich warm an und versöhnte ihn ein bisschen mit dem furchtbaren Wimmern.

Raffaele selbst hatte mit fünf Jahren zum ersten Mal eine Hacke in der Hand gehalten und wenig später auch gekonnt benutzt, um die harte, von der Sonne stark vertrocknete Erde aufzulockern. Er wusste, wie man unermüdlich arbeitete, und, bei Gott, seinem Sohn würde er das ebenso beibringen.

»Wir brauchen Grappa, Raffaè, oder irgendetwas Starkes, mir ist kalt.«

»Wir können auch hineingehen und uns ans Feuer setzen«, schlug Raffaele seinem Vater vor.

Peppo gab einen Laut von sich, der an ein Lachen erinnerte, was selten genug vorkam, und schüttelte den Kopf. »Nie im Leben! Es wird bald gefährlich laut in der Stube, das kannst du mir glauben.« Er machte eine vage Bewegung mit dem Arm in Richtung Haus. »Ich habe mehr Geburten miterlebt, als mir lieb ist. Das reicht mir. Jetzt bist du an der Reihe.«

Doch auch Raffaele konnte sich nicht so recht dazu durchringen, näher an den Ort des Geschehens zu rücken, also holte er schnell Grappa, füllte zwei Gläser, setzte sich zu seinem Vater und stieß mit ihm an. Der dürre Kater, der im Sommer dafür sorgte, dass Nagetiere und Reptilien sich vom Haus fernhielten und daher im Winter für Raffaele vollkommen nutzlos war, versuchte, sich auf seine Füße zu legen, doch er trat ihn so unsanft in die Flanke, dass das Tier zuerst ein Stück weggeschleudert wurde und dann fauchend davonlief.

Das schwache Licht der Öllampe an der Hauswand flackerte unruhig, es war eine ungemütliche Nacht, und recht viel länger würden sie wohl nicht mehr draußen sitzen können, ohne sich den Tod zu holen. Raffaeles Hände waren schon ganz steif, da half auch kein Grappa. Wieso dauerte das denn so lange, fragte er sich nicht zum ersten Mal. Maria Grazia war auch in dieser Nacht übertrieben lahm, das war das Problem, beschloss er. Es war ihm unangenehm, dass seine Eltern, die er – wie es sich eben gehörte – zur Geburt seines ersten Kindes zu sich geholt hatte, nun offenbar die Nacht hier verbringen mussten, denn sein Heim war immer noch etwas bescheiden, obwohl er, sooft er konnte, daran arbeitete, das zu ändern. Seine Mutter hatte sich nach ihrer Ankunft am späten Morgen sogleich an Maria Grazias Bettende gesetzt und sich sicher keine Sekunde ausgeruht, sondern seiner Frau gekonnt zur Seite gestanden. So machte man das, so wollte es die Tradition, und Raffaele wusste sehr wohl, wie man Traditionen respektierte und respektieren ließ.

Er war so vertieft in seine Gedanken, dass er aufschrak und sofort aufsprang, als die Haustür geöffnet wurde. Emilia trat heraus, stemmte die starken Arme in die Hüfte und reckte das Kinn. Ihr Gesicht war gerötet, und sie sah Raffaele herausfordernd an, als sie sagte: »Das Kind ist gesund auf die Welt gekommen. Die Mutter braucht aber jetzt viel Ruhe, sie hat …«

»Ja, ja, schon gut«, wiegelte Raffaele ab. Er verspürte nicht das Bedürfnis, sich irgendwelche Frauenprobleme anzuhören. Daran hatte er kein Interesse, noch nie gehabt. Außerdem war jetzt, da die Tür offen stand, lautes Babygeschrei zu hören. Das war schon viel besser als Maria Grazias Wimmern.

Emilia trat auf ihn zu. »Es ist übrigens ein Mädchen, falls das von Interesse ist.«

Es war, als hätte sie ihm mit der Faust mitten ins Gesicht geschlagen. Raffaele taumelte ein paar Schritte rückwärts. Er glaubte, ein triumphierendes Funkeln in den Augen der Hebamme zu erkennen, doch alles um ihn herum verschwand unter einer Art Schleier.

Ein *Mädchen?*

Er war sich so sicher gewesen … Er war überzeugt gewesen, dass … *Buon Dio*, ein Mädchen? Was sollte er denn mit einer Tochter anfangen? Raffaele nahm die Wollmütze vom Kopf und verfluchte diese Nacht, seine Frau und sich selbst. Mädchen bedeuteten Ärger und Arbeit, noch mehr Arbeit. Irgendwann, nach viel zu vielen Jahren, würde er jemanden mit einer Mitgift dafür bezahlen müssen, dass er das Mädchen heiratete und Raffaele den Ärger abnahm.

Die Hebamme trat beiseite, und in der Tür erschien seine Mutter, mit einem Bündel im Arm. Unter Schichten von dicken, warmen Decken lag sein Kind, und es hatte eine kräftige Stimme.

»Darf ich vorstellen: Das ist unsere Ida! Sie soll den Namen von Maria Grazias Mutter tragen«, verkündete seine Mutter so stolz, als hätte sie das Kind selbst zur Welt gebracht.

Raffaele beobachtete, wie sein Vater aufstand und auf das Neugeborene zuging. Der alte Mann hielt kurz inne, legte seine raue, von harter Arbeit gezeichnete Hand an Idas Wange, und sofort hörte sie auf zu weinen. Das Licht der Öllampe flackerte noch immer, warf aber einen warmen Schein auf Raffaeles Mutter, Vater und Tochter. Es war ein schönes Bild, doch fand Raffaele keine Zuneigung in seinem Herzen, keinen Zugang zu der Harmonie, die darin lag.

Ida war auf der Welt, und von nun an würde sie sein größtes Problem sein. An nichts anderes konnte er mehr denken.

TEIL 1

KAPITEL 1

Heute hatte ich eine kleine Hochzeitsgesellschaft zu Gast. Die Brauteltern waren vorher ein paarmal in Amalfi und bei mir zum Essen. Sie haben darauf bestanden, bei uns zu feiern, obwohl ich zuvor noch nie für so viele Gäste auf einmal gekocht habe und unsere Wohnung eigentlich zu klein dafür ist. Aber alle haben mir geholfen, ich weiß nicht, wie ich ihnen dafür danken soll.
Geliebter Francesco, irgendwie wird es weitergehen. Ruhe in Frieden und mach dir keine Sorgen um uns.
Deine Betta

Tagebucheintrag von Elisabetta Esposito

Tramonti, Sommer 1950

Idas neues Kleid kratzte am Hals. Der dunkelgrüne Stoff, aus dem ihre Mutter es genäht hatte, war steif und rau und nicht annähernd so anschmiegsam wie der ihres alten Gewandes. Und das Kleid betonte ihre Figur – an manchen Stellen zu sehr, wie sie fand, weshalb sie nun einmal scharf die Luft einzog, im Versuch, ihre Brust kleiner erscheinen zu lassen. Es half nichts. Sie sah trotzdem mehr wie eine Frau als wie ein Mädchen aus. Es war ihr unangenehm, dass dieses Kleidungsstück sie so klar definierte. Ganz anders als ihr altes Kleid, das sie achtlos über die Stuhllehne geworfen hatte. Sie drehte sich danach um, und so, wie es dalag, wirkte es, als sei es gestorben. Ida schluckte schwer und wischte sich verstohlen eine Träne aus dem Augenwinkel. Sie fühlte sich wie in Trauer. Nicht um das alte Kleid, das nicht. Viel mehr trauerte sie um die Freude, die auch diesmal an ihr vorbeigezogen war, ohne Halt zu machen. Denn was hatte sie gejubelt, als ihre Mutter Maß genommen und angefangen hatte, für sie zu nähen. Doch nun, da sie sich anzog, empfand sie keinerlei Herzklopfen. Ganz im Gegenteil. Wenn sie ehrlich war, kam sie sich fremd vor, und das Gefühl mochte sie nicht. Es machte sie nervös. Auch die aufgebrachten Stimmen ihrer Eltern aus dem anliegenden Raum, der als Küche, Wohn- und Esszimmer fungierte, trugen dazu bei, dass ihre Nervosität wuchs. Ihre Eltern hatten sich nie gut vertragen, so viel wusste Ida. Doch schien in den letzten Wochen einiges noch schlechter zu laufen als in den Jahren zuvor. Ida hatte die aufgeplatzte Lippe ihrer Mutter natürlich bemerkt, aber, wie so oft, nicht kommentiert. Über manche Dinge redete man nicht, das hatte Ida schon sehr früh gelernt.

Sie wusste, dass heute Besuch kam. Mehr hatte sie nicht erfahren. Aber sie war nicht dumm, und allein die Tatsache, dass der Besuch ein neues Kleid für sie erforderte, zeigte ihr, dass es um sie gehen würde. Und natürlich wusste sie, dass sie das Alter erreicht hatte, in dem man heiratete. Eine Hochzeit … in Weiß … Der Gedanke war absurd und weit entfernt von Idas Wirklichkeit. Und doch war bei der Vorstellung immer ein leichtes Zittern im Magen, das sich anfühlte, wie wenn sie ganz schnell bergab rannte. Dann sah sie sich vor ihrem inneren Auge zum Altar schreiten, mit einem kleinen Strauß in der Hand, wunderschön. Sie malte sich aus, wie der Stoff des Kleides bei jedem Schritt raschelte. Um sie herum, verteilt in der ganzen Kirche, duftende, prächtige Blumen und lächelnde Gäste, die jeden ihrer Schritte wohlwollend, bisweilen auch gerührt, beobachteten. Ihr Bräutigam, elegant gekleidet und gutaussehend, mit Augen nur für sie, wartete dann mit verliebtem Blick am Altar auf sie und konnte es kaum erwarten, sie zur Frau zu nehmen. Und sie zu küssen, sobald der Priester es nach der Trauung erlaubte.

Ida schüttelte den Gedanken ab. In ihrem richtigen Leben kannte sie Romantik nur aus Büchern oder aus einigen sehr wenigen Familien – natürlich nicht von ihren Eltern. Trotzdem musste es sie geben, denn wozu wurde man sonst ein Paar, wenn nicht, um sich zu lieben, lieben, lieben, bis es wehtat? Vor wenigen Monaten hatte sie miterlebt, wie Carmela geheiratet hatte, die Tochter ihrer nächsten Nachbarn, die ähnlich alt war wie sie. Idas Familie war eingeladen gewesen und hatte natürlich teilgenommen – ihr Vater ließ sich kein Fest entgehen, auf dem er trinken konnte, bis ein Auge das andere nicht mehr sah, wie man bei ihnen sagte. Eigentlich war es trotzdem schön gewesen, doch hatte sich Carmelas verwirrter, verängstigter Gesichtsausdruck in Idas Gehirn gebrannt. Einen ähnlichen Ausdruck hatte sie auf den Gesichtern der Lämmer ihres Vaters kurz vor der Schlachtung gesehen. Und so sollte es einer Braut doch nicht ergehen an ihrem Hochzeitstag, nein, so viel wusste Ida mit ihren sechzehn Jahren.

Ida fuhr zusammen, als die Haustür zugeschlagen wurde. Ein Zeichen dafür, dass ihr Vater gegangen war, nachdem er ihre Mutter eine Ewigkeit lang ausgeschimpft hatte – dazu fand er immer einen Grund. Ida blendete die Stimmen ihrer Eltern oft aus, zu ihrem eigenen Schutz, auch wenn sie sich deshalb manches Mal schuldig fühlte. Einmal, ein einziges Mal, war sie bei einem Streit dazwischengegangen – da war sie elf oder zwölf Jahre alt gewesen. Die Narbe auf ihrer Wange erinnerte sie noch immer an das, was dann passiert war. Die Ohrfeige ihres Vaters war so heftig gewesen, dass Ida quer durch das Zimmer geflogen und mit dem Gesicht auf die Tischkante aufgeschlagen war. Ihre Mutter hatte weinend die Wunden versorgt und ihr befohlen, das nie, nie wieder zu tun. Wie um sich selbst davon zu überzeugen, dass es dennoch richtig war, fuhr Ida sich vorsichtig mit der Fingerspitze über das vernarbte Stück Haut auf ihrer Wange. Sie hasste Gewalt, aber sie hasste es auch, klein beizugeben, zu kuschen. Hundert-, nein tausendmal hatte sie sich vorgestellt, ihrem Vater zu sagen, dass seine Schläge gemein und ungerecht waren. Und irgendwann … Ach, sie seufzte. Was konnte sie schon tun? Wenn sie so aufbegehrte, würde sie damit vermutlich ihr eigenes Todesurteil unterschreiben. Sie war nicht sicher, wie weit ihr Vater gehen würde, ob er tatsächlich imstande sein würde, sie ernsthaft – lebensbedrohlich – zu verletzen. Ja, sie hatte Angst vor ihm, denn er war stark, unerbittlich, so als hätte er gar keine schönen Gefühle, nur schlechte. Und Ida liebte das Leben eben doch ein bisschen mehr als ihren Stolz, sie liebte ihre Träume von Romantik und Freiheit und all den schönen Dingen, die auf sie warteten – irgendwo in der Ferne.

Entmutigt beschloss sie, sich die Haare zu machen, sie wollte fertig sein, wenn er zurückkam, um ihn nicht unnötig zu verärgern. Ida warf einen Blick in den kleinen Spiegel, der auf der alten Kommode aus dunklem Holz stand. Den hatte sie von Nonna

Ida zur Kommunion bekommen, eine der wenigen schönen Erinnerungen, die sie in ihrem Herzen aufbewahrte. Das kleine Fest ihr zu Ehren hatte bei ihren Großeltern mütterlicherseits stattgefunden, fernab von Idas Elternhaus, in dem sie an jenem Tag die Probleme und Vaters Launen zurückgelassen hatten.

Nun flocht Ida sich eilig zwei Zöpfe und sprach ihrem Spiegelbild Mut zu, während ihr der Gedanke kam, dass das Dunkle in ihrer Seele auch einen Teil ihres Körpers einzunehmen schien, denn rabenschwarz war auch ihr Haar, und ebenso dunkel waren ihre Augen. Nur ihre Haut, die war olivfarben. Ihr Vater bezeichnete sie als *brutta come la notte* – hässlich wie die Nacht. Und für Ida wurde es zunehmend schwierig, ihm das nicht zu glauben. Ihre Mutter hingegen erzählte immer wieder mit leuchtenden Augen von der kalten Januarnacht, in der Ida geboren wurde. Der für ihre Mutter schönsten Nacht ihres Lebens. Ida fragte sich, warum es so viel leichter war, ihrem Vater mit seiner herabwürdigenden Meinung zu glauben.

Ihr Vater torkelte, als er schließlich zurückkam. Der Mann, den er durch die Eingangstür schob, schwankte ebenfalls, wenn auch ein bisschen weniger. Ida stand neben ihrer Mutter, die Hände gefaltet, den Kopf gesenkt. Sie sah die Beine, die zum Besuch gehörten und in schlechtsitzenden Hosen steckten – weiter nach oben wagte sie nicht zu blicken. In einer Geste der Demut verharrte sie auf der Stelle, während in ihr ein Gefühl wuchs, das sie nicht benennen konnte, das ihr jedoch das Atmen zunehmend erschwerte.

»Hörst du nicht?« Ihr Vater sprach in erbostem Ton mit ihr, trat zu ihr und rüttelte sie unsanft am Arm.

Ida hatte ihn in der Tat nicht gehört. »Es tut mir leid, Padre.« Ihre Mutter sagte nichts, das brauchte sie auch nicht, Ida konnte ihre Anspannung fühlen.

»Bring Wein, habe ich gesagt!«, bellte er.

»Natürlich, Padre!« Sie machte einen Knicks und schickte sich an, seiner Anordnung Folge zu leisten. Als sie in die Anrichte griff, um zwei der guten Gläser herauszunehmen, merkte sie, dass ihre Hände zitterten.

»Du wirst sie wohl noch ein bisschen erziehen müssen«, hörte sie ihren Vater zum Besuch sagen. »Ich habe es mit allen Mitteln versucht, aber ihre Mutter mischt sich immerzu ein …« Diesen Satz ließ er in der Schwebe, als hätte er gemerkt, dass er selbst sich damit wenig schmeichelte. »Notfalls nimmst du den Gürtel. Damit hat noch jede Frau gehorcht.« Er lachte wie jemand, der etwas sehr Witziges erzählt hatte.

Ida hingegen war erschüttert über seine Worte. Machtlos sah sie dem schweren Glas dabei zu, wie es ihr aus der kraftlosen Hand glitt und auf dem Boden zerschellte. Die Scherben schossen in alle Richtungen. Ida stand da wie gelähmt. Sie schrie nicht, atmete nicht, bewegte sich nicht. Ergeben wartete sie auf die Ohrfeige.

Doch sie kam nicht, ihr Vater unterhielt sich einfach weiter, als wäre nichts geschehen, und das beunruhigte Ida, wenn möglich, noch mehr, denn mit seinen Ohrfeigen kam sie zurecht. Gott allein wusste, was ihm sonst noch einfallen konnte.

Ihre Mutter trat leise zu ihr, half ihr beim Aufkehren der Scherben, die sich im bloßen Betonboden – zu Fliesen hatte es nie gereicht – in jeder noch so kleinen Unebenheit verfingen, drückte ihr ein neues Glas in die Hand und gab ihr das Zeichen, den Wein zu servieren.

Ida stellte die Gläser und die Flasche auf ein Tablett und tat, was man von ihr erwartete: Sie ging die wenigen Meter von der Anrichte zum Tisch, an dem ihr Vater mit dem Besuch saß und sich unterhielt. Bei jedem Schritt spürte sie eine Scherbe unter ihrer Schuhsohle. Bei jedem Schritt hörte sie das Knirschen. Bei jedem Schritt wünschte sie sich, einfach fliehen zu können. Doch sie erreichte die beiden ohne weitere Zwischenfälle, stellte das Tablett ab, goss Wein ein und servierte zuerst ihrem Vater.

Als Ida schließlich dem Besuch sein Glas reichte, legte dieser seine Hand auf ihre. Und ließ sie nicht mehr los. Er hielt sie fest, so stark, dass sie ihn wohl oder übel ansehen musste, denn lange würde sie es sicher nicht aushalten mit dieser verschwitzten, schmutzigen, schwieligen Hand auf ihrer.

Sie hob den Blick und sah in das Gesicht eines reifen Mannes mit schwarzen, dichten Haaren, die bereits graue Strähnen aufwiesen. Das Haar war streng zurückgekämmt, doch alles an ihm wirkte ungepflegt, wie mit einem Ölfilm überzogen. Er versuchte sich an einem Lächeln, das wohl nett gemeint war, Ida aber abstieß, denn der Mann hatte nur zwei oder drei Zähne im Mund. Idas Magen rebellierte, sie schluckte schwer.

»Wie heißt du?«, fragte der Mann. Dabei flog ihm Speichel aus dem Mund, der direkt auf Idas Arm landete.

»Ich heiße Ida, Signore.« Sie versuchte noch immer, ihre Hand unter seiner hervorzuziehen, doch er hielt sie fest. Sanfter jetzt, aber durchaus bestimmt.

»Kennst du den Ortsteil Gete, Ida?«

»Nein, Signore.« Sie antwortete mechanisch, hörte kaum, was er sagte – zu stark war der Drang, seinen Speichel von ihrem Arm zu wischen. Sie fürchtete, ihre Abscheu nicht mehr lange verstecken zu können und ihn schon bald mit der gleichen Entschlossenheit abschütteln zu müssen, wie sie es mit einem ekligen Insekt auf ihrer Haut getan hätte.

»Gete gehört uns Weinbauern. Ich lebe dort allein und kümmere mich den ganzen Tag um meine Weinreben.«

»Ich verstehe, Signore.« Das tat sie wirklich, obwohl alles in ihr sich wünschte, ihn vielleicht doch missverstanden zu haben. Ihre Vorstellungskraft weigerte sich, ein Bild zu erzeugen von ihr selbst und diesem Mann, irgendwo in einem fremden Ortsteil. Als Mann und Frau. Ehefrau. Ida schloss für einen Moment die Augen in dem Bemühen, sich zu beherrschen.

»Wir sollten heiraten, damit ich, wenn ich abends nach Hause komme, jemanden habe, der mir Gesellschaft leistet, der für mich kocht, mich umsorgt«, sagte er freundlich.

Der Gedanke, dass Ida mit diesem Mann, den sie gerade ein paar Minuten kannte, Haus, Tisch, Bett und ihr Leben teilen sollte, war unerträglich und schnürte ihr die Kehle zu. Dabei wirkte er nicht einmal bösartig, er sprach sanft und mit freundlicher Stimme, auf jeden Fall viel netter als ihr Vater. Sie schluckte. Ihre Hand ... sie steckte noch immer unter seiner fest. So manches Mal hatte sie sich gefragt, wie es wohl sein würde, von einem Mann berührt zu werden. Sie hatte sich ausgemalt, dass sie vor Scham rot anlaufen, ja, vielleicht sogar mit gesenkten Augenlidern lächeln würde, wie eine Diva im Film. Das, was sie gerade erlebte, erinnerte aber eher an einen Alptraum als an einen Film.

»Ich dachte im Sommer.« Er sprach den Satz wie eine Frage aus.

»Tut mir leid, Signore. Das wird nicht geschehen. Nicht im Sommer, nicht im Winter.« Die Worte strömten einfach so aus ihrem Mund, Ida dachte nicht nach, kontrollierte sie nicht. Sie setzte an, ihm zu erklären, dass es nicht an ihm lag, dass er durchaus freundlich war, sie ihn aber trotzdem niemals als ihren Mann nehmen konnte – in hundert Jahren nicht! Doch dann kam die Ohrfeige, der sie zuvor wie durch ein Wunder entkommen war. Ihr Vater schlug so feste zu, dass ihr der Kopf schwirrte und sie zu Boden ging. Ein Pfeifton im Ohr machte es ihr schwer einzuordnen, was um sie herum geschah. Doch das war mit einem Mal nicht mehr wichtig, denn Ida spürte dem Gefühl nach, dass sich in ihr ausbreitete: Obwohl ihre Wange brannte, ihr Ohr vor Empörung schrie und sie zusammengekrümmt am Boden lag, kam sie sich doch irgendwie aufrecht vor. Ihr Vater konnte sie schlagen und ihr wehtun. Aber da war, wie sie überrascht erkannte, etwas in ihr, etwas Starkes: ihr eigener Wille, und der war unüberwindbar, selbst für ihren Vater und seine Ohrfeigen. Niemand konnte sie zu einer Hochzeit zwingen. Niemand, nicht einmal ihr Vater!

KAPITEL 2

Jedem Menschen widerfährt früher oder später im Leben Schlimmes – das lässt sich nicht vermeiden. Wichtig ist, wie man damit umgeht.

Ida war froh, als sie am nächsten Morgen den Hahn krähen und dann ihre Mutter in der Küche mit dem Geschirr klappern hörte. Die tröstlichen Geräusche des Alltags milderten die Erinnerungen an den gestrigen Tag, wie bei einem Bild, das man durch federleichte Striche und sanfte Farben weichzeichnete. Für einen Augenblick schien es ihr, als wäre er gar nicht so schlimm gewesen, doch der Eindruck hielt nicht lange an.

Der Besuch war, trotz Idas eindeutiger Aussage, bis zum Abend geblieben. Pläne für ihre Hochzeit waren geschmiedet worden, als hätte sie sich nicht deutlich dagegen ausgesprochen. Dabei wusste sie nicht einmal, wie der Mann hieß. Sie war sich nicht sicher, ob sein Name überhaupt erwähnt worden war.

»Gestatten, ich bin der Zahnlose!«, flüsterte Ida in ihr Kissen und musste unwillkürlich kichern, obwohl die Situation alles andere als lustig war, wenn sie es sich recht überlegte.

Denn je weiter die Planungen von den Männern vorangetrieben worden waren, desto stärker war das Nein in Ida gewachsen. Für sie stand nach wie vor eines fest: Es würde keine Hochzeit geben. Trotzdem blieb in ihr ein ungutes Gefühl, denn sosehr sie auch davon überzeugt war, so wusste sie doch noch nicht, wie sie es anstellen sollte, das von ihrem Vater gegebene Versprechen zu brechen.

Wie so oft, wenn sie darüber nachdachte, wie anders das Leben sein könnte, wanderten ihre Gedanken nach Amalfi, den schönen Ort an der Divina Costiera, der göttlichen Küste. Ihre Mutter hatte als junges Mädchen eine Saison lang in einem Hotel in Amalfi gearbeitet, eine Weile, bevor sie Idas Vater heiratete.

Sie und Ida hatten sich oft darüber unterhalten. Unzählige Male hatte Grazia Maria mit leuchtenden Augen vom Meer erzählt und von den vielen Menschen, die aus aller Welt dorthin kamen. Sie hatte Ida mehr als einmal davon vorgeschwärmt, wie viele Möglichkeiten der Austausch mit Touristen bot, wie viel man von ihnen lernen und abschauen konnte. Sie hatte dabei auch immer betont, dass Arbeit, speziell für eine junge Frau, Unabhängigkeit bedeutete. Ida hatte immer gespürt, wie wichtig ihrer Mutter diese Zeit gewesen war, auch wenn sie im Verlauf der Jahre immer seltener davon erzählt hatte. Was nicht bedeutete, dass Ida nicht mehr daran dachte, sie hatte immer wieder davon geträumt, eines Tages genau das zu tun, wovon ihre Mutter stets geschwärmt hatte: nach Amalfi zu gehen, um unabhängig zu sein. Amalfi war für Ida warm wie eine Hoffnung. Oft schloss sie die Augen und glaubte, die Sonne auf der Haut zu spüren. Sie tat es auch jetzt, denn die Vorstellung war bestärkend und ermutigend, obwohl ihr Vater ihr mit dem gestrigen Tag hatte zeigen wollen, dass sie auf jeden Fall als Ehefrau enden würde, hier in der Gegend. Doch die verheißungsvolle Vorstellung von Amalfi mit seiner Sonne war stärker. Die Sonne, das Meer, ein Leben mit vielen Möglichkeiten und aufregenden neuen Wegen, all das wollte Ida für sich.

Sie musste kurz wieder eingeschlafen sein, denn plötzlich stand ihre Mutter im Zimmer, direkt an ihrem Bett. Ida schrak auf. In ihrem Haus war es die Regel, morgens nicht lange im Bett zu liegen, und Ida war immer schon auf und fertig angezogen, bevor der Hahn anfing, laut und wiederholt den neuen Tag anzukündigen. Doch heute war alles anders, irgendwie.

»Madre, es tut mir leid, ich bin wieder eingenickt. Verzeih mir, bitte.« Sie hörte, wie verschlafen ihre Stimme klang, und schämte sich. Es war an der Zeit, sich zusammenzureißen. Die Welt drehte sich schließlich weiter, und noch war nichts passiert außer einer mündlichen Vereinbarung zwischen ihrem Vater und dem Weinbauern.

»Schon gut, Ida, sei unbesorgt, Kind, ich bin nicht hier, um dich zu schelten.«

Oh, wie liebevoll ihre Stimme doch immer klang! Ida wurde warm ums Herz. Ihre Mutter war stets freundlich, warmherzig und sanft und sah auch heute aus wie ein Engel – trotz der blauen Flecken an ihrem grazilen Körper.

»Ich …« Ida wusste nicht, was sie erwidern sollte. Noch dazu setzte sich ihre Mutter jetzt mit ernster Miene auf ihr Bett. Das Stroh in der Matratze knisterte leicht. Sie sah müde aus, dabei hatte der Tag noch nicht einmal richtig begonnen.

»Ida, dein Vater wird dich zur Hochzeit mit diesem Mann zwingen. Ich habe versucht, ihn davon abzubringen, aber …«

»… aber dann hat er dich geschlagen, Madre, ich weiß.« Ida sah, wie ihre Mutter zusammenzuckte, und sofort tat es ihr leid, die Dinge beim Namen genannt zu haben. Sie strich leicht über die Hand ihrer Mutter, als Zeichen ihrer tiefen Liebe und Verbundenheit.

Ihre Mutter hob den Blick und sah ihr direkt in die Augen. Der Blick war stolz, stark, klar, wie auch die Worte, die folgten: »Zieh dich an, *figlia mia*, und geh. Du musst dieses Haus verlassen, bevor es zu spät ist.«

Ida starrte sie an. Sie zweifelte keine Sekunde daran, dass es ihrer Mutter ernst war, sie hatte sie selten so entschlossen erlebt. Meist war sie zurückhaltend und still. Und Ida ging zum wiederholten Male auf, dass ihre Mutter sich zwar gezwungenermaßen so gab, wie ihr Vater das von ihr erwartete, in ihr aber eine Kraft schlummerte, die Berge versetzen konnte.

Ida brach der Schweiß aus. »Aber, wo soll ich denn hin?«, stieß sie hervor.

Ihre Mutter schenkte ihr ein warmes Lächeln. »Darüber habe ich die ganze Nacht nachgedacht, *tesoro mio*. Du gehst zu deiner Zia. Bleibst erst einmal dort. Dann sehen wir weiter.«

Idas Zia, das war Mutters ältere Schwester Giannina. Im Gegensatz zu ihnen führte die Tante ein glückliches Leben, sie hatte einen Mann, Sesto, der sie geradezu vergötterte, und mehrere Kinder. Die älteste Tochter, Pantalea, war so etwas wie Idas beste Freundin. Ida mochte alles an Lea, ihr rundes Gesicht, ihre braunen Zöpfe, ihren großen Mund, vor allem aber ihr freundliches, aufgeschlossenes Wesen. Im Haus ihrer Tante und ihres Onkels wurde gelacht, gesungen, getanzt. Deshalb sah Idas Vater es nicht gern, wenn ihre Mutter Kontakt zu Zia Giannina hatte. Dennoch verstand er sich gut mit deren Mann, der ihnen mehr als einmal Geld geliehen hatte. Idas Vater respektierte ihn.

Dorthin zu gehen klang für sie verlockend, aber: »Padre wird mich holen …«, gab sie zu bedenken.

»Das wird er nicht. Ich werde ihm erzählen, dass meine Schwester Hilfe im Haus braucht und dich dafür bezahlen wird.«

»Du wirst ihn anlügen?«

Ihre Mutter legte ihre Hände auf Idas Schultern. »Lügen ist falsch, und ich bitte die heilige Madonna jeden Tag um Vergebung dafür. Lügen ist aber auch das, was mir jeden Tag das Leben rettet. Verstehst du das?«

»Er wird dich umbringen, Madre.« Ida sah diese Gefahr so konkret vor sich, dass ihr Tränen in die Augen schossen.

»Nein, das wird er nicht.« Ihre Mutter stand entschlossen auf. »Denn dann würde er ins Gefängnis kommen, und dort gäbe es für ihn nichts zu trinken. Meinst du, dieses Risiko würde er eingehen wollen?«, fragte sie augenzwinkernd, bevor sie ernst hinzufügte: »Zieh dich an, Ida. *Subito*, bevor er wiederkommt. Ich schreibe in der Zwischenzeit einen Brief an Giannina. Sie wird wissen, was zu tun ist. Vertrau ihr, vertrau mir. Wir werden einen Weg finden.«

Idas Gedanken rasten. Sie wollte den Zahnlosen nicht heiraten, sie wollte nicht in ständiger Angst vor ihrem Vater leben, aber noch viel weniger wollte sie ihre Mutter verlassen. Sie allein lassen mit ihm. War das der Preis, den Ida zahlen musste, um frei zu sein?

»Komm mit!«, bat sie schließlich, ihre Stimme war kaum mehr als ein Flüstern.

»Ach, Ida … Du weißt genau, dass das nicht geht.« Ihre Mutter stieß einen Seufzer aus, dann fuhr sie mit fester Stimme fort: »Ich will es gar nicht schönreden: Es wird ganz sicher nicht leicht werden, dich nicht immer um mich zu haben, aber es wäre für mich noch schlimmer, wenn ich mit ansehen müsste, wie du hier oder in Gete unglücklich wirst, mein Kind.« Sie schwieg einen Moment. »Du kannst noch alles erreichen, jeder Weg steht dir offen. Aber dafür musst du jetzt gehen.«

Ida spürte, dass ihre Mutter es ernst meinte, und war ihr zutiefst dankbar für ihre Worte. Dennoch schmerzte auch sie der Gedanke, ihre Mutter nicht mehr in ihrer Nähe zu wissen. Ihre Mutter war ihre Verbündete, der ruhende Pol, wärmendes Licht. Wie sollte sie ohne sie auskommen? »Versprich mir nur, dass wir uns wiedersehen werden«, brachte sie schließlich hervor.

»Aber selbstverständlich sehen wir uns wieder, *bambina mia!* Du und ich, wir sind so.« Ihre Mutter formte mit Zeigefinger und Daumen beider Hände einen Ring und verschränkte sie ineinander. Dann wurde ihre Miene ernst. »Ida, ich bitte dich, mach dir um mich keine Gedanken. Das hier ist deine Chance. Ich weiß, dass sich das für dich jetzt anfühlt wie ein Sprung ins Ungewisse. Aber ich werde dafür sorgen, dass du schön weich landest, ja?« Maria Grazia strich ihr liebevoll über den Kopf und lächelte. »Und für alle weiteren Schritte bist du jetzt groß genug, mein Herz.«

Ida atmete tief durch. Sie wusste, was ihr blühte, wenn sie blieb. Nein, das wollte sie auf keinen Fall. Und sie wollte ja auch weg, wollte frei sein, all das erleben, von dem sie träumte. Was, wenn jetzt wirklich der Augenblick dafür gekommen war? Ihre Mutter schien sich ihrer Sache so sicher zu sein, das beruhigte Ida ein wenig. Sie horchte in sich hinein: Der Ruf nach Freiheit war in ihr, Ida hatte ihn nie so stark verspürt wie in diesem Moment. Noch einmal atmete sie tief durch, dann fasste sie einen Entschluss: Ja, sie würde diesem Ruf folgen, selbst wenn sie sich dafür von ihrer Mutter trennen musste.

Ida stand auf und blickte ihrer Mutter in die Augen. Sie nahm ihre Hände und sagte: »Ich danke dir, Madre. Ich weiß, dass du das tust, weil du möchtest, dass ich all das erlebe, was du mir über Amalfi erzählt hast, nicht wahr?«

»Das und so viel mehr, liebste Ida«, sagte ihre Mutter und drückte die Hände ihrer Tochter. Sie schwieg einen Moment, dann strich sie ihr sanft über die Wange. »Aber jetzt beeil dich, mein Kind«, sagte sie und verließ den Raum.

Fertig angezogen und mit einer kleinen Tasche in der Hand, die auch den Brief für ihre Tante enthielt, stand Ida wenig später an der Haustür. Der Moment des Abschieds war gekommen. Sie spürte einen Kloß im Hals und wagte es kaum, ihrer Mutter ins Gesicht zu blicken. Doch Maria Grazia stellte sich vor sie und strich ihr mit ihrer warmen Hand über die Wange. Sie wirkte so glücklich und zufrieden wie nie zuvor.

»Egal, was passiert, egal, welche Entscheidungen du in Zukunft treffen wirst, ich werde immer stolz auf dich sein. Hab keine Angst, Fehler zu machen, und fürchte dich nicht davor, Dinge auszuprobieren. Du musst dich für nichts schämen, hast du mich verstanden? Geh immer erhobenen Hauptes durchs Leben. Ich liebe dich bis in alle Ewigkeit – vergiss das nie. Und jetzt geh!«

»Madre …«

Doch ihre Mutter schüttelte den Kopf, schob Ida entschlossen durch die Tür ins Freie und schloss sofort von innen ab.

Der Drang, an die ihr so vertraute Haustür zu klopfen, war schier übermächtig, aber nur so lange, bis ein Sonnenstrahl unverhofft Idas Gesicht traf. Die Wärme war tröstlich, trotzdem kämpfte Ida mit den Tränen. Sie holte tief Luft, und ihre Lunge füllte sich mit Sauerstoff, ihre Nase nahm die vertrauten Düfte der naheliegenden Wiese auf, und dann setzte Ida einen Fuß vor den anderen, machte einen Schritt nach dem anderen, der sie immer weiter weg von dem Haus brachte, in dem sie geboren und aufgewachsen war.

Der Weg zu Zia Giannina war lang und zu Fuß beschwerlich, Ida würde erst ankommen, wenn die Sonne ganz hoch oben am Himmel stand. Diesen Weg war sie schon oft gegangen, wenn auch nie allein. Sie spürte dem Gefühl nach und bemerkte, dass das Fehlen einer Begleitung sie keineswegs verunsicherte, im Gegenteil, sie war bereit, Verantwortung zu tragen. Und sie wollte es gut machen, richtig. Denn sie war sich bewusst, dass ihre Mutter ihr gerade etwas Großes geschenkt hatte: die Freiheit. Aus Liebe. Damit Ida ihr Leben leben konnte.

Sie schwitzte in der zunehmend wärmeren Luft, war hungrig und durstig, und doch fühlte sie sich immer stärker, sicherer. Ihr Kopf war jetzt klar, ihre Sinne geschärft, sie sog die Eindrücke der Umgebung intensiver auf als jemals zuvor. Alles, was sie sah und spürte, traf sie ins Herz, weckte Erwartungen und Hoffnungen in ihr: Sonnenschein, blauer Himmel, Steine unter den Fußsohlen, blühende Obstbäume, Passanten, Stimmen, das Schwirren geschäftiger Insekten. Dann der Geruch nach Pferdeäpfeln, die den Weg säumten, das vertraute Geräusch von Kutschrädern, das Aufschlagen der Fußsohlen auf den Pflastersteinen, als Ida in Tramonti endlich den Ortsteil Pietre betrat. Zum ersten Mal war sie hier, ohne die Last ihres Vaters zu spüren. Ida merkte, wie sich das bereits auf ihr Wesen auswirkte, denn sie blickte sich frei und interessiert um und den Menschen, die geschäftig an ihr vorbeiliefen, direkt ins Gesicht. Sie sah Kinder mit dicken Bäckchen, Mädchen mit beeindruckenden Frisuren und junge Männer, die auf Fahrrädern durch die Straßen fuhren und dabei wirkten, als gehörte ihnen die ganze Welt. Im Beisein ihres Vaters hätte sie sich nicht getraut, sich so offen umzuschauen. Ohne ihn war sie schon ein bisschen mehr die Ida, die sie immer gehofft hatte zu werden. Eine Ida, die sich nicht verstecken und die keine Bedenken haben musste, wenn sie voller Neugierde erlebte und versuchte zu verstehen, wie die Welt sich drehte. *Hier in Tramonti oder – warum nicht*, dachte Ida lächelnd – *in Amalfi*.

Und dann endlich, die Sonne stand hoch am Himmel, klopfte sie an die Haustür ihrer Tante, die mit ihrer Familie genau gegenüber der Kirche mit dem gelben Anstrich wohnte. In der Wohnung wusste man immer, wie spät es war, dafür sorgten die Glocken im hohen Turm. Als Zia Giannina wenige Augenblicke später die Tür öffnete, drückte ihre Miene Verwunderung, Schrecken und Freude zugleich aus. Ida umarmte sie aus einem Impuls heraus.

»Ida … ja, um Himmels willen, komm rein, *amore di zia*.«

Und kaum hatte Ida den Fuß in das Haus ihrer Tante gesetzt, überkam sie eine tiefe Erleichterung. So wie man sie verspürte, wenn man nach großer Anstrengung eine Hürde meisterte. Sie hatte es geschafft, und sie war stolz auf sich, ja, das war sie.

KAPITEL 3

Das Beisammensein mit den Gästen erfüllt mich. Genau wie das Kochen. Das alles gibt mir das Gefühl, etwas zu können und nützlich zu sein. Ich kann es nicht richtig erklären, aber es ist, als bekäme ich für jedes Gericht zehnmal so viel Liebe zurück, wie ich hineinstecke.

Sie saßen bei Tisch, alle zusammen. Zia Giannina hatte den Jüngsten im Arm, der heiter seine dicken Händchen in seine Pasta tauchte und dabei mehr auf dem Tisch verteilte, als er in den Mund steckte. Niemand schimpfte ihn deswegen aus. Zio Sesto, der ihm gegenübersaß, beobachtete die Szene amüsiert und lachte. Idas Onkel, Zio Sesto, arbeitete immer lange – er zog Milchkühe auf, verarbeitete deren Milch und verkaufte die Produkte – und war erst kurz zuvor nach Hause gekommen. Die größeren Kinder aßen entspannt und hungrig, auch Lea. Nur Ida hatte nicht viel Appetit, sie war noch erfüllt von den vielen Eindrücken des Tages. Sie erlebte gerade so viel Neues, und dazu gehörte auch die Normalität eines Familienlebens, die sie bisher verpasst hatte. Hier war nichts zu spüren von Anspannung und Angst, Ida hingegen hatte so lange damit gelebt, dass sie jetzt beinahe taumelte. Sie fühlte sich leicht, es war als hätte sie auf einmal Platz, als könnte sie fliegen. In ihrem Magen kribbelte es, als wirbelte sie gerade tatsächlich durch die Lüfte, bis ganz nach oben in den Himmel.

»Du isst ja gar nichts, Ida«, stellte ihre Tante fest und wischte gleichzeitig gedankenverloren ihrem Sohn mit der Serviette über den Mund.

»Ich bin nicht sehr hungrig. Mein Bauch schlägt einen Purzelbaum nach dem anderen, die ganze Zeit schon.«

Zia Giannina lächelte sie liebevoll an und legte beschwichtigend eine Hand auf Idas. »Das wird sich wieder legen.«

Aber Ida wollte gar nicht, dass es aufhörte. Sie lächelte ihr dankbar zu. Natürlich hatten sie bei ihrer Ankunft miteinander geredet und kurz das Wesentliche ausgetauscht, auch hatte Ida ihrer Tante sofort den Brief ihrer Mutter ausgehändigt. Richtig reden miteinander würden sie nach dem Essen – Idas Geschichte war nichts für die Ohren ihrer kleinen Cousins und Cousinen.

»Pantalea, sei bitte so gut und deck mit deinen Geschwistern den Tisch ab, ja?«, bat Zio Sesto seine älteste Tochter freundlich, als alle ihre Teller leergegessen hatten.

Ida sprang sofort mit auf, doch Zia Giannina legte die Hand auf ihren Arm und hielt sie zurück. »Das schaffen sie allein. Bleib sitzen Ida, *tesoro.*«

Lea räumte mit ihren Geschwistern ab, nahm ihrer Mutter den Kleinen aus dem Arm. Dabei suchte sie Idas Blick und zwinkerte ihr aufmunternd zu, bevor sie das Wohnzimmer verließ und die Tür hinter sich schloss.

Nun waren sie allein am Esstisch. Der Onkel, die Tante, Ida und viel Unausgesprochenes. Es dämmerte, bald schon würden sie das Licht anmachen. Hier gab es Strom und im Wohnzimmer eine Lampe mit dicken grünen Glaskugeln. Bei Idas Eltern waren noch keine Stromleitungen gelegt worden, sie lebten zu weit außerhalb.

»Ihr habt es so schön hier. Ich bin euch sehr dankbar, dass ihr mich aufgenommen habt, und hoffe, ich störe euch nicht zu sehr«, setzte Ida an. Sie strich den Stoff ihres Kleides glatt, das sich an diesem Tag vertrauter und angenehmer anfühlte – als hätte sie nach anfänglichen Berührungsängsten Frieden mit ihm geschlossen. Im Gegensatz zum Vortag war es ihr jetzt keineswegs unangenehm, nicht mehr kindlich auszusehen. Heute fühlte sie sich auch beinahe so … erwachsen.

»Nein, denk das nicht, liebe Ida. Ich bin froh, dass du hier bist. Wenn ich könnte, würde ich sofort auch noch deine Mutter holen«, erklärte ihre Tante bestimmt. Ida betrachtete sie dankbar. Zia Giannina war ein mütterlicher Typ, gemütlich, weich und durch nichts aus der Ruhe zu bringen. Das Einzige, was an ihr wild aussah, waren ihre Haare, die stets wirkten, als käme Giannina direkt aus einem Sturm. Lea hatte oft versucht, ihrer Mutter eine ordentliche Frisur zu machen, wie Ida wusste. Doch das schaffte nur die Frisöse, zu der die Tante aber nur ging, wenn ein wichtiges Fest anstand. Sie war nicht ganz so schlank wie Idas Mutter, auch ihre Augen waren von anderer Farbe, und doch hatte Giannina so viel von ihrer Mutter, dass Ida für einen Moment schwer ums Herz wurde.

»Ich dachte wirklich, dein Vater bekommt sich in den Griff«, unterbrach Zio Sesto ihre Gedanken. »Er war so oft bei mir, um mich um Geld zu bitten! Er hat mir jedes Mal hoch und heilig versprochen, sich zu bessern, denn das war immer meine Bedingung. Stattdessen setzt er dir den alten, schmutzigen Bertone vor, um dich mit ihm zu verheiraten? Das kann nicht sein Ernst sein!«

Bertone. Der Zahnlose hieß also Bertone? Ida war sich nicht sicher, ob das ein Vorname, Spitzname oder Nachname war. Aber sie war froh, dass ihr die Antwort egal sein konnte. Und obwohl sie es gewusst hatte, war es ihr peinlich, dass ihr Vater sich Geld bei Zio Sesto borgte, denn damit war Idas Familie nicht nur die von Raffaele dem Säufer, sondern auch die von Raffaele dem Mittellosen. Welches schlechte Bild mussten die anderen von ihnen haben! Ida biss sich leicht auf die Lippe und knetete ihre Hände.

Ihre Tante lächelte ihr aufmunternd zu, als hätte sie Idas Gedanken gelesen. »Nun, das ist jetzt nicht mehr wichtig. Du bist bei uns willkommen, Ida. Immer und solange du willst«, beteuerte sie mit Nachdruck.

»Ja! Mach dir bitte keine Sorgen. Es ist für dich vielleicht etwas eng, aber bei uns werden immer alle satt«, fügte ihr Onkel hinzu.

Ida war ihnen zutiefst dankbar. Sie wusste, dass sie es ernst meinten, und fühlte sich geborgen. Und doch wollte sie nicht zu lange bleiben, wollte ihre Freiheit ganz auskosten.

»Danke. Aber ich hatte auf dem Weg viel Zeit nachzudenken. Ich möchte selbst für mich sorgen. Alt genug dafür bin ich, und auch wenn es mir an Erfahrung fehlt, will ich es auf jeden Fall versuchen. Meine Mutter hat mir so viel von ihrer Zeit in Amalfi erzählt, ich möchte nichts lieber, als dort eine Arbeitsstelle in einem Hotel zu finden. Für mich. Aber auch ein bisschen für meine Mutter.«

Eine Weile sagte niemand ein Wort, dann räusperte sich Zia Giannina. Ihre Stimme war sanft, als sie sagte: »Das ist eine sehr mutige Entscheidung, *tesoro*. Du sollst wissen, dass du nicht arbeiten musst, wir können auch für dich sorgen. Falls du es aber trotzdem möchtest, dann verstehe ich das. Maria Grazia hat nie vergessen, wie glücklich sie damals in Amalfi im Hotel war. Oh, sie hat immer mit leuchtenden Augen davon erzählt!«

»Ja, und genau deswegen will ich es, Zia Giannina. Ich will erleben, warum ihr Blick so voller Freude war, wenn sie an Amalfi dachte.« Ida lächelte sehnsüchtig und legte ihre Hand auf den Tisch mit der opalgrünen Glasplatte, die eiskalt war. Der Tisch musste neu sein, zumindest hatte Ida ihn bei ihren raren Besuchen bisher nicht bemerkt. Er war wunderschön, aus dunklem, fast schwarzem Holz und mit abgerundeten Ecken. Auch die Beine waren harmonisch geschwungen. Die Stühle mit ihrer grünen Sitzfläche passten perfekt dazu. Ida verspürte den Wunsch, Schönes zu besitzen – es zu erwerben, ohne jemanden darum bitten zu müssen. »Ja, ich möchte Schönes erleben in Amalfi. Wenn Menschen aus aller Welt sich auf die Reise dorthin machen, dann muss dieser Ort wohl etwas Magisches haben.«

Ida bemerkte, dass Zio Sesto sich im Stuhl zurücklehnte, während Zia Giannina sie einfach nur schweigend ansah. Einige Augenblicke lang waren nur die Laute der Kinder zu hören, die unter Pantaleas Leitung in der Küche das Geschirr spülten. Es klang eher nach Spaß als nach ungeliebter Pflicht.

In diesem Moment fühlte Ida sich leicht ums Herz. Die Stimmung im Haus, so voller Liebe und Zuneigung, tauchte alles in ein freundliches Licht, plötzlich erschienen ihr ihre Träume zum Greifen nahe. Und wie wohltuend es nun war, an das Morgen zu denken! »Kurz und gut: Zia Giannina, Zio Sesto, ich möchte nach Amalfi gehen. Und ich würde mich freuen, wenn ihr mir dabei helfen würdet«, sagte sie mit fester Stimme.

Ihre Tante lächelte. »Selbstverständlich werden wir dich unterstützen. Maria Grazia hat mich in ihrem Brief darum gebeten, mir etwas für dich einfallen zu lassen, aber das ist ja nicht mehr nötig, wenn du schon einen Plan hast. Wir werden alles tun, um dich glücklich zu wissen. Und damit auch Maria Grazia.« Sie sah zu ihrem Mann, der lächelnd nickte. Doch Ida bemerkte auch, dass er müde wirkte. Er war gealtert, seit sie ihn das letzte Mal gesehen hatte. Sie verspürte eine Welle der Zuneigung für diesen Mann, für diese Familie, die sie ohne zu zögern in ihr Haus gelassen hatte, und das brachte sie dazu, ihre Hand auf seine zu legen, obwohl es sich vielleicht nicht schickte. Er hob den Blick.

»Zio Sesto, ich bin sehr froh, dass du mich verstehst. Das mit Bertone, das geht einfach nicht. Mutter hat mich weggeschickt, weil sie will, dass ich selbst entscheide, wie ich lebe und wen oder ob ich überhaupt einmal heiraten werde. Das will ich auch. Und deshalb muss ich meinen eigenen Weg gehen. Mein eigenes Geld verdienen. Hast du nicht einen Rat, wie das in Amalfi gelingen könnte?«, bat sie.

Ihr Onkel bedachte sie mit einem langen Blick, sagte aber nichts. Er schwieg lange, und Ida fürchtete schon, zu forsch gewesen zu sein, doch schließlich richtete er sich auf seinem Stuhl auf. »Übermorgen liefere ich wieder in Amalfi aus. Wenn du mitkommst und mir hilfst, bleibt uns genug Zeit, um uns umzusehen. Und wir könnten in den Hotels nachfragen«, schlug er lächelnd vor und drückte kurz ihre Hand.

Ida war begeistert, was ihm offenbar nicht verborgen blieb, denn bevor sie zu einer Antwort ansetzen konnte, hob er beschwichtigend die Hand. »Ida, es ist nur eine Möglichkeit, ich kann dir leider nichts versprechen. Sollten wir nichts finden, darfst du nicht traurig sein, *capisci?*«

Ida nickte. Sie wusste, dass er recht hatte, aber ihr Herz überschlug sich gerade vor Freude. Und sie war fest entschlossen, sich diese Chance nicht entgehen zu lassen. Das war schon so viel mehr als erhofft. Übermorgen würde sie das erste Mal Amalfi sehen. Ihr war danach, ihre Freude laut herauszuschreien, doch sie hielt sich zurück. Hatte sie nicht allzu oft schon erlebt, wie nahe Freude und Trauer beieinanderlagen?

KAPITEL 4

Dein Tod, geliebter Francesco, ist das Schlimmste, was mir jemals passiert ist. Und doch hat er mich stärker gemacht und Eigenschaften in mir geweckt, von denen ich nicht einmal wusste, dass sie in mir stecken.

Ida fand keinen Schlaf. Sie war es nicht gewohnt, sich ein Zimmer mit jemandem zu teilen, und schon gar nicht ein Bett. Lea neben ihr machte sich so klein, wie es ihr möglich war, aber es war trotzdem eng. »Mein Hintern hängt halb raus«, beschwerte Lea sich lachend. »Willst du tauschen? Ich klebe in der Wand«, antwortete Ida leise, doch auch sie musste grinsen. Es war schwierig, sich nicht von Leas angeborener guter Laune anstecken zu lassen. Ida liebte gerade das an ihrer Cousine. Sie hatten ein ganz spezielles Band, etwas, das über eine Freundschaft hinausging. Sie fühlten sich wie Schwestern, Schwestern im Geiste. Obwohl sie sich nicht oft sahen, konnten sie immer direkt dort ansetzen, wo sie beim letzten Mal aufgehört hatten. Ida dachte an das Foto von ihnen beiden, das Leas Mutter aufbewahrte. Es war an Leas drittem Geburtstag von einem professionellen Fotografen aufgenommen worden, und es zeigte Lea, die eine Puppe geschenkt bekommen hatte. Ein kostbares Geschenk. Und doch sah man, wie sie die Puppe, eine steife, wunderhübsch gekleidete Figur mit langen, dunklen Locken, Ida reichte. Und genau so war Lea noch immer: selbstlos, herzensgut, liebevoll. Es war unmöglich, sie nicht zu mögen. Doch an diesem besonderen Abend schien Lea gar nicht daran interessiert zu sein, die Augen zu schließen und zu schlafen. Immer wieder löcherte sie Ida mit Fragen, wollte alles ganz genau wissen.

»Wie ist es, einen Mann kennenzulernen, erzähl!«, forderte sie Ida leise auf. »Ich sehne mich so sehr danach, jemanden zu finden, der mich liebt. Du nicht auch?«

Ida dachte lange über eine Antwort nach. Denn ihre einzige

Erfahrung in dieser Richtung, ihr Treffen mit Bertone, dem Zahnlosen, war so weit entfernt von Romantik und Sehnsucht gewesen, dass es unmöglich war, sie mit schönen Worten zu umschreiben. »Ich weiß nicht, wie sich das anfühlt mit der Liebe zwischen einem Mann und einer Frau. Das, was Bertone sich vorgestellt hat, war es auf jeden Fall nicht«, erklärte Ida nüchtern. »Ich denke, dass das Herz ganz wild schlagen sollte, wenn man sich verliebt, und dass man an gar nichts anderes mehr denken kann und denken will als daran, mit dem anderen zusammen zu sein. Du fragst, ob ich das will? Ja, unbedingt.«

»Glaubst du, du wirst in Amalfi einen Mann finden, der so schön ist wie Rossano Brazzi?«

Ida lachte. »Ich weiß es nicht, aber die Chancen stehen nicht schlecht. Meine Mutter hat mir immer erzählt, dass in Amalfi die Filmstars flanieren.« Filmstars … allein die Vorstellung, einem solchen zu begegnen, kam ihr vor wie ein Traum. Und doch war es möglich, dass er in Erfüllung ging.

»*Buon Dio!* Was, wenn sich ein Filmstar unsterblich in dich verliebt und dich heiratet und reich und glücklich und weltbekannt macht?«

Die Vorstellung stimmte sie beide heiter, und sie lachten. Ein bisschen zu laut, sodass die Kinder, mit denen sie das Zimmer teilten, sich unruhig in ihren Betten drehten.

»Dann frage ich ihn auf jeden Fall, ob er einen Cousin für dich hat!«, flüsterte Ida ganz leise.

Lea seufzte wohlig. »Meinst du, er hat einen Schnurrbart?«, wollte sie dann wissen.

»Hm? Wer?«

»Na, der Cousin von deinem Filmstar!«

Ida stöhnte auf, als wäre sie genervt, dabei fühlte sie sich hier bei Lea gerade so lebendig und sorgenfrei wie schon lange nicht mehr. »Willst du denn, dass er einen Schnurrbart hat?«

»Ja! Ich finde, das sieht so … männlich aus!«, schwärmte Lea.

»Dann hat er bestimmt einen!«

Eine Weile schwiegen sie beide, nur das regelmäßige Atmen von Leas Geschwistern war zu hören. Ida und Lea hingen ihren Gedanken nach, malten sich ihre kühnsten Träume aus, die mit einem Mal so greifbar schienen.

»Auf dich wartet eine ganz große Liebe, Ida«, sagte Lea schließlich.

Ida setzte sich leicht auf, suchte im Dunklen den Blick ihrer Cousine. »Woher willst du das wissen?«

»Das spüre ich. Im rechten großen Zeh.«

Ida prustete los, presste sich aber sofort die Hand auf den Mund, um die Kleinen nicht zu wecken. Sie kicherten noch lange, dann nahm Lea Idas Hand, und sie schliefen ein.

Am übernächsten Morgen fuhren Ida und ihr Onkel zeitig los.

»Du hättest frühstücken sollen, Ida«, befand Zio Sesto, der die Pferdeleine locker in beiden Händen hielt. Das Pferd trottete entspannt, mit gesenktem Kopf, offenbar kannte es den Weg auswendig.

Essen war so ziemlich das Letzte gewesen, an das Ida hatte denken können. »Ich hätte keinen Bissen herunterbekommen. Ich bin so schrecklich aufgeregt.«

»Das verstehe ich. Aber achte darauf, dass du immer etwas zu dir nimmst, bevor du den Tag beginnst. Egal, wie er dann verläuft, im Magen hast du zumindest schon mal was.«

»Danke, Zio. Ich werde deinen Rat ganz sicher befolgen«, sagte Ida aufrichtig und freute sich, dass er sich um ihr Wohl sorgte. Auch den gestrigen Tag hatte sie genossen, die Fröhlichkeit im Haus ihrer Tante und ihres Onkels war ansteckend. Sie verspürte mit einem Mal eine ungekannte Beschwingtheit, alles war so neu, so wundervoll, erschien ihr so groß und vielversprechend. Fast glaubte Ida zu träumen – bis das Meer am Horizont auftauchte. Das Blau explodierte förmlich in ihrer Brust wie ein riesiges

Feuerwerk. Auf der Oberfläche zeichneten sich hier und da weiße Häubchen ab, und Ida erkannte aufgeregt, dass es sich um Wellen handelte. Da, sie entdeckte sogar einige Boote, die sich fortbewegten und eine Spur hinter sich herzogen! Zio Sesto legte seine Hand auf ihre und reichte ihr dann ein Taschentuch. Erst jetzt merkte sie, dass sie vor Freude weinte.

»Ach, es ist so wunderschön!«, brachte sie hervor. »Noch viel schöner, als ich es mir vorgestellt habe! Und sieh nur, alles wirkt so unendlich weit!« Ida wischte sich mit dem Taschentuch über die Augen. »Gewöhnt man sich jemals an diesen Anblick, Zio?«, wollte sie wissen.

Ihr Onkel stieß einen Seufzer aus. »Ja, leider gewöhnt man sich viel zu schnell daran. Glücklich sind die, die das Meer jeden Tag mit neuer Begeisterung ansehen können.«

Ida beschloss, sich das zu merken. Nie wollte sie diesen Anblick für selbstverständlich nehmen. Plötzlich kam ihr ein Gedanke. »Ich kann gar nicht schwimmen!«

Ihr Onkel lachte, dann wurde seine Miene ernst. »Konzentrier dich lieber immer auf das, was du kannst. Dann wirst du alles andere schon lernen.«

Ida war sich da nicht ganz so sicher. »Meinst du?«

»Natürlich! Du bist eine schlaue, mutige junge Frau. Und Schwimmen ist gar nicht schwer.«

Ida spürte, wie sich ihre Wangen röteten. *Junge Frau*, hatte der Zio gesagt. Nicht Kind, nicht Mädchen. Sie freute sich darüber, und in diesem Moment wurde ihr auch bewusst, wie sehr sie sich über ein Kompliment und nette Worte freute. Ihre Mutter hatte sie zwar reichlich damit eingedeckt, aber das war etwas anderes.

Doch dann erreichten sie Amalfi, und Ida vergaß augenblicklich alles andere. Der Ort stellte alles, was sie kannte, sprichwörtlich in den Schatten, und Ida hatte diesen seltsamen, schwer zu greifenden Eindruck, in einer lebendig gewordenen Postkarte gelandet zu sein. Sie hatte mal eine bekommen, von Lea, und sie aufbewahrt wie einen sehr wertvollen Schatz. Das Meer, das sie jetzt nicht nur hören und anblicken, sondern tatsächlich auch riechen, ja, sogar spüren konnte, traf hier so beeindruckend auf die Steilhangküste, dass Ida vor Begeisterung in die Hände klatschte. Die bunt gemischt an die Felsen gebauten Häuser schienen jeden Moment abrutschen und ins Meer fallen zu können, was ihrer geradezu absurden Schönheit keinen Abbruch tat – ganz im Gegenteil. Wo keine Häuser standen oder die Felsen zu schroff waren, wuchs beeindruckend satte Vegetation, die alles in den wildesten Schattierungen von Grün erstrahlen ließ. Und auf der anderen Seite, oh, da befanden sich unzählige Menschen am etwas tiefer gelegenen Strand! Sie trugen kaum etwas an ihren sonnengebräunten Körpern und lagen unter bunten Sonnenschirmen, die auf Ida, die auch *Regen*schirme nur äußerst selten zu Gesicht bekommen hatte, so komisch wirkten wie eine viel zu große Ausstattung für ein Puppenhaus. Die Badegäste aber lagen da, als wäre das die einzig wichtige Aufgabe in ihrem Leben. Der Anblick der beinahe nackten Körper berührte Ida einerseits peinlich, andererseits erschien er dann wieder so normal, dass sie nur über sich selbst den Kopf schüttelte. Was sie sah, kam einem Spektakel gleich, das man wohl in keinem Theater nachspielen konnte. Sie hielt sich die Hand auf die Brust, spürte ihrem Herzschlag nach und war dankbar, dass sie heute das Privileg haben durfte, ein winziger Teil der amalfitanischen Aufführung zu sein.

»Willkommen in Amalfi«, erklärte ihr Onkel, während er die Kutsche sicher die Straße am Meer entlangführte.

»Danke!« Ida fiel es noch immer schwer, ruhig zu atmen. Sie schob die Ärmel ihres Kleides hoch, weil ihr plötzlich heiß war. Und gleichzeitig kalt. Ganz neue Gefühle regten sich in ihr, es war wundervoll. Endlich hatte sie den Eindruck, lebendig und vielleicht auch ein bisschen verrückt zu sein.

»Ist alles so, wie du es dir vorgestellt hattest?«

Sie schüttelte den Kopf. »Nein. Schöner! Viel schöner!« Touristen flanierten und fuhren in bunten Fahrzeugen an ihnen vorbei, und die Frauen, sie waren alle so wunderschön. Mit ihren großen Sonnenhüten und dunklen Brillen wirkten sie wie Filmdivas, vielleicht waren sie es auch. Alles war farbig, alles war bunt. Von den Sonnenschirmen am Strand bis hin zu den vielen kleinen Keramiksouvenirs, die in Körben vor den Läden an der Promenade lagen. Selbst die Badetücher wirkten auf Ida wie gekonnt eingesetzte Farbstriche in einem geradezu perfekten Gemälde. Sie wusste bald nicht mehr, wohin sie schauen wollte. Ihr schwirrte der Kopf wie nach mehreren zu schnell gedrehten Runden beim Tanzen, doch, oh, wie sehr genoss sie das! Wie schnell pochte ihr Herz beim Beobachten all der kleinen Szenen, die sich um sie herum ereigneten: Da, einem kleinen Jungen fiel sein Eis auf den Boden und links von ihm strich eine Signora ihr Haar glatt, das, von der leichten Brise bewegt, in ihr Gesicht fiel. Woher sie wohl alle kamen? Aus aller Welt vermutlich, wie ihre Mutter ihr immer erzählt hatte.

Dann schließlich brachte ihr Onkel die Kutsche zum Stehen. »Erster Halt«, sagte er gutgelaunt.

Ida blickte sich neugierig um. Links von ihr befand sich das Meer, rechts eine Felswand mit einem weißen Gebäude. »Was machen wir jetzt?«, fragte sie.

»Wir bringen unsere Milch in das Hotel Villa Amalfi.« Zio Sesto zeigte mit dem Finger auf das Gebäude, dann stieg er aus und hob zwei Milchbehälter von der Ladefläche. Ida stieg ebenfalls flink ab und nahm ihm einen Zwei-Liter-Behälter ab. Sie überprüfte, dass er fest zugeschraubt war, dann trat sie ein paar Schritte zurück, schirmte ihre Augen gegen die Sonne ab und blickte die Felswand empor. Das weiße, hohe Gebäude schmiegte sich regelrecht an den Felsen, auf dem es erbaut war. Es bestand aus vier Stockwerken auf einem Erdgeschoss, das ein kleines Stück oberhalb der Straße lag und über eine Treppe aus fünf hohen Stufen zu erreichen war, die in die Felswand gemeißelt waren. Ida war erstaunt, dass jedes Stockwerk anders aussah: zwei hübsche kleine, durch einen Vorbau sonnengeschützte Balkone und drei kleine Fenster in der ersten Etage, zwei deutlich größere Balkone gleich darüber, im dritten Stockwerk hingegen eine durchgehende Terrasse mit blau-weiß gestreiftem Sonnenschutz und daneben zwei kleinere Fenster und abschließend, ganz oben, fünf hohe Bogenfenster. Knapp darüber konnte Ida eine Aufschrift ausmachen, die sich blau vom weißen Untergrund der Wandfarbe absetzte: *Villa Amalfi* stand da in großen, geschwungenen Lettern. Ida war das Gebäude gleich sehr sympathisch. Ihr kam der Gedanke, dass es wie ein Puzzle wirkte, dem einzelne Teile gefehlt hatten, weshalb dann andere passend gemacht worden waren. Es hatte ganz einfach Charakter, fand Ida auf den ersten Blick. Und es wirkte irgendwie lebendig und hatte sicher eine spannende Geschichte.

Ida war sehr aufgeregt. Das war das erste Mal in ihrem Leben, dass sie ein Hotel besuchte. Ja, natürlich war sie hier, um die Milch zu liefern, aber sie würde auch fragen, ob es Arbeit gab. So wie vor vielen, vielen Jahren ihre Mutter. Ida war gespannt und freute sich darauf. Sie hatte sich vorgenommen, aus allem, was sie sah und hörte, zu lernen. Ein bisschen wie in der Schule, die sie so geliebt hatte, nur besser. Sie begann Zio Sesto mit Fragen zu löchern. Wie konnte sie ihm *keine* Fragen stellen, wenn doch hier alles so neu und aufregend war? »Kennst du dieses Hotel eigentlich schon lange?«

Er zuckte mit den Achseln. »Ich beliefere es erst seit ein paar Jahren. Aber das Hotel Villa Amalfi gibt es schon ewig.«

»Sind hier auch manchmal Filmstars zu Gast?«

»Bestimmt!«, sagte er.

Die Antwort freute Ida, es war genau, wie sie es erwartet hatte. Doch bevor sie erneut zu einer Frage ansetzen konnte, sagte ihr Onkel: »Komm, Ida, wir wollen uns beeilen. Hier entlang.« Er zeigte auf eine Art Öffnung in der Felswand, die den Blick freigab auf eine steile, schier endlose Treppe. Sie sah aus wie ein Tunnel ins Innere der Erde, führte aber zur Küche des Hotels. Nachdem sie die letzte Stufe erklommen hatten, hielt Ida gespannt den Atem an, während Zio Sesto mit der freien Hand die Tür aufstieß.

KAPITEL 5

Die Gäste wollen jetzt nicht mehr nur bei mir essen, sondern auch hier übernachten. Hier in unserer Wohnung, direkt an der Strandpromenade. Wie in einem Hotel! Ich weiß nicht … was soll ich tun, Francesco?
Das alles hat doch eigentlich nur angefangen, um mit warmen Gerichten für die Reisenden ein paar Münzen zu verdienen. Weißt du noch, wie wir das Schild an unsere Haustür geheftet und aufgeregt gewartet haben, ob sich jemand darauf einlässt, das Tagesgericht zu kosten?
Francesco, ich wünschte, du wärest noch hier bei mir. Wie soll ich diese Entscheidung nur ohne dich treffen?

Sandra hob die schwere Kiste an, die bis zum Rand mit frischem Fisch gefüllt war, und stellte sie ächzend auf der Arbeitsfläche ab.

»Brauchst du Hilfe?«, erkundigte sich Eugenio halbherzig, während er weiter Zwiebeln schnitt.

»Das fragst du mich, nachdem ich mir das Kreuz verrenkt habe?« Sandra lachte. Das war typisch für ihren jungen Hilfskoch, der ansonsten eigentlich gute Arbeit leistete. Er war nur leider an selektiver Faulheit erkrankt. Es gab Aufgaben, vor denen er sich drückte, und andere, die er wiederum sehr gerne erledigte. Zum Beispiel liebte er das Zwiebelschneiden, obwohl die Tränen immer weiter aus seinen Augen sprudelten; aber wenn es darum ging, schwere Lasten zu heben, hatte er immer eine Ausrede parat. Sandra kam trotzdem gut mit ihm aus, genau wie mit der Spülkraft Renata. Das war ihre kleine Mannschaft, auf die konnte sie zählen. Leider galt das nicht für das Personal aus dem Speisesaal. Da kam es leicht zu Streitereien, ausgelöst durch ein falsches Wort oder eine anmaßende Geste. Zwischen der Küche und dem Restaurant des Hotels Villa Amalfi herrschte schon seit jeher ein Konkurrenzkampf, dessen Ursprung Sandra nicht kannte. Ändern konnte sie daran nichts, sie konnte nur versuchen zu verhindern, dass eine Situation eskalierte – darum baten sie die Hotelbesitzer oft genug. Sie wussten, dass Sandra der ruhende Pol war, was allerdings nicht hieß, dass man ihr auf der Nase herumtanzen konnte.

Das Zischen der Zwiebeln, die Eugenio in das heiße Olivenöl geworfen hatte, unterbrach Sandras Gedanken. Der Duft erreichte ihre Nase und ließ ihr das Wasser im Mund zusammenlaufen, obwohl es noch zu früh für ein Mittagessen war. Sie liebte das Kochen, sie liebte die Geräusche und Gerüche, die dabei entstanden. Sie war glücklich darüber, die Köchin des Villa Amalfi zu sein, auch wenn diese Aufgabe mit großer Verantwortung verbunden war. Den Fisch, zum Beispiel, suchte sie höchstpersönlich aus, und sie putzte ihn auch selbst – da ließ sie Eugenio nicht ran. Heute lagen drei große Zahnbrassen, ein paar Kilo Tintenfisch und fast ebenso viele Sardellen in der Kiste. Die Tiere waren noch glasig und starr, mit Algen bedeckt. Sandra schnupperte: Der fischige Duft des Meeres zeugte von hervorragender Qualität. Mimmo, der Fischer vom Hafen, wusste nur zu gut, dass diesbezüglich mit Sandra nicht zu spaßen war. Sie nahm eine Brasse in die Hand und drehte und wendete sie im Sonnenlicht, das durch das einzige Fenster in den Raum schien. *Ein prächtiges Tier*, dachte Sandra und nahm das Messer zur Hand.

»*Buongiorno*, Sandrina!«

Sandra drehte sich langsam um und bemerkte ihre Chefin im Türrahmen. Wie immer sah Annalisa hervorragend aus. Sie war von Natur aus schön, doch konnte sie ihren Typ auch gut unterstreichen. Sandra roch ihr zartes Parfum, sah, wie dezent sie geschminkt war. An Geld für hochwertige, maßgeschneiderte Kleidung fehlte es ihr auch nicht. Heute trug sie ein hübsches Kostüm aus einer taillierten kurzen Jacke und einem wadenlangen Bleistiftrock.

»*Buongiorno*, Annalisa. *Tutto bene?*« Sandra schätzte ihr gutes, fast freundschaftliches Verhältnis, sie duzten sich, was längst nicht allen Arbeitskräften erlaubt war. Annalisa war auch die Einzige, die – als Zeichen der Nähe – Sandra mit der Verkleinerungsform Sandrina ansprach, obwohl die Köchin keineswegs kleiner war als Annalisa. Ganz im Gegenteil. Doch Sandra war schon viele Jahre im Hotel und natürlich auch bei Annalisas Amtsübernahme vor gut sieben Jahren mit dabei gewesen, sie hatten den Beginn der neuen Ära des Villa Amalfi gemeinsam erlebt und waren sich sehr verbunden. Damals hatten Annalisa und ihr Mann Vittorio das Hotel von Annalisas Mutter Rita-Betta geerbt. Es war seit der Gründung 1845 durch Elisabetta Esposito, Annalisas Urururgroßmutter, in Familienbesitz, worauf Annalisa und Vittorio sehr stolz waren. Und Sandra gab gerne jeden Tag ihr Bestes, wie alle anderen Angestellten auch. Insbesondere die Mädchen – dieses Jahr waren es drei –, die zum Putzen eingestellt wurden, machten sich sehr gut. Sie hielten das gesamte Haus sauber, und es duftete überall angenehm, darauf legte Annalisa großen Wert. Ihren Worten zufolge konnte man die Qualität eines Hotels immer auch riechen.

Die Gäste liebten die Kellner, vier an der Zahl, dazu den Jolly, der kam, wenn Tanzabende veranstaltet wurden und Getränke auszuschenken waren. Sie alle waren galant und charmant, dazu gutaussehend und stets um das Wohl der Gäste bemüht. Da machte es wenig aus, dass sie das Küchenpersonal nicht wirklich leiden konnten. Sandra vermutete, dass es daran lag, dass sie besser bezahlt wurden – wissen konnte sie es nicht, weil es niemand offen aussprach, aber sie irrte in diesen Dingen nur selten.

Außer ihnen gab es noch eine Hilfskraft an der Rezeption. Das meiste, was dort anfiel, erledigten Annalisa und Vittorio allerdings persönlich.

»Danke, Sandrina, es ist alles sehr zufriedenstellend. Wir haben viele neue Buchungen und können uns nicht beklagen«, beantwortete Annalisa Sandras Frage wie immer freundlich.

»So soll es sein. Morgen reisen die Ausländer ab, *non è vero?*« Ausländer waren Sandra bisweilen ein Dorn im Auge, da sie seltsame Essgewohnheiten hatten und beispielsweise frühmorgens schon Deftiges verlangten. Bohnen, Bauchspeck, Spiegeleier. Sie schüttelte sich schon beim Gedanken daran. Dennoch bereitete sie ihnen natürlich alles zu, was sie verlangten, obwohl sie selbst zum Frühstück lieber Süßes wie eine wohlduftende Crostata alla marmellata aus dem Ofen zog. In der Nebensaison, wenn das Hotel noch nicht ausgebucht war, da konnte Sandra morgens zahlreiche süße Speisen anbieten. Aber jetzt, in der Hochsaison, wenn das Hotel mit fünfunddreißig Personen voll belegt war und häufig Wechsel anstanden, war sie eher an ein routiniertes Frühstücksprogramm gebunden.

Annalisa nickte. »Ja. Sie haben aber versprochen wiederzukommen. Es hat ihnen sehr gut gefallen bei uns. Und das ist sicher auch dein Verdienst. Deinen Leckereien kann niemand widerstehen.« Sie lehnte sich an die Arbeitsfläche, stibitzte ein Stück Karotte von Eugenios Holzbrett, steckte es sich in den Mund und kaute gedankenverloren. »Heute kommt übrigens diese Schauspielerin mit ihrem Mann, hatte ich das erwähnt?«

»Ich denke, du hattest es angedeutet, ja.« Für Sandra war diese Nachricht nichts Besonderes. Seit Rossellini und Fellini in ihrem Gemeinschaftsprojekt diesen tollen Liebesfilm – *L'Amore* hieß er, wenn Sandra sich recht erinnerte – vor etwas mehr als zwei Jahren an der Küste gedreht hatten, zog es immer mehr Sterne und Sternchen der Schauspielkunst nach Amalfi, die hofften, in irgendeiner Weise davon profitieren zu können. Nicht selten belagerten Paparazzi die Hotels, wenn sie davon Wind bekamen, dass Berühmtheiten dort logierten. Vor allem Liebespaare waren gefragt, denn Amore verkaufte sich immer gut. Und es sollte keinesfalls so laufen wie 1938, als Greta Garbo und Leopold Stokowsky eine romantische Zeit in Ravello verbrachten, das aber erst im Anschluss bekannt wurde. Das hatten sich die Paparazzi bis heute nicht verziehen.

»Könntest du für sie etwas ganz Besonderes zubereiten? Es sind so wichtige neue Gäste …« Annalisa nahm sich noch ein Stück Karotte.

Sandra sah, wie Eugenio beinahe unmerklich mit den Augen rollte. Er mochte es nicht, wenn man in seine Zubereitungen griff – das galt auch für kleingeschnittene Karotten.

»Ja, Fisch. Ich war gerade dabei, ihn zu putzen. Ich muss mich aber beeilen. Viel Zeit bleibt nicht.«

»Fisch? Hatte ich nicht gesagt, dass sie keinen Fisch mag?«

Sandra stöhnte innerlich auf. »Nein, das hattest du nicht.«

»Ich denke zum Beispiel an deine hausgemachte Pasta, die ist doch bei allen Gästen beliebt. Kannst du für sie nicht eine besondere Sorte machen?« Annalisa hielt einen Moment inne. »Mir kommt gerade eine Idee: Eigentlich könnten wir doch jeden Tag eine größere Auswahl an Pasta anbieten und nicht nur unsere beiden üblichen Sorten. Das wäre dann auch etwas, in dem wir uns von allen anderen Hotels unterscheiden. Was hältst du davon?«

Sandra traute ihren Ohren nicht. Das konnte nicht Annalisas Ernst sein! Jeden Tag eine große Auswahl an hausgemachter Pasta herzustellen, wie sollte Sandra das schaffen? »Ich bin mir nicht sicher, wie das gehen soll. Nicht täglich und sicher nicht mehr jetzt zum Mittagsbetrieb für den neuen Gast«, entgegnete sie ehrlich.

»Bitte, Sandrina!« Annalisa trat zu ihr, setzte den ganz besonderen Blick auf, bei dem Sandra immer weich wurde, und legte ihr eine Hand auf die Schulter. Und die Wahrheit war, dass ihre Chefin eine so herzensgute Frau war, dass man ihr wirklich nichts ausschlagen konnte. »Nimm dir auch gerne jemanden zu Hilfe, falls es dir zu viel wird.«

In diesem Moment schwang die Küchentür auf. So fest, dass sie erst zweimal gegen die Wand schlug, bevor sie wieder normal wippte. Es gab nur einen Menschen im ganzen Hotel, der diese Tür auf exakt diese Art und Weise öffnen würde: Guendalina, Tochter des Hauses und so weit von der Finesse ihrer Mutter Annalisa entfernt, dass einem fast Zweifel an der Blutsverwandtschaft der beiden so ungleichen Frauen kommen konnten. Schön war Guenda ebenfalls, und das schon in ihrem jungen Alter. Aber sie konnte sich nicht benehmen. Das war ihr größter Fehler.

»Ich habe Hunger!«, rief sie und stampfte tatsächlich mit dem

Fuß auf. Sandra hatte es genau gesehen. »Wer kocht mir etwas?« Die Sechzehnjährige blickte sich provokativ in der Küche um, was sie trotz des hübsch aufgebauschten Kleides und der femininen Schuhe aussehen ließ wie ein Kleinkind. Guendalina sah zuerst zu Eugenio, der sofort kuschte, und dann direkt in Sandras Gesicht, die dem Blick wie immer standhielt. Sie hatte Guenda aufwachsen sehen, sie als Kind nicht selten dabei beobachtet, wie sie im Empfangsbereich des Villa Amalfi spielte, hatte für sie gekocht, ihr bei Bauchweh den Tee aufgebrüht. All das und noch viel mehr. Sandra würde den Teufel tun und vor Guendalina klein beigeben. Tief in sich verspürte Sandra Mitleid mit diesem verwöhnten Mädchen, und sie glaubte, dass man sie nur mit etwas Strenge und auch mit einer gehörigen Portion Gleichgültigkeit erziehen konnte – wenn das überhaupt noch möglich war.

»Guendalina, Sandra muss für unsere Gäste kochen. Das habe ich dir oft genug erklärt. Komm mit, zu essen gibt es auch bei uns in der Wohnung.« Sanft, aber entschlossen, schob Annalisa ihre Tochter in Richtung Schwingtür. Bevor sie die Küche mit Guenda verließ, die natürlich lautstark protestierte, drehte sie sich noch einmal um. »Sandrina, was die neue hausgemachte Pasta betrifft, sind wir uns doch einig, nicht wahr?«

Nein. Das waren sie eigentlich nicht. Aber wie so oft würde Sandra den Wünschen ihrer Arbeitgeberin nachgeben. Als die Tür sich hinter den beiden Frauen schloss, atmete Sandra tief durch.

»Ich weiß wirklich nicht, wie du die jeden Tag erträgst«, sagte Eugenio leise, der nun endlich fertig war mit der Vorbereitung des Sugo.

»Du erträgst sie doch auch jeden Tag. Und letztendlich wirst du dir jetzt eine neue Pasta ausdenken und sie auch noch geschwind machen.«

»Ich?« Er schüttelte den Kopf. »Bei meinem letzten Versuch hast du nur geschimpft. Viel zu groß, viel zu klein, dünner, dicker!« Eugenio äffte Sandras Tonfall so perfekt nach, dass sie unwillkürlich lächeln musste, obwohl ihr nicht zum Lachen zumute war. Und er hatte ja recht. In der Küche verlangte sie Perfektion – nichts anderes kam infrage.

»Dann bleibt mir wohl nichts anderes übrig, als mich selbst ans Werk zu machen«, sagte sie ergeben. »Aber dir ist schon klar, dass du dafür dann heute das Gemüse alleine schneiden musst? Und das Obst noch dazu.« Sie nickte in Richtung der Holzkiste auf einem Seitentisch, die der Händler am frühen Morgen vom Markt geliefert hatte und in der heute Auberginen, Artischocken, verschiedene Tomatensorten, Orangen, Mandarinen, Melonen, Zitronen und einiges mehr auf die Weiterverarbeitung warteten.

Eugenio stieß einen Seufzer aus, von dem Sandra ahnte, dass er eher gespielt als gefühlt war, und machte sich an die Arbeit. Sie nahm zunächst einen kleinen Topf zur Hand, verrührte darin Butter, Mehl und Milch zu einer Béchamelsoße und stellte ihn bei mittlerer Hitze auf den Gasherd.

Sie blickte auf, als es an der anderen Küchentür schepperte, die ins Freie führte und meist vom Personal oder von Lieferanten genutzt wurde und die nur über eine steile Treppe direkt von der Straße aus erreichbar war.

»*Buongiorno*, ich bringe die Milch!«

»Ach, ja, *grazie*. Stell sie doch bitte auf den Tisch, Sesto.« Sandra nahm das Geld aus ihrer Schürze, das Annalisa ihr täglich für den Einkauf überließ. Als sie wieder aufblickte, bemerkte sie neben dem Milchmann ein Mädchen, vermutlich die Tochter des Mannes. Das Mädchen, beinahe eine junge Frau, hatte etwas an ihrem Wesen, das Sandras Aufmerksamkeit auf sich zog. Vielleicht waren es die dunklen Augen, dieser tiefe, eindringliche Blick.

»Das ist Ida, die Nichte meiner Frau«, erklärte der Mann, als hätte er Sandras Gedanken erraten. »Sie ist sehr tüchtig«, fügte er hinzu.

»Signora, da brennt Ihnen etwas an!«, meldete sich in diesem Moment Ida zu Wort und deutete auf den Herd.

Die Béchamelsoße! Die hatte sie völlig vergessen! Sandra machte einen Satz und nahm den Topf vom Gasherd. Zugleich war sie beeindruckt, dass es diesem Mädchen und nicht Eugenio zuerst aufgefallen war.

»Den Topf bekommen Sie am besten sauber, wenn Sie Essig aufkochen und ihn einwirken lassen«, fuhr das Mädchen auch gleich fort. »Danach löst sich das Angebrannte wie von selbst.«

Sandra musterte sie interessiert. Der jungen Frau war anzusehen, dass sie aus dem Inland stammte. Es lag an ihrer Kleidung, an der Frisur, auch an der Hautfarbe und der gesamten Haltung. Mädchen von dort waren gute Arbeiterinnen, weil sie von klein auf bei allem mithalfen, so viel wusste Sandra, auch wenn sie als gebürtige Amalfitanerin wenig Kontakt zu Menschen im Inland pflegte.

Sie hatte viel zu tun, und die Zeit verstrich wie immer viel zu schnell, aber diese Ida mit ihrer entwaffnenden Art hatte Sandras Interesse geweckt. Sie wusste, wie einschüchternd ihre große Küche auf jemanden wirken konnte, der sie zum ersten Mal betrat, und selbst der Onkel des Mädchens sagte in der Regel kaum ein Wort, wenn er in den Raum kam, um seine Ware zu liefern, obwohl er das schon seit einigen Jahren tat.

»*Grazie!*«, sagte Sandra. »Nun, es sieht ganz so aus, als müsste ich eine neue Soße ansetzen. Wie gut, dass ihr die Milch gebracht habt«, fügte sie mit einem Lächeln hinzu.

Doch der Milchmann erwiderte es nicht, er wirkte vielmehr, als hätte er noch etwas auf dem Herzen. »Ida hat heute zum ersten Mal das Meer gesehen und dann geweint, vor Freude«, sagte er schließlich, und Sandra wartete gespannt, worauf er hinauswollte. »Sie möchte arbeiten, hier in Amalfi, und ich kann ihr diesen Wunsch nicht abschlagen, obwohl es mir schwerfällt und …« Er hielt inne, offenbar beschämt über seine Offenheit. »Du hast nicht zufällig eine Idee, wo sie arbeiten könnte?«, fügte er dann hinzu.

Sandra antwortete nicht sofort, zählte wie so oft lieber bis zehn, wenn das Schicksal sich so perfekt fügte, aus Angst, es könnte einen Haken geben, der die Fügung gleich wieder zunichtemachte. Sie musterte die junge Frau, während sie überlegte, und wieder sprach das Schicksal laut und deutlich zu Sandra. »Doch«, sagte sie endlich. »Ich weiß, wo Ida arbeiten könnte.«

KAPITEL 6

Pasta. Immer wieder Pasta. Es gibt nur ein Gericht, zu dem niemand Nein sagt: Pasta. Egal, woher die Gäste kommen. Vor einem Teller mit duftender hausgemachter Pasta werden alle zu Italiani.

Ida hatte sich vom ersten Moment an wohlgefühlt in dieser wundervollen Küche, die so anders war als die von Mutter oder Zia Giannina. Diese Küche war groß, mit vielen Kochstellen und einem riesigen Ofen. Die Wände waren von oben bis unten mit kleinen weißen Kacheln verkleidet, aufgelockert von dezenten Blumenmotiven in sanften Blau- und Beigetönen. Selten hatte Ida etwas Schöneres gesehen. Im hinteren Bereich stand ein junger Mann und schälte Zitronen, deren Duft bis zu Ida nach vorne strömte und sie in der Nase kitzelte. Er blickte einmal kurz auf, widmete sich dann aber weiter seiner Arbeit. Die Köchin, die sie so freundlich empfangen hatte, trug einen Kittel und eine Schürze und auf dem Kopf eine Haube, die ihre Haare zurückhielt. Die Frau war mittelgroß und rundlich, und alles an ihr strahlte eine freundliche, aber bestimmte Autorität aus. Sie erweckte den Eindruck, dass sie umgänglich war, auch wenn sie in der Küche das Sagen hatte, daran bestand kein Zweifel. Sie passte in diese Küche, fand Ida.

Mehrfach seit ihrem Eintreten spürte sie den Blick der Frau auf sich, empfand das aber keineswegs als unangenehm. Selbst als Ida sich eingemischt hatte, hatte sie sie nicht gerügt. Das Herz schlug Ida bis zum Hals, als sie nun neben ihrem Onkel stand und der Unterhaltung lauschte, die sich um sie selbst drehte.

»Doch«, hatte die Köchin gerade gesagt. »Ich weiß, wo Ida arbeiten könnte.«

Ida schluckte. Wie weit war sie jetzt von ihrem Glück entfernt? Würde ihr Traum, in einem Hotel in Amalfi zu arbeiten, etwa in Erfüllung gehen? Sie knetete ihre Hände, die sie hinter dem Rücken hielt, während sie ungeduldig auf die Fortsetzung wartete, und als die Köchin nicht weitersprach, sprudelten die Worte einfach aus ihr heraus, wie Wasser, das aus einer Quelle trat – sosehr man auch versuchte, sie zuzuhalten, fand es trotzdem einen Weg. »Vielleicht sogar hier im Haus?«, stieß sie hervor, auch wenn sie natürlich wusste, dass ihre Ungeduld sich nicht ziemte. Aber andererseits: Wenn das hier nicht einer der Momente war, die Signorina Maria, ihre Grundschullehrerin, gemeint hatte, als sie Ida und die anderen Kinder ermutigt hatte, sich einzubringen, sollte der richtige Moment gekommen sein, welcher dann? Ida hatte bislang wenig Anlässe dazu gehabt, war jetzt aber froh, die Gelegenheit ergriffen zu haben. Es fühlte sich gut an, und die Köchin wirkte auch keineswegs verärgert. Im Gegenteil, sie musterte sie interessiert.

»Würde dir das gefallen?«, fragte sie dann.

Ida war überrascht, sie war es nicht gewohnt, von Erwachsenen außerhalb der Familie direkt angesprochen zu werden. »Sehr sogar, Signora! Ich möchte sehr gerne in einem Hotel in Amalfi arbeiten! Wie meine Mutter vor vielen Jahren, sie hat mir viel davon erzählt«, sagte sie eifrig. »Auch wenn ich mir nicht vorstellen kann, dass das Hotel so schön war wie dieses.«

Die Frau nickte nur kurz und wandte sich dann wieder Zio Sesto zu. »Wenn sie möchte, kann sie hier in der Küche helfen«, hörte Ida die Köchin sagen, und sogleich tat ihr Herz einen großen Sprung. »Wir können es zumindest mal probieren. Natürlich muss sie sich geschickt anstellen, das werden wir dann sehen.«

Ida war überglücklich! Und erleichtert, denn mit Küchenarbeit kannte sie sich aus, sie hatte von jeher ihrer Mutter geholfen und viel von ihr gelernt. Und natürlich würde sie von ganzem Herzen dabei sein und sich bemühen, alles richtig zu machen! Wenn sie denn die Erlaubnis bekam… Gespannt blickte sie zu ihrem Onkel. Würde er einwilligen?

»Ich werde das mit meiner Frau besprechen …«, sagte Zio Sesto zögerlich.

Ida war enttäuscht, auch wenn sie sicher war, dass ihre Tante zustimmen würde.

Ihr Onkel verbeugte sich höflich, klopfte Ida leicht auf die Schulter und wandte sich zum Gehen.

Bekümmert wandte Ida sich um.

»Wenn du möchtest, kann das Mädchen gleich bleiben«, hörte sie die Frau in diesem Moment sagen. »Ich werde auf sie aufpassen, Sesto.«

Ida fuhr herum, ebenso wie ihr Onkel, der jedoch sogleich abwiegelte: »Oh nein, das kann ich nicht annehmen, nicht sofort. Ida hat ja auch gar nichts dabei …«

»Mach dir darüber keine Gedanken. Sie bekommt hier alles, was sie braucht. An Arbeitskleidung und Unterstützung«, erklärte die Frau.

Ida traute ihren Ohren nicht. Das klang ja fast zu schön, um wahr zu sein! Sie wollte unbedingt den Alltag in dieser Küche erleben, die ihr so groß erschien, als könnte sie um den Gasherd herumtanzen, ohne dabei etwas umzustoßen, weil die Kochutensilien allesamt auf offenen Regalen ordentlich verstaut waren. Und warum nicht jetzt gleich? »Bitte, Zio Sesto …«, wandte sie sich an ihren Onkel. »Ich würde sehr gerne schon bleiben. Ich bin mir sicher, dass Zia Giannina das verstehen wird.«

Als er nicht sofort antwortete, sprang die Köchin Ida zur Seite. »Ja, lass sie ruhig hier, Sesto, ihr wird nichts passieren. Schlafen kann sie bei mir. Ich lebe allein in einem großen Haus und habe schon mehrfach Personal aus dem Hotel aufgenommen.« Sie schwieg einen Moment. »Und du bringst ja ohnehin in drei Tagen wieder die Milch. Dann können wir reden. Und bis dahin wissen wir auch, ob sie sich tatsächlich eignet. Hier wird nämlich nicht Däumchen gedreht.«

Ida hielt gespannt den Atem an.

»Na gut«, sagte ihr Onkel schließlich, auch wenn er nicht überzeugt klang. Ida wäre ihm vor Freude am liebsten um den Hals gefallen, wusste aber, dass sich das nicht schickte. Ihr war klar, dass seine Zurückhaltung nicht gegen sie ging, sondern der Verantwortung geschuldet war, die er übernommen hatte. Er schenkte Ida einen langen Blick, dann nickte er und nahm ihr das Versprechen ab, gut auf sich aufzupassen. Und ging.

Ida hätte die ganze Welt umarmen können. Sie würde hart arbeiten, das schwor sie sich in diesem Moment. »Signora, ich bin so dankbar für Ihre Mühe. Es bedeutet mir sehr viel, hier für Sie arbeiten zu dürfen«, erklärte sie ehrlich.

»Ach, Schätzchen, du musst mir nicht danken. Vielleicht wirst du sogar noch vor dem Ende des Tages den Moment verfluchen, an dem ich mich für dich eingesetzt habe. Denn bald scheint die Sonne hier durchs Fenster und verwandelt die Küche in die Hölle auf Erden, wenn dann noch die Hitze des Ofens und das Feuer unter den Töpfen dazukommt. Und ab sofort haben wir hier alle Hände voll zu tun. Für eine Führung durchs Haus reicht die Zeit nicht.«

»Das macht nichts. Sagen Sie mir: Was soll ich für Sie tun?« Weder die Hitze noch viel Arbeit würden Ida abhalten. Im Gegenteil, sie wollte beweisen, wie sehr sie diese Arbeit wollte.

Die Köchin blickte sie nachdenklich an. In diesem Moment trat der junge Koch zu ihnen. »*Buongiorno*, ich heiße Eugenio, und ich bin hier der Hilfskoch. Gleich kommt noch Renata, sie spült Geschirr, Besteck und Töpfe. Und die Signora da heißt Sandra. Sie ist meistens freundlich und zuvorkommend, und da sie es dich niemals selbst fragen würde, tue ich es: Du kannst nicht zufällig eine Pasta machen?«, sprudelte er hervor.

»Ach, Eugenio, hör auf. Kümmer dich um dein Gemüse«, schimpfte Sandra.

Ida hingegen spürte, dass ihre Wangen sich gerötet hatten. Sie war es nicht gewohnt, von einem jungen Mann angesprochen zu werden, hier aber schien das normal zu sein. Und natürlich konnte sie Pasta machen, das hatte ihre Mutter ihr beigebracht.

Sie räusperte sich. »Wenn ich denn Mehl und Eier bekommen könnte, würde ich mit der Zubereitung des Teigs beginnen«, sagte sie.

Sandra trat auf sie zu. »*Ragazza mia*, ich bin mir sicher, dass du das kannst. Aber für die Gäste eines Hotels zu kochen ist etwas ganz anderes als zuhause für die Familie. Hier wird kein einziger noch so kleiner Fehler geduldet, denn die Gäste bezahlen viel Geld dafür, hier bei uns Perfektion serviert zu bekommen.«

»Das verstehe ich …«, setzte Ida an.

Sandra hob abwehrend die Hände. »Ich glaube nicht, Ida, dass du das verstehen kannst. Der Druck ist groß, und man muss ihn ertragen. Heute beginnst du mit etwas Einfacherem.«

Ida wusste nur zu gut, was sie meinte. Und sie war überzeugt, dass sie die Aufgabe bewältigen würde. Zumindest wollte sie es versuchen. Sie amtete tief durch. »Es stimmt, dass ich noch nie für die Gäste eines Hotels Pasta gemacht habe«, sagte sie ruhig und suchte Sandras Blick. »Aber ich weiß, was es bedeutet, unter Druck zu arbeiten. Einmal hat mein Vater mich geschlagen, weil die Ravioli nicht alle die gleiche Größe hatten. Meine Mutter hatte ein blaues Auge, weil ihre Tagliatelle seiner Meinung nach zu fest waren.« Sie erinnerte sich noch gut an beide Situationen und schämte sich nicht, diese Wahrheit kundzutun.

Sandra schwieg, ihr Blick ruhte auf Ida. Dann ging sie zu einer Schublade, entnahm ihr eine Schürze und eine Haube und reichte sie Ida.

»Hier, zieh das an.« Sie wandte sich an den Hilfskoch: »Eugenio, gib ihr alles, was sie braucht«, wies sie den jungen Mann an. Dann drehte sie sich ohne ein weiteres Wort um und begann, einen prächtigen Fisch zu putzen, den sie aus einer Kiste nahm.

Ida atmete tief durch. Sie wusch sich die Hände, band sich die Schürze um und setzte die Haube auf, während Eugenio eine tiefe Schüssel aus schwerer, farbenfroher Keramik auf die Arbeitsfläche wuchtete, in die Idas Arm sicher bis zum Ellenbogen hineingepasst hätte. Auch einen Sack mit Weizenmehl und einen mit Weichweizengrieß stellte er bereit, daneben einen Behälter mit Eiern.

»Zu welcher Soße soll die Pasta passen?«, fragte Ida.

»Ich habe Ragù in Vorbereitung. Fleischsoße will immer jemand, obwohl wir am Meer sind.«

»Dann mache ich Pappardelle«, entschied Ida.

Eugenio musterte sie von der Seite. »Für etwa zwanzig Leute«, betonte er.

Ida nickte. Sie errechnete im Kopf die Mengen, die sie jeweils benötigte, dann nahm sie pro Person immer so viel Mehl, wie in ihre zu einer Schüssel geformten Hände passte. Dabei wählte sie abwechselnd Weizenmehl und Weichweizengrieß, sodass schließlich beide Sorten im etwa gleichen Anteil vorhanden waren. Schon bald versank sie in aufgewirbeltem Mehl, aber sie fühlte sich sicher, denn das kannte sie. Sie vermengte die beiden Mehlsorten gut in der großen Schüssel und grub einen Krater in die Mitte, bevor sie begann, die Eier darin aufzuschlagen. Sobald ein offenes Ei im Mehl lag, verrührte sie es leicht mit den Fingerspitzen, dann gab sie ein weiteres dazu. Immer weiter. Ein Ei pro Person, so rechnete Ida, auch wenn sie wusste, dass diese Regel nur grob galt und sie sie vielleicht brechen musste, wenn das Mehl sich mit weniger Eiern zufriedengab oder nach mehr verlangte. Sie lächelte Eugenio zu, als er ihr Pasta-Trockenständer brachte, die aussahen wie nackte Bäume, mit dünnen Ästen, die in alle Richtungen abstanden. Später würde Ida die Bandnudeln darüber hängen.

Ida grub beide Hände tief in den Teig und schloss die Augen. Sie ertastete die Konsistenz, bewegte ihre langen Finger in der Masse, atmete tief den so vertrauten Geruch nach rohen Eiern und Mehl ein, der ein bisschen an einen nassen Lappen erinnerte, aber schon bald viel appetitanregender werden würde. Ohne die Augen zu öffnen, begann sie, die klebrige Masse kraftvoll durchzukneten. Stark und entschlossen, zugleich aber mit dem nötigen Feingefühl. Nach und nach fügte sie Mehl hinzu, bis der Teig kompakt, fest und dehnbar war. Als sie schließlich sicher war, dass er die richtige Konsistenz hatte, schlug sie einmal fest darauf.

Im nächsten Moment stand Sandra neben ihr. Sie fasste in die Schüssel, zwickte in den Teig, nahm sich ein Stück davon und prüfte in der Hand die Beschaffenheit.

Ida hielt den Atem an.

»Sehr schön!«, sagte Sandra. »Weiter so!«

Ida spürte, wie das Blut durch ihre Venen rauschte. Es war immer noch ungewohnt für sie, ein Kompliment zu erhalten, fühlte sich aber wundervoll an.

»Das war ja heute richtig gut!«, beschied Sandra, als der Mittagsbetrieb beendet war.

Ida fühlte sich, als käme ein sich schnell drehendes Karussell allmählich zum Stillstand. So viele neue Eindrücke, so viele neue Bilder, so viel Bewegung! Und sie war mittendrin gewesen. Teller, Besteck, Töpfe, Soßen, Fisch … Unmengen an Fisch, dazu Pasta, Salat, Gemüse, Kartoffeln, Brot, feine Nachspeisen. Herrlich! Wundervoll! Farben, Formen und Düfte. Ein Triumph, ein Fest. Ida hatte noch nie so viel Essen auf einmal gesehen, nicht einmal bei großen Familienfeiern zuhause bei Nonna. Sie war überwältigt. Und glücklich.

»Kompliment an dich, Ida. Du hast dich gut geschlagen. Besser als erhofft sogar. Jetzt ruh dich erstmal aus, dann sehen wir uns zur Abendschicht hier in der Küche wieder. Eugenio, führst du sie draußen ein bisschen rum, hm?«, bat Sandra, während sie ihre Schürze abband und zusammenlegte.

»Sicher!« Er zuckte die Achseln, aber als er gleich darauf Ida ansah, lächelte er schief.

Ida legte Schürze und Haube ab und wusch sich in einem kleinen Personalbad, das schöner war als ihr Bad zuhause, das verschwitzte Gesicht. Dann wartete sie geduldig, während Eugenio sich umzog.

»Hier entlang, die Dame!«, sagte er wenig später übertrieben galant und ließ Ida vor sich durch die Küchentür hinaus zur steilen Treppe treten, die sie am Morgen mit Zio Sesto erklommen hatte.

An der Strandpromenade angelangt, blieb Ida stehen und atmete erst einmal tief durch. Sog den Geruch des Meeres auf, spürte die Sonne auf der Haut und die Freude im Herzen. Sie war in Amalfi! Die Gewissheit darüber begann zu sacken und erfüllte sie.

Eugenio führte sie zum Geländer der Strandpromenade. Sie lehnten sich daran, wurden Teil der sommerlichen Kulisse. Vom nahegelegenen Strand drangen Stimmen an Idas Ohr, sie klangen heiter, ausgelassen.

»Du bist also aus Tramonti?«, eröffnete Eugenio schließlich das Gespräch.

»Ja«, sagte Ida zustimmend.

»Und du warst wirklich noch nie in Amalfi?«

Sie schüttelte den Kopf. »Schlimm, oder?«

Eugenio zog die Schultern hoch. »Na ja, ich war dafür noch nie in Tramonti. Schlimm finde ich das nicht. Und jetzt bist du ja hier.«

Ja, jetzt war sie hier. Ida verschränkte die Arme vor der Brust, ließ den Blick über das Villa Amalfi wandern. Jetzt, da sie das Hotel schon ein bisschen kennengelernt hatte, erschien es ihr noch beeindruckender. »Arbeitest du schon lange hier?«, wollte sie wissen.

»Das ist meine zweite Saison.«

»Und, magst du die Arbeit?«

»Ach, eigentlich schon, obwohl es manchmal wirklich anstrengend ist. Aber die Ansprüche an unsere Küche sind eben auch hoch. Wusstest du, dass das Villa Amalfi eigentlich als eine

Art Restaurant angefangen hat? Die Zimmer wurden erst nach und nach dazugebaut.«

Ida schüttelte den Kopf. Nein, das war ihr neu. Wie so vieles andere hier.

»Das hat Sandra mir erzählt. Steht aber auch alles im Tagebuch der Gründerin. Sie war übrigens die Ururgroßmutter von der jetzigen Besitzerin Signora Annalisa. Elisabetta Esposito hieß sie. Das Buch liegt im Eingangsbereich des Hotels in einer Vitrine. Stell dir vor: Der erste Eintrag stammt aus dem Jahr 1845. Unglaublich, oder?«

»Ja, das ist es! Dann gehen hier also schon seit über hundert Jahren Menschen ein und aus«, sagte Ida ehrfürchtig. »Wie das wohl damals war? Ich würde das Buch gerne lesen. Eines Tages«, fügte sie mehr zu sich selbst hinzu. Eugenio erwiderte nichts darauf, als wäre es ein Wunsch ohne Bedeutung. Doch dem war nicht so.

KAPITEL 7

Es ist mir gelungen, ein Zimmer in der Wohnung freizuräumen – das mit dem großen Fenster. Ich musste es nicht erst ausschreiben, ein Urlaubsgast hat es sofort belegt. Und auf ihn folgte der nächste und wieder der nächste – die Menschen lieben einfach den Ausblick auf das Meer.
Die Vermietung an Reisende bringt mir gutes Geld, Francesco, und das brauche ich. Die Kinder werden größer, und alles kostet. Doriana hat mich dann auf die schöne Idee gebracht, unserem Gästezimmer eine Nummer zu geben. Wir haben die 1801 gewählt – dein Geburtsjahr.
Du wärest so stolz auf deine Tochter, Francesco …

Margherita stand mit angehaltenem Atem am Bett ihres kleinen Sohnes. Dottore Bianco untersuchte ihn gerade. Margherita konnte nicht sagen, zum wievielten Mal in diesem Monat bereits – sie hatte das Zählen aufgegeben. Pierpaolo lag teilnahmslos in seinem Bettchen und ließ die Untersuchung stumm und geduldig über sich ergehen. Dottore Bianco hörte konzentriert mit einem Stethoskop Herz und Lunge des Jungen ab. Margherita konnte vor Anspannung noch immer kaum atmen. Der Anblick ihres geliebten Sohnes zerriss ihr das Herz. Seine dürren Ärmchen hatten in etwa die gleiche reinweiße Farbe wie die Bettwäsche, auf der er lag. All seine Rippen zeichneten sich viel zu deutlich ab. Doch es war sein Gesicht, das Margherita schockierte – es wirkte apathisch. Pierpaolo war fünf Jahre alt, doch war er viel zu selten heiter und glücklich, schon gar nicht kindlich ausgelassen. Seine Gesundheit war vom ersten Augenblick seines Lebens an nicht die beste gewesen, aber er war dennoch gut gewachsen. Der letzte Winter aber hatte ihm schwer zugesetzt. Nach einer ernsten Lungenentzündung fiel es dem Jungen nun schwer, sich zu erholen. Selbst jetzt, Ende Juni, kam er noch ins Schnaufen, sobald er etwas anderes tat als liegen.

Dottore Bianco packte sein Stethoskop weg, zog Pierpaolo das Hemd wieder über die dürre Brust, deckte ihn zu, strich ihm aufmunternd über den Kopf und zwinkerte ihm zu. Dann stand er auf, verabschiedete sich von seinem Patienten und verließ mit seiner Tasche das Zimmer. Margherita schenkte ihrem Sohn ein liebevolles Lächeln, bevor sie dem Dottore in das Gästewohnzimmer folgte, wo sie ihn wie immer nach den Untersuchungen zum Gespräch geladen hatte. Er wartete höflich an der Tür, ließ ihr den Vortritt und folgte ihr dann in das geräumige, luftige und helle Zimmer mit den altmodischen Möbeln, die Margherita gern gegen moderneres Mobiliar ausgetauscht hätte. Aber ihr Mann hing an der Einrichtung, die seine Familie seit Generationen begleitete.

Der Dottore nahm ihr gegenüber Platz, nachdem sie sich gesetzt hatte.

»Dottore, sagen Sie mir: Wie geht es Pierpaolo?«, bat sie sofort um Auskunft.

Der Arzt schlug ein Bein über das andere und hob die Schultern. »Aus medizinischer Sicht scheint alles in Ordnung, die Lunge ist frei. Doch ich bin besorgt wegen seiner Schwäche. Der Junge kommt nicht zu Kräften. Das muss sich ändern.«

Margherita nickte eifrig und kam sich vor wie eine Schülerin, die sich dem Lehrer gegenüber besonders lernwillig zeigt. »Schreiben Sie mir eine Medizin auf. Ich werde alles tun, um sie zu besorgen. Er wird von uns selbstverständlich die bestmögliche Unterstützung bekommen.«

Doch der Dottore schüttelte den Kopf. »Ihr Sohn braucht keine Medizin mehr, Signora. Er braucht einen Tapetenwechsel, viel Sonne und am besten Meeresluft. Fahren Sie mit ihm in den Süden, irgendwohin, wo es besonders warm ist. Und bleiben Sie ein paar Wochen. Sie werden sehen, dass er wieder gut essen und zu Kräften kommen wird.«

In diesem Moment betrat die Haushälterin diskret den Raum. Sie stellte ein Tässchen Caffè für den Dottore auf den Wohnzimmertisch und verließ dann wieder das Zimmer.

Margherita wartete, bis er einen Schluck getrunken hatte, und nickte dann als Zeichen dafür, dass sie seinem Rat natürlich Folge leisten würde. »Denken Sie, es könnte von Nutzen sein, eine ausgebildete Krankenschwester mitzunehmen?«, fragte sie. Hier in Prato hatte sie Dottore Bianco, auf den sie bei allen gesundheitlichen Fragen zählen konnte. Der Gedanke, ihn nicht in ihrer Nähe zu haben, machte sie nervös.

»Um Himmels willen, nein, Pierpaolo braucht keine Krankenschwester. Lassen Sie ihn spielen und im Sand toben. Es wird ihm guttun, sich ein bisschen von alldem hier«, er zeigte vage um sich, »zu lösen.«

Margherita war sich nicht sicher, was genau er meinte, wagte aber nicht nachzuhaken.

Der Dottore leerte die Tasse und erhob sich. »Ich werde in zwei bis drei Tagen noch einmal nach Pierpaolo sehen. Aber ich bin mir sicher, dass es ihm gut genug geht, um die Reise antreten zu können.«

Margherita fühlte sich überrumpelt, ließ es sich aber nicht anmerken. So einfach war das alles nicht, sie konnte eine so wichtige Reise nicht innerhalb weniger Tage organisieren. Nicht ohne ihren Mann, doch der war seit Wochen beruflich so stark eingespannt, dass sie ihn kaum noch zu Gesicht bekam. Nun, das musste sich jetzt dringend ändern. Pierpaolo war wichtiger als die Arbeit im Familienbetrieb.

»*Va bene*, Dottore. Ich begleite Sie noch zur Tür. *Grazie.*« Kaum hatte Margherita die schwere Holztür hinter ihm geschlossen, lehnte sie sich von innen dagegen und schloss für einen Moment die Augen. Sie musste sich sammeln. Obwohl sie eigentlich vom Arzt die gute Nachricht bekommen hatte, dass es ihrem Kind besser ging und es nur wieder zu Kräften kommen musste, versetzte diese Reise, die sie wohl oder übel sehr bald antreten musste, sie in Aufruhr. Sie hatte das ungute Gefühl, dass ihr Mann Luca sich nicht so leicht von deren Notwendigkeit überzeugen lassen würde. Und Margherita konnte unmöglich warten, bis er irgendwann spätnachts nach Hause kam, um die Angelegenheit mit ihm zu besprechen. Also beschloss sie, etwas zu tun, was sie schon lange nicht mehr getan hatte.

»Rosa!«, rief sie nach der Haushälterin.

»Ja, Signora?«

»Kannst du bitte Pierpaolo etwas Gesellschaft leisten? Ich werde etwa eine Stunde fort sein.«

»Natürlich, Signora.«

»Danke, Rosa.«

Margherita stieg die Stufen zum Schlafzimmer empor und setzte sich an ihren Schminktisch. Hier im Schlafzimmer standen nur neue Möbel, die sie sich selbst ausgesucht hatte. Sie liebte ihren kleinen, hellbraunen Tisch mit dem integrierten Spiegel, der aus einer größeren zentralen Fläche und zwei kleineren, mobilen Flügeln an den Seiten bestand. Jetzt bürstete sie sich das Haar, das sie erst kürzlich zu einem modernen Bob hatte schneiden lassen, trug etwas Lippenstift und Rouge auf und betrachtete sich dann im Spiegel. Das Ergebnis gefiel ihr. Und Luca mochte es, wenn sie sich hübsch zurechtmachte. Dann stand sie auf, nahm den neuen, leichten Sommermantel aus dem Schrank, den Luca ihr zum Geburtstag geschenkt hatte. Er hatte dazu einen neuen Stoff mit Seidenanteil verarbeiten lassen. Luca war sehr stolz auf die Kombination. Auch die intensive Farbe war seine Idee gewesen – ein gewagtes Orange, das Margherita mit ihrem dunklen Haar ausgesprochen gut stand. Luca hatte Geschmack, das musste man ihm lassen. Aber er war ja auch in der Textilfabrik seiner Eltern groß geworden und hatte jeden Tag mit Farben und Mustern zu tun. Er hatte ein geschultes Auge – Schönes erkannte er sofort.

Margherita nahm ihre Tasche, verließ das Haus und stieg in ihren dunkelblauen Alfa Romeo Berlina – auch der war ein Geschenk ihres Mannes. Was hatte sie sich gewehrt, ja, sie hatte sich regelrecht dagegen gesträubt, Fahrstunden zu nehmen. Jetzt war sie Luca dankbar für seine Beharrlichkeit. Es war nur ein Auto, es war nur ein Führerschein, aber beides zusammen bedeutete für Margherita Freiheit, und sie wusste, dass viele andere Frauen nur davon träumen konnten, sich einfach in einen Wagen setzen und losfahren zu können.

Lucas Fabrik lag nur einige Kilometer von der Villa entfernt, die er mit seiner Familie bewohnte. Die Firma war ihm als einzigem Sohn bei seiner Hochzeit mit Margherita großzügig vermacht worden. Seine beiden älteren Schwestern hatten nur marginale Aufgaben im Familienbetrieb Vercelli übernommen.

Margherita gab Gas, drehte das Radio lauter, in dem *Amor, Amor, Amor* von Dea Garbaccio lief. Es war ein schönes, sanftes Lied, das sie gedankenverloren mitsang. Lebensfreude regte sich in Margherita, und sie merkte erst jetzt, dass sie die letzten Monate über fast wie in einer Starre gelebt hatte. Sie liebte es, durch die toskanische Landschaft mit ihren sattgrünen Hügeln zu fahren. Die kurvenreiche Strecke bis nach Prato kannte Margherita auswendig, obwohl sie sie nicht mehr oft fuhr. Sie nahm sich vor, häufiger in ihre Heimatstadt zu fahren, um ihre Eltern zu besuchen. Niemand verbat ihr das, und sie verstand selbst nicht, warum sie sich dieses Vergnügen nicht mindestens einmal wöchentlich gönnte.

Als Margherita auf den Vorhof der Fabrik ihres Mannes fuhr, erkannte sie überrascht, dass sie an so vieles, aber nicht an den eigentlichen Grund ihres Besuches gedacht hatte. Sie war hier, um über einen Urlaub am Meer zu sprechen. Doch weil sie sich nicht richtig darauf vorbereitet hatte, war sie nun ein wenig nervös. Aber sie schüttelte das unangenehme Gefühl ab und sagte sich selbst, dass ein Gespräch mit dem eigenen Ehemann keine Frau nervös machen sollte.

Kaum war sie aus dem Wagen gestiegen, kam ihr der Pförtner entgegen. Der große Mann hob die Kappe seiner Uniform und grüßte sie freundlich. Er fragte, ob sie etwas zu tragen habe. Als sie das verneinte, begleitete er sie am Haupttor vorbei, das in die Hallen hineinführte, in denen die Maschinen rund um die Uhr Textilien fabrizierten. Dort konnte es mitunter laut und stickig sein. Manchmal wirbelte dort so viel Staub umher, dass man fast glauben konnte, es schneite. Nach wenigen Schritten erreichten sie den kleinen Nebeneingang, über den man direkt in die Büroräume gelangte, und der Pförtner verabschiedete sich mit einer angedeuteten Verbeugung von Margherita. Sie kannte sich hier aus, fühlte sich aber trotzdem bei jedem Besuch ein wenig wie ein Eindringling, was dazu geführt hatte, dass sie selten herkam. Sie stieg die Treppe zum ersten Stock hinauf, in dem Lucas Büro lag. Dabei fiel ihr Blick auf ihre Schuhe, die, wie sie jetzt erst merkte, nicht sehr gut zu ihrem Mantel passten. Sie hatte die braunen, flachen Schuhe mit der Schnalle an, die mit ihrer neuartigen Spitze ihren Fuß viel größer erscheinen ließen, als er wirklich war. Aber daran ließ sich jetzt nichts ändern.

Oben angekommen, klopfte sie direkt an die Tür zu Lucas Büro.

»*Sì?*«, hörte sie ihn von innen rufen.

Beim Klang seiner Stimme durchfuhr Margherita wie so oft ein wohliger Schauder. Mit einem Lächeln trat sie ein. »Störe ich?«, fragte sie.

Luca blickte überrascht auf, drückte seine Zigarette aus, stand augenblicklich auf und kam auf sie zu, um sie auf die Wangen zu küssen. Er roch nach Nikotin und nach seinem Aftershave. Sie liebte diese Mischung.

»Du kannst dir nicht vorstellen, wie oft am Tag ich mir wünsche, dass du hier hereinspaziert kommst«, flüsterte er ihr ins Ohr.

»Dann sollte ich das wohl öfter tun.«

»Du würdest mich zum glücklichsten Mann der Welt machen.«

»Können wir uns kurz setzen?«

»Natürlich!« Luca nahm ihre Hand und führte sie zum Sofa, von dem aus man durch ein Panoramafenster an der gegenüberliegenden Wand in die hügelige Landschaft mit ihren Zypressen und Olivenbäumen schaute.

Sie nahmen Platz, er sah sie aufmerksam an.

»Dottore Bianco hat heute Pierpaolos Lunge abgehört«, kam Margherita sofort zur Sache. »Aus medizinischer Sicht scheint alles wieder gut zu sein. Er rät uns aber dringend dazu, mit ihm eine

Weile ans Meer zu fahren, am besten für ein paar Wochen. Seiner Meinung nach wird ihm das Klima dort guttun.«

Luca kratzte sich am Kopf. Sein dichtes braunes Haar trug er seitlich gescheitelt und nach hinten gekämmt, eine Frisur, die ihn älter erscheinen ließ, als er war. Margherita war versucht, ihm mit der Hand hindurchzufahren. Sie ließ es aber bleiben, dies war nicht der richtige Ort.

»Im Spätsommer können wir uns eventuell ein, zwei Wochen Urlaub nehmen.«

Sie hatte es befürchtet. »Der Dottore hat von jetzt gesprochen.«

»Jetzt? Gleich?«

Sie nickte.

Luca stand auf, trat ans Fenster. Lockerte die Krawatte, die auch aus Stoff aus dem eigenen Betrieb genäht war, und schaute hinaus in die Natur. Auch Margherita stand auf und ging die wenigen Schritte zu ihm. Sie legte ihre Hand auf seinen Rücken und lehnte ihren Kopf an seine Schulter. »Wäre es nicht wundervoll, statt auf die Hügel hier ausnahmsweise einmal auf das Meer zu blicken, hm? Du und ich und unser kleiner Piero?«

Luca wandte sich ihr zu und umarmte sie. Margherita war viel kleiner als er, und er küsste sie sanft auf den Kopf. »Es wäre mehr als wundervoll, aber ich kann hier unmöglich weg, es ist … schwierig gerade.«

»Was meinst du mit *schwierig?*«

Er sah sie sekundenlang an und schien etwas sagen zu wollen, schüttelte dann aber den Kopf. Der Blick war so eindringlich gewesen, dass sie Gänsehaut bekommen hatte. Doch das Gefühl der Beunruhigung verflog sofort.

»Schwierig, weil … Du weißt doch, dass die Dinge hier ohne meine Anwesenheit schnell in Schieflage geraten.« Er zog die Schultern hoch.

»Vielleicht könnte dein Vater für ein paar Wochen deine Aufgaben übernehmen? Früher hat er das auch ohne dich geschafft.«

»Ja, das hat er. Ich werde später mit ihm sprechen.«

»Danke, Luca. Mir ist bewusst, dass ich dich um etwas Großes bitte, aber wir sind es Piero schuldig. Wir müssen das für ihn tun, damit er endlich wieder richtig zu Kräften kommt.«

»Ich weiß, *tesoro.*« Er umarmte sie noch einmal fest. Und dann spürte Margherita, dass sie nicht mehr seine volle Aufmerksamkeit hatte. Es war Zeit zu gehen.

KAPITEL 8

Mein Leben ist oft anstrengend. Sehr sogar. Trotzdem möchte ich es gegen kein anderes tauschen. Ich werde demnächst ein Zimmer anbauen, Francesco. Inzwischen weiß ich ganz gut, worauf ich achten muss. Und vor allem, was die Gäste mögen. Und sie kommen wieder …

Als ihr Onkel drei Tage später mit seiner Milch und einem Frischkäse die Küche betrat, folgte Ida ihrem Impuls und umarmte ihn. Er drückte sie kurz und fest an sich.

»Wie ist es dir ergangen?« Er musterte Ida aufmerksam.

»Ach, Zio Sesto, es ist so wundervoll hier!«, rief Ida. »Ihr müsst euch um mich überhaupt keine Sorgen machen.«

»Das freut mich sehr.« Er lächelte ihr zu.

Jetzt trat Sandra zu ihnen. Ida war froh, dass sie ihnen einen Moment gewährt hatte.

»Ich würde Ida gerne hierbehalten. Sie ist wirklich eine Hilfe, nimmt mir alles ab, was sie allein meistern kann.« Ida merkte, wie ihr dieses Lob die Röte ins Gesicht jagte.

Auch ihr Onkel freute sich sichtlich. »Wunderbar! Ich habe mich mit meiner Frau beraten: Von unserer Seite spricht auch nichts dagegen. Sie kann also bleiben?«

Sandra nickte. »Oh ja. Das kann sie«, sagte sie lächelnd. In Ida explodierte ein ganzes Feuerwerk der Dankbarkeit, so groß wie beim Fest zu Ehren des Schutzpatrons von Tramonti. Sie war überglücklich.

»Ich gratuliere dir und bin mächtig stolz auf dich«, sagte ihr Onkel und umarmte sie noch einmal. »Jetzt muss ich aber los, sonst schaffe ich meine Runde nicht vor der großen Hitze. Ich werde ein paar Sachen von dir bei Maria Grazia holen und sie dann auch über deine Arbeit informieren. In drei Tagen komme ich wieder, dann bringe ich dir mehr Kleidung. Aber deine Tasche habe ich bereits mitgebracht, dazu ein wenig Wäsche von Pantalea.«

Ida umarmte ihn noch einmal, dann machte sie sich wieder an

die Arbeit, die ihr nun noch leichter von der Hand ging als sonst. Entspannt hing sie ihren Gedanken nach, während sie, wie Sandra es ihr aufgetragen hatte, einen Mürbeteig machte aus Mehl, Eiern, Zucker, Öl, Backpulver und geriebener Zitronenschale, deren Aroma ihr prickelnd in die Nase stieg. Sie wollte einfach nur ihre Arbeit machen, und das gut. Sandra schaute Ida natürlich genau auf die Finger, doch sie hatte auch schon gesagt, dass sie noch nie jemanden so präzise hatte arbeiten sehen. Und am Vortag hatte die gesamte Küche Komplimente von der Signora Annalisa erhalten. Ida begann zu begreifen, was es bedeutete, gemeinsam mit Kollegen das gleiche Ziel zu haben. Sie spürte die Kraft der Gemeinschaft, fühlte sich davon bestärkt. Sie alle wollten glückliche, zufriedene Gäste. Die aus ganz Europa kamen, das hatte Eugenio ihr erklärt. Und gleich hinzugefügt, dass die Engländer viel Fleisch aßen und die Deutschen gerne Kartoffeln.

Alle Mitarbeiter wollten natürlich das Lob von der Signora Annalisa. Alle liebten sie, so auch Ida, die Annalisa schon jetzt wegen ihrer Ausgeglichenheit und Freundlichkeit sehr schätzte. In dieser Hinsicht erinnerte Annalisa sie an ihre eigene Mutter, sie hatten beide diese liebevolle, freundliche und selbstlose Art und vermittelten ihr Selbstvertrauen.

Ida schrak auf, als die Schwingtür krachend gegen die Wand knallte und die Tochter des Hauses die Küche betrat. So war es auch am Vortag gewesen, woraufhin Sandra ihr Guendalina kurz vorgestellt hatte. Ida mochte keine Menschen, die Gewalt zur Schau stellten, wenn auch nur über eine gegen die Wand geschlagene Tür. Allerdings kannte sie die junge Frau kaum und wollte nicht voreingenommen sein. »*Buongiorno*«, grüßte Ida freundlich.

»Ich habe Hunger!«, sagte Guendalina. Idas Gruß ignorierte sie.

Ida fühlte sich unwohl. Sandra war gerade nicht da, und Eugenio verschwand lieber im Vorratsraum, sodass die jungen Frauen sich jetzt zu zweit gegenüberstanden.

Ida und Guendalina waren in etwa gleich groß und gleich alt, und das waren auch die einzigen Ähnlichkeiten. Guenda überragte Ida im Moment um ein paar Zentimeter, das lag aber an ihren Absätzen, die die junge Frau mit einer Selbstverständlichkeit trug, um die Ida sie ein wenig beneidete. Guendalina war hübsch, sehr sogar. Ida fühlte sich im Vergleich unscheinbar. Aber auch wenn die andere geradezu perfekt aussah in ihrem sommerlichen kurzen Kleid, schaffte sie es nicht, sympathisch zu wirken.

»Hast du nicht gehört?«, fauchte Guendalina und verschränkte die Arme vor der Brust.

Ida wich einen Schritt zurück und fühlte sich plötzlich zurückversetzt in ihr altes Zuhause mit ihrem Vater. Wie von selbst wanderten ihre Finger über die verhasste Narbe, die sich in diesem Moment entstellend anfühlte, obwohl Ida wusste, dass sie kaum zu sehen war. Sie war zudem nicht sicher, wie sie reagieren sollte – als Tochter der Chefin stand Guendalina über ihr, vielleicht sollte sie ihr deshalb etwas zu essen machen? Gleichzeitig rechtfertigte das nicht den rauen Ton. Ida entschied sich für einen Mittelweg. Sie nahm ihren Mut zusammen und sagte freundlich: »Natürlich habe ich Sie gehört, Signorina Guendalina. Sandra hatte mir aufgetragen, einen Teig zu kneten. Noch bin ich nicht fertig, wie Sie sehen. Danach kann ich etwas für Sie zubereiten. Möchten Sie in der Zwischenzeit Kekse? Sandra hat sie gerade erst gemacht.«

»Auf keinen Fall, du dummes Ding. Ich esse nichts Süßes.« Guenda rollte übertrieben mit den Augen und schob schmollend ihre hübsche, rot bemalte Unterlippe vor.

Die Beleidigung schmerzte Ida, aber sie beschloss, sie zu ignorieren. »Ein Panino vielleicht?«, hakte sie nach.

Guendalina zog die Schultern hoch, was Ida als Zustimmung deutete. Also schnitt sie frisches Brot auf, träufelte Olivenöl auf die duftende Scheibe und belegte sie mit Prosciutto. Sie reichte den Teller Guenda, die ihn mit hochmütiger Miene in Empfang nahm. Aber sie biss sofort in das Panino und kaute genüsslich.

Guendalina lehnte sich an die Arbeitsfläche. Offenbar suchte sie das Gespräch. »Aus welchem schmutzigen Dorf kommst du eigentlich?«, fragte sie mit vollem Mund.

»Ich komme aus Tramonti«, antwortete Ida schlicht. Was hätte sie schon hinzufügen können? Dass Tramonti alles war, aber nicht schmutzig? Das hätte nichts geändert, Guendalina hatte ihr bereits einen Stempel aufgedrückt.

Die junge Frau hob wieder die Schultern und biss in ihr Brot. »Ich werde nie verstehen«, beschied sie kauend, »warum meine Eltern Arbeitskräfte aus dem Inland einstellen, die stinken und aussehen, als kämen sie direkt vom Feld. Sobald ich den Laden hier übernehme, wird es das nicht mehr geben.«

Guendas Worte verletzten Ida zutiefst, aber sie bemühte sich, ihre Gefühle nicht zu zeigen. Ihr kam Guenda vor wie ein Fuchs, der sich anmutig und siegessicher durch das Dickicht anschlich, um Hühner und Kleinvieh zu erlegen. Ida hatte das oft genug miterlebt oben in Tramonti. Eines war ihr klar: Sie würde nicht um die Anerkennung dieses Mädchens kämpfen, denn das war aussichtslos. Das hatte die Erfahrung mit ihrem Vater sie gelehrt.

In diesem Moment betrat Sandra endlich wieder die Küche, und Ida atmete erleichtert auf.

»*Buongiorno*, Guendalina. Brauchst du etwas?«, fragte die Köchin.

»Wo hast du denn so lange gesteckt, Sandra?«, gab Guendalina statt einer Antwort zurück. »Gut, dass ich hier war und in deiner Abwesenheit nach dem Rechten gesehen habe. Wo kämen wir denn hin, wenn hier jeder macht, was er will?« Sie blickte demonstrativ zu Ida.

»Bei allem nötigen Respekt, Guendalina«, entgegnete Sandra, »was hätte denn deiner Meinung nach passieren sollen?« Sie maß Guenda mit Blicken. »Und wo glaubst du denn, dass ich gewesen sein könnte? Am Meer, *tesoro?* Oder vielleicht oben auf der Sonnenterrasse?«

Ida konzentrierte sich auf den Teig. Sie wollte keinesfalls aktiv an diesem Gespräch teilnehmen, in dem Sandra versuchte, Guendalina den Wind aus den Segeln zu nehmen. Ida freute sich jedoch, dass die Köchin für sie einsprang.

»Dass ich so viel jünger als du bin, gibt dir nicht das Recht, so frech zu mir zu sein, Sandra«, gab Guendalina in tadelndem Ton zurück.

Ida beschämten die respektlosen Worte, obwohl sie nicht an sie gerichtet waren. Sie erwartete eine Tirade von der Köchin, doch die sagte nichts. Sie warf verstohlen einen Blick in ihre Richtung und bemerkte erstaunt, dass Sandra einfach nur lächelte, was die Tochter des Hauses sichtlich verunsicherte. Ida nahm sich vor, sich das zu merken. Doch Guenda hatte sich schnell erholt und wollte zu einer Antwort ansetzen, als die Signora Annalisa die Küche betrat. Sofort entspannte sich die Situation, es war, als hätte die Signora einen ganzen Schwung Harmonie mit in den Raum gespült, der alle sofort erfasste. Sogar Eugenio tauchte endlich aus der Vorratskammer auf.

»Da bist du ja! Ich habe dich schon im ganzen Haus gesucht«, tadelte Annalisa ihre Tochter sanft.

Guendalina verlor sofort etwas von ihrer aufgesetzten Sicherheit. »Ich hatte Hunger …« Ihr Tonfall war nicht ansatzweise so aufsässig wie gegenüber dem Personal.

»Und? Hast du etwas bekommen?«

Guenda nickte.

»*Va bene.* Dann kannst du ja jetzt zu deinem Papà ins Büro gehen. Er wollte, dass du ihm beim Rechnen behilflich bist.«

Das Mädchen öffnete den Mund, und Ida fürchtete schon, dass die Stimmung wieder kippen würde, doch dann verließ Guenda ohne ein weiteres Wort den Raum. Ida schloss die Augen und dankte dem Himmel. Guenda brachte nicht nur Ärger, sondern auch Anspannung. Ida spürte deutlich, dass sie in Guendas Anwesenheit immer auf der Hut war, sie war ihr nicht geheuer.

Ein Erlebnis mit ihrer Mutter kam ihr in den Sinn: Als Ida vor Jahren eine Schlange vor dem Haus entdeckt hatte, war sie furchtbar erschrocken, doch ihre Mutter hatte gesagt: »Es ist nur eine Schlange. Aber deine Angst macht aus ihr ein riesiges Monster, das dich schon mit dem Blick töten könnte. Lass nicht zu, dass deine Angst dich lähmt und irreführt.« Ida lächelte, denn, ja, es passte auch in diese Situation: Guendalina war nur eine junge Frau.

»Ich werde meiner Tochter verbieten, euch bei der Arbeit zu stören«, erklärte die Signora Annalisa. Sie war sichtlich verlegen, schien sich dessen aber nicht zu schämen, was sie noch sympathischer und menschlicher machte. Sie trug an diesem ersten richtig heißen Tag des Sommers ein Trägerkleid anstatt eines Kostüms. Wieder war Ida beeindruckt von ihrer Schönheit, sie wirkte in der Küche fast ein bisschen fehl am Platze. Ihre unkomplizierte Art hingegen passte gut hierher.

Einige Tage später betrat die Signora Annalisa die Küche, als Ida gerade damit beschäftigt war, eine Ricotta-Füllung für die Tortelloni anzurühren. Sie wandte sich an Sandra. »Ich würde gerne mit Ida sprechen, geht das?«

Die Köchin nickte. »Natürlich. Ich kann kurz übernehmen, das ist gar kein Problem.«

Ida war überrascht. Ein Gespräch? Mit der Chefin allein? Das konnte doch hoffentlich nur ein gutes Zeichen sein, oder? Ihr blieb allerdings keine Zeit, sich Gedanken zu machen, denn Annalisa sagte: »Gut. Komm, Ida, wir gehen runter an die Rezeption.«

Die Rezeption? Ida kannte bisher nicht viel vom Hotel. Genauer gesagt nur die Küche, die sich im obersten Geschoss befand, und Teile des angrenzenden Speisesaals. Davon aber nur gerade so viel, wie sie von der Durchreiche aus erkennen konnte. Bisher war Ida morgens in aller Frühe am Hotel angekommen und gleich von der Strandpromenade aus die steile Treppe hinaufgestiegen, die direkt in die Küche führte. Den Eingangsbereich für die Gäste im Erdgeschoss, die Zimmer oder die Dachterrasse kannte sie nur aus Sandras Erzählungen. Eine Küchenhilfe hatte dort nichts zu suchen. Und jetzt wollte die Signora Annalisa sie mit in die Rezeption nehmen? Ida blickte an sich hinab. Sie trug eine mit Mehl bestäubte Schürze über ihrem alten Kleid. Über die Haare hatte sie ein Tuch gebunden. So konnte sie sich doch nicht vor den Gästen des Villa Amalfi zeigen!

Die Signora Annalisa schien ihre Unsicherheit zu spüren, denn sie reichte Ida die Hand. Ida nahm sie nur zögerlich, doch als sie ihre Wärme spürte, fühlte Ida sich sicher und stark. Sie atmete tief durch, dann band sie sich schnell die Schürze ab, nahm das Tuch herunter, fuhr sich mit beiden Händen über das Gesicht und setzte ein Lächeln auf.

Sie war bereit.

Ida folgte der Signora Annalisa durch die Schwingtür in den langen Flur zum Speisesaal, der um diese Zeit, nach Ende des Frühstücks, von einem Mädchen und zwei Kellnern gereinigt und für das Mittagessen vorbereitet wurde. Sie grüßten mit einem Nicken. Ida sah sich neugierig in dem riesig wirkenden lichtdurchfluteten Raum um. Die Sonnenstrahlen traten durch die großen Bogenfenster ein, die bis zur Decke reichten und jetzt weit geöffnet waren. Rechts und links davon hingen Gardinen aus hellem Stoff. Die Wand unter den Fenstern war mit weißen Kacheln ausgekleidet, von denen eine Vielzahl bunt bemalt war. Ida bemerkte amüsiert, dass die gelben Punkte darauf Zitronen darstellten, sie vermittelten den Eindruck von Sommer und Frische und verliehen dem ganzen Saal einen Hauch guter Laune. Durch die Fenster konnte Ida das Meer bis zum Horizont sehen, wo das Wasser pittoresk und sehr entschlossen auf den Himmel traf. Sie war sicher, dass allein der Ausblick genügte, die Herzen der Gäste höher schlagen zu lassen. Ihr Herz tat es jedenfalls: Es schlug vor Freude wie selten zuvor. »Wundervoll!«, entfuhr es ihr leise.

»Meinst du das Meer?«, erkundigte sich Annalisa interessiert.

»Vor allem das, ja.« Ida hoffte, nicht den Eindruck erweckt zu haben, dass ihr neben der Schönheit des Meeres nicht auch der Speisesaal gefiel.

Annalisa lächelte und blieb stehen. »Da kann ich dir nur zustimmen, liebe Ida. Für den Großteil der Urlauber ist es vor allem das Meer, das sie nach Amalfi führt. Deshalb versuchen wir auch, aus jedem Raum einen schönen Ausblick auf das Wasser zu ermöglichen. Wir möchten, dass die Urlauber den Zauber des Meeres überall im Hotel entspannt aufnehmen können.«

»Und wenn sie dann wieder zuhause sind, vermissen sie es so sehr, dass sie einfach wiederkommen müssen«, sagte Ida fröhlich.

Annalisa lachte erheitert. »Ja. So in etwa. Meinst du, diese Rechnung geht auf?«

Ida überlegte. »Nun ja, das Meer allein wird nicht reichen. Aber wenn wir unsere Gäste auch mit feinem Essen, hübschen Zimmern und freundlichem Personal verwöhnen, dann werden sie bestimmt sehr gerne wiederkommen, und zwar genau in dieses Hotel«, sagte sie mit aufrichtiger Begeisterung.

Annalisa sah sie nachdenklich an, nickte dann und ging langsam weiter. Ida folgte ihr. An den Fenstern wie im gesamten Raum verteilt standen unzählige Pflanzen, einige davon rankten voll bunter Blüten die Wände empor. Sie waren dennoch nicht dominant, eher wie sich verneigende, aber stille und dezente Gastgeber, bei denen man gerne einkehrte. Ida ließ ihren Blick über die erhabenen, hellblau gepolsterten Stühle mit den goldfarbenen Beinen wandern. Sie sahen bequem aus und passten zu den weißen Tischen mit den Decken aus dickem, edlem Stoff, wie einfache Menschen aus dem Inland ihn sich niemals leisten konnten. Es war derselbe, aus dem die Servietten gefertigt waren, das wusste Ida. Sie hatte in den vergangenen Tagen mehrfach die Möglichkeit gehabt, sie zu befühlen, denn ab und an landete eine Serviette auf den Tellern und damit in der Küche. Dann war es Renatas

Aufgabe, sie den Frauen zukommen zu lassen, die für Sauberkeit im Hotel sorgten.

Idas Blick glitt zu dem einzigen mannshohen Gemälde im Raum. Es hing zentral an der linken Wand und zeigte Amalfi vom Meer aus gesehen, mit seinen bunten Häusern und dem hohen Steilhang dahinter. Ein langes blau-weißes Boot mit acht Ruderern schaukelte im Vordergrund auf dem Meer. Die Farben waren kräftig und zogen Ida so sehr in ihren Bann, dass sie sich schließlich sputen musste, Annalisa zu folgen.

Sie bog am Ende des Saals rechts ab zu einer Treppe, die in die unteren Stockwerke führte. So gelangten sie zunächst in einen Flur, von dem einige Türen abgingen. Ida bemerkte Nummerierungen darauf, die sie ungewöhnlich fand: 1801, 1805 und weitere.

»Was hat es mit den Zahlen auf sich, Signora Annalisa? Beginnen sie in allen Hotels mit achtzehn?« Das konnte sich Ida kaum vorstellen, aber was wusste sie schon von Hotels?

Annalisa blieb stehen. »Nein. Ich denke, das ist nur bei uns so«, sagte sie freundlich. »Die Nummerierung haben wir meiner Ururgroßmutter zu verdanken, die das Villa Amalfi gegründet hat. Sie hat dafür die Geburtsjahre der Mitglieder ihrer Familie verwendet. In den anderen beiden Stockwerken sind es die Geburtsjahre der Familie meiner Urgroßmutter und darunter die meiner Großmutter.«

Das klang schön, befand Ida. Schön und besonders. Und es bestärkte sie in ihrem Gefühl, in einem ganz bezaubernden Hause gelandet zu sein.

»Bisher haben uns die ungewöhnlichen Zahlen Glück gebracht«, sagte Annalisa lächelnd. »Bist du abergläubisch, Ida?«

Ida überlegte. Sie wusste natürlich von Amuletten und roten Hörnern und sonstigen Gegenständen, die als Glücksbringer dienten, aber richtig abergläubisch war sie nicht. »Nun, im Zweifel sehe ich lieber einfach weg, wenn mir eine schwarze Katze über den Weg läuft.«

Die Signora Annalisa lachte. »Wir haben hier keine Rituale gegen Unglück, bei uns reichen dafür die Zahlen.«

In diesem Moment passierten sie eine offene Zimmertür. Ida blieb stehen und ließ ihren Blick staunend über die Möbel im Inneren gleiten, über das Bett aus hellem, festem Holz mit dem Baldachin, an dem luftige Stoffe befestigt waren, die zusammengerafft an den Bettseiten hingen. Durch das offene Fenster trat die Meeresbrise ein und bewegte die Stoffe, sodass es so wirkte, als befände sich das Bett auf offenem Meer. In Märchenbüchern hatte sie derartige Betten einmal abgebildet gesehen, es waren Betten für Prinzessinnen. Der feinen Bettwäsche war anzusehen, dass sie teuer war. Ida stellte sich vor, wie sie sich auf der Haut anfühlte. Sanft und zart, wie die Berührung eines Schmetterlings?

Auch hier trugen weiße Keramikkacheln mit farbenfroher Bemalung zu einer wohltuenden Atmosphäre bei. Hier waren die Ornamente in Azurblau gehalten und bildeten die Bewegungen des Meeres ab. Ida war überrascht, wie gut das gelungen war, denn das Zimmer erschien ihr wie ein Sommertag an der Küste: warm und heiter und beschwingt und unbeschwert und wie ein Blick über das Meer und in den Himmel. Dabei fehlte es nicht an bequemer Ausstattung: Am Balkonfenster stand ein Sessel, dessen weiche Polsterung an eine Wolke erinnerte, an einer Wand ein Schminktisch mit großem, rundem Spiegel sowie an einer anderen ein großer Schrank. Ida bemerkte auch die frischen Blumen, und es roch wunderbar zitronig aus dem Zimmer, als hätte jemand Parfum versprüht. Herrlich! Nie zuvor waren Ida solcherlei Details so wichtig vorgekommen.

Annalisa legte eine Hand auf ihre Schulter. »Wir haben es erst letztes Jahr renoviert. Gefällt es dir?« In ihrer Stimme lag ehrliches Interesse. Ida war überrascht, ihre Meinung hatte bislang kaum eine Rolle gespielt, aber es fühlte sich gut an, danach gefragt zu werden.

»Ich liebe es!«, erklärte sie sofort. Und das entsprach der Wahrheit. Sie verstand mit einem Mal, wie herrlich es sein musste, hier in dieser Villa als Gast die Ferien zu verbringen, auf diesem Bett zu liegen und dabei den Blick über das azurblaue Meer schweifen zu lassen, das besonders schön aussah, wenn sich wie jetzt die Sonne darin spiegelte und es zum Glitzern brachte.

»Danke. Die Besucher sollen sich bei uns rundum wohlfühlen, weißt du?« Annalisa ging langsam weiter. »Und dazu gehört auch das Essen. Ich bin froh, dass Sandra dich gefunden hat. Und ich hoffe sehr, dass dir die Arbeit hier gefällt.«

Ida überlegte. Ja, sie war gerne hier. Und sie empfand das, was sie hier tat, tatsächlich als Vergnügen. Daheim in Tramonti, ja, das war harte, ermüdende Arbeit gewesen, Tag für Tag mit ihrem Vater auf den Feldern, wo sie Gemüse anbauten, dessen Verkauf die Familie ernährte, oder bei den Hühnern im Stall, wo sie den Mist zusammenkehren musste. Aber hier im Villa Amalfi in der sauberen, geräumigen, schönen Küche Pasta und andere Speisen für die Gäste zuzubereiten, das war eher ein Fest. »Ja, ich bin sehr gerne hier«, fasste sie schließlich zusammen, und fügte ehrlich hinzu: »Ich bin zum ersten Mal glücklich, Signora Annalisa.«

»Das freut mich sehr.« Annalisa schenkte ihr ein Lächeln.

Dann betraten sie den Eingangsbereich des Hotels, der hell, freundlich und voller Gäste war. Alles war neu für Ida, und sie fühlte sich ein bisschen verunsichert, vor allem aber war sie neugierig. Aufmerksam sah sie sich um. Als Erstes fiel ihr eine Holzvitrine mit Glastüren auf, die antik und so anders als das Mobiliar wirkte, das sie bisher im Villa Amalfi bemerkt hatte. Darin stand, prominent platziert, ein altes, handgeschriebenes Buch. Ida war sofort klar, dass es sich um das Tagebuch handelte, das Eugenio erwähnt hatte. »Haben Sie das Tagebuch Ihrer Ururgroßmutter gelesen?«, wollte Ida wissen.

Annalisa blickte sie verwundert an. »Ja, das habe ich. Und es hat mich sehr bereichert«, erklärte sie. »Ich denke sogar«, fügte sie lächelnd hinzu, »dass jeder, der etwas über das Hotelfach lernen möchte, es lesen sollte. Nonna Bettas Worte sind einfach, aber prägnant und voller Leidenschaft für das Wesen unseres Hotels.« Sie zuckte die Schultern. »Dabei ist es großes Glück, dass es überhaupt gefunden wurde. Es steckte zwischen zwei Schränken in der Küche und wurde erst bei der Renovierung entdeckt. Du musst wissen, dass die Küche sich früher hier im Erdgeschoss befand, wo jetzt das Büro meines Mannes ist. Erst kurz bevor wir das Hotel übernommen haben, wurde die Küche nach oben verlegt. Aber hier unten hat alles angefangen.«

Ida war beeindruckt und wollte die Signora Annalisa gerade bitten, das Tagebuch lesen zu dürfen, da stieß etwas gegen ihre Beine, und Ida ging beinahe zu Boden. Ein Kind war in vollem Lauf in ihre Richtung gerannt, beim Zusammenstoß an ihr abgeprallt und auf dem Hintern gelandet. Erschrocken kniete Ida sich neben den schmächtigen Jungen, der nicht verletzt zu sein schien, sondern sie offen und neugierig anblickte.

»Piero! Ich habe dir doch gesagt, du sollst hier nicht rennen!«, rief eine Frau, vermutlich seine Mutter. »Sind Sie verletzt?«, fragte sie Ida atemlos, während sie Piero aufhalf.

»Oh nein, nein. Ich war um den Jungen besorgt.« Ida fuhr ihm sanft mit der Hand über den Kopf, zog sie aber gleich darauf zurück. Möglicherweise war die Geste zu aufdringlich.

»Ich muss mich für die Manieren meines Sohnes entschuldigen. Manchmal glaube ich, dass ich ihm zu viel erlaube. Aber er ist nach langer Krankheit endlich fröhlich, und ich bringe es einfach nicht über das Herz, mit ihm zu schimpfen.«

Annalisa, die die Szene still verfolgt hatte, mischte sich in das Gespräch ein. »Signora Vercelli, ich bitte Sie, wir alle hier im Villa Amalfi lieben heitere Bambini, nicht wahr, Ida?«

Ida nickte lediglich zur Antwort und zwinkerte Piero zu, der sich dann auch mit Zwinkern versuchte, was ihm jedoch nicht so recht gelang.

»Er ist wie ausgewechselt, und ich habe hier in Amalfi gelernt, an Wunder zu glauben. Vor wenigen Tagen noch hat er kaum etwas zu sich genommen und bei der geringsten Anstrengung gekeucht. Und jetzt rennt er hier im Hotel schon die Leute um.« Sie lachte. »Und er isst sogar wieder, am liebsten Ihre hervorragende Pasta, nicht wahr, Piero?«, sagte sie an ihren Sohn gewandt, der sich nun verlegen halb hinter ihr versteckte.

Bei den Worten setzte Idas Herz einen Schlag lang aus, nur um danach aufgeregt loszupoltern.

»Das trifft sich ja gut«, hörte sie Annalisa sagen. »Unsere Pastafee Ida steht direkt vor Ihnen.«

Die Signora Vercelli starrte sie an, und ehe Ida es sich versah, wurde sie herzlich umarmt. »Danke, meine Liebe!« Sie löste sich aus der Umarmung, dann fügte sie hinzu: »Darf ich mich vorstellen: Margherita Vercelli, und das ist mein Sohn, Pierpaolo. Wir freuen uns, Sie kennenzulernen.«

Kein Wort fiel Ida ein, viel zu glücklich und gerührt war sie. Piero war es inzwischen jedoch langweilig geworden, er zog wiederholt am Ärmel seiner Mutter, um sie in Richtung Treppe zu lotsen. Margherita blickte gespielt genervt gen Himmel, folgte ihrem Sohn aber gleich darauf.

Annalisa und Ida sahen ihnen lächelnd nach. »Es geht doch nichts über glückliche Gäste«, sagte Annalisa, und zum ersten Mal verstand Ida wirklich, was sie meinte.

»Aber nun komm, Vittorio wartet sicher schon auf uns!« Annalisa schob Ida hinter den großen Empfangstresen, an dem eine junge Rezeptionistin saß, hübsch gekleidet und ordentlich frisiert. Ida musterte sie verstohlen und nahm sich vor, sich selbst auch einmal so zurechtzumachen. Sie hob die Hand zum Gruß, die junge Frau nickte freundlich zurück, dann folgte Ida Annalisa durch die Tür, die sich keine fünf Meter vom Empfangstresen befand. Der Raum dahinter war nicht besonders groß, aber sehr ordentlich, und er sah genau so aus, wie sie sich ein Büro immer vorgestellt hatte. Es wirkte irgendwie geschäftig und heimelig zugleich. Die Regale waren voller Ordner, an den Wänden hingen zahllose Fotos, Idas Blick blieb daran hängen. Viele Bilder waren offenbar älteren Datums, einige neuer, vermutlich waren sie alle im Villa Amalfi aufgenommen. Ida erkannte den Empfangstresen, aber auch Teile des Entrees darauf, die großen Fenster, die zur Straße gerichtet waren, den hellen Marmor. Am anderen Ende des Raumes stand ein kleiner Schreibtisch, dahinter saß ein Mann.

Annalisa setzte sich auf einen der beiden Stühle ihm gegenüber. »Vittorio, das ist Ida«, erklärte sie und bedeutete Ida, sich zu setzen.

Ida nahm Platz, der Stuhl war erstaunlich weich und bequem. Sie war trotzdem angespannt, als Vittorio sie ungeniert durch seine dicke Brille musterte.

»*Buongiorno*, Ida«, sagte er freundlich.

»*Buongiorno*«, grüßte Ida zurück.

»Es tut mir leid, wenn ich dich kurz von der Arbeit abhalten muss, aber ich wollte dich gerne kennenlernen. Und das mache ich immer hier persönlich im Büro. Eine alte Angewohnheit von mir«, sagte er lächelnd. Seine Stimme war angenehm, das fiel Ida sofort auf.

»Vielen Dank. Das ist sehr freundlich von Ihnen. Ich mag Ihr Büro«, erklärte Ida, die vor Nervosität das Erstbeste gesagt hatte, was ihr in den Sinn gekommen war.

»So?« Vittorio sah sie amüsiert an. »Und was magst du noch, Ida?« Er lehnte sich im Stuhl zurück, ohne den Blick von ihr zu nehmen.

»Ich mag Musik, das Meer, Sonnenschein und den Duft von Blumen«, antwortete Ida. »Und ich mag es, hier zu sein. Ich mag das Villa Amalfi«, ergänzte sie ehrlich. »Ich fühle mich hier aufgehoben, fast wie in einer Familie. Und ich habe den Eindruck, dass das allen so geht.«

Vittorio lehnte seine Ellenbogen auf den Schreibtisch und faltete seine Hände. »Ich finde, das hast du sehr schön gesagt, Ida.

Und ich freue mich sehr, dich hiermit offiziell und sehr herzlich als Hotelmitarbeiterin willkommen zu heißen. Das hier ist jetzt, wie du so schön gesagt hast, auch deine Familie. Auch abseits der Arbeit darfst, nein, sollst du dich hier natürlich immer wohlfühlen. Gerne darfst du dich mit den Gästen unterhalten oder an den Tanzabenden oben auf der Dachterrasse teilnehmen. Du kannst dich hier frei bewegen und respektvollen Umgang mit allen pflegen und wirst hier sicher eine schöne Zeit verbringen.«

Ida war überwältigt. Das klang alles so aufregend, so lebendig wie nie zuvor in ihrem Leben. Doch bevor sie zu einer Antwort ansetzen konnte, fügte der Signor Vittorio hinzu: »Ich weiß natürlich auch, dass deine Pasta von unseren Gästen mit großer Begeisterung gegessen wird. Ich selbst habe sie auch mehrmals probiert – sie schmeckt wirklich sehr, sehr gut. Deshalb, liebe Ida, haben wir beschlossen, dein Gehalt von Anfang an ein wenig höher anzusetzen, denn wir möchten dir unsere Erkenntlichkeit auch gerne auf diese Weise zeigen. Du erhältst es erstmalig und dann immer zum 15. eines Monats.«

Ihr Gehalt … Noch nie in ihrem Leben hatte Ida eigenes Geld gehabt. Nie! Dass sich das von nun an änderte, machte sie geradezu euphorisch. Es bedeutete ihr die Welt, sehr bald schon frei entscheiden zu können, was sie sich davon kaufen wollte. Ein neues Kleid vielleicht. Oder sich die Haare machen zu lassen. Oder – ihr Herz flatterte bei dem Gedanken – frei und selbstbewusst in eine Bar gehen und etwas trinken zu können! Ja, Ida freute sich auf die Zukunft, auf ihre Zukunft im Villa Amalfi.

KAPITEL 9

Eines der Zimmer wurde heute zum ersten Mal von einer allein reisenden Frau gemietet. Ist das sicher, frage ich mich? Ich möchte sie gerne besser kennenlernen und von ihrem Mut lernen. Sie hat nicht nach dem Preis gefragt, als hätte sie keine Bedenken, sich das Zimmer leisten zu können. Vielleicht ist sie Schauspielerin an einem bedeutenden Theater. Oder Sängerin. Manchmal höre ich sie singen, während ich für sie das Wasser erhitze, mit dem sie sich waschen kann.

Morgen werde ich mich ein wenig mit ihr unterhalten. Sie interessiert mich. Und ich möchte, dass sie sich bei mir wohlfühlt.

Margherita blickte ihrem Sohn Pierpaolo nach, während sie mit den Zehen im warmen Sand wühlte und eine Hand schützend über die Augen legte, denn die Sonne blendete sie trotz Sonnenhut. So war das in Amalfi: Die Sonne war scheinbar immer Protagonistin. Ebenso das Meer mit all seinen türkisen Schattierungen und die Steilhangküste, die zwar schroffe, dafür aber umso schönere Kontraste bildete. Herrlich war auch die sattgrüne Vegetation, aufgelockert vom Gelb der Limoni d'Amalfi und vom Pink der vielen Bougainvillea-Hecken. Alles war so erfrischend anders als zuhause in der Toskana, und Margherita musste zugeben, dass sie einen Tapetenwechsel wohl ebenso nötig gehabt hatte wie ihr Sohn. Der war wie ausgewechselt. Schon als er vor zehn Tagen das erste Mal den Strand betreten hatte, war er losgelaufen, dem Meer entgegen, und diese Euphorie hielt bis heute an. Margherita war überglücklich, dass Pierpaolo sich endlich wie ein gesunder fünfjähriger Junge verhielt. Er kommt auch gar nicht mehr aus der Puste, dachte Margherita dankbar. Alles war so wundervoll. Auch das Hotel, das Essen und das gesamte Personal. Sie dachte mit einem Lächeln an die junge Frau aus der Küche, in die Pierpaolo vor ein paar Tagen hineingerannt war. Was für ein sympathisches und bildhübsches Mädchen! Und dass sie in ihren jungen Jahren schon so gut kochen konnte! Bitter war für Margherita bei alldem nur, dass Luca nicht bei ihnen war. Er hatte es letzten Endes nicht geschafft, sich eine Auszeit zu nehmen. Als gäbe es nichts Wichtigeres als den Familienbetrieb. Als wären sie und Piero tatsächlich weniger wichtig als seine Stoffe.

Oh! Piero war gefallen. Sofort sprang Margherita auf, doch dann kamen ihr die Worte des Dottore Bianco in den Sinn, und so wartete sie erst einmal ab. Und siehe da: Er stand ganz allein auf und schaute lachend zu ihr. Erleichtert winkte sie ihm zu.

»Er ist ein so fröhlicher und heiterer Junge. Kompliment, Signora!«, sagte eine ältere Frau mit unverkennbar römischem Akzent, die auf der Strandliege neben ihrer Platz genommen hatte und sich unter dem Sonnenschirm vor der Sonne versteckte.

Margherita hatte ihre Sitznachbarin schon einige Male beim Frühstück im Hotel bemerkt und sie als gutmütige Nonna eingestuft. Bisher hatte Margherita sie noch nicht angesprochen, weil sie kaum zur gleichen Zeit am Strand waren, außerdem war die Dame sonst immer in Begleitung ihres Mannes. Auch war sie im Umgang mit Erwachsenen ein wenig aus der Übung.

»Oh, vielen Dank. Ja, er macht mir sehr viel Freude«, antwortete Margherita, die sich gerne auf das Gespräch einließ.

»Sind Sie zum ersten Mal hier, *mia cara?*«

»Ja, und ich bin so dankbar, dass das Reisebüro mir nachdrücklich dazu geraten hat. Ich möchte mir gar nicht ausmalen, was ich verpasst hätte, wenn ich an einem anderen Ort oder in einem anderen Hotel gelandet wäre.« Margherita hielt mit einer Hand ihren Sonnenhut fest, als der Wind daran zerrte.

»Für uns ist es das zweite Jahr im Villa Amalfi. Mein Mann und ich haben nach dem Krieg angefangen zu sparen, um uns endlich etwas Schönes zu gönnen. Ich habe mich schon beim letzten Mal nach dem Urlaub hier wie neugeboren gefühlt, ich bereue es nicht, so lange Geld dafür beiseitegelegt zu haben.«

»Das glaube ich Ihnen gern. Ein Urlaub hier ist wie eine Kur, nicht wahr? Und die Signora Annalisa ist wie eine Mutter, die alle in ihr Haus einlädt.«

»Das haben Sie sehr schön gesagt. Ja, sie ist die Seele und das Herz des Hotels.«

»Und man isst hier so gut …«, schwärmte Margherita und rieb

sich den Bauch. Wie aufs Stichwort kündigte der Eisverkäufer in diesem Moment mit der Glocke vernehmlich seine Ankunft an. Margherita bemerkte, mit welch großer Mühe er den weißen Wagen mit den großen Rädern durch den Sand schob und es gleichzeitig doch schaffte, diese schwere Arbeit wie ein Vergnügen aussehen zu lassen. Wäre doch nur alles im Leben mit so viel Freude verbunden wie mit Gelati. Kinder liefen auf den Wagen zu, und Margherita versuchte, Pierpaolo in der Menge auszumachen. Doch er war nicht unter ihnen, und sie erschrak, als ihr bewusst wurde, dass sie eine ganze Weile nicht nach ihm gesehen hatte. Sie suchte die Stelle mit dem Blick ab, wo Pierpaolo bis eben noch gespielt hatte. Der Strand war gut besucht, aber Margherita konnte ihren Sohn nicht entdecken.

Zutiefst beunruhigt, stand sie auf und lief in Richtung Meer. Eine Welle der Panik durchfuhr sie, und mit einem Mal empfand sie die Sonne als unangenehm, und die Hitze war ihr unerträglich.

»Piero?«, rief sie immer wieder, und Angst schwang in ihrer Stimme. Wo konnte er nur sein? Im Wasser, im Wasser, im Wasser, suggerierte eine innere Stimme beharrlich, und diese Möglichkeit raubte ihr fast den Atem. Pierpaolo konnte nicht schwimmen. Sie kannte sich mit dem Meer nicht aus, ihr Sohn noch viel weniger. Sie lief einen großen Strandabschnitt ab und rief immer wieder nach ihm. Der Bademeister, ein großer, kräftiger Mann mit dunklem Bart und dunklen Augen, trat zu ihr. Margherita zweifelte nicht daran, dass er mit der bloßen Kraft seiner muskulösen Arme bis nach Capri schwimmen könnte, wenn es darauf ankam.

»Was ist passiert, Signora?«, fragte er. Er trug Badeschlappen, eine kurze Hose, ein ärmelloses Unterhemd und eine Matrosenkappe, um seinen Hals hingen eine Pfeife und ein Fernglas. Er hatte etwas Vertrauenswürdiges an sich und vermittelte Margherita das Gefühl, einen Teil ihrer Besorgnis an ihn abgeben zu können.

»Mein Junge … ich finde ihn nicht. Bis eben hat er noch da vorne und im Sand gespielt. Ich habe vielleicht eine Minute lang nicht nach ihm gesehen, aber …« Ihre Stimme brach, als sie wieder die Oberfläche des Meeres mit dem leichten Wellengang mit den Augen absuchte.

»Machen Sie sich keine Sorgen, Signora. Hier ist noch kein Kind ertrunken, das als vermisst gemeldet wurde. Meist verlaufen sie sich nur und tauchen gleich danach wieder auf.«

Seine Worte beruhigten sie, zumindest flüchtig, die Frage aber war noch immer die gleiche: Wo war Pierpaolo?

Der Bademeister blies dreimal laut in seine Pfeife, und kurz darauf näherten sich drei junge Männer, die er sogleich bat, nach Pierpaolo Ausschau zu halten. Margherita gab ihnen eine kurze Beschreibung. Ihr war schwindelig, und auch die starke Sonne setzte ihr jetzt zu.

»Signora, in welchem Hotel sind Sie untergekommen?«, wollte der Bademeister dann wissen.

»Im Villa Amalfi.« Sie zeigte mit dem Finger in die entsprechende Richtung, ließ die Hand dann aber wieder sinken. Ganz sicher kannte der Bademeister das Hotel.

»Könnte er dorthin zurückgelaufen sein?«, warf er ein.

Margherita versuchte, sich in ihren Sohn hineinzuversetzen. Vielleicht hatte er die Orientierung verloren. Am Strand sahen alle Sonnenschirme gleich aus, vielleicht hatte Pierpaolo ihren nicht mehr ausmachen können und sich einen anderen Orientierungspunkt gesucht. Sie war sicher, dass er das Villa Amalfi erkannte, es stach mit seiner weißen Fassade, dem großen blauen Schriftzug und den unvergleichlichen Fenstern und Balkonen zum Meer besonders hervor. Margherita spürte Hoffnung in sich aufkeimen. Möglich war es, dass Pierpaolo dorthin gelaufen war. Sie musste nachsehen. *Subito!*

»Gehen Sie ruhig. Wir suchen in der Zwischenzeit hier am Strand alles ab.« Margherita nickte lediglich zur Antwort und machte sich auf den Weg zurück zum Hotel, mit dem Herzen voller Hoffnung und der Angst im Nacken.

***

Ida wusch sich in dem kleinen Personalbad gleich neben der Küche das Gesicht, sah sich im winzigen Spiegel an und brachte ihr Haar mit der nassen Hand ein wenig in Ordnung. Sie war in ein anderes Kleid geschlüpft, das Zio Sesto ihr in einer Tasche zusammen mit einigen Leckereien ihrer Mutter gebracht hatte, und befand nach einem prüfenden Blick, dass sie sich nicht verstecken musste. Ida hatte ihrer Mutter zwei lange Briefe geschrieben, die ihr Onkel ihr übergeben wollte. Bisher hatte sie noch nicht darauf geantwortet. Ida war klar, dass ihre Mutter ihr heimlich schreiben musste, und so wartete sie geduldig und voller Vorfreude, denn sie war sich sicher, dass sie eine Antwort bekommen würde. Irgendwann.

Ein geräuschvolles Klopfen ließ sie aufschrecken, gleich darauf rief Eugenio laut nach ihr. »Nun mach schon, Ida! Sonst schaffen wir es nicht mehr zu Gennaro, bevor wir wieder arbeiten müssen!« Er hatte sie in der Pause vor dem Abendessen auf eine Süßspeise in eine Pasticceria eingeladen, die sich in unmittelbarer Nähe des Hotels befand. Ida hatte dankend angenommen, denn seit ihrem Gespräch mit Vittorio wollte sie sich endlich daranmachen, ihren Hunger nach Neuem, Aufregendem und Schönem auch in der Freizeit zu stillen.

»Gleich!« Sie warf einen letzten Blick in den Spiegel und öffnete die Tür.

»Na, endlich!«, murmelte er. Aber Ida kannte ihn gut genug, um zu wissen, dass er keineswegs böse auf sie war. Er versteckte sich nur gerne hinter seiner brummigen Art, in Wirklichkeit war er ein feiner Kerl.

»Lass uns über den Haupteingang gehen, die Pasticceria ist

von dort aus nur einen Katzensprung entfernt«, schlug Eugenio vor. Sie verabschiedeten sich von Renata, die noch das Besteck trocknete, dann folgte Ida Eugenio aus der Küche in den Speisesaal.

Im Speisesaal war noch ein Kellner, Aurelio, der die Tische zurechtrückte und frische Tischdecken darauflegte. Er hatte haselnussbraunes Haar, das er an der Stirn hoch- und dann gleich zurückgekämmt hatte, sodass es eine starre Tolle formte, die sich keinen Millimeter bewegte. Die Gäste waren ganz vernarrt in ihn, denn er war kompetent und ihnen gegenüber sehr freundlich. Nicht so gegenüber Ida und Eugenio.

»Was macht ihr hier?«, erkundigte er sich schroff.

»Wir gehen in die Mittagspause«, gab Ida zurück und ignorierte Eugenio, der sie drängte weiterzugehen.

»Das wird Guendalina interessieren, dass ihr hier herumschleicht …« Er nickte selbstgefällig.

»Mag sein. Aber die Signora Annalisa und der Signor Vittorio haben mir ausdrücklich erlaubt, mich überall im Hotel aufzuhalten.«

Aurelio blinzelte ein paarmal, dann machte er eine wegwerfende Bewegung mit der Hand und wandte sich wieder der Tischdecke zu.

Ida ging mit Eugenio zügig weiter. Sie mochte Aurelio nicht besonders, und da er mit der Signorina Guenda befreundet war, noch viel weniger.

Nachdenklich folgte sie Eugenio die Treppe hinab in den dritten Stock, wo sie auf eine Signora trafen, die so helle Haut hatte, dass sie unmöglich Italienerin sein konnte. Ida grüßte freundlich, ebenso wie Eugenio. Die Frau trug eine schwere Tasche. Ida bot Hilfe an, und die Frau nahm dankend an. Ida trug die Tasche bis in das Erdgeschoss, dort stellte sie sie ab und verabschiedete sich.

»Weißt du, wer das war?«, zischte Eugenio, kaum dass sie sich weit genug entfernt hatten.

»Nein«, gab Ida zu.

»Die berühmte Pianistin aus Schweden«, erklärte er so ernst, dass Ida beinahe lachen musste. Eugenio mit seinem etwas zu langen Haar und den haselnussbraunen Augen erinnerte sie an einen ängstlichen Welpen. Ida war aber klar, worauf er mit seiner Bemerkung hinauswollte, und sie fragte sich, ob sie anders gehandelt hätte, wenn sie gewusst hätte, mit wem sie es zu tun hatte. Aber die Antwort war einfach: Nein, im Gegenteil. Bei ihren wenigen Streifzügen durch das Hotel in den vergangenen Tagen hatte Ida für sich entdeckt, dass sie gerne mit Gästen sprach. Auch jetzt, im Eingangsbereich, in dem eine gemütliche Sitzecke mit drei Sesseln und zwei dunkelblauen Samtsofas stand, die ein bisschen an eine offene Muschel erinnerten, grüßte Ida die vier Touristen, die dort saßen und sich unterhielten. Doch Eugenio schob sie kurzerhand zum Ausgang. »Du würdest wohl am liebsten Tag und Nacht im Villa Amalfi verbringen, hm?«, neckte er sie.

Und damit hatte er nicht einmal unrecht. Doch auch vor der Tür gab es so viel zu erleben! Sie mussten einer Kutsche Platz machen. Im Wagen saßen fünf junge Frauen, die zu laut redeten, übertrieben gestikulierten und zu spärlich gekleidet waren. Ida sah ihnen an, dass sie Spaß hatten, und erfuhr von Eugenio, dass es Töchter reicher Italiener aus dem Norden waren. Eugenio kannte sich überhaupt sehr gut aus, wie sie feststellte. Langsam setzten sie sich in Bewegung, doch Ida blieb bereits an dem kleinen Souvenirladen wieder stehen, der sich im Gebäude neben dem Villa Amalfi befand. Sie nahm eine Postkarte aus dem Ständer und betrachtete sie interessiert. Das Bild war in Schwarz-Weiß bei Nacht aufgenommen und zeigte das vom Mond erleuchtete Meer und die erste Reihe Gebäude gleich unten an der Strandpromenade. Auch das Villa Amalfi war zu sehen, aber nur von der Seite. In geschwungener Schrift stand am oberen Rand gedruckt: *Amalfi – Luci notturne dall'Hotel Marenostro*. Ida war sicher, dass auch das Villa Amalfi ein schönes Motiv war, das man auf

Postkarten drucken lassen konnte. Doch kaum hatte sie den Gedanken zu Ende gebracht, hatte Eugenio die Karte schon für sie gekauft.

Ida freut sich sehr. »Oh, danke, Eugenio! Aber du musst mir doch nichts kaufen!«

»Ich muss nicht, aber ich wollte. Du kannst mir ja etwas kaufen, sobald du dein erstes Gehalt hast, und dann sind wir quitt. *Va bene?*«

Ida war danach, ihn zu umarmen, aber das schickte sich natürlich nicht, also nickte sie lediglich zur Antwort.

Fröhlich gingen sie zur Pasticceria, die keine zehn Schritte vom Souvenirladen entfernt lag, und setzten sich an einen kleinen Tisch davor. Wie Eugenio bestellte auch sie sich einen Kuchen namens Dolce d'Amalfi, bei dessen Anblick und einladendem Duft nach Zitronen und Mandeln Ida sofort das Wasser im Mund zusammenlief.

Schweigend genossen sie die ersten Bissen. Ein Grüppchen Touristen lief an ihnen vorbei, allen voran ein Cicerone mit bis zum Bauchnabel geöffnetem Hemd und Strohhut. Er sprach mit lauter Stimme über den Ursprung der Stadt und die wichtige Zeit, in der Amalfi als Seerepublik ein unabhängiger Staat, aber auch ein Überseestützpunkt gewesen war, über den seltene Waren, wie zum Beispiel Gewürze, aber auch wichtige Nachrichten ins Land gelangten. Ida lauschte ihm fasziniert, bis er nicht mehr zu hören war.

»Dir gefällt es in Amalfi richtig gut, oder?«, wollte Eugenio wissen. Er lehnte sich zurück und ließ sich die Sonne ins Gesicht scheinen.

»Oh ja!« Ida war wirklich begeistert. »Allein die Menschen hier … Ich meine … sieh dich um. Wir sind an einer italienischen Küste, aber gleichzeitig fühlt es sich an wie der Mittelpunkt der Welt. Während wir hier sitzen, gehen Menschen an uns vorbei, die vielleicht gestern noch in ihrer Wohnung irgendwo in Amerika, Deutschland oder England gesessen haben. Findest du das nicht aufregend?«

Eugenio überlegte. »Ich glaube, so habe ich das noch nie gesehen«, gab er zu. »Aber du hast recht. Ein kleiner Ort, aber so wichtig wie eine Weltstadt«, sagte er mit einem Augenzwinkern.

»Ja, genau! Und stell dir vor: Wäre ich in Tramonti geblieben, hätte ich das alles hier verpasst!« Sie richtete einen liebevollen Gedanken an ihre Mutter, die ihr das ermöglicht hatte. »Deshalb möchte ich alle Chancen nutzen, die sich mir bieten. Du nicht auch?«

»Ach, weißt du, ich bin ein gemütlicher Typ. Ich warte lieber darauf, dass die Chance zu mir kommt.«

Ida verdrehte die Augen, tat so, als sei sie verzweifelt über seinen allzu bequemen Gedanken. Doch dann lachte sie, und Eugenio stimmte mit ein. Plötzlich zeigte er auf jemanden. Ida drehte sich um und sah sofort, was er meinte: Eine ältere Frau mit großer Sonnenbrille und einem Hut, an dem eine lange Feder steckte, spazierte die Promenade entlang. Sie führte einen Hund an der Leine, dessen Ohren so lang waren, dass sie den Boden berührten. Das Tier sah so lustig aus, dass Ida und Eugenio darüber lachen mussten. »Vielleicht benutzt sie ihn, um zuhause den Boden zu wischen?«, scherzte Ida.

»Vielleicht sind die Ohren aber auch gar nicht echt und die Dame lässt sie den Hund nur tragen, um Aufmerksamkeit zu erwecken«, überlegte Eugenio laut.

Sie unterhielten sich noch eine Weile, und Eugenio erzählte von seiner Familie, seinen zwei Brüdern, die auch in Hotels an der Küste arbeiteten, sodass sie sich den Sommer über kaum sahen. Er bezeichnete sie als Nervensägen, doch Ida konnte spüren, wie verbunden er ihnen war, das gefiel ihr. Wenig später bezahlte Eugenio, und sie gingen zurück. Er stieg sofort die steilen Treppen zur Küche hinauf, Ida hingegen beschloss, sich noch ein wenig umzusehen. Zwei Automobile fuhren an ihr vorbei. Obwohl Ida inzwischen schon einige gesehen hatte, war deren Anblick immer noch ungewohnt. Im ersten Automobil saß ein Mann am Steuer, der nicht mehr ganz jung erschien, neben ihm eine sehr schöne Frau mit Kopftuch und Sonnenbrille. Sie sahen aus, als läge ihnen die ganze Welt zu Füßen. Das Bild brannte sich in Idas Gehirn.

Sie stellte sich vor das Villa Amalfi und blickte zum Meer, beobachtete Passanten und eine dicke Möwe, die in eine liegengebliebene Eiswaffel pickte. Und dann bemerkte sie noch etwas. Oder besser gesagt, noch jemanden: den kleinen Jungen aus der Toskana. Er trug nichts als eine dunkelblaue Badehose, die weit über seinen Bauchnabel reichte. Ida wunderte sich, was er allein am Hoteleingang machte, noch dazu in sengender Hitze.

»*Ciao, piccolino!*«, rief sie laut. Er blickte auf, und sie sah, dass er weinte. Ida lief sofort zu ihm und ging neben ihm in die Hocke. »Was ist denn los? Wo ist deine Mutter?«

Der Junge, wenn Ida nicht alles täuschte, hieß er Pierpaolo, zog die Schultern hoch. »Ich weiß es nicht.«

Ida legte ihm sanft eine Hand auf die Wange. Sie war glühend heiß. Kurzerhand nahm sie den Jungen hoch. Schwer war er nicht, also beschloss sie, ihn in die Küche zu tragen, um ihm dort mit einem feuchten Tuch das Gesicht abzutupfen und dann gleich seine Mutter zu suchen, die sich sicherlich sorgte.

»Ich bin Ida«, stellte sie sich vor, und er lehnte seinen Kopf an ihre Schulter. »Kannst du diese Postkarte für mich tragen?«

Pierpaolo nickte und nahm mit seinen kleinen Händen die Karte.

Mit dem Jungen auf dem Arm machte Ida sich an den Aufstieg hinauf zur Küche. Die ganze Zeit über sprach sie beruhigend auf ihn ein und hoffte, ihm das Gefühl zu geben, bei ihr in Sicherheit zu sein.

»Alles wird gut«, flüsterte sie und dachte an ihre Mutter, der es unzählige Male gelungen war, sie mit diesen Worten zu beruhigen.

In der Küche setzte sie ihn mithilfe von Eugenio ab, der sofort zu ihnen getreten war, kühlte Pierpaolos erhitztes Gesicht, gab ihm etwas zu trinken und schenkte sich selbst ein Glas Wasser ein. Auf ihre Frage, was denn passiert sei, erklärte Pierpaolo stockend, dass er am Strand plötzlich seine Mutter nicht mehr gesehen hatte und zurück zum einzigen Punkt gelaufen war, den er kannte: das Villa Amalfi.

Ida lobte ihn für seine schlaue Idee und versprach ihm erneut, dass alles gut werden würde. Ihr war klar, dass seine Mutter verzweifelt nach ihm suchen musste, also führte sie ihn, sobald er sich beruhigt hatte, vorsichtig die steile Treppe hinab und befand sich schon wenig später wieder auf der Küstenstraße, die das Hotel vom Strand trennte.

Pierpaolo sah sie noch vor Ida. »Mammina!«, rief er und streckte seinen dürren Arm in Richtung Haupteingang, nur wenige Schritte von ihnen entfernt.

Die Signora Margherita wirbelte herum, und dann breitete sich ein Lächeln auf ihrem Gesicht aus. Ida sah die Erleichterung der Signora und eilte mit Pierpaolo an der Hand auf sie zu.

Die Mutter drückte ihn sofort eng an sich. »Piero, *dio mio*, wo bist du so lange gewesen? Warum bist du vom Strand weggelaufen?«

Pierpaolo begann zu erzählen und Ida fühlte, dass der Moment gekommen war, die kleine Familie in Ruhe zu lassen. Sie hob die Hand und deutete einen Knicks an, aber die Signora Margherita unterbrach sofort ihren Sohn.

»Oh, ich bitte Sie, können Sie nicht noch einen Moment bleiben? Ich muss mich bedanken! Kommen Sie mit an den Strand?«, bat Margherita mit aufrichtigem Blick.

An den Strand? Sie hatte den Sand, die Sonnenschirme und Liegestühle bisher nur aus der Ferne bewundert, einen Strandtag wollte sie erst in Angriff nehmen, wenn sie sich einen Badeanzug kaufen konnte. Eugenio hatte ihr erklärt, dass die Unterteilung der Strandabschnitte, die vom oberen Stockwerk des Villa Amalfi ein bisschen so aussah wie ein aufgeschnittener schiefer Kuchen, den verschiedenen Hotels oblag, die den Gästen des Hauses Liege und Sonnenschirm am hoteleigenen Lido boten. Laut Eugenio wurden an jedem Lido Getränke ausgeschenkt, wie an einer Bar, auch konnte man dort etwas essen. Bei Sonnenuntergang trafen sich die Jugendlichen ihres Alters dort und verfolgten gemeinsam den Moment, in dem die Sonne spektakulär im Meer versank.

Natürlich träumte auch Ida davon, eines Tages den Sonnenuntergang vom Strand aus zu beobachten. Mit einem jungen Mann an ihrer Seite …

»Ja, bitte, Ida«, durchbrach Pierpaolos Stimme ihre Gedanken.

Ida blickte in sein erwartungsvolles Gesicht und nickte schließlich. Ja, der Strand war verlockend, und noch hatte sie ein wenig Zeit, bevor sie zurück an die Arbeit musste. Pierpaolo stieß einen Freudenschrei aus, und auch die Signora Margherita freute sich sichtlich, als Ida ihnen über die Promenade auf den Strand folgte. Dort zog sie kurzerhand ihre Schuhe aus, tauchte ihre Füße in den warmen Sand und seufzte wohlig auf. Das Gefühl war einfach herrlich!

Doch mit einem Mal hatte Ida das Gefühl, beobachtet zu werden. Sie wandte sich um und ließ ihren Blick an der Fassade des Villa Amalfi entlangwandern, bis nach oben, zu den großen Fenstern des Speisesaals.

Vielleicht täuschte sie sich, aber sie glaubte, die Signorina Guendalina dort stehen zu sehen. Sofort jagte ihr ein unangenehmer Schauder über den Rücken, und sie verspürte eine altbekannte Angst.

KAPITEL 10

Ich muss das noch besser lernen, die Gäste, die Ärger bringen, gar nicht erst in unser Haus zu lassen – die Spreu vom Weizen zu trennen, di separare il grano dal loglio. Du warst darin viel besser als ich, Francesco. Ich vermisse dich so sehr, und ich wünschte, du könntest unser kleines Gästehaus sehen. Doriana sagt, wir sollen es Villa Amalfi nennen. Gefällt dir der Name?

Sandra sah Ida an, dass etwas passiert sein musste. Etwas Schönes, und bei Gott, nur Schönes hatte diese junge Frau verdient. Sandra hatte die Narbe auf der Wange bemerkt, die Ida manchmal gedankenverloren berührte. Und Narben waren nichts, was in Idas Gesicht gehörte. Auf ihr Gesicht gehörten Freude und Heiterkeit, so wie in diesem Moment, während sie kraftvoll und bestimmt den Pastateig bearbeitete. Sie war eine schlanke, schöne junge Frau mit langen, tiefschwarzen Haaren. Die Arbeit auf den Feldern hatte ihr sehnige Arme beschert, die Muskeln spannten und entspannten sich elegant. Obwohl Ida, besonders wenn sie arbeitete, einfach gekleidet war, ließ sich erahnen, welch wundervolle Frau einmal aus ihr werden würde. Die Art von Frau, nach der man sich umblickte und die den Neid anderer Frauen auf sich zog.

Sandra hatte sich gewundert, als Ida in der Mittagspause nicht nach Hause gekommen war. Bei anderen Mitarbeitern des Hotels, die bei ihr gewohnt hatten, war ihr das egal gewesen. Aber Ida war stark und zerbrechlich zugleich, und Sandra wollte den zerbrechlichen Teil schützen. Denn Ida hatte ein Strahlen, ein Licht in sich, das früher oder später bestimmt jemandem auffallen würde, der weniger strahlte. Und ihr Licht stehlen würde. Und in dem Moment wollte Sandra da sein.

»Warum so heiter, Ida? Freust du dich so sehr, schon wieder den Pastateig auszurollen?«, fragte Sandra beiläufig und streute mehr Salz über den Braten, den Annalisa sich für das Abendessen gewünscht hatte.

Sie beobachtete Eugenio aus dem Augenwinkel, der routiniert den Salat wusch. Er spitzte immer die Ohren, denn er war überaus neugierig, wenn er das auch niemals zugeben würde. Er hatte es nicht immer leicht mit drei Frauen in der Küche. Das behauptete er zumindest oft genug. Sandra war jedoch eher der Meinung, dass er es mehr als gut hatte. Auch die interessierten Blicke, die er Ida zuwarf, waren Sandra nicht entgangen. Sie stöhnte innerlich auf. Im Villa Amalfi gab es viel Amore. Hinter verschlossenen Türen, bei Mondschein, unter Decken und auf Matratzen. Minuten purer Leidenschaft, die aber nicht geduldet wurden. Annalisa und Vittorio wollten keine Liebeleien unter Angestellten, weil sie davon überzeugt waren, dass sie das Arbeitsklima vergiften konnten. Und so war es auch, sie hatten vollkommen recht.

Sie selbst hatte sich vor vielen Jahren gegen Amore und für das Villa Amalfi entschieden. Bereut hatte sie es nie. Dennoch fragte sie sich manchmal, was aus ihr geworden wäre, wenn sie den Weg der Liebe gewählt hätte.

»Ich war heute zuerst mit Eugenio Kuchen essen und dann mit der Signora Vercelli und ihrem Sohn am Meer«, lüftete Ida endlich das Geheimnis und brachte Sandra mit ihrer fröhlichen Stimme wieder ins Hier und Jetzt. »Dann habe ich meine Schuhe ausgezogen und bin barfuß im Sand gelaufen, und etwas später habe ich meine Zehen ins Wasser getaucht. Sogar einen kleinen Krebs habe ich gesehen. Und im Meer hat eine kleine Gruppe junger Leute mit einem bunten Ball gespielt, bis ein Junge den Ball so weit geworfen hat, dass er richtig weit schwimmen musste, um ihn zu holen. Sie hatten so viel Spaß. Schließlich habe ich mich bis zu den Knien ins Wasser getraut.«

»Gut, dass kein Hai nach dir geschnappt hat«, bemerkte Eugenio trocken.

»Es gibt hier Haie?«, rief Ida sofort erschrocken.

Sandra schnalzte mit der Zunge. »Ach, hör schon auf, Eugenio«, schimpfte sie mit dem jungen Hilfskoch, der sich ein Grinsen nicht verkneifen konnte. »Hör nicht auf ihn, Ida. Und: Willkommen in Amalfi, *mia cara*. Man sagt, dass man hier erst dann richtig angekommen ist, wenn man mit dem Meer Bekanntschaft gemacht hat. Es ist fast wie eine Taufe.«

»Das gefällt mir. Gibt es sonst noch was, das ich getan haben muss?«

»Oh ja!«, mischte Eugenio sich ein. »Ein Besuch im Dom, ein Dolcetto aus der Pasticceria Pansa und ein Kuss bei Mondschein vorne an der Hafenmole.« Er grinste schelmisch.

Sandra ahnte, dass er sich für alle drei Dinge zur Verfügung stellen würde, und bedachte ihn mit einem langen Blick. Eugenio machte sich auf den Weg in die Vorratskammer. »Das mit dem Kuss ist nicht so eilig«, warf Sandra ein. »Obwohl ich wette, dass du nur mit dem Finger zu schnippen brauchst, und schon stehen hunderte kusswillige junge Männer bereit.«

»Nun, einer würde mir reichen, aber der sollte schon besonders sein«, entgegnete Ida, und Sandra musste schmunzeln angesichts ihres verträumten Blickes.

Eugenio trat aus der Vorratskammer. »Wir hatten doch noch einen ganzen Schinken, *non è vero*, Sandra? Wo ist der nur hin?« Er kratzte sich ratlos an der Stirn.

Sandra horchte auf. »Von *hatten* kann nicht die Rede sein, wir *haben* noch einen ganzen Schinken. Tonino hat ihn uns erst vor ein paar Tagen geliefert, und wir haben ihn noch nicht verbraucht. Such richtig!«

Eugenio ging nochmal zurück in die Kammer, aber Sandra spürte ein unangenehmes Kribbeln im Bauch. Eugenio war zwar manchmal ein Träumer, aber er war ordentlich und hatte noch nie etwas verschwendet oder gar verloren. Wenn etwas verlorenging, dann war Sandra dafür verantwortlich. Und Annalisa hatte immer alles so gut unter Kontrolle, dass ihr niemals entgehen würde, wenn ein Prosciutto aus ihrem Hotel verschwand.

Eugenio kam sichtlich verwirrt zurück. »Ich hatte den Schinken an den Haken am Balken gehängt. Wie immer. Aber da ist er nicht.«

Sandra sah sich in der Küche um, obwohl sie wenig Hoffnung hatte, das gute Stück irgendwo im Raum zu entdecken. Die Arbeitsflächen waren blitzblank, alle anderen Dinge aufgeräumt: Die Töpfe stapelten sich auf dem Regal, die Pfannen hingen an den Balken über ihren Köpfen, Messer, Schneidebretter, Gewürze, Schalen und Schüsseln … alles war an seinem Platz.

Sandra überlegte. Ida? Nein! Sie schalt sich selbst, empört von ihrem eigenen Verdacht. Ida doch nicht! Und doch … immerhin war sie die Neue.

»Ida, *dimmi*, hast du den Schinken zufällig benutzt und dann eventuell nicht mehr aufgehängt?« Das war doch wohl eine legitime Frage, sagte Sandra zu sich selbst, um ihr schlechtes Gewissen zu übertönen.

Ida war mit der Pasta beschäftigt und drehte sich jetzt langsam um. Sehr, sehr langsam. Beim Anblick ihres Gesichtsausdrucks bereute Sandra ihre Frage sofort. Es lag fast so etwas wie Schmerz darin. Und doch: Sandra war eben verantwortlich für die Küche und musste sicher sein, ihre Hand für jeden ihrer Mitarbeiter ins Feuer halten zu können.

»Nein, ich habe den Schinken nicht gebraucht und auch nicht gesehen oder verlegt.« Idas Hände waren jetzt zu Fäusten geballt.

Sandra sah ihr an, dass ihr noch viel mehr auf der Zunge lag, sie sich aber zurückhielt.

»Glaubst du mir das?«, fragte Ida dann aber doch. Mit brennenden Wangen und zitternder Stimme, aber gehobenem und stolzem Blick.

Sandra antwortete nicht, trat aber zu ihr und berührte sie leicht an der Schulter. »Den Schinken muss jemand genommen haben, der nicht in dieser Küche arbeitet.«

Ida war die Erleichterung deutlich anzusehen.

»Wie auch immer: Das muss ich Annalisa melden.« Sandra

drückte noch einmal Idas Schulter, dann machte sie sich auf den Weg zu Annalisa.

***

Sandras Misstrauen hatte Ida verletzt. So sehr, dass sie es nach der Arbeit nicht schaffte, gleich nach Hause zu gehen, wo sie wieder auf Sandra treffen würde. Sie brauchte Abstand. Also machte Ida sich nach ihrer Schicht noch einmal auf den Weg zum Meer. Sie setzte sich auf die Stufen, die von der Straße zum Strand führten, und starrte in den Himmel, an dem die Sterne hell leuchteten. Sie roch das Meer, spürte den Sand und fand den Frieden in sich, den sie eben noch vermisst hatte. Je länger sie auf das Meer vor sich starrte, das Rauschen des Wassers in sich aufnahm, desto stärker empfand sie wieder das neue Lebensgefühl, das Amalfi verhieß. Hier war sie frei. Und frei waren auch die vielen Kinder, die zu so später Stunde fröhlich und noch gar nicht müde mit ihren Familien umherspazierten. Ida überlegte, dass die Kinder vom Inland zu dieser Zeit schon im Bett lagen und schliefen. Aber diese Kinder standen auch bei Morgengrauen auf und arbeiteten, kaum dass sie aus dem Gröbsten heraus waren. Hier am Meer, im Urlaub, schliefen die Kinder nachmittags, wenn die Sonne vom Himmel brannte, sodass auch sie die lauen Sommernächte genießen konnten.

Nach einer langen Weile stand Ida auf und schüttelte den Sand von ihrem Kleid. Ein Paar mittleren Alters lief an ihr vorbei. Sie waren beide so elegant gekleidet, dass Ida sich in ihrem ärmlichen Kleid unscheinbar vorkam. Die Frau hatte eine hübsche Kurzhaarfrisur, um die Ida sie beneidete. Ihre eigenen Zöpfe kamen ihr in diesem Moment langweilig vor, aber sie wusste auch sonst nichts mit ihren Haaren anzufangen. Sie nahm sich vor, zu einem Frisör zu gehen. In einer Gasse hatte sie einen Salon entdeckt, der so einladend aussah, dass Ida kaum erwarten konnte, ihn zu betreten.

Langsam schlenderte sie zurück ins Zentrum von Amalfi, das ihr nach gerade einmal zwei Wochen doch schon vertraut vorkam mit seinen Steinpflastern, den vielen Stufen zum Dom und den schillernden Bars, vor denen jetzt Menschen saßen und Zigaretten rauchten, Musik hörten und Getränke tranken, deren Namen Ida noch nie gehört hatte. Sie fragte sich, wie es sein konnte, dass die Menschen im Inland so anders waren, obwohl die Entfernung wahrlich nicht groß war. Brachte das Meer diesen so gravierenden Unterschied?

»Ida?«

Sie blickte sich verwundert um und sah eine Frau winken, neben ihr stand ein kleiner Junge. Margherita und Pierpaolo. Als sie zu ihnen trat, umarmte der Kleine Ida sofort mit kindlichem Enthusiasmus. Margherita tat es nach einem Moment der Unsicherheit ebenso.

»Wir haben uns noch gar nicht richtig bei Ihnen bedankt«, erklärte sie und umhüllte sie mit ihrem Duft.

»Oh, doch, das haben Sie heute am Strand schon, obwohl auch das gar nicht nötig gewesen wäre.«

»Sie können ruhig du zu mir sagen. Das ist mir lieber, ich fühle mich sonst so alt. Hier in Amalfi möchte ich einfach nur jung und unbeschwert sein.« Margherita hakte sich bei ihr unter und führte sie einfach weiter.

»Danke. Bitte andersherum genauso, ja?« Ida freute sich über das Angebot. »Und ja, unbeschwert … so fühle ich mich hier auch. Das ist schön!«

»Komm, wir amüsieren uns ein bisschen. Ich lade dich zu einem Gelato ein!«

»Das kann ich nicht annehmen, Signora …«

»Natürlich kannst du das! Und ich bin Margherita! Hast du das bereits vergessen?«

Die Frau war so wunderbar heiter, vielleicht sogar ein bisschen übermütig. Ida spürte, wie die Stimmung, die in der Piazza mitten in Amalfi in dieser Sommernacht herrschte, auf sie abfärbte. Hoch oben schien der große runde Mond über ihnen. Und sie hatte noch nie ein Eis gegessen. Es war, als wäre das die perfekte Nacht dafür. Ida stimmte schließlich zu.

»Gut. Welche Sorte möchtest du?«, fragte Margherita zuerst Pierpaolo, der sich für Cioccolato entschied, und dann Ida, die es dem Jungen einfach nachtat. Und wenig später hielt Ida das erste Schälchen Eis ihres Lebens in der Hand. Sie kostete vorsichtig und wollte vor Glück fast weinen, denn es schmeckte vorzüglich, obwohl sie sich an die Kälte der süßen Masse gewöhnen musste, die in ihrem Mund schmolz. Margherita schlüpfte aus ihren Handschuhen, entnahm ihrem hübschen Handtäschchen eine Geldbörse und bezahlte. Auch sie strahlte.

»Setzen wir uns doch, sonst hat Piero gleich mehr Eis auf seinem Hemd als im Bauch«, schlug Margherita vor und ließ sich mit ihrem modern aufgebauschten Rock auf den nächstbesten Stuhl fallen. Sie trug reizende rote Sandalen mit Absatz, die Ida so gut gefielen, dass sie sich vornahm, sich früher oder später auch solche zu kaufen. Sanfte Musik war zu hören, in dem eine männliche Stimme schmeichelnd von Amore sang und immer wieder versicherte, seine Geliebte *»Come prima, più di prima«* zu lieben. Der Satz brannte sich ein, und Ida verspürte mit einem Mal den Drang zu tanzen. Sie bemerkte, dass auch Margherita ihren Fuß im Takt bewegte. Ida fragte sich, wo Margheritas Ehemann wohl sein mochte. Dass es einen geben musste, war offensichtlich, denn Margherita trug einen Ehering.

Und prompt kam ihr Bertone, der Zahnlose, in den Sinn. Sie schüttelte sich, wollte jetzt, in dieser schönen Stimmung, nicht an ihn denken.

»Ist dir kalt?«, erkundigte sich Margherita gleich.

Ida schüttelte den Kopf.

»Ich mag dich«, erklärte der Junge in diesem Moment.

Ida lachte. »Ich mag dich auch«, erwiderte sie.

»Eines Tages werden wir heiraten, denke ich«, kündigte er mit ernstem Gesicht und Schokoladenspuren um den Mund an.

Ida wurde ganz warm ums Herz. »Das kann gut sein!«, sagte sie und strich ihm über das Haar.

»Ich habe den nächsten Don Giovanni auf die Welt gebracht«, entgegnete Margherita, auch sie lachte und sah ihren Sohn liebevoll an.

In diesem Moment stand ein Mann am Nachbartisch auf und begann zu singen. Es war ein italienisches Lied, das Ida nicht kannte, über eine Serenade und die hellblauen Augen einer Frau. Alle lauschten schweigend, und als der Sänger sich wieder setzte, brandete Applaus auf. Ida bemerkte, dass die drei Männer an seinem Tisch drei junge Frauen ein paar Tische entfernt anschauten, die allerdings die Einzigen waren, die nicht entzückt wirkten. Ida kam der Gedanke, dass hier am Meer, im Urlaub in einem Klima großer Sorglosigkeit, Amore ganz oben auf der Liste stand. Sie bewunderte den Mut des Sängers und wünschte sich insgeheim, eines Tages auch Adressatin einer Serenade zu werden.

Ida widmete sich dem Rest von ihrem Eis. Es war erfrischend, süß und wunderbar weich. Ida genoss jeden Löffel davon und schwor sich, dieses Geschmackserlebnis alsbald zu wiederholen, denn wie sollte sie von jetzt an ohne diesen Genuss leben?

»Es ist so schön hier«, schwärmte auch Margherita und lehnte sich zurück.

»Ja. Ich komme mir bei den vielen Menschen und der ausgelassenen Stimmung hier vor wie auf einem großen Fest.«

»Das stimmt. So geht es mir auch.«

Ida blickte sich um, die Piazza del Duomo war gerappelt voll, belagert waren alle Bars, Gelaterias und Pasticcerias, aber auch die Restaurants. Die Palazzi rundherum bildeten einen so schönen Rahmen, die Fenster standen offen, als wollten die Bewohner nichts verpassen. Touristen und Einheimische waren perfekt angezogen, perfekt frisiert, ihre Haut fast goldfarben von der vielen Sonne tagsüber am Strand.

»Hast du einen Freund, Ida? Wartet irgendwo jemand auf dich?«, erkundigte sich Margherita plötzlich mit einem interessierten Leuchten in den Augen. Pierpaolo war aufgestanden. Er hatte eine Katze entdeckt, die sich vom nächtlichen Trubel in der Piazza nicht verjagen ließ, streichelte sie und versuchte, sich ebenso hinzusetzen wie das Tier. Es gelang ihm nicht wirklich, er fiel immer wieder um.

»Nein«, sagte Ida ehrlich und spürte in diesem Moment das Bedürfnis, sich Margherita anzuvertrauen. »Mein Vater wollte mich verheiraten. Das wollte ich nicht. Deshalb bin ich hier«, sprudelten die Worte aus ihr heraus.

»Oh, Ida, das tut mir leid.« Margheritas Miene spiegelte ihr Entsetzen. »Aber ich hoffe, du verschließt dich deshalb nicht vor der Liebe. Die kann nämlich sehr schön sein.«

Sprach sie etwa von sich? Ida wagte nicht zu fragen.

Margherita schien sich in Gedanken zu verlieren. »Und ich weiß, wovon ich spreche», sagte sie schließlich. »Ich liebe meinen Mann sehr. Leider kann er nicht hier mit uns sein, er muss arbeiten. Aber mein Herz schlägt für ihn. Und er bringt mich noch immer mit einem einzigen Blick zum Erröten.«

Ida bekam schon von dieser leidenschaftlichen Liebeserklärung ein wohliges Gefühl im Bauch. Wie schön musste es sein, diese Gefühle tatsächlich zu erleben! »Das klingt toll!«, schwärmte sie. »Ich möchte das auch!«

»Dann geh mit offenem Blick und offenem Herzen durch die Welt. Die Liebe findet ihren Weg von ganz allein.« Margherita drückte Idas Hand, und so saßen sie eine Weile da und hingen ihren Gedanken nach.

Pierpaolo fing nach dem Spiel mit der Katze bald an zu gähnen, sodass Margherita schließlich aufstand, um ihren Sohn zu Bett zu bringen.

Sie verabschiedeten sich, doch Ida hatte Margherita versprechen müssen, sie am nächsten Tag nach der Küchenschicht am Strand zu besuchen.

Müde und erfüllt von dem aufregenden Tag, machte auch Ida sich wenig später auf den Heimweg zu Sandra. Sie folgte der Via Lorenzo d'Amalfi, die rechts und links mit kleinen Läden gesäumt war, die ihre bunten Auslagen direkt auf der mit Kopfstein gepflasterten Straße ausstellten. Zwischen den Läden führten immer wieder enge Gässchen entlang des steilen Verlaufs der Felsen, auf denen Amalfi errichtet war, ins Innere des Ortes. Die ersten Tage über hatte sich Ida in diesem Wirrwarr aus engen, dunklen Durchgängen verloren gefühlt. Doch schon bald hatte sie die Orientierung gewonnen und Sandras Zuhause alleine gefunden.

Es war dunkel, auch wenn der Mond an diesem späten Abend hell schien, und heute empfand Ida es als besonders anstrengend, die vielen Stufen zu Sandras Häuschen zu erklimmen. Ida war so darauf konzentriert, sicher einen Schritt vor den anderen zu setzen, dass sie die Faust erst sah, als sie heftig in ihre Magengrube schlug.

Der Schmerz, der so unerwartet kam, ließ Ida zusammenklappen und nach Luft schnappen. Sie schlug sich das Knie auf, als sie auf den Stufen aufprallte. Trotzdem nahm sie einen Duft wahr, Stimmen, Bewegungen. Alles kam ihr vage bekannt vor. Zwei Menschen, eine Frau und ein Mann. Oder besser gesagt, eine junge Frau und ein junger Mann, die jetzt auf sie herabblickten. Der junge Mann spuckte auf sie. Und das tat mehr weh als die Faust.

»Ich werde nicht zulassen, dass du dich mit den Gästen meines Hotels anfreundest, du dreckiges Mädchen aus dem Inland. Geh dahin zurück, wo du herkommst, sonst wirst du es bereuen!«, sagte Guendalina laut und deutlich.

»Genau!«, rief der Mann. Aurelio, der Kellner aus dem Villa Amalfi!

Und damit flüchteten die beiden.

Ida richtete sich mühsam auf und lehnte sich an die Hauswand, versuchte im Sitzen ihren Atem zu beruhigen. Doch dann entfuhr ihrer Kehle ein Schrei, den sie nicht zurückhalten konnte – denn sosehr sie Ida aus Amalfi werden wollte, sie würde vermutlich immer auch Ida aus Tramonti bleiben. Und es würde vermutlich immer jemanden geben, der glaubte, sie hätte es verdient, geschlagen zu werden.

KAPITEL 11

Aufstehen, aufstehen, aufstehen! Immer wieder aufstehen. Manchmal bin ich so müde und auch mutlos, aber es hilft nichts. Es gibt keinen anderen Weg als vorwärts. Ein Hotel leitet man nicht eben mal so. Es erfordert Kraft, vor allem aber Geduld und Entschlossenheit, die richtigen Entscheidungen zu treffen, damit die Gäste zufrieden sind. Und unser Villa Amalfi ist in aller Munde.

Nachts, wenn sie nach einem anstrengenden Arbeitstag nach Hause kam, setzte Sandra sich gerne an das offene Fenster ihres Wohnzimmers und erfreute sich an der frischen Brise, die vom Meer heraufzog. Der Mond, die Sterne, aber auch die Gasse, die zu ihrem Haus führte, waren von hier aus gut zu sehen. In der Gasse ging es meist sehr ruhig zu, weil sich kaum Touristen hierher verirrten. Manchmal stritten sich Katzen laut, ab und an huschten Nachbarn vorbei. Deshalb horchte Sandra sofort auf, als sie geschäftiges Treiben bemerkte. Sie kniff die Augen leicht zusammen. Was sie zu erkennen glaubte, passte so wenig in diese Gegend, dass sie genauer hinsah. War das … Guendalina? Mit dem fürchterlich aufmüpfigen Aurelio? Das konnte nicht sein! Sandra stand auf, um sich zu vergewissern. Sie stellte sich auf Zehenspitzen an das offene Fenster, sodass sie sich hinauslehnen konnte. Ihre Augen sahen noch immer das Gleiche: Guenda und Aurelio. *Da haben sich ja zwei gefunden*, dachte Sandra. Doch dann kam es, im wahrsten Sinne des Wortes, Schlag auf Schlag. Sandra hatte es geahnt, aber dann ging alles so schnell, dass sie es nicht verhindern konnte. Sie sah, wie Aurelio Ida mit der Faust in den Magen schlug und diese zu Boden ging. Sandra rannte los.

Sie erreichte Ida wenige Augenblicke später. »Ida, um Himmels willen, hat er dir sehr wehgetan, dieser *idiota?*«, fragte sie atemlos und half ihr auf die Beine. »Komm, lass uns nach Hause gehen«, sagte sie mit sanftem Nachdruck, als Ida nicht antwortete, und führte sie die wenigen Meter ins Haus.

Dort half sie Ida, sich auf einen Stuhl zu setzen, eilte in die Küche, um ein Glas Wasser zu holen, und reichte es dem Mädchen.

Doch Ida reagierte nicht.

Sandra wusste nicht, was sie tun sollte, um Ida aus ihrer Erstarrung zu holen. Sie hätte gerne gewusst, was in ihr vorging, und wünschte sich, mehr Erfahrung zu haben mit jungen Frauen. Zum wiederholten Male bedauerte sie, so wenig Kontakt zur ihrer Familie zu haben, zu ihren Nichten und Neffen. Aber sie arbeitete einfach zu viel, da blieb nicht viel Zeit für anderes.

»Soll ich den Dottore holen?«, fragte sie hilflos.

Ida hob den Kopf und sah sie an, als bemerke sie ihre Anwesenheit erst jetzt. »Nein, nein. Das ist nicht nötig«, antwortete sie mechanisch.

»Sicher?«

Ida nickte leicht und fuhr mit der Hand an ihre Narbe, sank dann aber gleich wieder so kraftlos nieder wie fallendes Obst. Sandra beobachtete, wie Ida dreimal tief durchatmete, dann schien ein Ruck durch das Mädchen zu gehen. »Es ist nichts. Ich bin nur erschrocken«, sagte sie und blickte ihr direkt ins Gesicht.

»Sie haben dir aufgelauert! Das ist unglaublich!« Sandra war fassungslos. »Weißt du, warum sie das getan haben? Hattet ihr gestritten?«

»Nein.«

Sandra stemmte die Hände in die Hüften. »Das müssen wir auf jeden Fall Annalisa sagen.«

»Nein!«, rief Ida unerwartet heftig. »Damit die Signorina Guendalina mich noch mehr hasst, als sie es ohnehin schon tut? Ich bin doch keine Verräterin.«

»Das sehe ich anders. Das hat mit Verrat nichts zu tun. Im Gegenteil, ich denke, du würdest ihr einen großen Gefallen tun, Ida. Jahrelang hat Guendalina nur getan, was ihr in den Sinn kam, und kein Mensch hat ihr Paroli geboten. Die arme Annalisa musste sich um das Hotel kümmern und hat dabei ihre eigene Tochter vernachlässigt. Dadurch ist Guendalina zu einer verwöhnten jungen Frau geworden, die jetzt sogar imstande ist, andere Menschen anzugreifen. Wenn jemand sie in die Schranken weisen kann, dann du. Und das hat sie wirklich bitter nötig, glaub mir.«

Ida hob beide Hände, als wollte sie Sandra abwehren. »Ich will einfach nur möglichst gut meine Arbeit tun, wie jeder andere auch. Ich will niemandem zur Last fallen, und ich möchte keinen Ärger, davon hatte ich wahrlich schon genug.«

»Das verstehe ich, und das ist auch dein gutes Recht. Ich fürchte aber, dass der Ärger immer größer werden wird, wenn du nicht gleich eingreifst«, betonte Sandra. »Aber letztendlich musst du entscheiden. Ich bin auf jeden Fall da, wenn du mich brauchst. Egal, wobei.«

»Danke, Sandra, ich weiß das zu schätzen.«

»Gerne. So, und jetzt ist Schluss für heute, wir müssen uns ausruhen. Komm, ich begleite dich in dein Zimmer.« Sandra zog sie auf die Beine und lächelte ihr aufmunternd zu.

Sie ging Ida voraus den Flur entlang. Die erste Tür rechts, das war Idas Zimmer. Sandra war froh, die Vereinbarung mit Analisa und Vittorio getroffen zu haben, ab und an Personal zur Übernachtung aufzunehmen. Oft hatte Sandra nach einem langen Arbeitstag einfach nur das Bedürfnis nach Ruhe, aber in letzter Zeit merkte sie auch, dass Gesellschaft ihr guttat. Jetzt wartete Sandra ab, bis Ida sich angezogen – zu mehr Aufwand reichte ihre Kraft nicht – ins Bett legte, und deckte sie zu. »*Buonanotte*, liebe Ida«, flüsterte sie und verließ den Raum.

Doch sie kam nicht zur Ruhe. Sie war wütend auf Aurelio, den sie ohnehin nie besonders gut hatte leiden können. Nun hatte er sich als wahres Scheusal entpuppt. Was war ihm nur in den Sinn gekommen, ein wehrloses Mädchen anzugreifen? Dahinter konnte nur Guendalina stecken. Und die bereitete Sandra nun wirklich Kopfzerbrechen. Sie benahm sich schon seit einigen Jahren schlecht, aber der Vorfall mit Ida zeigte nun wirklich eine neue Dimension. Das gefiel Sandra nicht. Ganz und gar nicht.

Annalisa griff zwar ab und an ein, wenn ihre Tochter mal wieder über die Stränge schlug, aber sie tat nichts, um es zu unterbinden. Annalisa war immer nur freundlich und nett. Zu allen. Plötzlich kam Sandra ein Gedanke: Versteckte sie sich vielleicht manchmal hinter der Fassade von Nettigkeit?

Es war das erste Mal, dass Sandra sich diese Frage stellte. Und es hatte Ida gebraucht, das zu bewegen. Sie mochte das Mädchen sehr, und ihr gefiel der Gedanke, Ida mit ihren in den Jahren angesammelten Erfahrungen womöglich weiterhelfen zu können.

***

Am nächsten Tag schlug Ida mit dem ihr wohlbekannten Gefühl des Unbehagens die Augen auf. Ihre Gedanken waren schneller wach als ihr Körper. »Es war nichts, es war nichts, es war nichts«, jagte als Satz beständig durch ihren Kopf, noch bevor sie einen Muskel bewegt hatte. Doch die Worte waren reiner Selbstschutz und genau die, die sie zuhause in Tramonti meist zu sich gesagt hatte, wenn ihr Vater sich schlimm verhalten hatte. Auf keinen Fall wollte sie, dass Guendalina die gleiche Macht über sie gewann, denn eines war Ida klar: Sie würde Ida niemals in Ruhe lassen, wenn sie sich jetzt nicht entschlossen wehrte. Ida musste etwas tun, wusste aber beim besten Willen nicht, was. Die Situation war alles andere als einfach, schließlich arbeitete sie für Guendas Eltern. Das brachte sie in einen Konflikt, der Ida zu groß war: Was würde aus dem guten Verhältnis werden, das sie zu ihren Arbeitgebern hatte? Wollte sie das wirklich riskieren?

Ida überlegte. War es das wert? Denn eigentlich stimmte es ja: Es war nichts. Sie war weder verletzt noch sonst irgendwie beeinträchtigt, da hatte sie wahrlich schon Schlimmeres erlebt. Andererseits regte sich tatsächlich Widerstand in ihr. Nun, sie würde später entscheiden, was genau zu tun war. Sicher war jetzt schon, dass sie sich nicht unterkriegen lassen würde. Sie beschloss, dass der Tag ein guter werden sollte, warf entschlossen die Decke zurück und richtete sich auf.

Ihr Bauch schmerzte von dem Schlag, und während sie versuchte, ruhig zu atmen, blickte sie sich im Zimmer um. Es war hübsch, sie mochte das große Bett und den schweren Holzschrank, beides war solide und vertrauenswürdig. Und doch hatte sie noch nicht ganz das Gefühl, es sei ihr Zimmer, noch fehlte die persönliche Note. Sie dachte an die eine Wand ihres Zimmers zuhause in Tramonti, die sie mit getrockneten Blumen von der Wiese gegenüber geschmückt hatte. Solche Blüten würde sie hier in Amalfi wohl kaum finden, aber vielleicht könnte sie Sandra fragen, ob sie das Zimmer ein bisschen dekorieren durfte. Der Gedanke wärmte sie von innen und lenkte sie von Guendalina und Aurelio ab. Exakt in diesem Moment klopfte es an der Tür, die nur Sekunden später vorsichtig geöffnet wurde. Ein sanfter Hauch von Kaffeeduft wehte in den Raum, und Ida sog ihn entzückt ein. Sandra brachte ein Tässchen auf einem kleinen Tablett und setzte sich neben Ida. Sie war offensichtlich selbst gerade erst aufgestanden und trug noch ihr einfaches, wadenlanges Trägernachthemd aus weißer Baumwolle. »*Buongiorno!* Gut geschlafen?«

»Sehr gut sogar.« Ida nahm einen Schluck von dem warmen, süßen, aromatischen Kaffee.

»Das ist schön. Schlafen hilft immer.«

»Ja. Danke nochmal für gestern …«, setzte Ida an, doch Sandra unterbrach sie. »Das ist doch selbstverständlich. Du kannst auf mich zählen.«

Ida war ihr zutiefst dankbar und lehnte den Kopf an Sandras Schulter. Sandra ließ sie gewähren, eine Weile saßen die beiden Frauen schweigend da und hingen ihren Gedanken nach. »Wäre es dir recht, wenn ich das Zimmer ein wenig dekorieren würde?«, wagte Ida schließlich zu fragen.

Falls Sandra die Frage überrascht hatte, dann zeigte sie es nicht im Geringsten. »Es wäre mir sogar mehr als recht. Du kannst es nach deinem Geschmack gestalten.« Sie erhob sich vom Bett. Ida sah ihr dabei zu, wie sie zur Tür ging. Dort drehte sich die Köchin noch einmal um. Sie sah aus, als wollte sie etwas sagen, schloss die Tür dann aber wortlos hinter sich.

Als Ida etwa eine Stunde später die Küche des Villa Amalfi betrat, merkte sie sofort, dass etwas nicht stimmte. Die Signora Annalisa war nämlich schon im Raum, um diese frühe Zeit. Wartete sie etwa auf sie? Sofort fragte Ida sich, ob es schlimm um sie stand. Sie würde doch nicht etwa weggeschickt werden? Hatte Guendalina Lügen über sie verbreitet? Hilfesuchend blickte sie zu Sandra, die ihr beruhigend zunickte. Eugenio hingegen verschwand gleich in der Vorratskammer.

»*Buongiorno*«, sagte Ida verhalten.

»Guten Tag, Ida. Würdest du mich noch einmal in unseren Büroraum am Empfang begleiten? Ich möchte etwas mit dir besprechen«, fragte die Signora Annalisa, freundlich wie immer. Und doch war etwas anders, wenngleich Ida nicht zu fassen bekam, was genau. Sah die Signora vielleicht etwas müde aus? Konnte das sein? Oder war es nur ein Eindruck?

Ida war verunsichert, sagte sich aber selbst noch einmal, dass sie sich nichts hatte zuschulden kommen lassen. »Ich folge Ihnen gerne, Signora Annalisa«, brachte sie hervor. Nein, sie hatte sich nichts vorzuwerfen, trotzdem war der Weg zur Rezeption nicht halb so schön wie beim ersten Mal. Ida fühlte sich eher wie auf dem Weg zum Henker. Sie schluckte ein paarmal und wünschte, sie hätte den Keks aus Sandras Anrichte nicht gegessen, auch wenn Zio Sesto ihr geraten hatte, nie mit leerem Magen zur Arbeit zu gehen. Doch ihr Magen rebellierte, und ihr fiel ein, wie das auch an dem Tag der Fall gewesen war, als ihr Vater Bertone nach Hause gebracht hatte. *Aber auch die Situation habe ich gemeistert*, sagte Ida sich. Und wenn die Signora Annalisa ihr sagen würde, dass sie nicht mehr im Villa Amalfi arbeiten durfte, dann würde sie sich zumindest verteidigen und zur Not eben – schweren Herzens – eine andere Arbeitsstelle suchen. Die Welt ging dadurch schließlich nicht unter. Trotzdem brannte es verdächtig in ihren Augen und in ihrer Nase, und es gelang ihr nur mit größter Mühe, die Tränen zurückzuhalten.

An diesem Morgen standen hohe Vasen mit farbenrohen Sonnenblumen rechts und links der großen verglasten Tür im Entree. Doch Ida hatte keinen Blick dafür. Nervös betrat sie das kleine Zimmer hinter dem Empfang.

Der Signor Vittorio saß an seinem Schreibtisch. Vor ihm lagen Papiere und ein großer Taschenrechner. Sein schütteres Haar war zerzaust. Er wirkte wie jemand, der zu lange mit komplizierten Zahlenfolgen zu tun gehabt hatte, obwohl es noch so früh am Morgen war. Ja, er war der große Rechner des Villa Amalfi, so viel wusste Ida. Sonst hatte er nicht viel mit den Gästen zu tun. Das war die Welt der Signora Annalisa.

Ida stellte sich etwas unbeholfen vor den Schreibtisch und wartete. Sie war so nervös, dass ihre Hände zitterten. Als sie es bemerkte, versteckte sie sie hinter dem Rücken.

Annalisa schloss die Tür und trat zu ihr. »Setz dich doch!«, sagte sie, noch immer freundlich.

Ida nahm Platz. Die Situation wurde ihr immer unangenehmer. Wo nur die Signorina Guendalina blieb? Ida hatte erwartet, sie hier anzutreffen. Sie wusste nicht, ob sie über deren Abwesenheit eher erleichtert oder noch besorgter sein sollte.

Die Signora Annalisa setzte sich auf den Stuhl neben Ida.

Ida gelang es nicht, ihren Blick auch nur für eine Sekunde irgendwo ruhen zu lassen. Sie ließ ihn aus dem einzigen Fenster des Raumes gleiten, auf ein Stück der Straße, und zwang sich schließlich, ihn auf die Ordner im offenen Regal zu richten. Das war schon besser, denn der Versuch zu lesen, was auf dem Rücken der Ordner stand, verschaffte ihr Distanz.

»Du hast sicher schon gemerkt, Ida, dass man mich im Hotel eher selten sieht, weil ich im stillen Kämmerlein immerzu dafür sorgen muss, dass wir unsere Rechnungen und vor allem unser Personal pünktlich bezahlen können. Es ist eine schwierige, manchmal undankbare Aufgabe, die ich aber sehr gerne jeden Tag erledige. Trotzdem weiß ich natürlich, was in unserem Hause passiert. Nicht wahr, Annalisa?«

»Absolut!«

Ida nickte. Noch wusste sie nicht genau, worauf er hinauswollte.

Der Signor Vittorio nahm die Brille ab, seine Augen sahen plötzlich winzig aus, und er ähnelte jetzt so sehr einem Maulwurf, dass Ida kurz versucht, war zu lachen.

»Wir hatten heute Nacht ein ausführliches Gespräch mit Guendalina und Aurelio … Sie kamen erst spät zurück und haben uns dadurch in Sorge versetzt. Wir sehen es nicht gerne, wenn Guendalina sich mit diesem jungen Mann abgibt, deshalb haben wir auf beide gewartet. Als sie dann wieder hier waren, erschienen sie uns gehetzt, was uns noch mehr beunruhigte. Guendalina mag manchmal etwas hochnäsig sein, aber sie ist noch immer unsere Tochter, um die wir uns mit viel Liebe kümmern. Vielleicht manchmal mit zu viel davon.« Er schenkte seiner Frau einen liebevollen Blick, und Ida bemerkte, dass die Signora Annalisa betrübt wirkte. Sie schaute auf ihre Hände, die sie gefaltet auf ihrem Schoß hielt.

»Nun, ich will es kurz machen, liebe Ida: Aurelio und Guendalina haben ein Geständnis abgelegt. Wir wissen jetzt, dass Aurelio den Schinken aus der Küche gestohlen hat. Er wollte den Verdacht auf dich lenken.«

Ida traute ihren Ohren nicht, doch bevor sie zu einer Erwiderung ansetzen konnte, fuhr der Signore auch schon fort: »Sie haben uns auch erzählt, dass sie dich geschlagen haben, in dem Versuch, dich einzuschüchtern. Wir sind zutiefst erschüttert, so etwas hat es bei uns noch nie gegeben! Aurelio haben wir natürlich sofort gekündigt. Er hat beschlossen, seinem Bruder ins Ausland zu folgen, und das Haus bereits verlassen. Und Guendalina wird eine Zeitlang bei ihren Großeltern wohnen. Wir können ein solches Verhalten unserer Tochter nicht dulden.«

Ida schluckte. Sie hatten ihre eigene Tochter weggeschickt? Und Aurelio noch dazu? Das hatte den beiden sicher nicht gefallen, für Ida allerdings bedeutete das zumindest in der nächsten Zeit ein noch entspannteres Arbeiten und vor allem keine Gefahr. Eine Welle der Erleichterung durchfuhr sie.

Annalisa suchte ihren Blick. »Das Ganze tut uns wirklich von Herzen leid, wir hoffen, du kannst unsere demütige und ehrliche Entschuldigung annehmen«, meldete sie sich zu Wort.

Ida schluckte. Eine Entschuldigung. Deshalb hatte man sie also in die Rezeption gebeten. Das war so weit weg von jeglicher Erwartung, dass Ida sich die Augen rieb, um sich zu vergewissern, das alles nicht zu träumen.

»Ja, das tut es wirklich«, bekräftigte Signor Vittorio. »Wir können nur hoffen, dass du uns hier im Villa Amalfi trotzdem erhalten bleibst. Wann immer du mit unseren Gästen in Kontakt kommst, hinterlässt du einen bleibenden Eindruck, wie bei Margherita oder der schwedischen Pianistin, und das freut uns sehr. Unsere höchste Priorität ist das Wohl unserer Gäste, und du, liebe Ida, trägst dazu bei. Wir schätzen dich sehr und denken, dass du zu diesem Hotel gehörst – wenn du das noch immer möchtest.« Der Signor Vittorio setzte seine Brille wieder auf und sah Ida jetzt erwartungsvoll an.

Annalisa hingegen legte ihr eine Hand auf den Arm, und dieser körperliche Kontakt unterstrich, dass Vittorio seine Worte ernst gemeint hatte. Annalisas Hand war so warm auf ihrem Arm und berührte mit dieser Geste zugleich auch Idas Herz. »Wir möchten dir gerne ein kleines Geschenk überreichen«, sagte sie jetzt, »um zum Ausdruck zu bringen, wie hart es uns getroffen hat, dass du fälschlicherweise beschuldigt und zudem noch angegriffen wurdest.« Annalisa stand auf und stellte einen Karton auf den Schreibtisch. Sie öffnete ihn, zog vorsichtig ein Kleid heraus und hielt es mit zwei Fingern an jedem Träger vor sich. Es war wunderschön, zartrosa mit einem dezenten Blumenmuster, das Ida an eine Sommerwiese bei Sonnenaufgang erinnerte.

»Es hat einmal mir gehört, und ich habe es sehr gerne getragen. Ich möchte es dir schenken, ich bin sicher, es passt dir perfekt«, erklärte die Signora Annalisa und legte es Ida auf den Schoß.

Ida konnte kaum den Blick davon abwenden. Vorsichtig hob sie eine Hand und strich sanft über das Kleid. Der Stoff war weich und kühl und hinterließ ein angenehmes Gefühl auf ihrer Haut. Sie liebte, liebte, liebte es. Nie zuvor hatte sie ein so hübsches Kleid gesehen. Und dennoch … Ein so großzügiges Geschenk … Nein, das ging wirklich nicht. Ida erhob sich und legte es zurück in den Karton. »Das Kleid ist wunderschön, aber ich kann es nicht annehmen. Danke.«

Oh doch, das kannst du.« Die Signora Annalisa überreichte ihr feierlich den Karton. »Ich bestehe darauf!« Ida zögerte noch kurz, hob ihn dann aber gerührt an ihre Brust. »Danke! Ich freue mich sehr darüber«, sagte sie glücklich. Eine Sache war ihr aber noch wichtig. »Ich danke Ihnen auch für Ihre ehrlichen Worte, sie bedeuten mir sehr viel«, sagte sie. »Was den Überfall anbelangt …«, sie zog die Schultern hoch, »… von mir wird natürlich niemand etwas erfahren.«

Weder der Signor Vittorio noch die Signora Annalisa erwiderten etwas darauf. Doch Ida erkannte ein Gefühl von Dankbarkeit auf ihren Gesichtern. Mit dem Karton in den Händen verabschiedete sie sich und ging allein zurück in die Küche, um Pasta für die Hotelgäste zuzubereiten.

KAPITEL 12

Ein Gast hat ein Bild gemalt, vor einer ganzen Weile schon, und es mir bei seiner Abreise geschenkt. Es zeigt unsere schöne Küste, die Häuser, die Natur und ein Stück vom Meer. Er hat behauptet, es gehöre hierher. Vielleicht hat er recht. Ich habe unseren Sohn Mauro gebeten, es in das Gästezimmer zu hängen. Seitdem haben alle Gäste mich darauf angesprochen. Sie sagen, es sei außerordentlich gelungen. Bisher ist mir nie in den Sinn gekommen, dass auch Schönes in die Zimmer gehört. Meinst du, der Gast hat es mir genau aus diesem Grund geschenkt?

Eine Woche später spazierte Ida barfuß am Strand. Sie bedauerte zum wiederholten Male, dass sie noch keinen Badeanzug besaß, denn es war heiß, auch wenn sie ab und an die Füße ins Meer tauchte, um sich abzukühlen. Sie nahm sich vor, sobald wie möglich im kleinen Laden im Ortszentrum einen zu kaufen. Bisher hatte sie sich nicht so recht überwinden können. Es war ihr noch immer nicht geheuer, sich so unzureichend bekleidet am Strand zu sonnen. Sie blieb wieder stehen, hob ihre dicken, langen Haare an und kühlte sich mit der Hand, die sie in das Wasser getaucht hatte, den Nacken. Sie wollte die Mittagspause nutzen, um Muscheln zu suchen, mit denen sie das Zimmer bei Sandra dekorieren würde. Auch hatte sie Margherita am Vorabend versprochen, ans Meer zu kommen. Sie hielt nach ihr Ausschau, konnte sie aber nirgends ausmachen. Also suchte sie sich ein Plätzchen gleich neben der Abgrenzung zum Lido des Villa Amalfi, die aus weißen Holzpfählen und Tauen bestand, breitete ihr Tuch aus und legte sich darauf. Der Sand darunter war angenehm warm. Ida schloss für einen Moment die Augen und lauschte. Sie mochte das Stimmengewirr der Badegäste, dazu das leichte, unermüdliche Rauschen des Meeres, den Geruch nach Salz, sogar den Sand, der an der Haut haftete und den sie nur schwer wieder losbekam. Ida zog ihren Rock etwas nach oben, sodass ihre Beine unbedeckt waren. Die Sonne streichelte die Haut, was sich so angenehm anfühlte, dass Ida wohlig seufzte. Sie hörte einen Pfiff, schenkte ihm aber keine Beachtung. Stattdessen blickte sie in den wolkenlosen, azurblauen Himmel. Sie musste ihre Augen mit der Hand abschirmen. Es war der gleiche Himmel wie in Tramonti, und doch erkannte Ida, dass es Amalfis Himmel war. Die Farben leuchteten stärker. Vielleicht reflektierte das Meer sein intensives Blau bis in den Himmel, vielleicht war es aber auch nur Einbildung. Denn sicherlich fühlte Ida sich jetzt freier für einen Blick hinauf. Zuhause hätte sie sich das kaum gegönnt. Aber hier in Amalfi war das möglich. Amalfi schenkte Ida jeden Tag ein Stück mehr Freiheit. Ida war sich dessen bewusst, und es bedeutete ihr viel. Dann ertönte wieder ein Pfiff, ganz in der Nähe, der Ida nun doch aufhorchen ließ. Sie setzte sich auf, suchte mit den Augen den Strand ab und bemerkte schräg hinter sich einen jungen Mann, der sie mit einem breiten Lächeln direkt ansah. Ida erwiderte freundlich seinen Blick, fühlte sich aber verlegen und wandte sich wieder ab, als brauche sie eine Pause. Er sah nett aus mit seinen dunklen Haaren und seiner guten Figur. Auf sein Zeichen, ob er zu ihr kommen könne, schlug ihr Herz schneller, und so nickte Ida. Er lief gelenkig zu ihr herüber, Ida machte ihm Platz auf ihrem Tuch, er setzte sich.

»*Ciao!*«, sagte er mit einem Strahlen.

Ida antwortete mit dem gleichen Gruß, den Blick aber auf seine Beine gerichtet, mit der sonnengebräunten Haut und den weißen Spuren, die das Salzwasser darauf hinterlassen hatte.

»Ich sehe dich zum ersten Mal hier«, erklärte er schlicht, es klang wie eine Frage.

»Ich hatte bisher noch nicht viel Zeit, an den Strand zu kommen«, erklärte sie. »Ich arbeite im Villa Amalfi. Und du?« Ida sagte einfach das, was ihr in den Sinn kam, zu viel nachdenken wollte sie nicht.

»Ich studiere, wir haben gerade Semesterferien. Kannst du denn abends mal weg?«, fragte er.

Ziemlich direkt, wie Ida fand. »Ja, aber es wird spät. Nach der Arbeit, meine ich.« Jetzt wurde sie doch ein bisschen nervös. Der junge Mann sah gut aus, dessen wurde Ida sich mehr und mehr bewusst.

»Ach, das ist kein Problem. Amalfi schläft im Sommer sowieso nie.«

»Nie?«

Er lachte und schüttelte den Kopf. »Wie heißt du eigentlich?«

»Ida.«

»Ida. Kurz und knapp. Ich mag den Namen.«

Das gefiel ihr. Der Name ihrer Nonna. »Und du?«

»Meiner ist langweilig. Mariolino. Aber alle nennen mich Mario.«

»Ich finde Mariolino schöner«, sagte sie ehrlich und suchte seinen Blick.

»Ja?« Er sah sie jetzt sehr intensiv an. Seine Augen waren ausdrucksvoll und von dichten schwarzen Wimpern umrandet. »Kennst du das Da Ciro?«, fragte er.

Sie schüttelte den Kopf zur Antwort. Nein, sie kannte gerade mal eine Eisdiele und ein Café.

»Es liegt am Hafen, da vorne.« Er deutete in die Richtung. »Abends wird dort getanzt. Komm doch mal vorbei. Vielleicht sogar schon heute?«

Getanzt? Ida meinte zu träumen. »In Ordnung!«, rief sie.

»Ja?«

»Ja!« Natürlich würde sie das! Tanzen, sich zur Musik bewegen und dabei vielleicht sogar ein Glas in der Hand halten, an dem sie ab und an nippte. In dem schönen Kleid der Signora Annalisa! Oh, sie sah die Szene schon vor sich. Schöner als in einem Film.

»Gut. Ich werde nach dir Ausschau halten.«

Ida lächelte. Auch dann noch, als er sich längst verabschiedet hatte.

Am liebsten hätte sie vor Freude geschrien. Wie aufregend war das gewesen! Wie wundervoll! Noch nie hatte Ida sich so lebendig gefühlt. Erst jetzt fiel ihr auf, wie wenig sie den jungen Mann gefragt hatte, wie wenig sie über ihn wusste. Aber andererseits war das ja auch egal. Sie waren beide in Amalfi, beide wollten die Zeit genießen. Das waren doch schon sehr viele Gemeinsamkeiten. So einfach war das! Ida streckte sich wieder auf dem Tuch aus, hob den Rock noch etwas höher. Sie schloss die Augen, um sie herum so viele Stimmen, so viele Geschichten aus aller Welt. Und heute war sie ein Teil davon. Vor Glück konnte Ida nicht aufhören zu lächeln. Sie hörte den Eismann mit dem Glöckchen seine Gelati ankündigen, er musste ganz in der Nähe sein. Und Ida verspürte Stolz darüber, jetzt zu denen zu gehören, die den Geschmack von Eis kannten. Wieder richtete sie sich auf, blickte zum Hafen. Dort würde sie Mariolino wiedersehen. Boote fuhren gemächlich in den Hafen ein, kamen zurück von der smaragdgrünen Grotte. Manche Bootsbesitzer waren in den Morgenstunden Fischer und putzten dann später ihre kleinen Boote, auch wenn der Geruch nach frischem Fisch niemals gänzlich verschwand, um einige Runden mit den verliebten Touristen zu drehen – sie waren verliebt ineinander oder verliebt in Amalfi, manchmal auch beides. Das hatte Eugenio ihr erzählt, der Ida zu einer Tour überreden wollte. Ida war das nicht geheuer, auf dem Meer zu fahren. Aber jetzt sahen die Boote ganz harmlos aus. Vielleicht sollte sie es doch wagen.

»Ida!«, hörte sie eine Stimme gedämpft ihren Namen rufen. Da, sie entdeckte Margherita, die ihr von ihrer Liege aus zuwinkte. Ida winkte fröhlich zurück und ging mit ihrem Tuch und den wenigen Muscheln in Richtung Sonnenschirm. Margherita klopfte mit der Hand auf die Liege. Ida nahm neben ihr Platz, legte ihre Muscheln ab und strich Pierpaolo, der im Schatten im Sand spielte, über den Kopf. Er legte sein Spielzeug beiseite, umarmte sie und setzte sich dann auf ihren Schoß.

»Wieso hast du keinen Badeanzug an?«, fragte er naiv. »Ist dir nicht zu heiß?«

»Doch. Sehr sogar. Aber ich habe noch keinen Badeanzug.«

»Oh, meine Mammina hat ganz viele!« Er wandte sich an seine Mutter. »Vielleicht kannst du Ida einen geben«, schlug er vor.

»Das ist eine gute Idee, Piero«, pflichtete seine Mutter ihm bei. Damit stieg Piero von Idas Schoß und setzte sich zurück in den Sand und begann darin zu wühlen wie ein junger Hund.

»Spätestens wenn wir abreisen. Ich schaue gleich mal nach«, sagte Margherita. »Darf ich dir solange deine Haare hochstecken?«, fragte sie dann vorsichtig.

Ida überlegte. Beim Frisör war sie noch nicht gewesen, auch wenn sie vor kurzem ihr erstes Gehalt bekommen hatte. Aber sie hatte ihr Haar zu einem einfachen Pferdeschwanz zusammengebunden, was im Gegensatz zu ihren sonst üblichen Zöpfen besser aussah, wie sie fand.

»Das Mädchen hat so wundervolle Haare«, mischte sich in diesem Moment eine ältere Frau auf dem Liegestuhl nebenan ein. »Ich hatte auch einmal so schöne dicke Haare. Aber was für eine Qual im Sommer, bei dieser Hitze«, fuhr die Signora fort.

Dem konnte Ida nur zustimmen. Also ließ sie Margherita gewähren, die allerdings etwas Mühe hatte, mit nur einer Haarspange alle Haare zu erfassen, aber es gelang ihr schließlich. Sie zog einen Handspiegel aus ihrer Tasche und reichte ihn Ida.

Ida war überrascht von dem, was sie in ihrem Spiegelbild sah. Ihr Hals war plötzlich schön lang, und sie wirkte auch älter.

»Gut so?«, wollte Margherita wissen.

»Ja, sehr gut sogar. Danke!«

»Nicht der Rede wert. Es freut mich.«

Ida wollte Margherita den Spiegel zurückgeben, doch diese schüttelte den Kopf. »Behalte ihn ruhig.«

Ida freute sich über das Geschenk und bedankte sich. Sie bemerkte einen jungen Mann in Badehose und ärmellosem Hemd mit der Aufschrift Lido Villa Amalfi, der zwischen den Liegen und unter den Sonnenschirmen entlanglief. Er reichte den Badegästen Gläser und sang dabei ein Lied. Idas gute Laune verbesserte sich noch mehr. Als er bei Margheritas Liege angelangt war, reichte er zuerst Margherita ein Glas, die ihn bat, auch Ida eines zu geben. Der junge Mann zwinkerte ihr zu und sang noch lauter, während Ida das kalte Glas entgegennahm.

Margherita lachte und stieß mit Ida an. Ida setzte ihre Lippen an das Glas, das mit einer kalten Flüssigkeit gefüllt war. So kalt, dass sie teilweise noch vereist war. Und das Ganze schmeckte nach Zitrone. Ida hatte noch nie etwas so Köstliches getrunken.

»Ich kann nicht glauben, dass unser Urlaub in zwei Tagen schon vorbei ist«, sagte Margherita betrübt. Sie trug eine große Sonnenbrille, aber Ida war sicher, dass auch in ihrem Blick ehrliches Bedauern lag.

»Kannst du nicht noch länger bleiben?«, überlegte Ida laut.

Margherita erhob sich so schnell und unerwartet von der Liege, dass Ida fast herunterfiel, als das Gewicht plötzlich nur noch auf ihrer Seite war. Pierpaolo kicherte, und Ida zwinkerte ihm zu.

»Oder du besuchst uns in Prato!«, schlug Margherita vor, ohne auf ihre Frage einzugehen.

Ida starrte sie an und wiederholte ihre Worte in ihrem Kopf, bis sie glauben konnte, was Margherita gerade gesagt hatte.

Prato? Toskana? Wo war das überhaupt genau? Ida versuchte, sich an den Unterricht in Geografie mit dem verhassten Maestro Giacomo zu erinnern, aber es gelang ihr nicht.

»Nun«, fuhr Margherita fort, als Ida nicht antwortete, »du arbeitest den Winter über nicht, oder? Da hat das Hotel doch geschlossen. Du könntest uns besuchen, und ich würde dir unsere Fabrik zeigen und die Stadt«, sagte sie lächelnd. »Und vielleicht gefällt es dir sogar so gut, dass du bleiben willst. Für immer. Mein Mann kann gute Angestellte immer gebrauchen.« Margherita sah Ida erwartungsvoll an. Obwohl die Sonnenbrille noch immer ihren Blick versteckte, wettete Ida, dass viel Hoffnung darin lag.

Prato. Konnte man von dort auch das Meer sehen? Ida warf einen Blick zu dem kleinen Jungen hinüber, der so viel Sand an sich hatte, dass kaum mehr ein Stück Haut zu sehen war. Sie mochte ihn so sehr. Aber sie fühlte sich überrumpelt und war um eine Antwort verlegen. Zu Besuch vielleicht, ja, wann auch immer, aber dort leben? Es passierte gerade so viel in ihrem Leben wie in den letzten sechzehn Jahren nicht. Und doch war sie sich ziemlich sicher, in Amalfi bleiben zu wollen. Sie hatte hier das gefunden, was ihr zuhause am meisten gefehlt hatte: die Freiheit, für sich selbst entscheiden zu können.

»Ich weiß nicht recht ... Im Moment bin ich froh, hier angekommen zu sein«, sagte sie ehrlich.

Margherita nahm Idas Hände in ihre. »Wirst du darüber nachdenken?«

Das zumindest konnte Ida versprechen. »Das werde ich.«

Wenig später ging Ida mit ihren Muscheln in der Hand nach Hause, um sich noch ein wenig auszuruhen. Sie durchquerte Amalfi leichten Schrittes, hielt vor dem prächtigen Dom mit seinen vielen Stufen, ging weiter, wich einem hübschen Paar aus, das aussah wie frisch verheiratet oder auf Hochzeitsreise. Mittlerweile kannte sie auch einige Ladenbesitzer in der Via Lorenzo d'Amalfi, die sie jetzt entlangschlenderte, und grüßte freundlich. »*Buon pomeriggio*, Ida«, riefen sie zurück und winkten. In einem Geschäft, in dem Ida meist reiche ausländische Urlauber sah, hingen Kleider. Idas Blick blieb daran hängen. Sie wollte viele neue Kleider, und sie wollte im Da Ciro tanzen. Noch reichte ihr Geld nicht für eines dieser teuren Kleider, aber sie würde sparen. Ihr Gehalt war gut, aber Amalfi war nicht gerade günstig. Zum Glück hatte sie keine weiteren Ausgaben. Die Kosten für ihre Unterkunft deckte das Hotel, wo sie auch immer aß. Ida war zuversichtlich, in ein paar Monaten über Zio Sesto schon etwas an ihre Mutter schicken zu können, damit auch sie sich etwas Hübsches gönnen konnte. Darauf freute Ida sich schon jetzt.

Weiter vorne in der Via Lorenzo d'Amalfi hingen vor einem weiteren Ladeneingang aufgefädelte, an der Sonne getrocknete Peperoncini. Die erinnerten Ida wieder an ihre Mutter, denn zuhause in Tramonti war es deren Aufgabe gewesen, die scharfen roten Pfefferschoten für die lange Aufbewahrung vorzubereiten.

Vor dem Eingang stand ein hochgewachsener Mann und befühlte die Peperoncini mit den Fingern, dann rieb er sich die Stirn, offensichtlich ein Ausländer, vielleicht ein Deutscher. Ida war versucht ihm zu sagen, dass er das besser lassen und vor allem darauf achten sollte, nicht in die Augen zu fassen, und bedauerte in diesem Moment sehr, seine Sprache nicht zu können.

Und so bog sie schweigend in die enge Gasse am Ende der Straße und stieg die Stufen zu Sandras Haus hinauf. Sie fühlte sich wohl auf diesem Weg zu ihrem Zuhause. Die Häuser rechts und links, durch deren Bauweise es in Amalfis Gassen so eng war, waren zwar nicht ordentlich verputzt, doch sie wirkten charmant und authentisch. Vielleicht bestachen sie sogar gerade durch ihren Mangel an Vollkommenheit.

»Sandra?«, rief Ida, nachdem sie mit ihrem Schlüssel aufgeschlossen hatte. Es kam keine Antwort, Sandra war offenbar nicht da. Ida nutzte die Zeit, um die Muscheln an der Wand über ihrem Bett zu befestigen – nun konnte das Meer auch über ihre Träume wachen. Sie trat ein paar Schritte zurück und begutachtete ihr Werk. Wundervoll, fand sie. Damit fühlte sich das Zimmer schon so viel mehr wie *ihr* Zimmer an.

Nach der Pause beschloss Ida, das Villa Amalfi über den Haupteingang zu betreten. Sie liebte es, in der Küche zu arbeiten, bedauerte aber, dass sie so wenig vom Hotelbetrieb mitbekam. Sie war neugierig darauf, zu sehen, wer im Hotel logierte, darauf, wie der Urlaub ihrer Gäste tatsächlich vonstattenging. Deshalb hatte sie es sich zur Angewohnheit gemacht, so oft wie möglich diesen Eingang zu nutzen, wo sich oft Gäste in der schönen Sitzecke mit den blauen Sesseln und Sofas unterhielten. Selbst wenn Ida nicht aktiv an den Gesprächen teilnahm, so mochte sie es doch, einen kurzen Moment davon mitzuerleben.

Nun stieg sie die wenigen Stufen direkt von der Straße aus hinauf. Am Empfangstresen saß die Signora Annalisa, und sie hielt Ida gleich auf. »Gut, dass ich dich treffe, Ida. Ich wollte dich etwas fragen: In drei Tagen kommt eine Reisegruppe aus Amerika, die vom Reisebüro Nunziata Viaggi in Neapel vermittelt wird. Die Gruppe bleibt fünf Tage und möchte nicht nur am Strand liegen, sondern auch unsere Traditionen kennenlernen – darauf freuen sie sich immer ganz besonders. Wir haben natürlich ein Programm mit Musik und Tanz, Bootsfahrten, Wanderungen und so weiter und so fort, aber ich hatte überlegt, dass sie dieses Jahr an einem Vormittag mit dir Pasta machen könnten. Damit würden wir ihnen die größte Freude bereiten. Was hältst du davon?«

Ida war begeistert. »*Dio mio!*«, rief sie. »Meinen Sie das ernst? Ich darf das wirklich?«

»Aber selbstverständlich!«

»Dann sage ich Ja!« Dann kam ihr ein Gedanke, der ihrer Begeisterung einen herben Schlag verlieh. »Oh nein, es geht nicht! Ich spreche die Sprache nicht gut genug.«

Doch die Signora Annalisa winkte ab. »Ach, mach dir darüber bitte keine Gedanken. Maurizio Nunziata, der Besitzer des Reisebüros, lässt es sich nicht nehmen, die Gruppe zu begleiten. Er ist der Reiseleiter und spricht Amerikanisch. Er ist immer dabei.«

Ida war erleichtert. »Dann ist alles gut, Signora Annalisa, es wird sicher wunderbar funktionieren. Und wenn nicht, dann habe ich noch immer Hände und Füße, um zu kommunizieren.« Sie lachte.

Annalisa lächelte zufrieden. »Ja, zur Not geht auch das. Dann machen wir es so.«

»Abgemacht.« Auch Ida lächelte. Sie beschloss, die Gelegenheit beim Schopfe zu packen und ein Thema anzusprechen, über das sie sich viele Gedanken gemacht hatte. »Ich wollte aber auch noch über eine Sache mit Ihnen reden«, setzte sie mutig an. »Am Souvenirladen habe ich eine Postkarte gesehen mit einem wunderschönen Motiv. Das Foto zeigt ein Hotel, vom Meer aus, so steht es auch auf der Karte. Und jetzt habe ich mir überlegt … Denken Sie, das könnte auch für das Villa Amalfi funktionieren? Postkarten mit einem Foto von der Fassade oder auch aus dem Hotel heraus, zum Beispiel mit dem wundervollen Ausblick von der Dachterrasse aus? Und die Empfänger der Postkarten verlieben sich in den Ausblick und kommen extra deswegen zu uns nach Amalfi?«

Die Signora war sichtlich überrascht. »Das ist eine sehr schöne Idee, Ida«, sagte sie schließlich. »Ich danke dir! Ich werde darüber nachdenken und auch mit Vittorio darüber sprechen.«

Das gefiel Ida. Ja, der Signor Vittorio würde sicher wissen, ob eine derartige Werbemaßnahme für das Hotel sinnvoll war. »Ich freue mich wirklich sehr, behilflich gewesen sein zu können«, sagte sie und verabschiedete sich. Auf dem Weg zur Küche war sie guter Stimmung und grüßte jeden einzelnen Gast mit einem heiteren *»Buongiorno«*. Alle grüßten erfreut zurück. Bis auf die Signora Mille aus Neapel. Die war nämlich schwerhörig, wie jeder im Haus wusste.

Später, nach der Abendschicht im Villa Amalfi, zog Ida sich um und begutachtete sich anschließend im Spiegel. Sie trug Annalisas Kleid und hatte sich von Sandra schwarze Sandalen geborgt. Zufrieden mit ihrem Aussehen, machte sie sich auf den Weg zum Hafen. Ihr Herz klopfte wild. Ungläubig setzte sie einen Fuß vor den anderen, ihr kam es fast unwirklich vor, so durch die Straßen von Amalfi zu gehen, hier und jetzt und frei. Heute war sie Ida aus Amalfi, und sie würde sich mit einem jungen Mann in einer Strandbar treffen.

Es stellte sich heraus, dass das gar nicht so einfach war, denn bei Da Ciro herrschte ein schier unglaublicher Andrang. Ida schob sich durch Grüppchen von jungen Männern, die sich vor der Tür rauchend unterhielten und die jungen Frauen in ihrer unmittelbaren Nähe nicht aus den Augen ließen. Für Ida als Beobachterin sah es nach einem unnötig mühsamen Spiel aus, denn die Männer wussten, dass die Frauen offenbar nur darauf warteten, angesprochen zu werden, und doch mussten sie den Mut finden, es zu tun. Die Musik war laut, lauter als das Lachen, lauter als jede Unterhaltung. Von Mariolino war keine Spur zu sehen. Doch Ida betrat ohne zu zögern die Bar, deren Außenbereich durch die ganz geöffneten Fenster der Holzkonstruktion nicht streng vom Innenbereich getrennt war. Eine kleine Band spielte auf einer winzigen Bühne, und auf der Fläche davor tanzten zahlreiche Menschen im Licht der schwachen Deckenbeleuchtung. Nur wenige tanzten allein, vor allem engumschlungene Paare bewegten sich zur Musik. Die jungen Männer trugen Anzüge, die Frauen schöne Kleider. Der Anblick war wundervoll, Ida konnte sich kaum daran sattsehen.

»Du bist gekommen?« Eine männliche Stimme rief ihr diese Frage ins Ohr.

Ida drehte sich um. Mariolino stand hinter ihr. Schön angezogen, fein zurechtgemacht, sorgfältig gekämmt. Er duftete gut, und Ida fühlte sich wie benebelt von seiner gesamten Erscheinung. Sie nickte. »Ja, ich bin gekommen. Es ist schön hier.« Eine Unterhaltung war kaum möglich, ohne sich direkt ins Ohr zu schreien.

Er nahm ihre Hand, ohne zu fragen, und zog Ida auf die Tanzfläche. Sie konnte nicht tanzen, aber sie ließ sich gerne von ihm leiten und fand es dann gar nicht so schwer. Viel schwieriger fiel es ihr, all ihre Emotionen in den Griff zu bekommen. Mariolino suchte immer wieder das Gespräch, beugte sich zu ihr hinunter, näherte sich mit seinem Mund ihrem Ohr. Ida wurde bald wahnsinnig vor Herzflattern. So nah war ihr noch nie ein Mann gewesen, und sie genoss den Moment, auch wenn sie nicht sicher war, ob er mehr Mariolino oder der Situation geschuldet war. Sie dachte an Lea, der sie begeistert von diesem Moment erzählen würde, der ihren Körper mit Gänsehaut überzog. Und sie war so froh, auf ihre Mutter gehört zu haben, denn was hätte sie sonst verpasst …

Nach dem Tanz kam ein Freund von Mariolino zu ihm, fragte ihn etwas, was Ida nicht verstehen konnte.

»Das war mein bester Freund Ugo. Er möchte weiter, in eine andere Bar oder vielleicht ganz woanders hin. Kommst du mit?«

Ida sah Mariolino lange an. Er war nett, seine Komplimente schmeichelten ihr, und es war ein aufregender Abend gewesen. Und doch sagte ihr eine innere Stimme, dass diese Begegnung hier ihr Ende hatte. Deshalb beschloss sie, Mariolino nicht zu folgen. Denn eines wollte Ida niemals verlernen: auf ihr Herz zu hören.

KAPITEL 13

Doriana hat so ein Strahlen, Francesco, du würdest staunen über deine Tochter. Sobald sie einen Raum betritt, richten sich alle Blicke sofort auf sie, allein durch ihre Anwesenheit. Die Gäste lieben sie. Ich bin mir sicher, dass sie eine brillante Zukunft vor sich hat.

Margherita stand am offenen Fenster ihres hübschen Hotelzimmers, seit Minuten schon, obwohl es an der Zeit war, sich für das reichhaltige und immer so hübsch angerichtete Frühstück fertigzumachen, mit dem Pierpaolo und sie jeden Morgen in den Tag starteten. Die Wahrheit war, dass sie sich nicht von dem Anblick trennen konnte, nicht heute, einen Tag vor ihrer Abreise. Dieses Blau, das sich vor ihr erstreckte, war heilend, erfüllend. Sie hatte ganze Nächte an diesem Fenster verbracht und dem Flüstern des Meeres gelauscht, das mit seinem stetigen Rollen unendlich viele Geheimnisse zu offenbaren schien. Das Meer hatte Margherita eines Nachts sogar erzählt, dass sie nicht glücklich war. Nicht vollkommen. Obwohl sie alles hatte. Sie hatte Luca und Pierpaolo, der sich innerhalb von nur drei Wochen so wunderbar erholt hatte, dass sie sich manchmal kneifen musste, um wahrhaben zu können, wie vital, fröhlich und heiter er jetzt war. Ja, Margherita hatte alles, eine Familie, die sie von Herzen liebte, und darüber hinaus war sie wohlhabend. War es da nicht unrecht, sich mehr zu wünschen? Einen Ehemann, der mehr Zeit für sie hatte, zum Beispiel?

Luca war liebevoll, durchaus, doch stetig so abgelenkt von seiner Arbeit, dass sie ihn eigentlich kaum zu Gesicht bekam. Wenn er da war, war er es manchmal doch irgendwie auch nicht. Als befände er sich in Gedanken permanent anderswo. Es war ermüdend, um seine Aufmerksamkeit zu kämpfen, und er vermittelte ihr mit seinem Verhalten – sicherlich nicht absichtlich – den Eindruck, dass sie seine ungeteilte Anwesenheit nicht wert war.

Auch die Tatsache, dass er trotz ihrer ausdrücklichen Bitte

nicht mit nach Amalfi gekommen war, hatte sie mehr verletzt, als ihr zunächst bewusst gewesen war. Ihr Mann hatte ihr hier in Amalfi gefehlt. Sie hatte jedes glückliche Paar beneidet, das sie gesehen hatte. Und davon gab es in Amalfi viele. Das Küstenörtchen mit seiner bezaubernden Kulisse bot sich wirklich an als romantisches Reiseziel. Margherita hatte sich in ihren langen Nächten oft vorgestellt, mit Luca auf dem Balkon des Villa Amalfi zu stehen und ihn bei Mondschein und unter funkelnden Sternen zu küssen. Andersherum war sie sich ziemlich sicher, dass er unter ihrer Abwesenheit nicht halb so sehr gelitten hatte wie sie.

Doch obwohl sie Luca vermisste, wollte sie im Moment gar nicht mehr zurück nach Hause. Denn, und das war ihr erst hier richtig aufgegangen, es war einfach so, dass sie sich in Prato, in ihrem eigenen Haus, einsam und leer fühlte. Amalfi hatte diese Leere weggespült. Nicht zuletzt die Bekanntschaft mit Ida hatte einen großen Teil dazu beigetragen, die Tage an der schönen Küste zu einer heiteren, wundervollen Zeit zu machen. Margherita mochte Ida. Sie mochte die Art, wie sie mit Piero umging, der wiederum eine besondere Verbindung zu Ida hatte. Und sie sah Ida mit einer gewissen Sehnsucht dabei zu, wie sie die für sie noch so neue Welt um sich mit vorsichtigen, aber entschlossenen Schritten erkundete. Dankbar hatte Ida alles angenommen, was Margherita ihr in diesen wenigen Tagen gezeigt hatte, darunter das Eis – Idas erstes, war das zu fassen! – oder auch Hinweise, wie sie mehr aus ihrem Typ machen konnte. Dass Ida ihre Meinung etwas bedeutete, hatte Margherita wiederum ein gutes Gefühl gegeben. Zuhause in Prato hatte sie sich immer mehr von ihren Freundinnen zurückgezogen, die ihr zu oberflächlich erschienen, zu sehr darauf bedacht, gut auszusehen und das große Glück zu präsentieren, wenn es auch bisweilen nur vorgespielt war.

Doch Margherita wollte das große Glück wahrhaft erleben. Und in dieser Hinsicht war ihr Ida ähnlich. Margherita glaubte auch von Ida etwas lernen zu können, nicht alles als Selbstverständlichkeit anzusehen zum Beispiel. Auch deshalb hatte Margherita sie nach Prato eingeladen. Sie hoffte sehr, dass Ida zu Besuch kommen würde, auch wenn sie von dem Vorschlag nicht begeistert gewirkt hatte. Aber wenn sie sich doch dazu entschied … Oh, dann würde Margherita mit ihr Auto fahren, ja, es ihr vielleicht sogar beibringen! Sie würden gemeinsam zu Musik aus dem Radio singen. Und die Fabrik würde sie ihr zeigen. Vielleicht, ganz vielleicht würde es Ida so gut gefallen, dass sie gar nicht mehr wegwollte. Sie könnte in der Fabrik arbeiten. Vielleicht wollte Ida sich weiterbilden oder eine Familie gründen. So viele Gedanken, so viele Möglichkeiten. Aber wenn Margherita ehrlich war, dann wusste sie bereits, dass Ida Amalfi nicht ohne weiteres verlassen würde. Dazu liebte sie das Hotel, das Meer und die unzähligen Möglichkeiten, die sich ihr hier boten, viel zu sehr. Verübeln konnte Margherita ihr das nicht. Aber sie hatte Ida eine ernst gemeinte Alternative in Aussicht gestellt. Das fühlte sich gut an.

Margherita stieß einen Seufzer aus und ließ ihren Blick über das Meer gleiten. Sie bewunderte dessen Beharrlichkeit fast ebenso wie dessen Schönheit. Es schwappte, schlug, und klatschte pausenlos gegen die Steilhangküste und hatte mit schier unermüdlicher Geduld schroffe Felsen in abgerundete, harmonische Küsten verwandelt, an denen man sogar baden konnte.

Piero regte sich im Bett. Also packte Margherita all ihre Bedenken, Gedanken und Ideen zurück in die Tiefen ihrer Seele und widmete sich ihrem Sohn, der sich jetzt rekelte und streckte.

»*Buongiorno*, mein kleiner Prinz!«, sagte sie und setzte sich zu ihm aufs Bett. Sie kraulte sein Haar und genoss, dass Piero wohlig aufseufzte. Dann schlug er die Augen auf. Sein Gesicht war nach drei Wochen am Meer gesund gebräunt, seine Nasenspitze war sogar leicht gerötet von der Sonne, die all ihre Schritte begleitete und den Blick nur senkte, wenn der Mond ihren Part übernahm.

Piero setzte sich langsam auf, gähnte. Wie schön es war, ihn so zufrieden und gesund zu erleben! Margherita hoffte, dass es ihm auch in Prato weiterhin so gut gehen würde. Alles andere wollte sie gar nicht erst in Betracht ziehen.

»Gibt es bald Frühstück?«, erkundigte er sich und rieb sich den Schlaf aus den Augen.

»Ja, wir können schon in den Speisesaal gehen. Was möchtest du denn heute essen?« Margherita stand auf und wählte ein Kleid. Die Entscheidung fiel ihr leicht, denn sie hatte schon fast gänzlich gepackt, im Schrank hingen nur noch wenige Kleidungsstücke. Sie nahm das weiße, taillierte Trägerkleid vom Bügel, das natürlich aus Stoff aus der Fabrik ihres Mannes gefertigt war, zog es flink über und warf einen Blick in den Spiegel. Was sie sah, war wirklich nicht schlecht. Sie beschloss, den Rest des Tages voll auszukosten und ihre bedrückenden Gedanken auf Abstand zu halten.

»Kekse. Und Milch.«

»Kekse und Milch? Zuhause willst du die Milchflasche nicht mal ansehen.«

»Zuhause schmeckt sie nicht wie hier.«

Margherita lächelte. Piero argumentierte sehr gut, das musste sie ihm lassen. Wenig später gingen sie Hand in Hand den Flur entlang und die Treppen hinauf in den Speisesaal. Die großen Fenster dort ließen zu, dass die Sonne mit ihren weitreichenden Strahlen den gesamten Raum durchflutete und eine angenehme Wärme auf der Haut hinterließ. Das Frühstücksbuffet sah wie immer sehr appetitlich aus. Piero ließ sofort Margheritas Hand los und eilte zu der langen Reihe von Tischen, an denen Kellner standen, die beim Beladen der Teller behilflich waren. Die Signora Annalisa sah nach dem Rechten, dezent, fast zurückhaltend, aber stets mit offenem Blick, der vermittelte, dass sie da war – in jeder Situation. Margherita spürte ein Ziehen in der Magengegend, denn sie wusste, dass sie das alles schmerzlich vermissen würde. Amalfi war für sie nicht nur ein Urlaubsort, den sie nach der Abreise nach und nach vergessen würde. Nein, Amalfi war so viel mehr, es war ein Ort, an dem ihr Herz hing, der Ort, an dem ihr Sohn wieder zu Kräften gekommen war und an dem sie selbst wieder Lebendigkeit spürte.

»Margherita?«

Ida kam auf sie zu. Margherita fiel sofort auf, dass sie an diesem Morgen besonders glücklich aussah. Das Mädchen hatte sich in den letzten Wochen verändert, allem voran ihre Haltung. Sie wirkte sicherer, zuversichtlicher und strahlte das auch aus. Das freute Margherita sehr. Sie bemerkte, dass Ida die Spange trug, die sie ihr am Vortag ins Haar gesteckt hatte. Wie wenig doch manchmal ausreichte, um jemandem eine Freude zu bereiten! »*Ciao, cara*. Guten Morgen!«, grüßte sie fröhlich.

»*Buongiorno*, Margherita. Ich habe dich von der Küche aus gesehen. Aber ich will dich natürlich nicht lange stören und schon gar nicht vom Frühstück abhalten.«

»Ida, wann wirst du es verstehen, dass du niemals störst? Du bist ein Mensch, mit dem ich mich gerne unterhalte. Das muss dir endlich in den Sinn.«

Das Mädchen hielt kurz inne und straffte dann den Rücken. »Ich wollte mich noch einmal für deine Einladung nach Prato bedanken.«

»Die steht noch immer, Ida.«

»Ja, ich weiß …«

Margherita ahnte, worauf sie hinauswollte. »Aber du wirst nicht kommen, oder?«

Ida schüttelte den Kopf. »Nein, zumindest nicht gleich, nicht sofort. Ich hänge an Amalfi, ich hänge an diesem Hotel. Es ist der Ort, der mich aufgefangen und viele meiner Sorgen weniger schlimm gemacht hat.«

Das konnte Margherita gut verstehen, war sie doch auch an das Küstenstädtchen gebunden, weil ihre Sorge um Piero sich hier in Luft aufgelöst hatte. »Nun, die Einladung hat ja kein Verfallsdatum«, sagte sie herzlich. »Solltest du irgendwann das Bedürfnis verspüren, Abstand von Amalfi zu brauchen, dann bist du mir in Prato willkommen. Jederzeit.«

»Danke, Margherita. Du kannst dir nicht vorstellen, wie viel mir das bedeutet! Wirst du denn wieder herkommen?«

»Ja. Das werde ich. Und bis dahin werde ich dir schreiben. Sooft es geht.« Plötzlich kam ihr ein Gedanke. »Ich werde Pieros Vorschlag umsetzen und dir auf jeden Fall meine Badesachen hierlassen, dann kannst du an uns denken, wenn du im Meer schwimmen gehst«, sagte sie mit fröhlicher Stimme.

»Das kann ich nicht annehmen!« Ida sah sie so entrüstet an, dass Margherita lachen musste.

»Oh doch. Du kannst und wirst alles annehmen. *Va bene?*«

Das Mädchen lächelte. »Wenn du das wünschst, werde ich deine Geschenke annehmen und jedes Mal mit Ehre und Freude tragen.«

»Das klingt schon besser.«

Margherita trat einen Schritt auf Ida zu und umarmte sie fest. »Wir werden uns nicht aus den Augen verlieren. Niemals. Versprich mir das!«

»Ich verspreche es!«

»Ich kann deine Entscheidung für Amalfi verstehen. Und ich glaube, das Villa Amalfi hat großes Glück, dich gefunden zu haben.«

Piero trat zu ihnen. »Isst du mit uns, Ida?«

»Nein, danke, mein Freund. Ich habe schon gefrühstückt, weißt du?«

»Und was hast du gegessen?«

»Kekse und Milch.«

»Ha! So wie ich.«

Ida fuhr ihm mit der Hand über den Kopf und verabschiedete sich. Margherita folgte ihr mit dem Blick auf ihrem Weg zurück in die Küche: An jedem Tisch, an dem sie vorbeikam, grüßte sie kurz und verbreitete eine fröhliche Aura. Ja, hier war Ida in ihrem Element. *Ida gehört zum Villa Amalfi*, dachte Margherita und ließ sich von Piero zum Frühstücksbuffet ziehen.

***

Es ging gegen Ende Juli, und Ida arbeitete seit fast einem Monat im Hotel. Ihr Onkel kam am nächsten Morgen wieder mit einer Lieferung. Vorsichtig legte er Ida einen Ricotta-Frischkäse in die Hände, den sie sofort im Kühlraum verstaute. Er war noch warm. Zio Sesto musste bei Morgengrauen aufgestanden sein, um ihn zuzubereiten. Sandra bezahlte ihn, ließ Ida und ihrem Onkel aber gerne ein paar Minuten, um sich ungestört zu unterhalten. Ida freute sich wie immer darüber, ihn zu sehen.

»Wie geht es Lea, Zia Giannina und den Kindern?«, war stets ihre erste Frage. Der Onkel war die einzige Verbindung zu der Familie und auch zu ihrer Mutter. Und er gab immer gerne Auskunft, erzählte kurz von den ersten Schritten des Jüngsten, Zia Gianninas Bestreben, die ganze Schar bei Laune zu halten, und er brachte ab und an Briefchen von Lea, die wissbegierig nach Neuigkeiten fragte und murrend von ihrem langweiligen Alltag erzählte. Ida hatte ihr immer geantwortet und von ihrem Gehalt sogar eine Ansichtskarte gekauft, die Lea sich aufgehängt hatte, weil sie sie so schön fand. Es war ein fröhlicher Austausch, und er half Ida, sie alle nicht zu sehr zu vermissen. »Ich habe noch etwas für dich«, sagte Zio Sesto schließlich, zog einen Umschlag aus seiner Hosentasche und überreichte ihn ihr.

Auf dem Umschlag stand ein einziges Wort. Ida.

Er war von ihrer Mutter. Daran gab es keinen Zweifel, diese Schrift hätte sie unter tausenden erkannt.

»Ich war gestern bei Maria Grazia«, sagte Zio Sesto lächelnd, »und habe ihr ein schönes Stück Käse und deinen letzten Brief gebracht. Und ich habe ihr erzählt, dass es dir gut geht.« Ida umarmte ihren Onkel, hielt sich aber auch ein bisschen an ihm fest. Der Gedanke an ihre Mutter weckte unwiderruflich die Sehnsucht nach ihr, der Brief war ihr deshalb umso wertvoller – sie hatte so lange darauf gewartet.

»Ich weiß nicht, wann ich wieder zu ihr kann«, sagte er. »Mir fehlt die Zeit, und ich möchte niemanden sonst schicken, aber immer wenn du ihr schreibst, wird sie deinen Brief sobald wie möglich bekommen«, sagte er ernst.

»Ach, Zio, was würde ich nur ohne dich tun?«, sagte Ida dankbar.

Er wiegelte ab. »Du machst alles allein, ich bin nur ein treuer Helfer«, sagte er lachend und verabschiedete sich, wie immer hatte er es eilig. Seine frische Milch und seine Milchprodukte mussten schnell in Kühlschränken verstaut werden, bevor die Sonne zu heiß brannte.

Ida blieb mit dem Brief zurück. Sie hielt ihn in den Händen wie eine rare Kostbarkeit.

»Nun mach ihn schon auf«, forderte Eugenio sie auf. Auch Renata, die heute früher angefangen hatte, weil sie am Vorabend nicht ganz mit dem Besteck fertig geworden war, riet ihr, den Brief sofort zu lesen. Nur Sandra sagte nichts, sondern schob Ida sanft in die Vorratskammer und ließ sie dort allein. Ida kamen die Tränen vor Vorfreude auf die Worte ihrer Mutter, aber auch wegen der Fürsorge ihrer Kollegen, die die besten waren, die sie sich vorstellen konnte.

In der Vorratskammer war es eng. Ida setzte sich auf eine Kiste, inmitten der ordentlich verstauten Lebensmittel aller Art, Marmeladen, Tomatenkonserven, Öl, Zucker, Mehl, am Balken hängender Schinken. Sie atmete tief durch und öffnete vorsichtig den Umschlag. Das Licht im kleinen Kämmerchen war nicht stark, aber hell genug, um die schöne Schrift ihrer Mutter gut lesen zu können.

Liebste Ida,
Ida ... es fühlt sich so schön an, deinen Namen zu schreiben. Mir war gar nicht bewusst, wie oft am Tag ich früher »Ida« gesagt habe. Und jetzt vermisse ich es, nach dir zu rufen, weil du mal wieder völlig in Gedanken versunken auf der Wiese stehst und dir die Blumen ansiehst, statt mir im Haus zu helfen. Du hast schon immer geträumt, und ich habe immer gewusst, dass du an deinen Träumen festhalten wirst. Wenn dein Zio kommt, mit dem Vorwand, Käse oder Ricotta oder Milch oder irgendetwas zu bringen, ist meine Freude groß; denn er erzählt mir, wie es dir geht. Er bringt mir deine lieben Briefe, die ich aufbewahre und immer wieder lese, ich kenne sie auswendig. Hier passiert nicht viel, deine Nachrichten versüßen mir jeden Tag. Sesto erzählt mir von diesem wundervollen Hotel, in dem du so gut aufgenommen wurdest. Er erzählt mir, dass du gut aussiehst. Und wie glücklich du bist. Dann bin ich es auch. Du weißt es nicht, aber du zeigst mir jeden Tag die Welt, die ich immer erleben wollte, zu der mir aber letztendlich der Mut gefehlt hat. Ida, mach weiter so, mein geliebtes Kind. Ich könnte nicht stolzer auf dich sein. Mein Herz ist voller Freude darüber, dass du all die Dinge erleben darfst, die eine junge Frau deines Alters erleben sollte. Fürchte dich nicht vor Neuem, alle Erfahrungen werden dich bereichern. Und vergiss niemals, dass ich da bin, jede Sekunde, auch wenn du mich nicht siehst. Meine Gedanken sind bei dir. Immer. Ich bin nur in Tramonti, liebste, allerliebste Ida meines Herzens, nicht aus der Welt. Zähl auf mich, denn ich werde dich auffangen, solltest du einmal fallen, ich werde mit

dir über deine Erfolge jubeln und an deiner Seite stehen, wann immer du mich brauchst.
In Liebe,
deine Madre, für immer und ewig

Ida las die Zeilen wieder und wieder, zutiefst dankbar für die Worte ihrer Mutter und voller Sehnsucht nach ihr, bis Eugenio die Vorratskammer betrat. Er setzte sich schweigend neben sie, fiel dabei beinahe von der Kiste, was Ida zum Lachen brachte und die Situation auflockerte.

Eugenio schien ihre Stimmung zu erahnen und legte einen Arm über ihre Schulter. »Freu dich einfach über den Brief«, sagte er ruhig.

»Das tue ich.« Dankbar für sein Mitgefühl lehnte sie sich an ihn. Außer Lea hatte Ida bisher keine Freunde gehabt, ihr Vater hatte jeglichen Kontakt zu Gleichaltrigen unterbunden, und auch die viele Arbeit hätte ihr kaum Zeit dafür gelassen. Doch Eugenio, den wollte Ida in ihrem Leben nicht mehr missen. Sie war ihm sehr verbunden.

»Gut!«

»Und bald schreibe ich ihr zurück. Der Brief ist von meiner Mutter.«

»Ja, das haben wir uns gedacht. Du hast ja schon lange auf Antwort von ihr gehofft.«

»Ihr kennt mich alle besser, als mir lieb ist«, sagte Ida mit einem Augenzwinkern.

Und lustig fasste Eugenio es auch auf. Er brachte mit seiner dunklen Stimme ein Lachen hervor. »In der Küche des Villa Amalfi gibt es keine Geheimnisse.«

»Außer Sandras Rezept für die Soße zum Braten«, meinte Ida lachend.

»Nun … Ich kenne die Geheimzutat schon lange.«

»Wie bitte? Das kann gar nicht sein.« Idas Entrüstung war

nicht gespielt. Sandra machte so eine große Sache aus dieser besonderen Zutat, und Eugenio kannte sie? Das war ungerecht.

»Doch!«

»Dann verrat sie mir. In der Küche des Villa Amalfi gibt es keine Geheimnisse, das hast du selbst gesagt.«

»Nie im Leben!« Eugenio stand auf.

Ida folgte ihm. »Komm schon, Eugenio, sag's mir!«

Doch er schüttelte nur den Kopf, sichtlich amüsiert. Seine Heiterkeit war ansteckend, und so hatte Ida auch gleich schon wieder gute Laune, die Wehmütigkeit war weggeblasen. Eugenio hatte diese Gabe. Er gab sich leicht vertrottelt und kippte Situationen fast unbemerkt.

»Danke«, hauchte sie ihm zu.

Er zwinkerte, klopfte ihr aufmunternd auf den Rücken und verließ Ida voraus die Vorratskammer.

»So, ihr zwei, glaubt ihr, ihr schafft es heute noch, eure Aufgaben zu erledigen?«, sagte Sandra, meinte es aber nicht böse.

Sie nickten und machten sich sogleich an die Arbeit. Schon bald breitete sich ein köstlicher Duft in der Küche aus. Eugenios Soßen waren unglaublich gut, und Ida mochte sie so sehr, dass sie nach dem Essen jedes Mal ihren Teller mit Brot sauberputzte, um auch keinen Tropfen zu verschwenden. Im Normalfall boten sie im Restaurant jeden Tag zwei mehrgängige Menüvarianten an, unter denen jeder Gast frei wählen konnte. Ida fand das eigentlich umständlich, denn da sie in der Küche nicht wussten, für welche Variante sich die Gäste jeweils entscheiden würden, kochten sie alles doppelt. Außerdem gab es eine größere Auswahl an hausgemachter Pasta, sodass jeder Gast zu der Soße seines Menüs im Speisesaal eine Nudelsorte wählen konnte. Das war wiederum eine sehr gute Idee, wie Ida fand, auch weil es der Küche keine allzu großen Umstände bereitete. Ida arbeitete gerne dort, bereitete vor allem die Pasta zu, packte aber auch überall mit an, wo Unterstützung nötig war.

Ida wusch sich die Hände und trocknete sie an ihrer Schürze ab. »Sandra, warum schlagen wir der Signora Annalisa nicht mal vor, die Menüauswahl schon am Vortag zu treffen?«, wagte sie sich vor. »Die Kellner könnten am Abend mit den Menüvorschlägen auf die Gäste zugehen und sie wählen lassen, welches Gericht sie am Folgetag essen möchten.«

Sandra rührte in einem großen Topf, aus dem es appetitanregend roch. Heute standen Seppie ripiene – gefüllte Tintenfische – auf dem Plan. Ida konnte jede Zutat riechen, den Fisch, den Weißwein, die Soße, die Füllung, das Olivenöl, sogar die Petersilie und vor allem natürlich den Knoblauch – ihr lief das Wasser im Mund zusammen.

»Hm. Ich weiß nicht.« Sandra legte den Löffel beiseite. »Grundsätzlich finde ich deine Idee gut, ich bin mir aber nicht sicher, was Annalisa davon hält. Aber du kannst gerne mit ihr darüber sprechen.«

Ida nahm sich vor, das so bald wie möglich zu tun. Doch jetzt musste sie sich beeilen, wenn die Ndunderi wie geplant für den Mittagsbetrieb fertig werden sollten. Sie liebte diese besonderen Gnocchi aus Riccottakäse-Teig, und Sandra und Eugenio hatten ihr geraten, diese auch mit der amerikanischen Gruppe zuzubereiten. Deshalb hatte Ida beschlossen, heute noch einmal zu üben, und dafür, mit Sandras und Annalisas Einverständnis, bei ihrem Onkel einen besonders schönen Ricottafrischkäse bestellt.

Umsichtig wog sie das Mehl mit den Händen. Der Ricotta war wunderbar saftig, Ida nahm ihn vorsichtig aus der Form, zwickte ein winziges Stück davon ab und schob es sich in den Mund. Herrlich! Sie schmeckte die Milch, der Frischkäse zerging im Mund, roch aber nicht halb so intensiv wie der geriebene Hartkäse, den sie auch in den Teig einarbeitete. Obwohl Ida harte Arbeit gewöhnt war, spürte sie die Anstrengung in den Armen. Aber sie war höchst zufrieden mit dem Ergebnis.

Nach dem Essen freute sie sich über das Lob der Gäste, das ihr vom Personal aus dem Speisesaal ausgerichtet wurde. Es gab ihr Zuversicht, auch die Situation mit den Amerikanern zu meistern.

Doch zunächst wartete eine andere Probe auf sie: der Abschied von Margherita und Piero. Sie hatte sich mit ihnen im Eingangsbereich verabredet und eilte nach ihrer Schicht in der Küche zur abgemachten Zeit dorthin.

Piero lief ihr sofort entgegen, als Ida die Sitzecke im Entree erreichte.

»Wir fahren heute weg von hier«, erklärte der Kleine ernst.

»Ich weiß, *piccolino.*«

»Und dann sehe ich meinen Papà in Prato wieder. Er wartet da auf uns.«

»Na, dann solltest du ihn nicht zu lange warten lassen.«

Sie machten es kurz, auch wenn es wehtat, umarmten sich zu dritt und versprachen, in Kontakt zu bleiben. Ida würde es versuchen, aber sie fragte sich, ob Margherita wirklich wiederkommen würde oder ob man diese Art Versprechen nicht einfach so gab, weil es in die Situation passte. Dann drückte Margherita Ida eine kleine Tasche mit Kleidung in die Hand. Ida war gerührt und bedankte sich, und nach einer weiteren herzlichen Umarmung verließen Margherita und Piero den Eingangsbereich, stiegen die wenigen Stufen zur Straße hinunter und verschwanden.

Ida ließ den Blick über den Eingangsbereich schweifen. Das ältere Ehepaar aus Norditalien stand an der Tür, bereit für einen Besuch am Strand. Das Telefon am Empfangstresen läutete. Die kleine Familie aus England war noch auf der Treppe in Richtung der Zimmer. Ida atmete tief durch. Hier pulsierte das Leben des Villa Amalfi, *und ja, hier sind Versprechen etwas wert*, dachte Ida. Sie schloss die Hand um den Griff der Tasche und ging nach Hause.

In ihrem Zimmer öffnete sie neugierig die Tasche. Als Erstes zog sie zwei Badeanzüge aus festem Stoff heraus, die ihr sehr gut gefielen. Den roten wollte sie so bald wie möglich tragen. In der Tasche befanden sich auch ein Lippenstift – und Parfum, von dem sie gleich etwas auf die Haut sprühte. Zu spät ging ihr auf, dass sie zu viel aufgetragen hatte. *Nun, es gibt Schlimmeres*, dachte sie schmunzelnd. Dann zog sie ein hellblaues Kleid aus dem Koffer, das sie nie an Margherita gesehen hatte. Es war leicht wie eine Wolke und aus einem hauchzartem Stoff, den Ida in der Art nicht kannte. Sie eilte damit zu Sandra, die im Wohnzimmer saß.

»Guck mal, das hat Margherita mir geschenkt. Was ist denn das für ein Stoff?«

»Das ist Tüll«, erklärte Sandra.

»Ich probiere es an!«, beschloss Ida und machte sich ans Werk. »Es ist zu groß«, rief sie, als sie es in ihrem Zimmer übergestreift hatte. Der Stoff fühlte sich ungewohnt auf ihrer Haut an. Aufregend ungewohnt.

»Zeig mal her.« Sandra kam zu ihr. »Ja, es ist zu groß.«

»Das habe ich doch gerade gesagt. Kannst du es vielleicht abstecken, dann nähe ich es enger.« Ida war nicht wirklich gut im Nähen, aber sie hatte so oft bei ihrer Mutter zugeschaut, dass es hoffentlich gelingen würde.

»Ich kann es versuchen«, sagte Sandra. »Komm mit in mein Zimmer, dann kannst du das Geschehen im Spiegel verfolgen«, fügte sie augenzwinkernd hinzu.

In Sandras Zimmer stellte Ida sich sofort vor den einzigen Ganzkörperspiegel im Haus, während Sandra ihr Nähkästchen holte.

»Ich muss dich warnen«, sagte Sandra, noch bevor sie begann. »Normalerweise arbeite ich mit totem Fleisch. Falls die Stecknadeln mal nicht dein Kleid, sondern dich erwischen sollten, nimm es mir nicht übel«, warnte sie grinsend.

»Wie beruhigend …«, murmelte Ida.

Aber alle Bedenken waren umsonst. Sandra nahm mithilfe der Nadeln und mit viel Behutsamkeit die nötigen Änderungen vor, bis das Kleid Idas Körper perfekt umhüllte. Ida betrachtete sich im Spiegel und sah sich schließlich in die Augen. Sie waren noch immer dunkel wie die Nacht. Aber jetzt funkelten sie, wie mit Sternen besetzt.

»Wie gemacht, um darin mit den Amerikanern zu tanzen!«, sagte Sandra fröhlich.

Tanzen … der Gedanke gefiel Ida. Sie liebte es, sich zur Musik zu bewegen, und dachte an den Abend mit Mariolino zurück. An seine Berührungen, an seinen Körper, so dicht an ihrem, an seine Stimme, ganz nah an ihrem Ohr … »Warte, dürfen wir überhaupt mit Gästen aus einer Reisegruppe tanzen?«

»Ja, das ist nicht nur erlaubt, sondern sogar erwünscht.«

»Dann werde ich mein Bestes geben!«, sagte Ida und meinte es genau so.

KAPITEL 14

Man sieht sofort, wenn Gäste nicht aus Italien kommen. Meistens verstehe ich ihre Sprache nicht, aber ich mag sie gerne, die Stranieri, weil sie – mehr noch als die Landschaft, das Meer, das Essen – uns lieben. Ja, uns Amalfitaner, unsere Lebensart, unsere Gastfreundschaft. Sie werden hier in Amalfi immer einen schönen Urlaub verbringen, weil wir mit der Gastfreundschaft im Herzen geboren wurden.

Sandra besprach mit Annalisa zum wiederholten Mal die Gerichte für die kleine Gruppe aus Amerika, die im Verlauf des Tages anreisen würde.

Sie war extra früh gekommen. Es gab viel zu tun, da die Amerikaner ein anderes Menü bekamen als die übrigen Gäste. Das war auch eine Frage des Geldes. Sie zahlten pro Person ein bisschen weniger als Individualreisende, das hatte Vittorio, der die Ausgaben und Einkünfte stets penibel unter Kontrolle hatte, so beschlossen. Dass die Reisegruppe trotzdem Gewinn einbrachte, stand außer Frage. Sie tranken viel. Wein, vor allem Wein, abends an der Bar, beim Tanzen, davor und danach, und man konnte kaum so viel nachbestellen, wie sie verkosteten. Und das trieb die Rechnung in die Höhe, die sie stets ohne Murren und mit reichlich Trinkgeld bezahlten.

Die Gruppe bestand dieses Mal aus zehn Reisenden, wusste Annalisa zu berichten, die in fünf Doppelzimmern unterkamen. Auch Josh und Cynthia waren wieder dabei, bereits zum dritten Mal. Sandra hatte die beiden schon kennengelernt und wusste, dass das Rentnerehepaar nicht nur immer gut gelaunt war, sondern die gute Laune auch gerne verbreitete. Sie hatten laut Annalisa dieses Mal ihre besten Freunde Rose und Henry für eine Reise nach Amalfi begeistern können. Von den anderen drei Paaren wusste Annalisa nur die Namen und das Alter. Sandra war gespannt. Kulinarisch vermutete sie keine besonderen Wünsche, ihrer Erfahrung nach waren Amerikaner in dieser Hinsicht leicht zufriedenzustellen, denn sie aßen fast alles mit großer Begeisterung. Dennoch war Sandra für alles offen, denn wie alle anderen im Villa Amalfi arbeitete auch sie mit Herz und Seele daran, der Reisegruppe den bestmöglichen Aufenthalt zu bereiten. Es waren wichtige Gäste, nicht zuletzt wegen der geschäftlichen Verbindung, die das Hotel mit dem Reisebüro Nunziata Viaggi geknüpft hatte. Maurizio Nunziata, dessen Inhaber, war, so sagte man, derjenige, der die Amerikaner überhaupt erst nach Kampanien gebracht hatte, zunächst auf die Inseln, dann auch direkt an die Divina, die göttliche Küste. Sandra wusste, dass Annalisa Maurizio Nunziata sehr schätzte. Sie hatte ihn bei der Übernahme des Villa Amalfi vor sieben Jahren als wichtigen Gast geladen, und er hatte sich in das kleine Hotel direkt an der Strandpromenade verliebt. Annalisa und ihre gesamte Belegschaft arbeiteten hart daran, dass das auch so blieb, denn immerhin hatte er mit seiner Agentur freie Auswahl, was die Unterbringung der Gäste betraf. An der Küste gab es unzählige Hotels, davon aber nur wenige direkt in der ersten Reihe vorne zum Meer. Einige Jahre zuvor hatte mit dem Sirena ein weiteres Hotel keine fünfzig Meter vom Villa Amalfi eröffnet. Annalisa hatte es schlau angestellt, wie Sandra fand, und sich ihre größte Konkurrenz zum Freund gemacht. Ab und an schickte sie ihnen Gäste, wenn das Villa Amalfi ausgebucht war. Kleine Gesten, die für ein entspanntes Verhältnis sorgten, was allemal besser war als ein erbitterter Konkurrenzkampf.

»*Va bene*. Ich denke, wir können ruhig den Früchtesalat mit Eis als Dessert servieren«, sagte Annalisa in diesem Moment. »Mittags ist es den Amerikanern immer zu heiß für Cremiges.«

Sandra war einverstanden. »Ich habe das Obst schon bestellt, es müsste jede Minute geliefert werden.«

»Fein. Dann lasse ich dich jetzt arbeiten. Ich denke, sie werden weit vor Mittag hier sein. Aber sie werden bestimmt erst ihre Zimmer beziehen, bevor sie zum Essen kommen.«

Sandra nickte, überdachte aber schon die nächsten Schritte.

Doch Annalisa hatte offenbar noch etwas auf dem Herzen.

»Ich bin gespannt, wie Ida sich mit den Amerikanern schlagen wird«, sagte sie jetzt.

»Du kennst meine Meinung über sie«, sagte Sandra ehrlich. »Für ihre Pasta gab es bisher nichts als Lob. Und ganz egal, worum ich sie hier in der Küche bitte, sie beschäftigt sich intensiv damit und verrichtet alle Arbeiten einwandfrei und ohne zu murren. Und sie interessiert sich auch für alle anderen Bereiche im Hotel und kann gut mit den Gästen umgehen. Die Gäste aus Prato waren sogar gerne privat mit ihr zusammen.«

»Ja. Das habe ich auch bemerkt. Du hast recht, sie ist ein wahrer Glücksgriff.« Annalisa schwieg einen Moment. »Wenn Guendalina doch nur ein bisschen mehr wie sie wäre«, fügte sie dann wie zu sich selbst hinzu und errötete leicht, als sie bemerkte, dass sie die Worte laut ausgesprochen hatte.

»Nun, du hast recht, Guendalina ist ein ganz anderer Mensch«, beschied Sandra ruhig. »Sie wird lernen, sich zu benehmen«, ergänzte sie mit mehr Überzeugung in ihrer Stimme, als sie in Wirklichkeit empfand.

Der Blick, den Annalisa ihr schenkte, zeugte von ähnlicher Skepsis. »Meine Tochter hasst mich.«

Sandra sah, dass die Worte ihre Chefin schmerzten. »Ich denke, alle Kinder haben Phasen, in denen sie ihre Eltern hassen.«

Annalisa nickte, sodass ihre kinnlangen braunen Haare hin und her wippten. »Ja, das stimmt sicherlich. Aber Guendalina hasst mich wirklich. Jetzt ganz besonders. Sie wollte nicht zu den Großeltern, nicht jetzt im Sommer vor ihrem letzten Schuljahr. Sie wollte Spaß haben, baden, sich vergnügen, weil sie sich im nächsten Sommer auf ihr Literaturstudium vorbereiten muss.«

Sandra konnte das nur bedingt nachvollziehen. »Ja. Aber dann hat sie Mist gebaut, und dafür wurde sie bestraft. So ist das Leben.«

»Ich weiß. Du hast recht.«

»Lass dir keine Schuldgefühle einreden, Annalisa. Außerdem

vermute ich mal, dass Guenda in Neapel nicht wirklich Trübsal bläst. Sie wird dort sicher trotzdem ans Meer gehen. Nachmittags Eis essen, sonntags eine Pizza. Abends tanzen. Sie ist doch auch sonst immer mit den Söhnen deiner Schwester unterwegs, wenn sie in Neapel bei den Großeltern ist. Daran wird sich nichts geändert haben, vermute ich.«

Annalisa nickte, legte eine Hand an die Stirn. Sie sah müde aus. So müde und traurig, dass Sandra sie umarmte. Und Annalisa legte sich dankbar in die Umarmung, die so lange andauerte, bis Eugenio, dicht gefolgt von Ida, scheppernd zur Hintertür hereinkamen.

Die beiden Frauen lösten sich voneinander, Annalisa seufzte, und einen Augenblick später war nichts mehr von ihrer Verletzlichkeit zu sehen. »Gut, dann also für heute viel Kraft und Durchhaltevermögen. Und am Abend erwarte ich euch zum Tanz. Ihr werdet doch kommen?«

»Selbstverständlich. Wir werden alle da sein, nicht wahr?«, wandte Sandra sich an Ida und Eugenio, die beide nickten. Sandra wusste, dass Eugenio diese Veranstaltungen immer ein bisschen fürchtete, weil er nicht tanzen konnte. Aber er kam natürlich trotzdem immer, das ließ er sich dann doch nicht nehmen, denn er beobachtete gerne. Vor allem junge Mädchen beim Tanz.

Sandras Blick fiel auf Idas fröhliche Miene. Das Mädchen schien dem Abend mit großer Freude entgegenzusehen. *Und so soll es ja auch sein*, dachte Sandra lächelnd. Ida arbeitete viel, der Spaß durfte nicht zu kurz kommen.

Jetzt aber klatschte sie entschlossen in die Hände. Sie mussten dringend anfangen, für das leibliche Wohl der Gäste des Villa Amalfi zu sorgen. Annalisa verließ den Raum, und das war für Eugenio und Ida das Zeichen, endlich mit der Arbeit zu beginnen. Und Sandra … die musste nicht mal Anweisungen geben.

***

Ida machte sich daran, die Utensilien für den Nudelteig bereitzustellen. Natürlich fragte sie sich, worüber Sandra und die Signora Annalisa gesprochen hatten. Einen Augenblick lang hatte ihre Arbeitgeberin erschöpft und auch ein bisschen entmutigt ausgesehen, das kannte sie nicht von Annalisa. Doch Ida hatte gelernt, zwischen den Zeilen zu lesen und auch das zu begreifen, was nicht offen ausgesprochen wurde, zumal in ihrem Elternhaus Schweigen stets an der Tagesordnung gewesen war. Vielleicht war Ida gerade dadurch so sensibel und einfühlsam. Und jetzt wurde sie den Eindruck nicht los, dass die Signora Annalisa unter irgendetwas litt. Vielleicht darunter, ihre Tochter weggeschickt zu haben? Sogleich meldete sich Idas schlechtes Gewissen. »Nein!«, versuchte sie es abzuschütteln. Das hatte Guenda sich selbst zuzuschreiben.

»Sprichst du mit dir selbst?«, neckte Eugenio sie, der ihr netterweise den schweren Sack mit Mehl gebracht hatte.

Ida lachte und zuckte lediglich die Schultern. Es war ihr ein bisschen peinlich, dabei ertappt worden zu sein, auch wenn sie sich mit Eugenio sicher fühlte. Ihm konnte sie vertrauen.

»Soll ich dich heute Abend zum Tanz abholen?«, fragte er beiläufig.

Ida freute sich über das Angebot. »Ja, gerne. Das wäre nett von dir.«

Eugenio strahlte über das ganze Gesicht und machte sich an seine Arbeit. Heute bereitete er einen einfachen Sugo di pomodoro zu, der ihm immer perfekt gelang. Ida selbst widmete sie sich dem Nudelteig und vergaß für eine Weile alles andere.

Nach einem anstrengenden Arbeitstag kam Ida erst spät nach Hause. In der Dusche genoss sie die Wärme des Wassers, das über ihre müden Muskeln floss. Sandra hatte freundlicherweise Feuer im grünen Boiler gezündet. Das war neu für Ida, Warmwasser hatte es bei ihr zuhause nur aus dem Kessel gegeben. Hier kam es direkt aus der Leitung. Ida hatte die erste Zeit über gar nicht gewusst, was die Funktion des seltsamen Ofens sein sollte, der im Bad stand. Irgendwann hatte Sandra es ihr erklärt, doch bisher hatte Ida den Ofen noch nie benutzt, weil es im so heißen amalfitanischen Sommer keine Veranlassung dazu gegeben hatte. Nach dieser Erfahrung heute war sie aber nicht sicher, ob sie in Zukunft auf eine warme Dusche verzichten wollte. *So ist das mit den schönen Dingen*, dachte sie lächelnd, *man kann nur so lange gut ohne sie leben, bis man sie ausprobiert.*

Nach dem Duschen trocknete sie sich sorgfältig ab. Mit jeder Sekunde wuchs auch ihre Aufregung. Sie war ein wenig nervös wegen des Tanzabends, doch noch viel mehr freute sie sich darauf. Es fühlte sich fast so an, als würde ihr Herz einen Trommelwirbel nach dem anderen veranstalten.

Das Kleid passte jetzt wie angegossen. Sie beschloss, ihre langen schwarzen Haare nicht zu flechten, sondern in einen hohen Pferdeschwanz zu stecken, was ihr mithilfe von Margheritas Spange gut gelang. Glücklich betrachtete sie, was sie im Spiegel sah: nicht länger ein Mädchen, sondern das Bild einer Frau. Umso besser, denn sie wollte jetzt genau das erleben, was Frauen erlebten.

In diesem Moment vernahm sie Eugenios Stimme, und keine Minute später klopfte es an der Tür zu Sandras Zimmer, das Ida wegen des großen Spiegels zum Anziehen genutzt hatte.

»*Avanti!*«, rief sie.

Sandra blickte hinein. »Eugenio ist ausnahmsweise mal pünktlich und schon da«, erklärte sie grinsend.

»Das habe ich gehört!«, rief Eugenio aus dem Flur. Sandra und Ida lachten, dann drehte Ida sich einmal im Kreis und sah ihre Kollegin fragend an. »Wie findest du es?« Sandra war immer ehrlich, und Ehrlichkeit brauchte Ida jetzt.

Sandra lächelte breit. »Du siehst umwerfend aus!«

Umwerfend. Das war ein sehr großes Wort, doch es gefiel Ida.

Aufrechten Hauptes schritt sie Eugenio entgegen, der im Flur an die Wand gelehnt stand. Bei ihrem Anblick stieß er sich davon ab, setzte an, etwas zu sagen, brachte aber keinen Ton hervor.

Seine Unsicherheit machte Ida verlegen. »Nun sprich doch nicht so viel, Eugenio«, sagte sie scherzhaft in dem Versuch, ihnen beiden die Anspannung zu nehmen. Und tatsächlich schien er sich zu fangen und hielt ihr dann mit einem breiten Grinsen die Tür auf. Ida atmete tief durch, warf Sandra einen übermütigen Luftkuss zu und machte einen großen Schritt nach draußen, hinaus in Amalfis Nachtleben. Eugenio fragte Sandra, ob sie noch auf sie warten sollten, doch die verscheuchte sie geradezu. »Verschwindet. Und amüsiert euch. Wir sehen uns gleich auf der Dachterrasse.« Mit diesen Worten schloss sie die Tür.

Ida und Eugenio standen allein im schwachen Mondschein, der einzig durch eine Straßenlaterne in einiger Entfernung Unterstützung erhielt. Dieser Abend bemühte sich wirklich sehr, einer der besten ihres Lebens zu werden. Ida war von Schönheit umgeben und fühlte sich dadurch selbst schön.

»Das Kleid steht dir gut«, befand Eugenio.

»Danke. Und du solltest öfter einen Anzug tragen«, sagte Ida. Er sah wirklich gut aus!

»Wo? Bei der Arbeit in der Küche?«, fragte er lächelnd.

»Ist Arbeit wirklich alles?«, entgegnete sie. Eine Antwort war nicht notwendig, und so reichte Eugenio ihr seinen Arm. Ida nahm ihn, und gemeinsam schlenderten sie die Gasse und die vielen Stufen in die Via Lorenzo d'Amalfi hinunter und von dort zur Piazza Duomo. Bei jedem ihrer Schritte raschelte der Tüll von Idas Kleid.

Die Dachterrasse des Villa Amalfi war wundervoll dekoriert mit Fackeln, Pflanzen und Laternen und kleinen amerikanischen und italienischen Fahnen. Ida war bisher nur wenige Male tagsüber kurz hier gewesen und hatte nicht geahnt, in welch ein magisches Fleckchen sich das Dach nachts verwandeln würde. Die gedämpfte Beleuchtung sorgte für eine wundervolle Atmosphäre, sie machte alles weicher, freundlicher, schöner und romantischer. Die Sitzmöbel mit weichen Kissen in einem Eck luden zum Verweilen ein, rund um die Bar, an der ihr Jolly Getränke ausschenkte, waren Hocker aufgereiht. Die Mitte der Terrasse hatte sich in eine Tanzfläche verwandelt, unter einem geräumigen Pavillon bewegten sich Paare zur flotten Musik, die am Klavier, das sich in unmittelbarer Nähe befand, von einem Ida unbekannten Mann gespielt und gesungen wurde. Seine Stimme war leidenschaftlich und jagte Ida eine Gänsehaut über den Rücken.

Ida hielt für einen Moment den Atem an, da alle Anwesenden sich umdrehten, als sie und Eugenio über die Terrasse schritten. Die Luft schien zu flirren. Ida glaubte, Eugenio so etwas wie »Da haben wir's. Du hast sie alle verzaubert« sagen zu hören. Sicher war sie aber nicht, sie fühlte sich wie berauscht.

Nun hatte auch die Signora Annalisa sie entdeckt und kam auf sie zu. »Wie schön, dass ihr da seid. Ihr seht reizend aus! Kommt mit. Ida kennt Maurizio Nunziata noch gar nicht. Ich möchte euch einander vorstellen.«

Ida bemerkte im Vorbeigehen, dass einige Gäste, vermutlich die Amerikaner, sie offen musterten, und grüßte freundlich.

»Sie glauben, du bist ein italienischer Filmstar«, flüsterte Eugenio ihr leise zu. Ida lachte, doch Eugenio meinte es offenbar ernst.

Als sie die Tanzfläche passierten, verlangsamte sie ihre Schritte, fasziniert vom Tanzstil der Gäste. Sie gingen breitbeinig in die Knie und wackelten mit der Hüfte und dem Oberkörper. Erst verlagerten sie das Gewicht nach rechts, während sie das linke Bein hoben, dann ging es in die andere Richtung. Das hatte Ida noch nie gesehen, es sah komisch aus. »Was tun sie da?«, fragte sie erheitert.

»Sie tanzen den Twist«, wusste Eugenio.

Wie wundervoll! Es gab einen Tanz, der Twist hieß! Und offenbar gute Laune machte. Die Stimmung war heiter, und auch die Musik entfaltete ihre Wirkung, sie entspannte, beschwingte, erfreute, und Ida fühlte sich mehr und mehr als willkommener Gast.

Sandra trat, ebenfalls festlich gekleidet, an ihre Seite, und gemeinsam folgten sie Annalisa zu einem hochgewachsenen Mann, der charmant und weltgewandt auf Ida wirkte, noch bevor er das erste Wort gesagt hatte. Sein dunkles, teilweise ergrautes Haar war akkurat geschnitten und gekämmt. Er war schlank, abgesehen von einem leichten Bauchansatz, den die Anzugjacke jedoch gut kaschierte. An seinem rechten Zeigefinger steckte ein Ring, so massiv und schwer, dass Ida sich unwillkürlich fragte, wie teuer ein derartiges Schmuckstück wohl sein mochte. Dass der Mann wohlhabend war, war offensichtlich. Das zeigten nicht zuletzt sein perfekt sitzender Anzug und seine blitzblank polierten Schuhe.

»Oh, unsere wunderbare Signora Sandra!«, sagte Maurizio Nunziata sofort und breitete die Arme aus, um die Köchin zu umarmen. »Ich freue mich, dich zu sehen.«

Sandra löste sich langsam aus der Umarmung und strahlte. So hatte Ida sie noch nie gesehen. Sie wirkte um Jahre jünger und freier, gelassener, jetzt da sie sich nicht um die Organisation in ihrer Küche kümmern musste.

»Und wer ist diese entzückende junge Frau? Ein Gast?«, wandte er sich jetzt interessiert an Ida.

Ein Gast? Wie konnte er sie mit einem Gast verwechseln? Ida errötete. Sie ärgerte sich darüber und hoffte, dass man es im Dunkeln und bei der schwachen Beleuchtung nicht zu deutlich sah. »Ich heiße Ida, Signore, und ich arbeite ebenfalls hier im Villa Amalfi«, sagte sie dann mit fester Stimme und reichte ihm die Hand, die er sofort galant nahm, um einen Handkuss darauf zu hauchen. *Das ist aber nun wirklich eine Szene wie aus dem Film*, dachte Ida aufgeregt und wusste gleich, dass sie ihrer Mutter und Lea davon berichten würde.

»Da kann sich das Villa Amalfi aber glücklich schätzen …«, erwiderte er.

Ihr Gespräch wurde unterbrochen, als der Musiker ein Lied anstimmte, das offenbar alle kannten. Freudige Ausrufe ertönten, dann eilten alle Gäste auf die Tanzfläche. Maurizio schnappte sich Sandra, Annalisa nutzte den Moment, um mit dem Angestellten an der Bar etwas zu besprechen, und so standen sich Ida und Eugenio gegenüber. »Ich hole uns etwas zu trinken«, sagte er rasch und verschwand.

Ida nickte, obwohl auch sie lieber getanzt hätte. Sie beschloss, am Geländer auf ihn zu warten, wo vielleicht die Meeresbrise zu spüren sein würde. Ida ging die wenigen Schritte, lehnte sich an das Terrassengeländer und beobachtete die Gäste. Ihr Fuß wippte im Takt. Sie schloss kurz die Augen, als die Brise sie tatsächlich erreichte und sie angenehm erfrischte. *So also ist es, wenn ein Traum in Erfüllung geht*, dachte Ida.

»Heiß, nicht wahr?«, hörte sie wie aus dem Nichts eine Stimme fragen.

Ida zuckte zusammen. Ein junger Mann stand neben ihr. Sie nickte lediglich zur Antwort, überrascht und um Worte verlegen.

»Ich mag Ihr Kleid.«

»Oh, vielen Dank. Es ist …« Sie konnte sich gerade noch zurückhalten, ihm zu erzählen, dass es von einer Freundin war. »Es ist neu.«

»Es steht Ihnen ausgesprochen gut. Die helle Farbe auf Ihrer gebräunten Haut ist wundervoll.«

Von allen Komplimenten, die sie an diesem Abend bisher vernommen hatte, gelang es nur diesem, ihr Herz zum Flattern zu bringen. Sie musterte den Mann, auf der Suche nach etwas, womit sie ihm ein Kompliment machen konnte. Doch je gründlicher sie ihn ansah, desto aufgeregter wurde sie. Er war schön, schlank, aber nicht schmächtig. Gut gekleidet und mit einem Gesicht, das wie gemalt erschien, so perfekt und markant war es. Er trug einen hellen Anzug, der ihm ausgesprochen gut stand. Sein dichtes Haar war haselnussbraun und akkurat gekämmt. Und er duftete angenehm. Fast süßlich, wie eine verbotene Frucht. Nun sah Ida ihn zum ersten Mal. Sie roch ihn zum ersten Mal. Ihre Knie wurden weich, und sie vergaß alles um sich herum.

Plötzlich ging ihr auf, dass sie noch immer nichts gesagt hatte. Sie geriet in Panik, so dumm stellte sie sich doch sonst nicht an! Der junge Mann trat einen Schritt näher. Er lächelte, überragte sie um mindestens einen Kopf. Er war schlicht atemberaubend, stellte Ida mit einem Kribbeln in der Magengegend fest.

»Wie heißen Sie?«, wollte er dann wissen.

Gute Frage, die hätte mir auch einfallen können. »Ida. Ich heiße Ida, Signore.«

»Ida …«, sagte er langsam, als wollte er sich den Namen auf der Zunge zergehen lassen. Der Gedanke war aufregend und erschreckend zugleich. »Ich glaube, das ist der schönste Name, den ich je gehört habe.«

»Das ist der Name meiner Nonna.« Als ob das etwas erklären würde. Ida fand auch diesen Kommentar dumm. Sie fuhr sich mit der Hand über den Arm. Um irgendetwas zu tun, um sich mit einer kleinen Berührung von den großen Gefühlen abzulenken, die sich in ihr regten.

Der Song, der zuvor alle zum Tanzen bewegt hatte, war zu Ende. Der nächste begann, die Töne erfüllten die nächtliche Atmosphäre.

»Nein! Tatsächlich? Auch ich heiße wie mein Nonno. Was für ein Zufall!«

Ja, das war in der Tat interessant. »Nämlich?«, brachte Ida über die Lippen.

»Ranieri, mein Name ist Ranieri.« Er nahm ihre Hand, schüttelte sie leicht, ließ sie nicht los, eine ganze Weile.

Ida konnte kaum atmen. Sie war wie gelähmt. Ihr Körper, ja, ihre Sinne spielten verrückt. Was passierte hier gerade mit ihr?

»Würden Sie mir die Ehre erweisen, mit mir zu tanzen, schöne Ida?«, fragte er und sah ihr dabei so tief in die Augen, dass Ida meinte, er blicke ihr direkt in die Seele.

Es war wie ein Sprung in die Tiefen des Meeres: gefährlich, leichtsinnig, aber aufregend und unbeschreiblich. Sie stimmte zu und konnte nicht ahnen, dass sie damit gerade ihr eigenes Schicksal besiegelte.

Sie ließ sich von ihm auf die Tanzfläche führen, er hatte seine Hand so leicht auf ihren Rücken gelegt, dass Ida sich fragte, ob sie sich die Berührung nur einbildete. Aus dem Augenwinkel bemerkte sie, dass Sandra, Annalisa und Maurizio Nunziata sich angeregt unterhielten. Sie sah aber auch, wie Maurizio Ranieri wohlwollend zunickte.

»Sie kennen Maurizio Nunziata?«

Auf der Tanzfläche war es eng. Die Amerikaner waren in ihrem Element, machten große heitere Schritte, drehten sich und wirbelten herum, sodass Ida und Ranieri sehr dicht beieinanderstanden. Es war so aufregend, seinen Körper so nah an ihrem zu spüren, dass Ida fast schwindelig wurde.

Ranieri legte einen Arm um ihre Schulter, mit der freien Hand nahm er ihre. Gekonnt begann er, sie hin und her zu wiegen. Er war ein guter Tänzer, das merkte Ida sofort und bemühte sich, seinen Schritten zu folgen. »Maurizio Nunziata ist mein Vater«, erklärte er schließlich.

Ida war überrascht. Sie hatte ihn für einen Touristen gehalten, nicht für jemanden mit einer Verbindung zum Villa Amalfi. Doch für diesen Moment sollte es ihr egal sein, denn in Ranieris Armen unter dem nächtlichen Himmel Amalfis passierte etwas mit ihr, das sich anfühlte wie Magie.

KAPITEL 15

Ein frischvermähltes Paar ist bei uns zu Gast. Die beiden sind sehr verliebt. Ah, l'amore, l'amore … Es ist schön, dass sie hier bei uns sind.
Die Geschäfte laufen gut diese Saison, besser als im letzten Jahr. Endlich kann ich mir einen neuen Herd leisten. Unser Hotel wird immer größer. Ich bin so dankbar für den Erfolg, Francesco. Und auch ein bisschen stolz.

Die Tanzfläche war auch beim nächsten Lied noch immer voll, Ida bemerkte die anderen aber kaum, viel zu sehr war sie von dem Gefühl erfüllt, das Ranieris Nähe in ihr hervorrief. Sie bewegten sich langsam, wiegten leichtfüßig hin und her, und seinen Körper zu spüren wurde für Ida zu einer süßen Notwendigkeit. Als auch das nächste Lied endete, löste sie sich jedoch schweren Herzens von ihm, denn sie war sich nicht sicher, ob sie sich nach einem weiteren Tanz noch dazu in der Lage fühlen würde. Er führte sie galant von der Fläche.

Sofort trat Eugenio zu ihnen. Ida hatte ihn vollkommen vergessen und schämte sich ein bisschen für ihre Gedankenlosigkeit, aber sie hatte gerade ein wunderbares Erlebnis unter Amalfis Sternenhimmel gehabt, das sie so leicht nicht wieder vergessen würde. Ihr Gewissen gönnte ihr das und schwieg.

»Das Eis in deinem Getränk ist inzwischen geschmolzen«, beschwerte Eugenio sich und drückte ihr ein Glas in die Hand. Es war arg beschlagen und ganz nass.

»Willst du ein Neues?«, fragte Ranieri fürsorglich und landete damit plötzlich beim Du.

Sie verneinte freundlich, doch Eugenio passte Ranieris Antwort offensichtlich nicht. »Ich schaffe das ganz gut selbst, ihr ein kaltes Getränk zu holen«, spie er hervor.

Ida legte beruhigend eine Hand auf seinen Arm.

Eugenio stieß einen tiefen Seufzer aus und suchte ihren Blick. »Männer wie er brechen Mädchen das Herz, Ida. Männer wie ich werden immer da sein, egal was sein wird. Vergiss das nicht.« Und mit diesen Worten ließ er sie und Ranieri stehen.

Ida war sich nicht sicher, ob sie verstand, was er meinte, vielleicht wollte sie es auch gar nicht. Sie spürte eine warme Hand auf ihrem Rücken, wieder nur so leicht wie eine Feder, und schüttelte alle Gedanken ab. Die Hand führte sie an einen Tisch, und Ida setzte sich.

Ranieri nahm ihr gegenüber Platz und sah sie an. »Was er gesagt hat, ist nicht wahr«, erklärte er.

Ida versuchte, sich zu sammeln. Sie mochte Eugenio, und sie war unzufrieden damit, ihn verärgert zu haben. Doch andererseits war da Ranieri … Sie blickte ihn an, und mit einem Mal war ihr, als verbinde ein festes Band ihre Blicke. »Ich möchte dir glauben, Ranieri«, brachte sie leise hervor. Sie spielte mit einem Zipfel der Tischdecke, schaffte es nicht, stillzusitzen.

»Gut!« Ranieri lächelte sie aufmunternd an.

Ida nippte an ihrem Getränk, das sie vor sich abgestellt hatte, doch keine Sekunde später erschien Eugenio und setzte ein frisches Glas vor ihr ab.

»So!«, sagte er schnaubend und ging davon. Er war verärgert und machte keinen Hehl daraus. Ida war klar, dass sie jetzt aufstehen und ihm nachgehen sollte. Ihr lag viel an Eugenio, und sie wollte nicht mit ihm zerstritten sein. Sie konnte es sich auch gar nicht erlauben, denn sie sahen sich jeden Tag in der Küche – wie sollte das funktionieren? Plötzlich kam ihr ein Gedanke: Was, wenn er ihr gegenüber ganz andere, stärkere Gefühle hegte? Sie musste das mit ihm klären, am besten sofort. Doch es gelang ihr nicht, sich zu erheben. Sie wollte die Begegnung mit Ranieri nicht unterbrechen. Das Bedürfnis, sie zu vertiefen, war stärker als alles andere, stärker als die Vernunft.

»Ist er dein Freund?«, wollte Ranieri wissen und lockerte seine Krawatte. Ida beobachtete ihn, seine kleinen Gesten. Seine Finger, seine feingliedrige Hand gefielen ihr. Sie wollte sie berühren und auch die Stelle an seinem Hals, wo die Krawatte angelegen hatte. Sie konnte es mit einem Mal kaum erwarten, es war wie ein Sog.

»Er ist mein Kollege«, sagte sie so ruhig wie möglich. Ranieri hob die Augenbrauen. »Du arbeitest hier?«, fragte er.

»Ja, das tue ich.«

»Wie praktisch! Dann kann ich dich ja öfter besuchen.«

Ida musste ihren Mund schnell mit einer Hand bedecken, um nicht vor Freude laut zu schreien. Das bedeutete ja, dass er sie wiedersehen wollte! Was machte Ranieri nur gerade mit ihrem Herzen? Wusste er überhaupt, wie sehr er es zum Schlagen brachte?

»Ah, there you are!«, rief plötzlich eine Frau aus der Reisegruppe und trat an ihren Tisch. Sie war grauhaarig und mittleren Alters, mit einem gewagt dekolletierten gelben Kleid. Sie sprach zu Ranieri, Ida verstand kein einziges Wort. *»Don't you want to introduce me to your girlfriend?«*

Ohne seine Antwort abzuwarten, rief sie Ida fröhlich zu: *»I am Cynthia, darling!«*

Cynthia, den Namen hatte Ida schon gehört, und so schloss sie, dass die Frau sich vorgestellt hatte. Und so imitierte Ida die Laute in dem Versuch, sich auch vorzustellen. *»I am Ida, darling!«*, sagte sie laut.

Cynthia lachte so laut, als hätte Ida den besten Witz erzählt, den sie jemals gehört hatte. Auch Ranieri lächelte, und Ida ging auf, dass sie in ein Fettnäpfchen getreten war, auch wenn sie nicht wusste, in welches. Es schien allerdings auch niemanden zu stören.

»I like that girl!«, rief Cynthia. *»Let's dance!«* Sie blickte Ida auffordernd an.

Ida blickte hilfesuchend zu Ranieri.

»Sie hat dich zum Tanz aufgefordert«, erklärte Ranieri, dann nahm Cynthia Ida auch schon mit, zog sie an der Hand zu einem Mann mit einem Weinglas in der Hand, der sich mit einem Paar unterhielt. Ida wurde vorgestellt und verstand, dass der Ehemann Josh hieß und die anderen beiden Rose und Henry. Immer wieder fiel auch das Wort *beautiful*, und Ida nahm sich vor, herauszufinden, was das bedeutete. Ihr fiel auf, dass alle Amerikanerinnen hier offenbar tiefe Ausschnitte und Schmuck liebten, ebenfalls roten Lippenstift, damit hatten sie nicht gespart. Die Männer waren schlichter gekleidet, trugen kurze Hosen, im Unterschied zu den italienischen Männern, die alle im Anzug erschienen waren. Und sie sprachen eine Sprache, die klang, als hätten sie einen Kaugummi im Mund. Aber Ida störte es nicht, dass sie die Gäste, die sie in Beschlag genommen hatten, nicht einmal verstand, sie fühlte sich keineswegs unwohl. Sie fand es vielmehr aufregend, dass diese vier Personen aus einem so riesigen Land wie Amerika kamen und hier, in Amalfi, mit Ida aus Tramonti zusammen sein wollten. Es war für Ida ein bisschen so wie nach den Sternen zu greifen, und eines hatten sie ganz sicher heute Abend gemeinsam: Sie wollten sich amüsieren. In diesem Moment spielte der Pianist eine Musik, die wie ein wild tröpfelndes Wasserspiel klang.

»*That's rock'n'roll, darling!*«, erklärte Cynthia sofort und schob Ida auf die Tanzfläche, wo sie sogleich begann, von einem Fuß auf den anderen zu hüpfen und ihre Arme im Takt zu heben. Ida hatte noch nie so getanzt, aber Cynthia nahm einfach ihre Hände und bewegte sie im Rhythmus. Zuerst war Ida die Situation unangenehm, doch nach ein paar Takten führte die gute Laune sie mit sich fort. Wenig später betraten auch Annalisa und Sandra die Tanzfläche, kurz darauf dann Ranieri. Und dazu Josh und Rose und Henry und alle anderen, die gerade auf der Dachterrasse waren. Und mit einem Mal stand Ida in deren Mitte, als die anderen Tänzer um sie herum einen Kreis bildeten, auf der Stelle tanzten und im Takt klatschten. Ida imitierte lächelnd Cynthias Bewegungen, wusste nicht, ob sie sie auch nur halb so gut hinbekam, aber das war ihr egal. Sie fühlte sich fantastisch. Einfach nur fantastisch. Das Gefühl hielt viele Lieder lang an, bis die Musik wieder ruhiger wurde und die meisten Tänzer verschwitzt und glücklich die Tanzfläche verließen, aber jeder mit einem Lächeln für Ida oder amerikanischen Worten, die Ida nicht verstand, aber dennoch als freundlich aufnahm.

Schließlich ging auch Ida zurück zu ihrem Tisch. Sie leerte ihr Glas und fuhr sich durch die Haare, während sie die Terrasse mit den Augen nach Eugenio absuchte. Doch sie konnte ihn nirgendwo entdecken und schloss daraus, dass er gegangen war. Sie nahm sich vor, am nächsten Tag mit ihm zu reden und sich bei ihm zu entschuldigen. Dann sah sie sich nach Ranieri um, voller Sorge, dass auch er schon gegangen sein könnte. Doch er stand an der Bar, im Gespräch mit Annalisa und seinem Vater. Ida nahm ihren Mut zusammen, stand auf und ging zu ihnen. Maurizio Nunziata bemerkte sie als Erster und setzte ein gewinnendes Lächeln auf, das sein Sohn von ihm geerbt zu haben schien, wie Ida sofort dachte.

»Oh, hallo. Die junge Tänzerin und unangefochtene Königin des Abends …«, sagte er charmant.

»Wir lieben unsere Ida, so viel ist sicher.« Annalisa schenkte ihr ein ehrliches Lächeln. »Und sie hat so schöne Ideen! Neulich zum Beispiel hat sie mich gefragt, ob wir von unserem Hotel nicht ein Foto machen und es als Postkartenmotiv drucken lassen wollen, um es auf diese Weise in der Welt bekannt zu machen.«

Ida schaute verlegen auf ihre Schuhspitze, ihr war die plötzliche Aufmerksamkeit unangenehm. Im Mittelpunkt einer Unterhaltung wichtiger Leute zu stehen, das war sie nicht gewohnt.

»Und was hat die Königin des Abends noch so für Ideen?«, fragte Ranieri, in einem offensichtlichen Versuch, das Gespräch nicht ins Stocken geraten zu lassen. In seinen Augen funkelte Interesse. Ida gab sich einen Ruck. »Nun, es gibt da in der Tat eine Idee, die ich schon eine Weile mit mir herumtrage.« Sie blickte zu Annalisa, die ihr aufmunternd zunickte und sichtlich gespannt auf die Fortsetzung wartete. »Also, ich habe mir überlegt, dass es der Küche die Arbeit etwas erleichtern würde, wenn wir schon morgens wüssten, wie viele Essen wir von welchem Gericht brauchen. Im Moment ist es so, dass die Kellner die Menüauswahl erst beim Mittagessen selbst austeilen. Das bedeutet für die Küche, dass wir immer zu viel kochen, weil wir nicht wissen können, wie viel von welchem Gericht gewünscht wird. Deshalb kam mir die Idee, dass die Gäste schon am Vorabend das Menü für den nächsten Tag aussuchen könnten – dann wüssten wir, wie viele Portionen wir jeweils benötigen«, sagte Ida, ohne Luft zu holen.

Drei Augenpaare waren auf sie gerichtet, doch eine gefühlte Ewigkeit sagte niemand ein Wort, und Ida fürchtete schon, sie verärgert zu haben.

»Auf Capri wird das schon immer so gemacht«, überlegte Maurizio schließlich laut.

Annalisa klatschte in die Hände. »Dann wird es wohl Zeit, dass auch das Villa Amalfi sich diese Vorgehensweise aneignet«, befand sie. »Danke für den Ratschlag, Ida, das ist eine sehr gute Idee.«

»Sehr gerne! Das freut mich!« Ida war wirklich erleichtert. »Aber mir ist eben noch eine Idee gekommen«, wagte sie sich weiter vor. »Vielleicht sollten die Menüs gleich auch auf Deutsch und Englisch gedruckt werden? Dann müssten die Kellner an den Tischen nicht jedes Gericht wieder und wieder erklären.« Ida war stolz, dass Maurizio, Ranieri und Annalisa ihr immer noch aufmerksam zuhörten. Idas Meinung war für sie von Bedeutung. Und das zu wissen war ein gutes Gefühl. Ja, sie war Ida aus Tramonti, aber sie war hier nicht weniger wert.

»Ja, auch das ist eine gute Idee, ich werde mit Vittorio darüber reden«, sagte Annalisa.

»Es ist durchaus sinnvoll«, bemerkte Maurizio. »Zumal hier wirklich viele internationale Gäste absteigen. Das macht die Verständigung so viel einfacher.«

»Das gilt umgekehrt aber auch«, warf Ida mit neuem Schwung ein. »Eigentlich wäre es ja am besten, wenn jeder, der in einem Hotel arbeitet, auch Fremdsprachen beherrscht.« Ida schwieg einen

Moment. »Ich zum Beispiel habe mich eben darüber geärgert, dass ich nicht weiß, was *beautiful* bedeutet. Und überhaupt, dass ich die amerikanischen Gäste nicht verstehe. Vielleicht sollte ich die Wintermonate dazu nutzen, zumindest die englische Sprache zu erlernen.«

»Das klingt nach einem guten Plan. Und dem ist nichts hinzuzufügen«, sagte Ranieri mit einem breiten Lächeln.

Ida lächelte zurück, wusste aber nicht, was sie sagen sollte.

»Dann machen wir es so«, sagte Annalisa und zog Maurizio mit sich, auf der Suche nach Vittorio.

Und so stand Ida wieder allein mit Ranieri da.

»Schön«, sagte er.

»Hm?« Ida verstand nicht.

»*Beautiful* bedeutet schön.«

»Oh. Danke für die Übersetzung.«

»Und damit warst du gemeint«, fuhr Ranieri fort. »Vorhin, als das Wort gefallen ist: Sie haben das über dich gesagt.«

Ida starrte ihn an. Darauf wusste sie nichts zu erwidern. Doch irgendwo tief in ihrer Brust nistete sich die Ahnung ein, dass es stimmte. Ja, vielleicht war sie gar nicht *brutta come la notte*, hässlich wie die Nacht …

Sie entschuldigte sich und erfrischte sich im Bad ein wenig. Bei ihrer Rückkehr war es auf der Dachterrasse ruhiger geworden. Die Gäste zogen sich allmählich in ihre Zimmer zurück. Ida hingegen wollte noch nicht, dass der Abend, diese wundervolle Nacht zu Ende ging.

»Möchtest du noch ein Stück spazieren?«, fragte Ranieri und erfüllte damit ihren geheimsten Wunsch.

»Ja, sehr gerne.« Ihre Stimme war kaum mehr als ein Hauch.

Kurz darauf standen sie schon auf der Straße, gleich an der Strandpromenade. Es war, als legte Ranieri ein wenig von seinem Verhalten als braver Junge ab, denn er zog sofort sein Jackett aus, lockerte den Knoten der Krawatte noch weiter und knöpfte das

Hemd ein wenig auf. Die Jacke legte er sich leger über die Schulter. »Stört es dich, wenn ich mich ein bisschen lockerer mache? Ich kann vor Hitze kaum atmen.«

»Nur zu.« Zwar hatte er gefragt, nachdem er es bereits getan hatte, aber Ida empfand es trotzdem als respektvoll. Ungewohnt, aber es gefiel ihr.

Sie hatten kein Ziel, setzten entlang der Strandpromenade einfach einen Fuß vor den anderen, blieben aber in der Nähe des Strandes. Immer wieder mussten sie anderen Nachtschwärmern ausweichen. Paare lehnten am Geländer der Promenade, sahen sich tief in die Augen, küssten sich. Einheimische priesen ihre Bootstouren für den nächsten Tag zur Buchung an. Auf der Landseite waren die Restaurants mit ihren Tischen vor dem Eingang noch immer voll besetzt. In Amalfi zelebrierte man das Essen, so viel wusste Ida bereits. Sie meinte, eine feine Olivenöl- und Knoblauchnote auszumachen.

Vor dem Mangi tu, mangio io standen wie so oft Paparazzi, ganz sicher speiste dort irgendein Star, um gesehen zu werden. Sandra hatte ihr erzählt, dass auch Adlige oft dort verkehrten. Ida selbst hatte bisher weder einen König noch einen Prinzen gesehen, wobei Ranieri schon sehr nahe daran war, ein Traumprinz zu sein. Bei dem Gedanken musste Ida lächeln.

»Was ist so witzig?«, wollte er wissen. Selbst sein Haar war jetzt nicht mehr so streng zurückgekämmt, er sah so noch besser aus als in seiner adretten Version. Er sah … Ach, er sah einfach traumhaft aus.

»Nicht der Rede wert. Ich denke zu viel nach.«

Ranieri blieb abrupt stehen.

Ida war überrascht. »Wieso läuft du nicht weiter?«

»Weil ich ein Mittel kenne, das die Gedanken sofort ausschaltet. So!« Er schnipste mit den Fingern.

»Aha. Und was wäre das?«

Er sagte nichts. Trat nur einen Schritt näher, nahm ihre linke

Hand in seine, zog sie ganz dicht an sich heran, legte den anderen Arm über ihre Schulter. Ranieri kaute auf seiner Unterlippe, und Ida konnte den Blick nicht abwenden. Sie war wie gefesselt von diesem Bild seiner weißen, perfekt geformten Zähne, die seine weiche, volle Lippe malträtierten. Ihre Sinne waren wie benebelt von seinem Duft, seinem Atem, seiner Nähe. Er neigte seinen Kopf zur Seite, näherte sich Ida langsam, legte schließlich seine süßen Lippen auf ihre. Wie von selbst wanderten ihre Hände zu seinem Nacken, seinem Haaransatz, vergruben sich darin. Sie seufzte wohlig auf und hörte ihn ganz leicht stöhnen. Sie hielt ihn fest, er sie, bedeckte ihren Mund mit vielen kleinen Küssen. Seine Lippen schmeckten wie Honig und waren so verlockend wie süßer Wein. Ida konnte nicht genug bekommen.

»Willst du mein Mädchen sein? Ernsthaft?«, hauchte er schließlich atemlos.

»Ja, das will ich«, antwortete sie in Höhe seiner Lippen, die immer wieder ihre suchten. Wie ein Magnet sein Gegenstück.

»Dann sind wir jetzt zusammen. Und ich besuche dich, sooft ich aus Neapel kommen kann.«

Ida traute ihren Ohren kaum. Die Nacht hatte mit einem Schlag all ihre Träume erfüllt. Und sie war Ranieris Mädchen. Ihre Liebe war jung, aber Ida war ebenso klar und deutlich bewusst, dass Ranieri ihr Herz erobert hatte. Für immer.

TEIL 2

KAPITEL 16

So lange bist du nun schon tot, Francesco, und doch bin ich nicht bereit für einen anderen Mann. Die Vergangenheit ist noch zu lebendig in mir, um einen Schritt in Richtung einer neuen Liebe zu wagen.

Amalfi, Sommer 1955

»Ranieri kommt, Ranieri kommt, lalala, Ranieri kommt!«, sang Lea direkt in Idas Ohr. Ida packte ein Kissen und zielte auf Leas Kopf, traf aber die Wand. Ida hatte kaum die Augen aufgeschlagen. Sie war morgens langsamer als ihre Cousine Pantalea, die immer innerhalb von Sekunden hellwach war. »Dada da, dada da, lalala, dada da«, machte Lea. Viel leiser jetzt, aber es irritierte Ida nicht minder.

»Und ich habe von Eugenio geträumt«, wechselte Lea das Thema. »Schon wieder. Ich habe geträumt, dass wir endlich miteinander geschlafen haben. Im Traum habe ich sogar seinen neuen Schnurrbart auf meinen Lippen gespürt.«

»Wahrscheinlich ist dir nachts ein Insekt über das Gesicht gelaufen«, merkte Ida an.

»Iiiii!«, schrie Lea und wischte sich über den Mund, als könnte das jetzt noch helfen. Dann wurde ihre Miene plötzlich ernst. »Ich liebe ihn so sehr, Ida. Was soll ich nur tun?«

Ida schloss die Augen. Die Vorstellung von Eugenio als Objekt weiblicher Begierde fand sie so früh am Morgen anstrengend. Zudem redete Lea praktisch pausenlos über ihre Fantasien mit ihm. Sie waren schon fast ein Jahr fest zusammen, doch Eugenio hielt sich respektvoll zurück, während Lea es nicht erwarten konnte, sich endlich auch körperlich mit ihm zu vereinen. Für Ida hingegen war Eugenio … ja … eben Eugenio, ihr gutmütiger, bester Freund. Mit einem Seufzer setzte sie sich im Bett auf, lehnte den Kopf an die Wand, wobei sich ihr Haar in einer der Muscheln verfing, die immer noch im Zimmer in Sandras Haus hingen. Daran hatte sich auch nach fünf Jahren nichts geändert. Außer dass Lea jetzt auch hier schlief. »Vielleicht versuchst du einfach mal selbst, ihn zu verführen«, schlug Ida schließlich vor.

Lea sprang entzückt auf und ab, als wäre sie zehn und nicht einundzwanzig. Ida schnappte sich ein weiteres Kissen, zielte, und diesmal traf sie. Lea krümmte sich und stöhnte. Dann lachte sie. Nichts, rein gar nichts konnte ihrem morgendlichen Enthusiasmus Abbruch tun. »Ja. Ich werde es einfach selbst versuchen«, beschloss Lea und öffnete das Fenster weit. »Hör mal, Ida, ich glaube, die Feierlichkeiten beginnen.«

Ida lauschte. Es war der 15. Juni. Nach alter Tradition begannen an diesem Tag offiziell die Feierlichkeiten zu Ehren des heiligen Andreas. Ida hatte alle Gäste des Hotels darüber informiert, dass am heutigen Tag das 1952 entstandene Gemälde von Ignazio Lucibello in einer Prozession aus dem Dom hinausgetragen und auf der Piazza für jedermann sichtbar hoch oben zwischen zwei Palazzi gehängt werden würde. *La tela del miracolo di Sant'Andrea* zeigte die Szene des Seesturms, welche der heilige Andreas der Legende nach entfacht hatte, um Piraten daran zu hindern, an Land zu kommen und die Bevölkerung ihres Hab und Gutes zu berauben.

Ida mochte die Zeremonie und wollte sie nicht verpassen. Sie stand auf und kam auch langsam in Schwung, denn, ja, heute würde auch endlich Ranieri wiederkommen. Seit sie ihn kennengelernt hatte, hatte sich alles wunderbar gefügt. Inzwischen übernahm er die Begleitung der amerikanischen Reisegruppen selbst, die viermal im Jahr ins Villa Amalfi kamen. So sahen sie sich häufig und arbeiteten auch eng zusammen, denn bei ihrer neuen Arbeit an der Rezeption war Ida für die Betreuung der Gäste im Hotel verantwortlich. Zu ihrer großen Freude arbeitete Lea schon seit drei Jahren an Idas Stelle in der Küche.

Ida und Lea zogen sich flink an und machten sich auf den Weg. Während sie die Stufen vor Sandras Haus hinabstiegen, die sich zwischen den Gassen schlängelten, und in die Via Lorenzo d'Amalfi einbogen, begannen die Glocken des Doms laut und freudig zu läuten. Sie kündigten die Feierlichkeiten an und klangen genau so, festlich, erfüllten Amalfi mit fröhlichen Tönen und jagten alle Einheimischen aus ihren Häusern, um ihrem Schutzpatron die Ehre zu erweisen. Einige Frauen waren elegant gekleidet. Sie trugen Schuhe, die sie ausschließlich für wichtige Anlässe wie diesen bereithielten und die bisweilen furchtbar drückten, was man an der Gangart erkannte. Lea war an diesem Morgen eher schlicht gekleidet, weil sie den Tag in der Küche verbringen würde, und auch Ida trug ihr blaues Kostüm, das sie in der Rezeption immer anhatte. Die Via Lorenzo d'Amalfi war so überfüllt an diesem Morgen, dass sie sich von der Menge nur in Richtung Piazza schieben lassen konnten, die keine dreihundert Meter entfernt lag. Ida griff nach Leas Hand, sie hielten sich aneinander fest und lachten.

Von weitem sah Ida Mrs Blackwood, einen sehr lieben Gast aus England, und winkte ihr zu. Als die sportliche Frau Ida bemerkte, winkte sie zurück und näherte sich ihr mit etwas Mühe.

»Heute ist ganz Amalfi gleichzeitig hier, scheint mir. *Buongiorno!*«, grüßte die Journalistin. Sie trug wadenlange Hosen und eine dazu passende Bluse. Um ihren Hals hing eine Fotokamera. »Und danke für den Tipp, Ida.«

»Sehr gerne, Mrs Blackwood.« Ida sprach inzwischen gut Englisch. Sie hatte in den letzten Jahren viele freie Minuten genutzt, um die Sprache zu lernen. Dabei war ihr auch der stetige Umgang mit Gästen aus dem englischsprachigen Raum von Nutzen gewesen. Doch sosehr sie es auch versuchten, nicht von Mrs Blackwood getrennt zu werden, standen Ida und Lea schon bald wieder an einer anderen Stelle als die Journalistin.

Die Glocken verstummten, kurz darauf auch das Echo der Steilhangküste, und fast zeitgleich öffneten sich die Türen des Doms. Kirchenhelfer trugen das zusammengerollte Gemälde mit ernster Miene die vielen Stufen zum Dom herunter, begleitet vom

Bischof und seinen Gebeten. Der Moment war zutiefst ergreifend. Die Einheimischen liebten ihren Schutzpatron und schworen darauf, dass er die Bevölkerung bereits mehrfach durch sein Einwirken vor großem Unheil bewahrt hatte. Die Helfer trugen das Gemälde quer über die ganze Piazza. Niemand tat einen Laut, selbst die Möwen, die noch Minuten zuvor versucht hatten, das Geläut der Glocken mit ihrem Geschrei zu übertönen, waren verstummt. Einzig der Widerhall der gleichförmigen Schritte der Helfer auf dem Kopfsteinpflaster war zu hören. Am Ende der Piazza ließen die großen Palazzi, die sie umgaben, an einer Stelle einen Durchgang zur Küstenstraße frei, der umgekehrt als Haupteingang nach Amalfi fungierte.

Im obersten Stockwerk des einen Palazzo stand ein Signore an einem offenen Fenster, ihm gegenüber im anderen Palazzo ein weiterer. Jetzt ließen sie zeitgleich die Vorrichtungen hinunter, an die das Gemälde gehängt wurde. Ida blickte sich um, versuchte auszumachen, wie das Geschehen auf die Touristen wirkte. Sie las durchweg großes Interesse in den Mienen und schloss daraus, dass diese Begebenheit eine weitere Gelegenheit bot, Menschen nach Amalfi zu locken. Wenige Minuten später hing das Gemälde an seinem Platz. Die Menge applaudierte, dann löste sie sich auf, lediglich die Touristen blieben noch und schossen Bilder.

Auch Ida und Lea überließen die Piazza den Gästen und machten sich auf den Weg zum Hotel.

Ida blickte kurz auf ihre Armbanduhr. Ein paar Minuten hatte sie noch. »Ich komme mit in die Küche«, informierte sie Lea, dann folgte sie ihr die Stufen zum Hintereingang hinauf.

Sandra war schon da, als sie eintraten. Es roch nach frischem Brot. Idas Magen knurrte.

»*Buongiorno*. Hat da jemand Hunger?«, neckte die Köchin sie.

»Ja! Ich habe gestern leider das Abendessen verpasst«, gab Ida zu.

»Wieso denn das?«, wollte Sandra wissen.

»Viel zu tun?« Ida riss ein Stück von einem Laib Brot ab und bekam dafür einen Klaps auf die Finger. Sie zog die Hand lachend weg und biss in die Brotkruste, die krachend auseinanderbrach. »Kompliment, das Brot ist perfekt.«

Sandra tat genervt, aber Ida wusste genau, dass sie sich über das Lob freute und nicht wirklich wütend auf sie war.

»Ich finde, du arbeitest zu viel. Solltest du nicht auch mal Spaß haben und, nun, vielleicht mit Freunden an den Strand gehen?«

»Das tue ich doch. Gestern erst war ich mit Lea und Eugenio am Meer. Und für heute ist das auch geplant«, sagte Ida, als wolle sie sich selbst eine Bestätigung geben, dass sie genug Spaß hatte.

»Wir nehmen gerade Schwimmunterricht bei Eugenio«, ergänzte Lea. Es war Ida ein bisschen peinlich, dass sie immer noch nicht schwimmen konnte, und so hatte sie beschlossen, das endlich zu ändern.

»Ausgerechnet Eugenio soll euch das Schwimmen beibringen? Na, das kann ja heiter werden. Er kann ja kaum richtig gehen«, sagte Sandra laut, zwinkerte ihr aber zu.

»Hey!«, rief Eugenio aus der Vorratskammer, in die er wie so oft verschwunden war.

Ida, Lea und Sandra lachten, dann stibitzte Ida sich noch ein Stück Brot und verabschiedete sich. Doch bevor sie die Schwingtür zum Speisesaal erreicht hatte, rief Sandra sie zurück. »Dein Zio hat vorhin Ricotta vorbeigebracht. Und hier, das hat er mir für dich gegeben.« Sie reichte Ida einen Umschlag.

Ida nahm ihn lächelnd entgegen. Obwohl sie ihre Mutter in den Jahren bei ihren Besuchen bei der Familie ihres Onkels einige Male getroffen hatte, hatte ihre Mutter sich angewöhnt, ihr mindestens einmal im Monat zu schreiben. Das half ihnen beiden, die Zeit bis zum nächsten Wiedersehen zu überbrücken. Ida liebte die Briefe ihrer Mutter und bewahrte sie auf wie einen Schatz. »Danke«, sagte sie jetzt, steckte den Brief ein und ging an ihre Arbeit.

An der Rezeption war immer viel zu tun: Anrufe entgegennehmen, Gäste begrüßen, verabschieden oder informieren, Buchungen eintragen, ausstreichen oder ändern und vieles mehr. Noch immer war Ida dabei der direkte Kontakt zu den Gästen der liebste Teil. Margherita zum Beispiel, die sie in ihrem ersten Jahr im Villa Amalfi kennengelernt hatte, rief sie oft an, um zu plaudern. Sie waren gute Freundinnen geworden. Margherita war jedes Jahr mit Pierpaolo wiedergekommen, und sie hatten so manch wundervolle gemeinsame Erinnerung an laue Sommerabende in Amalfi. Im Laufe der Jahre schrieben ihr auch viele Gäste nach ihrer Rückkehr in ihre Heimatorte und bedankten sich. Es war ein stetiger Austausch, den Ida nicht mehr missen wollte.

Heute aber war sie aufgeregter als sonst, auch wenn sie sich redlich mühte, das zu verbergen. Denn heute kam Ranieri. Die Reisegruppen aus Amerika waren zu einer festen Routine geworden. Ranieri warb dafür in seiner Agentur mit Broschüren, die auch Bilder von Ida bei der Herstellung von Pasta zeigten. Diese Aufgabe übernahm sie immer sehr gerne und wollte sie auch gar nicht an jemand anderen abgeben, weil diese Errungenschaft auch ein bisschen ihre war.

Sie hatten gemeinsam entschieden, dass sie bei der Touristengruppe aus Amerika, die er ab heute begleitete, dieses Mal schon am ersten Tag mit der Zubereitung der Pasta als Programmpunkt beginnen würden. Und so stand Ida nach der morgendlichen Routine in der Rezeption jetzt im Speisesaal, mit dem Rücken zu den großen Fenstern, durch die die Sonne hell und warm schien. Sie war allein im Raum und atmete tief durch. Das Villa Amalfi war der Ort, an dem sie sich noch immer am wohlsten fühlte, sie liebte jede Ecke, jeden Raum, ebenso das heitere und bunte Treiben der Gäste, die fast wöchentlich wechselten. Und sie war froh und stolz, ein so wichtiger Teil dieses Hotels geworden zu sein.

»Du bist wie ich«, sagte die Signora Annalisa oft. Und das war das größte Kompliment, das Ida sich vorstellen konnte, denn Annalisa wurde von allen – Gästen und Personal – geliebt und verehrt. Ida arbeitete darauf hin, dieses Ziel auch selbst zu erreichen. Nicht, weil sie besonders eitel war oder unbedingt von allen gemocht werden wollte. Was sie erreichen wollte, war, jedem, der das Villa Amalfi betrat, ein Gefühl von Zugehörigkeit und Willkommensein zu vermitteln.

Da, die Amerikaner waren im Anmarsch. Ida hörte sie schon.

»*Hello, hello, buongiorno!*«

Ida lächelte. Sie liebte es, wenn die Gäste sich bemühten, ein italienisches Wort in ihr Reden einfließen zu lassen. Es klang fast immer so, als hätten sie einen Knoten in ihrer Zunge, aber das machte die Bemühungen umso sympathischer. »*Buongiorno! Good morning!*«, sagte auch sie und nahm ihre Position hinter den zusammengestellten Tischen ein.

Ida zählte einmal durch. Zehn Gäste, bestehend aus fünf Paaren. Sie konnte also beginnen. Doch dann trat *er* ein. Und obwohl sie ihn erst in der vergangenen Woche gesehen hatte und obwohl sie natürlich wusste, dass er auch bei dieser Aktion dabei sein würde, so wie er es sich jedes Mal in den letzten fünf Jahren gegönnt hatte, machte ihr Herz einen Sprung.

Ranieri.

Er kam lächelnd auf sie zu und schaffte es problemlos, mit der Sonne zu konkurrieren, die ihr angenehm warm auf den Rücken schien. Er zwinkerte ihr zu, und sie musste selbst blinzeln, um nicht wie vor Jahren noch zu erröten. Ranieri war ein attraktiver Mann, und Idas Herz war von Liebe zu ihm erfüllt. Immer noch, vom ersten Augenblick an.

»Ida, bist du so weit?«, fragte er höflich. Sie fand es aufregend, wenn er so tat, als gäbe es zwischen ihnen eine gewisse Distanz.

Sie nickte. »Ja. *We can start*«, sagte sie zu ihm, aber auch zu den Gästen. Sie reichte den Teilnehmern Schürzen, die diese amüsiert umbanden. Die Stimmung war gut.

»Herzlich willkommen noch einmal, ich freue mich, dass Sie

zu uns ins Villa Amalfi gefunden haben. Gemeinsam werden wir heute Ndunderi zubereiten«, erklärte Ida und dachte daran, wie sie diesen oder einen ähnlichen Text die ersten Male nur stotternd über die Lippen bekommen hatte. »Diese Nudelsorte ist typisch für die Amalfiküste und besonders für Minori, hat aber einen durchaus älteren Ursprung, der in der Römerzeit zu finden ist. Treten Sie doch bitte etwas näher, dann beginnen wir mit der Zubereitung.«

Die Amerikaner unterhielten sich leise untereinander, versuchten, das Wort Ndunderi auszusprechen, was ihnen wie erwartet nicht gut gelang, und stellten sich dichter an die Tische. Ranieri stand jetzt so nahe neben Ida, dass sie die Wärme seines Körpers zu spüren glaubte. Sie nahm den frischen, weichen Ricottakäse zur Hand, den Zio Sesto am frühen Morgen gebracht hatte. Sie packte ihn aus, gab ihn in eine Keramikschüssel und zeigte sie mit dem Inhalt herum. »Das ist Ricotta, ein ungesalzener Frischkäse aus Kuhmilch und gleichzeitig die Hauptzutat unserer Pasta.« Ida gab einer Dame mittleren Alters die Aufgabe, den Ricottakäse mit der Gabel aufzulockern und dann zu verrühren, während Ranieri die Gäste mit weiteren Informationen versorgte. Ihre Zusammenarbeit war intuitiv geworden, und Ida mochte seine diskrete Anwesenheit. Er ließ sie machen, das gab ihr Selbstvertrauen. »*Molto bene*«, lobte Ida. »Und jetzt kommen die Eier und das Mehl dazu.« Sie bezog alle Anwesenden mit ein, ließ jeden ein Ei aufschlagen oder Mehl dazugeben. Ab und an rührte sie selbst im Teig, um einzuschätzen, ob die Mengen stimmten und ob sich die Zutaten gut zusammenfügten. Dann bat sie wie immer Ranieri, ein wenig Zitronenschale in die Zutaten zu reiben. Sofort stieg ihr der Limonenduft in die Nase und kribbelte wunderbar belebend. Das mit der Zitrone hatte sie sich vor Jahren ausgedacht, als Sandra zu den Ndunderi eine feine Zitronensoße vorgeschlagen hatte. Alles in allem war es ein sommerlich frisches Gericht. Und die Gäste waren begeistert, weil sie Amalfi sowieso mit Zitronen in Verbindung brachten, was nicht weiter schwer war, da die Zitrusfrucht tatsächlich überall an der Küste wuchs und gedieh. Ida freute sich, dass die Amerikaner so begeistert auf die einfache amalfitanische Küche reagierten. Der Reihe nach ließ sie alle Teilnehmer mit einem Holzlöffel den Teig verrühren, bis ein glatter Klumpen daraus wurde. Nicht zu weich, nicht zu fest, wie sie betonte. Schließlich teilte sie allen ein gleich großes Stück der Masse ab und zeigte geduldig, wie sie es auf den eigens dafür bereitgestellten Holzbrettchen zu einer langen Schlange ausrollen konnten. Ida war in ihrem Element, doch irgendwann spürte sie Ranieris Blick. Sie hob den Kopf, sah zu ihm hin. Der Impuls dazu war so stark, als hätte er sie gerufen. Er stand mit verschränkten Armen an die Wand gelehnt und zwinkerte ihr zu, verschlang sie förmlich mit den Augen. Ida bekam eine Gänsehaut. So war es, seit er damals vor Jahren bei ihrem ersten Treffen gefragt hatte, ob sie sein Mädchen sein wolle. Die Entfernung nach Neapel war nicht immer leicht zu ertragen, wenn sie sich aber wiedersahen – manchmal jede Woche, manchmal aber auch nur einmal im Monat, wenn er zu beschäftigt war in seinem Reisebüro und sie im Hotel –, dann war alles gut.

Die Gäste versuchten vergnügt, Ndunderi-Schlangen zu formen. Ein Mann mit roten Haaren, Patrick, nahm den Teig und machte Zischgeräusche, während er so tat, als wollte die Schlange in seinen Händen die Frau neben sich beißen. Diese kicherte laut und setzte sich mit ihrer sehr viel gelungeneren Schlange zur Wehr. Ida musste schmunzeln. Zu Szenen dieser Art kam es fast jedes Mal, offenbar weckte Teig so etwas wie Kindlichkeit in den Menschen, sobald sie ihn berührten. Und wie jedes Mal waren auch heute nicht alle Schlangen perfekt. Ida zeigte den Gästen, wie man die Schlange in gleich große Stücke schnitt. Als alle die Aufgabe bewältigt hatten, drückte sie ihren Daumen in die Mitte eines Stücks und rollte dessen Rückseite dann über eine Gabel. »*Finito!*«, rief sie feierlich. Die zehn Amerikaner vor ihr klatschten begeistert in die Hände und zeigten mit ihren Ahs und Ohs, wie sehr ihnen das Resultat ihrer Mühe gefiel. Und Ida freute sich und war sicher, dass dieser Moment Teil der Urlaubserinnerungen dieser netten Menschen werden würde.

Nachdem alle die Zubereitung beendet hatten, verabschiedete sich die kleine Reisegruppe sehr herzlich von Ida, nicht ohne ihr Geld in die Hand zu drücken. So viele Lire! Ida war dankbar für jeden einzelnen, sie legte so viel Geld beiseite, wie sie nur konnte. Denn sie hatte noch so viel vor! Ihr großes Ziel war ein eigenes Auto. Doch dazu brauchte sie erst einmal einen Führerschein. Das aber war ein schwieriges Thema, denn sie war *so* ungeschickt am Steuer. Eugenio hatte ihr einmal erlaubt, sein Auto ein Stück weit zu lenken, dabei war sie beinahe in den Graben geraten. Eugenio war kreidebleich geworden und hatte es ihr nie wieder gestattet.

»An was denkst du, *tesoro?*« Ranieri trat zu ihr und küsste sie sanft, auf die Wange nur. Im Hotel waren sie zurückhaltend, allzu zärtliche Gesten ziemten sich hier nicht. »An Autos«, gab sie lachend zu.

Er zuckte mit den Achseln. »Ich werde einfach nicht immer schlau aus dir, meine Schöne.«

Ida lachte erneut. »Das ist auch gut so«, neckte sie ihn. »Wo sehen wir uns nachher?«

Er legte seine Hand an ihre Taille, und sofort erwachte die Lust in ihr. Natürlich waren sie im Geiste verbunden, unterhielten sich viel, sprachen über Tourismus, das Hotel und die Agentur. Er gab ihr Tipps für die Arbeit an der Rezeption, sie ihm Ideen für sein Geschäft. Doch das Körperliche … oh, das Körperliche … Zwischen ihnen loderte pures Feuer. Und oft reichte ein Blick oder eine Berührung oder ein Wort, um die Leidenschaft zu entfachen. Und doch hatten sie noch nicht richtig miteinander geschlafen, nicht so wie ein Ehemann mit einer Ehefrau. Ida wollte das nicht in einem Auto zum ersten Mal tun. Oder im Stehen in einer leeren

Umkleidekabine an einem leeren Lido. Erst recht nicht in einem anonymen Hotelzimmer in irgendeinem riesigen Hotel in Neapel. Nein, dann wollte sie lieber warten. Was aber nicht hieß, dass sie ihn nicht ebenso innig begehrte wie er sie. Deshalb hob sie sanft eine Hand, legte sie auf seine Wange und streichelte sein Gesicht. Er schloss die Augen, legte sich förmlich in die Berührung.

»Ich werde nachher am Strand sein«, ließ sie ihn wissen. Er nickte, nahm ihre Hand von seiner Wange, küsste ihre Innenfläche und fuhr sich mit der Zunge über die Lippen. »Ich werde dich finden«, sagte er. Und sie zweifelte nicht daran.

KAPITEL 17

Es ist schwierig, ja. Schwieriger als zu Beginn auf jeden Fall. Jahrelang gab es nur mich, ich habe als Einzige gekocht für die Reisenden. Dann habe ich das Zimmer zum Übernachten angeboten, nach einigen Jahren habe ich eines dazugebaut. Immer war ich es, die den ersten, oftmals riskanten Schritt gewagt hat. Und jetzt beginnen so viele andere, es mir nachzumachen. Ich sollte mich geehrt fühlen, aber es ist schwierig. Ja.

Das Wasser reichte Ida bis zum Bauchnabel. Es fühlte sich kalt an, aber nicht unangenehm, ganz im Gegenteil. Lea spritzte sie auch am Oberkörper nass, sie konnte es einfach nicht lassen. Ida verdrehte die Augen.

»Lass dich fallen, Ida. Im Meer muss man Spaß haben, sonst bleibt man besser im warmen Sand am Strand liegen. Nicht wahr, Eugenio?«

Eugenio brummte eine Antwort, woraufhin Lea auch ihm Wasser ins Gesicht spritzte. Er begann zu husten, offenbar hatte er etwas davon geschluckt. Ida musste lachen. Es gab nur wenige Menschen, über die sie so oft lachte. Und das Schöne war, dass Eugenio sie lachen ließ. Als wäre es ihm wichtig, dass sie heitere, sorgenfreie Momente erlebte.

»Wie die Hühner …«, beschied Eugenio, als er wieder zu Atem gekommen war.

»Was? Hast du das gehört, Ida? Er findet, wir lachen wie Hühner? Das können wir nicht ungestraft lassen, oder?«

Ida nickte zustimmend, und wie auf Kommando warfen sie sich auf Eugenio und tauchten ihn mit größter Anstrengung unter. Die Frage war, wer dabei mehr Wasser schluckte. Ida war sicher, dass in dieser Disziplin niemand an sie herankam.

Schließlich erhob sie sich prustend. Sie musste ihren Badeanzug richten. Es war der Rote von Margherita, aber ihre Brüste waren in den Jahren gewachsen und wollten nicht mehr so recht in diesen Lieblingsbadeanzug passen. Es war an der Zeit, Geld in einen neuen zu investieren.

»Junge Dame, hier spielt die Musik!«, rief Eugenio und winkte vor ihrem Gesicht, um ihre Aufmerksamkeit zu erlangen. »Bist du bereit, dich auf dem Rücken treiben zu lassen?«, fragte er ernst.

Sofort machte sich ein mulmiges Gefühl in Ida breit. »Nein, ich …« Das letzte Mal hatte sie dabei – wie sollte es anders sein – eine Menge Wasser geschluckt. Schwimmen sah so leicht aus. Und doch schien es für sie eine unüberwindbare Hürde zu sein. Andererseits hatte sie schon viel Schwieriges in ihrem Leben gemeistert. Sie sollte es nun wirklich langsam lernen.

Lea bemerkte ihr Zögern. »Komm schon, Ida, gib mir die Hand. Wir machen das zusammen«, schlug Lea vor, die sich im Wasser viel geschickter anstellte als sie.

Ida spürte eine ganze Welle von Zuneigung für ihre Cousine, die mit ihrer grünen Badehaube gerade etwas speziell aussah und an ein zu groß geratenes Kind erinnerte. Was Ida aber an ihr bewunderte, war die Leichtigkeit, mit der sie alles anging. Davon hätte Ida sich gerne eine Scheibe abgeschnitten.

Eugenio hingegen schüttelte entschieden den Kopf. »Das halte ich für keine gute Idee. Ihr würdet euch nur gegenseitig unter Wasser ziehen. Ich kenne euch schließlich ein bisschen.« Er blickte ernst drein, doch Ida musste schmunzeln, denn er wirkte mit seiner Miene geradezu komisch in einem so heiteren Umfeld. Eugenio trug eine bieder aussehende blaue Badehose, die seinen wachsenden Bauchansatz nur teilweise verbarg. Er hatte sich einen Schnurrbart stehen lassen, und Ida hatte ihn deswegen wochenlang gefoppt, bis sie verstanden hatte, dass es einen Grund dafür gab. Einen Grund namens Lea. Ihrer Cousine gefiel der Schnurrbart, ihr gefiel überhaupt alles an Eugenio. Sie war auch nach einem Jahr noch bis über beide Ohren verliebt, so richtig mit Herzklopfen und weichen Knien.

»In Ordnung, dann hilf ruhig erstmal Lea«, beschloss Ida, die immer bemüht war, den beiden Turteltäubchen ein bisschen Zeit für sich zu lassen. Denn obwohl sie Seite an Seite arbeiteten, blieb ihnen viel zu selten Zeit, richtig ausgelassen und als Paar zusammen zu sein. »Ich übe inzwischen das Paddeln mit den Armen.«

Das ließen die beiden sich nicht zweimal sagen. Ida entfernte sich ein Stück, watete weiter im Meer, das um ihren Körper herum gurgelte. Der Sand unter den Füßen fühlte sich angenehm an. Das Wasser massierte ihre Beine bei jedem Schritt. Es war angenehm kühl, während die Sonne ihren Rücken schon fast ein bisschen zu sehr wärmte. Sie roch das Meer, den typisch fischig-salzigen Geruch, sie hörte das leise Plätschern, die Stimmen der zahlreichen Badegäste. Kinder, die spielten, Erwachsene, die riefen. Es war rundum ein Klima der Freude, des pulsierenden Lebens. Ida schloss für einen Moment die Augen und genoss ein Gefühl von grenzenloser Freiheit. Sie wollte das alles nicht mehr missen.

Sie atmete tief durch, dann endlich kniete sie sich ins Wasser, und begann, Schwimmbewegungen mit den Armen zu machen. Sie spürte, dass das Meer sie tragen wollte, und doch gelang es ihr nicht, sich darauf einzulassen.

»Man muss immer ein Ziel vor Augen haben, sonst gelingt es nicht«, sagte eine männliche Stimme unmittelbar neben ihr. Ida erschrak und kippte fast vornüber ins Wasser, was nur dadurch verhindert wurde, dass ein starker Arm nach ihr griff und sie auf die Beine zog. Ranieri.

Ida umarmte ihn fest.

Er küsste sie auf die Lippen. »Du schmeckst nach Salz«, erklärte er und küsste sie erneut. Dann fuhr er ihr mit beiden Händen sanft durch die Haare. Sie trug sie seit einer Weile kinnlang und fühlte sich wohl damit. Anders als Lea setzte sie auch keine Badehaube auf, sie fand es furchtbar, wie sehr der Kunststoff beim Abziehen ziepte. »Nach versalzener Suppe?«, fragte Ida neckisch. Ranieri lachte, dann löste er sich von ihr und trat einen kleinen Schritt zurück.

Er sah gut aus, sein nackter Oberkörper war so perfekt gebaut, dass er an eine Statue erinnerte. Auch die Badehose sah an ihm nicht bieder wie bei Eugenio, sondern anziehend aus. Sehr sogar. Ida räusperte sich.

»Hast du Wasser geschluckt?«, fragte er fürsorglich.

»Oh, eine ganze Menge.« Das war keine Lüge. Sie kannte den Geschmack des Meeres allzu gut.

»Soll ich dich halten?«

Die Aussicht war verlockend, aber Ida war nicht sicher, ob es wirklich helfen würde. »Ich weiß nicht, ich stelle mich einfach sehr dumm an.«

»Gib mir deine Hände!«, forderte er sie auf.

Sie tat wie geheißen. Es fühlte sich gut an, wenn auch nicht so warm wie sonst, das Salzwasser hatte ihre Hände kalt und schrumpelig gemacht. »So, und jetzt lass dich langsam nach vorne gleiten, ich halte dich«, sagte er, während er ein paar Schritte rückwärtsging. Ida ließ sich langsam nach vorne ins Wasser gleiten und von ihm ziehen. »Sehr gut. Und jetzt mach mit den Beinen kreisende Bewegungen, wie Eugenio es dir gezeigt hat. Ja. Genau so.« Ida glitt durch das Wasser, was sich aufregend und neu anfühlte. Sie vergaß fast, dass Ranieri sie zog. Es fühlte sich schon an, als würde sie aus eigener Kraft schwimmen. Deshalb war es für sie auch nicht unangenehm, als Ranieri ihre rechte Hand losließ und sie nur noch einhändig durch das Gewässer zog. Mit Einsatz ihrer Hand schaffte sie schließlich drei perfekte Schwimmzüge, in denen sie sich über Wasser hielt, bevor sie wieder zu viel nachdachte und sank. Sie stellte sich auf, blinzelte das brennende Salzwasser aus ihren Augen und lachte. »Das war toll«, rief sie fröhlich.

Ranieri fing geschickt einen Ball ab, den spielende Kinder aus Versehen in ihre Richtung geworfen hatten. Er rief ihnen lachend etwas zu, ehe er sich Ida wieder ganz zuwandte. Wie jedes Mal fühlte sie sich wichtig, wenn er ihr seine Aufmerksamkeit schenkte. Sie kam sich dann vor, als wäre sie für ihn das Kostbarste auf der ganzen Welt. Und dieses Gefühl war wundervoll.

»Ein paar Tage noch, dann kannst du schwimmen. Jede Wette!«, behauptete er jetzt aufmunternd.

»Ich will es hoffen, aber mir scheint, das Meer hat so seine Tücken«, antwortete Ida und schüttete sich mit der hohlen Hand etwas Meerwasser über Arme und Schultern. Es war jetzt so heiß, dass die Haut zu brennen begann.

Ranieri blinzelte gegen das Sonnenlicht. Er sah so unverschämt gut aus, dass Ida den Impuls verspürte, ihn zu berühren. Sie wollte ihn immerzu berühren. Eine ältere Signora schwamm geschmeidig in ihrer Nähe, wendete aber schnell wieder, sodass Ida sie aus den Augen verlor.

Sie schwiegen einen Moment lang, sahen sich intensiv an. Sein Blick hielt sie wie in einer Blase, in der sich nichts weiter befand als sie und er und das Herzklopfen und das Kribbeln, das sie inzwischen so gut kannten und das sie aneinander band. Doch dann schoss wieder der Ball der Kinder auf sie zu und traf Ranieri am Arm, woraufhin er zurückschreckte. »Diesmal habe ich ihn nicht kommen sehen«, gab er zu und rieb sich den Arm, der jetzt mit einer kreisrunden Rötung geschmückt war.

»Warst du abgelenkt?«, neckte sie ihn.

Er warf den Ball zurück, dann trat er näher an Ida heran. Nur wenige Zentimeter trennten sie jetzt. Das Wasser schwappte zwischen ihren Bäuchen hin und her und machte glucksende Geräusche. Ranieri streckte die Arme vor und hob sie, getragen vom Wasser, mit Leichtigkeit auf seine Hüften. Wie von selbst schlang sie ihre Beine um ihn. Er hielt sie fest, sah sie an. »*Du* lenkst mich ab, Ida. Weil ich dich liebe und begehre. Ich verstehe nicht, warum du nicht mit mir schlafen willst, denn ich will dich so sehr«, flüsterte er. »Du weißt, dass es mir darum geht, dich zu spüren. Mein Herz hast du schon erobert. Mein Körper soll dir auch ganz gehören.« Er schloss für einen Moment die Augen. »*Dio mio*, ich klinge wie ein verdammter Poet. Es ist nur so, Ida, dass ich es einfach nicht verstehe. Begehrst du mich nicht? Gefalle ich dir nicht?«

Ida erwiderte seinen Blick. »Ranieri, hör schon auf. Du weißt, dass ich dich mehr als alles auf der Welt liebe und dich ebenso begehre wie du mich. Vielleicht sogar ein bisschen mehr. Aber ich will einfach damit warten.«

»Bis wann? Bis morgen? Übermorgen? Wann, Ida?«

Ida schwieg. Dieses Gespräch hatten sie schon ein paarmal geführt. In ihrem Kopf schwirrte wie jedes Mal der Satz »Bis du mich heiratest« umher. Aber Ranieri hatte nie etwas in dieser Richtung gesagt. Nie über ein Wir gesprochen. Ja, er sagte, dass er sie liebte. Aber es blieb bei Besuchen. Es blieb bei Treffen wie jetzt im Meer. Aber vielleicht dachte Ida auch einfach falsch. Vielleicht war das Warten tatsächlich umsonst. Vielleicht war diese Idee auch einfach veraltet. Sie wusste es nicht.

Als sie nicht antwortete, stellte Ranieri sie wieder auf die Beine, während Ida sich nichts sehnlicher wünschte, als noch fester von ihm gehalten zu werden. »Schon gut, Ida«, sagte er. »Du willst warten? Dann warten wir eben.« Er hob eine Hand an ihre Schulter und hauchte einen flüchtigen, fast freundschaftlichen Kuss auf ihre Wange. »Wir sehen uns später, ja?«

Ida wollte ihn aufhalten, doch stattdessen sah sie ihm nach, wie er ging. Mit einem Mal war ihr so kalt, dass sie zitterte.

Später, nachdem Ida das Salzwasser von der Haut und aus den Haaren gewaschen hatte, trat sie wieder ihren Dienst an der Rezeption an. Kaum dass sie den Tresen erreicht hatte, läutete das Telefon. Ida griff nach dem Hörer. »Villa Amalfi, *buongiorno*. Hier spricht Ida. Was kann ich für Sie tun?«

»Liebste Ida!«, rief eine Stimme, die Ida, trotz des Rauschens in der Leitung immer sofort erkennen würde.

»Margherita! Hallo! Wie geht es dir? Was macht Piero?« Idas Herz hämmerte vor Freude. Margherita begleitete sie seit fünf Jahren. Ob in Telefonaten oder bei Besuchen im Sommer, sie hatte immer bewiesen, dass sie eine gute Freundin war.

»Piero ist richtig groß geworden und wartet auf sein Zeugnis. Unter uns gesagt, ich glaube, er hat nur Einsen. Bin ich eingebildet, wenn ich ein bisschen damit angebe?«

Ida dachte an den einst so schlaksigen kleinen Jungen, der ihr Herz gleich beim ersten Mal im Sturm erobert hatte. »Gar nicht! Wenn ich darf, gebe ich gleich mit an!«

Margherita lachte. »Was gibt es Neues im schönen Amalfi?«

»Erinnerst du dich an die Bar, wo es das gute Eis gibt?«

»Ja, natürlich. Dort habe ich dir dein allererstes Eis spendiert. Wie könnte ich das vergessen?«

»Sie wird schließen.«

»Oh nein! Warum denn das?«

»Die Besitzer haben sie verkauft. Dort sollen jetzt zwei Geschäfte entstehen.«

»Wo werden wir denn jetzt Eis essen gehen, wenn ich übernächste Woche komme?«

Ida lachte. Das war also Margheritas größte Sorge? »Na, Eis wirst du in Amalfi auch anderswo finden.«

»Ich mochte aber dieses so besonders gern … Und Piero auch.«

»Dann werde ich jetzt jeden Abend eine neue Gelateria ausprobieren und dir erst bei deiner Ankunft verraten, welche ich am liebsten mag«, schlug Ida vor.

»Wie geheimnisvoll.«

»Tja. Was wäre eine Frau ohne ihre Geheimnisse?«

Margherita stieß einen kleinen Schrei aus. »Idaaa! Möchtest du mir etwas Bestimmtes sagen?«

Margherita wusste natürlich von Ranieri und auch davon, dass er mit ihr schlafen wollte und diese Sache so aufbauschte, dass sie zum Problem geworden war. Ida hatte ein paarmal mit ihr darüber geredet, und Margherita hatte immer betont, dass Ida sich von niemandem, auch nicht von Ranieri, bedrängen lassen durfte.

»Nein, nein. In dieser Hinsicht ist alles beim Alten. Du,

Marghe, ich muss leider Schluss machen. Bis bald, ja?« Ida lächelte dem Paar zu, das an die Rezeption getreten war, und legte auf.

Später kam Annalisa. Sie blätterte die Bücher mit den Buchungen durch. »War es schön am Meer?«, fragte sie interessiert.

Ida dachte an Ranieri und daran, wie sie auseinandergegangen waren. Sie vermisste ihn und wollte diesen Streitpunkt ein für alle Mal klären. »Es war schön und warm«, erklärte Ida schlicht – was ja auch nicht gelogen war.

»Das sieht man dir an. Deine Haut hat eine besonders schöne Färbung angenommen.«

Ja, ihre Haut … Ida war da anderer Meinung. Sie mochte ihren olivfarbenen Hautton nicht besonders, hatte ihn nie gemocht, sich aber vor ihrer Zeit in Amalfi wenig darum geschert. Hier jedoch achtete jede respektable Frau, die sie bisher kennengelernt hatte, besonders darauf, immer etwas blass auszusehen, um vornehm zu wirken. Damit konnte Ida unmöglich konkurrieren. Sie war von Geburt an dunkler. *Hässlich wie die Nacht*, schoss es ihr durch den Kopf. Sie schluckte. Alles, was ihr Vater getan oder gesagt hatte, hatte Ida in die Tiefen ihres Gehirns verbannt. Es kam nur in ganz seltenen Momenten hervor, und auch dann schob sie es beiseite, so wie jetzt. Das funktionierte ganz gut, und dann spürte sie wieder die neue Stärke in sich, die sie zunehmend entfernte von schmerzvollen Empfindungen.

»Ich habe eben auf dem Rückweg Mrs Blackwood am Lido gesehen. Sie amüsiert sich wirklich sehr«, erzählte Ida, um das Thema zu wechseln, und nahm auf ihrem Stuhl hinter dem Tresen Platz. Sofort erfüllte sie ein Gefühl der Ruhe und des Stolzes. Das hier war nicht nur der Ort, an dem die Gäste des Villa Amalfi empfangen wurden, es war auch der Ort, an dem die Gäste innehielten, wenn sie etwas brauchten oder einen Plausch halten wollten. Ida war dankbar, dass Annalisa ihr das Vertrauen geschenkt und ihr diese privilegierte Stelle angeboten hatte.

Annalisa räusperte sich und blickte sie ernst an. »Ich möchte mit dir über einige Dinge sprechen, Ida«, erklärte sie und zog einen Hocker heran. Es sah mühsam aus, wie sie in ihrem engen Rock darauf Platz nahm. Überhaupt wirkte Annalisa in letzter Zeit oft müde.

»Wollen wir ins Büro gehen?«, fragte sie deshalb fürsorglich.

»Nein, Vittorio ist nicht da, und ich möchte die Rezeption nicht so lange unbesetzt wissen.«

»Gut. Worum geht es?« Ida war gespannt. Sie hatte in den vergangenen Jahren mehrfach Ideen für den Hotelbetrieb eingebracht und in den letzten Wochen einen weiteren Vorschlag unterbreitet, über den sie im Verlauf der Jahre immer mal wieder nachgedacht und schließlich auch mit Ranieri gesprochen hatte. »Möchten Sie über meine Idee mit den deutschen Gästen sprechen?«

»Ja, unter anderem.« Annalisa seufzte tief. »Also, Gäste aus Deutschland. Erklär mir nochmal deinen Plan«, bat sie.

»Nun ja, mir ist aufgefallen, dass viele andere Hotels bereits im April Gäste aus dem Ausland haben, manche sogar schon im März. Und auch im September, ja, sogar im Oktober kommen sie gerne. Es sind meistens Deutsche. Wir brauchen das auch, die Saison muss länger werden, am besten sollte sie über das ganze Jahr reichen. Mit deutschen Gästen oder Gästen aus der Schweiz und Österreich könnten wir das schaffen.« Ida hielt kurz inne, entschied sich dann aber, auch ihren nächsten Vorschlag zu unterbreiten. »Mir ist aufgefallen, dass sie gerne wandern. Wenn wir also ein Programm mit Wanderungen anbieten, könnten wir diese Gruppe ganz gezielt ansprechen. Ich denke zum Beispiel an die schöne Strecke von Agerola nach Positano oder auch einfach nur einen Besuch in den Zitronenhainen.« Aufgeregt hielt sie den Atem an, gespannt auf die Reaktion.

Annalisa legte den Kopf leicht schief. »Ja, das klingt gut«, sagte sie schließlich lächelnd. »Würde Ranieri das denn unterstützen mit seinen Kontakten?«

»Selbstverständlich, wir haben darüber gesprochen.« Dafür war Ida ihm wirklich dankbar. »Die Agentur vermittelt auch Anfragen von Gästen aus diesen Ländern oder von Engländern und Holländern, die lieber in der Nebensaison kommen, weil es ihnen im Hochsommer zu warm ist. Dabei geht es um Gruppenreisen, aber auch um Gäste, die ihren Urlaub lieber individuell gestalten möchten.«

»Das sind schon einmal gute Voraussetzungen. Und natürlich ist eine verlängerte Saison für uns rentabel. Du weißt, dass wir vorhaben, wieder in eine Renovierung der Dachterrasse zu investieren. Aber Ida, das alles ist eine Menge Arbeit!«, fügte Annalisa mit ernster Stimme hinzu.

»Ja, ich weiß! Aber ich glaube, dass es funktionieren kann«, sagte Ida überzeugt. »Und ich muss gestehen, dass ich viele Aufgaben, die damit zusammenhängen, sehr gern selbst übernehmen würde. Und ich würde gern Deutsch lernen, ich finde das wichtig für das Organisatorische, vor allem aber, um dann hier mit den Gästen sprechen zu können.«

Wieder schwieg Annalisa, dann sagte sie: »Ich sehe, dass du dir viele Gedanken dazu gemacht hast. Und ich denke tatsächlich, dass es dir gelingen könnte, deine Vorhaben umzusetzen.« Sie suchte Idas Blick. »Ja, ich vertraue dir, Ida. Es wäre jedoch dein Projekt und auch deine Verantwortung. Das verstehst du, oder?«

»Ja, das tue ich«, sagte Ida, stolz und glücklich.

»Gut, fantastisch.« Annalisa lächelte. »Möchtest du, dass ich mich nach einem Deutschlehrer umhöre? Natürlich auf unsere Kosten. Und du würdest dich dann mit der Programmgestaltung beschäftigen?« Sie lächelte ihr aufmunternd zu, aber gleich darauf wurde ihre Miene wieder ernst. »Es gäbe da allerdings noch etwas, das ich mit dir besprechen möchte.«

»Sprich …«

»Guendalina …«

Sofort versteifte Ida sich. Obwohl die Begegnungen mit Guendalina in den letzten Jahren ohne nennenswerte Komplikationen verlaufen waren, war Ida immer auf der Hut. Guendalina hatte nach ihrem Angriff vor Jahren bei ihren Großeltern gelebt und sich selten im Hotel blicken lassen. Nach dem Schulabschluss hatte sie an der Universität in Neapel Literatur studiert, und die wenigen Male, die Guenda sich im Hotel aufgehalten hatte, war Ida ihr möglichst aus dem Weg gegangen, und auch Guenda hatte sich von ihr ferngehalten.

»Ja?« Ida hörte selbst, wie schrill ihre Stimme klang.

»Ich weiß, dass es zwischen euch nicht immer einfach war«, begann Annalisa, »aber Guendalina ist viel reifer geworden in den letzten Jahren. Sie war – zugegebenermaßen – sehr verwöhnt, aber inzwischen verhält sie sich viel freundlicher und zuvorkommender. Und sie hat ihr Studium abgeschlossen, wie du weißt, sich aber gegen die Weiterbildung zur Lehrerin entschieden.«

Zum Glück, dachte Ida. Guendalina als Lehrerin konnte sie sich nun gar nicht vorstellen. Doch ihre Erleichterung war nur von kurzer Dauer.

»Sie ist unsere einzige Tochter«, fuhr Annalisa fort, und Idas ungutes Gefühl verstärkte sich. »Und sie beginnt, sich für das Villa Amalfi verantwortlich zu fühlen. Uns ist bewusst, dass sie den Hotelalltag kaum kennt, was ehrlich gesagt Vittorios und mein Fehler ist. Aber sie hat uns gebeten, hier mehr Aufgaben übernehmen zu dürfen, und wir haben entschieden, ihrem Wunsch zu entsprechen.« Sie lächelte Ida freundlich zu. »Einen Versuch ist es zumindest wert, meinst du nicht auch?«

Ida nickte, als hätte sie alles verstanden und noch dazu volles Verständnis. Die Wahrheit war aber, dass sich ein Teil von ihr weigerte anzunehmen, was hier gerade geschah.

»Um es kurz zu machen: Guendalina kommt. Und dieses Mal wird sie bleiben. Langfristig wünscht sie sich eine Position in der Leitung des Hotels, was aber natürlich weder selbstverständlich ist noch von heute auf morgen geschehen wird. Dessen ist sie sich natürlich bewusst, wir haben lange mit ihr darüber geredet. Dabei hat sie explizit darum gebeten, an deiner Seite arbeiten zu können, um einen Einblick in die Tätigkeiten und Aufgaben des täglichen Betriebs zu bekommen.«

Das wurde ja immer schlimmer. Ida zwang sich zu einem Nicken, war innerlich aber wie erstarrt. Es war ihr die letzten fünf Jahre doch so gut gegangen! Ohne Guendalina. So, so gut. Sie wollte nicht, dass sich das änderte. Aber was konnte sie schon tun? Ihr blieb im Moment nur zu nicken, denn sie hörte, wie stark Annalisa um Worte rang, sich fast entschuldigend äußerte. Und das musste sie nun wirklich nicht.

KAPITEL 18

Doriana wird heiraten, Francesco ...
Ich kann es nicht glauben, ich möchte es nicht glauben. Aus der Küche wollte ich ihn werfen, als er um ihre Hand angehalten hat! Dann aber habe ich mich beruhigt. Unsere Doriana ... Eben war sie doch noch ein kleines Mädchen, und jetzt ist sie schon eine Frau. Ich wollte andere Dinge für sie, andere Möglichkeiten, aber sie scheint wie gemacht für die Ehe. Am Ende ist nur wichtig, dass sie glücklich ist, non è vero?

Es war eine schöne Nacht mit einem großen Mond und Sternen, die Ida an reife Früchte erinnerten, so dick und prall waren sie. Die Dachterrasse war herrlich und vermittelte ihr den Eindruck, im wahrsten Sinne des Wortes nach den Sternen greifen zu können. Die Meeresbrise bewegte sanft ihr Kleid, und die Musik beschwingte sie, die Lichter der an die Steilhangküste gebauten Häuser wirkten wie wahr gewordene Hoffnungsschimmer. Sie wusste nicht, woran genau es lag, aber hier oben schien alles möglich. Ida nahm eine Zigarette aus ihrer Tasche – das Rauchen war eine Freiheit, die sie sich ab und an gönnte – und beobachtete Ranieris Amerikaner, die sich amüsierten. Überhaupt hatten alle Gäste regelrecht den Drang, Spaß zu haben, ganz egal, welcher Nationalität sie angehörten. Ida wusste, dass das am Krieg lag, der zwar schon viele Jahre vorbei war, der aber allen noch immer in den Knochen steckte. Ida konnte sich wahrlich glücklich schätzen, so abgeschieden in Tramonti aufgewachsen zu sein, wo sie zwar vom Krieg gehört, aber im Alltag nicht viel davon mitbekommen hatte. Vielleicht war sie auch zu klein gewesen. Erinnerungen daran hatte sie jedenfalls kaum.

Ida spürte einen Blick in ihrem Rücken und drehte sich um. Ranieri kam auf sie zu. Er lächelte ihr zu, sie lächelte zurück. Dann reichte er ihr ein Glas. Sie nahm es. Es war kalt. Sie bewegte es leicht, die Eiswürfel darin schlugen leise klirrend gegeneinander. Sie roch, dass es etwas Starkes enthielt, und sie würde wie immer nur daran nippen, denn sie wusste nur zu gut, wie man durch ein Glas zu viel die Kontrolle verlieren konnte. Ida verbannte hastig das Bild ihres Vaters, das vor ihrem inneren Auge erschienen war.

»Tut mir leid wegen vorhin, am Meer …«, sagte Ranieri.

Sie war ihm dankbar für seine Worte. Unter anderem liebte sie an ihm, dass er sich entschuldigen konnte. Ihr selbst fiel es schwerer, ihre Fehler einzugestehen. Aber das wusste er schon.

Sie nahm den letzten, tiefen Zug aus ihrer Zigarette, blies den Rauch in die Luft. »Wollen wir uns setzen?«, fragte sie und ging ihm voraus an einen Tisch, wo sie die Zigarette im Aschenbecher ausdrückte. Sie stellte ihr Glas ab und gestattete Ranieri, ihr den Stuhl zurechtzurücken, bevor sie Platz nahm.

»Patrick hat den ganzen Tag über deine Ndunderi gesprochen.« Ranieri zeigte mit dem Kopf auf den rothaarigen Amerikaner, der mit seiner Frau über die Tanzfläche fegte. »Soll ich ihn mal zu uns holen? Du weißt, wie gerne sie sich unterhalten und ihre Erlebnisse mitteilen.«

»Ja, gerne«, stimmte Ida sofort zu, obwohl der Tag anstrengend gewesen war und sie lieber noch über ihr Gespräch am Strand geredet hätte. Aber das konnte auch warten.

Ranieri stand auf und kam wenig später mit Patrick und dessen Frau wieder. Er bot sich an, ihnen etwas zu trinken zu holen, während das Paar mittleren Alters sich setzte.

»Gefällt es Ihnen hier bei uns?«, begann Ida das Gespräch mit ihrer Standardfrage. Patrick sprang auch sofort darauf an und erzählte in einer gewagten Mischung aus Amerikanisch und angedeutetem Italienisch, wie viel Spaß er bei der Zubereitung der Pasta gehabt hatte und wie sehr es ihm und seiner Frau in *Ämmelfai* gefiel. Ida freute sich über die Aussage, wobei sie wie jedes Mal ihre gesamte Selbstbeherrschung aufbringen musste, um bei der amerikanischen Aussprache von Amalfi nicht laut zu lachen.

»Sind Sie die Tochter des Hauses?«, fragte Patricks Ehefrau Lindsay dann interessiert.

»Oh nein. Aber ich arbeite schon seit fünf Jahren hier.«

»Man merkt, dass Sie lieben, was Sie tun. Man fühlt sich sofort wohl bei Ihnen und im gesamten Hotel.«

»Vielen Dank, das bedeutet mir viel.« Ida freute sich wirklich.

Ranieri kam mit zwei Martini für die Gäste zurück.

Daraufhin hob Patrick feierlich das Glas und rief: »*Cheers.*«

Ida hob ebenfalls ihr Glas. »Wir sagen *Salute* oder *Cin Cin*«, erklärte sie und wurde Teil eines heiteren Versuchs, mehrsprachig miteinander anzustoßen. Wieder einmal war sie beeindruckt davon, wie begeistert und wissbegierig die internationalen Gäste selbst kleine Informationen wie diese aufnahmen. Sie wollten wirklich Neues lernen, so wie Ida es andersherum auch versuchte. Sie unterhielten sich noch eine Weile, bis Lindsay ihren Mann überzeugte, dass es an der Zeit war zu gehen.

»Welche Pasta machen wir morgen zusammen?«, fragte Patrick, bevor sie sich verabschiedeten.

»Scialatielli?«, schlug Ida vor.

»*Oh, my God! How the hell am I supposed to pronounce that?*« Er lachte und machte sogleich einen Versuch: »Schalettele«, was nach einer guten Mischung aus Scialatielli und Tagliatelle klang.

Ida lachte launig zurück, auch wenn ihr gerade gar nicht so sehr nach Heiterkeit zumute war, und winkte, während Patrick den ganzen Weg über die Dachterrasse bis zur Tür das Wort Scialatielli wiederholte. Als er mit Lindsay die Tür erreichte, drehte er sich noch einmal fröhlich zu Ida um, dann verschwanden die beiden.

Und Ida war glücklich, denn sie wusste mit Sicherheit, dass diese Worte, die Emotionen und die heitere Stimmung Patrick und Lindsay als schöne Erinnerung an *Ämmelfai* bleiben würden. Und das war es doch, was am Ende zählte.

Ranieri dachte offenbar dasselbe. Er sah Ida an, und sie lachten beide. Manchmal waren Worte überflüssig.

Doch dann ergriff ein starker Windhauch ihre Tischdecke, sodass Ida beide Arme darüberlegen musste, um den Stoff daran zu hindern, wegzufliegen. Keine Sekunde später erschien eine Gestalt an ihrem Tisch. Ida sank das Blut in die Füße, denn diejenige, die in voller Pracht und aufgeblühter Schönheit neben ihr stand, war Guendalina.

»Störe ich?«, fragte sie und sah direkt Ida an, die sich fing – oder besser: fangen musste.

»Nein. Natürlich nicht. Setz dich doch zu uns«, hörte Ida sich sagen. Doch konnte sie es nicht verhindern, dass ihre Hand leicht zitterte, weshalb sie sie flink vom Tisch nahm und in den Schoß legte. *Es ist doch erstaunlich*, dachte sie, *dass Guenda sofort diese alte, aufgestaute Wut in mir weckt.* Dabei waren mehrere Jahre ins Land gezogen, was zwischen ihnen passiert war, gehörte der Vergangenheit an, versuchte Idas Verstand ihr Gefühl zu überzeugen. Sie hatte gewusst, dass Guenda zurückkehren würde, aber schon heute? »Bist du schon lange hier, ich hatte dich noch gar nicht gesehen?«, brachte sie hervor, während Guenda sich setzte, mithilfe von Ranieri, der sofort aufgesprungen war und ihr einen Stuhl zurechtgerückt hatte.

»Ich bin heute am frühen Abend angekommen. Und ich habe schon versucht, mir einen Überblick zu verschaffen.« Sie stieß einen Seufzer aus – etwas zu theatralisch, wie Ida fand –, bevor sie hinzufügte: »Es wird nicht einfach sein, mich hier wieder einzugewöhnen. Aber was tut man nicht alles, um den Familienbetrieb zu retten?« Guenda ließ den Satz in der Luft hängen, und Ida war sofort klar, dass sie gekommen war, um zu provozieren. Der Familienbetrieb lief ganz wunderbar. Und das schon seit Jahren. Ohne Guendalina. Ida kam ein altes Sprichwort aus Tramonti in den Sinn: Der Wolf verliert seinen Pelz, doch nicht seine List. Manchmal tat es gut, sich auf die Weisheiten ihres Heimatortes zu besinnen. Sie rang mit sich. Ihr war danach, aufzustehen und Guenda und damit das unangenehme Gefühl, das mit ihr aufgetaucht war, hinter sich zu lassen. Aber das hätte nach Kuschen ausgesehen, und damit hatte Ida vor Jahren aufgehört. Also versuchte sie, die angespannte Stimmung, die Guendas Worte geschaffen hatten, beiseitezuschieben: »Darf ich dir Ranieri vorstellen? Er ist …«

Doch Guenda unterbrach sie. »Oh, wir kennen uns natürlich schon, nicht wahr, Ranieri? Was hätte ich die ganzen Jahre über in Neapel nur ohne ihn gemacht?« Ihr darauffolgendes Lachen klang so schrill, dass Ida sich am liebsten die Ohren zugehalten hätte.

Der Schlag hatte gesessen. Ida wusste nichts von einer Bekanntschaft zwischen Ranieri und Guenda. Vielleicht hätte sie damit rechnen müssen, schließlich kannten Annalisa und Maurizio, Ranieris Vater, sich schon lange. Da war es nicht abwegig, dass auch ihre Kinder sich kannten. Aber es ärgerte sie sehr, sehr, sehr, dass Ranieri das mit keinem Wort erwähnt hatte und sie es nun von Guenda erfuhr. Sie hatte so oft von Guenda erzählt, sogar von damals, als sie von Aurelio und ihr angegriffen worden war. Ranieri hatte unendlich viele Möglichkeiten gehabt, seine Bekanntschaft mit ihr zu offenbaren. Keine einzige hatte er genutzt.

Womit Ida außerdem nicht gerechnet hatte, war die Eifersucht, die sie jetzt in heißen Wellen erfasste und Fragen in ihrem Kopf entstehen ließ. Es gelang Ida nicht, sie zurückzuhalten. »So, ihr habt euch also oft gesehen? Was habt ihr denn gemacht?« Sie nippte an ihrem Glas und sah Guenda direkt an.

»Ach, er hat mich herumgeführt, mir die Stadt gezeigt, sein Reisebüro, die besten Pizzerias. Sogar den Vesuv. Gesehen haben wir uns sehr oft. Hast du die Begegnungen gezählt, Ranieri?«

»Es waren ein paar«, behauptete Ranieri vage.

Das war keine Antwort. Zumindest keine gute. Ida spürte seinen Blick von der Seite auf sich, war aber nicht bereit, ihm zu begegnen. Sie schwieg, fühlte sich hintergangen. Das Gefühl war furchtbar, vor allem, weil Ranieri es verursachte.

In diesem Moment trat Lindsay noch einmal an ihren Tisch und bat Ranieri um Hilfe, der natürlich sofort aufstand. »Entschuldigt mich«, sagte er und folgte ihr. Ida sah ihm nach, wie er sich entfernte, mit seinen typischen, großen und selbstsicheren Schritten. Er war bei weitem der schönste Mann auf der Dachterrasse.

»Habt ihr es schon getan?«, hatte Guendalina doch tatsächlich die Dreistigkeit, sie zu fragen. Bei ihrem ersten Treffen nach Jahren! Ida spürte zu allem Überfluss, wie sie errötete, was sie zusätzlich wütend machte. Was sollte die Frage? Ida fand sie furchtbar. Sowohl die Frage also auch Guendalina selbst.

»Ich wüsste nicht, was dich das angeht.«

Guendalina hob die Schultern. »Also habt ihr es nicht getan.«

»Und wenn schon.« Das Thema besprach sie heute schon zum dritten Mal! Ging es wirklich nur darum?

Doch Guenda war offenbar noch nicht fertig. »Mit deinen veralteten Ansichten wirst du keinen Mann lange halten können, Ida.«

»Wenn ein Mann mich nicht so akzeptiert, wie ich bin, dann möchte ich ihn auch nicht halten.«

»Ach, tatsächlich?« Guenda blickte sie von oben herab an. »Ida, du Dummerchen, wie naiv du doch bist!« Sie beugte sich so weit vor, dass Ida ihr Parfum riechen konnte. Augenblicklich schwirrte ihr der Kopf. Vielleicht war aber auch das Gespräch daran schuld, das eindeutig in die falsche Richtung ging.

»Männer wollen Frauen, die sich nicht zieren, die aus gutem Hause stammen und möglichst reich sind. Wenn du keins dieser Kriterien erfüllst, dann …« Guenda ließ den Satz in der Schwebe.

»… dann bleibe ich eben allein!«, vollendete Ida ihn für Guendalina.

»Du tust ja geradezu so, als sei es etwas Schlimmes, es zu tun. Es macht Spaß, probiere es doch einfach aus. Und Ranieri, das muss ich zugeben, kann das ganz besonders gut.«

Ida war klar, dass das ganze Gespräch auf genau diesen Moment ausgerichtet war, in dem Guenda ihr offenbarte, dass sie und Ranieri miteinander geschlafen hatten. Guenda wollte den Triumph ausleben. Anscheinend lebte sie dafür, Ida zu demütigen. Doch obwohl Ida Guendalinas Absicht durchschaute, vermochte sie sich nicht zu schützen. Jedes Wort traf sie wie eine Pfeilspitze.

»Ranieri, werte Guenda, kannst du sehr gerne behalten«, sagte sie dennoch so ruhig wie möglich und stand auf. »Und jetzt wirst du mich bitte entschuldigen.« Sie nickte ihr flüchtig zu, nahm ihr Täschchen und ging, ohne sich noch einmal umzuschauen.

Als Ida auf der Straße stand, atmete sie tief durch. Sie fühlte sich, als hätte sie die Luft angehalten, seit Guendalina zu ihnen an den Tisch getreten war. Hier unten ging es Ida deutlich besser, und sie versuchte, jeden Gedanken daran zu verdrängen, wie schwer Ranieris Verrat wog. Das war zu groß. Rund um sie herum pulsierte das Leben, Automobile fuhren an ihr vorbei, Paare schlenderten verliebt die Promenade entlang, Bars lockten mit leichter Musik.

»Ida?«, rief jemand in ihre Richtung. Sie drehte sich um und sah Pantalea und Eugenio auf sich zukommen. Sie wirkten glücklich, er hatte den Arm um ihre Schultern gelegt. Ein so ungleiches, aber gleichzeitig perfektes Paar – die heitere, aufbrausende Lea, der ruhige, besonnene Eugenio. Ida winkte ihnen zu und wartete.

»Was machst du denn hier ganz allein? Wieso bist du nicht auf der Dachterrasse?«, wollte Lea gleich wissen. Sie trug ein Kleid, das Ida ihr geschenkt hatte. Ein schwarzes, sehr schlichtes und hübsches Kleid, das Lea viel erwachsener erscheinen ließ und ihre Figur betonte. Es war ein bisschen eng um die Hüfte, aber es stand ihr sehr gut. Ida mochte Schwarz nicht, für sie war es die Farbe der Trauer. Leas Wangen aber waren gerötet, sie sah noch heiterer aus als sonst, sodass das Schwarz an ihr trotzdem nicht wie Trauer wirkte.

Ida hatte, was Mode anbelangte, sehr viel von Margherita gelernt. »Frauen brauchen schöne Kleider«, behauptete diese immer. Und lebte nach dieser Devise. Bei ihrem letzten Aufenthalt in Amalfi hatte sie einen Traum in Rot dabeigehabt. Sie hatte das wundervolle, figurbetonte Kleid an einem Gala-Abend getragen, der von der Gemeinde Amalfi organisiert worden war. Ida war mit Annalisa hingegangen, und da die Einladung für drei Personen gewesen war und Vittorio sich geweigert hatte mitzukommen – er konnte sich einfach nicht mit Mondänität anfreunden –, hatten sie kurzerhand Margherita mitgenommen.

Margherita war die meistfotografierte Frau des Abends gewesen und mit einem Bild sogar in einem Klatschblatt gelandet. Sie hatte Ida erzählt, dass ihr Sohn Piero dazu nur gesagt hatte: »Dass du die schönste Frau der Welt bist, wusste ich schon vorher.«

Eugenio räusperte sich und riss Ida aus ihren Gedanken. »Ach, der Abend war … nicht wie erwartet.« Sie hörte selbst, wie niedergeschlagen ihre Stimme klang.

»Möchtest du darüber reden?«, fragte Lea fürsorglich.

»Lass sie doch …«, befand hingegen Eugenio.

In diesem Moment fiel Ida etwas ins Auge. Das war doch … An Leas Ringfinger steckte ein Ring! Ida nahm ihre Hand und betrachtete das Schmuckstück aus Weißgold mit einem einzigen blauen Stein. Hübsch. Sehr, sehr hübsch. »Wo kommt der denn auf einmal her?«, fragte sie neugierig und blickte von Lea zu Eugenio, von Eugenio zu Lea. Doch dann verstand sie und schrie vor Begeisterung auf. »*Mio Dio!* Ist es das, was ich denke, dass es ist?«

Pantalea wedelte aufgeregt mit den Händen, Eugenio rollte mit den Augen. »Ich habe um ihre Hand angehalten«, gestand er dann aber mit einem Lächeln.

Und Lea rief: »Und ich habe Ja gesagt.«

Ida umarmte beide herzlich. »Ich weiß nicht, was ich sagen soll.« Sie wischte sich eine Träne aus dem Augenwinkel, in dem Versuch zu verhindern, dass die Schleusen sich öffneten, die sie nur mit Mühe wieder zubekommen würde. »Ich freue mich für euch. Ich liebe euch, ihr seid meine Familie, und ich kann euch nicht sagen, wie schön ich es finde, dass ihr beide euch gefunden habt.«

»Danke, Ida.« Lea strahlte über das ganze Gesicht. »Vielleicht kannst du uns helfen, mit meinen Eltern zu sprechen? Hm? Und mit der Signora Annalisa natürlich auch.«

»Und vielleicht kannst du dich schon mit dem Gedanken anfreunden, unsere Trauzeugin zu werden?«, fügte Eugenio eifrig hinzu. »Wir können uns niemand anderen für diese Aufgabe vorstellen, nicht wahr, Lea?«

»Ja, das würde uns sehr freuen.« Lea grinste. »Ach Ida, eigentlich war das ganz anders geplant. Eigentlich wollten wir dich zum Abendessen ausführen und dich dann offiziell fragen. Aber jetzt hast du es schon selbst herausgefunden.«

»Das ist alles Eugenios Schuld. Schließlich hat er dir einen so schönen Ring geschenkt. Es war unmöglich, ihn zu übersehen.« Ida zeigte lachend auf Eugenio, und er zog den rechten Mundwinkel nach oben, stolz wie ein Pfau. Es war wie ein kurzer Einblick in das zukünftige Leben von Lea und Eugenio, und Ida sah darin viel Liebe und Respekt, aber auch viel Freude und Aufrichtigkeit. Ihr wurde warm ums Herz. Lea verdiente es, glücklich zu sein. Eine leise Stimme sagte Ida, dass sie das auch verdiente. Aber Ranieri hatte sie betrogen …

»Lea, Eugenio, lasst uns im Da Ciro eure Verlobung feiern!«, schlug Ida vor, um ihre trüben Gedanken schnell in eine andere Richtung zu lenken.

Lea und Eugenio hakten sich bei ihr unter, und gemeinsam gingen sie die Strandpromenade bis zum Hafen entlang, vorbei an den Restaurants, die über den ganzen Tag, vor allem aber abends, voller Besucher waren. Im Da Ciro vor der Hafenmole war Ida zum ersten Mal mit Mariolino gewesen. Sie war ihm noch ein paarmal über den Weg gelaufen, aber es hatte nicht zu mehr als einem flüchtigen Gruß gereicht. Auch mit Margherita war sie oft ins Da Ciro gegangen. Sie mochte die Bar, besonders weil zu später Stunde die Tische beiseitegeräumt wurden, um den Gästen die Möglichkeit zu geben, ausgelassen zu tanzen. Auch Ida und Lea hatten hier oft getanzt. Und in dieser Nacht, nach der Enttäuschung über Guenda und Ranieri, war Ida nach Ablenkung.

KAPITEL 19

Doriana ist bis über beide Ohren verliebt. Ich wünschte, du könntest sie so erleben …

Beim Tanzen gab es einen bestimmten Punkt, an dem die Füße kaum mehr den Boden zu berühren schienen. Dieser Punkt war für Ida gerade erreicht, als die Musik endete und sie atemlos ihren schwingenden Rock glattstrich. Lea umarmte sie euphorisch, und Idas Herzschlag kam langsam wieder zur Ruhe. Sie lachten sich an, und es war ein bisschen so wie früher, als sie noch junge Mädchen waren.

»Das war wundervoll! Mit dir ist Tanzen so befreiend«, schwärmte Lea. Dabei hielt sie Ausschau nach Eugenio, der sich angeboten hatte, ihnen etwas zu trinken zu besorgen.

»Ich könnte mir auch keine bessere Tanzpartnerin vorstellen als dich!«

Lea umarmte sie noch einmal. »Kannst du es glauben! Ich werde heiraten, liebste Cousine!«

»Ich freue mich sehr für dich«, sagte Ida ehrlich. »Wie schön, dass Amalfi dir so viel Glück bringt!« Ida machte drei jungen Frauen Platz, die sich an den Händen hielten und es offenbar nicht fertigbrachten, sich kurz loszulassen. Sorglosigkeit und Spaß spiegelte sich in ihren Gesichtern, und Ida erinnerte sich so genau an das Gefühl, als würde sie es gerade neu erleben.

»Ja, danke, dass du mich hergeholt hast! Du hast mein Leben zum Besseren gewendet. Aber sag mal, was ist eigentlich mit Ranieri?«

»Was soll mit ihm sein?« Ida wollte Lea nicht den Abend verderben mit ihrer Geschichte über Guendas Offenbarung. Noch erlaubte sie sich nicht, sich damit zu beschäftigen, weil sie ahnte, dass ihr Herz dann in tausend kleine Stücke zerbrechen würde.

Lea zog die Schultern hoch. »Na, ich meine ja nur, weil er dich die ganze Zeit beobachtet. Habt ihr euch gezankt?«

Ida erschrak und blickte sich eilig um. Ranieri beobachtete sie? Und sie hatte es noch nicht einmal bemerkt? Unmöglich. Lea musste sich getäuscht haben. Doch dann entdeckte sie ihn zwischen den vielen Menschen, die herumstanden. Und Lea hatte recht, er beobachtete sie und wandte den Blick nicht ab. Ganz im Gegenteil, er kam geradewegs auf sie zu.

»War dir die Feier auf der Dachterrasse zu langweilig?«, fragte er Ida geradeheraus. Er war wütend und versteckte es nicht.

»Ich lasse euch beide mal allein …«, sagte Lea leise und ging.

»Und? Bekomme ich eine Antwort?« Ranieri stand jetzt unmittelbar vor ihr. Die Luft zwischen ihnen war förmlich aufgeladen. Doch Ida spürte auch das Schwirren im Magen, in den Beinen, über den ganzen Rücken verteilt. Sie liebte ihn. Daran konnte auch Guendalina nichts ändern.

In ihr tobte ein Sturm, in dem auch die Enttäuschung über ihn wütete. Sie bemühte sich um Selbstbeherrschung, doch es gelang ihr schlecht. »Guendalinas Anwesenheit war dir also nicht genug?«, stieß sie hervor.

Ranieri blickte sie verständnislos an.

Der Anblick seiner Augen wühlte Ida auf. Sie schienen unergründlich, tiefer als das Meer …

»Erklär mir das! Ich verstehe nicht, warum mir Guendalinas Anwesenheit in irgendeiner Weise genug gewesen sein sollte«, forderte er sie auf. Er schien tatsächlich ahnungslos.

»Du hast mit ihr geschlafen, du Mistkerl!« Ida hasste den schrillen Klang ihrer Stimme, aber sie war zutiefst verletzt. Gleichzeitig war sie eifersüchtig. So eifersüchtig! Wie konnte Ranieri ihr nur so etwas Schreckliches antun?

Ranieri riss die Augen auf, hob beide Hände in einer Geste der Ergebenheit hoch, hielt sie fast in Kopfhöhe, senkte sie dann.

Ida wartete. Auf irgendetwas. Aber es kam nichts. Mit einem

Mal wurde ihr schlecht, sie drehte sich um und verließ die Bar. Draußen holte er sie ein, ergriff ihre Hand und hielt sie fest. Sie standen da, fast an der Hafenmole. Ein Kutsche ohne Pferd war in der Nähe abgestellt, einige Autos parkten daneben.

»Guendalina hat sich Dinge in ihrem Kopf zurechtgelegt, die ganz weit weg von der Realität sind, Ida, das musst du mir glauben«, sagte er eindringlich.

»Du behauptest also, dass sie lügt?« Ida verschränkte die Arme vor der Brust. Ihr war kalt, obwohl die Nacht heiß und stickig war. Sie beobachtete ihn und fragte sich, wie sie überhaupt in diese Situation geraten war. Eifersucht war nie ein Thema für sie gewesen. Sie war immer davon ausgegangen, dass er ihr in ihrer Abwesenheit treu war und an sie dachte – so wie sie an ihn. Erst jetzt merkte sie, wie töricht diese Annahme gewesen war. Natürlich war er unterwegs gewesen, um sich zu amüsieren. Und sehr wahrscheinlich sogar mit Guenda.

»Ja, Ida, sie lügt.« Das klang schwach.

»Warum sollte sie das tun? Und warum hast du mir verheimlicht, dass du dich in Neapel mit ihr triffst, wenn es nichts zu verbergen gab?«

»Weil es mir nichts bedeutet. Rein gar nichts.« Er schüttelte vehement den Kopf. »Guendalina ist mir vollkommen egal. Die einzige Frau auf der ganzen Welt, die mir etwas bedeutet, die ich liebe, bist du. Nur du. Ich weiß noch nicht einmal, warum wir Zeit verschwenden, um über Guendalina zu sprechen. Bitte, Ida …« Er nahm ihre Hände, hob sie an seine Lippen. »Bitte, bitte, geliebte Ida …« Er küsste weiter ihre Hände. »Stoß mich nicht weg, das ertrage ich nicht«, sagte er und wandte abrupt das Gesicht ab.

Ida bemerkte, dass er weinte. Das erschreckte sie, eine so heftige Reaktion von ihm hatte sie noch nie erlebt. Sie wusste nicht, ob sie ihm glauben konnte. Doch sie konnte ihn nicht weinen sehen. »Schon gut. Beruhige dich«, sagte sie sanft. »Sollen wir ein paar Schritte gehen?«

Er nickte, wischte sich mit dem Handrücken über das Gesicht. Sein Haar, das er sonst ordentlich gescheitelt trug, hing ihm in die Stirn. Wenn überhaupt möglich, sah er so verwegen wie jetzt noch besser aus. Er nahm ihre Hand. »Ja, sehr gern. Lass uns an den Strand gehen«, schlug er vor.

Er ging auf einen Lido zu, der zu dieser Uhrzeit geschlossen hatte. Die Liegen waren ordentlich aufgereiht, die Sonnenschirme geschlossen. Es war vollkommen dunkel. Ida folgte ihm, versuchte, nicht zu denken. Denn was half das Denken, wenn das Herz sowieso machte, was es wollte? Ranieri setzte sich auf die erstbeste Liege, klopfte auf die leere Stelle neben sich. Ida nahm darauf Platz. Sie schwiegen eine Weile, Ida zog ihre Schuhe aus, bohrte die bloßen Füße in den Sand. Er war unter der obersten Schicht angenehm kühl.

»Was ist los mit dir? Du glaubst mir nicht, oder? Du glaubst mir, der seit fünf Jahren dein Freund ist, nicht, sondern einer Frau, die dich offensichtlich hasst, weil ihre Mutter dich mehr mag als sie.«

Ida schwieg, ließ die Worte auf sich wirken. Es klang schlüssig, was er sagte. Und doch … Nein, sie konnte das nicht so stehenlassen.

»Ranieri, ich werde dich das nur einmal fragen, und ich verlange absolute Ehrlichkeit von dir. Nichts als die Wahrheit, Ranieri. Bitte versteh, wie wichtig mir das ist.« Ida sammelte sich. Das Meer rauschte im Hintergrund, in immer gleichen Wellen, als versuche es, sie zu beruhigen.

Er nickte, sah sie mit großen Augen an.

»Hast du mit Guendalina geschlafen?«

»Nein.« Die Antwort kam schnell und mit fester Stimme.

»Hast du in diesen fünf Jahren mit sonst irgendwem geschlafen?«

Ranieri räusperte sich. »Als ich dich damals kennengelernt habe, hatte ich noch eine Freundin in Neapel. Bis ich mir darüber klargeworden bin, was du mir wirklich bedeutest, könnte es sein, dass ich noch ein paarmal mit ihr geschlafen habe.«

Ida schluckte, wiederholt. Ihr war speiübel. »Wie lange ging das?«

»Nicht länger als ein paar Wochen.«

»Hast du auch zu ihr gesagt, dass du sie liebst?«

»Ach, Ida, hör schon auf. Das ist fünf Jahre her!« Er sah sie eindringlich an. »Ich mag Fehler begangen haben, aber du kannst doch nicht ernsthaft an der Aufrichtigkeit meiner Gefühle für dich zweifeln! Ich sage nicht mal eben, dass ich jemanden liebe, glaub mir.«

»Gut. Das will ich dir ja auch gerne glauben.« Bisher hatte sie nie daran gezweifelt, und doch waren da mit einem Mal diese Gedanken, dass zumindest die Möglichkeit bestand, dass ... sie konnte schließlich nicht wirklich wissen, was er in Neapel machte, oder? »Du fährst seit fünf Jahren hin und her, kommst, fährst dann wieder und lebst dein Leben in Neapel. Und wenn ich mal nach Neapel komme, verbringen wir die Zeit in einer Bar oder einem Restaurant. Willst du überhaupt, dass ich Teil deines Lebens werde? So richtig?«

»Ja, was glaubst du denn? Dass ich eben mal die Steilhangküste anschauen will, wenn ich von zuhause aus zwei Stunden hierherfahre?«

»Ach, Ranieri, das bringt doch nichts.« Ida stand auf, der Wind zerrte an ihrem Kleid.

Er stand sofort neben ihr. »Was bringt nichts? Was meinst du? Was redest du denn da?«

Ida holte tief Luft. »Ich meine, dass ich an dieser Stelle gerne wissen würde, was aus uns werden wird.«

Er sah sie überrascht an. »Ich verstehe die Frage nicht. Es ist doch klar, was aus uns werden wird: Wir werden heiraten. Oder etwa nicht?« Er schwieg einen Moment. Seine Miene war ernst, als er sagte: »Ist es dir wichtig? Ich meine, dass ich es dir extra sage?

Ist es das? Dass ich dir die Frage stelle? *Mio Dio*, hast du etwa auf diese Frage gewartet? Ich dachte, du legst genauso wenig Wert auf Formalitäten wie ich«, beendete er seinen Redeschwall und nahm ihre Hand. »Ida, ich habe nie begriffen, dass dir das wichtig ist, und das tut mir leid. Warum hast du denn nichts gesagt?«

Ida hörte seine Worte, deren Bedeutung langsam in ihr Bewusstsein sackten. Jetzt wurde *sie* sentimental.

Er sah sie voller Liebe an, dann ging er auf ein Knie, ohne ihre Hand loszulassen. »Willst du meine Frau werden, Ida?«, fragte er ernst, und fügte hinzu: »Ich habe keinen Ring dabei, aber du bekommst meine Kette.« Er stand auf, nahm seine Goldkette ab, trat ganz dicht vor sie und legte sie ihr um den Hals. »Und? Willst du?«

Ida wusste kaum, wie ihr geschah. Ihr Herz machte einen Satz, seine Worte drangen wie durch einen Nebel zu ihr. Ob sie ihn heiraten wollte? »Natürlich will ich!«, rief sie. Sie schlang die Arme um ihn und küsste ihn zärtlich. Er erwiderte ihren Kuss und hielt sie dann in seinen Armen, lange. *Ja, es fühlt sich richtig an*, dachte sie glücklich, auch wenn sie eben noch gezweifelt hatte. Schließlich löste sie sich aus der Umarmung, denn eines war ihr wichtig: »Aber, Ranieri, du darfst mich nie anlügen. Nie, hörst du«, sagte sie eindringlich. »Ich will immer die Wahrheit wissen. Auch wenn sie schmerzhaft ist. Das ist mir wichtig. Mehr als alles andere.«

»Ja, das habe ich verstanden.« Er blickte ihr tief in die Augen. Und in diesem Moment verschwand die Welt um Ida herum. Sie sah nur noch Ranieri. Er senkte seinen Kopf, begann, sie sanft zu küssen. Ida genoss die Wärme seiner Lippen auf ihrer Haut, seines Körpers an ihrem, wollte ihm ganz nah sein. Sie nahm seine Hand und setzte sich auf die Liege. Er tat es auch.

»Schlaf mit mir, Ranieri«, flüsterte sie so leise, dass sie sich nicht sicher war, ob er die Worte überhaupt gehört hatte.

Er atmete hörbar auf. »Willst du es wirklich?«, fragte er heiser.

»Ja.« Ihre Stimme war kaum mehr als ein Hauch.

Er blickte ihr tief in die Augen, lächelte. »Zieh dein Kleid aus, Ida«, bat er sanft, bevor er sein Hemd abstreifte. Ida folgte seiner Bitte und sah zu, wie er beide Kleidungsstücke auf dem Boden ausbreitete. Er bedeutete ihr, sich darauf auszustrecken. Ida legte sich auf die Kleider, im Sand, trug nur ihre Unterwäsche, doch ihr war, als läge sie in einem königlichen Bett. Für sie gab es nur Ranieri. Ohne den Blick von ihr zu nehmen, legte er sich neben sie, strich ihr mit der Hand vom Hals bis zum Bauchnabel. Eine einzige Berührung. Sinnlich. Erregend. Ida schluckte. Sie war schon oft so nahe mit Ranieri zusammen gewesen. Trotzdem war dieser Abend anders. Sie zog sein Gesicht zu sich herunter, begann ihn zu küssen. Ihr war bewusst, was sie tat. Ihr war bewusst, was geschehen würde. Und sie wollte es. Alles. Ihre Küsse wurden fordernder. Ranieri war bald außer Atem, hauchte immer wieder ihren Namen. Das machte er oft. Und sie hörte ihren Namen gerne aus seinem Mund. Er hielt ihre Hände über ihren Kopf und streichelte auch die empfindsamen Stellen an der Unterseite ihrer Arme. Ranieri war so sanft, küsste jeden Millimeter ihrer Haut, zog ihr die Unterwäsche aus, berührte die empfindlichsten Punkte. Sie sah den Himmel über sich, die Sterne, den Mond, und sie spürte Ranieri überall. Sie spürte, wie seine Erregung wuchs, sah, dass er versuchte, nicht ungeduldig zu werden. Doch sie war es, die ungeduldig war. »Komm. Jetzt«, bat sie ihn, und sogleich öffnete er seine Hose, zog sie eilig aus, dann seine Unterhose. Er war jetzt vollkommen nackt, wunderschön. Ranieri legte sich über sie, stützte sich mit den Ellenbogen ab, sah ihr tief in die Augen. Er berührte sie mit der Hand, bis sie so erregt war, dass sie schreien wollte. Und in dem Moment drang er in sie ein. Kräftig und tief. Sie hielten beide für einen Augenblick den Atem an. »Oh, Ida«, stöhnte er, doch Ida war gierig nach mehr und begann sich rhythmisch zu bewegen. Wieder stöhnte er auf. »Warte, Ida, bitte, warte, meine Liebste.«

Ida hielt inne, spürte, wie sein Herz pochte, wie schnell sein

Atem ging. Seine Augen glühten förmlich. Er küsste sie wieder, sehr zärtlich, dann fing er an, sich in ihr zu bewegen, behutsam, dann mit leichten Stößen, die Ida zum Keuchen brachten. Er hob eines ihrer Beine an, sie ließ es geschehen. »Sag mir, ob es so schön für dich ist«, bat er sanft. Und, oh, das war es. Sekunden später spürte sie eine Explosion tief in sich, die jeden Winkel ihres Körpers mit purer Wonne erfüllte, die nur ganz allmählich abebbte und sich in tiefe Entspannung verwandelte, dann nur noch, wie Ranieri sich schnell aus ihr zurückzog, sich wegdrehte und laut aufstöhnte. Ida lag erschöpft im Sand und spürte dem Beben in ihrem Körper nach.

Sie küssten und streichelten sich noch lange. Irgendwann, es war schon kühl, zogen sie sich an und verließen den Strand. Er begleitete sie nach Hause, küsste sie noch einmal zärtlich zum Abschied. Ida löste sich von ihm und betrat die Wohnung. Es war immer schwer, sich von ihm zu trennen. Doch dieses Mal war es anders, denn dieses Mal hatte sie sein Versprechen. Und seine Kette.

***

Sandra konnte nicht schlafen, sie hatte ein schreckliches Völlegefühl und brauchte einen Digestivo. Also stand sie auf und ging in die Küche. Sie war überrascht, Ida mitten in der Nacht am Küchentisch anzutreffen. Sie schrieb, wie so oft, einen Brief, vermutlich an ihre Mutter.

»Soll ich dir eine Milch warm machen?« Sandra sprach leise, um Lea nicht zu wecken, die Stunden zuvor zu Bett gegangen war.

»Das wäre wirklich gut, danke«, sagte Ida, ohne aufzusehen.

Sandra sah trotzdem, dass Idas Wangen gerötet waren, wie vor Aufregung erhitzt. Sie vermutete, dass die Aufregung mit Ranieri zu tun hatte, aber sie wollte Ida nicht mit Fragen löchern. Dennoch beschloss sie, ihr Gesellschaft zu leisten, wenn auch weiß

Gott nicht mit einer eigenen Tasse warmer Milch, sondern mit einem Verdauungsschnaps.

Ida beendete ihr Schreiben und setzte sich auf die weitaus bequemere Sitzbank, die sie mit einem weichen Kissenbezug bekleidet hatten, zog die Füße hoch und bedeckte die langen Beine mit ihrem Kleid.

»*Grazie*, Sandra!« Gähnend nahm sie die Tasse zwischen die Hände. Sie starrte in die weiße Flüssigkeit, pustete ein paarmal hinein. Dampf stieg empor, direkt in ihr Gesicht. Es war ein schönes Bild, das von der milchschlürfenden Ida. Überhaupt war für Sandra alles schöner, seit Ida in ihr Leben getreten war. Sandra goss Digestivo drei … nein … besser vier Finger breit in eines ihrer Lieblingsgläser. Die aus leichtem Kristall, die ihre Mutter ihr vermacht hatte.

»Ist alles in Ordnung?«, fragte Sandra vorsichtig, weil Ida so geistesabwesend wirkte. Sie setzte sich ans andere Ende der Sitzbank und streckte die Füße von sich, nahm einen großen Schluck aus ihrem Glas.

»Ja, eigentlich schon.« Ida stieß einen Seufzer aus. »Es war ein ereignisreicher Tag. Ich bin einfach geschafft«, antwortete sie müde und drehte sich so, dass sie ihren Kopf an Sandras Schulter lehnen konnte.

»Das klingt anstrengend. Es ist ja auch schon spät«, sagte Sandra und strich ihr sanft über das Haar. »Aber ich bin auch geschafft. Ich habe zu viel gegessen, fürchte ich.«

»Wie immer«, neckte Ida sie.

»Hey, nicht so frech!«, sagte Sandra lächelnd, auch wenn sie wusste, dass es längst an der Zeit war abzunehmen.

Ida lachte. Eine Weile saßen sie schweigend da und nippten an ihren Getränken.

»Guendalina ist zurück«, sagte Ida mit einem Mal. »Ich mache mir Sorgen, sie hat sich kein bisschen geändert.«

Sandra war überrascht, dass Idas Aufregung sich offenbar um

Guenda und nicht, wie sie vermutet hatte, um Ranieri drehte. »Ich weiß, aber lass dich durch sie nicht aus der Ruhe bringen«, sagte sie so besonnen wie möglich.

»Das sagst du so leicht«, stieß Ida hervor. »Sie hasst mich.«

Da hatte sie in der Tat recht. »Ja, aber sie wird sich nicht trauen, dir noch einmal Unrecht zu tun. Annalisa hat ein Auge darauf.«

»Dein Wort in Gottes Ohr.« Ida schien nicht überzeugt. Mehr noch: Es wirkte, als hätte sie fast Angst vor Guendalina.

»Was kann denn schlimmstenfalls passieren, deiner Meinung nach?«

»Sie könnte mir Ranieri wegnehmen«, beschied Ida knapp. Sie blinzelte und trank einen Schluck warme Milch.

Die Art, wie sie die Worte ausgesprochen hatte, ließen Sandra ahnen, dass Guendalina bereits einen Versuch unternommen hatte. »Ja. Theoretisch vielleicht. Aber du bist jetzt gewappnet. Du kennst sie. Und alle anderen auch.«

»Du willst sagen, dass ich mich gegen sie stellen soll?«

»Wenn es hart auf hart kommt, ja. Und eines ist sicher«, Sandra strich ihr sanft über die Wange, »falls Guendalina dir noch einmal Probleme bereiten sollte, werde ich ihr den Hintern versohlen.«

Ida lehnte sich wieder an sie, minutenlang sprachen beide kein Wort, genossen die Nähe der anderen. »Ich habe dich so lieb, Sandra«, sagte Ida schließlich leise.

»Bestimmt nicht halb so sehr wie ich dich. Und du solltest wissen, dass ich dich auch immer liebhaben werde – egal, was sein wird. Ich werde immer stolz auf dich sein.«

»Vor Jahren hat meine Mutter ähnliche Worte zu mir gesagt. Ist das nicht seltsam?«

»Keineswegs. Wir wissen beide, was du kannst und was in dir steckt. Und wir wollen beide, dass es dir gut geht.« Sandra schwieg einen Moment. »Vermisst du sie?«, wagte sie schließlich zu fragen.

Sehr lange antwortete Ida nicht. Dass sie weinte, merkte Sandra erst, als ihre Schulter nass wurde.

»Zum Glück konnte ich sie die letzten Jahre über manchmal bei Zio Sesto und Zia Giannina sehen. Und wir haben unsere Briefe«, sagte sie schließlich leise. »Weißt du, ich bin ihr sehr dankbar, auch wenn die Trennung für uns beide hart war. Sie hat mich weggeschickt, praktisch rausgeworfen, um mich vor meinem Vater und einer schlimmen Ehe zu retten und mir die Chance auf das Leben zu geben, das ich heute führe. Wahrscheinlich hat er sie danach windelweich geprügelt und ihr jeden Tag ihres Lebens heimgezahlt, dass sie mich hat gehen lassen. Sie hat es aber trotzdem gemacht. Alles auf sich genommen, was mir gegolten hätte«, erklärte Ida leise.

»Das tun Mütter, Ida. Die Liebe einer Mutter kennt keine Grenzen.«

»Ich weiß ...«

»Möchtest du ihr nicht mal zeigen, wie du hier lebst, wo du arbeitest?«

Ida bedeckte ihr Gesicht mit beiden Händen. Dann nickte sie. Sandra strich ihr sehr lange beruhigend über den Rücken. Und gleichzeitig spürte sie, dass das noch nicht alles war, dass Ida mehr zu erzählen hatte. Sandra ahnte, worum es ging, und würde Ida alle Zeit geben, die sie brauchte.

Schließlich hob Ida den Blick. »Ja, das würde ihr gefallen. Es ist genau das, was sie immer für mich gewollt hat. Und ich möchte auch, dass sie Ranieri kennenlernt. Weißt du, das zwischen uns ist sehr ernst, wir haben uns verlobt und ...« Ida schwieg, doch Sandra verstand auch ohne Worte, hatte schon längst begriffen.

»Habt ihr miteinander geschlafen?« Sandra wollte es ihr leichter machen.

Ida blickte sie verwundert an, bedeckte ihr Gesicht, wurde ein bisschen rot. »Oh Gott! Sieht man mir das etwa an?«

»Was sieht man dir an?« Lea kam hinzu, setzte sich verschlafen mit auf die Bank und rieb sich die Augen.

»Dass sie mit Ranieri geschlafen hat«, klärte Sandra sie auf.

»Was?«, rief Lea. Dann sprang sie auf, hüpfte aufgeregt herum und ruderte mit den Armen. Sie sah dabei so komisch aus, dass Sandra lachen musste, weil ihr Haar vom Schlaf auf einer Seite flachgedrückt war und auf der anderen Seite in alle Richtungen abstand.

»Na los, erzähl, wie war es?« Leas Stimme war ein einziges Crescendo.

Sandra wartete schweigend ab.

»Wundervoll!«, rief Ida und blickte verträumt an die Decke. Und Sandra lächelte, war aber auch gleichzeitig gerührt, denn es gab wohl nichts Schöneres als ein wundervolles erstes Mal …

KAPITEL 20

Ein Lieblingsgast. Ich kann kaum in Worte fassen, wie viel es mir bedeutet, wenn Gäste wiederkommen. Und das nicht ein Mal, nicht zwei Mal, sondern jedes Jahr. Es ist, als wäre ich Teil ihrer Familie. Inzwischen haben wir viele Stammgäste, aber glaub mir, Francesco, für mich ist immer noch jeder wie ein weiteres Familienmitglied.

Margherita versuchte, sich nichts anmerken zu lassen. Wegen Piero. Er freute sich sehr auf den Urlaub – auch wenn sein Vater wieder nicht dabei war. Aber Urlaube ohne Luca waren für Pierpaolo schließlich die Normalität. Margherita hingegen wünschte sich die naive Gutgläubigkeit eines Kindes zurück – wie schön wäre das Leben, wenn sie nicht immer alles hinterfragen müsste.

Denn sie vermutete, dass Luca eine Geliebte hatte.

Margherita hatte ihren Mann vor einigen Monaten bei einer zärtlichen Umarmung mit einer jungen Angestellten in seinem Büro beobachtet. Und doch hatte sie nicht den Mut, ihn zur Rede zu stellen. Denn darüber zu sprechen würde alles erst real machen, und dazu war sie nicht bereit. Die Wahrheit war, dass sie Luca liebte – mehr als sich selbst, ja, das war offensichtlich. Denn hätte sie auch nur einen Funken Selbstliebe, hätte sie sich einer derartigen Demütigung nicht ausgesetzt.

»Der Zug wird langsamer, Mammina!« Pierpaolos fröhliche Stimme riss sie aus ihren Gedanken.

Ein Blick aus dem Fenster verriet Margherita, dass sie endlich in den Hauptbahnhof von Neapel einfuhren. Die Fahrt hatte ewig gedauert, Margherita war verschwitzt und froh, von Vittorio, Annalisas Mann, abgeholt zu werden und sich nicht selbst um einen Fahrer kümmern zu müssen. Die Fahrt zum Hotel Villa Amalfi und ein Gespräch mit Vittorio würden sie ein bisschen entspannen, das war ihr sehr recht.

Der Zug kam mit einem langgezogenen, lauten Quietschen zum Stehen. Der Schaffner begann im Gang auf und ab zu gehen und mit seiner kleinen Glocke zu bimmeln, während er mit lauter Stimme die Ankunft in »Napoli Centrale« verkündete. Margherita stand auf und machte sich daran, mit Piero das Abteil zu verlassen.

Sobald sie aus dem Zug stieg, schlug ihr die neapolitanische Heiterkeit entgegen. Die Sonne brannte auf den Bahnsteig, ein Junge bot mit lauter Stimme kalte Getränke an, die er in einem Eimer mit Eis trug, der fast größer war als er selbst. Zwei Männer zankten sich lautstark, während ein anderer Mann einen Wägelchen mit Panini das Gleis entlangschob. Er brauchte keine Glocke, seine Stimme war laut genug, um noch vom Vesuv aus gehört zu werden. Das war Leben! Margherita war mit einem Schlag leichter und unbeschwerter zumute. Wie verabredet, reichte der Schaffner ihr das Gepäck. Natürlich wusste sie, dass sie wieder viel zu viel mitgenommen hatte. Aber wen kümmerte das? Sie hatte schöne Kleider, und die waren nicht dazu gemacht, nur unbenutzt im Schrank zu hängen. Das eine oder andere Stück hatte Margherita auch für Ida mitgenommen.

Ida … beim Gedanken an ihre liebe Freundin machte Margheritas Herz einen Sprung. Sie freute sich so sehr auf sie. Ja, es tat Margherita gut, hier zu sein. Es war fast, als hätten die Kilometer Distanz zu Luca und ihren Problemen und Ängsten geschaffen und die Ankunft ihr Gemüt vom allzu großen Druck befreit.

»Margherita?«, rief eine vertraute Stimme.

Sie drehte sich um und bemerkte Vittorio, der mit großen Schritten, einem offenen Lächeln und ausgebreiteten Armen auf sie zukam.

Sie winkte ihm freudig zu.

»Ich bin doch nicht zu spät?«, fragte er besorgt, als er sie erreichte. Er legte die Hände auf ihre Schultern und küsste sie auf beide Wangen. »Willkommen zurück im Süden!«, sagte er feierlich und blickte ihr durch seine Brille in die Augen. Dann umarmte er Piero einmal fest und hieß auch ihn willkommen. »Da ist aber jemand richtig groß geworden!«, bemerkte er lachend.

Eine Welle der Dankbarkeit durchfuhr Margherita. Ihr Sohn war in der Tat gewachsen. So sehr, dass er schon ein paarmal auf zwölf statt seiner zehn Jahre geschätzt worden war und sie ihr Kinn direkt auf seinen Kopf legen konnte, wenn er sie umarmte. Dünn war er trotzdem noch, aber schon lange nicht mehr kränklich dürr. Seine Gesundheit hatte sich nach ihrem ersten Amalfi-Aufenthalt deutlich gebessert und war seitdem stabil.

Vittorio pfiff einem Pagen zu, der sich um das Gepäck kümmerte. »Lasst uns losfahren. Annalisa kann es kaum erwarten, euch zu sehen.«

Die Fahrt war schön und entspannt. Piero war nach wenigen Kilometern eingeschlafen, und Margherita unterhielt sich mit Vittorio, den sie über die Jahre zu schätzen gelernt hatte.

»War es voll im Zug?«, erkundigte er sich.

»Ja. Sehr.«

»Hm. Wahrscheinlich setzen alle wieder direkt nach Capri und Ischia über.« Der Unmut war seiner Stimme deutlich anzuhören. Dass die Inseln ihm ein Dorn im Auge waren, das hatte Margherita in den Jahren begriffen. Er war davon überzeugt, dass sie der göttlichen Küste mindestens fünfzig Prozent der Touristen wegnahmen. Und er träumte von einem Flughafen in der Hafenstadt Salerno, von der aus Amalfi leichter zu erreichen war als von Neapel.

»Spätestens wenn der Flughafen gebaut ist, wird es das Problem der Inseln nicht mehr geben«, sagte Margherita, auch um ihn ein wenig zu necken. Wenn er es merkte, so sagte er jedenfalls nichts dazu. Er nickte nur, der gute Vittorio. Kein Mann der vielen Worte.

Ja, seine Frau Annalisa war weitaus repräsentativer für das Villa Amalfi, aber er … er trug die Last der Verantwortung für das Hotel auf seinen Schultern. Er war die solide Basis. Er war derjenige, der im stillen Kämmerlein dafür sorgte, dass alles reibungslos vonstattenging und seine Frau sich darauf konzentrieren konnte, die Gäste bei Laune zu halten. Margherita beeindruckte seine unspektakuläre Stärke. Ja, sie bewunderte ihn ebenso wie Annalisa.

»Ich bin jetzt schon zum sechsten Mal bei euch. Und immer im Juli.« Margherita war in Plauderlaune. Sie genoss den Fahrtwind, hatte sich aber ein Tuch umgebunden, damit die Haare ihr nicht wild ins Gesicht flogen. Die Sonnenbrille hatte sie bereits aufgesetzt. Sie hatte immer den Eindruck, dass die Sonne hier im Süden heller schien als anderswo.

»Ich weiß. Und wir sind dir alle sehr dankbar dafür, dass du dich bei der großen Auswahl an Hotels entlang der Küste immer wieder für uns entscheidest.«

»Ich fühle mich bei euch willkommen, fast zuhause. Ich möchte nirgendwo anders hin.«

»Das wissen wir zu schätzen.«

Vittorio hatte seinen Wagen geschickt aus dem neapolitanischen Verkehr gefädelt, jetzt fuhren sie bereits mit dem Vesuv im Rücken in Richtung Küste. Das Meer war noch nicht zu sehen, Margherita konnte es kaum erwarten, einen Fuß ins Wasser zu tauchen.

»Was gibt es denn Neues im Villa Amalfi?«

»Oh, du wirst staunen«, sagte Vittorio stolz. »Wir haben endlich eine Bar unten im Entree.«

»Das klingt wundervoll!« Margherita sah sich dort schon fantasievoll zubereitete, gekühlte Getränke zu sich nehmen.

»Und Guendalina hat beschlossen, sich in den Hotelbetrieb einzuarbeiten.«

»Oh, tatsächlich?« Margherita hatte die Tochter des Hauses seit Jahren nicht gesehen und war überrascht. Hatte sie nicht Literatur studiert?

»Ja, und wir können das nur begrüßen«, bestätigte Vittorio. »Eines Tages wird das Villa Amalfi ihr gehören, und sie hat so wenig Ahnung, von allem im Hotel. Sie ist einfach ein bisschen verwöhnt, so als Einzelkind …« Er hielt abrupt inne. Als hätte er gemerkt, dass er in ein Fettnäpfchen getreten war.

Piero war auch ein Einzelkind, obwohl Margherita so sehr gehofft hatte, dass er es nicht bleiben würde. Sie beschloss, nicht darauf einzugehen. Und Vittorio stellte keine Fragen, nie. Aus Höflichkeit, vermutete Margherita. Er fragte auch nie nach Luca. Niemand fragte nach ihm. Als gäbe es ihn nicht oder nur in Margheritas Fantasie. »Ich bin mir sicher, dass sie sich schnell einarbeiten wird. Bei so tüchtigen Eltern kann es gar nicht anders sein«, sagte sie ehrlich.

»Sie wird vor allem mit Ida arbeiten. Ida kennt sich einfach in jedem Bereich aus, und die beiden sind ungefähr im gleichen Alter. Ganz bestimmt kann sie Guendalina am besten vermitteln, was wirklich wichtig ist.« Er schwieg einen Moment. »Nun, es hat Differenzen gegeben, aber das ist lange her, sie werden miteinander zurechtkommen. Bisher ist das ganz gut gelungen, soweit ich das beurteilen kann. Langfristig sehen wir Ida vor allem am Empfang und bei allem Organisatorischen, weil sie so gut mit Menschen umgehen kann und sehr kreativ ist, während Guendalina sich eher um das Rechnerische kümmern soll.«

Margherita fielen spontan tausend Gründe ein, warum Ida und Guendalina am besten getrennt voneinander leben und arbeiten sollten, doch es stand ihr natürlich nicht zu, die Situation zu bewerten. Also nickte sie lediglich als Antwort.

»Ich bin jedenfalls froh, dass Guendalina ihre Mutter ein bisschen entlasten wird. In letzter Zeit ist Annalisa immer sehr müde. Nun ja, wir werden leider nicht jünger.« Er lachte, doch es klang nicht gerade heiter.

Margherita war erfahren genug, auch all das herauszuhören, was Vittorio nicht offen ausgesprochen hatte. Sie lehnte sich in ihrem Sitz zurück, als ihr nicht zum ersten Mal klar wurde, dass jede Familie ihre Probleme hatte. Die eine mehr, die andere weniger, aber niemand war wirklich immun dagegen.

Der Motor schnurrte wie eine riesige Katze, der Fahrtwind fühlte sich an wie sanfte Streicheleinheiten, die Sonne wärmte sie angenehm. Margherita kam zunehmend zur Ruhe, so weit, bis auch sie einnickte. Ihr letzter Gedanke galt Ida. Sie hoffte, dass Guendalina ihrer jungen Freundin keine Probleme bereiten würde.

***

Ida besprach an der Rezeption mit den Zimmermädchen, welche Räume zuerst sauberzumachen waren. Die Buchungen hatte sie alle fein säuberlich in ein großes Heft eingetragen. Eine Doppelseite, sieben Tage, zehn Zimmer. Immer die gleiche Tabelle. Es änderten sich nur die Daten, die sie ganz oben auf den Seiten eintrug, und die Namen der Gäste. Jeder Wochentag hatte eine Spalte, jedes der Zimmer eine Reihe. Jede Buchung trug Ida mit einer anderen Farbe ein, die Aufschluss über die Herkunft oder Besonderheiten gab. Es war fast wie ein Spiel, ein Puzzle vielleicht. Idas Aufgabe war es, keine weißen Flecken auf den Doppelseiten zu hinterlassen. Weiße Flecken bedeuteten leere Zimmer. Das durfte nicht passieren. Ebenso wenig durften sich die Buchungen überschneiden – das wäre verheerend. Ida verfolgte die Sorge darüber, irgendwann ein Zimmer aus Versehen doppelt zu belegen, bis in den Schlaf. Nicht auszudenken, wenn durch einen Fehler aus ihrer Hand eines Tages zwei Familien mit Anrecht auf dasselbe Zimmer vor ihr stehen würden.

Das Telefon klingelte, es war ein hektischer Morgen. Also schickte sie die Zimmermädchen mit klaren Ansagen nach oben in die Räume und griff nach dem Hörer.

»Villa Amalfi, *buongiorno*. Hier spricht Ida, was kann ich für Sie tun?«

»*Buongiorno* …«

Seine Stimme! Idas Herz setzte einen Schlag aus und ratterte dann galoppierend wieder los. Ja, diese Wirkung hatte seine Stimme auf sie. Und sie war sich sicher, dass sie errötet war, was zum Glück niemand sah, da sie gerade allein hinter dem Empfangstresen stand.

»Du sollst doch nicht hier anrufen, Ranieri!«, schimpfte sie, während sie innerlich Freudentänze machte, weil er das Verbot missachtete.

»Dann gib mir eine andere Nummer.«

Ida hatte keine. Sie schmunzelte, denn das wusste er genau. »Wie geht es dir?«, fragte sie versöhnlicher.

»Schlecht«, antwortete er, wobei er seine Stimme ungewohnt senkte.

Ida war sofort alarmiert. »Warum, was ist los mit dir?«

»Ich vermisse dich, ich will nicht ohne dich sein.«

Sie liebte jedes Wort, das er sagte. Sie liebte auch, wie er die Worte sagte. »Ich wäre auch sehr gerne jeden Tag mit dir zusammen.« Sie fuhr sich durch das Haar und lächelte, legte den Kopf schief und ließ zu, dass ihr Herz verliebt Kapriolen schlug.

»Ich werde dich besuchen. Bald.«

Sie senkte den Blick und schmunzelte. »Du bist doch noch gar nicht so lange weg.«

»Ich halte es ohne dich nicht aus. Nicht nach dem, was am Strand passiert ist.«

Ida erschrak so sehr, dass ihr der Hörer aus der Hand fiel. Er konnte doch jetzt nicht wirklich am Telefon über das sprechen, was sie zusammen erlebt hatten!

»Ranieri, hör auf damit«, stammelte sie, während eine Hitzewelle ihren Körper durchströmte. In diesem Moment bemerkte Ida, dass sich ein Gast der Rezeption näherte. Sofort setzte sie ihr professionelles Lächeln auf. Signor Zanzi war ein wenig eigenwillig und hatte immer etwas zu meckern. Er war mit seinem Bruder gekommen und schien sich zu langweilen. Ida hatte den Verdacht, dass er nach Gründen suchte, um sich die Zeit mit ihr zu vertreiben. Aber damit konnte sie umgehen. Sie war für alle Gäste, ausnahmslos, gerne da. Nur vielleicht nicht gerade jetzt …

»Ida, ich möchte es wieder tun«, hörte sie Ranieri am anderen Ende der Leitung ganz leise sagen, und Ida bekam allein von seinen geflüsterten Worten eine Gänsehaut. Doch sie riss sich zusammen und lächelte Signor Zanzi freundlich entgegen, der in diesem Moment an den Tresen trat.

»Ranieri, ich muss jetzt Schluss machen, ich habe …«

»Denkst du auch dauernd daran? Sag nur ja oder nein.«

Sie wollte nicht vor den Augen von Signor Zanzi mit ihrem Verlobten am Telefon über Intimitäten sprechen.

Der Mann begann ungeduldig mit den Fingern auf den Holztresen zu trommeln. »Ich habe nicht den ganzen Tag Zeit, Signorina«, klagte er.

Sie bat ihn mit einer Geste um Geduld. »Ich muss jetzt wirklich aufhören, Ranieri, es tut mir leid. Wir sprechen uns später, ja?« Damit legte sie schweren Herzens auf.

In Gedanken noch bei Ranieri, antwortete sie dem Signor Zanzi auf seine Frage, wie groß ein Handtuch sein musste, um als perfektes Gästehandtuch klassifiziert werden zu können. Natürlich war er der Meinung, alle Handtücher im Villa Amalfi seien zu klein. Ida ließ ihn reden, gab ihm höfliche, stets verständnisvolle Antworten und beruhigte ihn am Ende mit dem Versprechen, am nächsten Tag von den Zimmermädchen extra Handtücher bringen zu lassen, was er mit einem selbstgefälligen Nicken quittierte.

Als Zanzi ging, fühlte sich Ida so ausgelaugt, dass sie am liebsten eine kurze Pause eingelegt hätte, doch in diesem Moment kamen Annalisa und Guendalina an die Rezeption. Nach einer kurzen Begrüßung ergriff Annalisa auch gleich das Wort. »Sandrina braucht dich kurz in der Küche, ich denke, es geht um Margheritas Abendessen. Guendalina kann dich inzwischen hier vertreten. Du brauchst dich also nicht besonders zu beeilen. Klär in Ruhe alles Wichtige mit Sandrina.«

Ida nickte, machte einen Knicks und ging, obwohl sie es hasste, Guenda die Rezeption zu überlassen. Es war nicht das erste Mal, doch obwohl eigentlich immer alles gutgegangen war – Ida arbeitete seit Jahren routiniert und ordentlich nach einem bewährten und nachvollziehbaren Schema –, wurde sie die Sorge nie los, dass Guenda etwas anstellte, das sie dann ausbaden musste. Sie schickte ein Stoßgebet zum Himmel, ging eilig durch die Flure, das Treppenhaus, den Speisesaal, direkt durch die Tür in die Küche … und blieb wie angewurzelt stehen. Sie hörte, wie die Schwingtür hinter ihr noch ein paarmal hin und her wippte, bevor sie zum Stehen kam. Überhaupt sah sie alles wie durch eine Lupe, als hätte der Schreck ihre Sinne aufmerksamer gemacht. Sie sah Sandras gerührtes Lächeln, Leas erwartungsvolles Gesicht, Eugenios schiefes Grinsen, Renatas fragenden Blick und – die Person, die ihr in ihrem Leben die vertrauteste war. Ida schluckte vor Rührung. Sie stand da wie erstarrt, unfähig, sich zu bewegen. Was sie sah, war eigentlich kaum möglich. Und doch …

»Madre …«, brachte sie hervor. Sie hatte ihre Mutter in den vergangenen Jahren zwar verschiedentlich bei Besuchen bei ihrem Onkel und ihrer Tante getroffen, aber sie jetzt hier in dieser Küche vor sich zu sehen, wo alles begonnen hatte, war doch etwas ganz anderes, denn dass Ida hier arbeitete und ein schönes Leben lebte, war überhaupt nur ihrer Mutter zu verdanken. Eine Welle von Liebe und Dankbarkeit erfasste Ida.

»Ida, *bambina mia!* Sieh dich an!«, rief ihre Mutter gerührt. »Ich erkenne dich kaum wieder. Du siehst aus wie eine richtige Signora in dieser Kleidung. Komm, lass dich umarmen, geliebte Tochter!«

Mit diesen Worten gelang es Ida endlich, sich aus ihrer Erstarrung zu lösen. Eilig lief sie die wenigen Meter auf ihre Mutter zu und fiel ihr in die Arme.

Die Berührung war so schön und warm, wie immer – vielleicht sogar noch schöner.

KAPITEL 21

Väter sind wichtig, aber Mütter … Mütter sind die ersten Vertrauenspersonen im Leben ihrer Kinder. Auch wenn sie als Hausfrauen eine Schürze tragen, können sie oftmals zaubern und vollbringen still und heimlich wahre Wunder.

Hand in Hand spazierte Ida mit ihrer Mutter am Strand entlang. Sie genoss den Moment, es war wie in einem wahrgewordenen Traum. Sandra hatte den Besuch eingefädelt und an alles gedacht, sogar daran, Annalisa zu bitten, Ida ein Stündchen freizugeben, um sich mit ihrer Mutter zu unterhalten.

Ihre Mutter war mit Zio Sesto gekommen, und Ida war klar, dass ihre Mutter ihrem Vater dafür eine Lüge aufgetischt hatte. Aber sie beschloss, nicht weiter nachzuhaken, wichtig war nur, dass ihre Mutter jetzt hier war. Sie ließ ihren Blick über die Umgebung streifen. Das Meer schien sich besondere Mühe zu geben, ihnen zu gefallen, denn es hatte die Art von weichem Wellengang, der es unwiderstehlich machte. Ida fühlte sich wie um Jahre zurückversetzt, als sie es zum ersten Mal gesehen hatte.

»Gefällt es dir, Madre? Ist es so, wie du es in Erinnerung hast?«, fragte sie schließlich sanft.

Ihre Mutter blieb stehen, nahm das Kopftuch ab und schloss die Augen, atmete tief ein. »Es ist so schön, dass ich kaum Worte finde, es zu beschreiben. Ich habe das Meer schon immer geliebt. Kann es sein, dass du diese Liebe von mir geerbt hast?«, fragte sie lächelnd.

»Bestimmt. Und nicht nur das …« Ida ließ den Satz in der Schwebe, beide wussten, dass Ida ihren Mut, ihr Durchhaltevermögen und ihre innere Kraft meinte.

Ida sah ihre Mutter mit verträumtem Blick zum Horizont schauen. Es tat so gut, sie zu sehen! Sie freute sich auch, dass ihre Mutter sie in ihrer neuen Welt erlebte und nicht nur in Eile bei Zia Giannina.

Sie gingen weiter, wirbelten bei jedem Schritt Sand auf, wenn sie die Füße hoben, und versanken darin, wenn sie die Füße wieder absetzten. »Wie geht es dir, Madre? Ich meine, wie geht es zuhause?«, wagte Ida schließlich zu fragen.

»Es geht mir gut. Seit wir das letzte Mal bei Giannina darüber gesprochen haben, hat sich eigentlich nichts verändert. Insgesamt ist dein Vater nicht mehr so aufbrausend wie früher. Nicht annähernd. Ich würde es dir sagen, wenn es nicht so wäre. Und das mit dem Weglaufen haben wir ja geübt, im Notfall bekäme ich das auch hin.« Natürlich wollte Idas Mutter unbeschwert und lustig klingen, und Ida musste zugeben, dass es ihr fast gelang. Dennoch fiel es Ida wie immer schwer, diese Antwort zu glauben. Esel konnten nicht fliegen, und genauso unmöglich erschien es ihr, dass ihr Vater sich verändert hatte. »Möchtest du wirklich bei ihm bleiben? Ich meine, es gäbe andere Möglichkeiten. Du könntet hier bei uns …«

Ihre Mutter blieb stehen und suchte Idas Blick. »Mach dir bitte keine Sorgen um mich, Ida, dazu besteht kein Grund. Außerdem … Ich bin die Mutter und du die Tochter. Schon vergessen?« Ihre Mutter lächelte, und Ida lehnte ihren Kopf an ihre Schulter. Es fühlte sich wundervoll an.

Ida verstand, auch wenn sie die Haltung ihrer Mutter nicht ganz nachvollziehen konnte, aber sie beharrte auch nicht weiter auf dem Gespräch. Sie hatte den Eindruck, dass ihre Mutter heute einfach nur eine ganz normale Frau sein wollte, die sich mit ihrer Tochter in Amalfi vergnügte. Der fröhliche Strandlido, an dem sie vorbeigingen, war mit den bunt bemalten Umkleidekabinen und der begehbaren Plattform, die zum Schutz vor dem Meer auf hohen Holzpfählen erbaut worden war, ein gutes Beispiel dafür, wie farbenfroh ein Sommer in Amalfi sein konnte.

Ida betrachtete ihre Mutter von der Seite. Sie war schön, jetzt und hier sogar erhaben schön.

»An was denkst du?«, fragte Maria Grazia. »Du lächelst …«

Ida genoss den Kontakt, die Nähe zu ihrer Mutter hatte sie in den letzten Jahren am meisten vermisst. Sie kostete jeden Moment aus. Das war ihre Mutter, und sie würde es immer bleiben, wenn das Leben sie nun auch auf Wege geschickt hatte, die sich nicht mehr oft berührten. »Ich denke daran, wie unglaublich froh ich darüber bin, dich hier zu sehen, Madre.« Ida umarmte sie. »Und ich bin glücklich, dass es dir gut geht.«

»Ida, mein geliebtes Kind. Allein zu wissen, dass du in Sicherheit und frei und unabhängig bist, bringt mich jeden Tag dazu, der heiligen Madonna zu danken. Ich bin glücklich, weil ich weiß, dass du hier bist. Und ich bin so stolz auf dich, auf deine Erfolge, die großen wie die kleinen. Über deinen Zio und deine vielen Briefe erfahre ich ja, was passiert. Glaube also nie, dass du allein bist oder gar, dass ich nicht an dich denke, denn das Gegenteil ist der Fall. Du bist immer in meinem Herzen.«

Ida lächelte gerührt und schmiegte sich wieder an sie, genoss jede Sekunde, wollte gar nicht mehr loslassen. Doch sie wusste, dass sie sich bald trennen musste, sie kannte Zio Sestos Zeitplan schließlich gut genug. »Besuch mich bitte bald wieder, Madre!«

Ihre Mutter lehnte sich an Ida. Gemeinsam lauschten sie den Strandgeräuschen: dem Rauschen des Meeres, den Rufen der spielenden, planschenden Kinder, den Stimmen der Badegäste, der Glocke des Eisverkäufers, der mit seinem Wagen am Strand seine Gelati anbot, dem Kreischen einer Möwe, der Pfeife des Bademeisters. »Ich werde ganz bestimmt wiederkommen, das verspreche ich dir.« Sie fuhr sich mit einer Hand durchs Haar und wirkte so wunderbar sorglos und jung. Hoffnungsvoll sogar. Ida ging bei dem Anblick das Herz auf.

»Ach, Madre …«, flüsterte sie und kämpfte schon wieder mit den Tränen.

»Ich werde jetzt gehen, *tesoro mio*. Sesto wartet sicher schon. Du weißt, du kannst mich immer in Tramonti besuchen. Oder wir treffen uns bei Giannina, wann immer es passt. Und vergiss nie: Ich werde immer da sein, wenn du mich brauchst.«

»Danke, liebste Madre!«

»Da gibt es doch nichts zu danken.« Ihre Mutter gab ihr einen Kuss auf die Wange und ging, nachdem sie Ida lange und innig an sich gedrückt hatte.

Ida hätte sie gerne aufgehalten, die Zeit mit ihrer Mutter schien nie zu reichen.

Sie beschloss, noch einen Moment am Strand zu verweilen, sie war noch nicht richtig bereit, wieder zur Arbeit zu gehen. Sie ließ sich noch eine Weile die Sonne aufs Gesicht scheinen – so sehr vermisste sie die Wärme ihrer Mutter bereits. Dabei musste sie jegliches Zeitgefühl verloren haben, denn sie schaute erst wieder auf die Uhr, als sie eine Berührung am Arm bemerkte.

Es war Lea. »Ida, komm, die Signora Annalisa sucht nach dir. Was machst du überhaupt in dieser sengenden Hitze hier am Strand?«

»Ich habe völlig die Zeit vergessen«, gab Ida zu.

»Komm, beeil dich.« Lea nahm Idas Hand, zog sie auf die Beine und scheuchte sie vom Strand aus zur Promenade, wo sie beide den Sand von sich schüttelten.

»Geht es Zia Maria Grazia gut?«, wollte Lea wissen. »Sie sah irgendwie glücklich aus.«

Ida fand es schön, dass Lea das sagte. Den gleichen Eindruck hatte sie auch gehabt. »Ich glaube, dass meine Mutter glücklich ist, wenn ich es bin. Ist das nicht seltsam?«

Lea schüttelte den Kopf. »Finde ich gar nicht. Du weißt doch, wie eng eine Mutter mit ihrem Kind verbunden ist.«

»Ja, eigentlich schon. Aber ich begreife das erst heute so richtig.« Mit einem tiefen Gefühl von Zufriedenheit betrat Ida zusammen mit ihrer Cousine das Hotel. Die Glastüren des Haupteingangs waren weit geöffnet, und in der überschaubaren Eingangshalle fiel ihr Blick sogleich im blankgeputzten Glas der Vitrine mit dem

Tagebuch der Gründerin des Villa Amalfi auf ihr Spiegelbild. Es zeigte eine schöne junge Frau mit gepflegter Frisur und adretter Kleidung. Das Spiegelbild zeigte nicht, dass diese junge Frau aus Tramonti kam, es zeigte auch nicht, wie sie die ersten Jahre ihres Lebens verbracht hatte, nein.

»Wir sehen uns später, Ida«, sagte Lea und ging.

Ida wandte sich zum Rezeptionstresen, an dem Guendalina und Annalisa sich unterhielten. Sie trat zu den beiden Frauen und nahm ihren Platz ein.

»Ach, da bist du ja wieder«, begrüßte Annalisa sie erfreut. »Ranieri hat angerufen, er wollte etwas mit dir besprechen und bittet um Rückruf.«

»In Ordnung, ich werde mich darum kümmern. Danke, Signora.«

»Und im Laufe der nächsten Woche kommt dieser junge Mann, der Deutsche ... Wie hieß er noch gleich? Mir will der Name gerade nicht einfallen.«

»Ein deutscher Mann?« Ida hatte keine Ahnung, wen die Signora Annalisa meinte. Sie warf einen Blick in ihr Buchungsheft, fand aber auf der entsprechenden Seite keinen Namen, der deutsch klang.

Ida warf Guendalina einen fragenden Blick zu, aber auch sie hob die Schultern als Zeichen ihrer Ahnungslosigkeit.

»Wir hatten doch über den Sprachunterricht gesprochen. Ich habe mich umgehört und einen Lehrer gefunden. Er wird also kommen, ihr könnt euch kennenlernen und alles besprechen, sodass du so bald wie möglich anfangen kannst, Deutsch zu lernen.«

Sie hatten zwar darüber gesprochen – das stimmte –, aber Ida hatte nicht geahnt, dass es so schnell losgehen würde, und dann auch noch in der Hauptsaison! Auch hatte die Signora ansonsten kein Wort mehr darüber verloren. In letzter Zeit war sie etwas zerstreut, bisweilen wirkte sie auch erschöpft. Verständlich, denn sie arbeitete wirklich viel. »Ich werde Bescheid geben, wenn er da ist. Danke, Signora Annalisa.«

»Oh, nichts zu danken. Ich freue mich ja, dass du das für das Hotel in Angriff nimmst. Aber ich habe gehört, dass Deutsch eine sehr schwierige Sprache sein soll.« Sie lächelte Ida aufmunternd zu. »Und jetzt entschuldigt mich, bitte«, fügte sie schließlich mit auffallend matter Stimme hinzu. »Ich muss mich einen Moment hinlegen. Ida, es wäre wunderbar, wenn du Guenda weiter einarbeiten könntest.« Sie wandte sich an ihre Tochter: »Noch einmal: Ida hat immer das Kommando, und du tust nur das, worum sie dich ausdrücklich bittet, *va bene?*« Annalisa hob mahnend den Zeigefinger. »Keine Eigenmächtigkeiten, verstanden?«

Guenda nickte zur Antwort, und Annalisa machte sich auf den Weg in Vittorios Büro. Doch nach wenigen Schritten wandte sie sich noch einmal um. »Verzeih mir, Ida. Ich habe ganz vergessen zu fragen: Wie war denn das Treffen mit deiner Mutter?«

Ida war ihr dankbar für ihr Interesse und hätte ihr gerne von der emotionalen Begegnung berichtet, spürte aber Guendalinas neugierigen Blick auf sich. Ihr würde sie unter keinen Umständen einen Einblick in ihr Innenleben gewähren, daher sagte Ida das, was wohl jeder erwartete: »Es war sehr schön. Danke für die Freistunde.«

»Das freut mich«, sagte Annalisa und ging.

Kaum hatte sie die Bürotür hinter sich geschlossen, ergriff Guendalina das Wort. »Ist dir auch aufgefallen, dass mit meiner Mutter etwas nicht stimmt?«, fragte sie mit sorgenvoller Miene.

Ida atmete tief ein. Sie traute Guenda nicht über den Weg, aber nun erlebte sie zum ersten Mal überhaupt, dass Guenda wirklich berührt von etwas schien. Noch dazu von der Sorge um Annalisa, die auch sie umtrieb. *Vermutlich die einzige Gemeinsamkeit zwischen uns*, dachte Ida, beschloss aber, über ihren Schatten zu springen. »Sie kommt mir seit Wochen, nein, eigentlich schon seit Monaten manchmal ein wenig zerstreut vor. Und sie wirkt matt und müde.

Ich habe das bis jetzt allerdings auf die viele Arbeit geschoben«, stimmte sie zu.

»Das klingt so gar nicht nach meiner Mutter. Das kann doch nicht nur an der Arbeit liegen, oder?« Besorgt sah Guenda Ida an. Als hoffe sie, Ida könnte mit nur einem Wort all ihre berechtigte Sorge wegwischen.

Doch diese Macht besaß Ida nicht, sie sorgte sich ja selbst, jetzt sogar umso mehr. »Nein, das klingt wirklich nicht nach ihr.«

»Ich habe sie gebeten, zum Arzt zu gehen. Vielleicht ist sie tatsächlich einfach nur erschöpft und braucht einfach nur Ruhe und irgendeine Medizin. Aber sie hört nicht auf mich. Das hat sie noch nie.« Guendas Bedauern darüber war offensichtlich.

»Ein Arztbesuch ist sicherlich eine gute Idee. Wir können hier nur mutmaßen. Aber das nützt der Signora Annalisa natürlich wenig.« Ida dachte wie immer pragmatisch. Wenn es ein Problem gab, dann musste man es lösen. Bisher war sie damit gut gefahren.

»Könntest du nicht vielleicht mit ihr reden? Auf dich hört sie«, stieß Guenda hervor.

Ida musterte sie überrascht. Hatte Guenda das wirklich gerade gesagt? Hatte Guenda sie gerade um Hilfe gebeten? »Dass gerade du mich um Hilfe bittest, wundert mich ehrlich gesagt. Wir sind nicht gerade die besten Freundinnen, oder?«, nannte sie das Kind beim Namen.

Guenda zuckte die Schultern. »Ob wir das nun sind oder nicht, ist mir im Moment nicht wichtig.«

Ida setzte zu einer Antwort an, doch Guenda kam ihr zuvor.

»Glaubst du denn, dass es leicht für mich ist, die unperfekte Tochter zu sein und immer mit der perfekten Ida verglichen zu werden? Und das von den eigenen Eltern? Hm?«, fragte sie, jetzt ein wenig aufgebracht.

»Ich bin genauso wenig perfekt, wie du unperfekt bist«, stellte Ida gleich richtig. »Wir sind einfach nur verschieden. Und ich habe sicher nicht darum gebeten, mit der wunderschönen, selbstsicheren, starken, unerschrockenen Guendalina verglichen zu werden.« Sie war froh, die Worte ausgesprochen zu haben. *Vielleicht ist das gar nicht schlecht*, überlegte Ida. *Jetzt liegen die großen Wahrheiten auf dem Tisch, und wir können darüber reden.* Wenn das ihr bisheriges Verhältnis zumindest in ein akzeptables Miteinander verwandelte, dann war das in Ordnung für Ida.

»Na, wenigstens in einem Punkt scheinen wir uns einig zu sein.«

»Es gibt bestimmt noch weitere Punkte, in denen wir uns einig sein könnten …«

»Du hast recht.«

Sie verstummten beide.

»Ich könnte mit dem Dottore sprechen«, sagte Ida schließlich. Sie kannte ihn gut, der Dottore war schon oft ins Villa Amalfi gekommen, wegen des Personals, aber auch für Gäste, die während ihres Aufenthaltes in Amalfi an einem Unwohlsein gelitten hatten. Ida hatte seine Telefonnummer in dem Heft mit wichtigen Kontaktdaten eingetragen.

»Danke«, sagte Guenda. »Aber was willst du ihm sagen?«

»Ich weiß es nicht genau. Vielleicht weihe ich ihn ein und bitte ihn herzukommen. Wenn er erst einmal hier ist, dann fällt uns sicher etwas ein, wie wir deine Mutter zu einer Untersuchung überreden können. Vielleicht kann er das ja auch übernehmen.«

Guenda nickte. Sie stieß einen Seufzer aus. »Danke, Ida.«

»Nicht der Rede wert. Besprich das aber bitte noch mit deinem Vater und lass mich dann wissen, wann ich den Dottore anrufen soll.« Sie warf ihr einen langen Blick zu. »So, und jetzt lass uns noch einmal die Liste der Reiseveranstalter durchgehen, die wir wegen der Preise für nächstes Jahr kontaktieren wollen, ja?«

Ida war so sehr in die Arbeit mit Guendalina vertieft, dass sie zunächst gar nicht bemerkte, dass Margherita das Foyer betrat. Erst als diese sich laut räusperte, blickte Ida auf und direkt in ihr wunderschönes, strahlendes Gesicht. Eine Welle der Freude durchfuhr sie.

»Was sind denn das für Manieren?«, rief Margherita scherzhaft.

Ida eilte um den Tresen herum und umarmte ihre Freundin herzlich. »Endlich, endlich, endlich! Ich freue mich so sehr, dich zu sehen. Wie war die Anreise? Und wo ist Piero? Ist er gewachsen?«

Margherita lachte. »So viele Fragen! Welche soll ich dir zuerst beantworten?«

Ida umarmte sie erneut. »Gar keine«, sagte sie schließlich lachend. »Du gehst jetzt erstmal auf dein Zimmer, machst dich frisch und ruhst dich aus. Dann sehen wir uns nach der Arbeit und besprechen jede noch so kleine Neuigkeit.«

Margherita grinste. »Klingt gut.«

In diesem Moment betrat Vittorio mit Piero das Hotel. Der Junge war tatsächlich ein ganzes Stück gewachsen und hatte rein gar nichts mehr von einem kleinen Kind. Er zögerte kurz, doch als Ida die Arme ausbreitete, stürmte er hinein und erwiderte ihre Umarmung.

»Ich habe dich vermisst«, sagte Ida ehrlich.

»Nicht so sehr wie ich dich«, erwiderte Piero augenzwinkernd. *Er hat sich schon wieder eingelebt, der kleine Charmeur*, dachte Ida grinsend und blickte Mutter und Sohn nach, als sie sich auf den Weg in ihr Zimmer machten.

Sie freute sich wirklich, sie zu sehen, denn auch sie waren Teil von Idas neuer Familie, der Villa-Amalfi-Familie.

KAPITEL 22

Mein ganzes Leben lang war ich voller Tatendrang, habe immer alles geschafft, auch wenn es schwierig war – oder vielleicht gerade dann. Doch jetzt bin ich müde und erschöpft. Warum nur?

»Ja. Eine kleine Madonnen-Statue«, wiederholte Ida. Es ging gegen Mittag, und Ida verbrachte die Pause wie so oft in den vergangenen Tagen mit Margherita. Die Freundin schwor auf die Dolcetti der Pasticceria Buondolce und wollte sich dort mit Piero den Bauch vollschlagen, nachdem sie schon oft genug Eis in ihrer neuen Lieblingsgelateria auf der Promenade gegessen hatten. Lea begleitete sie, da sie in der Pasticceria einen Kuchen für Eugenios Mutter bestellen wollte, die in wenigen Tagen Geburtstag hatte. Ida hatte Lea angeboten, sich darum zu kümmern, aber Lea wollte das lieber selbst übernehmen, schließlich handelte es sich um ihre Schwiegermutter in spe. Der Laden lag zudem auf dem Weg zu der angesprochenen Statue.

Margherita sah Ida mit großen Augen an. »Und die kleine Statue weint?«

»So sagt man.«

Die drei Frauen flanierten Seite an Seite die Gasse entlang, die zur Piazza dei Dogi führte, während Piero ihnen hüpfend vorauseilte. Ida liebte die Gassen Amalfis mit den Balkonen, an denen immer Wäsche hing, die durch die Bewegungen im Wind aussah wie heiter grüßende Menschen. Die Palazzi, die hoch in den Himmel ragten, erlaubten der Sonne zwar nicht, mit ihren Strahlen jeden Winkel zu erhellen, doch machte das Spiel zwischen Sonne und Schatten die Gassen gerade so besonders, als hätten sie jahrhundertealte Geheimnisse zu bewahren. Sie kamen an einer Tür vorbei, vor der ein Holzwägelchen stand, auf dem Zitronen zum Kauf drapiert waren. Eine alte Frau saß daneben. Ida grüßte sie freundlich. Links von der Frau klebte an einer Wand ein Filmplakat, die obere Ecke hatte sich gelöst. Es zeigte Don Camillo, den rebellischen Pfarrer, der in ständigem Streit mit dem Bürgermeister Peppone lebte. Ida kannte die Handlung, sie hatte mit Lea die erste Komödie der erfolgreichen Serie gesehen, im kleinen Kino in der Gasse hinter dem Dom. Und sie war immer für Don Camillo, der ihr einfach sympathischer war als Peppone. Idas Blick schweifte weiter, konzentrierte sich wieder auf die Gasse, die vor ihr lag.

Sie dachte an die Nachricht, die in Amalfi seit dem Vortag die Runde machte, wahrscheinlich hatte inzwischen die gesamte Bevölkerung des Küstenstädtchens davon gehört. Man erzählte, dass im Haus der Familie Ruocco, die im Erdgeschoss ihres Palazzo eine Wäscherei betrieb, eine kleine Holzstatue, die die Mutter Gottes symbolisierte, echte Tränen weinte. Lea hatte Ida davon erzählt, sie hatte es von ihrer Schwiegermutter in spe erfahren, die es wiederum von der Haushaltshilfe der Familie Pacelli wusste. Man munkelte, interpretierte, überlegte, was das bedeuten mochte, für sie alle, für die Menschen von Amalfi. Ida war weder besonders religiös noch abergläubisch und beteiligte sich nicht an den Spekulationen. Sie war einfach neugierig und wollte gerne wissen, ob es stimmte, was erzählt wurde. Das wollte offenbar halb Amalfi, denn als sie Piazza dei Dogi erreichten, wurde es eng. Hier hatten sich zahlreiche Schaulustige versammelt, die verhalten, aber deutlich hörbar, den Rosenkranz beteten.

»Interessiert dich das wirklich?«, wunderte sich Margherita, die offenbar nur ihre Dolcetti im Sinn hatte. Doch Ida war wider Erwarten berührt von der seltsamen Stimmung, und nickte.

»Mir ist das hier zu voll. Ich warte da vorne in der Pasticceria auf dich. Lass dir ruhig Zeit. Piero und ich werden dort lange beschäftigt sein. Lea, willst du gleich mitkommen?«

»Oder soll ich bei dir bleiben, Ida?«, fragte ihre Cousine fürsorglich.

Ida legte ihr eine Hand auf die Schulter. »Geht ihr ruhig. Ich beeile mich.«

Allzu lange wollte Ida die drei aber nicht warten lassen, deshalb schlich sie sich an den Betenden vorbei, die sie nicht zu bemerken schienen. Viele weinten, sichtlich ergriffen. Wenige Minuten später erreichte Ida das Haus der Familie Ruocco. Die Eingangstür stand weit offen, aber es erschien Ida unhöflich, einfach so einzutreten. Auf Beerdigungen wurde man auf fast die gleiche Weise in die Häuser gelassen, das kannte Ida, aber hier war doch niemand gestorben! Der Gedanke an den Tod machte ihr plötzlich so starke Angst, dass sie erschauderte. Zögerlich wagte sie den Schritt über die Schwelle.

Das Haus war im Inneren genauso, wie Ida es sich vorgestellt hatte. Die Einrichtung war nicht modern, aber gut erhalten. Die Böden waren aus dicken, kleinen Fliesen aus Marmor. Obwohl es für den Juli typisch heiß war, war die Temperatur im Haus angenehm. Ida war peinlich berührt und fühlte sich wie ein Eindringling. Aber jetzt, wo sie schon mal da war, folgte sie einfach ihrer Vorgängerin bis in ein Schlafzimmer, was Ida noch peinlicher war. Sie wollte nicht so weit in die Privatsphäre Fremder blicken. Doch dann sah sie die Statue, die sofort ihre Aufmerksamkeit fesselte. Sie stand auf einem Eckmöbel, wie in einer Nische, und war mit einem halben Meter Höhe größer, als Ida erwartet hatte. Die Madonna trug in typischer Haltung das Neugeborene im Arm, ihr Gesicht zeigte den unvergleichlich schmerzvollen Blick einer für ihr Kind leidenden Mutter. Ida erkannte auf den ersten Blick, dass die Statue weinte. Sie konnte es nicht erklären, aber es war eindeutig: Je näher sie der Statue kam, umso deutlicher zeichneten sich die Tränen ab, die aus ihren Augen traten und Linien des Leids auf ihr Gesicht zeichneten. Es blieb keine Zeit, vor der Madonna zu verharren, da noch viele weitere Besucher die Statue sehen wollten. Und so stand Ida keine Minute später wieder im Freien. Was sie aus dem Haus der Familie Ruocco mitgenommen hatte, war das seltsame Gefühl, etwas gesehen zu haben, was sehr real war, es aber nicht sein konnte.

Margherita und Lea winkten ihr vom Tisch aus zu, an dem sie mit Piero saßen. Ida zog einen Stuhl heran, und kaum hatte sie darauf Platz genommen, reichte Margherita ihr ein köstlich duftendes Gebäck. Ida biss davon ab, ohne es sich anzusehen. Das Bild der weinenden Madonna wirkte in ihr nach.

»Und?«, wollte Lea wissen.

»Sie weint tatsächlich«, erklärte Ida schlicht.

»Unsinn.« Margherita nahm den Rest des Gebäcks, den Piero ihr reichte, und steckte ihn sich in den Mund.

»Sie weint. Ich finde keine logische Erklärung dafür.« Ida war mulmig zumute.

»Du glaubst also an Wunder?« Die Art, wie Margherita die Frage gestellt hatte, ließ darauf schließen, dass sie es nicht tat.

»Ich glaube an das, was ich sehe.«

»Ja, ich eigentlich auch, obwohl ich mir manchmal wünschte, meinen eigenen Augen nicht trauen zu müssen.«

Ida wusste nicht, worauf sie hinauswollte, hakte aber nicht nach. »Lasst uns die Statue vergessen«, schlug sie vor. »Gehen wir heute Abend tanzen?«

»Ja!« Margherita klatschte vor Begeisterung in die Hände. »Ich dachte schon, du fragst nie.«

Auch Lea stimmte zu und machte sich dann daran, den Kuchen für Eugenios Mutter zu bestellen, was komplizierter war als erwartet, weil sie sich lange nicht zwischen Zitronencreme und klassischer Eiercreme entscheiden konnte. Dann bezahlten sie, schlenderten gemütlich zurück zum Hotel, wo sie sich vor dem Eingang voneinander verabschiedeten. Margherita wollte mit Piero schwimmen gehen, Ida musste arbeiten. Sie hatte kaum eine ruhige Minute, seit Wochen schon nicht. Aber so war das in der Hochsaison, da musste man alles geben, denn anscheinend wollten alle Besucher gleichzeitig so viel Spaß und Vergnügen wie irgend möglich in die wenigen Sommermonate stecken. Als gäbe es davor und danach rein gar nichts oder zumindest nicht die Möglichkeit, sich zu amüsieren, gut zu essen, ausgelassen zu tanzen und das Leben zu genießen. Amalfi war wie immer gerappelt voll mit Urlaubern, zum Glück auch das Villa Amalfi. Seit neuestem erkundeten die Reichen in riesigen Jachten das Mittelmeer, und Amalfi war für sie alle ein obligatorisches Ziel. Der Hafen war die ganzen Sommermonate über bis auf den letzten Platz belegt, die Jachten passten sich anmutig schaukelnd dem Meer an. Der Anblick war herrlich. Und abends konnte man beobachten, wie die die Besitzer an Land kamen, um an Amalfis Nachtleben teilzuhaben, das sich noch immer stark im Zentrum des Ortes abspielte. Sie gaben Unmengen von Geld aus, für schickes Essen, aber auch für Kleidung, die sie allerdings im Küstenstädtchen Positano kauften. Ida verstand nicht, warum man nicht auch in Amalfi diesen Trend aufgriff und dort entsprechende Boutiquen eröffnete.

Sie nahm an der Rezeption Platz und studierte die Gästeliste. Guendalina hatte sie schon den ganzen Tag nicht gesehen. Ihr war das ganz recht.

Ein Mann trat ein und steuerte zielstrebig auf die Rezeption zu. Das Erste, was Ida an ihm auffiel, war seine Größe. Er überragte die annähernd zwei Meter hohe Birkenfeige, die am Eingang stand, und das wollte etwas heißen.

»*Buongiorno*«, grüßte er in akzentfreiem Italienisch, dabei wirkte er durch nichts, aber auch gar nichts italienisch. Sein dunkelblondes Haar und seine hellblauen Augen ließen auf eine nordische Herkunft schließen, aber auch das schien Ida unwahrscheinlich. Zu perfekt hatte er die Satzmelodie gemeistert. Aus der Nähe betrachtet schien er kaum sehr viel älter als Ida zu sein. Er wirkte nett, und Ida bemerkte überrascht, dass sie leicht aufgeregt war.

»*Buongiorno*. Womit kann ich Ihnen behilflich sein?«

»Mein Name ist Thomas Righetti, ich wurde hierherbestellt, zu einem Treffen mit der Signora Ida.«

Mit ihr? Das konnte nur eines bedeuten: »Sie sind der Deutschlehrer?«

»Der bin ich.« Er hatte ein jungenhaftes, schelmisches Lächeln, das Ida sofort sympathisch war. »Wären Sie so nett, die Signora Ida rufen zu lassen?«

»Oh, das bin ich«, erklärte sie amüsiert.

»Ach?« Wieder lächelte er, und dabei entdeckte Ida Grübchen auf seinen Wangen. Das gefiel ihr. Sehr sogar.

»Sie sind sehr jung«, stellte er fest.

»Ist das schlecht?« Ida lachte erheitert wegen seines verwunderten Ausdrucks.

»Keineswegs. Ich habe offenbar nur falsch geschlussfolgert.« Er lehnte sich vor, stützte seine Ellenbogen auf den Empfangstresen. »Sie wollen also Deutsch lernen, hm? Sind Sie sicher?«

Flirtete er etwa mit ihr? Ganz offensichtlich. Das wirklich Überraschende daran war, dass sie bereit war, sich darauf einzulassen.

»Bis vor einer Sekunde war ich es noch. Was erwartet mich denn?«, entgegnete Ida fröhlich.

»Eine schwierige Aussprache und eine Grammatik, die wegen der vier Fälle und der Adjektivendungen schon manch einen zur Verzweiflung gebracht hat.«

»Klingt ganz nach meinem Geschmack.« Ida lächelte. »Und den Erfolg der Schüler misst man ja auch an der Bravour des Lehrers, nicht wahr?«, neckte sie ihn. Es war ein Spiel – ein sehr schönes, aufregendes noch dazu. Kurz tauchte das Bild von Ranieri in ihrem Kopf auf, doch sie schob den Gedanken beiseite.

Der Mann hielt ihrem Blick stand. »Fein … Wollen wir also die Details besprechen?«, fragte er. Ohne eine Antwort abzuwarten, nahm er einen Block aus seiner Tasche und notierte die Titel der Bücher, die sie besorgen sollte. Nachdem sie sich auf eine Unterrichtszeit geeinigt hatten, blickte er sie aus seinen himmelblauen Augen direkt an. »Dann kann es eigentlich auch schon losgehen«, sagte er lächelnd.

»Perfekt. Ich werde mein Bestes geben.«

»Gut. Das glaube ich Ihnen.«

»Schön. Ich freue mich. Wenn Sie mich kurz entschuldigen, sehe ich nach, ob ich die Signora Annalisa finde. Sie wollte auch mit Ihnen sprechen.«

»In Ordnung. Vielen Dank.«

Ida klopfte an das Zimmer des Büros hinter der Rezeption, in dem Vittorio Tag für Tag die Bücher führte und wo Annalisa sich oft aufhielt.

»*Avanti!*«, hörte sie Vittorio rufen.

Ida trat ein, schloss die Tür hinter sich und fragte nach der Signora Annalisa.

»Es geht ihr heute nicht besonders gut. Ich habe Guenda gebeten, bei ihr zu bleiben.«

»Haben Sie den Dottore gerufen?«

Vittorio schüttelte den Kopf. »Sie möchte keinen Dottore. Da ist sie stur: Wenn sie nicht will, dann will sie nicht.«

Ida kommentierte das nicht, war mit dem Vorgehen der Familie aber ganz und gar nicht einverstanden. Die Signora Annalisa musste zu einem Arzt. So schwierig konnte das doch nicht sein!

»Signor Vittorio, erlauben Sie mir, dass ich mich um einen Dottore kümmere. Ich übernehme die volle Verantwortung. Ich kann einfach nicht zusehen, wie die Signora Annalisa ihre Gesundheit vernachlässigt.«

Vittorio nahm seine Brille ab und massierte sich müde die Augen. »Tatsächlich würdest du mir einen großen Gefallen tun. Es ist nicht so, dass ich den Dottore nicht selbst rufen würde. Aber Annalisa will es nicht. Ich vermute, dass sie sich vor mir und Guendalina nicht schwach zeigen möchte. Es würde sie verletzen, wenn ich ihren Wunsch nicht respektieren würde.«

»Das verstehe ich. Ich werde mich darum kümmern, versprochen.« Ihr Magen zog sich zusammen, sie hatte bei der ganzen Sache kein gutes Gefühl.

»Danke, Ida. Ich … bin dir wirklich sehr dankbar.«

Ida nickte lediglich zur Antwort. Die Stimmung war mit einem Mal bedrückt, dabei war die Signora Annalisa ja nicht todkrank. Es war sicher nichts. Vielleicht brauchte sie einfach nur Vitamine. Ida räusperte sich. »Der Grund, weshalb ich mit der Signora Annalisa sprechen wollte, ist aber ein anderer. Der Deutschlehrer ist hier. Wollten Sie noch etwas mit ihm besprechen?«

Vittorio nickte. »Ja, sehr gerne. Kannst du ihn bitte zu mir schicken?«

»Selbstverständlich.«

Keine halbe Stunde später betrat der Dottore das Hotel und trat wie vereinbart direkt an die Rezeption.

Ida war froh, ihn zu sehen. »*Buongiorno*, Dottore. Vielen Dank, dass Sie so schnell kommen konnten.«

»Ida, *buongiorno*. Das ist doch selbstverständlich. Erzählen Sie mir, wie es der Signora Annalisa geht.«

Ida berichtete ihm von den Symptomen, die sie und Guendalina in letzter Zeit beobachtet hatten. »Ich möchte hinzufügen, dass die Signora Annalisa sich eigentlich nicht untersuchen lassen will. Wir müssen das schlau angehen, ja?«, schloss sie.

»Es ist gut, dass Sie mich gerufen haben«, sagte der Dottore freundlich. »So wie ich die Signora kenne, wird sie unter diesen Umständen nicht erfreut sein, mich zu sehen. Aber sie wollte mit mir immer über die Möglichkeit sprechen, hier im Haus Massagen für ihre Gäste anzubieten. Das könnte ich als Vorwand benutzen …«, überlegte er laut.

»Das ist eine sehr gute Idee. Über die Arbeit spricht sie immer gern.«

»Dann will ich mal sehen, was ich für sie tun kann. Begleiten Sie mich zu ihr?«

»Gerne.« Ida gab dem Signor Vittorio über die Ankunft des Dottore Bescheid. Er sprach kurz mit dem Arzt, beschloss dann auch auf Anraten des Dottore, nicht bei der Untersuchung dabei zu sein. Annalisa sollte sich nicht hintergangen fühlen. Damit ging er zurück in sein Büro, ließ aber die Tür offen, wie immer, wenn Ida die Rezeption verließ, damit er übernehmen konnte, falls jemand an den Tresen kam. Ida atmete tief durch und bat den Dottore, ihr zu folgen.

Die Privatzimmer der Signora befanden sich im Erdgeschoss, gleich neben der Treppe. Ida hatte sie bisher nur selten aufgesucht, mit einem Besuch dieses Bereichs wurde eine unsichtbare Grenze überschritten, daher war das Betreten Notfällen vorbehalten. Ida war sicher: Das heute war ein Notfall.

Sie klopfte an die Tür, kurz darauf ertönten Schritte, dann wurde geöffnet. Vor ihr stand Guendalina.

»Guenda, der Dottore ist da und möchte mit deiner Mutter über eine wichtige Idee sprechen. Ist das möglich?«, fragte Ida betont laut. Sie zwinkerte ihr zu, um zu unterstreichen, dass das ein Vorwand war.

Guendalina nickte zum Zeichen, dass sie verstanden hatte. »Ja, natürlich. Mutter hat zwar leichte Kopfschmerzen, aber kommt doch herein.«

»Danke.«

Ida und der Dottore folgten Guenda in ein winziges Wohnzimmer, wo die Signora Annalisa mit geschlossenen Augen in einem Sessel saß. Sie war blass wie das feuchte Tuch auf ihrer Stirn. Sehr langsam hob sie die Hand und zog es beiseite.

»Was ist passiert?«, fragte sie, sichtlich verwirrt.

Ida war zutiefst erschrocken. Die Signora Annalisa sah so zerbrechlich und krank aus, wie Ida sie nie zuvor gesehen hatte.

»Nichts weiter, Signora Annalisa«, sagte der Arzt ruhig. »Ich bin's, Dottore Contini. Ich bin gekommen, um mit Ihnen über die Idee mit den Massagen für die Gäste zu sprechen, aber ich sehe, dass es Ihnen nicht so gut geht. Ich kann auch ein andermal wiederkommen.«

»Dottore Contini, ich habe nur ein wenig Kopfschmerzen.«

»Nun, das liegt vielleicht am Wetter. Darf ich trotzdem Ihren Puls fühlen?«

Annalisa lächelte schwach. »Sicher haben Sie Wichtigeres zu tun, als meinen Puls zu fühlen.«

»Nun, ja, wenn ich schon mal da bin, kostet es mich ja keine besondere Anstrengung, nicht wahr?« Er zog einen Stuhl heran, dann hob er Annalisas kraftlosen Arm an und legte seine Finger an ihr Handgelenk. Während er den Puls maß, herrschte Schweigen im Raum. »Hm. Ein bisschen schwach?«, sagte er schließlich.

»Das kommt daher, dass ich schon den ganzen Tag nur sitze.«

»Bestimmt!«, versicherte der Dottore, entnahm seiner Tasche aber ein Stethoskop. Dann ließ er die Signora Annalisa die obersten Knöpfe ihrer Bluse öffnen und hörte behutsam ihr Herz ab. Sie ließ ihn gewähren. Ida und Guendalina wechselten einen Blick. Die Zeit schien stillzustehen. Ida wagte kaum zu atmen und versuchte sich abzulenken, indem sie sich im Zimmer umsah. Alles war hübsch und gepflegt, die Einrichtung war augenscheinlich antik und stammte vermutlich aus der gleichen Zeit wie die Vitrine im Foyer.

Nach einer gefühlten Ewigkeit legte der Dottore sein Stethoskop weg und räusperte sich. *Meine Güte, es geht der Signora Annalisa einfach mal nicht gut, das heißt aber noch lange nicht, dass es schlimm ist*, versuchte Ida sich zum wiederholten Male zu beruhigen. Leider vergeblich. Guenda schien es ähnlich zu gehen, sie saß auf der mit einem Sitzkissen belegten Sitzbank aus schwerem Holz und knetete ihre Hände.

»Signora Annalisa, das gefällt mir nicht«, lauteten die Worte, die der Dottore schließlich sagte.

»*Mio Dio …*«, stieß Guenda im Flüsterton hervor.

Idas Beine zitterten.

»Das Herz hört sich nicht gut an«, fuhr der Dottore fort. »Das muss ich näher untersuchen, dazu müssen Sie aber mit ins Krankenhaus.«

»Ausgeschlossen!«, rief die Signora sofort.

Der Dottore nahm ihre Hand in seine. »Sie werden sich kooperativ zeigen müssen, Signora Annalisa. Daran führt kein Weg vorbei«, sagte er ruhig, aber bestimmt.

Die Signora Annalisa richtete sich leicht auf, verzog aber sofort vor Schmerzen das Gesicht. »Wir sind mitten in der Hochsaison! Ich kann doch nicht einfach ins Krankenhaus gehen, während das Villa Amalfi voll belegt ist«, protestierte sie.

Ida spürte sofort, dass es nicht nur um das voll belegte Haus ging. Nein, Annalisa hatte Angst. Davor, ernsthaft krank zu sein, und davor, sich schwach zu zeigen, vor Familie, Gästen und Personal.

Sie trat zum Sessel, kniete sich Annalisa zu Füßen und nahm ihre Hand. »Signora Annalisa, es ist wichtig, dass Sie auf den Dottore hören und Ihr Herz untersuchen lassen. Sie sind sicher bald zurück, und wir brauchen Sie hier bei voller Gesundheit«, sagte Ida so ruhig wie möglich. »Und Sie wissen, Signora Annalisa, dass wir alle hier im Hotel unser Bestes dafür geben, dass der Betrieb reibungslos vonstattengeht und die Gäste zufrieden sind, und dass wir auch alles dafür tun werden, Sie so gut wie möglich zu vertreten. Ich selbst würde Tag und Nacht hier verbringen.« Ida versuchte sich an einem aufmunternden Lächeln. »Bitte, Signora Annalisa, gehen Sie ins Krankenhaus!«

Die Signora suchte ihren Blick. Ida musste unwillkürlich schlucken. Es lag so viel Angst darin, so viel Zerbrechlichkeit. Bisher hatte die Signora Annalisa alles so wunderbar gehandhabt. Das Hotel, das Personal, zuletzt sogar ihre Tochter. Wie schwierig musste das sein, die Kontrolle aus der Hand zu geben!

»Guendalina!«, sagte die Signora schließlich heiser.

»Ja, Mamma?« Guenda kniete sich ebenfalls zu Annalisa.

Annalisa ließ ihren Blick von ihrer Tochter zu Ida wandern. »Versprecht mir, dass ihr euch in meiner Abwesenheit vertragt!«, bat sie.

»Natürlich!«, sagte Ida sofort.

»Keine Sorge, wir werden nicht streiten«, stimmte auch Guenda eilig zu.

Annalisa atmete tief durch, schloss die Augen. Eine einzelne Träne rollte über ihre Wange.

Die Madonna, dachte Ida voller Schrecken. *Sie hat nicht ohne Grund geweint.*

KAPITEL 23

Schwierig wird es bei Regen. Wenn die Besucher ins Land der Sonne kommen, dann erwarten sie Sonnenschein, Heiterkeit, jeden Tag ein spiegelglattes Meer und gute Unterhaltung, rund um die Uhr. Scheint die Sonne nicht jeden Tag von morgens bis abends, fühlen sie sich verraten, hintergangen. Und an wem lassen sie ihre üble Laune aus?

Am nächsten Morgen wurde Ida von einem klopfenden Geräusch geweckt, das sie zunächst nicht einordnen konnte.

»Oh nein!«, stöhnte sie leise, als ihr aufging, dass es von dicken Regentropfen kam, die gegen ihr Fenster schlugen. Sofort schlüpfte sie in ihre Hausschuhe, zog die Gardine beiseite: Der Himmel war grau, mit dunklen Wolken verhangen. Amalfi hatte einen seltenen Regentag, mitten im Juli, mit zahlreichen gefüllten Hotels, deren Gäste nichts weiter wollten, als sich am Meer zu sonnen. *Das wird kein guter Tag werden*, prophezeite Ida. Regen machte die Gäste unruhig, bei Regen wurde sie an der Rezeption mit unzähligen Wünschen und Anfragen der anwesenden Urlauber regelrecht in Beschlag genommen. Eigentlich war das kein Problem, aber heute würde sie wegen der Abwesenheit der Signora Annalisa ohnehin schon mehr Verantwortung tragen als sonst. Auf den Regen hätte Ida also gerne verzichtet, zumal sie ihn selbst nicht mochte. Keine guten Aussichten, aber es half ja nichts. Das Villa Amalfi brauchte sie heute. Mehr als sonst.

Auch Sandra war bereits wach. Ida hörte, wie sie in die Küche schlurfte und das Radio aufdrehte. Renato Rascel verabschiedete sich sanft und hingebungsvoll mit seinem Hit *Arrivederci Roma* von der Hauptstadt, die er so wundervoll beschrieb, dass man am liebsten sofort hingereist wäre. Ida ließ sich kurz von der schönen Stimmung des Liedes einfangen, doch dann schwand der Moment der Leichtigkeit auf einen Schlag.

Es donnerte heftig, was an der Steilhangküste in etwa so klang, als wollte der ganze Berg ins Meer rollen. Seit es im vergangenen

Oktober bei einem Unwetter etliche Tote gegeben hatte, machte heftiger Regen auch Ida Angst.

»Ida, bist du wach?«, rief Sandra aus der Küche.

»Ja!«

»Es regnet.«

»Ich weiß!« Ida ging in die Küche, wo Sandra ein Brot mit Schinken aß. Beim Anblick knurrte ihr Magen, sodass sie sich selbst geschwind ein Brot belegte.

»Ich habe die halbe Nacht an Annalisa gedacht«, bemerkte Sandra kauend. »Ich habe versucht, mich zu erinnern, ob sie überhaupt mal einen Tag lang gefehlt hat, seit ich sie kenne.«

»Ich kann mir schon vorstellen, wie die Antwort lautet …« Ida biss von ihrem Brot ab.

»Wir werden das schon schaffen. Bist du gewappnet für den Tag, Idalein?« Sandra versuchte, aufmunternd zu klingen – Ida kannte sie gut genug, um das zu bemerken.

»Ach, eigentlich schon. Es wird schon werden«, sagte sie mit mehr Zuversicht, als sie empfand. »Und zumindest weiß ich, dass ich mir um die Küche keine Sorgen zu machen brauche.« Sie stieß Sandra freundschaftlich mit dem Ellenbogen in die Seite.

Sandra lachte. »Meine Küche, mein Revier!«

Eine Weile kauten sie schweigend, dann kam Lea aus dem Bad und beklagte sich über den Regen. »Bei Regen hat man immer den Eindruck, dass er nie wieder aufhört«, bemerkte sie philosophisch.

»Das stimmt.« In diesem Moment war erneut ein heftiger Donner zu hören, und Ida zuckte zusammen. Lea bekreuzigte sich, und Sandra murmelte etwas Unverständliches. Ida war sicher, dass auch die anderen an das Unwetter des letzten Jahres zurückdachten. Es war schrecklich gewesen, von den Erdrutschen zu lesen, die keine zehn Kilometer von ihnen entfernt passiert waren und hunderte Menschen in den Tod gerissen hatten. Eine Wunde im Herzen jedes Bewohners der Küste.

Ida schluckte den letzten Bissen hinunter und warf einen Blick auf die Uhr. »Wir müssen uns beeilen«, erklärte sie und stand auf.

»Warte, ich muss dir noch etwas sagen«, rief Lea und folgte ihr ins Zimmer.

»Hm?« Ida machte routiniert ihr Bett. Es war sehr zerwühlt, was darauf schließen ließ, dass sie sich im Schlaf gewälzt hatte. Sie erinnerte sich jedoch an keinen besonderen Traum.

»Du weißt doch, dass Eugenio gestern kurz nach Neapel musste wegen dieser Angelegenheit mit seinem Onkel.«

Ida erinnerte sich, Lea hatte davon erzählt. »Und?«

Lea druckste herum, und das war untypisch für sie, was wiederum Idas Aufmerksamkeit weckte. Sie setzte sich auf das jetzt ordentlich gemachte Bett. Lea nahm neben ihr Platz. »Na ja, es ist wahrscheinlich nichts, und bestimmt hat Eugenio da etwas falsch gesehen«, sagte Lea vage.

Ida überkam augenblicklich ein mulmiges Gefühl. Begannen nicht die meisten Boten mit *es ist wahrscheinlich nichts*, bevor sie eine wirklich schlechte Nachricht überbrachten? »Jetzt sag schon«, drängte sie ungeduldig und von einer zunehmenden Unruhe ergriffen.

»Also, er schwört, am Bahnhof Guendalina gesehen zu haben.« Ida überlegte. Das war gut möglich. Guenda hatte eine Weile gefehlt, nachdem der Dottore Annalisa mit ins Krankenhaus genommen hatte.

Lea suchte ihren Blick, als sie hinzufügte. »Mit Ranieri.«

Ida fühlte sich wie mit Eis übergossen und war unfähig, ein Wort zu sagen.

»Eugenio wollte damit gleich zu dir kommen. Aber ich habe ihn abgehalten. Er hat sie sicherlich verwechselt. Am Bahnhof sind immer so viele Menschen. Und er sagt auch, dass er die beiden ansprechen wollte, sie aber plötzlich wie vom Erdboden verschluckt waren. Also fand ich, dass er dich nicht unnötig beunruhigen sollte. Doch jetzt habe ich ein schlechtes Gewissen.«

Idas Magen rebellierte. Das Brot mit Schinken wog plötzlich Tonnen. »Hat er sie gesehen, oder nicht, Lea?« Sie war bemüht, ihre Stimme normal klingen zu lassen, während in ihr alles zu bröckeln begann, wie bei einer Ruine, die in sich zusammenfiel und dabei eine Menge Staub und Schmutz aufwirbelte.

»Er sagt, ja.«

»Mein Gott, Lea, warum hast du so viel Zeit verstreichen lassen? Du kennst doch Eugenio besser als jeder andere und weißt, dass er so etwas nicht erzählen würde, wenn er auch nur den leisesten Zweifel hätte. Warum hast du mich das nicht sofort mit Guendalina und Ranieri klären lassen?«

»Ich hielt es für so unwahrscheinlich, dass ich es selbst nicht glauben konnte.«

Ida war wütend auf Lea, auch wenn das nicht fair war. Was konnte Lea schon dafür? »Tut mir leid, Lea. Ich bin eigentlich nicht wütend auf *dich*. Das weißt du doch, oder? Ich weiß gar nicht, was ich denken soll. Ich brauche eine Minute für mich.«

Lea nahm verständnisvoll Idas Hand und streichelte sie.

Aus der Küche drangen Klänge eines Musikstücks zu ihnen. *The Great Pretender* von The Platters, Ida kannte das amerikanische Lied gut. Es lief ständig im Radio. Eigentlich mochte Ida es und sang den Text meistens mit. Doch jetzt war sie sich nicht sicher, ob das Schicksal ihr nicht eine Nachricht schicken wollte mit einem Lied, das eine Person beschrieb, die im Leben nur so tat, als ginge es ihr gut. Was, wenn Ranieri nur so tat, als wäre da nichts zwischen ihm und Guendalina? Was, wenn er sie tatsächlich hinterging? Ida berührte die Kette, die sie von ihm bekommen hatte und seitdem immer trug. War sein Versprechen, sie zu heiraten, überhaupt noch aktuell? Oh, Ida hasste es, dass Eugenios Beobachtung nun alles infrage stellte. Denn so war es. Was auch immer Guenda und Ranieri in Neapel getan haben mochten, Ida hätte nie etwas davon erfahren, wenn Eugenio sie nicht gesehen hätte. Und das allein reichte, um in ihr wieder Zweifel über Ranieris Ehrlichkeit aufkommen zu lassen. Dass sie Guenda nicht vertrauen konnte, wusste sie ja bereits.

»Danke, dass du es mir erzählt hast, Lea. Ich werde das klären.« Ida stieß einen Seufzer aus. Denn natürlich fragte sie sich, was die beiden dort getan hatten und ob sie es ihr verheimlichen wollten. Sie gab sich selbst Antworten, und keine einzige gefiel ihr. Ida schob den Verdacht rasch von sich, sonst würde sie noch wahnsinnig werden. »Aber jetzt muss ich mich erstmal auf die Arbeit konzentrieren. Ich muss es schaffen, dass keiner die Signora Annalisa vermisst.«

»Ich bin sicher, dass dir das gelingt!« Lea lächelte aufmunternd.

Ida ging im Zimmer auf und ab. »Ich bin mir da heute nicht so sicher. Deine Zuversicht hätte ich gerne …«

»Ich schicke sie dir im Geiste. Lass dich einfach davon leiten.«

Ida nickte. »Du hast vermutlich recht. Ich weiß selbst nicht genau, was heute mit mir los ist.«

»Ach, Ida … vertrau darauf, dass alles gut geht.«

Ida schenkte ihr einen dankbaren Blick und ging zum Schrank. Es war höchste Zeit, sich für die Arbeit fertig zu machen. Das Holz der Tür knarzte beim Öffnen, als wäre es empört über die Störung. Margherita hatte ihr letztes Jahr Hosen geschenkt. Ida hatte noch nie eine getragen. Wenn sie es sich recht überlegte, hatte sie auch ihre Mutter niemals eine tragen sehen, in Tramonti trugen die Frauen Röcke oder Kleider. Doch der Regen war ein gutes Argument, zum ersten Mal eine Hose anzuziehen. Es war ein ungewohntes Gefühl, hineinzuschlüpfen, aber der Stoff war anschmiegsam, und Ida fühlte sich gleich wohl. Sie wählte ein Hemd dazu und nicht allzu hohe Schuhe. Sie hatte jetzt einen Ganzkörperspiegel im Zimmer und betrachtete ihr Spiegelbild mit einer Mischung aus Verwunderung und Behagen. Die Hose saß wie angegossen, sie ging nicht ganz bis zum Knöchel und gefiel Ida wirklich sehr gut.

Sie mahnte Lea und Sandra zur Eile, und wenige Minuten später machten sie sich auf den Weg ins Villa Amalfi. Die Signora Annalisa würde fehlen. Aber der Signor Vittorio würde da sein. Und die vertrauten Kollegen in der Küche. Und die Gäste, die lieben Gäste, für die sie da sein wollte, besonderes an einem Regentag. Und vielleicht Guendalina … Aber daran wollte sie im Moment nicht denken. Es ziepte unangenehm in ihrem Magen. Und wie auf Kommando krachte es in diesem Moment wieder so laut am Himmel, dass Ida instinktiv ihre Schritte beschleunigte.

Die Herausforderung, trocken im Villa Amalfi anzukommen, meisterten Ida, Sandra und Lea nicht wirklich. Wie zu Beginn von Idas Zeit als Pastamädchen nahmen sie den Hintereingang durch die Küche. Es war früh und noch sehr still im Hotel, nur der Regen, der weiterhin niederprasselte, war zu hören, sodass es wirkte, als läge es unter einem Zauber wie ein verlassenes Überbleibsel aus einer anderen Zeit. Ida kam der Gedanke, dass es das streng genommen auch war und nur die zahlreichen, bunt gemischten Gäste es jedes Jahr aufs Neue zum Leben erweckten.

Sie blickte sich um, die Küche war blankgeputzt, wie immer. Unter Sandras Leitung hatte Ida auch nichts anderes erwartet. Es beruhigte sie, dass sie sich hier in der Küche auskannte – es war wichtig und gut, jede Abteilung des Hotels genau zu kennen.

Sandra durchbrach ihre Gedanken. »Eigentlich würde ich jetzt mit Annalisa besprechen, wie viel Geld ich für die Einkäufe des Tages brauche und ob es leichte Änderungen am Menü geben soll …«

»Ja. Richtig.« Zum Glück hatten sie die Menüauswahl wie von Ida vorgeschlagen seit Jahren schon auf den Vorabend verlegt, sodass Sandra viel präziser und geldsparend einkaufen konnte. Auch Vittorio hatte Ida mehrfach für diese Änderung gelobt.

Sandra band sich die Schürze um und steckte ihre Haare unter der Haube fest.

»Lass uns ausrechnen, wie viel Geld du benötigst, dann kümmere ich mich darum.« Sie würde Vittorio bitten, ihr das Geld auszuhändigen, sobald er im Büro war.

Das Rechnen ging schnell, denn Ida und Sandra waren miteinander vertraut, hatten lange Seite an Seite gearbeitet, Ida kannte sich in der Zubereitung gut aus.

Und so verließ sie schon wenig später die Küche und ging durch den Speisesaal nach unten zur Rezeption.

An guten Tagen sah Ida vom Tresen aus bis zum Horizont, doch heute war der Regen so dicht, dass sie kaum bis zum nahegelegenen Strand blicken konnte. Sie würde sich einige unterhaltsame Aktivitäten ausdenken müssen, die sie den Gästen vorschlagen konnte. Sicher würden sie bald alle zum Empfang kommen, um herauszufinden, wie sie einen Regentag in Amalfi verbringen konnten.

Ida nahm ein Blatt Papier und machte sich Notizen zu ihrer Idee, zusammen mit den Gästen Limoncello zu machen, als jemand fest gegen das Fenster schlug. Ida erschrak zutiefst. Es war kurz vor sieben Uhr, sie erwartete niemanden. Sie bemerkte eine Gestalt, einen hochgewachsenen Mann, der so verzweifelt hineinblickte, dass Ida sofort in der Schublade nach den Schlüsseln suchte und ihm öffnete.

»Danke«, rief er und sprang förmlich ins Innere. Er war vollkommen durchnässt, trotzdem erinnerte etwas an ihm an einen Filmstar, wie man sie zuhauf im Fernsehen sah, was vielleicht an seiner ausgewählten Kleidung lag. Auch sein Gesicht war ausdrucksvoll, vor allem aber seine Augen, und Ida zweifelte keine Sekunde daran, dass er mit einem Blick um alles bitten konnte.

»*Buongiorno*, kann ich Ihnen behilflich sein?«, fragte sie, als der Mann sich kurz schüttelte und das Wasser aus den Haaren und von der Jacke wrang. Auf dem Boden bildete sich bereits ein Fleck.

»Ja, *buongiorno*, entschuldigen Sie meine Manieren. Ich hoffe, Sie werden es mir nachsehen … Ich bin die halbe Nacht gefahren und wohl nicht mehr ganz frisch.«

Er redete mit einem seltsamen Dialekt, den Ida nicht gleich zuordnen konnte.

»Nun … Falls Sie ein Zimmer suchen, wir sind im Moment leider ausgebucht.«

»Offen gestanden, suche ich Margherita Vercelli.«

»Dann sind Sie der Signor Vercelli?«, schlussfolgerte Ida. Sie war verwirrt. Margherita hatte nicht gesagt, dass ihr Mann kommen würde. Aber so eine wichtige Nachricht würde sie doch nicht für sich behalten?

»Der bin ich … Hier, sehen Sie, Luca Vercelli.« Er reichte ihr seinen Ausweis, dann kniff er die Augen zusammen und blickte sie nachdenklich an. Plötzlich hellte sich seine Miene auf. »Dann sind Sie vermutlich die berühmte Ida? Margherita erzählt ständig von Ihnen.«

»Hoffentlich nur Gutes.« Ida gab ihm schmunzelnd den Ausweis zurück. »Wie war Ihre Fahrt, Signore?«, erkundigte sie sich.

»Unglaublich lang.«

»Sind Sie zum ersten Mal hier an der Küste?«

»Ja, leider. Unsere Fabrik schließt nie, und ich habe es bisher immer vermieden, lange abwesend zu sein.«

Was auch immer ihn jetzt dazu veranlasst hatte, sich in seinen Wagen zu setzten, um nachts von der Toskana aus zu ihnen nach Amalfi zu fahren, musste wichtig sein. »Margherita hat mich nicht über Ihre Ankunft informiert …«

»Oh, das muss Sie nicht wundern, machen Sie sich darüber bitte keine Gedanken«, unterbrach er sie. »Margherita hat Sie nicht informiert, weil sie nichts davon weiß. Es soll eine Überraschung sein«, erklärte er, und ein Strahlen breitete sich auf seinem Gesicht aus, von dem noch immer die Wassertropfen rannen.

Seine Freude war ansteckend.

Margherita hatte wiederholt angedeutet, dass ihr Mann zu viel arbeitete und sie oft allein war und ihn vermisste. Von seinen Gefühlen ihr gegenüber hatte sie hingegen weniger gesprochen.

Doch Ida sah auf den ersten Blick, dass auch er sehr verliebt in Margherita sein musste.

»Dann werde ich gleich im Zimmer anrufen und ihr Bescheid geben«, erklärte Ida.

»Nein, warten Sie!«, rief der Signor Vercelli. »Könnten Sie mir nicht verraten, wo ihr Zimmer ist? Ich würde sie und Piero so gerne überraschen.«

Ida zögerte. Im Normalfall würde sie niemanden durchlassen. Und streng genommen konnte sie nicht wissen, ob Margherita sich auch wirklich freute, ihren Mann zu sehen. Aber der Signor Vercelli hatte einen Ausdruck auf dem Gesicht, der verriet, wie sehr er sich nach seinem Kind und seiner Frau sehnte. Also willigte Ida ein. Sie freute sich für ihre Freundin, und wenn sie dazu beitragen konnte, dass die Überraschung gelang, dann war sie dabei gerne behilflich.

»Kommen Sie, ich führe Sie zum Zimmer.« Sie ging voraus. Dass er es kaum erwarten konnte, Margherita in den Arm zu schließen, konnte Ida förmlich spüren. Wie ein Flimmern eilte ihm seine freudige Erwartung voraus.

Vor Zimmer 1801 blieb Ida stehen.

»Wo sind die anderen 1800 Zimmer?«, wollte er beim Anblick der Nummer wissen.

Ida schmunzelte. Das war die Standardfrage, die jeder Gast stellte.

»Die gibt es nicht. Im Villa Amalfi sind die Zimmer nach den Geburtsjahren der Gründer nummeriert.«

»Was für eine schöne Idee …«, sagte er und blickte sich um. Was er sah, schien ihm zu gefallen, und Ida fühlte sich wie eine stolze Mutter.

»Ja, das finde ich auch.« Sie wandte sich wieder der Tür zu. »Vermutlich schlafen sie. Soll ich für Sie aufschließen?«, fragte sie, während sie vorsichtig die Türklinke betätigte. Die Tür sprang überraschend auf.

»Das können wir uns offenbar sparen«, stellte er amüsiert fest. »Meine Frau ist manchmal etwas zerstreut. Nun, ich danke Ihnen. Ich werde später noch einmal zu Ihnen an die Rezeption kommen, um die Formalitäten zu erledigen.«

»Das hat keine Eile, Signore.«

Er nickte, dann trat er ein und schloss die Tür hinter sich.

Zu gerne hätte Ida jetzt Margheritas Gesicht gesehen. Sie war voller Freude für ihre Freundin, ihr wurde ganz warm ums Herz. Verträumt ging sie den Flur in Richtung Rezeption entlang.

»Signorina!«, hörte sie Luca Vercelli im Flüsterton rufen, als sie das Ende des Flurs fast erreicht hatte.

Sie drehte sich überrascht um. »Ja?«

Er kam mit großen Schritten auf sie zu. »Sie ist nicht da«, erklärte er verwirrt.

Ida verstand nicht. »Wie meinen Sie das? Nicht da? Das … verstehe ich nicht. Was ist mit Piero?«

»Er liegt im Bett und schläft.«

»Haben Sie im Bad nachgesehen?« Es war eigentlich eine dumme Frage. Aber manchmal, vor allem, wenn man verwirrt war, übersah man das Offensichtliche. Und vielleicht war das bei Luca der Fall.

»Ja, natürlich«, erklärte er.

Eine Welle der Angst durchfuhr Ida. Es musste etwas passiert sein! Wo war Margherita?

In diesem Moment wurde leise die Tür des Zimmers geöffnet, das dem von Margherita schräg gegenüberlag. Ida bemerkte es aus dem Augenwinkel, sah jedoch nicht genauer hin. Da war wohl jemand aufgewacht. Sie hörte verhaltene Schritte, als ginge jemand barfuß. Als sie den Blick hob, erkannte sie zu ihrer Überraschung Margherita. Dann folgte die Erkenntnis darüber, wie unangebracht Margherita bekleidet war, nur mit einem leichten Morgenmantel bedeckt – dafür, dass sie eben aus dem Zimmer eines anderen Gastes gekommen war. Idas Gedanken rasten: Das

Zimmer war ein Einzelzimmer. Belegt vom Signor Rudi, eigentlich Rodolfo, wohnhaft in den Vereinigten Staaten. Sie hielt den Atem an, als auch Luca sich umdrehte.

So sehr wünschte Ida sich an dieser Stelle ein Happy End, wie in ihrem Lieblingsfilm *Lacrime d'amore* mit Nada Cortese. Doch das, was sie gerade erlebte, war das echte Leben, und es war nicht immer schön.

KAPITEL 24

Mir fehlt alles, was uns beide verbunden hat, Francesco. Unsere Liebe, unsere Gespräche, einfach alles. Selbst unsere Momente des Streits. Es ist schwierig ohne dich, auch nach so vielen Jahren noch. Zum Glück habe ich meine Gäste, meine Arbeit, mein Hotel.

»Was … was … ?«, stammelte Luca, eine Hand auf die Brust gepresst.

Margherita wollte sterben, ja, wirklich, sie zog in diesem Moment den Tod vor. Wie oft hatte sie sich vorgestellt, mit Luca einen wundervollen Urlaub im Villa Amalfi zu verbringen? Tausend Mal? Eher mehr. Und jetzt stand er tatsächlich – wirklich – vor ihr, wie ein wahr gewordener Traum, und sie … Margherita schüttelte den Kopf. Als könnte sie damit ungeschehen machen, was gerade passierte, oder besser, passiert war. Beinahe wäre sie fremdgegangen. Erst jetzt wurde ihr klar, was sie da gerade riskiert hatte. Die Erkenntnis zog ihr fast den Boden unter den Füßen weg.

Luca war vollkommen durchnässt, blass, müde. Gleichzeitig so vertraut und doch schmerzhaft fremd, hier im Flur ihres Lieblingshotels.

Margherita suchte seinen Blick und versuchte, seine Hand zu nehmen. Er schlug sie weg, ging ins Zimmer. Margherita blickte zu Ida, zutiefst verzweifelt. Auf dem Gesicht der Freundin lag Unverständnis. Margherita wollte etwas sagen, doch ihr fiel nichts ein. Später. Ja. Später würde sie Ida alles erklären. Margherita senkte den Blick und folgte ihrem Mann, leise, um zu vermeiden, dass Piero wach wurde. Sie wollte nicht, dass er mitbekam, was gerade vor sich ging.

Im Zimmer ging Luca auf und ab. Er zog seine Jacke aus, warf sie achtlos über die Stuhllehne. Margherita liebte dieses Zimmer eigentlich. Doch nun wirkte es mit einem Mal zu eng, um Lucas ganze Wut und Enttäuschung aufzunehmen, zu eng, um ihre Scham in andere Gefühle zu verwandeln.

»Ich fahre die halbe Nacht, um meine Frau und meinen Sohn in die Arme zu schließen, und meine Frau … Was hast du getan, Margherita? Wessen Zimmer war das, aus dem du halbnackt gekommen bist?« Er sah sie mit einem so schmerzverzerrten Gesicht an, dass Margherita augenblicklich die Tränen über die Wangen liefen.

»Ich …« Sie fand keine Worte. Kein einziges. Doch sie riss sich zusammen, wollte das klären, denn das lange Schweigen hatte sie zu dem gemacht, was sie heute waren: ein Ehepaar, das sich abgöttisch liebte, aber nur noch nebeneinanderher lebte. »Ich habe dich vermisst. So sehr, dass ich geglaubt habe, wahnsinnig zu werden. Ich war einsam, Luca. Der Mann war nett zu mir, hat mir Aufmerksamkeit geschenkt, die du mir nicht mehr gibst. Ich dachte, ich bräuchte die Nähe eines anderen. Es war ein Irrtum, den ich rechtzeitig erkannt habe. Anders als du mit deiner Geliebten«, schaffte sie es zu sagen.

Luca blinzelte. Seine Mimik zeigte vor allem Verwirrung. »Wie kommst du darauf, dass ich eine Geliebte hätte? Ich liebe dich, Margherita! So sehr, dass ich gar nicht mehr weiß, wie andere Frauen aussehen, weil ich nur Augen für dich habe.« Er hob beide Arme und schien damit das Zimmer auszufüllen.

»Ich habe dich mit ihr gesehen«, gestand sie. Sie war plötzlich so müde, dass sie sich setzen musste – ermattet ließ sie sich in den Sessel fallen, von dem aus sie normalerweise das Meer betrachtete. Mit Grauen dachte sie an den Moment zurück, an dem sie Luca im Büro hatte überraschen wollen und ihn durch einen offenstehenden Spalt gesehen hatte. Mit ihr. In inniger Umarmung. Es hatte Margherita das Herz gebrochen. Wenn er sich jetzt auch nur annähernd so fühlte wie sie damals, dann tat es ihr nur noch mehr leid. Aber er war es, der angefangen hatte mit der Untreue.

»Mit wem?«, rief er in diesem Moment viel zu laut, seine Verzweiflung war schmerzlich.

Doch Margherita musste jetzt alles sagen, was sie so lange für sich behalten hatte. Fälschlicherweise. Denn wohin sie das geführt hatte, sah sie ja nun.

Piero regte sich, und Margherita hielt inne. Sie wollte nicht, dass er sie sah, dass er mitbekam, wie schlimm es offensichtlich um die Ehe seiner Eltern stand.

Sie stand auf, schob Luca ins Bad, wo sie die Tür hinter ihnen schloss.

»Ich habe dich gesehen, im Büro, mit Clara.«

Luca lehnte sich erschöpft an das Waschbecken und fuhr sich wiederholt mit beiden Händen über das Gesicht. »Bist du von Sinnen, Margherita? Muss ich mir um deine geistige Gesundheit Sorgen machen?«

»Dreh den Spieß nicht um, Luca! Das ist nicht fair.«

»Ich kenne doch überhaupt keine Clara.«

»Ach, nein? Das sah aber anders aus.« Margherita konnte ihren Mann nicht ansehen. Stattdessen blickte sie auf die blank geputzten Fliesen.

»Dann erklär mir doch bitte, was du genau gesehen haben willst.«

Margherita schluckte. Sie hätte das Bild am liebsten vergessen – als ob das ginge. Sie versuchte es seit jenem Tag, und doch erschien es in den ungünstigsten Momenten immer wieder vor ihrem geistigen Auge. Sie räusperte sich. »Du standest an deinem Schreibtisch, vor dir Clara Luccio. Du hast sie leidenschaftlich umarmt und sie an dich gedrückt. Sie hat sich an deine Brust gelehnt. Und du hast ihr einen Kuss auf ihr Haar gehaucht.« Jetzt, während sie es erzählte, kam all der Schmerz hoch, den sie damals empfunden hatte.

»Clara Luccio? Du meinst unsere ehemalige Mitarbeiterin aus der Fabrik?« Seine Stirn lag in Falten, seine Augenbrauen waren zusammengezogen, so sehr strengte er sich an, zu verstehen, sich zu erinnern.

»*Ehemalige* Mitarbeiterin?« Margherita war verwirrt. Diese Information änderte etwas. Das tat sie doch?

»Ja. *Ehemalige.*« Er rieb sich müde die Augen. »Vermutlich hast du mich an dem Tag gesehen, an dem ich sie nach vielen Jahren treuer Arbeit für uns entlassen musste.« Er schwieg einen Moment. »Ich hatte das schon ganz vergessen. Wie konntest du auch nur für einen Augenblick annehmen, dass zwischen mir und ihr irgendetwas anderes bestehen könnte als ein Arbeitsverhältnis? Wie kannst du so schlecht von mir denken? Habe ich dich in den Jahren unserer Ehe irgendwann respektlos behandelt? Hat es dir an etwas gefehlt?« Er war tief verletzt. Jedes Wort, das er sagte, zeugte davon.

Margherita zögerte. Hatte sie am Ende die Situation wirklich falsch gedeutet? Er war aufrichtig und ehrlich und enttäuscht von ihren Anschuldigungen. So ein guter Schauspieler konnte er doch nicht sein, oder? »Du musstest sie entlassen? Warum?«, fragte sie verwirrt.

Luca stieß sich vom Waschbecken ab, schlug sich mit beiden offenen Händen auf die Oberschenkel. »Ja, warum? Weil ich sparen musste, Margherita! Weil es unserer Fabrik jahrelang so schlecht ging, dass ich jeden Moment damit gerechnet habe, sie schließen zu müssen. Davon hast du nichts gemerkt, hm?«

Margherita war nach Schreien zumute. Was für eine schreckliche Wahrheit da gerade ans Licht kam! Sie hatte nicht einmal etwas geahnt. Und Luca hatte all das allein ertragen, die ganze Last auf seinen Schultern getragen. Sie lehnte sich gegen die kalten Fliesen. »Warum hast du nichts gesagt?«, brachte sie hervor. »Nein, ich habe nichts davon gemerkt. Aber du warst immer so abwesend, so weit weg. Ich dachte, du liebst mich nicht mehr. Ich habe geglaubt, du liebst Clara.«

»Einen größeren Unsinn habe ich noch nie gehört! Ich habe nichts gesagt, um dich nicht zu belasten, um dir trotz meiner Sorgen ein gutes Leben zu ermöglichen. Es hat dir an nichts gefehlt, oder? Du hattest doch immer genug Geld zu deiner Verfügung, schöne Kleider, dein Auto, Schmuck, deinen Sommerurlaub. Oder?« Er gestikulierte wild mit den Händen, wie immer, wenn er aufgeregt, wütend oder gestresst war.

»Ja, das hatte ich. Aber ich wollte doch nur dich.« Es tat Margherita zutiefst leid, ihren Mann so sehr verletzt zu haben.

Er stellte sich mit von sich gestreckten Armen vor sie. Wie Jesus am Kreuz sah er aus. »Du hast mich immer gehabt. Immer. Jede Sekunde. Mein einziger Gedanke ist es immer nur gewesen, dich und unseren Sohn zu beschützen und euch ein gutes Leben zu bieten.«

Nach und nach sackten seine Worte in Margheritas Bewusstsein, und sie verstand, was geschehen war, wie groß das Missverständnis gewesen war und wohin es geführt hatte. Und mit jeder Sekunde schämte sie sich mehr, verachtete sich selbst. Eine Weile konnte sie nichts sagen oder tun, nur atmen, während Tränen über ihre Wangen liefen. Sie schluchzte laut auf.

Luca blickte zu Boden. Fast schon gequält fragte er: »Was ist in dem Zimmer dort drüben passiert, Margherita?«

Sie schüttelte den Kopf, wünschte nichts sehnlicher, als zu verschwinden, und verbarg ihr Gesicht mit den Händen. »Nichts. Es ist nichts passiert«, brachte sie schließlich hervor. »Ich … Seine Aufmerksamkeit hat mir gutgetan. Weil ich … Weil ich dachte, du liebst mich nicht. Aber ich konnte dich nicht betrügen, weil ich dich so sehr liebe, dass ich es nicht ertragen würde, von einem anderen Mann auch nur mit dem Finger angerührt zu werden.«

Luca schluckte schwer. »Oh doch, Margherita, ich liebe dich! Und es tut mir leid, dass ich dich das offensichtlich nicht habe spüren lassen. Ich habe mich in die Arbeit gestürzt und dich vernachlässigt.« Wieder schluckte er, dann brachte er mühsam hervor: »Was machen wir jetzt? Sollen wir uns trennen …«

»Nein!«, schrie sie fast, hielt sich aber sofort die Hand vor den

Mund. Piero, ihr kleiner, unschuldiger, geliebter Piero schlief nebenan noch immer.

»... oder wollen wir es noch einmal versuchen? Und aus unseren Fehlern lernen, um es in Zukunft besser zu machen?«, fuhr Luca fort.

»Ich will dich nicht verlieren, Luca.« Das war der einzige klare Gedanke, den Margherita fassen konnte.

»Warum hast du nie mit mir gesprochen? Statt mich zu fragen, hast du mich mit deinen Vermutungen zu einem Ehebrecher gemacht! Verdammt, das habe ich nicht verdient!« Plötzlich schien er wütend und schob sich an ihr vorbei, um das Bad zu verlassen.

Margherita rutschte an den Fliesen entlang zu Boden, wo sie die Beine anzog und weinte. Wie lange, das konnte sie nicht sagen. Das Nächste, was sie bewusst wahrnahm, waren Lucas starke Arme, die sie sanft vom Boden hoben, entkleideten, dann den Duschvorhang beiseitezogen und sie in die Dusche schoben, wo heißes Wasser über ihren Körper prasselte. Er stand außerhalb der Dusche, noch vollständig angezogen. Das Wasser belebte ihre Sinne, Lucas Arme um ihre Taille ließen sie nicht los. Sie griff danach, hielt sich daran fest. »Verzeih mir, Luca!«, bat sie flehentlich und suchte seinen Blick. Er sah nicht weg. Vorsichtig hob sie seine Hand auf ihre Brust. Die Berührung ließ sie erschaudern. Er schien es zu merken, stöhnte kaum merklich auf. »Ich wollte immer nur dich, ich will dich noch immer und für immer. Es hat nie einen anderen Mann für mich gegeben«, hauchte sie unter dem Wasser, das über ihr Gesicht lief und das Gefühl von ihr abwusch, ihren Mann vielleicht für immer verloren zu haben. Solange er sie so ansah, war doch noch alles möglich, oder etwa nicht?

»Ich weiß, Marghe, ich weiß«, sagte er und begann, mit der Hand sanft über ihre Brust zu streichen. »Wir haben uns gegenseitig wehgetan, wir müssen es jetzt aber auch schaffen, uns gegenseitig zu verzeihen.«

Margherita konnte nur hoffen, dass ihm das gelingen würde.

Wenn sie in die Zukunft blickte, konnte sie sie sich nur mit ihm vorstellen. »Wir können das schaffen, Luca! Weil wir uns lieben! Und wir sollten gleich hier neu anfangen, in Amalfi, wo die Liebenden sich noch mehr lieben als anderswo.« Sie schob sich ihm, der noch immer außerhalb der Dusche stand, entgegen, durchnässte ihn noch mehr, als er es ohnehin schon war. Langsam knöpfte sie sein Hemd auf, sehnte sich mit jeder Faser danach, seinen Körper zu berühren. Er schob sich das Hemd über die Arme, stand mit nacktem Oberkörper vor ihr. Margherita biss sich auf die Lippe. Er war so schön, der schönste Mann, den sie kannte. »Lieb mich, Luca. So wie früher, als du nie genug von mir bekommen konntest.« Es war so aufregend, seine ganze, erregte Aufmerksamkeit zu haben, dass sie kaum atmen konnte. Sie sah zu, wie er ungeduldig und fast mit Gewalt seine Schuhe, seine Hose und seine Unterwäsche von sich riss. Dann schob er sie sanft zurück in die Dusche, stieg endlich selbst unter den Wasserstrahl, hob sie sich auf die Hüften und lehnte ihren Oberkörper an die Wand. Sie spürte ihn jetzt ganz, und ein warmes Glücksgefühl durchströmte sie. Ihre Gedanken verschwammen, er küsste sie, wie sie es von ihm gewohnt war: zärtlich und verliebt, dann wurden seine Küsse inniger, fordernder. Als er endlich in sie eindrang, stöhnte Margherita vor Lust so laut auf, dass sie beim Klang ihrer Stimme fast erschrak. Sie biss ihm in die Schulter, um nicht wieder so laut zu werden. »Tue ich dir weh?«, fragte er rau, während sein Brustkorb sich ebenso schnell und hastig hob und senkte wie ihrer. Sie schüttelte den Kopf und gab sich ihm hin. Er küsste sie überall. Margherita schwor sich, nie wieder etwas zu tun, das ihre Beziehung zu ihrem wundervollen Ehemann in Gefahr bringen konnte.

***

Ida musste jetzt für die Gäste da sein. Das war nicht leicht, denn der Schreck über Margheritas inakzeptables Verhalten steckte ihr noch immer in den Knochen. Es war, als hätte Margherita auch Ida hintergangen, wenngleich dieses Gefühl natürlich absurd war. Doch Ida hatte ihre Freundin anscheinend falsch eingeschätzt. Sie hätte ihr nicht zugetraut, die Nächte mit einem fremden Mann zu verbringen. Wie hatte Ida sich nur so sehr in ihr täuschen können? Und warum war offensichtlich kein Mensch auf dieser Welt wirklich treu? War Treue nicht ein absolut respektabler, grundlegender Wert? Und was war überhaupt mit Ranieri? War auch er wirklich untreu, obwohl er wusste, wie wichtig Ida Ehrlichkeit war? Was hatte er zu verbergen, und warum traf er sich hinter ihrem Rücken mit Guenda?

Ida atmete tief durch. Sie musste sich regelrecht zwingen, Guenda keine Szene zu machen, die jetzt neben ihr an der Rezeption stand. Und auch die Gäste, die nun über die Treppe von den Zimmern in die Eingangshalle traten, waren wichtiger. Sie machten lange Gesichter, blickten nach draußen, auf der Suche nach einem noch so kleinen Anzeichen, dass der Regen aufhören könnte. Ida wusste, dass auch sie sich auf eine Art hintergangen fühlten, auch wenn das natürlich unsinnig war.

»Sie sind unzufrieden und ungeduldig«, bemerkte Guenda dicht neben ihr leise. Überhaupt schien sie nichts weiter zu tun, als, in der Tat, dicht neben ihr zu stehen, seit sie – wie sie selbst erzählt hatte – vor etwa einer Stunde mit dem Bus angekommen war, was dazu passte, dass sie die Nacht in Neapel verbracht haben könnte. Noch nie hatte Ida Guendalinas Anwesenheit als so unangenehm empfunden wie in diesem Moment. »Natürlich sind sie ungeduldig. Sie wollen ans Meer, ins Freie«, sagte sie so ruhig wie möglich, während sie überlegte, was die Signora Annalisa wohl in dieser Situation gemacht hätte. Wahrscheinlich hätte sie sich unter ihre Gäste gemischt, mit ihnen gesprochen, um sie von dem Regen abzulenken und ihnen zugleich zu verstehen zu geben, dass sie willkommen waren. Ida beschloss, genau das zu tun. »Komm mit«, sagte sie zu Guenda, und sie gesellten sich zu den Gästen. Ida fragte nach, ob sie gut geschlafen hätten, wie das Frühstück geschmeckt habe und ob sie denn Lust hätten, mit ihr im Speisesaal etwas ganz Besonderes zu machen. Es war der Versuch, ihre Neugierde zu wecken und sie bei guter Laune zu halten. Das gelang Ida auch sehr gut. Alle erklärten sich bereit, mit in den Speisesaal zu kommen, wo auch für alle genug Platz war, auch wenn einige wenige Gäste noch gemächlich frühstückten.

»Was hast du vor?«, fragte Guenda leise. Ihr Kleid schlug bei jedem Schritt gegen Idas Beine.

Ida hatte keine Lust, sich mit ihr zu unterhalten, doch sie brauchte sie auch an diesem schrecklichen Tag. »Das wirst du gleich sehen«, antwortete sie ausweichend.

Als sie den Speisesaal erreichten, bat sie die Kellner, einige Tische so zusammenzustellen, dass sich die Gäste bequem darum herumstellen konnten. »Ich bin gleich wieder da«, rief sie in deren Richtung und bat Guenda, ihr zu folgen.

Gemeinsam betraten sie die anliegende Küche. Ida bemerkte Sandras fragenden Blick und nickte ihr, Lea und Eugenio flink zu, bevor sie aus der Vorratskammer eine Flasche Alkohol und eine Kiste Amalfi-Zitronen holte, von denen Ida wusste, dass sie immer reichlich vorrätig waren. Sie beauftragte Guenda, einige Behälter und Messer mitzunehmen.

»Was um alles in der Welt habt ihr vor?«, wollte Sandra wissen.

»Wir machen Limoncello«, erklärte Ida, als sei es das Selbstverständlichste auf der Welt. Dann gingen sie und Guenda eilig zurück zu den Gästen in den Speisesaal.

»So, wer möchte mit uns den berühmten Villa-Amalfi-Limoncello herstellen?«, fragte Ida in die Runde, während sie und Guenda die Utensilien und Zutaten abstellten. Sogleich nickten alle eifrig. Der intensive Duft der Zitronen wirkte wie eingefangene Sonnenstrahlen auf die Gäste: Sie wurden sofort lockerer und erschienen weniger trübselig. Ida bat Guenda, die Zitronen und Messer zu verteilen, sodass jeder, der etwas tun wollte, die Möglichkeit dazu hatte. Einige wollten nur zusehen. Alle blickten Ida erwartungsvoll an, die sich daranmachte, den ersten Arbeitsschritt zu erläutern. »Die Regel lautet: Je besser die Zitrone, desto perfekter der Limoncello. Und unsere Zitronen von der Amalfiküste sind sehr nahe daran, perfekt zu sein! Die etwas längliche Form verleiht ihnen das typische und besondere Äußere, das sie von normalen Zitronen unterscheidet. Ihr Saft schmeckt selbstverständlich sauer, das ganze prickelnde Aroma liegt vielmehr in der Schale. Und genau das brauchen wir.«

Ida zeigte mit geübten Handgriffen, wie die Zitrone geschält werden sollte. »Sehen Sie, wir brauchen nur den gelben Teil der Schale, nicht aber die faserige untere, weiße Schicht. Die schmeckt nämlich bitter.« Alle begannen nun, die Zitrusfrucht von der gelben Außenschicht zu befreien. Dabei wurden ätherische Öle freigesetzt, die belebend wirkten. Die Gesichter der Gäste spiegelten deutlich, dass die Anspannung schwand. George, ein netter Gast aus den Staaten, versuchte allerdings so verbissen, es richtig zu machen, dass er die Zitrone fast zerquetschte. *»Please, don't kill the lemon!«*, rief Ida betont heiter, und natürlich blickten daraufhin alle zu George, der kopfschüttelnd dem Zitronensaft dabei zusah, wie er aus seiner Hand auf die Tischdecke tröpfelte. Eine Frau aus Deutschland, Marianne, reichte ihm eine Serviette, die George dankend annahm. »Sie sind einfach zu leidenschaftlich!«, sagte sie lachend zu ihm.

»Kann man in Bella Italia überhaupt zu leidenschaftlich sein? Hier, im Land von Sole und Amore?«, fragte George nun in die Runde. Er genoss sichtlich die Aufmerksamkeit der übrigen Teilnehmer. Ida unterstützte das, es war gut, wenn in der Runde jemand besonders witzig war, das lockerte die Stimmung auf.

Alle Anwesenden lachten wissend, Marianne errötete. Ein Kellner stimmte O *sole mio* an, was alle im Saal amüsierte, nicht zuletzt, weil es vor dem Hintergrund des heftigen Regens eher scherzhaft wirkte. Nichtsdestotrotz summten alle mit, verkörperte dieser Schlager doch perfekt das sommerliche Lebensgefühl, das jeder suchte, der einen Italienurlaub buchte. Der Limoncello geriet zur Nebensache, denn in diesem Speisesaal, im obersten Stockwerk des Villa Amalfi, erlebten die Gäste trotz des Regens gerade ihren italienischen Sommer. Genau das war Idas Ziel gewesen. Sie blickte sich nach Guenda um, die weiterhin eine Zitrone mit einem Messer malträtierte und nicht viel von der jetzt ausgelassenen Stimmung im Saal mitbekommen zu haben schien. Schon daran, wie sie das Messer hielt, sah Ida, dass Guenda anscheinend noch nicht oft mit frischem Obst gearbeitet hatte. *Vermutlich war sie immer zu sehr damit beschäftigt, andere Leute schlecht zu behandeln*, überlegte Ida bitter.

In diesem Moment betrat der Signor Vittorio unerwartet den Speisesaal. Ida spürte sofort eine unerklärliche Anspannung, an einem normalen Arbeitstag hatte sie ihn hier oben noch nie gesehen. Er kam direkt auf sie zu, setzte ein professionelles Lächeln auf, das Ida sehr gut kannte, und sagte: »Ida, ich brauche dich an der Rezeption. Kannst du hier weg?«

»Selbstverständlich, Signore. Ich bitte nur geschwind Lea, mich zu ersetzen.« Sie holte Lea aus der Küche, dann eilte sie angespannt zurück an die Rezeption. Der Regen hatte ihr schon früh am Morgen zu verstehen gegeben, dass das kein guter Tag werden würde. Und das folgende Ereignis zeigte ihr ganz deutlich, dass sie mit ihrer Prognose recht gehabt hatte.

KAPITEL 25

Was, wenn einmal der ganz große Knall kommt, der meine Welt in tausend Stücke reißt?

Ida war leicht außer Atem, als sie die Rezeption erreichte. Er stockte für einen Moment ganz, als sie den Mann sah, der dort stand. Sie erkannte ihn sofort.

Ida versuchte, sich aus der Starre zu lösen, als ihr bewusst wurde, dass der Signor Vittorio sie beobachtete. Wie von selbst setzte sie einen Fuß vor den anderen. Ja, sie ging vorwärts, doch jeder Schritt brachte sie zurück. Zurück in eine Vergangenheit, von der sie sich teilweise gelöst, mit der sie teilweise Frieden geschlossen hatte.

»Ida«, sagte der Mann einfach nur und nickte ihr zu, während sie um den Tresen herumging und ihm schließlich gegenüberstand.

»Padre«, brachte sie als Gruß hervor. Es gelang ihr zunächst nicht, ihm ins Gesicht zu sehen. Doch schließlich hob sie den Blick.

Er war unverändert und gleichzeitig ganz anders. Auf jeden Fall älter, und zwar sehr, und gerade so weit gepflegt, dass er nicht unangenehm auffiel, es aber trotzdem offensichtlich war, dass er aus dem Inland stammte. Jetzt nahm er den Hut ab, hastig, als sei ihm gerade erst eingefallen, dass er einen trug. Sein Haar war störrisch, aber ordentlich frisiert, teils ergraut. Sie spürte dem Gefühl nach, das er in ihr weckte, und bemerkte erstaunt, dass sie keine Angst empfand. Aber auch keinen Funken Zuneigung. Er war ihr eher fremd als ungeheuer.

Aber warum war er hier? Es musste einen wichtigen Grund dafür geben. War etwas mit ihrer Mutter? Ihr Kopf suchte nach einer Erklärung, ihr fiel keine ein. »Ist etwas passiert?«, fragte sie.

Er zog die Schultern hoch, reichte ihr einen Brief. Sie erkannte sofort das geschäftliche Briefpapier des Villa Amalfi und überflog die mit Schreibmaschine getippten Worte. Es war eine Einladung ins Villa Amalfi. Der Brief trug ihre Unterschrift, nur hatte sie ihn nicht geschrieben. »Der ist nicht von mir«, erklärte sie ihm.

»Deine Mutter war hier, nicht wahr? Ich weiß es, sie hat es mir erzählt. Sie hat dir sicher nicht gesagt, dass wir das Dach am Haus erneuern müssen, weil es kaputt ist und der Regen durchtropft. Dein Zimmer … Er fällt in dein Zimmer.«

Sie konnte es nicht verhindern, aber der Gedanke an ihr Zimmer bewegte etwas in ihr, schließlich war es in ihrer Kindheit ihr Zufluchtsort gewesen. Der Gedanke weckte tatsächlich Wehmut in ihr. Ida atmete tief durch und mahnte sich zur Ruhe. Denn auch das Zimmer war Teil der Vergangenheit, mit der sie nicht mehr viel zu tun hatte, ja, zu tun haben wollte.

Und was sollte sie überhaupt mit dem Dach zu tun haben? Plötzlich kam ihr ein Gedanke: Er wollte Geld. Er muss den Brief als so etwas wie ein Versöhnungsangebot von Ida gesehen haben. Als seine Art Freischein, sie wieder zu belästigen. Doch das würde nicht geschehen! Weder hatte Ida den Brief geschrieben, noch war sie so dumm zuzulassen, dass die Grenze überschritten wurde, die sie zwischen sich und ihren Vater errichtet hatte.

»Ich werde dir kein Geld geben, Padre«, sagte sie unmissverständlich.

Er sagte nichts, sah sie nur an. In einem früheren Leben hätte er Ida jetzt eine Ohrfeige gegeben, und ihr entging nicht, wie schwer es ihm fiel, genau die jetzt zurückzuhalten. Stattdessen nahm er den Brief und zerknüllte ihn mit solcher Rage, dass seine Fingerknöchel weiß hervortraten. Dann spuckte er darauf. Und das fühlte sich dann doch wie eine Ohrfeige an.

In diesem Moment bemerkte Ida Guendalina. Sie stand im Eingangsbereich, nicht irgendwo an der Seite, sondern direkt in der Mitte, und hatte offensichtlich alles beobachtet. Auf ihrem

Gesicht zeichnete sich ein höhnisches Grinsen ab, und Ida verstand augenblicklich, wer den Brief an ihren Vater geschrieben hatte: Guendalina. Immer wieder Guendalina.

Ida gelang es nur mit Mühe, sich zu beherrschen.

»Geh jetzt, Padre!«, forderte sie ihn harsch auf.

Dass es ihr ernst war, verstand sogar ihr Vater, der den Hut wieder aufsetzte, sich verabschiedete, als sei er ein Fremder, und dann das Hotel verließ. Ida blickte ihm nach. Als sie ihn auf der Straße kurz innehalten sah, weil der Regen auf ihn niederprasselte, sah sie in ihm für einen Augenblick nicht den gemeinen Menschen, der er war, sondern einen ältlichen, von harter Arbeit gezeichneten und bis auf die Haut durchnässten Mann. Ein bisschen tat er ihr leid. Das war aber auch das Höchste an Mitgefühl, das sie ihm entgegenbringen konnte.

Guenda stellte sich neben sie. »Soll ich ihm einen Regenschirm bringen?«, fragte sie scheinheilig.

Das war der Tropfen, der das Fass zum Überlaufen brachte. Ida konnte sich nicht mehr zurückhalten, es hatte sich zu viel angestaut, nicht nur an diesem Tag, sondern in all den vergangenen Jahren. Guendalina war absichtlich verletzend, und sie wusste sehr, sehr gut, wie sie es anstellen musste, damit es besonders schmerzte. Das konnte und wollte Ida sich nicht mehr bieten lassen. Sie war schon viel zu lange verständnisvoll, trotz allem freundlich und vorsichtig mit Guenda umgegangen. Es hatte nichts gebracht. »Was du tun sollst, ist nur eines: dich aus meinem Leben raushalten!«, stieß sie die Worte hervor, die sie ihr schon längst hatte sagen wollen.

Doch Guenda war offenbar kein bisschen beeindruckt. »Oh, keine Sorge, dein Leben interessiert mich herzlich wenig. Und dass du aus dem dreckigen Inland kommst und, wie ich gerade sehen konnte, dreckige, spuckende Eltern hast, dafür kann ich nichts.«

Ida bemühte sich, ihre Wut zu kontrollieren, doch ihre Stimme bebte, als sie sagt: »Nein, für meine Herkunft kannst du nichts. Aber dass du sie mir immer wieder vor Augen führst, wird nichts daran ändern, dass in Wirklichkeit *du* dreckig bist. Und glaub mir, glücklich wirst du nie werden, wenn du nichts anderes kannst, als andere immerzu niederzumachen.«

Guendalina wich ein Stück zurück. »Du aber auch nicht …«, prophezeite sie mit einer derartigen Gemeinheit in der Stimme, dass Ida sich vor Abscheu schüttelte.

»Was willst du damit sagen?«

Guendas Gesichtsausdruck war kalt und berechnend. »Nun … Du wirst Ranieri nicht halten können. Oder glaubst du wirklich, dass er dich eines Tages heiratet?« Sie lachte auf, musterte Ida und zeigte dann mit dem Finger auf sie. »Doch! Du glaubst es.« Wieder stieß sie ein höhnisches Lachen aus. »Arme, arme, naive, dumme Ida. Hast du dich nie gefragt, warum er dich noch nicht als Freundin in seine Familie eingeführt hat? Nach fünf Jahren?«

Doch. Offen gestanden hatte Ida sich diese Frage mehr als nur einmal gestellt. Dass Guenda gerade darauf herumritt, fühlte sich an wie ein Schlag in den Magen.

»Maurizio mag zwar von deiner ach so tollen Schönheit begeistert sein«, fuhr Guenda fort, »aber als Schwiegertochter lehnt er dich kategorisch ab. Für seinen Sohn akzeptiert er nur wohlhabende Anwärterinnen, Frauen mit Kultur und Bildung. Frauen mit brillanter Zukunft. Frauen … wie mich.«

Ida war unfähig zu reagieren. Ihr Körper war wie aus Stein, ihr Kopf schwer wie Blei. Sie wollte nichts fühlen. Denn sie war sicher, dass Guendalina gerade die Wahrheit in Worte gefasst hatte. In gemeine Worte zwar, aber das änderte nichts daran, dass jedes Wort, das sie ausgesprochen hatte, stimmte. Das erklärte auch Ranieris Verhalten über die Jahre.

»Maurizio lässt dich übrigens grüßen.« Beiläufig blickte Guenda auf ihre Nägel, dann wieder Ida ins Gesicht. »Ich war erst gestern bei ihm zu Gast, bei der Familie meines zukünftigen Mannes. Auch wenn Ranieri dir verspricht, dich zu heiraten, war *ich* schon immer die Frau, die Maurizio als Braut an der Seite seines Sohnes wissen möchte. Was glaubst du, warum er bei der großen Auswahl an Hotels Gäste nur ins Villa Amalfi schickt?« Sie schwieg einen Moment, bevor sie hinzufügte: »Ranieri ziert sich allerdings noch ein bisschen, er ist ja so verliebt in dich.« Sie himmelte gespielt mit den Augen. »Aber das wird ihm vergehen, sobald Papà Maurizio ihm den Geldhahn zudreht«, fügte sie kalt hinzu.

Ida schluckte, und mit einem Mal löste sich ihre Erstarrung. »Wie traurig, dass du dich an einen Mann hängst, der dich offensichtlich nicht liebt. Aber was verstehst du schon davon? Du weißt ja gar nicht, wie sich Liebe anfühlt«, stieß sie hervor. »Und jetzt will ich kein weiteres Wort mehr von dir hören. Geh einfach und lass mich das tun, worum deine Mutter mich gebeten hat.« Ida zog die Ärmel ihrer Bluse hoch, ihr war plötzlich warm.

»Dass du nichts davon hören willst, ändert nichts an der Situation«, spie Guenda hervor. »Aber weißt du, was das Groteske ist? Du kannst mich gar nicht wegschicken. Du hast nicht das Recht dazu. Du arbeitest nämlich für das Villa Amalfi, also auch für mich.« Sie verschränkte die Arme vor der Brust.

In diesem Moment sah sie aus wie ein trotziges Kind, und sie klang auch noch immer so wie damals als junges Mädchen. Ida kam der Gedanke, dass Guenda in ihrer Entwicklung irgendwie festzuhängen schien. Ganz im Gegensatz zu ihr selbst, denn sie hatte sich seit ihrer Anwesenheit hier sehr wohl verändert, war erwachsen geworden. Ida straffte die Schultern. »Das mag sein. Ich könnte allerdings auch den Signor Vittorio in dieser Angelegenheit um Rat fragen, aber ich glaube, das wollen wir beide nicht.« Sie bemerkte ein unsicheres Flackern in Guendas Blick, die natürlich wusste, dass ihr Vater ihr Gebaren keineswegs gutheißen würde. Weder Vittorio noch Annalisa duldeten ihre hochnäsige Art. Ida fasste neuen Mut. »Und jetzt lass mich meine Arbeit machen, du hast mich schon lange genug aufgehalten«, sagte sie mit fester Stimme, ohne den Blick von Guenda zu nehmen.

Guendalina hielt ihrem Blick stand, die Augen zu Schlitzen verengt. Doch sie sagte kein Wort, bevor sie sich umdrehte und ging.

Sofort fiel die Anspannung von Ida ab. Ihre Knie wurden weich, und sie musste sich an dem Tresen festhalten. Sie konnte nicht verhindern, dass ihre Gedanken zu Guendalinas Worten zurückwanderten. Es machte ihr Angst, dass Ranieri nie vollkommen ehrlich zu ihr war, obwohl sie das von ihm gefordert hatte. Und das, wo er trotz all dem, was er offenbar hinter ihrem Rücken tat, so offensichtlich in sie verliebt war, dass sogar Guendalina das als Tatsache betrachtete. Doch konnte Ida wirklich allein auf dieses Gefühl bauen? Sie wusste es nicht. Zeigten nicht alle diese Umstände, dass sie sich von Ranieri trennen musste? Der Gedanke brach ihr das Herz.

Doch Sekunden später kam Piero wie ein Wirbelwind in die Eingangshalle gerauscht, und wenn Ida eines gelernt hatte, dann war es das, sich zu fangen, zu sammeln und immer, in jedem Moment, das Beste für die Gäste zu geben. Ida hatte die Familie Vercelli seit dem Morgen nicht gesehen und war auch nicht dazu gekommen, im Zimmer anzurufen, um sich zu erkundigen, ob alles in Ordnung war. Möglicherweise hätte sie das auch gar nicht gewagt, denn sie war sich ziemlich sicher, dass dem nicht so war. Deshalb war sie umso glücklicher, Pierpaolo zu sehen. Er rannte direkt auf sie zu, kam ohne Scheu hinter den Tresen und umarmte sie stürmisch.

»Du bist aber heute guter Laune!«, befand Ida ein wenig verwundert.

»Mein Papà ist da«, erklärte er fröhlich. Er schien keineswegs beunruhigt, was darauf schließen ließ, dass seine Eltern kein Drama veranstaltet hatten. Vielleicht würde das noch kommen, vielleicht würde es auch nie eins geben. Ida würde ihre Freundin

Margherita in einem ruhigen Moment auf die Situation ansprechen.

»Wir gehen heute«, fuhr Piero fröhlich fort.

»Wohin denn?«, erkundigte Ida sich überrascht.

Piero zuckte die Schultern. »In ein anderes Hotel. Wir brauchen doch jetzt ein größeres Zimmer, weil Papà auch da ist. Und er ist so groß, dass er nicht mit in unser Zimmer hier passt. Ein anderes ist hier aber nicht mehr frei, hat er gesagt.«

Das stimmte, das Villa Amalfi war wie immer um diese Zeit ausgebucht. Ida schluckte. Was Piero ihr soeben erzählt hatte, machte sie traurig. Margherita war ganz eng mit ihrer persönlichen Geschichte hier im Villa Amalfi verbunden. Die Freundin vorzeitig abreisen zu sehen war ein schwerer Verlust für Ida. Bedeutete das jetzt, dass sie im nächsten Sommer nicht mehr zu ihnen kommen würde? Ida dachte an die Signora Annalisa. Was würde sie dazu sagen, dass Ida in ihrer Abwesenheit einen hervorragenden Gast wie Margherita verloren hatte? Natürlich war das nicht Idas Schuld. Und natürlich konnte sie nichts machen. Sie hatten kein Zimmer frei, außerdem wollte Luca seine Frau sicher weit entfernt von Rudi wissen und ihm vor allem nicht ständig über den Weg laufen müssen. Ida hatte die Vercellis für dieses Jahr als Gäste verloren, noch bevor sie das Villa Amalfi in dieser Angelegenheit verteidigen konnte, das nichts dafür konnte und es eigentlich nicht verdiente, bestraft zu werden.

»Wirst du uns trotzdem besuchen?«, brachte sie hervor.

Piero nickte. In diesem Moment kamen seine Eltern. Margherita sah Ida mit warmem Blick an, der ihr signalisierte, dass alles in Ordnung war. Ida war erleichtert.

»Wir müssen das Hotel leider vorzeitig verlassen, wir haben bereits gepackt. Selbstverständlich bezahlen wir den Aufenthalt wie vereinbart für die gesamte Dauer«, erklärte Luca ernst, als er an den Tresen trat. Er hielt die Hand seiner Frau. »Vielleicht können Sie es für die restliche Zeit ja sogar noch neu belegen.«

Ida würde dort gleich nach dem Rechten sehen und das Zimmermädchen anweisen, den Raum umgehend zu reinigen. Denn natürlich wollte sie sich bemühen, das Zimmer wieder zu belegen, das war gut fürs Geschäft. Die Signora Annalisa glaubte zudem, dass freie Zimmer in der Hochsaison Unglück brachten. So weit wäre Ida nicht gegangen, aber freie Zimmer waren einfach Verschwendung.

Zunächst hatte Ida überlegt, die Familie umzustimmen, entschied sich dann aber dagegen. Vielleicht hätte die Signora Annalisa anders reagiert, vielleicht hätte sie sogar einen Weg gefunden, Margherita, Luca und Piero bei sich zu behalten. Aber um welchen Preis? Ida konnte Luca die Entscheidung nicht verübeln, und das Wohl ihrer Freundin war ihr in diesem Moment einfach wichtig.

»Ich verstehe, Signore«, sagte sie deshalb ehrlich. »Kann ich Ihnen sonst irgendwie behilflich sein? Bei der Suche nach einer anderen Lösung … außerhalb unseres Hauses?«

»Ja, sehr gerne. Vielen Dank.«

»Das ist doch selbstverständlich.«

Ida griff zum Telefonhörer, wählte die vertraute Nummer des Hotel Sirena, das sie gerne weiterempfahl, wenn das Villa Amalfi ausgebucht war. Meist klappte die Vermittlung, da das Hotel Sirena mehr Zimmer hatte. So auch jetzt – keine fünf Minuten später war abgemacht, dass die Vercellis dort in ein großes Zimmer ziehen würden. Das Gepäck würde innerhalb der nächsten Minuten geholt werden.

Luca und Margherita bedankten sich überschwänglich. Der Abschied war traurig, aber auch süß, denn er verhieß ein Wiedersehen, weil Luca gleich für den nächsten Sommer die Suite mit der großen Terrasse im dritten Stockwerk buchte, was Idas Bedenken zerstreute, ihre Freundin als treuen Gast verloren zu haben. Und sie versprachen sich wie immer, in Kontakt zu bleiben.

»Im Zimmer ist etwas für dich. Im Schrank«, flüsterte Margherita ihr ins Ohr und drückte sie ganz fest. »Und ich rufe dich an«, sagte sie eindringlich. Ida war klar, dass sie ihr in Ruhe erklären wollte, was passiert war. Und so gingen die Vercellis, während Ida sich an die Tür stellte und nach draußen schaute, bis die kleine Familie, die ihr so sehr ans Herz gewachsen war, im ungewöhnlichen Dunst dieses Julitages verschwand. Es gelang ihr nur mit Mühe, die Tränen zurückzuhalten.

Was für ein trister Tag! Erst Ranieri, dann Margherita, dann ihr Vater, dann Guenda, und jetzt auch noch der Abschied. Dazu der Regen. Ida beschloss, dass es an der Zeit war, sich ein wenig abzulenken. Der Zeitpunkt war günstig, weil die Gäste inzwischen das Mittagessen im Speisesaal zu sich nahmen, also machte Ida sich auf den Weg zu dem Zimmer, das Margherita mit Piero belegt hatte.

Es fühlte sich immer seltsam an, wenn sie ein Zimmer betrat, das noch bis vor kurzem bewohnt gewesen war. Denn es war zwar leer, aber es schien noch ein Überbleibsel der Aura der abgereisten Gäste darin zurückgeblieben zu sein. Ida fühlte sich beim Betreten stets so, als dränge sie in die Privatsphäre der Menschen ein. Natürlich war es nur ein Gefühl, aber wenn sie mit der Hand über das Bett strich, glaubte sie noch die Wärme der Körper zu spüren, die bis vor kurzer Zeit darin geschlafen hatten. Meist öffnete sie dann das Fenster, als könnte die Aura dadurch entkommen. Als sie jetzt Margheritas Raum betrat, spürte sie, dass die Freundin hier viele glückliche Stunden erlebt hatte. Darüber war Ida erleichtert. Sie ging direkt zum Schrank und öffnete ihn. Darin hing ein einziges Kleid, mit einem Zettel daran, auf dem *per Ida* stand. Sie nahm ihn ab, faltete ihn auseinander.

Meine liebste Ida,
ich habe dieses Kleid für dich schneidern lassen. Der Stoff ist aus unserer Fabrik. Giallo sole, sonnengelb. Ich weiß, du wirst jetzt denken, dass du nicht so gerne Gelb trägst. Du versteckst

dich oft unter dezenten Farben, aber für viele Menschen bist du wie die Sonne: warm, wohlwollend, heiter. Ich bin mir sicher, du wirst den richtigen Moment finden, um dieses Kleid zu tragen, und es wird ein wundervoller Moment sein. Weil du wundervoll bist.
Ich hätte es dir gerne am Ende unseres Aufenthalts persönlich überreicht, und es tut mir leid, dass wir so unverhofft ausziehen. Und es tut mir leid, dass du mich in einem so schwachen Moment erlebt hast. Aber bestimmt werden wir die Möglichkeit haben, von Angesicht zu Angesicht über die unschöne Szene zu sprechen, die du mitansehen musstest.
Wir werden uns wiedersehen, wie immer. Doch jetzt muss ich die Liebe retten, die mich und Luca verbindet.
Deine Margherita

Ida faltete den Brief zusammen und steckte ihn in die Tasche. Sie nahm das Kleid am Bügel aus dem Schrank und betrachtete es. Es war traumhaft schön, sorgfältig verarbeitet, wadenlang und tailliert. Der Rock war leicht aufgebauscht, aber nicht so stark wie bei den modernen Petticoats. Das Schönste daran war jedoch tatsächlich der Stoff in der so auffälligen Farbe. Gelb wie die Sonne, die heute fehlte in Amalfi. Ida war sich plötzlich sicher, dass das Gelb auf ihrer dunklen Haut wundervoll aussehen würde. Sie freute sich sehr und war Margherita dankbar, auch wenn sie sich noch nicht vorstellen konnte, zu welcher Gelegenheit sie das Kleid tragen würde. Ida legte es sich über den Arm und trug es aus dem Zimmer.

Nachdem sie es im kleinen Personalbad in der Küche verstaut hatte, ging sie zurück zur Rezeption. In der Eingangshalle hielten sich jetzt viele Gäste auf. Einige spielten an den Tischen vor der Bar Karten, andere nutzten die Zeit, um endlich die Postkarten zu schreiben, die sie schon am ersten Tag gekauft hatten, aber dann doch so lange mit sich trugen, bis es fast zu spät war, sie abzuschicken.

Insgesamt schienen die Gäste Frieden damit geschlossen zu haben, heute nicht ans Meer gehen zu können. Ida ließ sich eine Weile ablenken, sah dem Regen dabei zu, wie er ohne Unterbrechung vom Himmel fiel und an den Fenstern Spuren hinterließ, die an Tränen erinnerten.

Vittorio stellte sich zu Ida an den Tresen. »Alles unter Kontrolle, oder?« Es war eine Feststellung, keine Frage.

Ida nickte.

»Ich würde mich gerne ein wenig ausruhen. Was meinst du: Kann ich ein Stündchen aufs Zimmer gehen?«

»Ja, natürlich, gehen Sie nur. Ich kümmere mich hier in der Zwischenzeit um alles.«

»Würde es dir etwas ausmachen, währenddessen auch keine Anrufe durchzustellen?«

»Nein, selbstverständlich nicht. Wenn etwas sein sollte, mache ich eine Notiz.«

Vittorio bedankte sich herzlich und ging.

Ida war ebenfalls müde, riss sich aber zusammen. Um sich abzulenken, setzte sie sich kurzentschlossen an den Tisch, an dem Karten gespielt wurde. Sie beobachtete das Geschehen und bemerkte amüsiert, dass der Signor Ugo schummelte, was der Signor Lorenzo nicht merkte. Ugo zwinkerte ihr verschwörerisch zu und entlockte Ida ein Lächeln.

Als das Telefon schrill klingelte, eilte Ida zurück an die Rezeption und nahm das Gespräch an.

Es meldete sich eine unbekannte Stimme: »Ist der Signor Vittorio zu sprechen? Hier ist das Krankenhaus.«

»Ja, einen Augenblick bitte.« Vittorio hatte zwar darum gebeten, dass keine Anrufe zu ihm durchgestellt wurden, die unausgesprochene Regel besagte aber, dass das nicht für Anrufe aus dem Krankenhaus galt. »Ich verbinde.« Doch die Weiterleitung kam nicht zustande, offenbar war das Empfängertelefon ausgestöpselt. Das machte Ida nervös. Ungeduldig holte sie den Anruf des Krankenhauses zurück an ihren Apparat und erklärte die Situation.

Und dann hörte sie einfach zu. Die Stimme sprach, immer weiter. Die Worte reihten sich aneinander, doch Ida brachte sie nicht so recht zusammen. Dann legte sie auf. Exakt in dem Moment brach ein Donner über sie herein, der die Wände des Villa Amalfi zum Wackeln brachte. Doch Ida hörte ihn kaum. Sie ging los, setzte mechanisch einen Fuß vor den anderen, ohne Orientierung, wo sich ihr Ziel befand, das ihre Beine trotzdem fanden.

Sie klopfte an, wartete, klopfte wieder, wartete. Nichts geschah. Klopfte wieder. Guenda öffnete. Ida sah sie kaum, trat ein, hörte nicht, ob sie hereingebeten worden war, viel zu laut war das Rauschen ihres Blutes in ihren Ohren. Sie sah den Signor Vittorio in einem Sessel schlafen, ihr Herz verkrampfte sich bei dem Anblick, doch er öffnete sofort die Augen. Sah sie. Richtete sich auf. Atemlos. Ahnungsvoll. »Ida?«, fragte er schrill. So schrill wie eben noch das Telefon.

»Signore, das Krankenhaus hat eben angerufen. Die Signora Annalisa … Sie ist tot.«

TEIL 3

KAPITEL 26

Es ist ungerecht, dass du Rita, unsere Enkelin, nie kennenlernen duftest. Du würdest sie lieben, Francesco, das weiß ich. Pass auf sie auf, sei ihr Schutzengel, wenn du kannst.

Amalfi, Sommer 1958

Das Boot peitschte durch die Wellen und wirbelte Gischt auf, die sich auf Idas Haut und Haare legte wie Glitter. Der Fahrtwind zerzauste ihre Frisur, aber das machte ihr nichts aus. Sie hatte bewusst auf ein Kopftuch verzichtet. Sie liebte es, sich so lebendig zu fühlen, aufgefrischt, durchgeschüttelt, durchnässt. Ihr Herz schlug wild und erinnerte sie daran, dass das Leben schön sein konnte, im Hier und Jetzt, auf einem kleinen Boot, auf dem Weg von Positano nach Amalfi. Auf dem unendlichen blauen, türkisfarbenen, stellenweise sogar glasklaren Meer, das unbeschreiblich schön auf die Steilhangküste traf, die es trotzdem schaffte, mit all den bunten Häuschen reizend auszusehen. Einfach reizend …

»Soll ich deine Tasche halten?«

»Hm?« Ida beugte sich zu Thomas hinüber, um ihn besser hören zu können. Der Bootsmotor übertönte jedes Wort.

Thomas war – auch nach drei Jahren – immer noch ihr Deutschlehrer, denn er hatte natürlich recht gehabt: Es war eine schwierige Sprache, wenngleich Ida sich schon sehr gut auf Deutsch unterhalten konnte. Trotzdem hatte sie entschieden, noch weiter mit ihm zu üben. Sie war überhaupt gerne in seiner Nähe, ihre Gefühle für ihn waren mehr als freundschaftlich, und sie ahnte, dass es ihm genauso ging. Doch schienen sie wie gefangen in ihrer Freundschaft, als wagten sie nicht so recht, daraus eine Liebesbeziehung zu machen. Aus Angst, ihre Freundschaft zu verlieren, die beide nicht missen wollten, aus Angst – jedenfalls von Idas Seite aus –, wieder von der Liebe enttäuscht zu werden.

Thomas wiederholte seine Frage, seine Stimme ganz nahe an ihrem Ohr jagte Ida Schauder über den Rücken.

Sie blickte auf die Tragetasche auf ihrem Schoß. Darin lag ein Geschenk, dass sie an diesem frühen Junimorgen in Positano für einen neuen Erdenbürger gekauft hatte. Es gab dort ein kleines Geschäft mit hübscher Babykleidung. Und so hatten Ida und Thomas Nützliches mit Schönem verbunden, waren mit dem ersten Boot dorthin gefahren und recht zügig wieder zurück. Nun saßen sie inmitten von leichtbekleideten Touristen, die aus ihren Ohs und Ahs nicht mehr herauskamen.

»Nicht nötig. *Grazie!*«, rief auch sie laut in sein Ohr. Und atmete gleichzeitig seinen Duft ein, schloss die Augen, genoss diese Nähe, diesen Augenblick. Als sie die Augen wieder öffnete, bemerkte sie, dass er sie beobachtete. Seine Kiefermuskeln spannten sich, so als würde er fest die Zähne zusammenbeißen. Das machte er manchmal. Sie schob sich noch näher zu ihm, lehnte ihren Kopf an seine Schultern. Sehnsuchtsvoll, aber harmlos. Er legte den Arm um sie.

»Wir sind gleich da«, erklärte er auf Deutsch.

»Schande!«, erwiderte sie.

»Schade!«, verbesserte er und Ida schlug sich mit einer Hand aufs Bein. Das tat weh, da sie Shorts trug.

»*Mamma mia*, das hast du mir schon so oft gesagt! Warum kapiere ich das nicht? Schande bedeutet *vergogna*, und schade heißt *peccato*. So schwer ist das doch nicht, Ida!«, schimpfte sie mit sich selbst und verdrehte die Augen über ihre eigene Dummheit.

»Sei nicht immer so streng zu dir!«, riet er ihr sanft, während sie den Hafen erreichten und das Boot den Motor drosselte und normale Unterhaltungen wieder möglich machte.

»Irgendwer muss streng zu mir sein, wenn du es schon nicht bist …«

»Ida, wie könnte ich?« Seine Frage war ernst gemeint, seine Entrüstung nicht gespielt.

Das war sicher: Thomas konnte weder streng noch gemein, noch verlogen, noch sonst irgendwie schlecht zu ihr sein. Und diese Gewissheit tat Ida so, so gut. Sie lächelte ihn dankbar an, er zwinkerte ihr zu. Ida errötete. Aber nur ein bisschen. Sie war sich nicht sicher, ob er es überhaupt bemerkte.

Gemächlich schlenderten sie vom Hafen zum Hotel Villa Amalfi, mussten dabei unzähligen Automobilen und Bussen und Gruppen und Touristen ausweichen, die allesamt den Eindruck erweckten, nichts verpassen zu wollen vom amalfitanischen Sommer. Ida konnte sie nur ermutigen, ihre Zeit an der Küste voll auszukosten.

Thomas verabschiedete sich vor dem Hotel Villa Amalfi von Ida. Er hatte heute frei, keine weiteren Unterrichtsstunden, und wollte zum Frisör gehen.

»Entspann dich schön beim Haare- und Bartschneiden«, neckte Ida ihn.

»Haha!«, machte Thomas und sah dabei trotz seiner eindrucksvollen Statur fast niedlich aus.

Ida lachte, denn sie kannte den Barbiere Alfredino, der zwar Haare schneiden konnte wie kein zweiter, aber immer in Bewegung war. Wenn er nicht in seinem kleinen Salon hin und her wieselte, dann sang er, oder er schwang ein Handtuch, oder er fegte den Boden, oder er putzte den Spiegel, oder er zwirbelte seinen Schnurrbart, oder er prüfte, ob noch genug Flüssigkeit in seinem Aftershave-Spender war. Man bekam in seinem Salon alles, aber keine Entspannung.

Thomas trat auf sie zu, strich ihr über den Arm. »Wir sehen uns später«, sagte er und ging.

Ida blickte ihm nach. Sie würden das klären müssen, irgendwann, was sie waren, was sie sein wollten. Aber nicht jetzt. Jetzt musste sie endlich an die Rezeption des Villa Amalfi, dort wartete Arbeit auf sie.

Nach dem Tod der Signora Annalisa hatte Ida sich in eine neue Aufgabe gestürzt. Das Organisieren von Ausflugsprogrammen für deutschsprachige Touristen hatte ihr geholfen, die Trauer zu verarbeiten. Und noch dazu die Trennung von Ranieri. Und seine anschließende Hochzeit mit Guendalina, ja. Ida schob den Gedanken beiseite, wann immer er an die Oberfläche zu treten drohte. Wer erinnerte sich schon gerne daran, hintergangen worden zu sein? Die beiden lebten seit ihrer Hochzeit in Neapel, wo Ranieri das Reisebüro seines Vaters übernommen hatte. Ida ignorierte sie weitgehend, doch Guenda arbeitete die Saison über im Hotel, Ranieri pendelte. In diesen Phasen wurde das mit dem Ignorieren schwierig. Ida wollte trotzdem so wenig wie möglich mit ihnen zu tun haben, und die beiden schienen das zu verstehen und zu respektieren. Privat bestand kein Kontakt. Wenigstens das …

Beruflich hingegen kreuzten sich ihr Wege immer wieder. Ida war nach wie vor für die Rezeption zuständig, hatte aber mit der neuen Aufgabe deutlich mehr zu tun. Sie hatte Tagesprogramme mit Wanderungen und Rahmenveranstaltungen zusammengestellt und gezielt an deutsche Reiseveranstalter und Agenturen gesendet. Dank Thomas hatte sie zudem herausgefunden, wann die Deutschen am liebsten verreisten, wie sie anreisten, was sie interessierte. Die Deutschen liebten nicht nur das Meer, sondern Kultur und Besichtigungen und die Landschaft und Folklore vielleicht sogar ein bisschen mehr. Einer der Tagesausflüge zum Beispiel sah einen Tag in Pompei und auf dem Vesuv vor, das war die Tour, die am häufigsten gebucht wurde. Möglichkeiten auszuloten, Gäste vor allem in der Nebensaison anzulocken, war für Ida neben den alltäglichen Aufgaben an der Rezeption zur Hauptaufgabe geworden. Und die Anstrengung zeigte Resultate. Dieses Jahr hatten sie schon im März Gäste aus Deutschland gehabt, und die Buchungen gingen zum ersten Mal bis in den Oktober. Es hatte dem Hotel gutgetan, schon eher zu öffnen. Und der Signor Vittorio hatte einen ehrgeizigen Plan: einen Pool auf der Dachterrasse. Ida begrüßte diese Idee und unterstützte ihn nach Kräften. Sie wusste, dass inzwischen einige ihrer ehemaligen Gäste ihren Sommerurlaub nurmehr in Anlagen buchten, die ein Schwimmbad zu bieten hatten. Signor Vittorio wollte sie wieder als Gäste gewinnen, und dazu war der Pool vonnöten. Aber derartige Projekte kosteten Geld, viel Geld. Dennoch hatte er die ersten Schritte schon in die Wege leiten können, und so würde das Villa Amalfi bald ein Hotel mit Schwimmbad werden. Ida freute sich darüber. Sie war der größte Fan dieses Hauses.

»Ach, Ida, kannst du mal eben kommen?«, riss die Stimme von Signor Vittorio sie aus ihren Gedanken.

»Natürlich.« Sie eilte in sein Büro hinter dem Empfangstresen und nahm auf dem Stuhl vor dem Schreibtisch Platz. Nie hätte sie gedacht, dass das Arbeiten mit ihm so anregend sein würde. Vor Annalisas Tod hatte er in Idas Wahrnehmung eher im Hintergrund gearbeitet. Doch nun wusste sie, dass er das Villa Amalfi förmlich auf seinen Schultern trug und durch stille, vor allem aber durch wilde Gewässer manövrieren konnte. Er war ein faszinierend guter Stratege. Wusste, wann es an der Zeit war, eine Zusammenarbeit zu beenden – wie letztens zum Beispiel, mit einer Lavanderia, die die Hotelwäsche wusch, aber einfach zu teuer geworden war. Ida versuchte, sich alles von ihm abzuschauen, so viel wie möglich von ihm zu lernen. Er hatte ihr in Bezug auf den deutschen Tourismus die allergrößten Freiheiten gelassen, ihr aber zugleich immer mit Rat und Tat zur Seite gestanden. Doch so stark er im Geschäftlichen auch war, der Tod seiner Frau hatte ihm zugesetzt.

»Morgen kommt der Geometra Trunco, um oben auf der Dachterrasse Maß für das Schwimmbad zu nehmen. Du bist doch da?«

»Selbstverständlich. Aber sollte das nicht der Geometra Dacunzo machen?«

Vittorio schüttelte den Kopf. »Der hat erst nach dem Sommer wieder einen Termin frei. Ich möchte aber jetzt anfangen. Die Saison 1959 müssen wir mit Schwimmbad eröffnen!«

Ida verstand seine Eile. Als Geschäftsmann in Amalfi musste man sich ebenso schnell bewegen wie die Massen an Touristen.

Er zeigte ihr seine einfache Skizze, die nichts mit dem detaillierten Plan eines Ingenieurs gemein hatte, Ida aber eine Vorstellung von der Dachterrasse in ihrem neuen Gewand vermittelte.

Fröhlich ging Ida zurück an die Rezeption.

Das Telefon klingelte. Das Licht, das auf dem Apparat aufleuchtete, zeigte ihr, dass es ein interner Anruf war – aus der Küche. Diese Annehmlichkeit hatte Vittorio erst im Jahr zuvor einbauen lassen. Jetzt musste niemand mehr hinauf in den letzten Stock zur Küche oder hinunter ins Erdgeschoss zur Rezeption oder sonst wohin laufen, um etwas zu erfragen oder mitzuteilen. Intern konnten sie sich nun telefonisch austauschen.

»*Pronto?*«, meldete sich Ida.

»Schätzchen, ich brauche dringend noch Mehl. Es wurde gestern nicht geliefert. Kannst du dich darum kümmern?« Sandra klang hektisch.

»Natürlich.«

»Danke! Was würde ich nur ohne dich machen?«, sagte Sandra und beendete das Gespräch.

Ida schmunzelte. Wie viele Aufgabenbereiche ihre Arbeit an der Rezeption doch hatte! Sie liebte es.

Am frühen Nachmittag holte Thomas sie ab, der mit seinem neuen Haarschnitt und glattrasiert unverschämt gut aussah. Er fuhr Ida ins Krankenhaus, wo sie während ihrer Pause Lea und Eugenio gratulieren wollte, die zum ersten Mal Eltern geworden waren. Allein beim Gedanken daran hätte Ida jedes Mal begeistert jubeln können. Lea und Eugenio waren ihre besten Freunde, aber auch ihre Familie, und ihr Herz sprudelte fast über vor Glück.

»Bist du aufgeregt?«, fragte Thomas sie auf Deutsch.

»Ja, schon ein bisschen«, gab sie zu.

»Es ist doch nur ein Baby«, erwiderte er lachend, während er den Wagen entspannt durch die herrliche Steilküstenlandschaft lenkte. Sein Auto war nicht teuer, das konnte er sich nicht leisten, wie Ida wusste, aber sie mochte es trotzdem sehr. Er fuhr sie oft irgendwohin, und Ida stellte sich dann vor, sie seien ein Ehepaar, das zusammengehörte. Für immer.

Sie selbst sparte seit einer Weile auf ein Auto, auch wenn das mit dem Fahren noch nicht so ganz klappen wollte. Obwohl Thomas oft mit ihr übte, auf verlassenen Straßen, auf Parkplätzen. Und mit einer Engelsgeduld, für die Ida ihm sehr dankbar war. Und um die sie ihn nicht selten beneidete.

Sie zuckte die Schultern. »Für mich ist es nicht irgendein Baby«, erklärte sie knapp, als Antwort auf seine Bemerkung.

»Ich weiß. Und bevor du es nochmal sagst: Du hast mir doch schon erzählt, dass du Taufpatin sein wirst. Ich glaube, das weiß inzwischen ganz Amalfi, nein, vielleicht sogar ganz Kampanien.«

Ida lachte und rollte mit den Augen. Was er sagte, stimmte. Sie war sehr stolz darauf, Taufpatin für dieses Kind zu werden. »So schlimm?«

»Ach, ich finde, man kann es ruhig zeigen, wenn man sich richtig freut.«

Vor dem Krankenhaus stieg Ida aus. Es war eine entspannte, sorglose Fahrt gewesen, und sie fragte sich oft, wie er das machte, dass sie ihren Kopf augenblicklich freibekam, wenn sie mit ihm zusammen war. Doch eigentlich kannte sie die Antwort darauf: Er bemühte sich ganz einfach. Er war eigentlich ständig unprätentiös darum bemüht, dass sie sich wohlfühlte. Und er machte das durch tausend kleine, fast unmerkliche Gesten. Radio an, den Sender suchen, der die Musik spielte, von der er wusste, dass sie sie mochte, die Autoscheibe herunterfahren, aber gerade so viel, dass ihr Nacken durch den Luftzug nicht steif wurde. Langsames Fahren, damit Ida in den Kurven nicht schlecht wurde. Dort halten, wo er wusste, dass Ida gerne ausstieg, um bis nach Capri zu blicken. Ihr kleine Geschichten erzählen, damit sie das ein oder andere Problem aus der Arbeit nicht mit sich rumschleppte. Solche Dinge. Und er tat all das mit einer solchen Beiläufigkeit, dass Ida es fast gar nicht bemerkte, außer wenn sie sich fragte, warum sie Thomas so sehr mochte. »Vielen Dank fürs Herfahren«, sagte sie, und beugte sich durch das heruntergelassene Autofenster zu ihm hinunter.

»Gerne. Du weißt, es liegt auf dem Weg …« Er grinste und zeigte dabei seine strahlend weißen, schönen Zähne.

»Oh, wie freundlich.« Sie lachte. Thomas brachte sie auch oft zum Lachen, mit seinem ganz eigenen Humor, den sie umwerfend fand. Er konnte ironisch sein. Sehr sogar.

»Du weißt, dass ich dich auch gefahren hätte, wenn das Krankenhaus nicht auf meinem Weg gelegen hätte.«

Manchmal machte er das, dass er durchscheinen ließ, wie sehr er sie mochte. Doch dann wieder schwieg er in entscheidenden Momenten. Vielleicht traute er sich einfach nicht? Seine diesbezügliche Unsicherheit verunsicherte auch Ida. Sie würden das klären müssen … Jetzt aber schüttelte sie den Gedanken ab, warf Thomas eine Kusshand zu und ging zum Krankenhauseingang. Vor dem Eintreten fuhr sie sich mit beiden Händen durchs Haar, das sie jetzt modisch kurz trug, und nahm ihre Sonnenbrille ab. Die Tür war schwer, aber sie stemmte sich dagegen und betrat dann das Gebäude, an das sie keine guten Erinnerungen hatte. Hier war die Signora Annalisa gestorben und anschließend aufgebahrt worden. Hier hatte Ida sich von ihr verabschiedet. Und heute war sie hier, um ein neues Leben zu begrüßen. Ida wunderte sich immer wieder darüber, wie nah Trauer und Freude doch beieinanderlagen. Zwei Seiten derselben Medaille. Ida folgte den Richtungsweisern und landete nur wenige Minuten später in der Geburtsabteilung, wo eine besonders streng wirkende Krankenschwester sie aufhielt. »Wohin so eilig, junge Dame?«, fragte sie mit fester, aber durchaus nicht abweisender Stimme.

Ida erklärte, zum wem sie wollte.

»Ah ja, ein prächtiges Mädchen und eine tapfere Mutter. Eine schöne Geburt.« Damit ging die Krankenschwester voraus, Ida folgte ihr durch den sauberen, sterilen Flur bis zu einer Tür. »*Prego*, Signorina«, sagte die Schwester freundlich. »Aber bleiben Sie nicht zu lang.«

Ida klopfte an, die Tür wurde von innen geöffnet, und im nächsten Moment stand Eugenio lächelnd vor ihr. Er wirkte so müde, wie sie ihn noch nie gesehen hatte, aber auch so glücklich wie noch nie. Ida umarmte ihn fest. Dann trat er beiseite und gab den Blick frei auf einen Wagen, in dem das niedlichste Geschöpf lag, das Ida jemals gesehen hatte. Sie gab einen Laut der Verzückung von sich und ging darauf zu. Viele schwarze Haare bedeckten den Kopf des Neugeborenen. Ida berührte ihn behutsam und spürte sofort die Wärme, das Atmen, das Leben. »Mein Gott, ich muss weinen«, sagte sie und ging endlich zu Lea, die sich die Szene still vom Bett aus angesehen hatte. Ida umarmte ihre Cousine und setzte sich zu ihr auf das Bett.

»Sie ist wundervoll!«, schwärmte Ida.

»Sie sieht Eugenio ähnlich«, erklärte Lea in einem so verzweifelten Tonfall, dass Ida lachen musste.

»Ach, sei unbesorgt. Beim Wachsen verliert sich das sicher«, erklärte Ida schmunzelnd.

»Hey!«, meldete Eugenio sich zu Wort.

Lea lachte, dann verzog sie schmerzverzerrt das Gesicht und setzte sich umständlich auf.

»War es schlimm?«, erkundigte Ida sich fürsorglich.

»Eigentlich nicht. Die Details erkläre ich dir aber ein andermal, Eugenio will partout nichts davon hören. Er sagt, er wird sonst ohnmächtig. Er tut gerade so, als wüsste er nicht, wo Babys nun mal am Ende rauskommen.«

Eugenio hielt sich am Gestell des Bettes fest. »Ich sehe mal, ob die Krankenschwester einen Tee hat«, waren seine letzten Worte, bevor er das Zimmer eilig verließ. Ida und Lea mussten beide lachen.

»Wieso ärgerst du ihn immer?«, fragte Ida ihre Cousine lächelnd.

»Weil ich ihn liebe?«

»Was ist denn das für eine Art, ihm das zu zeigen?«

»Ich weiß nicht, es ist einfach meine Art. Zumindest ein Teil meiner Art, er weiß ja, dass ich auch anders sein kann.«

Ja, da hatte Lea sicher recht.

»Erzähl mir von der Geburt!«

»Das lasse ich lieber.«

»Ach, keine Sorge. Ein Kind steht für mich im Moment gar nicht zur Debatte. Und bis ich mal eines bekomme, habe ich bestimmt längst vergessen, was du mir erzählt hast.« Ida wusste nur, wen sie sich als Vater ihrer Kinder wünschen würde: Thomas, immer nur Thomas. Und bis sich etwas ergab, überließ sie das Kinderkriegen gerne Lea.

»Ich wette, du wärst schon lange Mutter, wenn nicht Guendalina Ranieri geheiratet hätte, sondern du«, sagte Lea, bedeckte aber gleich darauf ihren Mund. »Oh, mein Gott, tut mir leid!«, rief sie. »Es ist mir so herausgerutscht.«

»Schon gut. Vielleicht hast du sogar recht. Aber dieses ganze Was-wäre-wenn-Gerede führt zu nichts, das haben wir schon so oft besprochen, nicht wahr?« Ida horchte in sich hinein und merkte einmal mehr, dass sie darüber hinweg war. Ranieri, ja, er war ihre erste, große, brennende Liebe gewesen. Aber nun war er es nicht mehr. Das war in Ordnung. Was noch immer nicht in Ordnung für Ida war, war die Art und Weise, wie er sie hintergangen hatte. Sie stand auf, ging hinüber zu dem Baby und streichelte es sanft. »Wie soll sie denn heißen?«

»Wie wohl?«

»Immacolata?«, riet Ida. So hieß Eugenios Mutter.

»Genau.«

»Ist doch ein schöner Name.«

»So schön wie die Berührung einer Feuerqualle in offenem Gewässer …«

Ida lachte laut auf. Lea hatte diese unkomplizierte, direkte Art, die sie sofort wieder in ein kleines Mädchen verwandeln konnte, das nur kicherte und Flausen im Kopf hatte.

Immacolata regte sich, streckte sich, bewegte ihren kleinen Kopf.

»Sie ist bezaubernd.«

»Warte, bis sie anfängt zu schreien.«

Das ließ auch nicht lange auf sich warten. Die Kleine hatte offensichtlich Hunger.

»Würdest du sie mir herüberreichen?«

Ida nahm das kleine Wesen vorsichtig aus dem Wagen. Immacolata schien überrascht, hörte für einen Augenblick auf zu schreien, dann lag sie auch schon auf der Brust ihrer Mutter. Das Bild der beiden zusammen war perfekt. Idas Herz füllte sich mit Wärme. Und Rührung. In diesem Moment kam Eugenio zurück. Er stellte eine Tasse Tee für Lea auf den Tisch, trat dann zu seiner Frau und legte seiner Tochter die Hand auf den Kopf. Ida war zutiefst gerührt. Sie waren so wundervoll zusammen. Meine Güte, was hatte sie auf der Hochzeit der beiden geweint …

»Habt ihr eine Ahnung, warum die Signora Guendalina und der Signor Ranieri hier in der Gynäkologie sind?«, fragte Eugenio plötzlich unvermittelt. »Ich dachte, sie wollten uns vielleicht besuchen, aber sie haben mir nur zugenickt und sind dann weiter mit dem Dottore in das Behandlungszimmer gegangen.«

Ida war überrascht. Aber eigentlich konnte es dafür nur eine Erklärung geben: Guendalina war schwanger. Sie war sich nicht sicher, was diese Nachricht in ihr bewirkte. Einen kleinen Stich spürte sie, das musste sie zugeben. Aber Ranieri gehörte der Vergangenheit an. Das letzte private Gespräch mit ihm hatte Ida gleich nach Guendalinas Offenbarung vor drei Jahren gehabt. Sie war nach Annalisas Begräbnis nach Neapel gefahren und hatte ihn zur Rede gestellt. Er hatte sie nicht zu sich nach Hause gebeten, was für sie der Beweis dafür gewesen war, dass Guendalina recht hatte: Ranieri würde Ida nie und nimmer gegen den Willen seines Vaters heiraten. Ida hatte ihn direkt darauf angesprochen.

»Ich kann nicht auf das Geld meines Vaters verzichten. Ich lebe davon, ich arbeite in seiner Agentur. Soll ich unter einer Brücke landen?«, hatte er verzweifelt gefragt.

»Mit deiner Erfahrung und deinem Wissen könntest du eine eigene Agentur eröffnen. Oder du könntest eine andere Arbeit annehmen. Du könntest tausend andere Dinge machen. Aber du willst es nicht, oder?«

»Ich will die Agentur nicht verlieren …«

»Auch, wenn das bedeutet, dass du mich verlierst?«

Er sah sie nicht an. »Ich liebe dich, Ida.«

Diese Worte hatten Ida einmal die Welt bedeutet. In diesem Moment aber verstand sie, dass sie manchmal einfach auch nur leer waren. Ihr Herz zerbrach, das Atmen fiel ihr schwer.

»Das reicht nicht!«, hauchte sie.

»Mir schon. Wir können doch auch so zusammenbleiben.«

»Ist das dein Ernst? Ich bin die Freundin fürs Wochenende, während Guendalina in deinem Haus ein und aus geht, überzeugt davon, dass du sie heiratest?«

»Du wärst nie nur die Freundin auf dem Abstellgleis. Und Guendalina …«

»Was ist das überhaupt mit Guendalina? Was läuft da? Du hast mir geschworen, dass da nichts war. Würdest du heute wieder schwören?«

Er schüttelte den Kopf.

»*Mio Dio*, Ranieri, bist du von Sinnen? Hast du uns parallel als Freundinnen gehalten? Schläfst du mit ihr, während du an mich denkst? Oder anders herum?« Ida war froh, dass sie in seinem Auto saß, denn sie schrie jetzt. Auf dem menschenleeren Parkplatz, auf den er gefahren war, konnte sie ihrem Unmut freien Lauf lassen.

»Ida, ich liebe nur dich.« Allmählich kam Ranieri ihr vor wie eine Schallplatte, die hing und immer wieder die gleiche Stelle vertonte.

»Ja. Dann sieh zu, dass deine Liebe für mich so bald wie möglich erlischt, denn ich beende unsere Beziehung hier und jetzt und für immer.«

Sie hatte seine Kette genommen und in seine Hand gelegt. Er hatte wieder geweint. Ida war ausgestiegen, sie hatte selbst auch geweint. Aber Ranieri war ihr nicht hinterhergerannt.

Und es war so gekommen, wie Guendalina prophezeit hatte: Ranieri hatte dem Druck seines Vaters nicht lange standgehalten und letztendlich Guendalina geheiratet und damit Idas Herz gleich noch einmal gebrochen. Sie schätzte ihn als Menschen nicht mehr, und das war verheerender als eine erloschene Liebe.

Als sie etwas später mit Eugenio zurück nach Amalfi fuhr, wanderten ihre Gedanken wieder zu Ranieri und Guenda. Sie spürte in sich hinein, was sie empfand, wenn sie sich die beiden als Eltern vorstellte. Egal, wie sie es drehte und wendete, musste sie zugeben, dass der Gedanke ihr auch ein bisschen Bauchschmerzen bereitete. Denn alles in allem hatten die beiden sie wirklich leiden lassen. Ranieri war der erste Mann, dem Ida vertraut hatte, dem sie sich vollständig hingegeben hatte, nach all dem, was sie in ihrem Elternhaus als Kind erlebt hatte. Dass er ihr Vertrauen, ihre Liebe mit Füßen getreten hatte, war nicht gerade hilfreich gewesen für ihre innere Heilung. Und Guenda … Ach, Guenda … Mit ihr würde sie niemals auf einen grünen Zweig kommen.

»Was bist du denn so still?«, fragte Eugenio nach einer Weile. Dass gerade er, der König der stillen Autofahrten, sie das fragte, brachte Ida zum Lächeln.

»Ich bin nur etwas müde«, erklärte sie matt.

»Ach, Ida. Wie lange kennen wir uns jetzt schon? Hm?«

»Ein ganzes Leben. So kommt es mir vor.«

»Acht Jahre«, antwortete er sich selbst. »Wir sind gemeinsam erwachsen geworden, wir haben ganze Tage in einer viel zu heißen Küche verbracht. Ich meine, wir kennen uns, oder? Sehr gut sogar.«

»Das stimmt.« Sie war sich nicht sicher, worauf er hinauswollte.

»Wieso glaubst du dann noch immer, mich anlügen zu können? Ich weiß ganz genau, was dich beschäftigt.«

»Warum fragst du dann?«

»Weil du es auch mal aussprechen musst: Ich bin Ida, und ich finde es noch immer schwierig, den Signor Ranieri mit der Signora Guendalina zu sehen, obwohl es mir eigentlich egal sein könnte, weil ich Thomas liebe. Ach nein, Moment, er weiß es nur noch nicht so richtig, weil ich Angst habe, es ihm zu gestehen.«

»*Mio Dio*, Eugenio, halt in der Kurve da vorne an, damit ich mich gleich von den Klippen stürzen kann.«

Eugenio bremste tatsächlich ein wenig ab, aber nur, um sie von der Seite anzuschauen. »Ida, Ironie hilft jetzt nicht«, sagte er ernst. »Du musst mit dem ganzen Mist aus der Vergangenheit abschließen, weil du dir sonst selbst im Weg stehst und das Glück in nächster Nähe nicht ergreifst, aus Angst, du könntest erneut leiden. Ich mache mir wirklich Sorgen um dich.«

»Das musst du nicht.«

Eugenio gab einen undefinierten Laut von sich.

»Lea und ich, wir lieben dich. Das weißt du, oder?«

»Ja, natürlich. Und ich weiß es zu schätzen, dass du mir helfen willst und dazu gleich mehr Worte benutzt als vielleicht in den ganzen acht vergangenen Jahren zusammen.« Ida legte ihm eine Hand auf den Arm. Sie liebte ihn ja irgendwie auch. Vom ersten Moment an, auf rein geschwisterliche Art. »Aber es gibt vermutlich keine so einfache Lösung für mein … Problem.«

»Das habe ich auch nicht behauptet. Doch du wirst daran arbeiten müssen, wirklich. Ich möchte nicht, dass du als verbitterte, einsame alte Irre endest.«

Das Lachen blieb Ida im Halse stecken. Einerseits war das Bild von sich selbst als irre Alte erheiternd, andererseits jedoch … kein bisschen. Ihr war klar, dass sie die Freiheit, die sie mit so viel harter Arbeit und vielen mutigen Schritten errungen hatte, nicht voll auskostete. Das musste sich ändern. Eugenio hatte recht.

Doch dann erreichten sie endlich Amalfi, und das Hotel kam in ihr Sichtfeld, die weiße Fassade, die blaue Schrift, die jedes Jahr im Frühjahr nachgezogen werden musste, weil die Witterung sie an Klarheit verlieren ließ. Die solide Bauweise des Gebäudes gab Ida ein Gefühl von Sicherheit, machte, dass sie sich zuhause fühlte.

Eugenio hielt dicht an der Felswand. »Gibst du Sandra Bescheid, dass ich nur schnell parke, dusche und dann gleich in die Küche komme?«

»Natürlich. Das mache ich. Wie ich sie kenne, hat sie ohnehin keine Mittagspause gemacht, damit du dich nicht abhetzen musst. Die Vorbereitungen hat sie vermutlich schon erledigt.«

»Ja. So ist sie eben.«

Ida hob die Schultern, um auszudrücken, dass da nichts zu machen war. Eugenio sah aus, als wollte er noch etwas sagen, nickte Ida dann aber lediglich zu. Sie stieg aus, schlug die Autotür zu und winkte zum Abschied. Wie so oft wählte sie den Hintereingang, der direkt zur Küche führte, und stieg die Stufen gewohnt flink empor. Die Tür stand offen, sie trat ein.

Sandra hantierte mit großen Töpfen und blickte auf. »Und? Wie ist die Kleine?«, fragte sie sofort.

Ida lehnte sich an den Arbeitstisch, stützte sich mit beiden Armen ab. »Sehr niedlich. Sie hat ganz viele Haare. Immacolata heißt sie.«

»Herr im Himmel! Wie der Drachen von Schwiegermutter?«

Ida kicherte, klaute sich eine Olive, die sie hungrig verschlang. Dann nahm sie sich eine ganze Handvoll. Sandra ließ sie gewähren. Bei anderen gab es meist einen Klaps auf die Finger, nicht so bei Ida. Sie wusste, dass sie von Sandra ein bisschen verwöhnt wurde, aber sie ließ es zu, zumal es sich sehr gut anfühlte.

»Wie geht es Pantalea?«

»Sie sah gut aus, fand ich. Sie hat noch Schmerzen, ist aber überglücklich. Eugenio ist auch stolz, aber er steht schon bei Berichten über die Geburt kurz davor, umzukippen.«

Sandra lachte polternd. »Ja, unser Eugenio. Er ist unschlagbar.«

»Das ist er. Übrigens soll ich ausrichten, dass er etwas später kommt.«

»Verständlich, immerhin ist heute Nacht seine Tochter zur Welt gekommen. Er muss sich nicht beeilen, ich bin ja hier.«

Ida zögerte einen Augenblick, entschloss sich aber dann doch dazu, die Frage zu stellen, die sie immer mal wieder beschäftigt hatte, sie aber nie zu fragen gewagt hatte. »Wolltest du eigentlich nie Mutter werden?«

Sandra hielt mitten in der Bewegung inne. »Puh, also, es gab eine Zeit, da dachte ich, dass ein Kind in mein Leben passen könnte, aber es hat sich nie ergeben, und es ist in Ordnung.« Sie musterte Ida. »Denkst du darüber nach? Über Mutterschaft?«

Ida zog die Schultern hoch. Sie wusste, wie innig und stark das Verhältnis zwischen Mutter und Kind sein konnte, und, ja, vielleicht wollte sie das auch einmal für sich. Aber es war nicht ihr vorherrschender Gedanke. Ihr Leben war so erfüllt, dass ein Kind gar nicht hineinpassen würde. Aber dann sah sie Guenda und Ranieri vor ihrem inneren Auge und konnte gar nicht anders, als sich auszumalen, dass sie, wäre es anders gelaufen, jetzt vielleicht schon Mutter wäre. Der Gedanke war verwirrend, denn sie verspürte auch Erleichterung. Sie mochte ihr Leben, so wie es war, und ihre Freiheit sehr. »Nein, nicht wirklich. Ich bin nur sentimental.«

»Das ist gut. Gefühle sind gut und wichtig.«

Ida stieß sich vom Arbeitstisch ab. »Ach, ich weiß nicht, Sandra. Im Moment finde ich Gefühle eher lästig, weil sie mich verwirren.« Aber darüber wollte sie jetzt keinesfalls reden. »Lass uns ein andermal darüber sprechen, ja?«, bat sie.

Sandra schenkte ihr ein warmes Lächeln. »Wann immer du willst. Du weißt, ich habe dich lieb und bin für dich da.« Das mochte Ida so an Sandra: dieses offene Aussprechen und Benennen von Gefühlen und Meinungen. Ida hatte das erst durch sie gelernt. Und sie fühlte sich geschmeichelt und gut aufgehoben durch Sandras Offenherzigkeit und Zuneigung.

»Ich mag dich auch sehr gern.«

Sandra zwinkerte ihr zu. Ida lächelte, trat zu ihr und umarmte sie. Sandra roch wie so oft nach einem ganzen Schrank voller Zutaten, und Ida gab ihr wie so oft einen Kuss auf die Wange. »Was kochst du überhaupt? Du duftest so gut!«

»Ich habe mich an einer neuen Soße versucht. Noch immer bin ich mir nicht sicher, was ich für Thomas' Verwandte kochen soll.«

Ach ja, Thomas' Verwandte aus Deutschland! Sein Onkel, seine Tante und sein Cousin … Übermorgen würden sie anreisen und hatten auf Thomas' Anraten eine Woche im Villa Amalfi gebucht. »Sandra, glaub mir, alles, was du kochst, schmeckt so unverschämt gut, dass niemand widerstehen kann. Aber ich kann ihn nochmal fragen.«

Sandra nickte. »Das wäre ganz gut, danke.«

Ida verabschiedete sich und ging. Die Arbeit an der Rezeption wartete auf sie.

KAPITEL 27

Fulvio war ein echter Glücksgriff für Doriana. Die Verwandtschaft ihres Ehemannes ist sehr freundlich und zuvorkommend. Ich bin froh, dass unsere Tochter in diese Familie eingeheiratet hat. Sie erzählen gerne weiter, dass wir Zimmer vermieten, und sie tun es mit stolzer Miene. Das weiß ich zu schätzen.

Am nächsten Tag wartete Thomas bereits vor dem Hotel am Geländer der Promenade, als Ida zur verabredeten Zeit heraustrat. Sie hatte ihn gebeten, mit ihr ein Gastgeschenk für seine Verwandtschaft auszusuchen, als Dank für das gemeinsame Essen, zu dem sie sie am Abend ihrer Ankunft eingeladen hatten. Nun hing die Sonne schon recht tief über dem Horizont. Thomas blickte über das Meer, unzählige Passanten gingen an ihm vorbei, doch er ließ sich davon nicht stören. Er wirkte, als sei er sich selbst genug. Nur ein Mann und das Meer. Ida fand das Bild wundervoll und verharrte einen Moment, um es in sich aufzunehmen. Schließlich ging sie zu ihm, legte ihm schweigend eine Hand auf den Rücken. Es gefiel ihr immer besser, ihn zu berühren.

Er hielt den Blick weiter in Richtung Meer, als er sagte: »Ich mag das Meer, und ich mag es, die Bewegungen der Wellen zu beobachten. Die Boote und die Badegäste, die Möwen, die sich Fische schnappen. Am Meer gibt es immer etwas zu sehen. Es wird nie langweilig. Geht es dir auch so, liebe Ida?« Dann drehte er sich endlich um und küsste sie zur Begrüßung auf die Wange.

»Ui, du siehst ja immer noch so schick aus wie gestern. Da hat Alfredino aber wirklich gute Arbeit geleistet. Und du fühlst dich so glatt an. Rasierst du dich jetzt täglich?«, tat Ida erstaunt.

Er hob sofort eine Hand an sein Gesicht, ohne den Blick aus seinen azurblauen Augen von ihr zu wenden, die an diesem Abend, vielleicht durch das tiefe Sonnenlicht, aufregend glitzerten. »Sieht es blöd aus?«

Sie tat so, als müsste sie sich zunächst vergewissern. Die Wahrheit aber war, dass an Thomas gar nichts blöd aussah. Ganz im

Gegenteil. Hochgewachsen, wie er war, stand ihm alles aus seiner Garderobe ausnahmslos, doch das dunkelblaue leichte Sommerhemd zur hellen Hose war besonders beeindruckend, so beeindruckend, dass Frauen sich nach ihm umblickten, und es waren nicht wenige.

»Du siehst immer gut aus, Thomas«, sagte sie wahrheitsgemäß. Er schwieg, als warte er auf eine Fortsetzung. Doch als er merkte, dass Ida nichts hinzufügen würde, stieß er sich vom Geländer ab, und bot ihr seinen Arm an. »Also, hast du dir schon überlegt, was du in etwa kaufen willst?«

»Etwas Landestypisches.« Sie hakte sich bei ihm unter, und sie gingen los in Richtung Altstadtzentrum.

»Spaghetti und Mandolino?«, neckte er sie.

»Ich dachte eigentlich eher an Limoncello und eine bemalte Tischdecke.«

Er tat, als müsste er überlegen. »Deine Idee ist besser.«

Ida grinste. »Wozu ich dich mitgenommen habe, frage ich mich jetzt doch.«

»Weil ich ein gutaussehender, sympathischer, aufmerksamer, liebenswerter Mann bin, mit dem du gerne zusammen bist?«

Ida schluckte. Sie wusste, dass er die Worte halb im Scherz gesagt hatte, aber ihr war mit einem Mal nicht nach Scherzen zumute. Denn er hatte recht, sie hätte die Worte selbst nicht besser wählen können. Thomas tat ihr gut, er war für sie da, wusste alles über ihre Vergangenheit und stand dennoch zu ihr. Und mehr noch, er ließ ihr ihre Freiheit, er belog sie nie und nahm sie ernst, so wie sie es umgekehrt auch tat. Sie suchte und brauchte seine Nähe – ja, sie war verliebt, gestand Ida sich ein, zum wiederholten Male, und eigentlich … eigentlich könnte es doch so schön werden. Sie hatten sich beide meist bemüht, ihre Gefühle zu verbergen oder zurückzuhalten, aber plötzlich konnte Ida sich an keinen einzigen vernünftigen Grund erinnern, das weiterhin zu tun. Sie dachte an das Gespräch mit Eugenio. Ja, sie könnte verletzt werden, aber was, wenn das gar nicht geschah? Bisher hatte er ihr keinen einzigen Anhaltspunkt geliefert, ihm nicht zu vertrauen. War es nicht an der Zeit, einen Schritt nach vorn zu wagen? Ida atmete tief durch. »Das ist wahr, Thomas …«

Er blickte sie aufrichtig an, fast hoffnungsvoll. »Ja?« Er blieb stehen, stellte sich vor Ida und zog sie eng an sich. »Ich bin auch gerne mit dir zusammen, Ida«, sagte er ernst. »Sehr gerne sogar. Ich halte mich die ganze Zeit zurück, und ich ahne, dass es dir genauso geht, aber wenn ich ehrlich sein soll, weiß ich nicht mehr, warum wir das tun …«

»Ich auch nicht.« Sie sah ihm tief in die Augen, und ein Kribbeln lief durch ihren ganzen Körper. Er erwiderte ihren Blick, liebevoll, und so wagte sie schließlich zu fragen: »Kannst du dir vorstellen, mit mir zusammen zu sein?«, stieß sie hervor. In diesem Moment gab es nichts, was sie mehr interessierte.

Gespannt hielt sie den Atem an, beobachtete, wie er wieder die Zähne zusammenbiss, sodass seine Muskeln sich spannten. Dann beugte er sich zu ihr hinunter, legte eine Hand auf ihre Wange, küsste sie auf den Mundwinkel und dann auf den Mund. Ida spürte seine weichen Lippen auf ihren und spürte diesen Kuss zugleich auch in ihrem Herzen, und das war vielleicht sogar noch schöner. Erst als sie die Augen öffnete, wurde ihr bewusst, dass sie sie geschlossen gehalten hatte. Auch ihren Atem hatte sie angehalten. Vielleicht hatte auch die Welt aufgehört, sich zu drehen. Ihr Thomas …

Er lächelte sie an. »Ida«, sagte er liebevoll. »Meine kleine, starke, wundervolle Ida«, flüsterte er, und einen Moment lang verschwand die Welt um Ida herum. Erst nach und nach traten die Geräusche der voll belebten Piazza wieder an sie heran. Sie gingen weiter – Hand in Hand. Die Glocken des Doms begannen ihr Spiel, die Tauben, die daran gewöhnt waren, ließen sich jedoch nicht davon stören, pickten unbeirrt weiter Krümel vom Boden. Neben dem Sant'-Andrea-Brunnen wurde eine Bühne aufgebaut.

Nicht selten buchte die Gemeinde Sänger zur Unterhaltung der zahlreichen Besucher. Ida hatte eine Broschüre des Sommerprogramms erhalten, konnte sich aber nicht mehr entsinnen, wer an diesem Abend singen würde.

Sie hielten an Carolinas kleinem Laden ganz am Anfang der Via Lorenzo d'Amalfi. Er war sehr touristisch und damit teuer, aber Carolina hatte einfach die besten Geschenkartikel. Thomas ließ Ida den Vortritt. Der Laden war klein, Thomas war groß, er wirkte wie ein riesiger Fisch unter vielen kleinen Fischlein im Netz eines Fischers. Ida zeigte ihm eine Flasche in Form einer Mandoline, und er lächelte. Sie wählte daraufhin genau diese Flasche und, wie geplant, ein großes, mit Zitronen bedrucktes Tischtuch. Carolina packte beides hübsch ein. Sie kannte Ida, Ida kannte sie. Doch Carolina kannte Thomas nicht und starrte ihn unverhohlen an. Doch Thomas, der war vergeben.

Am folgenden Abend betrat Ida ein wenig aufgeregt mit dem Gastgeschenk in der Hand den Speisesaal. Nun war er also gekommen, der Moment des Abendessens mit Thomas und seiner Verwandtschaft aus Deutschland. Sie hatte die Einladung gerne angenommen, nun würde sie Thomas auch aus einer anderen Perspektive und als Familienmenschen kennenlernen. Noch in der Tür verharrte sie und ließ ihren Blick durch den Raum gleiten. Sie spürte die Blicke, bemerkte das freundliche Nicken der Gäste, die sie erkannten. Die Bewunderung, die darin lag, schob sie auf die Wirkung des Kleides, für das sie sich entschieden hatte. Es war das gelbe, das Margherita ihr für besondere Anlässe geschenkt hatte. Ida hatte das Gefühl gehabt, es an diesem Abend gut tragen zu können, da sie zum ersten Mal offiziell als Gast zu einem Abendessen im Speisesaal eingeladen worden war. Es passte wie angegossen, und das Gelb hob ihren Hautton vorteilhaft hervor. Margherita war vernarrt in helle, kräftige Farben, und jetzt war Ida ihr insgeheim dankbar, sie selbst hätte einen solchen Ton für zu gewagt für sich gehalten. Sie würde ihr bei Gelegenheit dafür danken. Sie schrieben sich oft, und Margherita rief von Zeit zu Zeit an. Doch sie hatte jetzt eine kreative Stelle in der Fabrik ihres Mannes angenommen und arbeitete viel. Die Sommerurlaube verbrachte sie aber nach wie vor jeden Juli im Villa Amalfi. Mit Luca und Piero. Ein paar Wochen noch, dann würden sie sich wiedersehen.

In diesem Moment erblickte offenbar auch Thomas sie. Sofort stand er auf und kam ihr entgegen. »Du siehst zauberhaft aus«, sagte er und küsste sie liebevoll auf die Wange.

»Danke. Du auch.«

Er trug einen hellen Sommeranzug, der seine schlanke Figur vorteilhaft betonte. Der Ton seiner Jacke glich seiner Augenfarbe. Er lächelte, legte ihr leicht eine Hand auf den Rücken und führte sie zu seinen Verwandten, die Ida bei ihrer Ankunft am Vormittag an der Rezeption bereits kennengelernt hatte. Wolfgang Reitmeier war der Bruder von Thomas' Mutter. Helga, seine Frau, groß und stämmig, hatte die blondesten Haare, die Ida jemals gesehen hatte. Thomas' Cousin Manfred war schmächtig und kam offenbar eher nach Wolfgang. Jetzt standen sie auf und begrüßten Ida herzlich mit Handschlag. Ida hatte während ihrer Unterrichtsstunden mit Thomas auch über die deutsche Mentalität und verschiedene Gepflogenheiten gesprochen. Dennoch musste sie jetzt den Impuls unterdrücken, seine Verwandten zu umarmen und ihnen ein Küsschen auf jede Wange zu drücken, wie sie es bei einer italienischen Familie zur Begrüßung getan hätte. Wieder fiel ihr auf, dass Thomas, der eine deutsche Mutter und einen italienischen Vater hatte, beide Nationalitäten perfekt verkörperte. Das gefiel ihr, und sie hatte es ihm auch schon oft gesagt.

Ida überreichte Helga stellvertretend für die ganze Familie das Geschenk. Thomas' Tante nahm es sichtlich überrascht an und bedankte sich überschwänglich. Dann rückte Thomas Ida den Stuhl zurecht.

»Ihr Kleid hat eine sehr schöne Farbe. Und Thomas hatte vollkommen recht: Sie sehen bezaubernd aus«, befand Helga, als alle Platz genommen hatten.

Ida fühlte sich geschmeichelt.

»Tante Helga!«, sagte Thomas mahnend.

»Was ist denn?«, fragte sie scheinheilig.

Thomas verdrehte die Augen.

»Deine Schwärmerei für dieses wundervolle Geschöpf hier ist schließlich kein Geheimnis«, fuhr Helga einfach fort.

Thomas schloss die Augen, als sei er richtig verzweifelt. Alle lachten, auch Ida, sie fühlte sich keineswegs peinlich berührt. Thomas' Verwandte waren zwar ganz anders als alle Familien, die Ida kannte, aber sie kamen ihr ehrlich und direkt vor, das mochte sie. Und sie kannte es von Thomas. Ja, Thomas. *Mein Thomas*, dachte sie stolz.

Die Kellner brachten die Vorspeise. Ida bemerkte, dass sie sich an diesem Tisch besonders bemühten, und bedankte sich. Sie nahm sich vor, später noch einmal mit dem Personal zu sprechen, sie machten ihre Arbeit wirklich hervorragend, waren zuvorkommend und hatten immer ein freundliches Wort für jeden. Und das war äußerst wichtig für das Hotel. Nur ein Hotel, in dem man sich rundum wohlfühlte, würde man ein zweites, drittes und viertes Mal buchen. Eine ganz wichtige Rolle dabei spielten das Essen und die Bedienung. Vorbei waren die Zeiten, wo Kellner wie Aurelio für Unfrieden im ganzen Hotel gesorgt hatten. Auch die Querelen mit der Küche waren längst beigelegt. Ida passte gut auf, behielt alles im Blick, sowohl im Speisesaal als auch in den anderen Bereichen des Hotels. So wie die Signora Annalisa es gemacht hatte.

»Thomas hat erzählt, dass Sie vor Jahren hier als Pastamädchen angefangen haben?«, fragte Wolfgang jetzt interessiert, während er versuchte, eine Tagliatelle aufzurollen, die mit Eugenios vorzüglicher Fischsoße angemacht war. Der Duft stieg direkt in Idas Nase und machte ihr Appetit.

»Oh ja. Ganz genau. Pasta ist noch immer meine Leidenschaft, auch wenn ich nur noch selten dazu komme, meine Hände in Mehl zu tauchen.«

»Wir lieben Pasta«, erklärte Manfred mit einem so ernsten Gesichtsausdruck, dass wieder alle lachen mussten.

Ida konzentrierte sich auf der Suche nach den richtigen Worten auf Deutsch. »Ich glaube, ich kenne tatsächlich niemanden, der Pasta nicht liebt.« Sie blickte kurz zu Thomas, der ihr fast unmerklich zuzwinkerte, zur Bestätigung, dass sie alles richtig gesagt hatte. Ida war froh und dankbar dafür, überhaupt ein Gespräch auf Deutsch führen zu können. Thomas war ein guter Lehrer.

Er schenkte ihr Wein ein, wohl wissend, dass sie nur daran nippen würde, wie immer. Er reichte ihr auch ein Glas Wasser.

»Woher kommen Sie denn?«, erkundigte sich wieder Tante Helga, die den zarten Fisch genoss.

»Aus Tramonti. Das ist ein kleiner Ort im Landesinneren.«

»Im Inland ist es sicherlich auch schön. Hier in Italien ist überhaupt alles schön, so scheint mir. Gut, dass meine Schwägerin einen Italiener geheiratet hat, so konnten wir sie im Verlauf der Zeit oft besuchen und viel vom Land sehen.«

»Ja, schön ist es da, wenn auch ganz anders als hier am Meer. Ich war allerdings schon so lange nicht mehr dort«, gestand Ida.

»Lebt Ihre Familie denn nicht mehr dort?«

Ida trank einen Schluck Wasser, bevor sie ihre Worte sorgsam wählte: »Doch, ich treffe meine Mutter, sooft es geht.« Sie war sich Thomas' Nähe bewusst, spürte, dass er ihr stumm beistand. Obwohl er kein Wort sagte, gab er ihr Halt. Ida blickte zu ihm, er sah sie schweigend an, und in seinem Blick lag so viel Liebe, dass Ida ein wohlig warmer Schauder durchfuhr. Er saß dicht neben ihr, doch sehnte sie sich mit jeder Faser danach, ihm noch näher zu sein. *Wie ist das möglich?*, fragte sie sich. Sie berührte wie zufällig seine Hand auf dem Tisch, er berührte unter dem Tisch ihr Bein. Ida war überglücklich – sie gehörten zusammen.

Zu ihrer Erleichterung wechselte Wolfgang das Thema und erkundigte sich nach Möglichkeiten, ein Boot auszuleihen. Sie erklärte, an wen er sich wenden musste, und versprach, ihn am nächsten Tag zum Bootsverleih zu begleiten. Von da an lief das Gespräch wieder entspannt und offen, alle genossen die Unterhaltung und das Essen. Es war ein unspektakuläres, aber angenehmes Treffen, und Ida erkannte, dass es nicht mehr brauchte, um sich wohlzufühlen.

Sie waren gerade bei der Nachspeise, als Ida ein Kribbeln über den Rücken lief. So unverhofft, dass sie sich unwillkürlich umdrehte. Ihr Blick fiel auf Ranieri, der hier ebenfalls zu Abend aß. Allein. Ida wandte sich ab und versuchte, ihre Aufmerksamkeit wieder der Familie zu widmen. Doch das Kribbeln blieb und störte sie den ganzen restlichen Abend über. Sie bedauerte das, denn es war ihr so gut gegangen ohne Ranieris Blicke im Rücken. Als sie sich später noch einmal flüchtig umsah, war er verschwunden.

Das gemeinsame Essen neigte sich dem Ende. Thomas' Verwandte wollten noch einen Spaziergang an der Strandpromenade machen. Ida bedankte sich herzlich für den schönen Abend und trennte sich schließlich in der Eingangshalle von der Familie, da der Signor Vittorio sie nochmal sprechen wollte.

Thomas blieb einen Moment zurück. »Du hast mich heute Abend verzaubert, Ida, mehr als sonst«, sagte er liebevoll. Er lächelte, küsste sie leicht auf den Mund und folgte dann seinen Verwandten.

Ida blickte ihm nach, bis er in der Menge der spazierenden Touristen verschwunden war. Sie vermisste ihn jetzt schon und verspürte Sehnsucht nach ihm. War es nicht unglaublich, welch starke Gefühle er in ihr weckte? Ida wünschte sich mit einem Mal Lea aus dem Krankenhaus zurück. Sie hatte das Bedürfnis, mit ihr über Thomas und die letzten Entwicklungen zu reden. Aber damit musste sie sich wohl gedulden. Der Signor Vittorio wartete auf sie.

Das Büro sah noch immer so aus wie bei ihrem allerersten

Besuch vor so vielen Jahren. Vielleicht fehlte ihm ein wenig der Glanz, ganz sicher aber fehlte ihm die Signora Annalisa. Der Signor Vittorio war nach dem Tod seiner Frau um einige Jahre gealtert. Geschäftlich war er ein sicherer Hafen, persönlich aber war er manchmal wie ein Schatten, der ruhelos im Hotel umherirrte, auf der Suche nach etwas, was er nie mehr finden würde. Besonders abends, wenn die Nacht nahte und er den Verlust seiner Frau am meisten spürte. Ida konnte seinen Schmerz nur erahnen und verspürte dann Mitleid mit ihm, wusste aber nicht, wie sie ihm helfen sollte.

Nun setzte sie sich ihm gegenüber auf den gepolsterten Stuhl. »Sie wollten mich sprechen?«

Er seufzte, nahm die Brille ab, rieb sich mit der freien Hand über die Augen, setzte die Brille wieder auf. Das machte er oft. Ida wartete geduldig ab.

»Ich denke, der Moment ist gekommen, um mit dir über eine wichtige Angelegenheit zu sprechen.«

Ida schluckte. Dem Ernst in seiner Stimme nach zu urteilen, würde es nicht, wie in den letzten beiden Tagen, um das Schwimmbad gehen. Sie überlegte eilig, ob sie sich etwas hatte zuschulden kommen lassen, fand aber nichts. Sie war nervös, ließ es sich aber nicht anmerken, sondern sah ihn freundlich an.

»Ich warte schon lange auf eine passende Gelegenheit, aber es hat sich nie wirklich eine ergeben. Doch jetzt, wo Guendalina für ein paar Tage nicht hier ist, halte ich den Zeitpunkt für geeignet.«

Ida nickte, versuchte, ihn auf diese Weise zu ermutigen, doch ihre Nervosität stieg. Um was ging es? Sie hatte keine Idee. Und wieso war Guenda nicht da? Eugenio hatte sie im Krankenhaus gesehen … Es war doch alles in Ordnung?

Der Signor Vittorio stand auf. Sein Hemd war am Rücken zerknittert vom vielen Sitzen. Gab es niemanden, der sich ein wenig um ihn kümmerte?

Ida beobachtete, wie er ein großes Kuvert aus einer Schublade zog. Er kam damit zurück an den Schreibtisch, setzte sich etwas umständlich, dann reichte er ihr den Umschlag.

»Es ist Annalisas letzter Wille«, erklärte er angestrengt.

»Was … ?«

»Lies!«

Vorsichtig öffnete Ida den Umschlag, zog mit zitternden Fingern ein handbeschriebenes Papier hervor. Das Erste, was ihr auffiel, war das Datum. Dieses Dokument war am Tag vor Annalisas Tod verfasst worden! Ida überflog die wenigen Zeilen, stockte an dem Punkt, an dem ihr eigener Name auftauchte.

»… deshalb ist es mein letzter Wille, dass das Hotel Villa Amalfi nach meinem Tod und nach dem Tod meines Mannes zu 50 % meiner Tochter Guendalina und zu 50 % Ida Moscato gehören soll.« Das stand da. Eigentlich kein schwer zu begreifender Satz. Ida verstand ihn trotzdem nicht.

»Aber …«

»Ja. Ich dachte, du solltest darüber Bescheid wissen. Ich möchte im Moment noch nicht im Detail darüber sprechen, aber bereite dich darauf vor, Ida: Du wirst, nach meinem Ableben, zusammen mit Guendalina die nächste Besitzerin des Hotel Villa Amalfi sein.«

Ida fehlten die Worte. Sie lehnte sich im Stuhl zurück, auf der Suche nach Halt. Sie fühlte sich überrollt und emporgehoben zugleich, wie auf einem Karussell, dass zu schnell fuhr und sie durch die Lüfte zu schleudern drohte. Sie beugte sich vor und legte ehrfürchtig das Dokument auf den Schreibtisch. Sah zum Signor Vittorio auf, der ihr aufrichtig zulächelte. Er streckte seinen Arm über den Tisch vor, legte seine Hand auf ihre. Ida konnte kaum atmen. Um sie herum drehte sich alles.

»Weiß Guenda das?«, war tatsächlich die erste der vielen Fragen in ihrem Kopf, die sie stellte.

Vittorio schüttelte den Kopf. »Noch nicht. Sie hat im Moment … andere Sorgen.«

Welche Sorgen kann Guenda schon haben?, fragte Ida sich sofort.

Sie hatte Ranieri, sie hatte eine Schwangerschaft, sie hatte das Hotel. Das halbe Hotel … Die Nachricht begann in ihr Bewusstsein zu sacken. Ida verstand mit jeder Sekunde mehr, was sie gerade erfahren hatte, und konnte es doch kaum fassen. »Das kann doch nicht wirklich wahr sein, ich meine, ist das überhaupt möglich?«

»Oh ja, es ist wahr. Und es ist möglich. Falls es dich interessiert: Ich bin wie immer vollkommen einer Meinung mit meiner Frau. Ich unterstütze ihren letzten Willen entschieden.« Er lächelte Ida zu, und in diesem Moment brachen sich ihre Gefühle Bahn. Sie empfand unbändige Freude, zugleich aber auch eine gehörige Portion Angst. Ida sprang auf, sie konnte nicht mehr sitzen, brauchte frische Luft. Sie würde Miteigentümerin des Villa Amalfi werden!

»Geh nur«, riet Vittorio ihr väterlich, »du siehst aus, als solltest du das gebührend feiern.«

»Danke, Signor Vittorio. Danke, danke, danke! Sie können sich nicht vorstellen, wie viel mir das bedeutet!«, brachte Ida hervor, dann verabschiedete sie sich und machte sich eilig auf den Weg zur Dachterrasse, um sich auf diese gigantische Nachricht hin an der Bar etwas zu trinken zu gönnen.

Oben angekommen, stellte sie sich zunächst an das Geländer und sog gierig die nach Salz riechende Luft in ihre Lungen. In ihr tobten die Gefühle, sie wollte schreien, hüpfen, tanzen und sich verstecken – am besten alles zugleich.

»Die schöne Ida …«, vernahm sie in diesem Moment eine bekannte Stimme rechts neben ihr. Ida drehte sich um. Ranieri. Er hielt ein Glas mit einem Drink in der Hand. Seiner Stimme nach zu urteilen, war es nicht der erste des Abends.

»Sei nicht albern!« Sie zeigte auf sein Glas. »Trink weiter.« Sie hatte im Gespräch mit ihm schon lange keinen vertrauten Ton mehr gewählt. Doch wenn er sich erlaubte, sie hier anzusprechen und als schön zu bezeichnen, nahm sie sich heraus, ihn in seine Schranken zu weisen.

Ranieri lachte bitter und leerte das Glas in einem Zug. Er trat ein paar Schritte näher an sie heran. »Bist du jetzt die Freundin des Deutschen, hm? Gefällt er dir?«

Sie traute ihren Ohren kaum. Wie konnte er es wagen? »Sprich nicht so mit mir!«, riet sie ihm dringlich.

Er hob abwehrend die Hände. »Verzeih mir. Ich wollte nicht respektlos sein, ich will mich nur mit einer alten Freundin unterhalten. Also, bist du mit ihm liiert?« Er war sichtlich bemüht, sich freundlich zu geben.

Ida war ihm nichts schuldig, bemühte sich aber ebenso um einen ruhigen Tonfall. »Er ist mein Freund, ja, und ich liebe ihn sehr«, erklärte sie wahrheitsgemäß. Und auch ein bisschen, um ihm zu zeigen, dass sie Ranieri weiß Gott nicht mehr nachtrauerte.

Ranieri nickte, als hätte er nichts anderes erwartet. »Ich wusste, dass das eines Tages passieren würde, trotzdem trifft es mich, dass du jetzt mit einem anderen zusammen bist. Ich muss gestehen, dass ich dich in diesem Moment gerne küssen und spüren würde, Ida. Ich verzehre mich nach dir. Jeden Tag meines gottverdammten Lebens!«

Was fiel ihm nur ein! »Wie kannst du das sagen? Reiß dich zusammen und denk daran, wem du vor dem Altar ewige Treue geschworen hast!« Idas Herz klopfte wie wild. Sie wusste, dass sie ihn einfach stehenlassen und gehen sollte, doch ihre Beine bewegten sich nicht.

Er fuhr sich mit beiden Händen durch die Haare. »Du kennst meine Gründe. Und du weißt auch, wen ich liebe.«

»Du weißt nicht, was du sagst, Ranieri. Du bist betrunken.«

»Ja. Das bin ich vielleicht. Aber ich habe nie einen Hehl aus meinen Gefühlen zu dir gemacht. Ich gehe daran zugrunde.«

Idas Kehle schnürte sich zu. »Dann hättest du wohl damals einfach nicht auf deinen Vater hören sollen«, brachte sie hervor. Sie merkte, dass die Gäste anfingen, sich neugierig nach ihnen umzublicken. Und einen Skandal konnte sie nun wirklich nicht gebrauchen.

»Ich hatte keine Wahl.«

Ida schloss kurz die Augen. Eigentlich war es inzwischen egal, aber er schien es noch immer nicht verstanden zu haben. »Doch. Die hattest du. Und du hast sie getroffen. Du wolltest die Agentur. Bitte schön, jetzt hast du deine Agentur«, sagte sie.

»Meine Wahl hat mich ins Verderben gestürzt. Ins Verderben!«, wiederholte er leise. Er wandte das Gesicht ab, doch sie konnte sehen, dass er nun weinte.

Es berührte Ida noch immer. Und das hatte sie nicht erwartet.

KAPITEL 28

Sie haben sich gezankt. Vor den Gästen. Ich habe Doriana gesagt, dass alles Persönliche ferngehalten werden muss von den Gästen, die sicher nicht hierhergekommen sind, um mit unseren Problemen belästigt zu werden.

Ida schob Ranieri den Flur entlang in den ältesten Teil des Hauses. Sie hielt sich nur selten in diesem etwas abgelegenen Winkel des Hotels auf, wo die wenigen Schlafzimmer des Personals lagen. Inzwischen übernachtete nur selten jemand darin, sodass Guenda und Ranieri eines der Zimmer nutzten, wenn sie mal zusammen vor Ort waren.

Ranieri torkelte leicht, und Ida fühlte sich in die Vergangenheit zurückversetzt. Sie hatte ihren Vater fast jeden Abend in einem ähnlichen Zustand erlebt. Ähnlich und irgendwie doch ganz anders, denn während Alkohol ihren Vater stets in einen gewalttätigen Mann verwandelt hatte, zeigte Ranieri keinerlei Zeichen für Aggression – ganz im Gegenteil: Er wurde ehrlicher, anschmiegsamer, so als fielen dank des Alkohols all seine Masken.

»Es tut mir so leid, Ida«, wiederholte er immerzu.

»Psst!«, machte sie. Sie wollte nicht, dass jemand sie zusammen sah oder hörte. Ihre Absicht war es, Ranieri in sein Zimmer zu verfrachten und dann gleich wieder zu gehen. Sie hätte es unangebracht gefunden, ihn betrunken und weinend oben auf der Dachterrasse zu lassen. Die meisten Gäste kannten ihn. Wie sah denn das aus?

»Gib mir die Schlüssel«, forderte sie ihn auf. Es war dunkel im Flur, er war nur spärlich beleuchtet, anders als der von Gästen frequentierte Teil des Hotels, was der Atmosphäre etwas Verruchtes verlieh, fand Ida. Ranieri gehorchte, kramte in seiner Jackeninnentasche, zog den Schlüssel hervor und reichte ihn ihr. Sie schloss die Tür auf und forderte Ranieri auf hineinzugehen. Er tat es, doch er nahm ihre Hand und zog sie mit ins Zimmer, wo er das Licht anmachte. Dann schloss er die Tür.

»Hör auf mit dem Unsinn. Ich werde jetzt gehen.«

»Gib mir nur eine Minute«, bat Ranieri, jetzt sehr viel ruhiger und klarer als noch Momente zuvor. Er sah sie eindringlich an. Und sein Blick fesselte sie auf unerklärliche Weise – als wären nicht drei Jahre vergangen, als wäre sie noch immer die Ida von damals.

»Die Minute beginnt jetzt.«

Er löste seine Krawatte, zog sie mit einem geübten Handgriff von seinem Hals und warf sie achtlos auf das Bett.

»Ich liebe dich, Ida. Noch immer. Das solltest du wissen.«

Sie hielt sich die Ohren zu. »Wie kannst du das sagen? Wie kannst du deiner Frau, wie kannst du mir das antun?« Sie ging auf und ab, der Rock schlug bei jedem Schritt raschelnd um ihre Beine. Ihr Herz pochte wie wild. Sie war entsetzt, dass er sich so gehen ließ.

»Ich kann es einfach nicht mehr für mich behalten«, stieß er hervor.

»Wenn du schon keinen Respekt vor Guenda hast, dann doch wenigstens vor deinem ungeborenen Kind!«

Ranieri blickte irritiert auf. Es lag so viel Schmerz in seinem Blick, dass Ida wegsehen musste. »Willst du mich auf den Arm nehmen?«

»Keineswegs! Eugenio hat euch in der gynäkologischen Abteilung gesehen …«

Er nickte, langsam, als würde er verstehen. »Ja, das stimmt, wir waren da. Aber … nein, so ist es nicht«, sagte er leise. »Es ist … Guendalina hat ein … Problem. Sie wird keine Kinder gebären können«, brachte er schließlich hervor. »Und das kann sie nicht akzeptieren. Sie ist verzweifelt, Ida. Sie läuft zu jedem Gynäkologen, den sie finden kann, und bittet um Hilfe. Und dann zum nächsten. Und übernächsten. Jetzt will sie einen letzten Versuch wagen, deshalb hat sie sich in das Krankenhaus einweisen lassen. Aber das Resultat ist immer das gleiche. Wir werden keine Kinder bekommen. Es ist, als wären wir Opfer eines Fluchs.« Er sackte förmlich in sich zusammen.

Ida war wie vor den Kopf geschlagen, die Nachricht traf sie vollkommen unerwartet. Und ja, sie hatte den beiden eine ganze Weile lang die Pest an den Hals gewünscht, hatte sich tausendmal gewünscht, es Ranieri heimzuzahlen, ihn auch zu verletzen, ihn am Boden kriechen zu sehen, aber das jetzt, das traf sie. »Es gibt bestimmt …«, setzte sie an, doch er unterbrach sie barsch.

»Hör auf, Ida. Es gibt keinen alternativen Weg, keine wundersame Möglichkeit. Wir sind verdammt.« Ranieri ließ sich auf das Bett fallen, er wirkte zutiefst erschöpft.

Ida empfand mit einem Mal tiefes Mitleid und sank ebenso ermattet neben ihn. Sie hatte auf einen Schlag aufgehört, daran zu denken, dass sie nicht hier sein sollte. Nicht allein. Nicht allein mit ihm. Nicht nachts. Und überhaupt gar nicht. Dabei fühlte sie sich nicht einmal mehr unwohl. Sie schwiegen eine Weile, gefangen in dieser Vertrautheit, die sich nicht wirklich anders anfühlte als die, die sie einst hatten. Es war wie eine Bindung, die alte Freunde erlebten, die sich nach langer Zeit wiedersahen und sofort dort ansetzen konnten, wo sie Jahre zuvor aufgehört hatten.

»Das tut mir leid«, flüsterte sie und meinte es ehrlich. Das Licht flackerte.

»Schon gut. Ich schätze, ich habe es nicht anders verdient.«

»Niemand verdient so etwas«, stellte sie klar, auch wenn Reue aus seiner Stimme sprach. Und mit einem Mal war ihr Kopf erschreckend leer. Außerdem begann sein Duft in ihre Nase zu steigen und benebelte sie leicht. Sie spürte, dass sie gerade in etwas hineinrutschte, es fühlte sich an wie ein Sog, der sich sämtlicher Logik widersetzte. Ida sprang mit einem Ruck auf. Sie musste Distanz zwischen sich und ihn bringen. Zumindest räumlich.

»Bist du wirklich verliebt in diesen Deutschen?« Ranieri blickte sie direkt an.

»Ja! Warum willst du das wissen?«

»Weil mich der Gedanke auffrisst, dass du jemand anderem gehören könntest.«

»Ich gehöre mir selbst …«

»Ja, das stimmt! Das war schon immer so. Und das ist auch ein Grund dafür, dass ich dich liebe.« Ranieri stand ebenfalls auf, trat ganz nah an sie heran.

Oh nein, das war nicht gut, gar nicht gut. Ida wich zurück.

»Gib mir nur eine letzte Nacht, Ida«, bat er rau. Sachte, langsam hob er seinen Arm, fuhr ihr mit dem Daumen leicht über ihre Wange. Über ihre Narbe. »Ich wünschte, er hätte dir nicht so wehgetan, liebste Ida.«

Ida spürte seinen Finger auf ihrer Haut, schüttelte lediglich den Kopf zur Antwort, wollte nicht dahin zurückrutschen, in diese Zeit, in der sie durch ihren Vater ein verschrecktes, anlehnungsbedürftiges Mädchen gewesen war. Doch Ranieri hielt sie am Kinn fest – federleicht und keineswegs schmerzvoll – und führte sie damit doch an den Punkt, an den sie keinesfalls gelangen wollte: Irgendetwas in ihr wollte sich an ihn lehnen. Ein kleiner Teil von ihr lechzte noch immer nach seiner Liebe und Anerkennung.

Ida seufzte tief auf. »Ich bin nicht gerade stolz auf diesen Teil der Familie, wie du weißt«, brachte sie hervor.

»Ich hätte deine Familie werden sollen, ich hätte dein Beschützer, dein Freund, dein Held, dein Mann werden sollen.«

»Ach, Ranieri, lass gut sein. Das bringt doch nichts. Es ist zu spät.«

»Gib mir noch eine Chance!«

»Welche Chance denn? Du brauchst keine Chance. Du bist verheiratet.« Sie hörte selbst, dass ihr Lachen höhnisch klang. Gleichzeitig musste sie sich eingestehen, dass es ihr gefiel, wie sehr er sie begehrte.

»Dann gib mir diese Nacht«, hörte sie ihn sagen, fast flehentlich. »Nur eine. Die letzte. Dann lasse ich dich für immer in Ruhe.« Er legte seine Hände um ihre Hüfte, zog Ida ganz, ganz nah an sich heran. Und mit einem Schlag war sie wieder die Ida von damals und Ranieri die erste große Liebe ihres Lebens. Bevor sie einen klaren Gedanken fassen konnte, küsste er sanft ihre Narbe. Und Ida wusste, wusste, wusste, dass es unrecht war, doch sie konnte nicht widerstehen. Sie genoss seine Berührung, wusste um seine Wirkung. Die Chemie von einst war wieder da. Sie schloss die Augen und stellte das Denken ein. Ihre Hände suchten wie von selbst seinen Nacken, wo sie sie in seinen Haaren vergrub – so vertraut wie früher. Sein Mund wanderte von ihrer Narbe aus zu ihren Lippen, die er federleicht berührte. Er sagte immer wieder ihren Namen und wirkte dabei, als könnte er es nicht glauben, sie endlich wieder zu küssen. Und seine Küsse wurden immer voller, leidenschaftlicher. Jeder Atemzug wurde mit einer neuen Berührung vollendet. Ranieris Hände waren überall, auf ihrem Rücken, aber auch auf ihrem Arm, in ihrem Nacken, auf ihrer Brust, am Reißverschluss ihres Kleides, an ihrem BH. Überall. Und er war so voller Liebe, voller Verlangen, voller Bewunderung, voller Ehrfurcht, voller Leidenschaft. Ihn so zu erleben, erregte sie.

Noch bevor sie sich daran hindern konnte, gab sie sich ihm in dieser unerklärlich geladenen und verwirrenden Nacht vollkommen hin. Sie liebten sich gierig, hungrig, als könnten sie dadurch die letzten Jahre auslöschen und wieder dort ansetzen, wo sie auseinandergegangen waren. Und als sie schließlich erschöpft ihre Köpfe auf die Kissen sinken ließen, reichte Ida ein winziger Moment, um zu begreifen, dass sie gerade den größten Fehler ihres Lebens begangen hatte.

***

Sandra begann ihren Arbeitstag zusammen mit Eugenio, der Augenringe fast bis zum Kinn hatte. Er gähnte so herzhaft, dass Sandra erst einmal Espresso aufsetzte und ihm einen doppelten einschenkte. Schwarz und stark. Er trank ihn dankbar. »Sie schläft nachts keine Sekunde, seit sie zuhause ist. Nur tagsüber«, erklärte er und gähnte wieder. »Seit über einer Woche!«

Als der Kaffee zu wirken begann, zeigte er sich nach und nach frischer und wacher, vollführte geübt seine Handgriffe. Sandra hatte den Eindruck, dass auch seine Sinne allmählich wieder funktionierten, und beobachtete ihn amüsiert. Und durchaus auch wachsam, weil sie fürchtete, er könnte in seinem Zustand leicht Salz und Zucker verwechseln – mit katastrophalen Auswirkungen auf den Mittagsbetrieb.

Sie arbeiteten eine Weile schweigend, dann wandte er sich mit einem Mal an Sandra. »Gestern ist mir etwas Seltsames passiert«, begann er.

»Nämlich?«

»Ich war in dem kleinen Laden von Concetta, du weißt schon, der mit den Lebensmitteln und manchmal auch so Frauenzeug.«

Sandra lachte. Was genau er mit Frauenzeug meinte, wollte sie gar nicht vertiefen. »Ja, den kenne ich. Und?«

»Und da fragt Concetta mich doch tatsächlich, ob es stimmt, dass Ida den Signor Vittorio bezirzt.«

Der Gedanke war so abstrus, dass Sandra sicher war, Eugenio missverstanden zu haben. »Bezirzt? Was meinte sie denn damit?«

»Das habe ich sie auch gefragt. Und sie hat gesagt, dass im Ort erzählt wird, dass Ida ihm Geld aus der Tasche zieht und Sachen mit ihm macht, seit die Signora Annalisa gestorben ist.«

Sandra traute ihren Ohren nicht. Amalfi war ein Dorf, da reichte ein winziges Gerücht, und innerhalb eines Tages wusste die gesamte Bevölkerung Bescheid. Schlimm war es, wenn es sich um durchweg falsche Gerüchte handelte, denn die machten noch schneller die Runde als die wahren.

»Mir ist natürlich klar, dass das nicht stimmt, aber es ärgert mich, dass so etwas über Ida erzählt wird! Ich habe Concetta aber gefragt, woher sie das weiß.«

»Und?«

»Sie hat es bei der Frisöse gehört. Du weißt schon, Angela. Also bin ich dorthin gegangen und habe nachgefragt, aber niemand wusste mehr, woher das Gerücht kam.«

»Schade! Ich hätte schon gerne gewusst, wer so einen Mist verbreitet. Und solche Gerüchte halten sich ja doch hartnäckig. Ida verletzt es sicher, wenn sie davon erfährt.«

Eugenio zog die breiten Schultern hoch. »Ja, das können wir leider nicht verhindern. Ich werde sie vorwarnen, damit es sie nicht kalt erwischt. Ich habe auch schon mit Lea darüber gesprochen.«

»Und was meint sie?«

»Ginge es nach ihr, würde sie jeden Einzelnen, der dazu beigetragen hat, das Gerücht zu verbreiten, persönlich zur Rede stellen. Du kennst sie ja – wenn es um Ida geht, ist mit ihr nicht zu spaßen.«

»Ja, die zwei sind wie Schwestern.«

Eugenio nickte. »Lea ist dann aber später noch etwas eingefallen. Sie weiß nämlich zufällig, wer gerne und oft zu Angela geht, um sich die Haare zu machen.«

»Mach es nicht so spannend. Sag schon.«

»Guendalina. Sie ist mindestens einmal in der Woche bei ihr.«

Eine Welle der Wut durchfuhr Sandra, und sie schlug mit der flachen Hand auf die Arbeitsfläche. Da war sie, die Erklärung! Dieses kleine Miststück! Ja, so musste man Guenda wohl nennen – auch wenn es Sandra leidtat. »Das kann kein Zufall sein!«, rief sie aufgebracht.

»Das habe ich auch gedacht.«

Wenn Guenda im Spiel war, musste man immer mit dem Schlimmsten rechnen, daran hatte sich nichts geändert. Sandra kam der Gedanke, dass die Signora Annalisa das sehr bedauert hätte. Was für eine Schande Guenda doch war!

»Wann wird sie endlich aufhören so biestig zu Ida zu sein?«, stöhnte sie.

»Vermutlich nie.«

Davon war Sandra inzwischen auch überzeugt. »Können wir irgendetwas tun?«, fragte sie, wobei sie die Antwort eigentlich schon kannte.

»Wie gesagt: Ich glaube, wir können Ida nur vorwarnen.«

Vermutlich hatte Eugenio recht.

KAPITEL 29

Doriana wirkt in letzter Zeit so abwesend. Neulich hat sie einem Gast Öl statt Wein eingeschenkt … und ich glaube zu wissen, was mit ihr los ist.

Drei Wochen später

Ida hielt Immacolata im Arm, wippte mit den Füßen, klopfte der Kleinen beruhigend und sanft auf den Rücken und bedeckte das kleine Köpfchen mit vielen Küsschen. Dabei war sie stets bemüht, Lea nicht anzusehen, die im Sessel ihrer kleinen Wohnung im Erdgeschoss des Hauses ihrer Schwiegereltern saß, das sich in einer der für Amalfi typischen kleinen Gassen befand.

Lea beobachtete sie aufmerksam. »Ida!«, rief sie vorwurfsvoll.

Doch Ida wollte nichts von ihr hören, obwohl sie natürlich wusste, dass sie nicht ewig vor ihrer Verantwortung fliehen konnte. »Ja, ja, ja …«, gab sie deshalb nur von sich.

Lea stand auf, und wieder fiel Ida auf, wie stark sich Leas Körper verändert hatte. Ihre Brust war prall und ihr Bauch noch rund nach der Schwangerschaft. Lea hatte sich aber auch in ihrer Denkweise geändert. Sie war viel reifer geworden. Vielleicht war das so bei einer Mutterschaft. Was wusste Ida schon …

»Sag nicht *ja, ja, ja*. Thomas muss wissen, woran er ist.«

Ida legte Immacolata vorsichtig in ihr Bettchen, deckte sie leicht zu, sah sie noch eine Weile entzückt an. Beneidete sie um ihre Ahnungslosigkeit und Unschuld. Dann wandte sie sich ihrer Cousine zu. »Ich weiß, dass ich mit Thomas reden muss, was glaubst du denn? Aber ich will ihn nicht verlieren, verstehst du?«

Lea nahm ihre Hände, sah sie an. »Diese Entscheidung musst du ihm überlassen, Ida. Vertrau ihm.«

Das tat sie. Mit ganzer Kraft. Im Moment vertraute sie eher sich selbst nicht. Ida stieß einen Seufzer aus und drückte ihrer Cousine einen Kuss auf die Wange. »Ich muss los.«

Lea lächelte ihr zu, und Ida ging. Zur Deutschstunde mit Thomas.

»Du wirkst irgendwie so abgelenkt, seit Wochen schon …«, bemerkte Thomas, als er eine Frage zum dritten Mal wiederholen musste.

Ida ließ die Arme auf den Tisch sinken, denn er hatte recht. »Verzeih mir.«

»Da gibt es doch nichts zu verzeihen.« Thomas versuchte sich an einem Lächeln, doch es erreichte seine Augen nicht. Er schlug sein Buch zu.

Ida nickte zwei Frauen zu, die an ihrem Tisch vorbeigingen. Sie hatte sich mit Thomas in die Eingangshalle des Villa Amalfi gesetzt, und immer wieder kamen Gäste, um sich an der kleinen Bar ein Erfrischungsgetränk oder einen Caffè zu holen. »Verzeih mir«, wiederholte Ida fast mechanisch.

»Ida, sieh mich an.«

Sie hob den Blick, konnte seinem aber nicht lange standhalten.

Thomas stand auf. »Komm, wir gehen ein bisschen frische Luft schnappen.« Er bot ihr seinen Arm an.

Ida gab sich einen Ruck, erhob sich, hakte sich bei ihm unter.

Es war Mitte Juli, Amalfi hielt die Höchstbesetzung der letzten Wochen, und das würde sicher bis September so weitergehen. Es wimmelte von Touristen, der Strand unterhalb des Villa Amalfi war jetzt, am frühen Nachmittag, gerappelt voll. Es herrschte ein munterer Trubel, heitere Stimmen waren zu hören, die bunten Farben der Badeanzüge, Sonnenschirme und Strandanlagen machten das Bild vollkommen. Die sommerliche Atmosphäre und die Sonne taten ihr Bestes, um die gute Laune aller Urlauber zu fördern. Ida atmete tief ein, roch das Meer, das sie so liebgewonnen hatte, und dessen tägliche Nähe sie keineswegs als Selbstverständlichkeit ansah. Und doch wünschte sie in diesem

Moment nichts mehr, als die Uhr zurückdrehen zu können. Sie wünschte sich ihre Unbefangenheit zurück.

Thomas ging stumm neben ihr, entzog ihr aber nicht seinen Arm. Ida mochte ihn aus tausend Gründen, nicht zuletzt wegen seiner Redlichkeit. Sie konnte sich auf ihn verlassen, sich an ihm festhalten. Er war ein Fels. Und er war immer an ihrer Seite, egal, was geschah. Mit ihm konnte sie einfach sie selbst sein. Dieses Mal jedoch … Sie wusste nur zu gut, dass er spürte, dass etwas nicht stimmte, und nun darauf wartete, dass sie etwas sagte. Doch mit jedem Schritt schien ihr das plötzlich weniger möglich. »Danke«, brachte sie schließlich hervor. »Ein Spaziergang war wohl genau das, was ich brauchte.«

»Nichts zu danken.«

»Doch. Vielleicht sollte ich auch mal wieder schwimmen gehen. Das habe ich auch schon so lange nicht mehr gemacht«, sagte sie in angestrengtem Plauderton. Plötzlich kam ihr das Gespräch so banal vor, dass sie sich beinahe schämte, sich überhaupt darauf eingelassen zu haben.

Thomas blieb unvermittelt stehen. »Was ist los, Ida? Ich merke doch, dass etwas nicht stimmt. Seit wir zueinandergefunden haben, bist du wie ausgewechselt. War es falsch? Möchtest du, dass wir so zusammen sind wie vorher? Als Freunde? Sag es mir. Ich will nicht, dass du so zu mir bist. Wenn du dir deiner Liebe nicht sicher bist, dann möchte ich dich wenigstens als Freundin behalten.«

Ida schluckte, spürte die Tränen, die sich ihren Weg in ihre Augen bahnen wollten. Doch sie kamen nicht. Sie konnte gerade nur atmen und sich selbst hassen. Sie fand keine Worte. Wie sollte sie es ihm bloß sagen?

»Oder geht es etwa um dieses Gerücht, du hättest etwas mit Vittorio? Du weißt doch, dass ich dir blind vertraue. Die Leute können sagen, was sie wollen. Ich bin mir meiner und deiner Gefühle sicher.«

Aber genau da lag doch das Problem! Ida suchte verzweifelt nach einem Weg, irgendeinem Weg, um ihm endlich die Wahrheit zu sagen. Denn er verdiente nichts als die Wahrheit. Was hatte sie nur getan? »Was, wenn es nicht nur ein Gerücht wäre?«, begann sie schließlich. »Wenn ich wirklich etwas Schlimmes, Unverzeihliches getan hätte?«

»Was willst du mir hier beichten, Ida? Hast du jemanden umgebracht und im Meer versenkt?« Thomas lachte, aber es klang keineswegs heiter. Er war jetzt nervös, das war offensichtlich.

»Was, wenn ich einen so großen Fehler begangen habe, dass selbst du dich von mir abwenden wirst?«, brachte Ida hervor und wünschte sich mit einem Mal ein bisschen Schatten.

»Das wird nicht passieren, Ida.« Er schüttelte den Kopf.

Doch sie fühlte sich von seinen Worten eher provoziert als beruhigt. Er sah in ihr die makellose Ida, die sie nun mal leider nicht war. »Doch. Ich muss dich enttäuschen, Thomas. Und es tut mir mehr weh als dir, glaub mir.«

»Ida, jetzt sag schon«, bat er. In seinem Blick lag jetzt Angst.

»Ich …« Großer Gott … Sie bekam es nicht heraus. Es ging nicht.

»Ida, ich hasse es, dich das fragen zu müssen, aber … da war doch nichts mit Vittorio, oder?« Seine Stimme klang, als könne er selbst nicht glauben, was er da gerade ausgesprochen hatte.

Ida schüttelte den Kopf. »Nicht mit ihm, nein …« Sie sah ihn an, konnte auf seinem Gesicht jede der aufeinanderfolgenden Gefühlsregungen ablesen: Verwirrung, Ungläubigkeit, Ahnung, Gewissheit. Sie senkte den Blick. Denn Abscheu, die sicherlich als Nächstes kommen würde, konnte sie nicht ertragen. Nicht von Thomas.

»Verdammt, Ida, was hast du getan? Und mit wem? Doch nicht mit diesem Scheusal Ranieri? Ida? Sieh mich an!«, rief er laut, er war fuchsteufelswild. Die Leute schauten auf sie, doch das war Ida egal.

»Wie konntest du nur?!«

»Es tut mir leid …« Tränen liefen ihr die Wangen hinab, Ida merkte es kaum.

Thomas atmete schwer. Auf der Suche nach Halt lehnte er sich an das Geländer der Strandpromenade. »Und wie konnte *er* nur!« Er fuhr sich mit beiden Händen durch die Haare. »Ich kann nicht glauben, dass er dir das angetan hat, dieser Mistkerl! Er manipuliert dich, er kennt deine Schwachstellen. Er denkt nur an sich und daran, alle mit seinem falschen Charme gefügig zu machen.«

Thomas hatte recht, das wusste sie. Und doch hatte sie sich auf Ranieri eingelassen. Und konnte nicht ungeschehen machen, dass sie in jener Nacht einen Fehler begangen hatte. Sie legte vorsichtig eine Hand auf seinen Arm. Wider Erwarten schlug er sie nicht voller Abscheu weg. Im Gegenteil. Er legte seine warme Hand auf ihre.

»Liebst du ihn noch immer?« Seine Stimme war kaum mehr als ein Flüstern, gleichzeitig war seine Frage so klar und deutlich gestellt, dass sie in ihrer Wahrnehmung sogar die Stimmen der Urlauber vom Strand übertönte.

Ida schloss für einen Moment die Augen. »Nein«, sagte sie mit fester Stimme.

Thomas atmete hörbar aus. »Und was empfindest du für mich?«

»Liebe.« Sie wollte jetzt nur ehrlich sein, nichts anderes hatte er verdient. Aber sie war ja noch nicht fertig … »Thomas, ich verlange nicht, dass du mir verzeihst. Ich verstehe, wenn du dich von mir abwendest. Denn …« Sie hielt inne. Es kostete sie enorme Anstrengung weiterzusprechen, weil sie wusste, dass sie ihm mit dem folgenden Geständnis buchstäblich das Herz brechen würde. Aber es half nichts, sie musste es aussprechen. »Thomas, was ich dir jetzt sagen werde, ist sehr groß. Und ich finde die passenden Worte nicht, deshalb … Es ist, wie es ist: Meine Regel ist ausgeblieben nach dieser Nacht.« Jetzt war es heraus, doch Ida fühlte sich keineswegs erleichtert, erst recht nicht, als sie Thomas' Gesichtsausdruck sah. Er war förmlich erstarrt. Ida wagte nicht, ihn zu berühren, und es gab auch nichts, was sie sagen konnte. Nichts konnte diese Tatsache weniger schlimm machen.

»Was willst du tun?« Er fand als Erster die Sprache wieder.

»Ich weiß es nicht …« Sie war wie erschlagen, seit ihr bewusst geworden war, dass die Nacht mit Ranieri Konsequenzen haben würde. Unzählige Male hatte sie über die Frage nachgedacht und war doch zu keiner Antwort gekommen.

»Dann triff eine Entscheidung«, sagte er bemerkenswert ruhig. »Und benimm dich wieder wie die Frau, die ich in den letzten Jahren kennengelernt habe.« Er lächelte sie wehmütig an. Dann ging er. Und Ida fühlte sich, als müsste sie sterben.

***

Margherita saß im Garten ihres Hauses unter dem großen Sonnenschutz. Sie trug zwar einen Badeanzug, weil es in der Toskana auch im August trocken heiß war, aber es fühlte sich nicht richtig an. Nicht wie in Amalfi, am Strand, mit dem Rauschen der Wellen im Hintergrund. Der letzte Amalfi-Urlaub lag zwar erst drei Wochen zurück, aber sie vermisste die Zeit dort bereits. Doch es war nicht mehr so einfach, in Urlaub zu fahren, in ihrem Leben hatte sich viel verändert seit ihrem ersten Aufenthalt in Amalfi. Sie arbeitete jetzt, Seite an Seite mit ihrem geliebten Luca, der ihr die Leitung der Kreativabteilung der Fabrik übertragen hatte. Sie suchte nach den schönsten Farbkombinationen, bot sie den Herstellern an, beriet sie, welche Art von Kleidungsstück am besten aus welchem Stoff hergestellt wurde. Es war ihr Traumberuf, bei dem sie ihre Kreativität voll ausleben konnte. Und noch dazu war sie dabei Luca nah, verstand ihn jetzt besser, begriff, warum er manchmal zu viele Dinge im Kopf hatte und manche davon auch mit nach Hause nehmen musste. Margherita hatte zudem angeregt, ihre beiden Schwägerinnen stärker einzubinden. Lucas Schwestern hatten begeistert zugestimmt, und nun war ihre Fabrik ein richtiger Familienbetrieb. Das wirkte sich auch auf die Umsatzzahlen aus. Vorbei waren die Zeiten, in denen Luca um das Überleben der Textilfabrik bangen musste.

Heute war Samstag, und Margherita hatte am Wochenende frei, im Gegensatz zu Luca, der eigentlich jeden Tag arbeitete, solange nicht alles fertig war, was äußerst selten der Fall war. Margherita drehte und wendete sich auf ihrem Liegestuhl. Schließlich setzte sie sich auf und stieß einen Seufzer aus. Es war zu heiß, es war zu grün – es fehlte einfach das Wasser. Piero kam gar nicht erst raus, wenn die Sonne so unerbittlich vom Himmel schien. Auch er vermisste das Meer schon wieder. Luca hatte ihm versprochen, an einem der folgenden Wochenenden einen Ausflug nach Viareggio zu machen. Der Ort lag nicht allzu weit entfernt, und das Meer gab es auch dort. Piero freute sich darauf. Er war jetzt dreizehn Jahre alt, entwickelte sich gut, war gesund und voller Leben.

In diesem Moment läutete das Telefon im Haus. Wer konnte das sein? Es läutete weiter, ein drittes, ein viertes Mal.

»Rosa?«, rief Margherita nach ihrer Haushälterin, die normalerweise die Gespräche annahm. »Rosa!«, rief sie erneut, lauter diesmal, »kannst du bitte rangehen!« Doch statt einer Antwort läutete das Telefon weiter. Margherita stand eilig auf, schlüpfte in ihre Pantoletten und lief, so schnell es ging, ins Haus. Das Telefon stand im geräumigen Flur auf einem hübschen Telefontisch mit Sitzbank, die sie erst kürzlich mit einem helleren Stoff hatte beziehen lassen. Auch die Polsterung war neu. In letzter Zeit hatte Margheritas Mutter ihre Telefonate so sehr ausgedehnt, dass das Sitzen dabei unbequem geworden war. Das Polster hatte das Problem gelöst.

Margheritas Augen brauchten einen Moment, um sich nach

der starken Sonneneinstrahlung im Freien an das dunklere Hausinnere zu gewöhnen. Sie stolperte unbeholfen zum Tischchen, doch kaum hatte sie es erreicht, hörte das Läuten auf. Margherita ließ sich enttäuscht auf die Sitzbank fallen. Sie vernahm Rosas und Pierpaolos Stimmen aus dem oberen Stockwerk, offenbar hatten sie das Klingeln nicht gehört. Aber schimpfen würde sie deswegen nicht mit Rosa.

Margherita überlegte. Bestimmt war es Luca gewesen, der versucht hatte, sie zu erreichen. Sie hob den Hörer von der Gabel, wählte mit der Drehscheibe die ihr so vertraute Nummer von ihrem Mann, der sich auch gleich meldete.

»Luca, *amore*, hast du gerade hier angerufen?«, fragte sie ihn direkt.

»Nein. Wieso?«

Sie erkläre es ihm kurz und legte dann wieder auf. Vielleicht war es doch ihre Mutter gewesen? Doch auch die verneinte auf Nachfrage. Sie sprachen eine Weile über das bevorstehende gemeinsame Wochenende auf einem Weingut im Chianti, dann beendete Margherita das Gespräch.

Unentschlossen stand sie im Flur in der Hoffnung, der Anrufer möge sich erneut melden. Die Minuten verrannen, doch der Apparat blieb still. Margherita ging zurück in den Garten. Manchmal sollte es einfach nicht sein.

KAPITEL 30

Intrigen sind nichts für unser Villa Amalfi. Intrigen bringen nur Unfrieden. Ich werde alles tun, um sie vom Haus fernzuhalten.

Idas Entscheidung über die Zukunft ihres Ungeborenen fiel in einer ruhigen Nacht im September unter einem gigantischen amalfitanischen Sternenhimmel. Irgendwoher war leise Musik zu hören. Ida fragte sich, ob jemand dazu tanzte oder vielleicht mitsang. Sie stand allein am Fenster ihres Zimmers. Die Meeresbrise bewegte leicht die Gardine, die sich immer wieder aufbauschte und aussah wie ein dicker Bauch – wie ihr Bauch in wenigen Monaten schon. Noch war nicht viel zu sehen. Noch.

Lange hatte Ida überlegt, alle Möglichkeiten ausgelotet. Ranieri hatte sie nach der einzigen gemeinsamen Nacht weitestgehend ignoriert, was Ida mehr als recht war, denn sie hatte ihm nichts von der Schwangerschaft erzählt und wollte auch nicht, dass er jemals davon erfuhr. Ihr graute inzwischen vor ihm. Doch vor allem konnte sie sich selbst nicht verzeihen, diese Nacht mit ihm erlebt und Thomas dadurch verletzt zu haben, den sie seitdem nicht mehr gesehen hatte. Sie vermisste ihn. Mehr als alles andere. Aber das war ein anderes Thema.

Eine Weile hatte Ida überlegt, Margherita um Hilfe zu bitten. Während des Aufenthalts ihrer Freundin hatte sie noch nichts gesagt, zu neu war die Situation für sie gewesen. Später hatte sie sich dazu durchgerungen, sie anzurufen, doch niemand hatte abgehoben. Das war für Ida das Zeichen gewesen: Sie musste diese Sache allein klären.

Und dann hatte sie sich doch ihrer Mutter offenbart, vor wenigen Tagen, bei ihrem einzigen gemeinsamen Besuch bei Zia Giannina diesen Sommer. Lange hatten sie geredet, verschiedene Möglichkeiten durchgesprochen. Niemand hatte ein Drama daraus gemacht, dass Ida unverheiratet ein Kind erwartete. Wieder hatte ihre Mutter bewiesen, dass Ida sich auf sie verlassen konnte. Wieder war ihre Mutter ihre größte Verbündete gewesen, wieder war sie es, die ihr den Weg gewiesen hatte. Indem sie schließlich die Adoption vorschlug.

Ja, Ida würde das Kind weggeben. Es sollte ein besseres Leben bekommen, als sie es ihm bieten konnte. Und das nicht, weil sie das Ungeborene nicht liebte. Vielmehr verhielt es sich andersherum: Sie liebte es zu sehr und wollte es vor einer Kindheit bewahren, die hässliche Spuren hinterlassen würde. Was konnte Ida dem Kind schon bieten? Ein harmonisches Familienleben? Wohl kaum. Die Entscheidung tat weh, sie brach Ida förmlich das Herz. Und doch war eine Adoption der einzig vernünftige Weg. Idas Zukunft war das Villa Amalfi, nein, musste das Villa Amalfi sein. Es gab nichts anderes, woran sie sich festhalten konnte. Das Hotel hatte sie schon als junges Mädchen gerettet, es würde es auch diesmal tun. Dessen war Ida sich sicher. Es war ihr sicherer Hafen, darauf konnte sie sich verlassen. Genau wie auf ihre Mutter. Ida lächelte, wenn sie an ihren Schutzengel dachte, der es selbst von Tramonti aus schaffte, bei ihr zu sein. Ihre Mutter wartete auf sie, das war beruhigend und würde Ida bei den folgenden sicher nicht einfachen Schritten die nötige Kraft geben.

Am nächsten Morgen zog Ida sich an. Sie bemerkte, dass die Kleidung locker um ihre Hüften lag, offenbar hatte sie sogar abgenommen. Ihr war ständig übel, sie konnte nichts bei sich behalten. Außer – und das war geradezu absurd – Casatelli aus der Pasticceria Pansa. Sie konnte nicht genug bekommen von den weichen kleinen Teigbrezen mit Zuckerguss und bunten Streuseln.

Aber sie musste vorsichtig sein. Niemand sollte etwas bemerken. Ida seufzte. Im Moment bestand ihr Leben aus Schwarz oder Weiß. Dabei liebte sie doch Farben so besonders. Wie das Blau des Meeres oder der Aufschrift Villa Amalfi.

Gedankenverloren stieg sie die Stufen zum Haupteingang des Hotels hinauf und merkte erst, als sie oben war, dass dort der Geometra auf sie wartete. Er hatte versprochen, die überarbeiteten Pläne für das Schwimmbad vorbeizubringen. Sie unterhielten sich kurz, dann reichte er ihr die Papierrollen und verabschiedete sich freundlich, und Ida betrat die Eingangshalle des Villa Amalfi. Wie immer war es so früh, dass sich erst wenige Gäste dort tummelten, doch ihr fiel sofort auf, dass Guenda an der Rezeption stand. Ida nickte ihr zu, doch in Guendalinas Blick lag Verachtung, wie so oft. Ida hatte gelernt, damit umzugehen, und fürchtete die andere nicht mehr.

»*Buongiorno*«, grüßte sie mit den Plänen in der Hand.

Guendalina verschränkte die Arme vor der Brust, schob die Unterlippe vor. Das konnte sie besonders gut. Früher hatte sie dadurch ausgesehen wie ein schmollendes Kind. Heute sah sie eher aus wie … na, wie eine fuchsteufelswilde, frustrierte Frau.

Sie wusste doch wohl nicht etwas von … Mit einem Mal wurde Ida eiskalt. Ranieri konnte nichts verraten haben. Oder etwa doch?

»Wann hattest du vor, es mir zu sagen?«, fragte Guenda.

Ida erstarrte. Sie hatte das Bedürfnis zu schlucken, doch gleichzeitig war ihr Rachen vollkommen ausgedörrt. Nie im Leben hätte sie vermutet, dass Ranieri so dumm sein würde, seiner Frau von seinem Seitensprung zu erzählen. *Leugnen. Ich werde alles leugnen.* Vor vielen Jahren hatte Idas Mutter gesagt, dass Lügen jeden Tag ihr Leben retteten. In diesem Moment verstand Ida den Satz von damals zum ersten Mal richtig. »Dir was zu sagen?«, versuchte sie, Zeit zu schinden.

»Verkauf mich nicht für dumm. Das habe ich nicht verdient, denke ich.« Guenda hatte die Stimme erhoben. Ida hasste das, hasste Guendas Unfähigkeit, sich wie eine Dame, ja, wie die Signora Annalisa zu benehmen. Die Stimme zu heben war etwas für Schwache, die keine Argumente hatten. Wie Idas Vater.

Ida blickte sich um. Zum Glück stand niemand in der Nähe.

»Ich weiß nicht, wovon du sprichst.« Sie legte die Pläne ab, ihre Hände zitterten. Es waren immer ihre Hände, die sie verrieten. Sie musste lernen, das zu kontrollieren.

Guenda packte sie am Arm. »Das ist nicht fair!«, kläffte sie.

»Lass mich bitte los. Du tust mir weh.«

Guenda lockerte tatsächlich den Griff, war aber noch nicht fertig. »Immer nimmst du mir alles!«, rief sie. »Alles, was mir wichtig ist, nimmst du mir. Warum tust du das?«

Was um alles in der Welt sollte Ida darauf antworten? Guenda selbst hatte ihr den Mann genommen, den sie geliebt hatte – das vergaß Guendalina allerdings immer besonders leicht.

»Vom ersten Augenblick an hast du mir alles genommen und jetzt sogar …«

Ida wollte das nicht hören. Sie wollte nicht, dass Guendalina aussprach, was Ida getan hatte, sie fand es schon selbst furchtbar und widerlich genug.

»… das halbe Hotel. Du wirst das Erbe ausschlagen, hörst du?«

Ida blinzelte. Das Gespräch nahm eine vollkommen unerwartete Wendung. *Das halbe Hotel?* Ihre Gedanken rasten. »Das hast du gerade erfahren?«, schlussfolgerte sie.

Guenda hob in einer Geste der Ergebenheit beide Arme. »Niemand hat es für notwendig gehalten, mich eher zu informieren.«

»Das tut mir leid.«

»Wenn es dir leidtäte, hättest du mich informiert. Und hättest das Hotel schon lange verlassen.«

Ida schüttelte den Kopf. »Es war nicht meine Aufgabe, dich zu informieren. Und ich werde nicht gehen, Guenda. Das hier ist mein Zuhause«, erwiderte sie mit fester Stimme.

»Nein. Das ist es nicht, verdammt! Dein Zuhause ist irgendwo da oben auf den Hügeln, zwischen stinkenden Tieren und in der Armut, der du angehörst. Geh dorthin zurück und verschwinde aus meinem Leben! Such dir gefälligst irgendwo anders

Arbeit!« Guenda hatte sich in Rage geredet, ihr Gesicht war jetzt hochrot.

»Die Gäste schauen schon zu uns her. Beruhige dich«, mahnte Ida so dezent wie möglich.

Guendalina hielt mitten in der Bewegung inne. Tatsächlich schien die ruhige Bitte ihr den Wind aus den Segeln zu nehmen. Sie ließ sich auf einen Hocker fallen. »Ich werde den besten Anwalt finden, den es gibt«, zischte sie. »Das Geld dazu habe ich. Und ich werde dich vor Gericht zerren und dich so lange in die Mangel nehmen lassen, bis du mich anflehen wirst, mir die fünfzig Prozent abtreten zu dürfen.«

Ida wusste, dass Guenda auch vor diesem Schritt nicht zurückschrecken würde. Sie aber war sicher, dass der letzte Wille der Signora Annalisa auch vor Gericht das letzte Wort haben würde. »Nur zu«, entgegnete sie mit einer Selbstsicherheit, die sie auch empfand. »Dann soll eben ein Richter darüber entscheiden, was aus dem Hotel wird. Wen kümmert es schon, was der letzte Wille deiner Mutter war …«

Der Schlag schien zu sitzen, denn Guendalina schluckte schwer und ging ohne ein weiteres Wort davon.

Ida atmete tief durch. Eigentlich hätte sie es nach so vielen Jahren besser wissen müssen. Und doch wunderte es sie noch immer, wie zutiefst hinterhältig Guenda war. Ida hatte gelernt, damit umzugehen, hegte aber keinen Zweifel daran, dass Guendalina sie sprichwörtlich umbringen würde, wenn sie von ihrer gemeinsamen Nacht mit Ranieri wüsste. Ein Schauder durchfuhr sie. Sie stampfte ein paarmal auf, schüttelte sich, knetete ihre Hände. In diesem Moment war ein amüsiertes Lachen zu hören.

»Ist das amalfitanische Morgengymnastik?«, fragte heiter die Signora Maura, ein liebgewonnener Gast aus Mailand. Maura trug auch schon früh am Morgen ihren Badeanzug, dazu einen passenden Kaftan und einen riesigen Sonnenhut. Sie war, wie man unschwer erkennen konnte, auf dem Weg ans Meer.

Ida setzte eine professionelle Miene auf und lachte. »Ja, so kann man das wohl sagen.«

»Morgen mache ich mit!«

»Sehr gerne.«

»*Arrivederci*, meine Liebe. Der Strand wartet auf mich. Meinen Knochen, oh, meinen Knochen, geht es so gut, wenn ich hier bin, meine Liebe. Ich wünschte, ich könnte länger bleiben, aber der Sommer ist fast vorbei, nicht wahr? Bald geht es zurück in den grauen Alltag. Ihr Amalfitaner wisst ja nicht, wie gut ihr es habt!«, sagte die Signora und ging winkend von dannen. Mit der Attitüde eines Stars. Ida fand es schön, dass die Signora sich hier im Villa Amalfi fühlen konnte wie eine Grande Dame oder wie ein junges Mädchen oder wie auch immer sie sich eben fühlen wollte. Das war die Magie des Urlaubs, die Magie des Hotels, und genau das liebte Ida so sehr. Genau darauf wollte sie nie wieder verzichten. Sie legte sich eine Hand auf den Bauch, unbewusst. Als sie es merkte, zog sie sie eilig weg.

Später am Vormittag rief der Signor Vittorio sie in sein Büro. »Es tut mir leid. Ich habe Guenda vom letzten Willen ihrer Mutter in Kenntnis gesetzt, und sie hat es nicht gut aufgenommen.«

»Ich weiß ...«

»Hat sie es wieder an dir ausgelassen? Du musst verstehen, dass sie aufgebracht ist ...«

Ida zuckte die Schultern. Was sollte sie dazu sagen? Er wusste, wie seine Tochter war. War es denn immer an Ida, Verständnis zu zeigen? Das Gerücht, das ganz offensichtlich Guenda in Umlauf gebracht hatte, musste doch auch ihn verletzen. Da konnte er doch nicht darauf bauen, dass Ida Guenda jedes Mal verzieh, nur weil diese seine Tochter war.

Vittorio seufzte tief. »Ich weiß ehrlich nicht mehr, wie ich mit ihr umgehen soll ...«, gab er so offen und wehrlos zu, dass es Ida im Herzen wehtat.

Sie konnte es nicht mitansehen und wechselte das Thema. »Haben Sie die neuen Pläne vom Schwimmbad auf der Dachterrasse schon angeschaut?« Sie hatte sie ihm am Morgen nur kurz hereingereicht, während er telefonierte.

Er ging dankbar darauf ein. »Was denkst du, Ida? Ist das Ganze zu gewagt?« Er musterte sie aufmerksam. »Hier, schau mal.«

Ida beugte sich vor. Sie wunderte sich kurz, dass Guenda nicht an diesem Gespräch über das geplante Schwimmbad auf der Dachterrasse teilnahm. Aber vermutlich interessierte es sie gar nicht, wie so vieles am Hotel. Und doch protestierte sie, wenn Ida Mitbesitzerin werden sollte. Wie glaubte Guenda denn, dass man ein Hotel leitete?

Ida konzentrierte sich auf den Plan. Er war detailliert, zeigte, dass das Schwimmbad ganz nah am Geländer entstehen sollte, von dem aus man auf das Meer blicken konnte. Ida konnte sich vorstellen, dass man sogar vom Wasser des Pools aus auf das Meer würde schauen können. Zehn Meter lang, fünf Meter breit, also groß genug für alle Gäste, selbst wenn das Haus vollbesetzt war. Ida studierte die Skizze eine Weile aufmerksam und konnte sich den Pool klar und deutlich vorstellen. »Ich finde Ihre Idee immer noch gut«, sagte sie ehrlich. »Der Pool macht unser Hotel für zusätzliche Gäste interessant. Und je mehr wir die Gäste an das Haus binden können, desto besser. Je länger sie sich in unserem Hotel aufhalten, desto mehr werden sie an unserer Bar konsumieren. Sie werden durch den Pool auch eine größere Verbundenheit mit uns fühlen. Ginge es nach mir, könnten wir das genau so umsetzen.«

»Ja. Das sind genau die Gründe, die auch mich überzeugen. Und der Plan ist jetzt so weit gediehen, dass wir anfangen könnten. Es wird nur unglaublich teuer. Wir werden die Preise anheben müssen. Wirst du es schaffen, diese Entscheidung überzeugend zu präsentieren?«

Preise – ein leidiges Thema. Ida konnte nicht behaupten, dass es immer leicht war, den Gästen verständlich zu machen, dass verwöhnt zu werden viel Geld kostete. Andererseits führten hohe Preise aber auch dazu, dass eben nur eine gewisse Klientel zu ihnen kam.

Aber rechnen mussten sie immer. Ida wünschte, sie hätte die mathematischen Fähigkeiten des Signor Vittorio. Sie konnte mit Zahlen umgehen, natürlich, aber es fiel ihr schwer, Finanzpläne zu erstellen. Doch das würde sie lernen müssen, wenn ihr eines Tages wirklich das halbe Hotel gehören sollte. Der Gedanke erschien ihr noch immer abstrakt, wie eine weit entferne Möglichkeit, die wenig mit der Realität zu tun hatte.

»Einfach wird es nicht«, gestand Ida ehrlich. »Aber vielleicht können wir an einigen Stellen auch sparen«, schlug sie vor.

»Und wie soll das aussehen?«, fragte er interessiert.

»Nun, vielleicht können wir Kosten verringern, indem wir zum Beispiel die Hotelwäsche nicht mehr in die Wäscherei geben, sondern selbst machen«, überlegte Ida laut. »Und müssen wir wirklich jedes Jahr neue Tischdecken kaufen? Und könnten wir nicht ein bisschen mehr auf unseren Stromverbrauch achten?«

Der Signor Vittorio nickte. »Das sind gute Ansätze, Ida. Das werden wir gründlich kalkulieren. Ich würde das gerne nochmal genauer besprechen.« Mit einem Mal wirkte er müde. Seit dem Tod seiner Frau war er erschöpft und nicht immer glücklich – natürlich nicht. Er hatte sich nicht viel Zeit genommen, um zu trauern, und er war nach wie vor eine tragende Figur des Hotelalltags. Er tat, was er konnte. Nein, mehr noch. Er gab diesem Hotel alles.

Wie die Signora Annalisa, wie Ida selbst.

Der September neigte sich dem Ende und zeigte sich an diesem Spätnachmittag von seiner goldenen Seite. Die Sonne sah anders aus als noch im August. Fast erschien sie erschöpft und bereit, sich zu verabschieden. Doch noch immer wärmten ihre Strahlen angenehm die Haut, sorgten für wohlige Wärme und tauchten das

Meer und die Landschaft in glanzvolles Licht. Obwohl man auch um diese Jahreszeit noch gut im Meer baden konnte, hatte der Tourismus schon abgenommen. Denn der September war auch der Monat für Neuanfänge, es ging zurück in die Schule, an den Arbeitsplatz. Es war an der Zeit, das Villa Amalfi schon bald wieder in den wohlverdienten Winterschlaf zu schicken.

Auf ihrem Weg entlang der Strandpromenade konnte Ida fast bis nach Salerno sehen. Sie beobachtete die Großstadt mit ihrem geschäftigen Hafen gerne.

Sie war auf dem Weg nach Tramonti. Die Bushaltestelle befand sich etwas außerhalb des Ortes, war aber zu Fuß gut zu erreichen. Dort standen schon einige Passagiere, hauptsächlich Frauen. Manche unterhielten sich, andere lehnten an der Felswand hinter der Haltestelle, erschöpft und froh darüber, den Tag endlich ausklingen lassen zu können.

Ida stellte sich zu ihnen. Sie freute sich auf den Besuch bei ihrer Tante und das erneute Wiedersehen mit ihrer Mutter, auch wenn es dieses Mal anders verlaufen würde als sonst. Wie genau, das wusste sie nicht.

Der Bus ließ nicht lange auf sich warten und hupte zweimal laut, bevor er zum Stehen kam und die beiden Türen sich mit einem ergebenen Zischen öffneten. Ida wartete, bis zuerst einige Passagiere ausgestiegen und dann alle anderen Wartenden eingestiegen waren, bevor sie selbst die Stufen erklomm. Sie fand einen Platz in der Mitte neben einer älteren Frau. Ida nickte ihr zu, erwartete aber kein Gespräch. Nein, mehr noch: Sie *wollte* kein Gespräch. Ihre Gedanken waren ihr gerade laut genug.

Jede Kurve schien das Getriebe des Busses an seine Grenzen zu treiben, doch dann schaltete der Fahrer einen Gang herunter, und das Gefährt schaffte die Kurve doch. Und die nächste und wieder die nächste. Auf einem Boot bei starkem Wellengang war es auch nicht schaukeliger als in dem kleinen roten Bus mit dem beigen Dach. Ida wurde leicht übel. Sie war nicht sicher, ob es nur am Fahrstil des Busfahrers lag oder auch an ihrer Schwangerschaft oder an der Nervosität, die sie plötzlich empfand. Sie versuchte sich abzulenken, indem sie die vorüberziehende Landschaft auf sich wirken ließ. Die Vegetation änderte sich leicht. Je weiter sie landeinwärts fuhren, desto weniger hatte das Meer noch einen Einfluss auf die Flora und Fauna. Während rankende Weinreben mit dicken Trauben und sattgrüne Erdbeerbäume, die noch keine reifen Früchte trugen, aber schon bald mit tiefroten runden Punkten gesprenkelt sein würden, vor ihrem Fenster vorbeiglitten, lauschte Ida den Stimmen ihrer Mitreisenden. Der Dialekt, der im Landesinneren hauptsächlich gesprochen wurde, war anders als der an der Küste. Natürlich kannte sie ihn, und doch klang er jetzt fast ein bisschen fremd in ihren Ohren.

Ida war erleichtert, als sie endlich Tramonti erreichten. Der Bus hielt mitten im Ort und ließ Ida keine Chance, es sich doch anders zu überlegen. Die Menschen, die mit ihr ausstiegen, strömten auseinander, jeder in eine andere Richtung. Keine Minute später fuhr der Bus davon, und plötzlich stand Ida allein da. Ein alter Mann saß einsam vor der Bar des Ortes und gaffte sie ungeniert an. Die Verwunderung in seinem Blick erinnerte Ida daran, dass sie schick gekleidet war. Sie fiel auf.

»Signorina, suchen Sie jemanden?«, rief der alte Mann zu ihr hinüber.

Es war, als hätte er ihr mit seiner Frage wieder Leben eingehaucht. Ida ging die wenigen Schritte zur Bar und erklärte, dass sie sich hier auskannte und zu ihrer Zia wollte.

»Na, dann willkommen zurück in Tramonti, Signorina!«, sagte der Mann und hob sein Glas, leerte es, stand auf, lupfte kurz den Hut zum Gruß und ging.

Ida verschwand in Tramontis Gassen und kam einige Minuten später vor der Haustür zum Stehen, die der Kirche gegenüberlag. Sie klopfte.

»Ja?«

»Zia Giannina, ich bin es.«

Ihre Tante öffnete, umarmte Ida und ließ sie hinein. Die Bambini sprangen aufgeregt um sie herum und begrüßten sie alle. Zio Sesto, den sie in Amalfi seltener sah, seit sie nicht mehr in der Küche arbeitete, umarmte sie herzlich zur Begrüßung. Dann rief er nach den Kleinen, um mit ihnen, wie verabredet, das Haus zu verlassen. Ida ging ins Wohnzimmer, wo ihre Mutter sofort aufstand und sie liebevoll umarmte. Als sie sich löste, gab sie den Blick frei auf eine Frau in einem schwarzen Gewand. Ida war sofort überwältigt von ihrer Größe. Obwohl die Frau vollkommen ergraute Haare hatte, war ihre Gesichtshaut glatt und prall. Ida konnte unmöglich ihr Alter schätzen.

»Na? Kommt da noch etwas?«, wollte die Frau wissen.

»*Buongiorno*, ich bin Ida«, sagte Ida eilig. »Emilia die Hebamme, nehme ich an?«

Der Blick der Frau wanderte zu Idas Bauch und dann wieder zu ihrem Gesicht. »Die bin ich.«

Sie gaben sich die Hand.

Die Frau musterte Ida ungeniert. »Ich habe dich auf die Welt gebracht. Im Januar 1934. Eine eiskalte Nacht, Kindchen. Eine gute Geburt, nicht wahr, Maria Grazia?«

Idas Mutter lächelte. »Noch immer die schönste Nacht meines Lebens.«

Ida wurde warm ums Herz, sie sah ihre Mutter dankbar an, bevor sie sich an Zia Gianninas Tisch mit der Glasplatte setzte. Ihre Tante brachte kalten, süßen Tee. Ida trank einen Schluck, während sie nach den richtigen Worten suchte. Ihre Mutter und Zia Giannina wussten von ihrem Vorhaben, aber Ida war nicht sicher, wie weit Emilia informiert war. Die Hebamme war die Idee ihrer Mutter gewesen. »Ich erwarte ein Kind und möchte es … abgeben, ohne dabei offiziell vorzugehen«, sagte sie schließlich.

Emilia leerte seelenruhig ihr Glas. Sie wirkte, als sei sie nur zufällig vorbeigekommen und nicht richtig am Gespräch beteiligt, obwohl sie hier die Hauptfigur war.

»Der Vater weiß nichts davon. Das Kind soll ein gutes Leben haben.«

Emilia stieß einen tiefen Seufzer aus. »Manchmal ist das Schicksal doch wirklich seltsam«, sagte sie, noch immer auf das Glas konzentriert. »Jahrelang klopft kaum noch ein Mensch an meine Tür, weil die Mütter jetzt lieber ins Krankenhaus gehen, um ihre Kinder zu gebären. Gerade so, als wären sie krank und die Geburt nicht ein vollkommen natürlicher Vorgang. Und dann melden sich wie aus dem Nichts gleich zwei junge Frauen bei mir. Die eine ist schwanger und will ihr Kind nicht behalten, die andere will ein Kind und kann nicht schwanger werden.« Emilia schüttelte den Kopf. »Sonderbar. Findest du nicht auch?«

Nein. Sonderbar fand Ida das nicht. Offensichtlich sollte es genau so sein.

KAPITEL 31

Wir beschließen diesen Sommer mit einem großen Fest. Vielleicht wird das irgendwann einmal zur Tradition.

Alle Gäste waren im Laufe der Woche abgereist. Längst war es still in den Fluren, die Zimmer standen offen, während die Zimmermädchen darin aufräumten, die Bettwäsche abzogen, die Matratzen sorgfältig bedeckten und die Schranktüren öffneten. Die Möbel sahen aus wie dickbäuchige Männer, die, nachdem sie zu lange die Luft angehalten hatten, endlich wieder frei atmen konnten. Ida liebte das Hotel zwar sehr viel mehr, wenn es voller Leben war, aber der Moment, in dem es zum ersten Mal nach Monaten wieder entspannen konnte, hatte auch seinen Reiz. Ida mochte es, dann durch die Flure zu spazieren und die Wände zu berühren. Sie bildete sich ein, sich beim Hotel für seine Dienste bedanken zu müssen. Und sie tat es – ganz egal, was das Personal über sie denken mochte.

Im Speisesaal wurde an diesem Samstag wie in jedem Jahr Mitte Oktober ein großer Tisch gedeckt, an dem gleich das ganze Personal gemeinsam essen würde, um sich von der Saison, aber auch voneinander zu verabschieden. Der Großteil würde sich zu Beginn des nächsten Sommers wieder im Villa Amalfi treffen. Einige wenige würden andere Wege einschlagen. So war das. Das Hotel war eine Mischung aus Altbewährtem und Neuem und auf Dauer nicht jedermanns Sache.

Ida hatte den ganzen Morgen Papiere geordnet und an der Rezeption alles aufgeräumt. Das Telefon hatte ein paarmal geklingelt. Gäste hatten noch schnell für das nächste Jahr gebucht, Geschäftspartner hatten eine gute Erholung gewünscht. Die Show war zu Ende. Ida klappte das Buchungsheft zusammen und legte es in die Schublade, bevor sie sich auf den Weg in den Speisesaal machte. Im Vorbeigehen bemerkte sie ihr Spiegelbild im Glas der antiken Vitrine. Sie hielt kurz inne, wie so oft in letzter Zeit, um sich zu vergewissern, dass man nichts von ihrer fortschreitenden Schwangerschaft bemerkte. Hier in Amalfi wussten nur Lea, Eugenio und Sandra darüber Bescheid, die sie stets auf dem Laufenden hielt. Sie trug etwas luftigere Blusen und Röcke, die sie über den nur zu erahnenden Ansatz eines Bauches zog. Man sah nichts davon, obwohl die Übelkeit jetzt weg war und sie wieder normal essen konnte.

Im Speisesaal war die Stimmung gut. Es war immer ein Teil Erleichterung dabei, die Saison gut überstanden zu haben. Auch freuten alle sich über etwas mehr Freizeit und darauf, endlich die Dinge tun zu können, die sie während der arbeitsreichen vergangenen Monate stets aufgeschoben hatten. Ida hatte bisher in den Ferien einige kurze Reisen in die italienischen Großstädte unternommen, auf die sie durch die Erzählungen ihrer Gäste neugierig geworden war. Auch wanderte sie viel oder traf ihre Mutter oder verbrachte Zeit mit Lea und Eugenio. Manchmal war sie auch einfach nur einen Tag faul, unterhielt sich mit Sandra, kochte mit ihr.

Dieses Mal jedoch würde alles anders sein. Ida schob den Gedanken beiseite. Nun würde sie erst einmal das alljährliche Abschiedsessen genießen.

Sie wusste, dass auch Thomas eingeladen war. Neben dem Kontakt hatte er auch die Unterrichtsstunden mit ihr jäh abgebrochen. Als Vorwand hatte er Vittorio gegenüber eine dringende Reise nach Deutschland angegeben, und niemand hatte sich darüber gewundert. Ida glaubte deswegen nicht, dass er heute hier sein würde, aber die Hoffnung, ihn zu sehen, blieb. Denn sie vermisste ihn. Sehr sogar, als Menschen, als Freund, als Partner. Und doch konnte sie seinen Rückzug verstehen. Er hatte sie bei ihrem letzten Gespräch um eine Entscheidung gebeten. Die hatte sie gefällt, ohne sie ihm mitzuteilen, sie fühlte sich einfach noch nicht bereit dazu. Ida wollte zuerst ihr Kind bekommen und dann weitersehen. Sie liebte ihn jedoch noch immer. Daran hielt sie fest.

Als er dann wirklich auftauchte, war Ida vollkommen überrascht. Nervös beobachtete sie, wie er allen Anwesenden nacheinander zur Begrüßung die Hand reichte. Ihre Unruhe wuchs, sie hielt es kaum aus, darauf zu warten, bis sie an der Reihe war, denn sie saß am entgegengesetzten Ende. Vielleicht würde er sie ja übergehen?

Und dann betraten auch noch Guendalina und Ranieri den Saal. Das war einfach zu viel. Ida bemühte sich um eine freundliche Miene, während sie sich bei den anderen entschuldigte und in die Küche ging. Sie wollte Sandra ihre Hilfe anbieten und sich ein wenig ablenken, doch Sandra war schon so gut wie fertig mit dem Kochen. Eugenio unterhielt sich mit Lea, die mit Immacolata zu Besuch gekommen war, sie arbeitete noch nicht wieder. Ida trat zu ihnen.

»Hallo«, grüßte Lea fröhlich.

»Na, du …« Ida strich Immacolata über den Kopf. Doch in dem Moment schwang die Tür auf und prallte laut gegen die Wand, die an der Stelle schon Abnutzungserscheinungen hatte. Alle drehten sich um, doch nur Idas Blick blieb an dem Mann hängen, der die Küche betrat. Die anderen hatten plötzlich viel zu tun und verdrückten sich, sodass am Ende nur noch Ida mit ihm dastand. In der Küche des Villa Amalfi, wo für sie alles angefangen hatte.

Idas Kopf war erschreckend leer. Was konnte sie ihn schon fragen, wenn doch alles, was sie sagen wollte, war, dass sie ihn vermisste. So, so sehr.

»Du bist gekommen«, stellte sie unnötigerweise fest, es war ja offensichtlich. Er sah gewohnt gut aus, wenn auch ein bisschen blass.

»Ich wollte dich sehen«, sagte er und wirkte dabei trotz seiner

Größe wie ein verletzlicher kleiner Junge. Als Ida der Sinn seiner Worte aufging, setzte ihr Herz einen Schlag lang aus.

Er wollte sie sehen?

»Du siehst gut aus«, fuhr er fort. Freundlich, wenn auch keineswegs locker.

Ida hingegen war so von ihren Gefühlen übermannt, dass sie sicher war, nie wieder ein Wort sagen zu können. Sie konnte nur dastehen und ihn ansehen, wie eines der Weltwunder.

»Atme, Ida, sonst kippst du um. Ich wollte dich nicht beunruhigen.« Er lächelte, dann wanderte sein Blick zu ihrem Bauch, als wolle er verstehen, ob das Thema Schwangerschaft noch eines war.

Und ja, sie wollte sich ihm erklären! Sie sehnte sich so sehr nach ihm, wünschte sich ihre wundervolle Freundschaft, ihre zärtliche Liebe zurück. »Können wir reden, Thomas, bitte!«, flehte sie ihn förmlich an.

»Tun wir das nicht gerade?« Er stellte sich dicht vor sie, hob beide Arme. Einen Augenblick lang glaubte, nein, hoffte sie, dass er sie berühren würde. Doch dann schwang die Tür wieder auf, und der Moment war verflogen.

»Ist hier alles in Ordnung?«, fragte eine Stimme. Ranieri.

Ausgerechnet er?

Thomas drehte sich nicht zu ihm um, sah Ida weiterhin ins Gesicht. Sein Kiefer mahlte. Wie von selbst hob sich ihr Arm, damit ihre Hand über seine Wange fahren konnte, um den Muskeln zur Entspannung zu verhelfen. Aber er wich zurück. Ida zuckte zusammen. Eine Ohrfeige wäre ihr lieber gewesen. Ohne ein weiteres Wort drehte er sich um und ging. Ida hielt noch immer den Arm erhoben, als könnte sie ihn damit aufhalten, auch nachdem er den Raum längst verlassen hatte.

Ihr Blick fiel auf Ranieri, der wie verloren in der Küche stand. Er wirkte wie eine Witzfigur in seinem viel zu schicken Anzug. Er passte nicht hierher, nicht in ihr Leben, Ida fühlte sich durch seine Anwesenheit regelrecht belästigt.

»Ida … ich …«

»Nein! Sag um Himmels willen kein Wort. Kein einziges.« Sie atmete tief durch, ging an ihm vorbei und verließ die Küche. Innerlich vollkommen durcheinander, äußerlich aber ruhig und gefasst, setzte Ida sich wieder an den Tisch im Speisesaal. Kurz darauf, nachdem alle Platz genommen hatten, begann Vittorio seine Dankesrede.

»Wie jedes Jahr möchte ich mich bei allen für ihren unermüdlichen Einsatz, die Treue und die erzielten Erfolge bedanken. Ohne euch alle wäre nichts dergleichen möglich. Wie alle wissen, wird das Villa Amalfi die nächste Saison mit einer großen Neuigkeit eröffnen: Das Schwimmbad ist genehmigt und wird in den kommenden Monaten gebaut. Ich bin zuversichtlich und freue mich schon auf die neue Ära unseres Hotels. Aber jetzt wünsche ich allen erst einmal schöne Ferien. Bis bald in alter Frische! Lasst uns einen Toast aussprechen!« Er hob das Glas und stieß mit allen an. Dann lockerte er seine Krawatte und setzte sich, und zum ersten Mal seit langer Zeit, erschien er Ida entspannt, ja sogar glücklich. Die vergangene Saison war erfolgreich gewesen, er hatte eine tolle Mannschaft, die ihn tatkräftig unterstützte. Und das brachte ihn zum Lächeln. Er war so gut gelaunt, dass es sogar ein bisschen auf Ida abfärbte, die sich bemühte, weder zu Thomas noch zu Ranieri zu blicken, während sie sich mit Lea unterhielt, die zum Essen geblieben war. Und was war das überhaupt für ein unverschämt leckerer Fisch! Ida genoss jeden Bissen. Sie löste sich für kurze Zeit von ihren Problemen und war froh, hier und zudem ein wichtiger Bestandteil des Hotels zu sein. Die Stimmung war entsprechend heiter, die meisten tranken etwas zu viel. Sogar Thomas, wie sie aus dem Augenwinkel bemerkte.

Zu fortgerückter Stunde begann Ida, den Tisch abzuräumen, damit Renata anfangen konnte zu spülen.

»Ida?«, rief Guenda, kaum dass Ida mit den ersten Tellern die Küche betreten hatte.

Sie ging einfach weiter, doch Guenda folgte ihr. Von Renata keine Spur, sie waren allein im Raum, in dieser Küche, die Ida so oft Schutz geboten hatte. Nicht so heute. Ida war sofort auf der Hut. Sie stellte die Teller ab und verschränkte die Arme vor der Brust. »Hm?«, machte sie lediglich, nahm einen Lappen aus der Spüle, mit dem sie draußen im Speisesaal die Tische und Stühle wischen wollte. Seit dem letzten Streitgespräch an der Rezeption, bei dem Guenda sie auf Annalisas Testament hin zur Rechenschaft gezogen hatte, waren sie sich weitgehend aus dem Weg gegangen. Und das war wohl noch immer die beste Lösung.

»Ich wollte mich wegen neulich entschuldigen«, erklärte Guenda zu Idas Überraschung jedoch. Sie knetete ihre Hände, und diese kleine Geste ließ Ida vermuten, dass sie die Wahrheit sprach. »Ich war einfach nur überrascht, aber ich muss sagen, dass ich inzwischen ganz froh darum bin, in Zukunft die Leitung des Villa Amalfi mit dir zu teilen.«

»Mhm«, machte Ida lediglich und wartete. Wenn Guendalina involviert war, traute sie dem Braten nicht.

»Es ist nämlich so: Ich werde mich schon sehr bald nur wenig auf das Hotel konzentrieren können.«

»In Ordnung …«, sagte Ida, obwohl sie nicht wusste, worauf Guenda hinauswollte. Vermutlich würde sie häufiger mit Ranieri in Neapel bei seinem Reisebüro sein, das gut florierte. Wie auch immer. Ihr war es recht. Mehr als recht. Je weniger sie Guenda um sich hatte, desto besser. Was die Arbeitsteilung anbelangte, hatte Ida keine Sorgen, denn der Beitrag ihrer Rivalin war ohnehin nie von Nutzen gewesen. Ida arbeitete ganz gut allein.

»Denn im Gegensatz zu dir habe ich einen Ehemann, eine Familie«, sie schwieg einen Moment, als wolle sie das Folgende voll auskosten, »die – nun, dir kann ich es ja sagen – bald schon wachsen wird. Ranieri und ich, wir werden Eltern«, fügte sie strahlend hinzu.

Ida traute ihren Ohren nicht. Sie war so überrascht, dass sie merkte, wie ihr die Röte ins Gesicht stieg. Fast so, als müsste ihr etwas peinlich sein, was ja gar nicht so falsch war, wenn man bedachte, dass sie mit Guendalinas Mann geschlafen hatte. Dann war es also eine weitere Lüge von Ranieri gewesen, der behauptet hatte, seine Frau könne keine Kinder bekommen! Hatte Ranieri überhaupt einmal die Wahrheit gesagt? Wen hatte Ida da als junges Mädchen geliebt? Einen Schauspieler?

»Glückwunsch!«, brachte sie hervor und konnte nicht verhindern, auf Guendalinas Bauch zu starren. Doch Guendalina trug wie üblich eines ihrer figurbetonten Kleider. Keine Spur von einer Schwangerschaft war zu sehen. Im Gegensatz zu ihr selbst. Wie ironisch war das alles? Und wie furchtbar zugleich?

»Danke. Ich werde eine wundervolle Familie haben und du, nun ja, dir bleibt ja nicht viel mehr als dieses Hotel.« Guendas Tonfall klang fast ein bisschen angeekelt. »Und da dachte ich, dass es sehr egoistisch von mir wäre, dir nicht mal die Hälfte des Villa Amalfi zu überlassen, wenn es schon – aus welchem Grund auch immer – der Wunsch von Mamma war.«

Ida nickte lediglich zur Antwort. Für einen kurzen Moment war sie versucht, Guenda für ihre tolle Rede zu applaudieren. Sie übertraf sich heute wieder selbst.

»Auch Ranieri hat mir dazu geraten, nur das Nötigste für das Hotel zu machen. Schließlich bin ich nicht geboren, um Sklavin des Villa Amalfi zu werden.«

»Ich verstehe.« Die Sklavin des Villa Amalfi war demnach Ida? Wie schaffte Guenda es nur immer wieder, so viel Gemeinheit in ihre Worte zu stecken und es so aussehen zu lassen, als sei es nicht beabsichtigt?

»Du kannst also ganz unbesorgt sein: Der letzte Wille meiner Mutter wird respektiert werden«, fügte Guenda hinzu.

Doch Ida würde sich nicht provozieren lassen, auch wenn es sie all ihre Kraft kostete. »Schön, dass du das sagst. Bist du jetzt fertig?«

Guenda wirkte kurz überrascht. »Eigentlich, ja.«

»Gut, dann auf Wiedersehen!« Und damit schritt Ida durch die Tür. Sie schaffte es gerade noch so ins Personalbad, wo sie sich erbrach. Sie schwitzte, zitterte und weinte, während nach und nach die Anspannung von ihr abfiel.

***

Eine Woche später sah Sandra Ida dabei zu, wie sie Kleidung aussuchte und in einen Koffer packte. Ida war in den Jahren ihrer Wohngemeinschaft schon oft verreist. Diesmal fühlte es sich für Sandra aber anders an, und diesmal war es auch anders. Idas Ziel war eine Hütte, das wusste Sandra, in der sie die letzten Monate ihrer Schwangerschaft verbringen sollte, damit keiner ihren Bauch sah. Bis zur Entbindung mit einer Hebamme aus Tramonti, und dann war die Rede von einem Ehepaar, das das Kind abholen würde. Um alles weitere wie Essen und ein wenig Gesellschaft würde Idas Mutter sich kümmern. »Die Hütte ist also richtig schön, ja?« Sandra versuchte sich vorzustellen, wie Idas Leben in den nächsten Monaten aussehen würde.

»Ja, ich war überrascht. Sehr hübsch. Die Hebamme hat sie uns bei unserem Treffen noch gezeigt.«

Sandra setzte sich auf das Bett. Es war schwierig, sich dieses Haus nach all den Jahren ohne Ida vorzustellen. Dabei war ja klar gewesen, dass sie eines Tages gehen würde. Und nun war der Moment gekommen.

»Aber ein bisschen abgelegen, nicht wahr?«

Ida hielt inne, legte die Strickjacke, die sie in den Händen hielt, beiseite und setzte sich neben Sandra auf das Bett. »Idyllisch, würde ich sagen.«

Idyllisch bedeutete in diesem Fall, dass es rundherum keinerlei Zivilisation gab. In diese Hütte gingen Frauen, um ihre Schwangerschaft geheim zu halten. Sandra hatte immer mal wieder von diesen geheimnisvollen kleinen Häusern im Inland gehört, in die auch schwangere Mädchen aus Amalfi für eine Weile verschwanden, um dann ohne Babybauch zurückzukehren. Offen gestanden, hatte sie deren Existenz immer für unwahrscheinlich gehalten. Doch nach dem, was Ida erzählte, klang alles, was sie jemals zu diesem Thema gehört hatte, glaubhaft.

»Weiß dein Vater davon?«

»Nein! Und so soll es auch bleiben.«

Sandra konnte Ida gut verstehen. Und sie stellte mit Bewunderung fest, zu was für einer starken Frau Ida sich entwickelt hatte.

»Ach Ida, ich werde dich vermissen. Was meinst du? Soll ich dich ab und an besuchen? Vielleicht mal zum Backen, als Abwechslung und damit du nicht alles verlernst in der Zwischenzeit?« Sandra fragte nicht nur für Ida, sie selbst brauchte auch einen Hoffnungsschimmer.

»Gerne, meine liebe Sandra. Sehr, sehr gerne.« Ida umarmte sie und gab ihr einen Kuss. Auch solche einfachen, kleinen Gesten würde Sandra von nun an vermissen. Das war schon jetzt sicher.

KAPITEL 32

Wir machen heute einen Ausflug! Solange ich denken kann, habe ich beinahe jeden Tag meines Lebens in der Küche gestanden oder Gäste empfangen. Ich weiß gar nicht mehr, wie das ist, nicht im Hotel zu sein.

Ida stand an der Bushaltestelle in der Sonne und hielt ihren Koffer mit einer Hand fest, obwohl sie ihn auf den Boden gestellt hatte. Als könnte er weglaufen. Die Sonnenbrille schützte ihre Augen, machte sie aber auch ein Stück weit unnahbar. Die anderen Wartenden versuchten nicht, sich mit ihr zu unterhalten, was Ida recht war. Sie wollte für sich allein sein in diesem Moment, musste sich sammeln. Der Abschied von Sandra hatte sich seltsam angefühlt. So endgültig, obwohl Ida natürlich plante, auch nach der Schwangerschaft wieder bei ihr zu leben. Denn dass es mit ihren Routinen weitergehen würde, das stand außer Frage.

Ein Auto näherte sich, hielt. Ida sah nicht hin, glaubte, es hielt für jemand anderen. Erst als die Scheibe heruntergefahren wurde und sie ihren Namen hörte, erkannte sie Thomas. Er stieg aus, löste ihre Hand vom Koffer, nahm ihn und lud ihn in sein Auto.

Ida wusste nicht, wie ihr geschah. »Was … was …?«, stotterte sie.

»Steig ein, Ida, bitte«, forderte er sie auf. Freundlich, aber bestimmt.

Ida zögerte. Natürlich wollte sie vor den Leuten keine Szene machen. Aber was hatte er vor? Am Ende ihrer Überlegungen kam sie zu diesem Ergebnis: Es war Thomas, und ihm vertraute sie. Also stieg sie ein.

»Thomas, ich …«

Er startete den Motor. »Ja, ich weiß, du musst zu irgendeiner Hütte.«

Ida starrte ihn an. »Woher weißt du das?«

Er zuckte mit den Achseln. »Lea und Eugenio.«

Ida war verärgert. »Es tut mir leid, dass sie dich belästigt haben. Aber du musst mich nirgendwo hinfahren. Das geht auch gut mit dem Bus.«

»Ich bin froh, dass sie mich auf dem Laufenden gehalten haben. Von dir kam ja nicht viel …« Er fuhr vorsichtig auf die Straße, lenkte das Auto in Richtung Inland.

Der Satz ließ Ida aufhorchen. Hatte er das von ihr erwartet? Irgendeine Geste? Wieso hatte sie das nicht begriffen? War sie einfach zu sehr mit sich selbst beschäftigt gewesen? Möglich. Aber er hatte recht. Er war gegangen, hatte sie zurückgelassen mit der Bitte, eine Entscheidung zu treffen. Er hatte nicht gesagt, dass sie sich nicht melden sollte. Sie hatte ihn außen vor gelassen, sich nicht um ihn bemüht. Das machte sie jetzt so traurig, dass sie kein Wort über die Lippen brachte.

»Schon gut, Ida. Ich denke, wir waren beide überfordert mit der Situation.«

Das war Thomas. Auch jetzt noch bemüht, ihr die Last von den Schultern zu nehmen. Sie presste die Lider zusammen, um nicht zu weinen. Er war so gut, zu gut. Er war perfekt. Und sie hatte es geschafft, ihn wegzustoßen! Wie sollte sie sich das verzeihen?

»Hast du dir das gut überlegt?«

Sie wusste, dass er darauf anspielte, dass sie das Kind weggeben wollte. Sie nickte zur Antwort, denn sie hatte es sich mehr als gut überlegt. An ihrer Entscheidung war nicht zu rütteln.

»Dann soll es so sein, ich respektiere deine Entscheidung, Ida. Aber auch ich habe nachgedacht, musst du wissen. Falls du dir Sorgen machst, als unverheiratete Mutter dazustehen … Ich würde dich … ja, ich meine … Ich würde dich heiraten. Und das will ich dir unbedingt sagen, auch wenn das jetzt in deinen Ohren vielleicht verrückt klingt. Ich will nur nichts bereuen.«

Ida schluckte. Es fiel ihr so schwer, etwas Sinnvolles zu sagen. Aber vielleicht gab es manchmal auch keine Worte. Also legte sie vorsichtig ihre Hand auf seinen Oberschenkel. Einen Augenblick lang zögerte er, dann aber nahm er eine Hand vom Steuer und legte sie behutsam auf ihre. Ida begann hemmungslos zu weinen, während das Gefühl tiefer Liebe sie durchströmte. »Ich liebe dich!«, gestand sie ihm Minuten später mit zitternder Stimme.

Er lehnte den Kopf an die Nackenstütze, und ein Lächeln breitete sich auf seinem Gesicht aus. »Ich dich auch, Ida. Mehr als alles auf der Welt.« Er drückte ihre Hand, dann konzentrierte er sich wieder auf die Straße.

Schweigend saßen sie da und genossen die Nähe des anderen. Ida gab ihm nur hin und wieder einen Hinweis zum Weg, bis sie schließlich direkt auf die Hütte zufuhren. Das Häuschen war einfach gehalten, vermutlich war es ein ehemaliger Stall, und es erinnerte Ida ein wenig an ihr früheres Zuhause. Doch es war weitaus bequemer und schöner eingerichtet. Ida wusste, dass sie es darin aushalten würde.

Thomas brachte das Auto zum Stehen.

»Woran denkst du?«, fragte Ida.

Thomas wandte sich ihr zu und lehnte einen Arm an das Lenkrad. »Ich denke, dass du mutig bist.«

»Ich?« Sie verstand nicht, was er meinte.

»Oh ja! Absolut.« Er schwieg einen Moment. »Weißt du, ich habe auch mit anderen Frauen geschlafen. Und vermutlich ist es einfach Glück, dass dabei kein Kind gezeugt worden ist. Du bist mutig, Ida, weil du die Konsequenzen trägst. Ich als Mann habe es da leicht.«

»Ich weiß nicht …« Sie hatte sich in dieser Sache nie besonders mutig gefühlt. Wie schaffte er es nur, ihre Laster und Fehler jetzt positiv und gut erscheinen zu lassen?

»Ich aber.« Er lächelte. »Komm, ich begleite dich noch hinein.« Er stieg aus und zog ihren Koffer aus dem Kofferraum.

Ida hob die Hand, um ihn zu nehmen, aber er schob sie sanft zur Seite. »Ich trage ihn.«

Er duldete keine Widerrede – und eigentlich war es genau das, wonach sie sich sehnte.

Der Schlüssel lag, wie mit Emilia verabredet, im Blumentopf am Fenster. Es dämmerte bereits, sodass Ida tastend hineinlangte und einen großen, alten Schlüssel herauszog. Sie schob ihn ins Schlüsselloch, die Tür ließ sich mit Leichtigkeit öffnen. Ida fand den Lichtschalter, und die Lampe erhellte sofort den Raum, der an diesem frühen Abend sogar noch schöner aussah. Hier war alles in einem Zimmer vereint: Küche, Wohn- und Schlafecke. Draußen gab es einen natürlichen Brunnen und ein Plumpsklo. Nicht ideal, aber so wie früher, Ida kannte das. Rund um sie herum war nur Weideland. Hier waren Frauen wahrlich ungestört. Die Ausstattung, die Wäsche, die Atmosphäre und ihr Gefühl sagten Ida deutlich, dass diese Hütte sehr oft bewohnt wurde. Vielleicht war sie sogar vor kurzem erst benutzt worden?

»Nicht schlecht«, befand auch Thomas und stellte den Koffer neben das Bett. »Aber es kann kühl werden. Soll ich dir noch Feuer im Ofen machen?«

Ida konnte das selbst, das wusste auch Thomas. Dennoch hatte er gefragt. *Er will noch nicht gehen*, dachte Ida. »Ja, das wäre sehr lieb von dir«, sagte sie deshalb.

Während er sich um das Feuer kümmerte, sah Ida sich im Zimmer um. Sie bemerkte jetzt sehr viel mehr Details als beim ersten Mal. Ihr gefiel der Holzboden, der bei jedem Schritt knarzte. Es roch auch stark nach Holz, was sie aber keineswegs als unangenehm empfand. Zu ihrer Verwunderung bemerkte sie in einer Ecke ein Grammophon. Dies war doch kein Ort, an dem Musik gehört wurde! Neugierig trat sie näher und hob den Hebel leicht an. Sogleich begann die Platte sich zu drehen. Vorsichtig setzte Ida die Spitze der Nadel auf das Vinyl, ein leichtes Kratzen ertönte, dann sanfte Musik. Ida kannte das Stück nicht und warf einen

Blick auf die Plattenhülle. Es hieß *Bambola*, von Ernesto Bonino und war offenbar schon älter, aber es gefiel ihr. Ida wusste nicht genau, was mit ihr passierte, aber nach wenigen Sekunden nahm die Musik sie auf seltsame und vollkommene Art ein. Sie vibrierte in ihr, und Ida verspürte einen unbändigen Drang, sich dazu zu bewegen.

Thomas blickte verwundert auf, lächelte ihr zu. Er wirkte jetzt viel gelöster als zuvor. Für einen Moment fühlte Ida sich glücklich.

Thomas richtete sich umständlich auf, klopfte die Hände auf seiner Hose sauber. »Das Feuer ist an. Du musst es nur ab und an kontrollieren und eventuell Holz nachlegen. Die Scheite stehen direkt neben der Eingangstür. So solltest du es warm genug haben.«

»Danke.« Sie ging auf ihn zu, reichte ihm ihre Hand. »Tanzt du mit mir?«, forderte sie ihn leise auf.

Er zog sie an sich. Sie legte ihre Arme auf seine Schultern und lehnte ihren Kopf auf seine Brust. Sachte, ganz leicht wiegten sie sich zu den warmen Tönen. Ida spürte seine Stärke, seine Verbundenheit, ja, seine Liebe. Sie spürte, dass er bei ihr war, mit ihr war, sie unterstützte, hielt, hob. Noch nie im Leben war Ida sich so beschützt und geborgen vorgekommen. Sie schloss die Augen, überließ ihm die Führung. Sie drehten sich so langsam im Kreis, dass ihr fast schien, als stünden sie still. Die Musik hielt sie gefangen. Es war wundervoll. Und Ida bedauerte zutiefst, dass die Melodie irgendwann endete. Sie schaffte es kaum, sich von Thomas zu lösen.

»Das war schön«, flüsterte sie. Sie wollte nur an diesem Gefühl festhalten, das sie aneinanderschweißte. Allen Widrigkeiten zum Trotz – es war da, es war zurück. Vielleicht war es ihnen auch nie wirklich abhandengekommen.

Er küsste sie sanft auf den Kopf. »Wir können es immer schön haben, Ida. Unser ganzes Leben lang. Egal, was passiert. Ich möchte trotzdem mit dir gehen, jeden weiteren Schritt unseres Lebens.«

»Ich weiß. Es geht mir doch genauso.« Es wurde herrlich warm in Idas Brust, ihre Beine wurden weich wie Butter. Er spürte das offenbar, denn er zog einen Stuhl heran und setzte sich darauf. Dann klopfte er auf seine Beine. Ida folgte der Aufforderung und setzte sich auf seinen Schoß. Sie schlang ihre Arme um ihn, lehnte den Kopf auf seine Schulter und atmete an seinem Hals. Er bekam Gänsehaut davon, was sie mit einem aufregenden Kribbeln zur Kenntnis nahm.

»Weißt du, warum ich mich in dich verliebt habe?«, fragte er, während er mit seiner großen Hand über ihren Rücken fuhr.

»Nein«, hauchte sie.

»Wegen deiner Unabhängigkeit. Wegen deiner fröhlichen Zugewandtheit, mit der du den Gästen begegnest. Wegen deines schlauen Köpfchens. Wegen deiner selbstsicheren Art, die du auch dazu nutzt, deine Verletzlichkeit zu verstecken, die ab und an durchscheint. Ganz leicht nur, wie eine Ahnung. Ich finde genau die Dinge reizvoll an dir, von denen du vermutlich denkst, sie könnten mich abstoßen. Ida, glaub mir, das tun sie nicht. Das Gegenteil ist der Fall. Verstehst du?«

Ja, Ida verstand. »Sagen wir mal so: Ich glaube nicht, dass ich jemals deine Hemden bügeln werde, Thomas. Das muss dir klar sein«, sagte sie schmunzelnd.

Er lachte. Laut und von Herzen. »Dann kommen sie eben in die Lavanderia.«

»Sag ehrlich: Warum nimmst du meine Bedenken nicht ernst?«

»Weil es deine Bedenken sind, Ida, nicht meine.«

»Ich verstehe es nicht. Wie kannst du so perfekt sein?«

»Oh, ich bin weit davon entfernt, perfekt zu sein, glaub mir. Ich … schnarche, zum Beispiel, ganz furchtbar. Und ich mag deutsches Essen. Außerdem interessiere ich mich für Politik und könnte so lange Diskussionen darüber führen, bis deine Ohren anfangen zu glühen. Außerdem fällt es mir schwer, Farben zu kombinieren, weshalb es schon einmal passieren kann, dass ich aussehe wie ein Clown.«

»Furchtbar!«, sagte sie ironisch und schüttelte sich übertrieben.

»Ich weiß.«

Ida genoss sein Lächeln, das kleine Grübchen in seine Wangen zauberte. Dann wurde sie wieder ernst. »Aber, ganz ernsthaft, Thomas: Ich bekomme in einigen Monaten ein Kind, das nicht von dir ist. Ich will nicht, dass das in Zukunft zwischen uns stehen wird. Glaubst du, du kommst damit zurecht?«

Thomas antwortete nicht. Er nahm ihren Kopf zwischen seine Hände, strich ihr mit dem Daumen über die Lippen. Eine kleine Geste, die Ida zutiefst berührte. Sie spürte, wie ihr Atem sofort schneller ging, wie ihr Herz pochte in Erwartung eines Kusses, der prompt folgte. Thomas stöhnte leise, als sie ihre Lippen auf seine legte. Sie schmiegte sich an ihn.

»Oh, Ida«, flüsterte er. »Ich habe dich so vermisst.«

Sie konnte nichts sagen, nur atmen, ganz dicht an ihn gelehnt.

In diesem Moment knurrte ihr Magen unpassend laut.

Thomas lachte. »Gibt es hier überhaupt etwas zu essen?« Er ließ sie aufstehen und erhob sich dann selbst vom Stuhl, durchsuchte die Anrichte und die Schränkchen, fand Brot, Honig, Käse und zwei Salsiccia-Würste.

Der Duft schlich sich in Idas Nase, das Feuer knisterte schön im Ofen. Für einen Augenblick war alles perfekt. Es gab zwar einen Grund, warum sie hier war, aber in diesem Moment beschloss Ida, dass er ihre neugewonnene Vertrautheit mit Thomas nicht überschatten sollte. Warum sollte sie nicht trotzdem glücklich sein? Warum sollte sie ihn wegstoßen, wenn er doch der Einzige war, den sie wirklich wollte?

Sie machte sich kurzerhand auf die Suche nach einem Schneidebrett und einem Messer, reichte ihm beides, um Brot, Käse und Wurst aufzuschneiden. Es war schön, ihn dabei zu beobachten, denn er zeigte ihr, wie ihre Zukunft aussehen könnte: gemeinsam, vertraut, einfach, unkompliziert, angefüllt mit Liebe und aufrichtigen Gefühlen. Sie aßen zusammen am Feuer, räumten zusammen ab und legten sich zusammen zu Bett. *Es fühlt sich an wie Familie*, dachte Ida, *ich fühle mich sicher und aufgehoben*. Das war wundervoll. Thomas war wundervoll.

So sieht es also aus, das Glück, nach dem jeder so verzweifelt sucht, dachte Ida.

Im Morgengrauen verabschiedete sich Thomas mit tausend Küssen von Ida. Er würde seine Mutter zu einer ärztlichen Untersuchung nach Neapel fahren, versprach aber, so schnell wie möglich wiederzukommen. Ida schlief wieder ein. Stunden später wurde sie von einem Klopfen an der Tür geweckt und setzte sie sich abrupt im Bett auf. Sie fühlte sich wie gerädert und brauchte einen Moment, um sich zu erinnern, wo sie war. Es klopfte erneut, und so erhob sie sich, schlurfte zur Tür und öffnete. Vor ihr stand ihre Mutter mit einem Korb, den sie auf dem Weg von zuhause vermutlich auf dem Kopf balanciert hatte, das konnte sie besonders gut.

»Hast du das in Amalfi gelernt, so lange zu schlafen?«, schimpfte ihre Mutter augenzwinkernd, dann breitete sie die Arme aus und umarmte Ida fest. Ida sog tief ihren Duft ein, spürte ihre Wärme, und mit einem Mal durchströmte sie das Bewusstsein, dass die Monate alles, aber nicht einsam sein würden.

Ihre Mutter schenkte Ida einen liebevollen Blick. Dann trat sie ein, packte wortlos allerlei Leckereien aus ihrem Korb aus und zeigte mit jeder Geste, dass sie für Ida da sein würde.

Im Verlauf der folgenden Monate kam wie versprochen auch Sandra immer wieder, und dann kochten und backten sie zusammen. Sie brachte Postkarten von Amalfi mit, die Ida an die Wand gleich neben ihrem Bett klebte und jedes Mal voller Sehnsucht betrachtete, wenn sie sich hinlegte. Sie vermisste das Meer und seinen Geruch sehr, sehnte sich nach dem stetigen Rauschen der Wellen. Ida gehörte nach Amalfi. Zweifel daran hatte sie nicht.

Emilia kam zunächst alle paar Wochen und untersuchte sie, jetzt, Anfang Februar, tat sie das alle zwei Tage. Idas Bauch war rund, aber nicht so groß, wie sie selbst erwartet hatte. Manchmal bewegte das Ungeborene sich heftig. Ida spürte das natürlich, verbot sich aber, eine Bindung aufzubauen. Ihr war bewusst, was auf sie zukommen würde, und sie fürchtete sich ein wenig vor der Geburt und auch vor der Trennung. Vor allem aber war sie ungeduldig. Das Villa Amalfi würde im nächsten Monat wiedereröffnen und die ersten Gäste aus Deutschland empfangen. Und sie wollte dabei sein, mit ganzer Kraft. Und mit so wenig Bauch wie möglich.

Ida hatte viel Zeit zum Nachdenken, und das tat sie, doch sie ließ keine Gefühle zu. Sehr rational fragte sie sich, woher das Paar wohl kam, das das Kind dann mitnehmen würde. Ida vertraute Emilia und glaubte ihr, dass die neuen Eltern dem Kind sicherlich ein sehr gutes Leben ermöglichen würden. Doch manchmal schlichen sich Bedenken in Idas Unterbewusstsein und quälten sie in ihren Träumen mit Bildern eines unglücklichen, ungeliebten Kindes. Das war ihre größte Angst. Denn Ida wusste, was es bedeutete, ungeliebt und unerwünscht zu sein. Sie betete jeden Tag, dass dem Kind nichts dergleichen widerfahren würde. Zum Glück fing Thomas, der fast jede Nacht mit ihr verbrachte, sie immer wieder auf, wenn die Ängste und Zweifel überhandzunehmen drohten. Er verstand sie. Und Ida hatte keine Angst, sich auch ab und an schwach zu zeigen, denn er versicherte ihr immer wieder, dass Schwäche zu zeigen nur menschlich war. Dafür liebte sie ihn umso mehr. Sie waren tief verbunden.

***

Sandra sah sich in der Küche ihres Hauses um. Sie packte die Tasche mit Proviant für Ida, heute war mal wieder ein Besuch geplant. Ein Blick auf die Uhr verriet ihr, dass sie sich beeilen musste. Es fuhren nicht viele Busse von Amalfi ins Inland. Wenn sie diesen verpasste, würde sie mit einer Wartezeit von etwa drei Stunden rechnen müssen. Und sie wollte die Zeit lieber mit Ida verbringen, die sich gerne mit ihr unterhielt und immer den neuesten Klatsch und Tratsch aus Amalfi wissen wollte, während sie kochten und backten, als müssten sie ein ganzes Regiment füttern.

Sandra überprüfte noch einmal, ob sie die selbst gebackenen Kekse eingepackt hatte, und schlüpfte voller Vorfreude in ihre Schuhe.

In diesem Moment ertönte ein Klopfen.

»Sandra? Hier ist Ranieri.«

Sandra zuckte zusammen. Ranieri? Der kam unerwartet. Was wollte er, warum war er hier? Sandra und Ida hatten viel geredet, sie wusste alles. Vom ersten Mal, vor vielen Jahren am Strand, bis hin zum jüngsten Fehltritt, der so verheerende Folgen für Ida hatte. Sie wusste, warum er Guendalina vorgezogen hatte, sie wusste, dass er ein Mann ohne Charakter war. Sie mochte ihn nicht.

Wieder klopfte es. Sandra überlegte kurz, so zu tun, als sei sie nicht da, doch sie würde das Haus gleich verlassen müssen. Also öffnete sie die Tür, war aber auf der Hut. »Ranieri, was für eine Überraschung. Wie kann ich dir helfen?«

»Eigentlich suche ich Ida.« Er hielt einen Briefumschlag in der Hand.

Sandra konnte sich nur mit Mühe beherrschen, ihm zu sagen, dass er sie vor Jahren hier hätte suchen sollen, als Ida ihr Leben dafür gegeben hätte, mit ihm zusammen zu sein. »Sie ist nicht da«, beschied sie lediglich.

Ranieri nickte. Als hätte er es nicht anders erwartet. Er steckte die freie Hand in seine Manteltaschen, überlegte offensichtlich, was er machen sollte. Bei seiner Entscheidungsfindung würde Sandra ihm jedenfalls nicht behilflich sein. Schade nur, dass sie nun vermutlich den Bus verpassen würde.

»Darf ich fragen, wo sie ist?«

»Nein.«

Ranieris Miene spiegelte seine Überraschung, doch als Sandra ihrer Antwort nichts hinzufügte, schien ihm zu dämmern, dass sie es ernst meinte. »Ich verstehe …«

»Das glaube ich kaum.«

»Um was geht es hier, Sandra?« Ranieri war sichtlich verwirrt.

»Es geht darum, dass du ihr das Herz vermutlich öfter gebrochen hast, als es überhaupt menschenmöglich ist. Für sie ist es das Beste, wenn sie sich weit von dir entfernt hält, und ich werde den Teufel tun und sie dabei stören.«

Ranieri schüttelte den Kopf. Er hatte sich seinen Besuch sicher anders vorgestellt.

»Oh, ich …«, er brach ab. »Aber kannst du ihr freundlicherweise dieses wichtige Schreiben überreichen, sobald sie wieder hier ist?«, bat er und hielt ihr das Kuvert entgegen.

Sie nahm es. »Ich werde dafür sorgen, dass sie es bekommt.«

»Danke. Es ist wirklich sehr wichtig.«

»Davon gehe ich aus«, beschied Sandra knapp.

Ranieri schüttelte wieder leicht den Kopf, dann machte er auf dem Absatz kehrt und eilte davon.

Und Sandra blieb zurück, mit dem Brief in der Hand. Als er aus dem Sichtfeld verschwunden war, legte sie ihn kurzerhand auf Idas Bett. Ganz egal, worum es darin ging, Sandra wollte Ida jetzt nicht damit belästigen.

KAPITEL 33

Oh, die Wiedereröffnungen im Frühsommer! Welch eine Freude! Ohne das Villa Amalfi kann ich nicht leben – das ist mir jetzt bewusst.

Ida hörte ihr eigenes Wimmern. Es erschien ihr so fremd, und sie wollte es ausschalten, doch es floss einfach so aus ihr heraus, half ihr, den Schmerz zu ertragen.

»Atmen, Kindchen. Durch die Nase ein, durch den Mund aus. Nein, nicht so. Fester! Ich muss dein Atmen hören. Ja, schon besser.«

Emilia war ein Fels. Sie war am Vortag zur Untersuchung gekommen und hatte dabei bemerkt, dass das Kind in Idas Bauch tiefer gesunken war. Ida war das gar nicht aufgefallen. Sie hatte Emilias Bedenken offen gestanden für übertrieben gehalten und sie gebeten, wie üblich am übernächsten Tag wiederzukommen. Emilia hatte nicht auf sie gehört. Zum Glück. Denn die Wehen hatten wenig später eingesetzt. Und jetzt waren sie heftig und unerbittlich. Auch Idas Mutter war gekommen. Ruhig saß sie seitdem an ihrer Seite, hielt ihre Hand, sagte nicht viel. Doch auch still und zurückhaltend war Maria Grazia Ida eine wertvolle Hilfe und eine Stütze, wie so oft in ihrem Leben.

Thomas war noch nicht da. Ausgerechnet heute musste er wieder nach Neapel …

Die ganze Schwangerschaft über hatte sie das heranwachsende Leben in sich mit aller Kraft ignoriert, doch jetzt drängte es so präpotent und gewaltig, dass Ida sich ihm fügen musste.

Sobald die Wehen kurz abebbten, ließ Ida den Blick durch das Fenster nach draußen wandern. Sie konnte den Himmel sehen. Er war übersät mit Sternen, die prächtig funkelten und auf schönes Wetter am nächsten Tag hoffen ließen.

»Lass uns ein paar Schritte gehen«, schlug Emilia vor. Allein der Gedanke, sich zu erheben, ließ Ida aufstöhnen. Zwar war es nur ein Vorschlag gewesen, doch die Hebamme klang so resolut, dass es Ida nicht in den Sinn gekommen wäre, ihr zu widersprechen. Emilia hatte einen weißen Kittel über ihre schwarze Robe geworfen und wirkte insgesamt wie die Mischung aus einer Krankenschwester und einer Totengräberin.

Auch Idas Mutter war sofort zur Stelle und stützte Ida, doch schon brach die nächste Wehe über sie herein, die Ida zwar mit Mut annahm, aber nicht so einfach wegsteckte.

Sie richtete sich trotzdem mit tatkräftiger Hilfe von Emilia auf und rutschte vom Bett auf die Füße. Langsam setzte sie einen Fuß vor den anderen, auf jeder Seite von einer Frau geführt. Ida hatte geglaubt, nach dem Ziehen der letzten Wehe nie wieder auch nur einen halben Schritt gehen zu können. Doch hier war sie, unglaublich, aber wahr, und lief neben Emilia her, die es einfach besser wusste.

»Wie schwer hattest du es damals, Madre?«, fragte sie angestrengt.

»Gar nicht schwer, meine Ida.«

»Deine Mutter war tapfer«, pflichtete Emilia ihr bei. Ida setzte zu einer Antwort an, musste aber innehalten. Die nächste Wehe kam. Wieder wimmerte sie und wollte einfach nur, dass der Schmerz dahin verschwand, wo er hergekommen war. Emilia hielt sie souverän von hinten aufrecht, ihre Mutter nahm ihre Hände. Während Ida glaubte, von innen zu zerreißen, ebbte auch diese Wehe ab, gab ihr wieder die Möglichkeit zu atmen, Kraft zu sammeln für die nächste.

»Warst du glücklich, damals?«, wollte sie schließlich wissen.

»Natürlich war ich das, seit du auf die Welt gekommen bist, das weißt du doch. Ich war ein junges Ding, vollkommen und hoffnungslos verliebt in dich. Ich hätte ohne mit der Wimper zu zucken mein Leben für dich gegeben.«

»Danke, Madre«, sagte Ida ehrlich. Sie konnte gut nachfühlen, was sie erlebt haben musste, um sie gesund auf die Welt zu bringen.

»Mein liebes Kind, du brauchst mir doch nicht zu danken.«

»So, und bei der nächsten Wehe musst du mir jetzt versprechen, den Schmerz anzunehmen und in etwas Schönes zu verwandeln«, ergriff Emilia das Wort. »Kämpf nicht dagegen an, lass dich davon leiten. In Ordnung?«

Ida schaffte es nicht mal zu antworten, als die nächste Welle aus Schmerz über sie hereinbrach und sie wegspülte. Sie merkte gerade noch, wie sie breitbeinig in die Knie ging und presste. Ihr Körper hatte die Kontrolle übernommen. Sie ließ es zu. Hörte nichts mehr, wusste nicht, ob sie noch wimmerte oder bereits schrie.

»Halt dich am Stuhl fest, und dann wiederholen wir das Ganze. Verstanden?«

Ida nickte, bewegte sich breitbeinig zum Stuhl, krallte sich daran fest. Und ihr Körper war schon wieder bereit, presste erneut. Und wieder. Und wieder. Und dann rutschte etwas aus ihr heraus. Brachte Erleichterung. So große Erleichterung. In diesem Moment ertönte ein Wimmern, diesmal nicht von ihr. *Heilige Mutter Gottes, ich danke dir*, dachte oder sagte sie. Wiederholt. Bis ihr Atem sich beruhigte, doch dann krampften ihre Hände, und sie konnte sich nicht länger am Stuhl festhalten. Und es tropfte aus ihr heraus. Emilia? Wo war Emilia? Ihre Mutter? *Mamma?* Das Geschrei war doch gut, nicht wahr? Das Geschrei bedeutete, dass es dem Kind gut ging, oder? Es war doch alles in Ordnung? Ihre Hände krampften immer noch und sahen so seltsam aus.

»Das ist normal. Keine Sorge. Ich bin gleich bei dir«, ließ Emilia sie wissen. Sie spürte die Hände ihrer Mutter, die ihr über den Rücken strichen. Sanft, immer und immer wieder gaben sie ihr Halt.

Ida atmete ruhiger. Ihre Hände entkrampften sich. Ihr Körper begann zu begreifen, dass die schwierige Aufgabe der Geburt gelungen war. Einen Augenblick später war Emilia bei ihr, half ihr, sich auf das Bett zu legen, und untersuchte sie. »Die Nachgeburt kommt bald. Deine Mutter wäscht und zieht dein Kind an. Es ist ein Mädchen, falls du das wissen möchtest. Gesund und munter.«

Ida hörte sich selbst laut schluchzen und erschrak darüber, sie hatte nicht bemerkt, dass sie weinte. Wie verwirrend war das alles, was gerade mit ihr passierte. So verwirrend … Sie schloss die Augen, konzentrierte sich auf ihren Atem. Das tat gut. Sie hörte, wie ihre Mutter ans Bett trat und ihr ihr Kind auf ihren Brustkorb legte. Ida erschrak, obwohl sie es so besprochen hatten. Unzählige Male hatten sie darüber geredet und diskutiert und es am Ende beide für wichtig gehalten, einen kurzen Kontakt zu ermöglichen. Ida sollte nicht einst zutiefst bedauern, ihr Kind nicht wenigstens ein einziges Mal im Arm gehalten zu haben.

Ida schloss die Augen. Das Kind war warm, roch süßlich und sauber und irgendwie vertraut. Sie verspürte ein inniges Gefühl für dieses kleine Wesen, das nun ganz friedlich auf ihrer Brust lag. *Ein paar Minuten nur*, sagte Ida sich. Sie wusste, dass es die Trennung schwerer machen würde, war aber zu erschöpft, eine vernünftige Entscheidung zu fällen. Sie ließ ihren Atem mit dem des Kindes verschmelzen. Herzschlag auf Herzschlag. Das Kind war ruhig. Als hätte es auf nichts anderes gewartet, als auf ihrer Brust zu liegen.

Die Nachgeburt kam, Ida ließ alles geschehen, während Emilia sie behutsam versorgte und ihr viel erklärte. Ida hörte alles, doch es drang nur ein Teil dessen zu ihr durch, was die Hebamme sagte.

»So, du kannst dich jetzt aufsetzen, Ida, und die Kleine noch ein bisschen halten. Sieh sie dir genau an, merke dir alles. Das wird es dir für die nächste Zeit leichter machen.« Emilia drückte ihr ein Fläschchen in die Hand. »Besser, du fütterst sie hiermit. Vielleicht schaffst du es dadurch, die Milch bei dir gar nicht erst zum Fließen zu bringen. Ich gebe dir auch ein paar Medikamente, die den Fluss zumindest hemmen werden.«

Ida wagte nun einen vorsichtigen Blick auf das winzige Gesicht des Neugeborenen. Wunderhübsch sah es aus, mit langen Wimpern und vielen rabenschwarzen Haaren. Da, sogar den kleinen Leberfleck am Hals hatte das Kind von ihr. Ida berührte ihn zart und sah die Kleine voller Zärtlichkeit an.

»Ich gehe jetzt in den Ort, um die Herrschaften zu benachrichtigen«, ließ die Hebamme Ida wissen.

»Ich bleibe noch solange bei dir und der Kleinen, Ida, sei unbesorgt«, fügte ihre Mutter mit sanfter Stimme hinzu.

»Aber es ist doch mitten in der Nacht!«, protestierte Ida. Plötzlich war ihr der Gedanke, sich schon bald trennen zu müssen, unerträglich. Sie ließ sich zurück ins Kissen fallen. *Die Zeit mit dem Kind ist begrenzt, das wusste ich*, versuchte sie, an ihren Verstand zu appellieren. Sie durfte nicht aus den Augen verlieren, was das Beste für die Kleine war.

Ida nickte immer wieder erschöpft ein, aber sie blieb ihrer Tochter ganz nahe, die ruhig und zufrieden neben ihr schlummerte. Irgendwann meinte Ida, ein Licht zu sehen, doch sie konnte ihre Augen nicht offen halten. Ab und an glaubte sie, einen warmen Körper an ihrem zu spüren. War das Thomas? Ja, ihr geliebter Thomas. Ihr Liebster war bei ihr. Sie entspannte sich wieder, ließ sich fallen in der Gewissheit, dass er da war, um sie aufzufangen.

Am nächsten Morgen erwachte sie voller Schreck, und im selben Augenblick wusste sie, dass es vorbei war.

Das Kind war nicht mehr da.

Sie hörte eine Stimme und erkannte mit Grauen, dass es ihr eigener Schrei war. Damit hatte sie nicht gerechnet, dass es trotz ihrer Zurückhaltung so wehtun würde. Sie konnte kaum atmen. Ihr Nachthemd war nass. Natürlich, die Milch. Und wieder ihr Schrei. Sie rollte sich zusammen und wimmerte in abgrundtiefem Schmerz.

Thomas eilte herbei, setzte sich zu ihr aufs Bett, strich ihr das

Haar aus dem verschwitzten Gesicht. »Psst«, machte er. »Ich bin hier. Es ist gut, Ida. Es wird alles gut. Ich bin bei dir.« Er streichelte sie immerzu und sprach wiederholt die gleichen kurzen, beruhigenden Sätze. Er hielt sie, schaffte es, dass sie nicht abglitt in eine allzu finstere Nacht.

Die Zeit verrann, die Tage und Nächte verschwammen zu einer endlosen Masse, der Verlust war für Ida kaum zu ertragen. Allein der Gedanke, dass es in dieser Situation die beste Entscheidung für ihr Kind sein würde, half Ida, ganz allmählich wieder zu Kräften zu kommen und das Geschehene zu verarbeiten. Thomas fing sie bei jedem noch so kleinen Moment der Niedergeschlagenheit auf, so gut er es vermochte. Sie unternahmen lange Spaziergänge, tanzten zu jedem Lied, das sie im Haus auf Vinyl finden konnten.

»Wer hätte gedacht, dass du so ein guter Tänzer bist«, schmeichelte Ida ihm, als er sie in den Armen hielt und sich mit ihr zur Musik bewegte.

»Signora, Sie unterschätzen mich«, tat er hochnäsig, zog sie aber noch enger an sich.

Thomas brachte ihr bei, was es bedeutete, bedingungslos geliebt zu werden und für einen anderen Menschen die wichtigste Person auf Erden zu sein. Und das Gefühl, geliebt zu werden, war genau das, was Ida jetzt brauchte.

Sie küssten sich oft und machten sich zärtliche Versprechungen, so auch, zusammen glücklich zu werden und sich jeden Tag bis an ihr Lebensende zu lieben.

Emilia kam noch mehrmals, um sie zu untersuchen, sang Lieder mit Worten eines alten Dialekts, die Ida nicht alle verstand. Doch die Melodie verhalf ihr auf seltsame Weise, sich in der neuen Wirklichkeit ohne ihr Kind zurechtzufinden. Idas Körper musste heilen, sich erholen. Sie tat, was sie konnte, um daneben auch ihre Seele zu heilen, die ohnehin schon einige Narben trug.

Heilen.

Wenn sie etwas aus dieser Erfahrung lernte, dann war es, dass man heilen konnte.

Darauf konzentrierte Ida sich die folgenden Tage. Auf das Heilen. Und dann fuhr sie endlich mit Thomas und ihrem Koffer nach Hause, nach Amalfi. Es war vorbei.

Und es ging weiter. Mit ihrem Leben. Ohne ihre Tochter. Amalfi hieß sie strahlend willkommen. Hand in Hand mit Thomas ging sie vom Parkplatz zunächst in Richtung Meer. Alles war wie vorher, und doch war alles anders. Das Meer. Es war so wundervoll. Ida atmete. Jeder Atemzug verankerte sie ein kleines Stück mehr in diesem Ort, verband sie mit dem Meer und dem noch menschenleeren Strand. Mit der gigantischen Steilhangküste, den bunten Häusern, die aussahen wie in ein Gemälde gesetzt.

Ida war zuhause. Voller Hoffnung und voller Tatendrang drehte sie sich um in Richtung Land, wo ihr Blick ganz von selbst die Häuserreihe gleich an der Straße absuchte. Ihr Herz machte einen Sprung, als sie das Villa Amalfi ausmachte. Solange mit dem Hotel alles gut war, war auch ihre Welt in Ordnung. Sie überlegte, dass das Schwimmbad oben auf der Dachterrasse nun fertig sein musste, und nahm sich vor, es gleich morgen zu begutachten.

»Du bist schon wieder voll in deinem Element«, neckte Thomas sie. Das stimmte zwar noch nicht ganz, aber Ida gab sich Mühe. Sie schmiegte sich an Thomas, und er hielt sie ganz, ganz fest. So fest, dass es sich nach einem wunderbaren »für immer« anfühlte.

»Lass uns heiraten, Ida«, bat er und klang dabei so glücklich und verliebt, wie sie sich fühlte.

»Ja! Lass uns heiraten.«

Ida ging nach Hause, zu Sandra, die sie schon erwartet hatte und nun freudig in die Arme schloss. Thomas hingegen hatte zu arbeiten, würde aber gleich nach dem Unterricht zu ihr kommen.

»Willkommen zuhause!«, sagte die rundliche Köchin feierlich.

Ida küsste sie auf die Wange und trat ein, trug ihren Koffer sofort in ihr Zimmer, das heute besonders gut duftete. Sandra musste gewischt und entstaubt haben. Die Bettwäsche war frisch, die Gardinen sicherlich gerade erst in der Sonne getrocknet.

Verwundert nahm sie einen Brief zur Hand, auf dem ihr Name stand. Neugierig riss sie den Umschlag auf. Darin lag ein dicker Bogen, der mehrfach gefaltet war. Ida entnahm ihn mit zitternden Fingern.

Ein Stempel zierte den Briefkopf, und Ida sprang sofort das Wort Notar ins Auge. Sie überflog die Zeilen. Musste sich setzen.

»*Dio Santo*, was bedeutet das?« Sie starrte auf das Schreiben. Ihre Hand zitterte jetzt so stark, dass das Papier wie ein flügelschlagender Vogel wirkte.

Sandra trat zu ihr, nahm ihr den Brief aus der Hand und las. Dann setzte auch sie sich.

»Guendalina tritt den Anteil, den sie nach dem Tod ihrer Mutter bekommen hat, an dich ab? Wieso das denn?«

»Ich weiß es nicht.«

»Heißt das, du wirst nach Vittorios Ableben die alleinige Besitzerin des Villa Amalfi?« Ungläubigkeit lag in Sandras Stimme. Und Erstaunen sprach auch aus Idas Blick, der mehrfach zwischen Sandra und dem Brief hin und her wechselte. Nur langsam sickerte die Bedeutung der Nachricht in ihr Bewusstsein. Das Villa Amalfi würde ihr gehören! Ihr ganz allein! Das konnte doch nicht wahr sein? Es musste doch einen Haken geben! Wieder wanderte ihr Blick zu dem Brief. Aber nein, das alles war eindeutig notariell beglaubigt.

Die Neuigkeit überrollte sie beide, und wer zuerst begann zu kreischen, wusste Ida hinterher nicht mehr. Nachdem die beiden Frauen sich immer wieder prustend um den Hals gefallen waren, musste Ida sich schließlich Luft zufächeln. War es denn zu glauben? Ida Moscato, das Mädchen aus Tramonti, würde eines Tages das Hotel Villa Amalfi besitzen, das ihr die Welt bedeutete.

Das Schicksal hatte ihr viel genommen, das Schicksal hatte ihr viel geschenkt.

Einige Tage später begann die Saison 1959. Die Eröffnung wurde gefeiert. Unter den Gästen befanden sich auch Vertreter der Presse, die von dem Schwimmbad auf der Dachterrasse berichten würde. Ida trug ihr Haar wieder etwas länger, ihr Kostüm war professionell, aber nicht zu formell, denn die Gäste sollten keine Scheu verspüren, sie anzusprechen.

»Bitte stellen Sie sich etwas weiter nach rechts«, bat der Fotograf, der sie und den Signor Vittorio am Pool mit all seinen herrlich einladenden Farben ablichten sollte. Ida stand diskret einen Schritt hinter dem Signor Vittorio. Eines Tages würde auch sie in erster Reihe stehen. Eilig hatte sie es damit nicht.

Die Bilder waren gut, sie wurden veröffentlicht und erreichten alle, die in irgendeiner Weise mit dem Tourismus zu tun hatten. Idas Name wurde bekannt. Gleichzeitig wurde viel Unfug erzählt. Zum Beispiel hielt sich das Gerücht, dass sie die Geliebte des Signor Vittorio sei und nur aus diesem Grund eine so wichtige Rolle in der Führung des Villa Amalfi hatte – eine Nachwirkung des Gerüchts, das Guendalina in Umlauf gebracht hatte.

Die Küche hatte ein kleines Buffet vorbereitet, und Ida vergewisserte sich mehrfach, dass alles zur Zufriedenheit aller Gäste war.

Sie wusste, dass Ranieri, Guendalina und ihre gemeinsame Tochter, die Ida heute zum ersten Mal sehen würde, zu Besuch kommen würden. Sie war darauf vorbereitet, dennoch versetzte es ihr einen Schlag, als sie die kleine Familie kommen sah. Guendas Tochter musste in etwa zur gleichen Zeit geboren sein wie Idas Kind. Um sich abzulenken, ließ Ida sich ein Glas Wasser reichen, an dem sie nippte. Die kalte Flüssigkeit tat gut, beruhigte sie. Seit der Geburt ihrer Tochter war sie oft bei Lea und Immacolata gewesen. Der Anblick der Kleinen war schmerzvoll gewesen, hatte ihr aber auch Trost gespendet. Mit dem Kind von Ranieri und Guendalina würde das nochmal anders sein. Angespannt wartete Ida auf den Moment des ersten Aufeinandertreffens.

Guendalina steuerte mit ihrem Kind auf dem Arm sofort auf sie zu. Sie winkte mit der freien Hand, wirkte wie ausgewechselt. Selbst ihre Gesichtszüge waren weicher, freundlicher, wärmer.

»Ida!«, rief sie und schien sich wirklich zu freuen.

Ida setzte ein Lächeln auf und konzentrierte sich, den Blick auf Guendalinas Gesicht zu richten. Nicht auf das Kind.

»*Buongiorno*. Wie geht es dir? Glückwunsch zu deiner Tochter.«

»Annalisa. Ich habe sie nach Mamma benannt.«

»Der beste Name überhaupt«, pflichtete Ida ihr bei. Hätte sie ihrem eigenen Kind einen Namen geben können, sie hätte genau diesen gewählt.

»Ist sie nicht allerliebst?«

Ida musste den Blick wohl oder übel auf das Baby richten.

Hinterher wusste sie nicht, ob ihr zuerst das Glas aus der Hand fiel oder sie einen seltsamen Laut von sich gab.

Der Bruchteil einer Sekunde reichte.

Das Erkennen, das instinktive Erkennen. Die Suche nach dem Leberfleck am Hals. Das Erkennen. Ihre Tochter. Guendalinas Tochter.

Das Schicksal hatte Ida so viel genommen. Und das Schicksal hatte dafür gesorgt, dass sie ihre Tochter zwar weggegeben hatte, sie aber niemals wirklich aus den Augen verlieren würde.

»Ja, sie ist niedlich, nicht wahr? Magst du sie mal halten?«

Nichts lieber als das.

Ida streckte die Arme aus und drückte die kleine Annalisa an ihr Herz. Nicht als Mutter, aber vielleicht als so etwas wie eine Tante?

Ja. Zia Ida. Das war gut.

EPILOG

Amalfi, 1973

Ida verließ den kleinen Friedhof. Der Signor Vittorio hatte sie vor einem Monat verlassen, war im Schlaf gestorben. Er hatte immer gesagt, dass er auf dem Friedhof von Amalfi begraben sein wollte. Und Ida hatte dafür gesorgt. In Amalfi war sogar der Friedhof besonders hübsch und das Gebäude mit seinen unzähligen Bögen sofort auszumachen, selbst vom Meer aus. Er lag zwischen Zitronenbaumplantagen, deren Duft hinüberwehte. Jedes Grab hatte Meerblick.

Der Notar war bald informiert worden, sodass das Erbe schnell und unkompliziert geregelt worden war. Das Hotel ging, wie besprochen, zu einhundert Prozent an Ida. Die restlichen Güter an Guendalina.

Ida spazierte durch die Gassen zurück zum Hotel. Heute wollte sie durch die Hintertür gehen, um in der Küche nach dem Rechten zu sehen. Lea und Eugenio hatten Sandras Posten nach deren Pensionierung eingenommen. Sie waren ein tolles Ehepaar, aber auch sehr gute Köche, die für das leibliche Wohl der Gäste des Hauses sorgten. Pasta war noch immer das Aushängeschild des Villa Amalfi. Mehrmals hatten Gastronomie-Zeitschriften über die beiden berichtet. Sie galten als das beste Köche-Ehepaar der gesamten Küste. Und Immacolata lernte seit neuestem in einer Pasticceria. Ida war bereit, sie nach der Lehre einzustellen. Das Villa Amalfi würde sich auch in der Kunst der Patisserie spezialisieren. Überhaupt hatte Ida noch so viel vor mit der jungen Generation …

»*Buongiorno!*«, grüßte sie, als sie die Küche betrat. Lea machte einen Schritt zur Seite und gab den Blick auf ihre kleine Helferin frei.

»*Buongiorno*, Zia Ida! Ich mache heute Ravioli«, erklärte Annalisa geschäftig und pustete sich eine Haarsträhne aus der Stirn. Die Vierzehnjährige verbrachte ihre Sommer seit jeher im Villa Amalfi. Und dagegen konnten Guendalina und Ranieri rein gar nichts tun, denn Annalisa hatte ihren eigenen Willen.

Ida gab ihr einen Kuss auf die Wange und ging dann auch gleich weiter, nicht, ohne zuerst Lea zuzuzwinkern, die wissend lächelte und ihr zunickte. Natürlich hatte Ida Lea und Eugenio eingeweiht. Sie waren noch immer ihre Familie.

In der Eingangshalle tummelten sich Touristen, die auf ihren Reiseleiter warteten. Ihr Ziel war heute Capri. Ida konnte sehen und riechen, dass sie ihren Rat, sich mit Sonnencreme einzuschmieren, befolgt hatten. Die Haut der deutschen Touristen brauchte Sonnenschutz. Sie war zu hell für die amalfitanische Sonne.

Ein Mann betrat die Eingangshalle, und die Gruppe wendete sich ihm zu. Als wäre er ein Magnet und sie das Metall. Ida verstand sie so gut. Ihr ging es nicht anders. Thomas war ihr Ein und Alles. Als er sie bemerkte, erhellte sich sein Gesicht augenblicklich. Er zwinkerte, sie strahlte. Dann ging er mit seiner Gruppe los.

Ida nahm ihren Platz am Empfangstresen ein und richtete ihren Blick auf das Meer.

Das Leben war so gut. Sie und das Villa Amalfi ... das war eine lange, schöne Geschichte, die ihr, der kleinen Ida aus Tramonti, zur Freiheit und zu einem besseren Leben verholfen hatte. Sie war sehr dankbar, und das Beste daran war, dass die Geschichte noch lange nicht zu Ende war.

Ida blickte auf ihre Armbanduhr. Es war noch früh am Morgen, und sie beschloss, sich heute die Zeit zu nehmen für eine ganz bestimmte Lektüre. Sie machte das alle paar Jahre. Also stand sie auf, öffnete die Glasvitrine und nahm das Tagebuch der ersten Besitzerin des Villa Amalfi zur Hand. Heute war genau der richtige Tag dafür.

Sie strich mit der Hand liebevoll über den von der Zeit gezeichneten Ledereinband und schlug das Buch schließlich vorsichtig auf. Viele Passagen kannte sie auswendig, einige jedoch las sie wieder und wieder, um Neues daraus zu lernen.

»Liebste Betta, zeig mir einmal mehr, wie es geht!«, flüsterte sie leise.

Esther Kinsky

HAIN

Geländeroman

Suhrkamp

Erste Auflage 2018

Satz: Greiner & Reichel, Köln
Druck: CPI – Ebner & Spiegel, Ulm
Printed in Germany
ISBN 978-3-518-42789-7

HAIN

Hat es Sinn, auf eine Baumgruppe zu zeigen und zu fragen: »Verstehst Du, was diese Baumgruppe sagt?« Im allgemeinen nicht; aber könnte man nicht mit der Anordnung von Bäumen einen Sinn ausdrücken, könnte das nicht eine Geheimsprache sein?

Ludwig Wittgenstein,
Philosophische Grammatik

I

OLEVANO

I plans un mond muàrt.
Ma i no soj muàrt jo ch'i lu plans.

Pier Paolo Pasolini

viĭ / morțĭ

In rumänischen Kirchen gibt es zwei voneinander getrennte Stellen, an denen die Gläubigen Kerzen anzünden. Das können zwei Nischen in der Wand sein, zwei Simse oder zwei Gehäuse aus Metall, in denen die Kerzen flackern. Auf der linken Seite ist die Abteilung der Kerzen für die Lebenden, auf der rechten Seite die für die Toten. Stirbt ein Mensch, für den zu Lebzeiten eine Kerze in der linken Abteilung entzündet worden ist, wird die brennende Kerze in die rechte Abteilung versetzt. Von den viĭ *zu den* morțĭ.

Den Brauch des Kerzenanzündens in rumänischen Kirchen habe ich nur beobachtet, nie selbst ausgeübt. Ich habe die Kerzen an den ihnen zugedachten Stellen flackern sehen. Ich habe die Buchstaben über den Abteilungen entziffert – schlichte Nischen in einer Wand, Vorsprünge, filigrane Behälter aus geschmiedetem Eisen oder durchbrochenem Blech – und habe sie als Namen gelesen, die den einen Raum für die Hoffnung benennen, viĭ, *und den anderen für die Erinnerung,* morțĭ. *Die einen Kerzen leuchten der Zukunft, die anderen der Vergangenheit.*

Einmal sah ich in einem Film, wie ein Mann eine flackernde Kerze für eine Angehörige aus der Nische der viĭ *nahm und in die für die* morțĭ *stellte. Vom Wie-will-es-werden zum War-einmal. Vom Gaukeln der Zukunft zur Reglosigkeit des erinnerten Bildes. Die Geste im Film rührte in ihrer Schlichtheit und Hinnahme, doch gleichzeitig stieß sie ab, gehorsam und nüchtern, das stumme Befolgen einer Regel.*

Wenige Monate nachdem ich diese Szene in einem Film sah, starb M. Ich wurde Hinterbliebene. Vor dem Eintritt der Hinterbliebenenschaft mag man »Tod« denken, aber noch nicht »Abwe-

senheit«. Die Abwesenheit ist undenkbar, solange es noch eine Anwesenheit gibt. Für den Hinterbliebenen bestimmt sich die Welt durch Abwesenheit. Die Abwesenheit des Lichts im Raum der viĭ *überschattet das Flackern im Raum der* morțĭ.

Gelände

In Olevano Romano lebe ich auf einige Zeit in einem Haus auf einer Anhöhe. Nähert man sich dem Ort über die gewundene Straße, die aus der Ebene hinaufführt, erkennt man das Gebäude von weitem. Links von der Anhöhe mit dem Haus liegt das alte Dorf wie um den steilen Hang gewölbt, felsfarben, bei jedem Licht und Wetter anders grau getönt. Rechts von dem Haus, etwas weiter oben am Berg, liegt der Friedhof, eckig, weißlich betongrau, umrahmt von hohen schmalen schwarzen Bäumen. Zypressen. Sempervirens, der nie vergehende Totenbaum, ein scharf gegen den Himmel ragendes Widerwort auf die ungestrengen Pinien.

Ich wandere an der Friedhofsmauer entlang, bis die Straße sich gabelt. Nach Südosten führt sie durch Olivenhaine, wird zwischen Bambusgestrüpp und Weinfeldern zu einem Feldweg, der einen schütteren Birkenhain streift. Drei, vier Birken, versprengte Boten, Irrgäste zwischen Olivenbäumen, Steineichen und Weinstöcken, stehen schief auf einer Art Nase, die sich neben dem Weg erhebt. Von dieser Nase aus blickt man hinüber zu der Anhöhe mit dem Haus. Das Dorf liegt jetzt wieder links, der Friedhof rechts. Ein kleiner Wagen bewegt sich durch die Gassen des Dorfes, jemand hängt Wäsche an der Leine unter den Fenstern auf. Die Wäsche sagt: *viǐ*.

Als man im 19. Jahrhundert zum Malen hierherkam, mag diese Nase ein guter Aussichtspunkt gewesen sein. Vielleicht haben die Maler achtlos und ahnungslos beim Herausziehen des Schnupftuchs aus der Jackentasche Birkensamen aus der nordfarbenen Heimat verstreut. Eine im Vorbeigehen abgezupfte und längst vergessene Birkenblüte, die hier zwischen dem Gras kleine Wurzeln ausbildete. Die Maler werden sich den Schweiß von der Stirn gewischt und dann weitergemalt haben. Die Berge, das Dorf, womöglich auch kleine Rauchsäulen, die in der Ebene aufstiegen. Wo war der Friedhof? Das älteste Grab, das ich auf dem Friedhof finde, ist für einen Deutschen aus Berlin, der hier 1892 starb. Das zweitälteste Grab für einen verwegen blickenden Olevaner mit Hut, der 1843 geboren wurde und 1912 starb.

Unterhalb der Birkenirrgäste arbeitet ein Mann in seinem Weinfeld. Er schneidet Bambus, stutzt die Stengel, verbrennt die fleddrigen Wische, bringt die Stengel auf gleiche Länge. Daraus baut er Gerüste, komplizierte Gebilde aus Stangen um die sich zum Sprießen anschickenden Weinstöcke. Kreuzpunkte mehrerer gegeneinander verschränkter Stangen werden mit einem Stein beschwert. Hier gedeihen die *viti* zwischen den *vii* in der Ferne, links, und den *morți*, etwas näher, rechts.

Es ist Winter, der Abend kommt früh. Mit Einbruch der Dunkelheit liegt das alte Dorf Olevano im gelben Schein der Laternen. Entlang der Straße nach Bellegra und durch die neuen Siedlungen auf der Nordseite zieht sich ein Gewirr von grellweißen Lampen. Oben am Hang schwebt der Friedhof im Leuchten der unzähligen immerwährenden Lämpchen, die vor den Grabplatten schimmern, aufgereiht auf den Simsen vor den Grabkammern. Wenn die Nacht sehr dunkel ist, hängt der von den luces perpetuae erleuchtete Friedhof wie eine Insel in der Nacht. Die Insel der *morți* über dem Tal der *vii.*

Weg

Es war Januar, als ich in Olevano ankam, zwei Monate und ein Tag nach M.s Beerdigung. Die Reise war lang, führte durch schmuddelige Winterlandschaften, die sich unentschlossen an graue Schneereste klammerten. Im Böhmerwald troff jüngst gefallener nasser Schnee von den Bäumen und trübte den Blick durchs Stifter'sche Unterholz auf die junge Moldau, die nicht einmal einen dünnen Rand aus Eisspitze hatte.

Als sich die Landschaft hinter schroffen Abhängen ins Friulische weitete, fiel mir eine Last vom Herzen. Ich hatte vergessen, wie sich die Begegnung mit dem Jenseits-der-Alpen-Licht vollzog, und begriff mit einem Mal die lang zurückliegenden Euphorien meines Vaters bei jeder Abfahrt aus den Alpen. *Non ho amato mai molto la montagna / e detesto le Alpi* heißt es bei Montale, doch für diese Abfahrt und Ausfahrt ins andere Licht taugen sie. Auf der Höhe des Abzweigs nach Venedig begann es zu dämmern. Je dunkler es wurde, desto größer, flacher, weiter erschien mir die Ebene, die Temperatur fiel unter null, man sah einzelne Lichter, hier und da sogar kleine Feuer im Freien, so kam es mir vor. Ich machte Halt in Ferrara. Das hatten M. und ich uns für diese Reise vorgenommen. Ferrara im Winter. Der Garten der Finzi-Contini im Schnee oder gefrierenden Nebel. Der Dunst der pianure. Italien war ein Land, in dem wir nie zusammen gereist waren.

Am nächsten Morgen fand ich eine Scheibe des Autos eingeschlagen. Der hintere Sitz und all die dort verstauten Dinge, die Hefte, Bücher und Fotografien, Schachteln mit Schreib- und Zeichenstiften, waren übersät mit Glassplittern.

Der Dieb hatte nur die beiden Koffer mit Kleidung genommen. Einer der Koffer war voll mit Kleidungsstücken, die M. in den letzten Monaten getragen hatte. Ich hatte mir vorgestellt, wie seine Strickjacke an dem fremden Ort über dem Stuhl hängen würde, ich würde beim Arbeiten seine Pullover tragen und in seinen Hemden schlafen.

Ich erstattete Anzeige bei der Polizei. Das musste in der Questura geschehen, diese lag in einem alten Palazzo mit schwerem Portal. Ein kleiner Polizist saß auf einem Stuhl mit hoher geschnitzter Rückenlehne hinter dem Schreibtisch und nahm meine Anzeige auf. Seine Polizistenmütze mit einer prächtigen goldfarbenen Kordel lag auf einem Stoß Papiere neben ihm und sah aus wie das vergessene Requisit für einen Faschingsball mit Matrosenthema.

Auf Empfehlung eines untergeordneten Polizisten, der mir die Kopie des Berichtes aushändigte, verbrachte ich Stunden damit, in der Nähe des Parkplatzes am Fuße des Stadtwalls zwischen Büschen und Sträuchern nach den gestohlenen Koffern zu suchen. Ich fand nur ein Fahrrad, das sorgsam mit trockenem Herbstlaub bedeckt war. Als es dunkel wurde, gab ich die Suche auf und machte die nötigsten Einkäufe. Am Abend fiel mein Blick auf die Adresse im Briefkopf des Papiers von der Questura: Corso Ercole I d'Este. Das war die Straße, von der aus man den Garten der Finzi-Contini betrat.

Früh am nächsten Tag brach ich auf in Richtung Rom und Olevano. Es war bitterkalt, das Gras auf dem Stadtwall war mit Raureif bedeckt, und den Händlern, die auf der Piazza Travaglio ihre Marktstände aufbauten, stand der Atem in großen Wolken vor den Mündern. Ein paar frierende Afrikaner drückten sich um die Bars am Platz herum, Markttag versprach mehr Leben und Gelegenheit als die anderen Wochentage, ein bisschen Handel, Handreichungen, Zigaretten, Kaffee.

Das Licht hinter Bologna, die kindheitserinnerten Ausblicke von der Autobahn, sogar die Tankstellenmärkte mit ihren pompösen Schokoladenaufbauten spendeten einen seltsamen Trost, als könnte die Welt so unverfänglich und nebensächlich, so unverwandt mit allem Schmerz bleiben wie diese helle Landschaft, die draußen vorüberglitt, eine bewegliche Panoramabühne, die mir in meiner tiefen und durch keinen Schlaf zu lindernden Müdigkeit weismachen wollte, nur sie sei es, die sich bewegte, während ich immer am selben Ort blieb, und eine Zeitlang glaubte ich ihr.

Doch nach der Abfahrt von der Autobahn in Valmontone war ich auf unbekanntem Gelände, abseits von Erinnerungen. Im kriechenden Verkehr durch die kleine Stadt sah ich ein, wie weit sich Italien von dem Land meiner Kindheitserfahrungen entfernt hatte. Hinter einem kleinen Hügelkamm breitete sich eine Ebene aus, an deren anderem Ende Berge aufstiegen. Die Gipfel in der zweiten, dritten Reihe trugen Schnee, das mochten schon die Abruzzen sein, die sich in meinem Kopf immer noch auf altmodische Weise mit Wölfen und Wegelagerern verbanden. Ungutes Gelände, wie alle Gebirge.

Am ersten Morgen in Olevano schien die Sonne, und ein milder Wind raschelte in den welken Blättern der Palme, die in den Blick auf die Ebene am Fuße des Hügels ragte. Eine Glocke schlug jede Viertelstunde, eine andere, blecherne folgte ihr mit einer Minute Abstand, als hätte sie diese Pause gebraucht, um die Zeit nachzuprüfen. Am Nachmittag bedeckte sich der Himmel mit Wolken, der Wind wurde schneidend, und abrupt setzte ein schriller Lärm aus dem Dorf ein. Das Dorf wirkte so weit entfernt, eine seltsame Täuschung von dem Haus auf dem Hügel aus, denn man brauchte nur Minuten bis zu dem Platz, auf dem jetzt ein Fest stattfand. Auf diesem Fest wurden Kinder zum Klang lauter Schlagermusik von der Befana beschenkt, der epiphanischen Hexe, in deren Namen am Vorabend im kleinen Supermarkt Großmütter um Rabatte für billige Spielsachen gefeilscht hatten. Die Gaben hatten sie aus den Aktionskörben gezerrt, die in den Gängen allenthalben im Weg standen: silbrig gekleidete Barbiepuppen, neonfarbene Krieger und Lichtschwerter zum außerirdischen Gebrauch. Eine Animateurin gab immer wieder Rufe vor, die von einem zaghaften Chor aus Kinderstimmen wiederholt wurden, und immer wieder hörte ich dieses Wort – Be-fa-na!, auf der ersten Silbe betont, wie der Dialekt es wohl wollte.

In der Nacht nach dem Tag der Befana dröhnten Mopedfahrer durch die Gassen, und ich lernte, dass sich hier jeder Ton vervielfachte, von unzähligen Flächen gebrochen und offenbar immer hierher, auf dieses unwirtliche Haus auf dem Hügel, zurückgelenkt. Ich lag wach und sann auf Möglichkeiten, mein Leben hier drei Monate lang in eine Ordnung zu pressen, die mich das unerwartet Fremde überleben ließ.

Dorf

Vormittags ging ich ins Dorf. Jeden Tag durch eine andere Gasse. Wenn ich meinte alle Weg zu kennen, tat sich wieder irgendwo eine Treppe auf, ein steiler Gang, ein Torbogen zu einem Ausblick. Der Winter war kalt und nass, längs den schmalen Gängen und Stiegen knisterte die Feuchtigkeit im alten Stein. Viele Häuser standen leer, um die Mittagszeit war es sehr still im Dorf, leblos fast. Auch der Wind fand nicht in diese Gassen, nur die Sonne, die im Winter meistens ausblieb. Ich sah alte Leute, die sich mit spärlichen Einkäufen gegen die Steilheit stemmten. Die Menschen hatten sicher gesunde Herzen hier, Tag für Tag an diesen Anstiegen geübt, mit Lasten und ohne und unter dem Gewicht der winterlichen Feuchtigkeit. Manche stiegen sehr langsam und stetig, andere hielten inne, holten Luft, was hier an Luft zu holen war, ohne Licht und irgendeinen Duft von Leben. An diesen Wintermittagen roch es nicht einmal nach Speisen. In den frühen Nachmittagsstunden hellerer Sonntage tönten aus geöffneten Fenstern an der Piazza San Rocco die Geräusche von Geschirrklappern und gedämpfte Stimmen, doch an den trüben Winterwerktagen blieben die Fenster geschlossen. Keine Katzen streiften umher. Hunde kläfften die spärlichen Passanten an, wenn sie ein Knöchlein hatten, blieben sie still.

Dann schien eines Tages wieder die Sonne. Die Alten kamen aus ihren Häusern, setzten sich auf dem Piazzale Aldo Moro ins Licht und blinzelten in die Helligkeit. Sie lebten noch. Sie tauten auf wie Eidechsen. Müde kleine Reptilien in wattierten Mänteln mit Kunstpelzbesatz. Die Schuhe der

Männer schiefgelaufen. Den Frauen krümelte der alte Lippenstift von den Mundwinkeln. Nach einer Stunde in der Sonne lachten sie und erzählten. Gestikulierten zum Begleitknistern der Polyesterärmel. In meiner Kindheit waren sie junge Leute. Vielleicht waren sie jung in Rom, Hallodris in gelben Schuhen mit Mopeds und junge Frauen, die aussehen wollten wie Monica Vitti und große Sonnenbrillen trugen, die tagsüber in Fabriken standen und gelegentlich Arm in Arm an Demonstrationen teilnahmen.

Über dem Tal breiteten sich weißliche Rauchwolken aus, leichter als Nebel. Nach dem Stutzen der Olivenbäume wurden die Zweige verbrannt. Tagtägliche Rauchopfer im Angesicht einer Schädlingsplage, die die Ernte bedrohte. Vielleicht standen die Stocherer in den Hainen bei ihren Feuern, die Augen mit der Hand beschattend, und hielten Ausschau, um zu prüfen, welche Rauchsäule wie emporstieg. Über allem lag ein sanfter Brandgeruch.

Friedhof

Frühmorgens machte ich täglich den gleichen Gang. Den Hang hinauf, zwischen Olivenbäumen, im Bogen um den Friedhof zu dem kleinen Birkenhain. Die beiden Kioske mit den süßfarbenen Zuchtblumen und den grellfarbenen Plastikgestecken waren noch geschlossen. Die Gemeindearbeiter, die seit meiner Ankunft mit dem Lichten der ineinander verwachsenen Zypressen beschäftigt waren, trafen im Kombiwagen ein und packten ihr Werkzeug aus. Die Straßenränder waren übersät mit den Überbleibseln der Fällungen: Zweiglein, Zapfen, fiedrige schuppenförmige Blätter. Neben der Einfahrt in den Friedhof türmte sich ein schludrig zusammengetragener Haufen größerer Baumabfälle, durchsetzt mit verirrten Fetzen der Plastikgestecke: rosa Lilienköpfe, die sich jeder Welke verweigerten, gelbe Schleifen. Von hier aus betrachtet, lag das Haus auf der Anhöhe zwischen dem Dorf im rechten Hintergrund und dem Friedhof im linken Vordergrund. Eine andere Ordnung. Das Dorf still im blaugrauen Morgenlicht. Hinter der Friedhofsmauer wechselten die Männer laute Rufe.

Vom Birkenhain schaute ich auf das Dorf und den Friedhof, von dem aus morgens kein Laut an diese Stelle drang. Nur weißen Rauch sah ich hinter der Mauer und einer Reihe Zypressen aufsteigen. Baumreste wurden verbrannt. Die Holzarbeiter fällten noch nicht. Zuerst brachten sie ihr kleines Opfer. Sicher standen sie dort im Kreis und bewachten das Feuer. Wenn der Rauch dünner wurde, heulte die erste Säge auf.

Nachmittags besuchte ich die Gräber. Die beiden Blumenkioske waren geöffnet, links wurden frische Blumen verkauft, gelbe Chrysanthemen, blassrosa Lilien, weiße und rote Nelken. Der rechte Kiosk bot Kunstblumengestecke mit und ohne Schleifen, Herzen, Englein und auch Luftballons verschiedener Größe. Die Blumenfrau am rechten Kiosk war meistens mit ihrem Telefon beschäftigt, doch warf gelegentlich einen Blick voll düsterem Argwohn aus.

Ich suchte nach Bezeichnungen für die Grabwände, die einen großen Teil des Friedhofs ausmachten. Steinerne Schränke mit kleinen Grabplatten, die den Namen und meistens ein auf Keramik übertragenes Foto der Verstorbenen trugen. Rocchi, Greco, Proietti, Baldi, Mampieri. Die Namen auf den Gräbern waren die gleichen wie über den Ladeneingängen und Schaufenstern im Dorf. Kolumbarien hießen die Wände, erfuhr ich, Taubenschläge für die Seelen. Später sagte mir jemand, dass man die Grabfächer in der Alltagssprache »fornetti« nennt. Backöfen, in die man Sarg oder Urne schiebt.

Auf dem Friedhof war es am frühen Nachmittag am geschäftigsten. Vor allem jüngere Männer kamen dann ihren Sohnes- oder Enkelpflichten nach, sie brausten im Auto heran, sprangen heraus, schlugen heftig die Autotür zu, schoben scheppernd eine der Leitern vor ihr fornetto, um verwelkte Blumen gegen frische zu tauschen, über die Fotografie zu wischen, das brennende Lämpchen zu prüfen. Alte Männer schlurften langsam an den Grabwänden vorbei, wechselten Grüße miteinander, trugen welkende Sträuße zum Abfall und füllten die Einsteckvasen mit frischem Wasser für die Blumen, die sie gebracht hatten.

Vor jedem fornetto stand eine kleine Lampe, die in der Form an eine alte Petroleumlampe erinnerte, an eine Kerze oder eine Öllampe wie aus Tausendundeiner Nacht. Die Lampen waren an Stromkabel angeschlossen, die am unteren Rand der Etagen in den Grabwänden verliefen, und leuchteten immer. Lux perpetua, erklärte mir jemand. Immerwährendes Licht. Im Tageslicht ließ sich ihr schwaches Leuchten kaum ausmachen.

An Regentagen stand ich am Fenster und wollte nicht hinaus. Ich kämpfte mit der Müdigkeit, die die schwere nasse Luft mit sich brachte. Manchmal war der Regen mit Schnee vermischt. Von den rückwärtigen Fenstern des Hauses aus, die nach Norden zeigten, auf die Senke zwischen zusammengewürfelten kantigen Neubauten und den für eine Bebauung zu steilen Hängen mit schmalen Schafweiden und Steineichenwald, sah ich links die neuen Siedlungen von Olevano, die Straße nach Bellegra, den glatt betonierten Marktplatz, die neue Schule, den Sportplatz. Rechts oben lag der Friedhof als dunkel umrahmte Loge aus Stein mit Ausblick auf das zerschundene Tal. Von ihrer Loge aus konnten die Toten zuschauen, wie die Notarztwagen am Fuß des Hangs gesäubert wurden, während die Sanitäter telefonierten und rauchten, wie die Chinesen montags ihre Marktstände aufbauten, um billigen Hausrat, Kunstblumen und Textilien zu verkaufen, und wie sonntags auf dem Sportplatz neben dem Markt die Fußballspiele stattfanden. Beim Fußballspiel hallten Pfiffe und Rufe von den Hängen wider, der dumpfgrüne Bodenbelag glänzte im Regen, während alte Frauen auf dem steilen Weg zum Friedhof langsam ihre Regenschirme durch die Olivenhaine trugen.

dying

In den ersten Tagen in Olevano hatte ich einen Traum:

Ich trete M. entgegen. Er steht in einem Durchgang. Hinter ihm liegt ein Raum in weißem Licht. M. ist so wie früher, unaufgeregt, leise, wieder rundlich fast.

There's nothing terrible about being dead, sagt er. *Don't worry.*

Im Halbschlaf erinnerte ich mich an die Träume von meinem Vater, nachdem er gestorben war. Immer stand mein Vater im Licht. Winkte. Lachte. Ich stand im Schatten. Anfangs weiter entfernt, später immer näher. In einem Traum fuhr er mit mir Schlitten und blieb dann lachend in dem weißen Land zurück, während ich allein auf dem Schlitten weiterglitt, in ein schneeloses Tal.

Am Nachmittag desselben Tages sah ich weiter unten im Dorf, wie ein Toter aus einem Haus gebracht wurde. Zwei Sanitäter führten eine Bahre auf Rädern mit der bis über den Kopf zugedeckten Gestalt aus dem Hauseingang auf die Straße, wo der Rettungswagen wartete. Die Tür ins Treppenhaus des mehrstöckigen Hauses stand hinter ihnen offen. Niemand folgte den Sanitätern, die straßenwärtigen Jalousien aller Wohnungen waren heruntergelassen. Niemand stand auf einem Balkon und hob die Hand zu einem Abschiedswinken. Der Rettungswagen blockierte den Verkehr auf der steilen Straße ins Dorf und zum Tunnel ins Hinterland. Ein kleiner Verkehrsstau hatte sich gebildet, Fahrer hupten. Die Bahre erschien mir seltsam hoch, wie verzerrt, ein Erwachsener würde mit dem

Kopf gerade über den Rand der Bahre reichen und sich beim Betrachten des Toten wie ein Kind fühlen. Ich stellte mir vor, dass man an der Bahre auf Augenhöhe mit dem Toten stand, dem man die Lider bereits zugedrückt hatte, denn das ist die erste Aufgabe der Sanitäter oder Ärzte, wenn der Tod feststeht. Das Lid des Toten wird dann eine Scheintür, wie es sie in den ägyptischen und auch den frühen etruskischen Grabkammern gibt.

Die Decke über dem Toten glänzte matt, sie sah nach schwerem schwarzem Kunststoff aus, wie der Vorhang einer Dunkelkammer.

Gewölk

Morgens hingen die Wolken manchmal so tief, dass die Landschaft ringsum unsichtbar war. Man hörte die Busse bergauf dröhnen, Stimmen, die Glocken vom Dorf, die jede Viertelstunde schlugen. Geräusche aus einer anderen Welt, und nichts war sichtbar außer Wolken. Über meinem Kopf trafen die Geräusche aus dem Dorf mit dem schlirrenden Krächzen der Motorsägen am Friedhof zusammen. Die Baumfäller arbeiteten auch bei Nebel, ihre Rufe hörte man besser durch die Wolken als durch die klare Luft, wie Antworten erfolgten diese kurzen stoßweisen Berichte aus dem Land der *morţĭ* auf die fragenden Klänge aus dem der *viĭ*.

Im Laufe des Tages lichteten sich die Wolken, rissen auf, zerstreuten sich zu schlaffen Schleiern, die in die Täler absanken. Sie hingen noch eine Zeitlang zwischen den Steineichen am steilen Hang, ein schütteres nichtsnutziges Wäldchen, in dem die lichten Bahnen zwischen den Stämmen zum Abladen von Abgehalftertem genutzt wurden. Zerlebtes, Abgestoßenes hing, im Bergabrollen von den Stämmen aufgehalten, quer zwischen Baum und Strauch: Möbel, Maschinen, Matratzen; dünnes Moos kroch über die traumverfleckten Bezüge.

Nachmittags lag die Ebene am Fuße des Olevaner Hügels dunkel und ernst unter hohem Regengewölk, das am Himmel trieb, über den Berggipfeln, in Braun- und Blautönen, mit gelblichen Lichtadern durchsetzt. Die Vulkanberge vor Rom zeichneten sich klar und scharf gegen einen fernen Schein ab, der sich hinter ihnen auftat. Manchmal bahnte sich ein abgelegener Sonnenstreifen den Weg nach Südwesten und beleuchtete kurz die schwebenden Pontinischen Sümpfe, die sich in anderem Licht kaum erahnen ließen. Aus den Olivenhainen unterhalb von Olevano und weiter fort, Richtung Palestrina, stieg Rauch. Unermüdlich verbrannten die Bauern die abgeschnittenen Olivenzweige und das befallene Laub. Gelegentlich brach ein schmaler, blendender Lichtstrahl aus einer der gelblichen Adern am bewölkten Himmel und fiel schräg wie ein Fingerzeig auf eine der Rauchsäulen, als sei diese ein Opfer, das von höherer Hand erwählt war.

Herz

An den klaren Tagen der ersten Januarwochen lag das Dorf wie aus rotem Stein gebrochen im Licht der Sonne, die zwischen den Bergen hinter dem Friedhof aufging. Von der Veranda aus sah ich zu, wie es zu einer Spielzeugwelt erwachte, von unsichtbaren Händen bewegt, öffneten sich Fenster, ein Müllauto kroch rückwärts durch die Gassen, und kleine Gestalten in leuchtenden Westen trugen die Müllkübel herbei und leerten sie in die Trommel. An der Palme vorbei blickte ich genau auf das Gemüsegeschäft hinab, das um diese Zeit öffnete. Die arabischen Männer richteten die Auslagen, helle Orangen schoben sich in die graue Gasse. Auf einem großen Karren lag ein Berg Artischocken. Im Hof hinter dem verschlossenen Tor neben dem Gemüseladen türmten sich zerbrochene Sperrholzkisten neben Bergen verdorbener Orangen, Tomaten, grüner Kohl- oder Salatköpfe. Ein nur von hier oben sichtbares verheimlichtes Gegenstück zu den säuberlichen Aufbauten vor dem Geschäft. Die Männer, die Gestelle mit Obst und Gemüse, das Müllauto, das alles wirkte wie in einem fernen Theater. Oder einem besonderen Theater, dessen Aufführungen man nur aus der Ferne betrachtete. Es gab keine Zuschauer aus der Nähe.

Hinter dem Dorf stiegen die Hügel blau und grau an, der höchste Kamm gekrönt von einer Reihe Schirmpinien, die von hier unten aussahen wie ein Zug erstarrter Riesen, versprengte Krieger einer Armee vielleicht, eine aller Hoffnung und Aussicht auf Heimkehr beraubte Nachhut, abgeschnitten von Nachrichten und Versorgung, die dort auf dieser allen scharfen und harten Wettern ausgesetzten Höhe in den Anblick der Täler versunken stand. Geröll würden sie von dort sehen, karge Grasflächen, Olevano in der Tiefe, möglicherweise das Dorf rechts, die dunkle Friedhofsloge links, dazwischen das Haus auf dem Hügel, eine andere Ordnung.

Wenn die Sonne höher stieg, verlor sich das Rot, und das Dorf wurde grau. Ich machte mich auf den Weg in das graue Dorf, zum Gemüseladen, in dem die arabischen Männer in schwarzen Anoraks und Handschuhen standen, zur arabischen Musik aus dem Radio telefonierten oder miteinander streitklängige Gespräche führten. Sie schummelten beim Abwiegen und schenkten immer eine Zugabe zum Gekauften.

Ich kaufte Orangen und Artischocken. Die Tasche war leicht, doch auf dem Heimweg war mir jedes Mal das Herz so schwer, dass ich meinte, ich könnte es nicht mehr zurück in das Haus tragen. Ich blieb immer wieder stehen und schaute, über meine Schwäche betreten, zum Himmel und in die Bäume. In einigen Nadelbäumen entdeckte ich dabei weißliche Knäuel in hochgelegenen Astgabeln und Verzweigungen, helle Gespinste, sich leicht nach oben verjüngende Schleiertrommeln, Kokons aus Wolkenresten, in denen womöglich seltene Schmetterlinge heranreiften, die im Sommer schlüpfen würden, um in werweißwelchen Farben ihre Flügel auszubreiten und sich unmerklich zitternd auf den fornetti niederzulassen, neben den ewigen Lampen, deren Schein sich dann im grellen Sonnenlicht auflöste.

Das schwere Herz wurde zu meinem Zustand in Olevano. Wenn ich hinauf in das Haus stieg, aus dem Dorf kommend. Wenn ich vom Haus bergauf zum Friedhof ging.

Ich stellte mir ein graues Herz vor, hellgrau mit einem billigen Schimmer, wie Blei.

Das Bleiherz verwuchs mit allem, was sich an Gesehenem in mir niederließ. Mit dem Anblick der Olivenhaine im Nebel, der Schafe am Hang, des Steineichenhangs, der Pferde, die gelegentlich lautlos hinter dem Friedhof weideten, mit den Ausblicken über die Ebene und ihren schimmernden kleinen Feldern, an kalten Morgen bläulich bereift. Mit den täglichen Rauchsäulen brennender Olivenzweige, den Schatten der Wolken, dem winterfahlen Gestrüpp und den violetten Brombeerranken an den Wegrändern.

Pizzuti

Die Namenszüge über den Ladeneingängen und Schaufenstern fügten sich mit jedem Tag mehr zu einem Begleittext der Farben von Fels und Stein und Ziegeln und Dächern, der Maserungen und Strukturen in den Dingen, die mit Licht und Wetter wechselten. Sie passten zu den Klängen der Worte mit ihren verschleiften Zischlauten und abgebrochenen Silben. Es gab drei Schuster im Dorf. Zwei schauten oft untätig über die brusthohe Trennwand ihrer Schaufensterauslage mit Schuhcremes, Bürsten, Schuhspannern und ein paar alten Schusterwerkzeugen. Der dritte arbeitete hinter einer hohen Theke auf einem Barhocker. Bei ihm fanden sich immer Kunden oder Bekannte ein. Gelegentlich ging es hoch her, man hörte es bis hinaus auf die Gasse. Oben an der hinteren Wand, fast unter der Decke, hing ein altes Plakat, auf dem ich meinte neben einem Kriegsflugzeug mit den Farben Italiens die Gestalt Mussolinis zu erkennen.

Jeden Tag begegnete ich denselben Gesichtern, Wintermänteln und Mützen. Ich lernte einige Gepflogenheiten, wie das Nichtberühren der Ware, bevor sie gekauft ist, das artige Beauftragen der Gemüsehändlerin mit meinen Wünschen und das Befolgen von Kaufempfehlungen des Käsehändlers, dessen stets breit lächelnde dicke Tochter auf einem Schemel an der Kasse saß und die kleinen Beträge mit großer Mühe addierte. Nur in dem arabischen Gemüsegeschäft, das keinen Namen hatte, durfte man die Früchte und Gemüsen berühren, sie aufnehmen und wieder zurücklegen. Diese Freiheiten führten sicher zu dem Abfallhaufen hinter Schloss und

Riegel, der nur von der Höhe meiner Veranda aus sichtbar war.

Auf dem Rückweg aus dem Dorf kam ich an einer Bar vorbei, vor der auch an den kältesten Tagen Leute auf einer Bank saßen. Wenn die Wintersonne schien, war diese Bank besonders gut platziert und lag mehrere Stunden im Licht, deshalb wird sie ein beliebter Treffpunkt gewesen sein. Die Leute auf der Bank rauchten und redeten, manche mit Getränken aus der Bar, deren Inneres man hinter beschlagenen Fensterscheiben kaum erkennen konnte. Zwischen den rauchenden Männern hockte oft auch ein nervöses Mädchen, das einen Kinderwagen bei sich hatte. Wenn das Kind darin schrie, ruckelte sie den Wagen heftig, Passanten blieben stehen und beugten sich über das schreiende Kind, die rauchenden Männer auf der Bank legten ihre Hände mit den qualmenden Zigaretten zwischen den Fingern beruhigend auf die Babydecke und brummten freundlich. Wenn das Kind sich nicht beruhigte, stand das Mädchen auf und schob den Wagen vor der Bank auf und ab, dabei redete sie pausenlos in ihrer heiseren Stimme und lachte laut. Sie hatte kurzgeschnittenes Haar und war wie ein Junge gekleidet, in abgetragener Lederjacke und schweren soldatischen Stiefeln. Bei den Männern auf der Bank bettelte sie um Zigaretten, sie waren großzügig und spendierten ihr, und sie zündete sie hastig an. Ihre Hände waren fast blau vor Kälte, rissig, mit abgekauten Nägeln.

Gegenüber der Bank befand sich eine Metzgerei. Vormittags wurde Fleisch angeliefert, fast jeden Tag sah ich einen Lieferwagen dort stehen, in dem Tierhälften hingen. Der Lieferant schulterte eine Schweinshälfte und ging behutsam und gebückt, als trage er ein gebrechliches, hilfsbedürftiges Lebewesen. Der hintere Schweinsfuß baumelte schlaff und gelblich schwartig am Rücken des Mannes. Nach dem Schwein wurde ein Bündel kopfunter hängender Hühner in den Laden getragen, gelegentlich auch noch weitere Fleischstücke.

Wenn die Lieferung erledigt war, gesellte sich der Lieferant in seinem befleckten Kittel zu den Rauchern auf der Bank und zündete sich auch eine Zigarette an, wahrte jedoch immer einen gewissen Abstand. Er scherzte mit dem heiseren Mädchen und schien allgemein zu Witzen aufgelegt, in seiner Anwesenheit wurde gelacht. Die Hintertür seines Lieferwagens stand unterdessen offen, jeder konnte das Schlachtgut darin betrachten. In der Metzgerei verschwanden die angelieferten Teile im hinteren Teil des Ladens, wo man durch ein kleines, hinter der Fleischtheke gelegenes Fenster den Wurster bei der Arbeit sah. Die Würste dieses Metzgers waren wohl berühmt und sehr gefragt, und Tag für Tag wurden Unmengen Fleisch aus dem Fleischwolf in den langen Strang der Pellenröhre gepumpt, die ein Handlanger in bestimmten Abständen mehrmals festzurrte und drehte. Später würden diese festgezurrten Wülste am Wurstansatz mit Metallringen verschlossen. Die langen Wurstketten hingen dann mehrfach geschlungen an Stangen gleich unterhalb der Decke.

Auf den dicht über dem Boden liegenden Fenstern neben der Metzgerei stand in eleganten Lettern: *Onoranze funebri Pizzuti.* Ein paar Stufen führten zu einer Tür hinunter, die ich aber nie geöffnet sah. Auch bemerkte ich nie Licht in den Fenstern, dabei musste es dort unten auch tagsüber dunkel sein. Ich dachte mir diese halb unterirdischen Räume auch feucht und eisig jetzt im Winter. Das Beerdigungsunternehmen Pizzuti war jedoch nicht nur in diesen Gewölben vertreten, sondern allenthalben gegenwärtig im Dorf, und möglicherweise zeigten die fein beschrifteten Fenster nur den Ort an, wo die Särge abgestellt waren, sehr handlich direkt gegenüber der Kirche San Rocco gelegen, deren Glocken immer als erste die Stunden und Viertelstunden schlugen und die dem Friedhof am nächsten war. Es gab ein Kranz- und Blumengeschäft Pizzuti weiter unten im Dorf, drinnen sah man die Frauen stets mit dem Herrichten großer bunter Grabgestecke beschäftigt, und noch weiter unten ein großes Ladenbüro mit ausgelegten Katalogen von Särgen und Grabschmuck im Fenster. Dort wurden Hinterbliebene beraten. Der glänzend grauschwarze Leichenwagen mit der gleichen Beschriftung wie die Fenster neben der Metzgerei schob sich oft breit durch die schmalen Gassen des Dorfes, meistens war er leer, und immer gab es eine kleine Aufregung, wenn er vor dem arabischen Gemüseladen die besonders spitze und enge Kurve nehmen musste. Gelegentlich sah ich den Wagen voller Blumen und Kränze neben der Kirche, wenn eine Beerdigung bevorstand. Die Trauergottesdienste wurden in San Rocco gehalten, jedenfalls bemerkte ich den Pizzutiwagen nie bei einer anderen Kirche. Der Fahrer in Livree und großer Mütze stand wie ein Wächter neben dem Wagen, während Gesang aus der Kirche tönte. Meistens war bei solchen Gelegenheiten der Platz voller Männer. Die Frauen gingen in die Kirche hinein, einmal sah ich die Menge vor zwei schwarzgekleideten Frauen weichen und ein Spalier bilden, als sie in der Kirche verschwanden, fanden sich die Männer wieder zu der Gruppe zusammen, die sie auch vorher rauchend und gemessen redend gebildet hatten. Es gab stets Gesellschaft für den Pizzutifahrer, der auch rauchte, doch im Unterschied zu denen, die ihm Gesellschaft leisteten, in seiner Haltung etwas fast Militärisches hatte, was vielleicht auch seiner schweren Schirmmütze mit einem goldenen P geschuldet war.

Ich vermied es, den Sarg zu sehen, der nach dem Gottesdienst aus der Kirche gebracht und in das Blumenmeer im Wagen geschoben wurde. Manchmal schaute ich nach meiner Rückkehr in die Wohnung aus dem Fenster hinunter zur Straße, wo sich der stets bescheidene Trauerzug Richtung Friedhof bewegte. Beileidsbezeugungen wurden sicher schon auf dem Platz geleistet, und vielen wird der Weg zum Friedhof zu mühsam gewesen sein. Ich wurde auf dem Friedhof nie Zeuge einer Zeremonie, bei der der Sarg in eine Grube gelassen oder in ein fornetto geschoben wurde. Ich stieß nur auf die Ansammlungen von Gestecken und Blumen, die vor sich hin welkten und schließlich auf einem der Abfallhaufen landeten, die offenbar regelmäßig, auf kleine Feuerstellen verteilt, verbrannt wurden. Auch Tiere machten sich an dem Abfall zu schaffen, und vor allem an stürmischen Tagen tauchten Hunde auf, die zwischen den Gitterstäben des Tores hindurchfanden und über die Kunststoffblumen herfielen, sie zerfetzten und einzelne Fetzen hinaus auf die Straße schleiften.

Amseltage

Die Tage wurden länger, aber kaum wärmer und heller. Auf dem Friedhof horchte ich nach Vögeln und hörte keine, höchstens den keckernden Ruf eines Eichelhähers im Flug oder die schnarrigen Laute von Elstern, die sich außerhalb des Friedhofs aufhielten, oder die Nebelkrähen. Die Krähen sammelten sich gerne zu lockeren Gruppen am Rand der Olivenhaine, nahe der Straße, wo sich immer Abfall finden ließ, der noch Nahrung hergab. Der Friedhof war jedoch nicht still, da war immer ein Scheppern der Leitern, das Rauschen von Wasser beim Füllen von Gießkannen, Motorengeräusche der verschiedenen Geräte, mit denen die Arbeiter fällten, zersägten und häckselten und in Ecken Laub aufsaugten. Friedhöfe kannte ich als Vogelorte, Tannenmeisen wären hier am Platz gewesen, Bluthänflinge und Kleiber, auch Schwarzspechte und Baumläufer. Statt ihrer Stimmen lag nur das Summen eines Sendemastes in der Luft, der umgeben von Bambusgebüsch gleich neben dem Friedhof aufragte. Versprengte Zypressenschösslinge krümmten sich wie im Schmerz rechtwinklig von dem summenden Mast weg. Das gleichförmige Summgeräusch unterlief wie ein Raunen das gelegentliche Geplauder von Grabbesuchern. Andernorts sah ich Vögel: In den Büschen längs des Weges zu dem Birkenhain kleine Schwärme Schwanzmeisen, an helleren Tagen Grasmücken, weiter oben am Berg hörte ich Stieglitze. Über den Olivenhainen, die das Haus umgaben, hörte ich den Grünspecht und sah ihn nie. Die scheppernd schrillen, oft aber auch herzzerreißenden, wehmütigen und bangen Folgen von Tönen, die der

Grünspecht von sich gab, wurden in diesem Wintervierteljahr der Klang, der mit dem Dorf, dem Haus, den Hainen, den Hängen verwuchs und alles an sich zog – das Licht, die Farben und die ständig wechselnden Schichten und Stufungen von Blau und Grau der Landschaft. An Morgen ohne Regen war es der erste Vogel, den ich hörte, immer schien er sich mit seinem Ruf von einem hohen Punkt hinabzustürzen, der Ruf verklang trotz seiner Lautstärke und Dichte wie ein Ersterben, wie ein Aufgeben, ein Verstummen vor etwas Größerem, immer wieder und ohne dass ich den Vogel sah, selbst wenn seine Stimme so nah ertönte und so im offenen Raum und fern von allen Baumwipfeln hing, dass die Unsichtbarkeit unbegreiflich schien, unfassbar, als wären entweder der Ruf oder die Unsichtbarkeit ein Trick, ein unheimlicher Streich, der mir fast jeden Tag aufs Neue von werweißwem gespielt wurde. Auch die Lektion aus der Kindheit, nach der man den Grünspecht im Gras suchen muss, half nicht weiter, der Vogel blieb ein Klang, der mir mit jedem Mal, wenn ich ihn hörte, näher ans Herz ging, ohne sichtbare Gestalt anzunehmen.

Ende Januar fiel nasser Schnee. Zwei Tage lang hingen die Wolken so tief, dass ich nicht einmal das Dorf sah. Ich mühte mich mit meinen täglichen Gängen in der schweren feuchten Luft und den Schwaden von nassem Holzrauch. Ich begegnete der Hausbesorgerin am Tor, sie war eine nervöse Frau, die unentwegt mit dem peniblen Reinigen, Ordnen und Herrichten des Anwesens beschäftigt war. Sie lebte mit ihrer Schwester in einem sehr schmalen Haus neben dem Einfahrtstor. Morgens, noch im Morgengrauen, hörte ich die beiden Frauen in lauten Wortwechseln. Die Schwester stand auf ihrem winzigen Balkon, während die Hausbesorgerin auf ihrer ebenfalls winzigen Terrasse Ofenholz spaltete oder Wäsche aufhängte. Ich sah sie täglich, doch wusste nichts von ihrer Familie, ihrer Geschichte, ihrem Leben bis auf diese gegenseitigen Zurufe im Morgengrauen, die gelegentlich nach Streit klangen, und dem

Flackern des Fernsehers in ihrem Zimmer nach Einbruch der Dunkelheit. Ich ging ihrem nervösen Ordnungsdrang lieber aus dem Weg. Doch an diesem Tag, umgeben von den weißen schweren Wolkenschleiern, schien sie plötzlich mitteilsam und ruhiger, sie zeigte in die Höhe, sicher meinte sie damit den Himmel, den man nicht sah, und sagte: *Giorni della merla!*

Die Amseltage sind die letzten Tage des Januar, in Italien angeblich die kältesten des ganzen Jahres. So kalt, dass einmal eine Amsel mit ihren Jungen frierend in einem Kamin Schutz suchte. Am ersten Februartag schien die Sonne, die Amsel, einstmals weiß und strahlend, kam hervor und war vom Ruß auf alle Zeiten schwarz gefärbt, doch war damit zufrieden, aus Dankbarkeit für die Wärme des rußigen Kamins. Diese Geschichte von Not und Verwandlung mit anschließender Moral als bleiernem Pfropf auf dem Wintermärchen erzählt man sich in mehreren Variationen, immer aber geht es um diese Tage des Jahres, und immer heißen sie die Tage der Amsel.

Am ersten Februartag schien auch in diesem Jahr die Sonne. Die Hausbesorgerin versprach im Vorbeihasten das Ende des Winters, der Käsehändler erklärte, vom grinsenden Nicken seiner Tochter begleitet, der richtige Winter setze erst im Februar ein. Er zeigte mit der Hand vor seiner Schürze, wie hoch der Schnee in manchen Wintern gelegen habe – und immer erst im Februar!, sagte er. Von wegen Amseln! Er machte eine wegwerfende Handbewegung, und ich zahlte meinen kleinen Einkauf bei der Tochter, die an diesem Tag eine altmodische Spitzenhaube auf ihrem Haar trug, wie ein Zimmermädchen in alten Filmen.

Am Nachmittag fand ich einen toten Vogel auf dem schmalen Balkon der Wohnung, von dem aus ich nur den Friedhof, nicht aber das Dorf sehen konnte. Morgens hing der Friedhof aus diesem Winkel betrachtet wie ein farbloser kantiger Klotz im Schatten, er hätte dann auch eine Fabrik sein können, ein Bunker oder ein Gefängnis, von keinem Strahl des Morgenlichts erfasst. Jetzt schien die Sonne hell, und die Zypressen standen wie scharf ausgeschnittene Figuren gegen den blauen Himmel. Die Balkonfliesen waren zum ersten Mal seit meiner Ankunft warm von der Sonne. Der kleine Vogel lag wie hingebettet dicht an der Wand in der Sonne, er war noch weich und warm, lebte aber nicht mehr. Ich konnte keine Verletzung erkennen. Es war eine Tannenmeise, das Köpfchen trug eine ganz schwarze Haube, die am Schnabel ansetzte und am Hinterkopf einen weißen Flecken aussparte. Auch um den Hals lag ein schwarzes Band. Die Haube glänzte in der Sonne, und der cremeweiße Flaum auf dem Bauch zitterte in dem leichten Wind. Der Rücken war dunkelgrau, die Flügel etwas dunkler mit zwei Streifen aus ganz zart weißlichen Tupfen, zwischen denen das Gefieder schwärzer wirkte als auf dem restlichen Flügel. Wie winzig, wie unwirklich klein Geschöpfe aussehen, wenn das Leben aus ihnen gewichen ist. Der Vogel lag so leicht in meiner Hand, als wäre er hohl, er wog fast nichts, ein trauriges Ding, dem man jetzt, so kurz nach dem Tod, schon kaum noch ein Leben mehr zutrauen konnte.

Ich wartete bis zum Dämmer, und als der Fernseher im Zimmer der Hausbesorgerin zu flackern begann, begrub ich den Vogel zwischen den Olivenbäumen unterhalb der Terrasse.

Markt

Montags war Markt in Olevano. Als Marktplatz diente die glatt asphaltierte Fläche neben der Schule, am Fuße der Hänge, die erst nach dem Durchbruch des Tunnels bebaut wurden. Irgendwann hatte sich der Marktplatz sicher auf dem Piazzale Aldo Moro befunden, lange bevor der Platz diesen Namen bekam. Jeder Ort in Italien hatte einen Aldo-Moro-Platz, und immer schienen es Plätze zu sein, die dem mit dem Namen verbundenen Schatten zuliebe einem einstmals schönen Zweck entwöhnt worden waren. Der Tunnel, der Olevano zu einem Durchgangsort machte und durch den Felsen führte, war sicher nicht mehr als ein paar Jahrzehnte alt. Hätte mein Vater jemals einen Grund gefunden, uns nach Olevano zu fahren, hätten wir vielleicht noch einen Ort am Ende der gewundenen, möglicherweise nicht einmal asphaltierten Straße vorgefunden, der nur Richtung Westen und Rom blickte. Kleine Wege werden über den Kamm und durch das Dorf ins Hinterland geführt haben, vorbei an dem Haus, in dem ich wohnte und das jetzt genau oberhalb der Tunneleinfahrt auf dem Hügel saß. Dort entlang konnten neugierige Wanderer aus der Fremde zur Villa Serpentara in den Steineichenhängen und nach Bellegra spazieren. Sicher hatte der Tunnel die Landkarte der Olevaner verschoben und verzerrt. Wie merkwürdig musste es sich angefühlt haben, durch den Berg gehen zu können, anstatt hinauf- und hinabzusteigen. Der Tunnel war ein feuchter Schlauch, in dem es immer nach den Dieselabgasen der Busse roch. Er war nicht lang, sehr eng und beschrieb eine leichte Kurve. Kurz nach seinem Bau war er der

Stolz des Ortes, man fand ihn sogar auf Postkarten abgebildet. Angegilbte Schwarzweißfotos mit einstmals weißem Rand auf dem matten festen Karton früherer Jahre zeigten den Eingang des erleuchteten Tunnels bei Nacht: die Öffnung in den Berg von schroffem Fels umkrustet, die Lichter auf nassem Asphalt gespiegelt, weit und breit kein Fahrzeug und kein Fußgänger. Aufnahmen aus unwirtlichen Nächten. Olevano machte nach dem Tunnelbau eine andere Art von Landgewinnung durch als trockengelegtes Flachland zwischen den tausend Armen mündender Flüsse in Meernähe. Häuser wurden an den rückwärtigen Hängen gebaut, die sicher einst bewaldet waren, und am Boden des kleinen Tals, in dem mehrere Bäche aus den Bergen zusammentrafen, wurde alles asphaltiert, die Bachläufe lagen begraben unter Schule, Sportplatz und Marktgelände, das gelegentlich auch für andere öffentliche Veranstaltungen genutzt wurde. Die Bäche krochen zu einem Gewässer vereint am Rand der geebneten Fläche und am Fuß eines spärlich mit Büschen bestandenen Felsenhangs wieder hervor und flossen weiter bergab zwischen Brombeergestrüpp und Weidicht. Auf der terrassenartigen Fläche oberhalb des Abhangs wurden Häuser errichtet, deren Balkone und Loggien direkt über dem Abgrund hingen. An vielen Stellen längs der Straße nach Bellegra waren solche waghalsigen Siedlungen entstanden, die, von den rückwärtigen Fenstern meiner Wohnung aus betrachtet, planlos und ungeordnet schienen, Anhäufungen von Häusern, Wohnblocks, Gebäudeskeletten, zum Teil von Zeit und Wetter angenagt in roher Unvollendetheit. Schwach glimmende Straßenlaternen markierten die vorgesehenen Straßen, die nicht einmal Namen haben mochten, und selbst in den fertig gebauten Häusern sah man selten ein erleuchtetes Fenster. Das Gelände lag roh im Tageslicht und trostlos bei Nacht, vielleicht sogar untröstlich über seine völlige Untauglichkeit – weder zur Landschaft noch zum Obdach wollte es sich eignen.

Von meiner Veranda aus sah ich jeden Morgen Leute von der westwärtigen kleinen Ebene kommen, wo morgens die Gemüsegärten unter Raureif lagen. Auf Fahrrädern, kleinen Lieferwagen und gelegentlich sogar einem Esel brachten die Gemüsegärtner ihre Ware ins Dorf. Artischocken, Puntarelle, Schwarzkohl und Endivien. Nach dem nächtlichen Reif senkte sich tagsüber der Rückstand der Rauchwolken von den Olivenfeuern darauf. Die Gemüsebauern klapperten die kleinen Läden ab, ganz selten brachten sie auch mal etwas zu dem arabischen Geschäft, doch bis zum Marktplatz schafften sie es nie, der war den Lieferwagen und Kleintransportern vorbehalten, aus denen die angebotene Ware und alles Zubehör der Stände im Handumdrehen entladen waren. Montagmorgens drang der Lärm des Standaufbaus bis zu meiner Wohnung hinauf, doch das dauerte nicht lange, die Händler hatten Übung, jeden Tag waren sie an einem anderen Ort, wo sie dieselben Stände mit denselben Handgriffen aufbauten und die gleiche Ware anboten und verkauften – unerschöpfliche Vorräte an Polyesterkissen und Flauschdecken, aluminiumhaltigen Kochtöpfen und Teetassen, die mit sentimentalen scheinchinesischen Sprüchen in fehlerhaftem Englisch verziert waren. Auch ein paar Stände mit Zitrusfrüchten und Kartoffeln fanden sich, und immer mal wieder ein Händler, der Hunderte winziger Kakteen feilbot. Es gab auch andere Artikel, die den Anschein von Nützlichkeit hatten, Küchenzubehör aus buntem Kunststoff, Kunstlederjacken und Webpelzmäntel, Handtücher, Schwämme und Geschirrtücher. Die Kundschaft auf dem Marktplatz war so spärlich, dass ich mir kaum erklären konnte, wie sich die Marktleute jeden Montag aufs Neue zu diesem Ausflug aufrafften. Zwischen Markt und Fahrstraße lag ein Riegel niedriger Gebäude mit medizinischen Einrichtungen wie Röntgenlabors, EKG-Stationen, Zahnarzt, einer Versorgungsstelle für geringfügige Unfälle wie Schnittwunden, kleine Verbrühungen und Stürze von Trittleitern, und mir schien, diese Einrichtungen versorgten auch den Markt mit dem größten Teil seiner Kunden. Die Ehegatten von EKG-Kandidaten vertrieben sich dort die Wartezeit, und frisch verbundene Schnittverletzte suchten nach billigem Pflaster für die Zeit nach dem Gröbsten und trugen bei ihrer Suche die bandagierte Hand starr und weithin sichtbar emporgereckt.

Im vorderen, alten, süd- und westwärts blickenden Teil des Dorfes drückten sich marktmontags unterdessen Afrikaner auf dem Piazzale Aldo Moro herum und bemühten sich um Käufer für Dreierpackungen mit Socken oder Männerunterhosen. Bei schönem Wetter zogen sie mit ihrer Ware langsam an den älteren Leute vorbei, die sich dort sonnten, danach versuchten sie ihr Glück bei den jungen Frauen, die ihre Kinder zum Spielplatz brachten. Gegen Mittag wurden sie notgedrungen kühner und traten in die kleinen Läden im unteren Dorf, sprachen die dortige Kundschaft beim Kauf von Parmesan, Orangen oder Schulheften an und riskierten den Zorn der Ladenbesitzer und Verkäufer. Nie sah ich einen beim erfolgreichen Handel. Einmal beobachtete ich eine Gruppe Afrikaner, die sich nach Anbruch der Mittagszeit in einem verwahrlosten Winkel am Rande des Spielplatzes trafen, um die Socken und Unterhosen wieder zurück in einen schwarzen Plastiksack zu stopfen. Einer von ihnen schulterte den Sack, während andere den Boden nach Kippen absuchten, in den Müllkörben nach Essbarem wühlten und triumphierend Schachteln mit verschmähten Pizzarändern herauszogen. Dann gingen sie zum Bus, der sie zurück nach Cave, Palestrina oder in die Vororte von Rom bringen würde, Geld hatten sie wahrscheinlich keines eingenommen, und am nächsten Tag würden sie ihr Glück mit den Socken anderswo versuchen. Sie bettelten nie, und ihre freundlichen Phrasen, von denen sie doch wissen mussten, dass sie fast nie verfingen, gaben sie in einem geübten singsanglichen Italienisch von sich, das ihnen einen dünnen Anstrich von Hierhergehörigkeit gab. Ich kaufte ihnen nie etwas ab, obwohl ich es mir jeden Montag vornahm, doch in meinem Leben gab es keine Verwendung mehr für Männersocken, und ich fürchtete, das Gewicht solcher aus Mitleid getätigten Käufe könnte noch schwerer an dem Bleiherzen reißen als die Artischocken und Orangen. Ab und zu jedoch wechselten die afrikanischen Händler und ich einen Blick aus dem Augenwinkel, und ich bildete mir ein, dass wir uns dabei gegenseitig als Schauspieler auf einer von den Ansässigen sicher nie wahrgenommenen Bühne der Fremde abschätzten und erkannten, ein jeder mit seinem Bruchstück von einer Rolle befasst, deren Bedeutung für das gesamte von unbekanntem Ort aus geleitete Stück nie ans Licht kommen mochte.

Hände

Jeden Morgen wachte ich in einer Fremde auf. Hinter einem hohen Berg, in dessen Mulden sich Schnee hielt, brach der Tag an, grau und blau, manchmal türkis und gelb. Oft lag über der Ebene noch Nebel, manchmal auch in einzelnen langgesteckten Bänken, die aussahen wie gefrorene Wasserflächen. Jeden Morgen war mir, als müsste ich alles neu lernen. Das Aufschrauben des Kaffeekochers, das Einfüllen des Kaffees und das Einschalten der Kochplatte, das Schneiden von Brot und das Anordnen von Dingen auf dem Tisch selbst für die kleinste Mahlzeit. Erinnerungen an Tätigkeiten schlugen innen an meine Schädeldecke, als schwappe da ein Meer, aus dessen Tiefe sie verzerrt aufgestiegen waren. Ankleiden. Waschungen. Anlegen von Verbänden. Auflegen der Hand.

Ich stand am Fenster und wartete darauf, dass das Wasser im Kaffeekocher zu sieden begann. Ich schaute auf das Dorf und auf die Ebene, die sich bis hin zu der Kette schlummernder Vulkanberge erstreckte, hinter denen ich mir die Küste dachte, obwohl ich wusste, dass sie weiter entfernt war. Die Ausdehnung der Ebene war eine optische Täuschung, denn ich hatte selbst erlebt, dass vor Valmontone ein kleiner Hügelrücken lag, doch sah ich dieses flache Gelände, in dem zwischen Gehölzen und Hainen kleine Dörfer und Gehöfte, Werkstätten und Supermärkte und eine der Olivenbaumkrankheit wegen derzeit geschlossene Ölmühle lagen, gerne als ein zusammenhängendes Becken an, eine Art ehemaligen See, dessen Wasser sich werweißwann und werweißwohin davongemacht hatte und an dessen Boden man beim Stochern in der Asche der Olivenfeuer und der darunter krümelig gewordenen Erde ohne weiteres die Reste von Fischen und anderem Wassergetier würde finden können.

Wenn mein Blick nach dem Schweifen über die Landschaft auf meine Hände auf dem Fensterbrett fiel, meinte ich darunter und in den Zwischenräumen meiner Finger M.s Hände zu sehen, weiß und zart und langgliedrig, seine Sterbehände, die so anders waren als die Lebehände, und sie lagen unter meinen wie auf einem doppelt belichteten Bild. Dann zischte der Kaffeekocher, und der Kaffee kochte über, und meine Lebehände mussten sich von M.s weißen Händen darunter losreißen, um den Herd auszuschalten und die Kanne von der Platte zu nehmen, doch unweigerlich verbrannte ich mich und merkte an diesem Verbrennungsschmerz, dass ich noch nichts wieder gelernt hatte.

Mühsam und den verlernten Händen zum Trotz tastete ich mich langsam wieder an meine Kamera und das Fotografieren. Ich hob die Kamera hoch und schaute in den Sucher. Irgendwann riss ich unbeholfen eine Packung mit einer Filmrolle auf und machte mich daran, sie einzulegen. Über die Jahre hatte ich so oft gemeint festzustellen, wie Handgriffe zum Teil meiner selbst wurden. Beim Umgang mit meinen Negativen spürte ich nachträglich, wie sich mir jeder Vorgang des Filmwechselns, der Druck der Kurbeln, Spulen und der Außenbeschichtung der Kamera auf meine Fingerkuppen, die Glattheit der schwarzen Filmlasche, das Einschieben der Lasche in die Spule, körperlich eingeprägt und diese Bewegungen zum Teil meines Handrepertoires gemacht hatte. Diese Verrichtungen hatten eine in diesem Körperteil ansässige Erinnerung angelegt, die in Kraft trat und den Vorgang übernahm, auch wenn ich in Gedanken bei etwas ganz anderem war. Jeder Bogen mit den vier Taschen für je einen Negativstreifen war Zeugnis eines Bruchteils der Besiedlung meiner Hände durch diese Gewohnheit. Das hatte mich zufrieden gemacht. Jetzt, mit dem Rücken zu Sonne und Ausblick ins Tal auf dem Bett sitzend, brauchte ich mit unsicheren Händen eine halbe Stunde, um den Film einzulegen. Ich musste mir in Erinnerung rufen, was die Zahlen auf den Ringen für Belichtungszeit und Blende bedeuteten und wie der Belichtungsmesser zu handhaben war.

Jede Aufnahme war eine Anstrengung. Ich starrte in den Sucher und vergaß, was ich dort sehen wollte. Ich fotografierte Ausschnitte der Ebene mit und ohne Olivenfeuer, das Dorf im Morgenlicht, drei in seltsamen Winkeln zueinander stehende Kolumbarien im hinteren, neuen Teil des Friedhofs. Einmal nahm ich die Kamera mit bis zu dem kleinen Birkenhain und fotografierte das Dorf und das Haus auf dem Hügel. Ich fotografierte das Weinfeld, auf dem der alte Mann jetzt alle Weinstöcke für den Frühling vorbereitet hatte. Danach ging ich auf den Friedhof. Ich hatte noch eine Aufnahme. Der Friedhof lag leer und still, es war früher Mittag, keine Besuchszeit. Nur zwischen den Kolumbarienwänden auf der Straßenseite hörte ich zwei Frauenstimmen. Sie redeten so monoton, dass ich dachte, sie beteten, doch als ich um die Ecke einer Gräberwand bog, sah ich zwei Frauen, die auf dem Steinboden kniend mit dem Säubern der Grabplatten zweier benachbarter fornetti beschäftigt waren und sich dabei in diesem leiernd beterischen Tonfall unterhielten. Putzmittel standen neben ihnen und frische Kunstblumen samt Vase, wie aus einem Guss. Ich konnte kaum etwas von ihrer Unterhaltung verstehen, ihr Dialekt stutzte die Worte auf die Wurzeln. Als sie mich erblickten, verstummten sie wie auf Verabredung. »Kann ich helfen?«, fragte erst die eine, dann als Echo die andere, als sie mich sahen. Ich erschrak und fuhr zurück, was sollte ich sagen? Es gab nichts zu helfen. Sie betrachteten die Kamera, die mir um den Hals hing, mit Argwohn, wie mir schien. Ich mochte ihnen als Eindringling vorkommen, eine Unbefugte, die hier niemanden zu betrauern hatte. Sie mochten selbst keine Trauernden sein, machten sich bloß aus Pflichtgefühl an den fornetti längst verstorbener alter Tanten oder Onkel zu schaffen, kinderloser entfernter Verwandter, an deren Erbe sie möglicherweise teilgehabt hatten und denen sie deshalb meinten gewisse Dienste zu schulden wie das Putzen der Grabplatten und das Ersetzen der jahrealten von Wind und Wetter brüchig und blass gewordenen Kunststoffblumen. Meine Wanderungen auf dem Friedhof zwischen den Gräbern von Menschen, mit deren erloschenen Leben mich nichts verband, konnten Hinterbliebenen wohl seltsam erscheinen, vielleicht sogar anstößig. Ich machte mich davon und hob mir die letzte Aufnahme des Films für eine andere Gelegenheit auf.

Am Abend stand ich am Fenster und sah hinaus in die Dunkelheit. Die Dämmerung war fast immer schön, oft zeigte sich die Sonne zum Untergang, und der Friedhof schwebte in einem orangen Licht, das die Zypressen nicht mehr wie ausgestanzte Schwärze erscheinen ließ, sondern blau und tief und so, als neigten sie sich leicht dem Dorf und dem Haus auf dem Hügel zu. Dafür lag das Dorf in kühlem Grau, bis die Straßenlaternen eingeschaltet wurden und hinter den Fenstern Lichter angingen. Auf der Ebene war es nie ganz dunkel. Man sah die Lichtpunkte größerer Orte in der Ferne, die Laternen, die kleinere, tagsüber unsichtbare Straßen säumten, die Scheinwerfer der Autos, die am Abend in einer langen ununterbrochenen Schlange von Westen kamen, daran konnte ich den Weg verfolgen, über den ich selbst gekommen war. Je nächtlicher es wurde, desto deutlicher zeichneten sich die Vulkanberge gegen einen wie aus großer Ferne beleuchteten Himmel ab. Das musste der Widerschein von Rom sein.

Ich stand Stunden am Fenster wie in einer Glocke, die sich über mich gestülpt hatte und mich in die Kindheit versetzte, als ich mich nachmittags und abends oft unfähig fühlte, etwas anderes zu tun, als aus dem Fenster zu sehen. Nur dass ich jetzt unter meinen Händen auf dem Fensterbrett M.s Hände spürte. Ich sah sie nicht wie am Morgen, ich spürte sie nur und fragte mich, ob es das war, was mich meine eigenen Hände hatte verlernen lassen.

Palestrina

Irgendwo auf dem Weg, ein Stück hinter Valmontone, war mir ein Schild nach Palestrina aufgefallen. Wenn ich auf der Veranda in Olevano stand und nach Westen blickte, hielt ich nach dem Ort Ausschau, der sich in meiner Vorstellung mit dem Komponisten verband. Lassus, Palestrina, Ockeghem, Tallis. Musik, die zu dem milchig schattenlosen Licht meines Lebens in England gehörte, einem Licht, wie es hier nicht vorkam. Vor vielen Jahren hatte ich in einer Palestrinamesse gesungen und dabei gemerkt, wie ich in der Musik trauerlos der Welt abhandenkam, unsichtbar wurde und nichts mehr sah.

Das Bild der Straßenkreuzung mit dem Schild im Sinn, machte ich mich auf. Wochen hatte ich am Hang verbracht, mit dem Blick über die Ebene, und jetzt war ich erstaunt, welche Landschaft der Abgebrochenheiten ich unten, am Fuß der Hügel, antraf. Auf dem Hinweg musste es mir entgangen sein, sicher weil mein Blick nur auf diesen in der Ferne liegenden Bergort gerichtet war, wo ein Obdach auf mich warten sollte.

Sobald ich die steile gewundene Straße hinter mir hatte und auf ebenem Weg fuhr, verlor sich das Gefühl für die Ausgebreitetheit der Landschaft. Die Gehölze, Gebüsche, Alleebäume und Weiden an kleinen Bachläufen, die sich von oben als weich gewölbte Linien durch die Landschaft zogen, schoben sich hier unten in den Ausblick und ließen die Weite zu einer Reihe von Parzellen schrumpfen. Abseits der Straße lagen aufgelassene Gebäude, die vielleicht mal kleine Fabriken gewesen waren oder für landwirtschaftliche Zwecke genutzt wurden. Fahnen flatterten zaghaft im leichten Wind vor einem Geschäft mit Hochzeitskleidern zu Aktionspreisen. An mehreren Stellen hatte man begonnen, Straßen in die Landschaft zu planieren, die aber in Sichtweite schon abbrachen. An einer solchen offenbar im Stich gelassenen Baustelle standen noch große Baumaschinen, um deren Reifen schon Gestrüpp gewachsen war. Bauland war vorbereitet, die Schilder, die den Hausbau ankündigten, ragten zu schartigen Bruchstücken verkommen schief über den Zaun, ein Wohnwagen, in dem sicher die Beratung für künftige Hausbesitzer hatte stattfinden sollen, steckte bis über die Räder in der schlammigen Erde. Stare kreisten über den Feldern, die vielleicht auch schon unschlüssiges Brachland waren. Die gepflügte Erde war hellbraun mit einem Hauch von Violett im Winterlicht. Ich bog auf eine größere Straße ab, passierte die struppigen Winterreste einer Baumschule neben einer Gärtnerei für tropische Pflanzen, daneben lag ein Gartenrestaurant, das hacienda im Namen führte. Girlanden bunter Glühbirnen wanden sich durch die kahlen Bäume. Neben dem versperrten Zufahrtstor ragten zwei riesige Kakteen auf, die nach Pappmaché aussahen. Wahrscheinlich trugen die Kellner Sombreros, und an Wochenenden gab es eine Stimmungsband mit mexikanischen Klängen, und die Musikanten, Hobbygitarristen und verwirrte Rumba-Rassler aus den Ortschaften zwischen Valmontone und Olevano, Männer zwischen vierzig und fünfzig, die zu alt waren, um die Gegend hinter sich zu lassen, bekamen kleine Portionen Tequila gratis und ein schmächtiges Geld bei Geschäftsschluss. Jetzt war alles geschlossen und verrammelt. Die Musikanten verbrachten die Abende vor dem Fernseher oder lösten Kreuzworträtsel, bis der Frühling kam.

Die Straße nach Palestrina führte bergauf, weite Kurven mit steilen Abgründen zur einen und bewaldeten aufsteigenden Hängen zur anderen Seite, eine schwindelerregende Brücke über eine Schlucht, dann der kleine Ort Cave, der in altem Ocker und Rosa schön sein wollte, entweder die Hässlichkeiten des Olevaner Hinterlands hatte vermeiden können oder vor dem Durchreisenden verbarg. Der Markt wurde abgebaut, hätte ich die Montagshändler etwas genauer studiert, wäre mir vielleicht mancher bekannt vorgekommen.

Palestrina war eine Katzenstadt. Nach einem heftigen Schneeregenschauer waren die Straßen leer bis auf die weißen, sandfarbenen und dreifarbig getigerten Katzen an allen Ecken, Eingängen, Treppenvorsprüngen und in notdürftigen Unterschlüpfen am Rande von Brachen. Manche waren zutraulich und hoffnungsvoll, andere lauernd und bang, nicht wild und mager wie in Osteuropa, eher gewitzte Hüter geheimer Orte, die fürchteten, man könne ihnen und ihren Verstecken auf die Schliche kommen. Ab und zu kurvte ein Mopedfahrer durch die nassen Straßen, das Knattern hallte vom Hang wider, ein Phantommoped in den Lüften, das dem auf der Straße in geringem Abstand folgte. Eine heisere Tonspur der Hoffnungslosigkeit, die über dieser Gegend lag.

Palestrina erwies sich tatsächlich als Geburtsort von Giovanni Pierluigi, wie man ihn hier nannte. Es gab ein feuchtkaltes Geburtshaus zu besichtigen, düster und von einem seltsamen Wärter gehütet, von dem ich mir vorstellte, dass er die langen besucherlosen Stunden und Tage an seinem Arbeitsplatz damit verbrachte, einen brennenden Blick einzustudieren. In unserem kurzen Gespräch behauptete er, nicht zu wissen, dass Giovanni Pierluigi andernorts als Palestrina geführt wird. Vielleicht sagte er die Wahrheit.

Ich stieg die steile Straße hinauf, bis sich das Bleiherz bemerkbar machte. Zwischen kleinen rost- und rosenfarbenen Häusern mit Wellblechdächern und borstigen Steingärten stand ich und schaute hinaus auf eine andere Ebene. Am Fuß des Berges lag die Neustadt von Palestrina, ähnlich planlos wie die Rückseite von Olevano, doch bewohnter als dort. In einiger Entfernung und von den ockerfarbenen Wohnblocks und grauen Einfamilienhäuschen abstechend wie eine kleine

Fremde lag der Friedhof, markiert von dichten schwarzen Zypressen, die hinter einer weißlichen Mauer aufragten – die hiesige Tracht der Totenacker. Eine Nekropole, die vielleicht schon immer dort gelegen hatte, *fuori le mura*, genau in der Mitte des Blickfelds von hier oben, aber auch von dem etwas weiter unterhalb gelegenen Heiligtum, von dem aus die Stadt in Terrassen abfiel und dem Friedhof zustrebte. Ein wenig weiter nach rechts, nach Westen, öffnete sich die Landschaft zu einer großen Weite, und dort begann tatsächlich Rom. Ganz kurz meinte ich sogar in äußerster Ferne das Meer zu erkennen. Über dieser Weite und dem hellen Horizont hing eine große dunkelblaue Wolke mit bräunlichen Bäuchen, die an den Rändern zu gelbgrün bebenden Federn und Bändern ausfranste. Die Sicht unter der Wolke war klar und scharf, bis es wieder zu regnen begann und sich alles in Verschwommenheit auflöste, sogar der Friedhof wurde zu einem undeutlichen Fleck, in dem die Zypressenwipfel jetzt schwankten.

Ich suchte Schutz in dem Museum, das krönend auf dem alten Heiligtum thronte. Die Säle waren angefüllt mit Grabbeigaben, Steinskulpturen, Gefäßen und Schmuck. Ich betrachtete die *cippi* etruskischer Gräber, zapfenförmige behauene Steine, die den Grabeingang markierten, vielleicht auch – wie die Kiesel, mit denen man früher auf jüdischen Friedhöfen immer wieder die Schiedslinie zwischen Gräbern legte – die Grenze des Grabes. Bis hierher gehe dein Totenreich. Von einer kleinen Empore über einem Schacht, in dessen Tiefe Wasser rauschte, war das Nilmosaik zu sehen, eine riesige Bildertafel aus winzigen Steinchen, die die sagenhaften Geschöpfe, Landschaften und Ungeheuer Ägyptens zeigte, eine Bildergeschichte auf dem Rücken des riesigen Flusses, der den Römern auch Angst gemacht haben mochte. Der Tiber sickerte bescheidener ins Meer. Das Ägypten auf dem Mosaik beherbergt traurige Kentauren mit Eselskörpern, Chamäleons und verschiedene Affen. Schwarze Männer zeigen sich mit Bogen und Schilden als Jäger. Im Fluss steht ein Nilpferd. Reiher scheinen im Flug zur Erde zu stürzen, einer riesigen halb aufgerichteten Schlange entgegen, die bereits einen Vogel verschlingt.

Es hörte auf zu regnen. Aus einem Fenster sah ich die Sonne im Westen, von violettem, orangem, gelbem und bräunlich fleddrigem Gewölk umstanden. Das Licht strömte durchs Fenster, wässrig und weich. Es lag nur an diesem Licht, dass mir in einer Vitrine ein Stück auffiel, ein Ring, Grabbeigabe einer Frau, Mutter von zwei Kindern zweier Väter, wie es in der Beschreibung hieß. Der Ring selbst, das schmale Metallband, war unauffällig, doch in der Fassung lag das Miniaturporträt der verstorbenen Frau, ein ernstes Gesicht auf dunklem Grund, unter einem durch keinen Makel getrübten Kristall verschlossen, dessen Schliff und Wölbung machten, dass sie mich aus einer unsäglichen Ferne lebendig und dringlich anschaute.

Maria

Wolken schoben sich zwischen den Hügeln heran und hüllten alles in klammes Weiß. Ein ganz dünner Regen fiel, manchmal waren die Tropfen so fein und schwebend, dass es wohl nur die Wolke selbst war, die ihre Feuchtigkeit ausbreitete. Die weißen Felder gerieten in Bewegung, gaben Durchblicke frei, der Friedhof trat hervor, Bruchstücke der Außenmauer, der Gräberwände, der Bäume – inmitten des Gestaltlosen ringsum wirkte er viel näher als sonst. Dann verschwand er wieder. Sonnenlicht sickerte in die Wolken und traf den Friedhof, während alles andere noch in Nebel lag und verborgen war. Der Friedhof leuchtete golden über einem Ozean aus Wolkenmasse, eine Insel der Verheißung, die niemandem galt, denn das Dorf war noch verborgen, womöglich gar verschwunden.

Bei meinem Gang mit der Kamera hatte ich das Auslöserkabel verloren. Die goldene Friedhofsinsel in der Luft blieb unfotografiert. Im ersten Moment bekümmerte mich nur der Verlust des Kabels als des Zeugen eines Tages im Winter vor zwei Jahren, dem grauen milden Mistelwinter ohne Auffälligkeiten, als wir durch die Straßen spazierten und »nächstes Jahr« dachten und »übernächstes Jahr« und überhaupt »Zukunft« und ich in einem Geschäft mit gebrauchtem Kamerazubehör das Kabel kaufte, um ein verlorenes zu ersetzen. Wir fuhren beide mit den Fingern durch das lose Knäuel von Auslöserkabeln, die wie halb winterstarre, müde, angstlose Schlänglein ineinander verdreht in einem Korb lagen, und M. zog schließlich dieses besonders robuste, hellgrau umhüllte Stück hervor, das ich nahm und benutzte und jetzt verloren hatte. Mein Kummer um das Kabel fiel unter einen der möglichen Flüche der Hinterbliebenenschaft, die mir allmählich geläufig wurden: die Beschwerung von Dingen mit Zeugenschaft. Das Zuschreiben von Teilhaftigkeit an einem Augenblick Vergangenheit. Ein kleines Stück Damals, das so tun soll, als könnte es das Präteritum am abgebrochenen Ufer des Präsens festmachen. Faule Listen der Verlorenheit, die nicht weiß, wohin mit sich selbst.

Am Nachmittag wurde es hell und das Licht unter dem gleichmäßig blassen Himmel fast frühlingshaft. In der fremden Landschaft lernte ich die Raumverschiebungen lesen, die sich mit den Veränderungen des Lichteinfalls einstellen. Ich hatte noch nie mit einem so weiten Blick ins Land gelebt und merkte jetzt, wie sich jeden Tag neue Schatten bildeten, neue Umrisse hervortraten und ein nach Süden gelegener niedriger Hügel mit dem Dorf Paliano runder und weicher wurde und näher zu rücken schien.

Ich machte mich auf die Suche nach dem Kabel und ging den Weg ab, den ich über den Friedhof genommen hatte. Die Kolumbarien auf der straßenwärtigen Seite kamen mir an dem Tag wie ein Labyrinth vor, Leitern standen kreuz und quer, zum ersten Mal fiel mir auf, dass eine Wand mit Grabfächern fast leer war, in die leeren namenlosen Höhlen hatten Leute kleine Lampen gestellt und Blumen gelegt, in einem Fach stand eine gerahmte Fotografie, so ausgebleicht, dass man kaum noch etwas erkennen konnte. Ich suchte den Boden ab, wo ich meinte gestern den Frauen gegenübergestanden zu haben. Am anderen Ende des Gangs zwischen den Kolumbarien ging ein Mädchen im Kreis und redete laut. Im ersten Augenblick kam mir der Gedanke, sie rede mit ihrem Toten, mit dem, was in der verzierten fornetto-Schublade hinter der Marmorplatte verschlossen lag, doch sicher sprach sie nur ins Telefon.

Ich fand mein Kabel in einem zusammengefegten oder vom Wind gegen eine Grabwand gewehten Häuflein Abfall: abgerissene Blätter von Kunstblumen, kleines Gezweig, Zigarettenkippen, ein zertretenes grünes Feuerzeug. Das Grau des Kabels passte sich sehr gut dem hellen Betongrau der Schubladen und des Bodens an, und ich bemerkte es nur wegen der schimmernden Metallenden. Es lag vor einer Grabplatte mit dem Namen Maria Tagliacozzi. Sie war 1972 gestorben, im August, mit 60 Jahren, als Trauernde zeichneten ein Bruder und Schwestern. Über dem Namen befand sich das Keramikmedaillon mit dem Foto der Verstorbenen, die mir so anders schien als die übrigen abgebildeten Verstorbenen auf dem Friedhof. Eine schöne Frau, die Locken fallen offen auf die Schultern, das Gesicht ist geschminkt wie für einen Auftritt, um den Hals trägt sie ein gepunktetes Tuch. Ein Gesicht der späten vierziger, vielleicht fünfziger Jahre. Sie hatte etwas von einer Filmschauspielerin, was an dem Winkel liegen mochte, in dem sie leicht schräg und mit aufwärts gewandtem Blick in die Kamera schaute, anders als die steifen Frontalaufnahmen auf den anderen Gräbern. In Gedanken versuchte ich, einen passenden Film für ihr Gesicht und ihren Ausdruck zu finden, doch fiel mir nichts ein. Auf dem Boden vor dem Grab stand eine kleine Aladinlampe, der geriffelte Glasschirm war schief aufgesetzt, und die kleine Birne leuchtete nicht, obwohl die Lampe an das Stromkabel angeschlossen war. Vielleicht musste sie ausgewechselt werden. Wer versorgte hier ihre Lampe? Der Bruder, ältlich, kurzatmig, oder eine der Schwestern? Das war unwahrscheinlich, Maria Tagliacozzi würde in diesem Jahr 103 Jahre alt. Hatte sie Neffen und Nichten? Beim nächsten Mal wollte ich ihr eine Blume mitbringen. Maria Tagliacozzi konnte für die verbleibende Zeit meines Aufenthalts meine Olevaner Tote werden, die meinen täglichen Friedhofsbesuchen einen Grund verlieh.

Ich nahm den langen Weg durch die Olivenhaine und am Weinfeld des alten Mannes vorbei. Alles schien für den Frühling gerichtet, auch wenn weiterhin aus jedem Tal und auch in der Ebene der weiße Rauch der brennenden Äste und Blätter aufstieg. Feuerkuren und Brandopfer. Ohne Oliven wäre diese Gegend ganz verloren.

Es dämmerte schon, als ich das Weinfeld passierte. Katzen buckelten in dem blassen Gras am Wegrand. In den Gärten unterhalb des Weinfelds, die bis jetzt im Schlaf gelegen hatten, rührte sich Leben. Leute hantierten in den notdürftig zusammengeschusterten Schuppen, und Hunde sprangen an Zäunen entlang. Das Gelände wurde entwintert und in Vorfrühlingsbesitz genommen. Ich nahm einen langen Umweg ins Dorf, über den ich weit unten, fast am Piazzale Aldo Moro auf die kleine Hauptstraße gelangte. Die Straßenlaternen verbreiteten ihr gelbliches Licht, die Geschäfte waren erleuchtet. Es waren nicht viele Passanten unterwegs. Von unten schon hörte ich eine Frauenstimme monoton rufen. »Tekiah! Tekiah!«, verstand ich aus der Entfernung, wohl wissend, dass das eine Täuschung sein musste. Immer wieder rief die Frau, ohne Variation der Lautstärke und der Dringlichkeit des Tons. Im Näherkommen sah ich sie vor einem großen Haus stehen, an der Ecke, wo die Gasse von der Post und dem Rathaus auf die Hauptstraße stieß, und ich verstand, dass sie »Maria« rief. »Maria! Maria!« Unnachgiebig, ohne Pause. Es war ein großes Haus, vor dem sie stand, ein schönes, altes Gebäude mit einem breiten geschnitzten Eingangstor und vielen Fenstern, ich wunderte mich, dass es mir noch nie aufgefallen war. Hinter einigen Fenstern im Haus brannte Licht, doch sah man niemanden sich durch die Räume bewegen. Die Tafel mit Klingelschildern war beleuchtet, sicher sechs Wohnungen befanden sich in dem Haus. Ein Stück weiter bergauf lagen die Gemüse- und Obststände des Arabers in trüber Beleuchtung. Niemand nahm Notiz von der Frau. Sie trat einen Schritt in die Straße zurück, als wollte sie einen besseren Blick ins Innere haben, und rief unbeirrt weiter. Die Gasse war voll von ihrem Ruf nach Maria, und niemand zeigte sich, der sich angesprochen fühlte. Das Alter der rufenden Frau ließ sich schwer bestimmen. Vielleicht war sie Anfang fünfzig. Sie trug einen hellen Wintermantel mit Gürtel, auffallend modischer als die Kleidungsstücke der meisten Frauen hier. Die ganze Szene, ihr Rufen, Aufblicken, Zurücktreten, ja sogar ihre Kleidung, hatte etwas Theaterhaftes an sich, ihr Stehen, dann Auf-und-Abgehen auf einem sehr kleinen Stück Gehsteig vor der Tür, schließlich auch die Bewegung, mit der sie die Hand hob, um sie ans Ohr zu legen, als horchte sie angestrengt auf Geräusche aus dem Innern des Hauses, auf ein Zeichen von Maria, doch vor allem das Monotone ihres Rufes – das war eine Darbietung für ein mir unerfindliches Publikum, das sehr still irgendwo im Dunkel saß, womöglich gar vor Spannung die Luft anhielt.

Handel

Alle zwei Wochen kam ein Verkäufer von Zitrusfrüchten in einem kleinen dreirädrigen Lieferwagen, wie ich sie aus meiner Kindheit in Erinnerung hatte. »Direkt aus Sizilien« versprachen die Aufschrift auf der Tür und auch die fiebrigen Ansagen aus dem Lautsprecher auf dem Autodach, doch sicher kam er nicht mit dem Dreirad aus dem Süden. Ich stellte mir Lagerhallen irgendwo an der Straße Valmontone–Frosinone vor, vielleicht in der Nähe des Hacienda-Restaurants, wo Berge von Orangen lagen, die Lieferanten-Sizilianer auf ihre altmodischen Dreiräder luden, um damit, umstrahlt vom zwielichtigen Glanz ihrer tatsächlichen oder angeblichen Heimat, in den kleinen Bergorten mit den sauren Orangen, die niemand ernten wollte, Geschäfte zu machen. Auf der Ladefläche hatte er Blutorangen, besondere Zärtlichkeit hatte er für seine »moro« übrig, außerdem »blonde« Orangen, Clementinen, Zitronen. Zusätzlich zu der Sprechansage benutzte der Fahrer eine Glocke und seine stotternde Hupe. Einige Olevaner kauften bei ihm, gelegentlich auch die Hausbesorgerin, die sich nervös umblickte, wenn sie an dem sizilianischen Wagen stand, als wollte sie nicht beobachtet werden. Manchmal nahm ich ihm ein paar Blutorangen ab. Dann blickte der Mann mich enttäuscht und auch etwas herablassend an, weil ich nicht vier Kilo, sondern nur vier Stück verlangte. Doch ich konnte ihm nicht erklären, dass es ja nur ein Trauerkauf war, eine Art Versuchsritual. M. hatte das ganze Jahr auf die wenigen Wochen der Blutorangen gewartet. Außerdem erinnerten mich das Dreirad, die knatternden Ansagen aus dem Lautsprecher und die aus dem Fahrerfenster geschwenkte Glocke an meine Kindheit, in der ich die italienischen Dreiradwagen bewunderte und viel schöner fand als die groben dreirädrigen Lieferwagen, in denen die Kartoffelhändler im Herbst und Winter durch die Straßen am Rhein fuhren. In Zentnersäcken wurden die Kartoffeln von einem unter dem Gewicht schief gebeugten Jungen, dem »Halbgedroschenen« in untersten Diensten des Kartoffelhändlers, in den Keller getragen, während der Fahrer das Geld entgegennahm.

Stundenlang kurvte der Orangenmann herum, bis zum Abend hörte ich seine Hupe und Glocke und die nie ermüdende Ansage aus dem Lautsprecher. Immer wieder kam es zu Streit mit anderen Autofahrern, weil er sich langsam vorwärts bewegte, schmachtend nach Kundschaft Ausschau hielt und in den engen Gassen unbekümmert Häuserecken und abgestellte Autos streifte. Seine Mittagspause legte er am Friedhof ein. Er parkte in einer Ausweichnische kurz vor dem Haupttor, wo die Sonne in sein Auto schien, wenn sie hervorkam. Einmal sah ich ihn dort auch mit halbgeöffnetem Mund in seinem Auto schlafen, die Wange an das Autofenster gepresst. Er war der Einzige in der Gegend mit einem solchen altmodischen Dreirad, möglicherweise gehörte das zu dem Bild, das er als sizilianischer Orangenhändler zu verkörpern hatte, und die Autos verbrachten den Sommer in einem langen Schlaf, umhüllt von bitterem Orangenduft in der von Früchten leergeräumten und in den Sommermonaten glutheißen Lagerhalle.

Einige Male kam ein mobiler Installateur, der seine Dienste anzubieten hatte. Er kam nur an Sonntagen und machte sich für alle Arbeiten anheischig, die für *cucine a gas* anfallen könnten, wobei er immer wie in plumper Schnörkellust *gásse* rief, als sei es ein zweisilbiges Wort, mit Betonung auf der ersten Silbe und einem kleinen, aber deutlichen Schlenker, der folgte. *Lavoro subito e immediatamente!,* rief sein Lautsprecher, und zwischen den Ansagen spielte eine Art Marschmusik, die sicher aufschrecken und die Frage schwerwiegend klingen lassen sollte: Braucht Ihre *cucina a gásse* eine Reparatur? Sind Sie sicher? Haben Sie in der letzten Zeit *gásse* gerochen? Dieser letzte Satz wurde erst später zum Repertoire geschaltet, wahrscheinlich erst dann, wenn keine Hausfrau händeringend auf die Straße hinausgelaufen war, um ihr Mittagessen zu retten. Auch der Gasinstallateur war den ganzen Tag unterwegs, vielleicht mit einem Abstecher nach Bellegra oder in das kleine, nur von Greisen bewohnte Bergdorf Roiate, doch länger als eine Stunde blieb er nicht fort. Je nach Route und Wetterlage tönten die Durchsagen und die Marschmusik klar oder gedämpft, und auf der Hinterseite von Olevano, auf der Straße zwischen den teilbewohnten Siedlungen, hallten sie von den Hängen wider, Ton und Echo überschlugen, überlappten sich, nahmen einander die Verständlichkeit der Wörter, nur dieses Gaswort blieb im Raum stehen. Es wurde Frühling, und die Tage waren heller, der Abend kam später, die Mimosen erblühten und kleine weiße Narzissen und Milchsterne um die Olivenbäume, das Gras an den Hängen und in der Ebene wurde grüner, und kreisrunde Löcher taten sich in den Böschungen auf, in denen ich Schlangen argwöhnte, die bald ihren Winterschlaf verlassen würden, und bis in diese noch kühlen, aber amseldurchklungenen, von sehr weichem blauem Dämmer erfüllten Abende klang die bange Frage des Installateurs, der die Hoffnung auf defekte Herde inzwischen aufgegeben hatte, auch das *subito e immediatamente* war zurückgezogen worden, nur noch diese eine Frage blieb: Hatte man in der letzten Zeit *gásse* gerochen?

Campo

In unregelmäßigen Abständen hörte ich die grauen und blauen Regionalbusse die steilen Kurven hinaufdröhnen und mit ächzenden Bremsen bergab seufzen. Das war die Verbindung von Olevano mit dem Umland. Bergauf fuhren sie weiter nach Bellegra und dem tiefer in den Bergen gelegenen Rocca Santo Stefano, zweimal am Tag auch nach Subiaco im Hinterland, bergab fuhren sie in Richtung Palestrina und Rom.

Von dem kleinen Balkon aus, von dem ich morgens den Friedhof oben als stumpfgrauen Kasten im Schatten liegen sah, schaute ich zwischen Olivenbäumen und Häusern direkt auf die Bushaltestelle unten im Dorf, gegenüber dem Tunneleingang. Ich sah die Wartenden, kleine Spielfiguren um die ankommenden und abfahrenden Busse, und das Durcheinander aus Bussen, Autos, Menschen am Mittag, wenn die Schule aus war und gleichzeitig viele Leute zur Siesta nach Hause fuhren. Die Bushaltestelle war ein flacher, eckiger Betonbau mit einem vorspringenden Dach, unter dem die wartenden Passagiere bei Regen Schutz finden konnten, wenn der Warteraum hinter der Glaswand noch zugesperrt war. Neben dem Warteraum befand sich ein Fahrscheinschalter, in dem nie jemand bediente, und dahinter eine Bar. Von der Bar aus schaute man auf die Ebene, eine über dem Abgrund schlingernde neue Straße zu den unteren Ortsteilen und auf einen Schrottplatz für verschmähte Alltagsgegenstände, der die ehemalige Aussichtsterrasse einnahm und vielleicht ganz beiläufig und unabsichtlich entstanden war, ein Zwischenplatz für halbwegs Verabschiedetes, für dessen endgültige Abwesenheit jedoch die Zeit noch nicht gekommen war. Der Tunnel und die Haltestelle flankierten den Eingang ins alte Dorf wie zwei Fremdem wehrende Schreckensgestalten, bei deren Anblick mancher lieber kehrtmachen wollte. Im Sommer würden die belaubten Platanen und Lindenbäume den Schrecken mildern und freundlich zum Weitergehen, Weiterreisen einladen, doch jetzt, im Winter, wirkte das kahle Geäst nur wie traurige Fingerzeige, die eine Warnung unterstrichen.

Im Nebel sah ich nichts von der Haltestelle, doch das stotternde Grölen der Dieselmotoren war umso lauter, und die Stimmen der unsichtbaren Wartenden drangen deutlicher herauf als an klaren Tagen, gelegentlich konnte ich sogar gerufene Namen verstehen.

Ich spielte länger mit dem Gedanken an eine probeweise Abreise, und eines Tages nahm ich den Bus nach Rom. Es war früh am Morgen, der Dämmer zeichnete sich erst leise ab. Die Wartenden standen mit grimmigen Mienen, die Köpfe tief in die Mantelkrägen gezogen, im Licht der Straßenlaternen. Mehrere Busse kamen gleichzeitig aus dem Tunnel, alle mit Rom als Ziel und schon voller Passagiere. Die meisten Leute fuhren sicher zur Arbeit und Schule, ein älteres Ehepaar saß stumm, zusammen hielten sie sich an einen kleinen altmodischen Lederkoffer geklammert, ich stellte mir vor, dass die Frau vielleicht den Mann ins Krankenhaus begleitete. Oder umgekehrt. Unten in der Ebene war das Morgengrauen gerade so weit fortgeschritten, dass man den Raureif als matte helle Schicht auf den Flächen sah, ohne Glitzern, weil das Licht noch fehlte. In Genazzano und Palestrina stiegen einige Leute aus und zerstreuten sich in den frostigen Morgen.

Der Bus passierte den Friedhof von Palestrina, im rötlichen Morgenlicht lag er als monströser Klotz zwischen den niedrigen Häusern, Werkstätten, Läden und Lokalen der Unterstadt, die schon in etwas Städtisches, Vorrömisches ausfranste. Der Bus fuhr bis Anagnina, der Endhaltestelle der Metrolinie.

Ein Stufenritual der Annäherung an die Stadt. Ringsum graues Niemandsland zwischen Autobahnzubringern und Industriebauten. Ausblicke in leere Gegend, die nicht Land noch Stadt war, unbevölkert, nur befahren und nicht besiedelt, zu geglättet und geebnet, um Boden für Mögliches zu werden, schon engen Zwecken zugewiesen, an denen jede versuchte Beschreibung verdorrte. Ein Land der Ausmerzung, eine neue Art der Entfremdung von Gegend, anders als das von Neubauten versehrte Außenseiterland bei Pasolini, noch enger, unkenntlicher, allen Namen enteignet.

Von allen Seiten kamen Regionalbusse und stießen Scharen halbländlicher Bevölkerung aus, vor allem Frauen, die in Läden oder Büros arbeiten mochten, und Studenten. Wie überall auch hier die ratlosen, rastlosen Afrikaner, die sich zu kleinen Gruppen zusammenfanden, denen man nicht ansah, ob Zufall oder Absicht sie führte. In dem eisigen Morgenlicht stapften sie von einem Fuß auf den anderen, schauten sich um, wechselten wenige Worte, warteten vielleicht auf ein nur ihnen erkennbares Zeichen, auf das hin sie sich in die Stadt bewegen würden.

Auf dem Vorplatz von Stazione Termini verließ mich plötzlich jeder Wunsch nach der Stadt. Mir kam die vage Assoziation einer Untröstlichkeit, für die ich aber keinen Platz in Zeit und genauerem Ort fand, nur eine kalte Beklommenheit, durchzogen von Bildern des Tiber, von Brücken und Ausblicken auf die nackte Verlassenheit der Ufer, die nichts mit der an sie stoßenden Stadt zu tun hatten. Ich nahm einen Bus und stieg an der Piazza Bologna aus, vielleicht weil der Ortsname in mir Vertrauen erweckte oder die Piazza Bologna selbst an eine andere, auch ganz unfeste Erinnerung rührte, an der ich hoffte mich wider alles Untröstliche festhalten zu können, doch als ich ausstieg, fand ich nichts vor, was mir irgendeinen freundlichen Schutz gewähren konnte. Ich schlug eine willkürliche Richtung ein und folgte, erstaunt über die farblose Provinzialität, einer großen Straße. Es waren nicht viele Fußgänger unterwegs, um diese Tageszeit war niemand an den Läden mit Billigmode interessiert, ein paar junge Leute drängten sich in kleinen Kopierläden, in schachtelgroßen Alimentari, wo sicher nur Zufallskunden im Vorbeigehen etwas kauften, saßen pakistanische oder indische Frauen in ihre winzigen Kassenecken bei der Tür geklemmt. Nach einiger Zeit stand ich vor einer hohen Mauer, hinter der ich zuerst einen Park wähnte, bis ich die Blumenstände sah, eine größere und grellere Version der Kioske am Olevaner Friedhof. Die Stände schienen ihre Reviere nach Blumenfarben einzuteilen, es gab ein rotes, ein gelbes und ein weißes Revier, die Blumen sahen alle künstlich aus, erwiesen sich bei näherem Hinsehen als gleichförmige Zuchtpflanzen, nacktblütig und allem unnützen Blattwerk entedelt, Gerbera, Chrysanthemen, Lilien.

Ein *onoranze funebri*-Wagen schob sich langsam über den Vorplatz auf das Portal zu. Das Gefolge bestand aus fünf oder sechs stadtstaubigen Autos mit Trauergästen, die teilnahmslos oder mürrisch aus den Fenstern blickten. Vielleicht ein ungeliebter alter Onkel mit unsicherem Erbe, von welchem dennoch ein Zipfel winken mochte.

Ich wanderte über den riesigen Friedhof Campo Verano, einen dicht bebauten Totenacker. Die fornetti-Wände wirkten hier wie Apartmentblocks, es gab ganze Siedlungen, unterbrochen von Abschnitten mit prächtigen Grabmalen und Mausoleen, deren Architektur mit der Mode ging, von Jugendstil über Bauhaus bis hin zum Brutalbeton der siebziger Jahre, Wohnungen, Häuser, Villen, Palazzi für die Toten, eine ganze Stadt für die Toten mit reichen und armen Vierteln mit dem Leitern schiebenden, putzenden, Blumen steckenden Gedenkpersonal und umschlossen von den Ausfallstraßen, Straßenbahnlinien und Eisenbahngleisen der Stadt der Lebenden.

Zuletzt geriet ich in den Friedhofsteil *Israelitico*. Er war lichter, heller, weniger scharf markiert von schwarzen Bäumen und Totenpomp, weniger streng geordnet. Die Mauer, die diesen Teil vom übrigen Friedhof trennte, war rissig um die eingelassenen Grabtafeln, der ockerfarbene Putz bröckelte ab, und die kleinen alten Ziegel lagen bloß. Der häufigste Name, den ich auf den Grabplatten antraf, war Astrologo, und ich fragte mich unwillkürlich, in welche Sterne am Himmel über Rom sie sich bei ihrer Deutung vertieft haben mochten. Auf den Gräbern lagen Steine und Kiesel, ein paar wenige bleich gewordene Kunststoffblumen. Umgestürzte Blumenkübel, geborstene Medaillons mit Fotos. Zum ersten Mal kam mir dort der Gedanke, dass diese Grabbilder ganz gleich an welchem Ort – in steirischen Dörfern, in Olevano und Tarnów ebenso wie hier auf dem Campo Verano am Tiburtina-Bahnhof in Rom – ein Flehen waren, nicht vergessen zu sein, ein banger Ruf des Sichtbaren, der sich mit der Möglichkeit der Fotografie erhob und stärker sein wollte als der Name. Ich stellte mir die zum Umdrehen der Groschen Gezwungenen vor, die ihr letztes Geld in bitterer Furcht zum Fotografen trugen, um ein Bild fürs Grab zu haben, oder diejenigen, die von Krankheit schon halb verzehrt dem erstbesten Wanderfotografen auflauerten, und die Angst derer, bei denen weder Geld noch Kraft mehr reichten. Und dann die Last der Pflicht für die Hinterbliebenen, aus der Fotografie ein Medaillon emaillieren zu lassen, diese ganze Bürde und Sorge, die das Vorhandensein des Abbilds auftrug, den Danachgekommenen wollte es um jeden Preis ins Auge fallen und blicken und ihnen etwas zurufen, das man den Buchstaben nicht, nicht mehr zutraute.

Cerveteri

Ich saß in der Straßenbahn und sah die Friedhofsmauer vorbeigleiten, gefolgt von den bröckelnden Fassaden ärmlicher Häuser, dann breite Straßen, von kahlen Bäumen und ansteigenden Grünflächen gesäumt, die von fern bekannt erschienen, doch ohne dass sich ein Name dazu fand. Die Erinnerungsscherben, die mir in den Sinn kamen, ließen sich nicht verorten, bis ich die Pyramide sah und dahinter die Mauer des Friedhofs mit dem Grab von John Keats. Die Pyramide hatte ich anders in meiner Kindheitserinnerung, kleiner, vom Verkehr bedrängter und dennoch ein schärferes Zeichen als jetzt. Ein Grabmal, mit dem sich der Erbauer für die Ewigkeit der Fremde zuschrieb. In Palestrina, beim Betrachten des Nilmosaiks, war sie mir nicht in den Sinn gekommen. Das Nilland zog doch seine Spur durch Rom, und ich hatte es vergessen.

Ich fuhr weiter nach Trastevere, wo ich eine Unterkunft hatte. Die Wohnung lag in einem Block aus den sechziger Jahren, wie ich ihn aus Filmen kannte, in denen blonde Frauen mit großen Sonnenbrillen und dünnen Schals um Kopf und Hals aus solchen Eingängen traten, um auf dem Rücksitz einer Vespa Platz zu nehmen. Ein schweres Eingangstor, Marmorstufen. In einer Ecke stand ein ausgedienter Weihnachtsbaum ohne Lichter, nur noch etwas Glitzer hing ihm im Kunststoffgezweig. Eine Concierge aus dem Donaudelta in Rumänien wies mich zum Fahrstuhl und erklärte mir auf meine Frage, wo ich einkaufen konnte. Die Rumänin, die sich einen englisch lautenden Namen zugelegt hatte, bei dem sie gerufen werden wollte, saß in ihrer kleinen hellen Loge am Ende des trübe beleuchteten Eingangsflurs. Von dort musste sie den beiseitegeschobenen Weihnachtsbaum immer im Blick haben, und ich stellte mir vor, wie sie tagtäglich darauf wartete, dass jemand ihn abholte, in den Keller trug oder beseitigte. Mit der Dunkelheit setzte Regen ein und ein heftiger Wind, gegen den ich mich stemmen musste, als ich auf dem Weg zum Geschäft die Kreuzung vor dem Bahnhof von Trastevere überquerte. Menschen strömten aus Bussen, Straßenbahnen, dem Bahnhof, alle bergab, auf die andere Seite der Bahngleise. Dort begann ein Nirgendsland der breiten Ausfallstraßen, Supermärkte, Wohnblocks, in denen die meisten Fenster noch dunkel waren. Im schräg fallenden Regen verlor ich jeden Sinn für den Ort, an dem ich mich befand.

In der Nacht heulte der Wind um die Dachwohnung. Regen trommelte an die Scheiben. Auf der Veranda schepperte es metallisch, vielleicht Satellitenschüsseln, Antennen, Markisen. In der Wohnung unter mir führten ein Mann und eine Frau bis tief in die Nacht ein Gespräch. Ganz selten wurden die Stimmen lauter und hitziger, und hätte ich nicht ab und zu Schritte, Stühlerücken, Schweigen vernommen, hätte ich das Gespräch für ein Fernsehprogramm gehalten.

Am Morgen legte sich der Wind, der Regen schwieg. Aus den rückwärtigen Fenstern beobachtete ich, wie es heller wurde. Über Hügelkämmen färbte sich der Himmel grau, dann rosa, und gegen das Licht des Morgenrots erkannte ich den spiegelverkehrten Umriss der Berge, die ich von Olevano aus scharf vor dem Sonnenuntergang gezeichnet sah. Nach der unruhigen Nacht, in der ich beinah vergessen hatte, wo auf der Welt und im Leben ich war, gab mir dieser Anblick einen Halt und sogar Trost, den ich nicht erwartet hatte. Von der Veranda hoch über dem Viale di Trastevere blickte man auf die Rückseite des Gianicolo, die jetzt in einem zaghaften Orangerot aus Wintermorgenlicht lag, so wie das alte Olevano, wenn ich es morgens betrachtete. Gianicolo, das war ein Name in der Stimme meines Vaters, die mir damit plötzlich im Ohr war und die Karte meiner Umgebung zurechtrückte. Rom. Trastevere. Auf dem Weg nach Cerveteri. Ich wusste wieder, wo von hier aus der Tiber war, wo Ostia, wo die Via Appia, Orte, zu denen die gestern heimatlos durch meinen Kopf geisternden Erinnerungsfetzen gehörten. Ich war wieder an benennbarem Ort.

Nach der Schlüsselübergabe an die Rumänin in der Conciergeloge nahm ich den Zug nach Ladispoli. Ich stand im Seewind, der sich auf dem kleinen Bahnhofsvorplatz fing, und fühlte mich beim Anblick der winterlich verlassenen Wohnblocks unvermittelt an England erinnert. Möwen, Wind, ein fast türkiser Himmel, winzige Wolkentupfer, die kleine blaue Schatten in sich trugen, das alles schob Italien mit einem Mal beiseite. Vielleicht lag es am Licht, das hier, in der salzigen Marschlandschaft zwischen Meer und Hügeln, so flimmerte wie über allem Gelände, das sich nicht entscheiden kann, wohin es gehört, auf hohem, leicht salzigem Grundwasserspiegel ein flacher Streifen, um den das Wasser und das vulkanische Hinterland unentwegt würfeln. Würde man sich im richtigen Winkel in den Wind lehnen, würde man womöglich das leise Klacken hören, mit dem die Würfel aneinanderstießen.

Der Bus ins Inland kam an, das Meer blieb hinter mir, mit ihm auch jede entfernte Ähnlichkeit von Himmel und Licht mit England. Zypressen und Pinien schoben sich in den Blick, die runden Kuppen des gewellten Hinterlands. Dennoch blieb die Gegend zu beiden Seiten der Straße noch eine Weile Allerweltsland. Gärtnereien, Lagerhallen, Kleinindustrie längs der Schnellstraßen. Die Via Aurelia schnitt den Weg nach Cerveteri als eine graue Ader, die wie jede Ausfallstraße diese kleinen Wülste der Betriebsszonen auswarf, um die sich zu anderen Zeiten sicher Verkehr staute und Durchreisende Trost in Waren fanden.

In Cerveteri war ich als Kind nie gewesen. M. und ich hatten uns diesen Abstecher vorgenommen, ein Tag in Rom, ein halber Tag an der Küste, so hatten wir es uns vorgestellt. Zwischen Gräbern gehen. Mit Cerveteri beginnt die Geschichte vom Garten der Finzi-Contini, mit dem Besuch in dieser Totenstadt, die, wie ich jetzt sah, durch eine Art kleiner, mit gestrüppigen niedrigen Büschen bewachsener Hochebene von der Lebendenstadt mit ihrer unvermeidlichen Burg getrennt war. Auch diese kleine Ebene im Winterlicht war durchbrochen von Grabhügeln, das Feld der Grabkammern, über die sich die steinernen, von Flechten, Gräsern, wilden Narzissen bedeckten Kuppeln wölbten, musste riesig sein, lauter »zweite Häuser«, wie Bassani es nennt, die sich die Lebenden herrichteten oder die sie zu Lebzeiten als Zuhause ihrer Verstorbenen pflegten und versorgten, um einmal selbst einzuziehen. Die Totenstadt, dieses wogende Meer von überwucherten Kuppeln, die alle eine Totenfamilie beherbergten, schien viel größer als die Stadt der Lebenden, die so still und wie nur noch spärlich bewohnt dagelegen hatte, als ich aus dem Bus gestiegen war.

Nur ein kleiner Teil der Nekropole war begehbar, alte gepflasterte Wege zwischen den Grabhügeln, ein, zwei Plätze mit Baumgruppen, winzigen Hainen, zur einen Seite ein weiter Blick zum Meer, zu den Hügeln, über weitere Grabstatthügel im fahlen Gras. Ich wusste, wie wir zusammen zwischen diesen Gräbern umhergegangen wären. In die Kammern eingetreten wären, die steinernen Betten, die Kammern, die fast zärtlich getreu dargestellten Dinge betrachtet hätten, die sich als fein gearbeitete zweifarbige Reliefs an den Wänden befanden, als reiche das so, als würden die Toten es schon verstehen, durch die kühle Dichte des Mauerwerks hindurchzugreifen, um die andere, uns unsichtbare Seite des Gegenstandes oder Tieres zu erfassen und in ihren dem Leben abgewandten Händen zu halten. Die Grabkammern hatten eine seltsame

Feierlichkeit, die vielleicht etwas damit zu tun hatte, dass ich mir M. neben mir, auf diesen Wegen, seinen Gang und Blick und seine Stimme so deutlich vorstellen konnte wie noch an keinem Ort hier in Italien. Mir fielen die Worte aus Bassanis Prolog ein, über die ich lange gestolpert war: *l'eternità non doveva più sembrare un'illusione* – hier konnte die Ewigkeit keine Illusion mehr bleiben. Ich weiß nicht, ob ich sie jetzt besser begriff, aber sie waren zu einem Bild geworden: Stein, Moos und Gräser, dazwischen das Blaugrün der schaftartigen Blätter der wilden Narzissen, zwischen denen sich noch keine Knospe blicken ließ. Gab es hier Schlangen, zwischen Gestrüpp und rissigem Stein, der im Sommer sehr heiß werden musste? Wahrscheinlich war es in der warmen Jahreszeit zu laut von all den Spaziergängern zwischen den Gräbern.

Auf dem Weg zurück in die Lebendenstadt fragte ich mich, warum mein Vater nie mit uns hierher gefahren war. Tarquinia war nicht weit, warum war er nicht von der Via Aurelia abgebogen, um den Hügel hinaufzufahren, wo er doch wissen musste, was sich hier befand? Hatte er diesen Satz von der Ewigkeit gekannt, die hier keine Illusion, kein Märchen, kein leeres Versprechen der Priester bleiben konnte?

Die Sonne war inzwischen stechend und grell geworden. Ab und zu wehte ein kühler Wind vom Meer her in plötzlichen Böen. Ich saß an der Bushaltestelle auf dem leeren Marktplatz und stellte mich auf eine lange Wartezeit ein. Ein Afrikaner nahm neben mir Platz, er sah unbeschreiblich müde aus. Er lehnte den Kopf an die Rückwand des Unterstands, und ich dachte, er würde einschlafen. Wenn ich nicht gefürchtet hätte, ihn zu kränken, wäre ich aufgestanden, um ihm die ganze Bank zum Schlaf zu überlassen. Doch nach ein paar Minuten sprach er mich auf Französisch an, mit dem rollenden r und den flachen Nasalen im Akzent der Westafrikaner. Er raschelte mit einer Plastiktüte, ich erwartete, dass er mir gleich Herrensocken anbieten würde, doch nach einigem knisternden

Suchen zog er Sonnenbrillen hervor, schiefe, billige Imitate großer Marken. Er zog sie nur halb aus dem Beutel, sah mich an und ließ sie gleich wieder zurückgleiten, ohne ein Wort zu sagen. Stattdessen fragte er mich, warum ich in Cerveteri war. Ich beschrieb ihm die Nekropole. Vielleicht benutzte ich die falschen Wörter, er sah mich jedenfalls mit einem so leeren Ausdruck an, dass mir meine Erklärungen peinlich wurden, und ich war erleichtert, als der Bus ankam. Der junge Mann stieg nicht ein, doch er hob seine große Hand, um mir zu winken, als der Bus losfuhr. *Chronik eines Sommers*, dachte ich im Bus. Und die andere Seite: Pasolini. Seine Notizen für eine afrikanische Orestie. Das war der letzte Film, den M. und ich gemeinsam gesehen hatten. Wir hatten uns im Kalender geirrt und waren für einen anderen Film von Pasolini ins Kino gekommen: *Uccellacci e uccellini. Große Vögel, kleine Vögel.* Den hatten wir nie zusammen gesehen.

Via

Ich stieg am Bahnhof Ostiense aus. Eine Erinnerung hatte mich gestreift, Blicke auf die Rückseiten der Häuser längs der Gleise hatten irgendwo etwas geweckt, das jedoch wieder versank, als ich ausgestiegen war. Ich fand mich kurz darauf an der Pyramide wieder. Die Via Appia fiel mir ein, ein Frühlingsmorgen vor Jahrzehnten, das hochneblige weiße Licht floss durch die Zwischenräume dunkler Bäume auf Kopfsteinpflaster, das davon glänzte, ohne nass zu sein. Am Tag zuvor hatte es in Rom geschneit, doch gleich darauf kam der Frühling, und dieser Morgen an der Via Appia war still und freundlich und blieb mir in Erinnerung und kehrte in Träumen wieder.

Der Himmel hatte sich zum Nachmittag zugezogen, und ein kalter Wind wehte. An diesem Wochentag im Februar war so gut wie niemand auf der Via Appia unterwegs, nur ab und zu ein Auto mit abgedunkelten Scheiben, das zu einer der Luxusvillen in dem hinter den Grabmälern gelegenen Gelände fuhr. Vielleicht wussten die Leute in den Villen nicht, dass die Wohngebiete der Lebenden und die der Toten voneinander getrennt bleiben sollten. Die Wege der Lebenden, die Straßen der Römer nach draußen, in die Welt, und aus der Ferne der weiten Welt bis an die Grenze der Stadt, waren mit den Orten der Toten gesäumt, die Toten gaben den Lebenden das Geleit und nicht umgekehrt. Und das Verweilen an den Straßen galt nur für die Ewigkeit, die hier allerdings ein beiläufiger Gedanke schien und nicht danach rief, sich als Nicht-Märchen und Nicht-Illusion unter Beweis zu stellen. Die alten Straßen waren durch die Toten markiert als Orte, wo es nicht zu verweilen galt, solange man noch Wege hinter sich bringen konnte.

Die Leere der Straße und des fahlen, vom Winter entfärbten Geländes gefiel mir, die trotz der Versehrungen im Marmor so ernst und unantastbar blickenden Gestalten auf Halbreliefs, Vorläufer der Grabfotos vielleicht und ihre Vorbilder, deren Blick doch durch das gleichförmige Weiß des Marmors nach innen gekehrt war, nicht das Auge des Betrachters suchte und um Gedenken flehte, sondern vielmehr auf etwas gerichtet war, das dem Betrachter unzugänglich und unsichtbar blieb. In diesem stillen Vermeiden der Begegnung mit dem Blick von außen lag womöglich eine viel größere Versöhntheit mit dem Tod als in dem Ersuchen um Erinnerung aus der Ferne eines längst vergessenen Augenblicks, wie es mir von all den Keramikmedaillons auf den von glatten Mauern und schwarzen Zypressen eingefassten Friedhöfen entgegenschlug.

Gegenüber dem letzten Grabmal, das ein weißes Relief trug, lag ein Haus hinter einer Hecke. Als ich die Kamera hob, um den Stein zu fotografieren, erschienen drei weiße Hunde aus dem Garten hinter der Hecke, große, langhaarige Hunde, die sich völlig lautlos auf dem Boden niederließen und sich so, mit ausgestreckten Läufen und erhobenen Köpfen, nebeneinander lagerten und mich anschauten. Nichts rührte sich auf der Via Appia. Über dem fahlen offenen Gelände jenseits der Grabstätten sah ich einen Rotmilan kreisen. Als ich mich wieder zu den Hunden wandte, schien mir, sie hätten sie sich weiter auf die Straße hinausgeschoben. Ihre Haltung war unverändert. Nichts an ihnen regte sich, kein Schwanzhaar zuckte, die spitzen Schnauzen verzogen sich um kein Haarbreit. Nicht einmal die leise Regung des Atmens war den Körpern anzusehen. Die Köpfe erhoben, die Läufe ausgestreckt, so lagen sie hintereinander oder nebeneinander, je nachdem, aus welchem Winkel man sie betrachtete, so, als wollten sie den zufällig des Weges Kommenden zu einem Vergleich mit der

Grabplatte einladen, die im Relief die Brustbilder von drei Gestalten zeigte.

Die Straße zurück in Richtung Stadtinneres erschien mir endlos von hier aus. Ich scheute mich auch, an den Hunden vorbeizugehen. Sie markierten eine Grenze, die ich nicht verstand und über die ich nicht belehrt werden wollte. Ich folgte der Via Appia weiter stadtauswärts. Zu beiden Seiten der Straße breitete sich jetzt offenes Land, in weiter Ferne sah ich eine befahrene Straße, auf einer Weide eine Herde Schafe, hinter einer halb gestürzten Schirmpinie ließen sich die Umrisse einer alten Fabrik ausmachen, ein kurzer Ziegelschlot, ein dunkles Dach, leicht geneigt. Ich sah jetzt erst die vielen Krähen, die in den kahlen Bäumen am anderen Rand der Wiese saßen, am Himmel stand wieder der Rotmilan. Pasoliniland, dachte ich, ohne dass mir eine bestimmte Szene in den Sinn kam, vielleicht war es nur das dünnhalmige gilbliche Gras, wie es auf schlechtem Sumpfboden wächst, das vielleicht in einem Film einer Gestalt um die Beine streicht, oder es war die halb liegende Pinie, die Leere, der Himmel in seinem ungerührten Grau, die Verlassenheit im Hintergrund und die Gräberstraße hinter mir, dieses Umbruchs- und Grenzland, die blasse Brache des Mythischen am Rand der geschleiften Elendsviertel im Osten von Rom.

Ich musste mich beeilen, um rechtzeitig für den letzten Bus nach Anagnina zu kommen. Ich folgte den Straßen, die ich auf meiner dürftigen alten Landkarte ausmachen konnte, doch sie stellten sich immer wieder als Sackgassen heraus. Ich überquerte einen übelriechenden Kanal und fand mich in einem Gewirr von Gängen zwischen Garagen und Werkstätten, Männer saßen auf wackligen Klapphockern, tranken Bier und warfen mir argwöhnische Blicke zu, Jungen kurvten auf Mopeds durch die unebenen Gassen, die auf einen riesigen Schrottplatz mündeten. Hunde warfen sich wütend gegen den Zaun, bis ein Mann erschien und sie kuschen ließ. Vielleicht hatte er sich einen guten Handel erhofft, einen Kofferraum voll rostiger unerkannter Kostbarkeiten, und war deshalb herbeigeeilt. Mit der Karte wusste er nichts anzufangen, doch als ich Anagnina sagte, fuchtelte er in eine Richtung und zeigte mir zwischen dem Zaun und einer fast angrenzenden Bude einen kleinen Durchgang, den ich nehmen sollte. Wie durch eine Zauberpforte entlassen, stand ich kurz darauf an einer großen Straße. Wohnblocks in Sichtweite, Geschäfte, eine Haltestelle für einen Bus nach Anagnina.

An allen Steigen des Busbahnhofs standen müde Wartende. Es dämmerte, und die ankommenden Busse brachten kaum jemanden mit. Städtisches und Ländliches schied sich wieder zur Nacht. Für den Bus nach Olevano hatten sich schon etliche Passagiere eingefunden. Eine indische Familie mit riesigen Tüten aus einem asiatischen Supermarkt, ein paar Somalis, eine Frau mit Kind, die in rollendem afrikanischem Französisch in ihr Telefon sprach. Zwei Männer in Arbeitskleidung sprachen russisch. Beim Einsteigen erkannte ich eine Frau, die am Morgen des Vortags aus Olevano mit demselben Bus gekommen war wie ich. Auf meinen vorschnellen Gruß erwiderte sie mit einem ratlosen Blick aus sehr müden Augen.

Es wurde schnell dunkel. Der Bus schien eine andere Strecke zu nehmen als bei der Hinfahrt, er kroch durch den Berufsverkehr auf einer Schnellstraße und hielt in großen Abständen in Haltebuchten, wo Wartende mit Taschen und Kartons standen. Kaum jemand sprach italienisch. Die Fahrbahn lag höher als das Umland, man blickte hinunter auf Großhandelsmärkte für ausländische Lebensmittel, Brautsalons neben Restaurants mit blinkenden Aufschriften, die Räumlichkeiten für Familienfeiern und Hochzeiten anboten, Geschäfte für Badezimmerkeramik, Billigfliesen, Mobiltelefone und Satellitenschüsseln, Hotels, Pensionen, Absteigen mit rot erleuchteten Fenstern. Es blinkte, zuckte und flackerte allenthalben von teils defekten Leuchtreklamen, bepackte

Käufer kamen aus den Läden und machten sich daran, die Böschung zur Fahrbahn zu erklimmen und über die Leitplanke zu klettern, um zur nächsten Haltestelle zu laufen. Ich vergaß zwischendurch, wo ich war. Diese Straße an diesen Läden und Reklamen vorbei hätte in Belgrad sein können, in Bukarest, vielleicht sogar am Ostrand von London. Alles war Passage. Die müden Reisenden im Bus kamen alle von irgendwoher und wollten irgendwohin, weil sie Menschen waren, wie es in einem Buch heißt.

Ab Palestrina leerte sich der Bus nach und nach. Die indische Familie stieg in Cave aus, die Somalis in Genazzano, die Afrikanerin mit dem Kind schlief fest und hatte vielleicht ihre Haltestelle verpasst oder lebte noch hinter Olevano.

Der Bus bog von der großen Straße nach Frosinone ab in die kleine Ebene, und ich erkannte Olevano, gelb beschienen von den Straßenlaternen, oben am Berg. Ich sah den Friedhof, im Licht der unzähligen Lämpchen schwebend, rechts oberhalb des Dorfes, und wusste, dass das Haus, in dem ich wohnte und das ich von hier unten nicht ausmachen konnte, in der Mitte lag. Alles Kantige, Schwere streifte der Friedhof nach Einbruch der Dunkelheit ab und erschien mir kurz als eine Insel des Trostes. Der weißlich leuchtende Friedhof und das Dorf im gelben Laternenschein waren Gegensätze in der Nacht genauso wie am Tag, zwei Welten mit eigenen Licht- und Schattenregeln, doch so, aus der Ebene betrachtet, mit Rom im Rücken, kamen sie mir beide vor wie Behälter, zwei leuchtende Kästchen, die darauf warteten, geöffnet zu werden, um etwas preiszugeben.

Carnevale

Die Frühlingsluft brachte an unsonnigen Tagen ein ganz neues Grau. Es war voller Licht, ein vibrierendes Grau, das keine Schatten zuließ, doch der Landschaft mehr Tiefe gab, ich sah die Stufung der Hügelketten bis hin zu dem Berg an dessen abgewandtem Hang Palestrina liegen musste, erkannte weiß hervortretende Wege in den nordwärtigen Waldhängen, die ich zuvor nie bemerkt hatte, und auch die Ebene zeigte sich in Neigungen und kleinen Anstiegen, von denen jede eine andere blaugraue Schattierung trug. Olevano warf Leinen der Zugehörigkeit in alle Richtungen aus: Ich konnte mit bloßem Auge verfolgen, wie sich Berge und Täler und Rücken über San Vito bis zu dem fernen Hang mit den Pinienkriegern entwickelten, kleine Weiler und Dörfer zwischen Fels und schütterem Grün traten zutage, und ich fragte mich, wie Olevano für die Bewohner dieser Orte aussah. Wie blickten sie auf die Zwiesprache von Dorf und Friedhof, in welchem Licht lagen sie für die fernen Betrachter, wie verteilte sich für sie Kantigkeit und Weichheit, Kälte und Wärme der Farben in diesem Ort, den sie möglicherweise nie im Leben aufsuchten?

Ich ging durch andere Gassen, von denen aus man weder das Haus auf dem Hügel noch den Friedhof sah. Sie zogen sich um den Burgplatz und die größere Kirche herum, in der sich immer Frauen mit Blumenschmuck, Kerzen, Aufräumen und Herrichten am Altar zu schaffen machten, sie beäugten mich nicht sehr freundlich, ahnten zu Recht, dass mir ihr frommer Eifer fehlte. Die Kirche war sehr hässlich, ein zwischen die alten Häuser gezwängter Klotz aus dem vorletzten Jahrhundert, doch über eine Mauer des kleinen Vorplatzes ging der Blick in ein bewaldetes Tal, auf einen Graben mit einem Fluss in der Tiefe, den ich noch nicht wahrgenommen hatte. Niemand konnte mir sagen, wie er hieß, nur, dass er in den Sacco floss, nach dem die Ebene am Fuße des Berges von Olevano benannt war. Von diesen Gassen, Stiegen und tunnelartigen Durchgängen öffnete sich der Blick in eine andere, rauere Landschaft, die sich auf keine Ebene bezog, nur auf unterschiedliche Höhen, Steilheiten, Wölbungen und Oberflächenbeschaffenheiten: Fels, Hain, Gebüsch, die helle Erde der in Windungen verlaufenden Pfade und Wege.

An einem kalten Sonntag war Carnevale. Über die Mittagsstunden war es wie immer still im Dorf, um die aufgebauten Buden und Attraktionen auf dem Piazzale Aldo Moro streiften nur ein paar Jugendliche, die rauchten, Bier tranken, in einer Ecke ihre kleinen Handel machten. In den weiter oben gelegenen Gassen huschten kostümierte Kinder verfroren umher, gelbe Perücken und riesige katzige Schnurrbarthaare wippten um ihre Köpfe, ein kleines Mädchen stolperte im langen rosa Glitzerrock und stürzte auf einer Stiege, Tränen liefen über ihr schminkrotes Gesicht, weil sie sich gestoßen hatte oder weil die anderen Kinder sie auslachten oder weil ihr Glitzertäschchen beschmutzt war. Dann rannten alle davon, als jemand um die Ecke bog, laut mit Frauenstimme einen alten Schlager singend, einen klirrenden Schlüsselbund in der Hand. Mann oder Frau? Und was hatte die Kinder so rasch und einhellig davonlaufen lassen? Die Stimme tönte hell, der unbeholfene Körper mit riesigen Füßen war der eines Mannes. Die Gestalt machte sich lange und umständlich an einer Eingangstür zu schaffen, bis der Schlüssel sich endlich im Schloss drehte.

Am Nachmittag ging ich durch die Olivenhaine, die in diesem gleichförmigen lichten Grau alles Grün verloren und zu stumpfen Silberkronen auf den dunkelgrauen Stämmen wurden. Im Dorf begann jetzt das laute Carnevale-Fest, ein Gewirr von Kinderstimmen drang vom Platz im Unterdorf herauf, sicher war auch die gestürzte Prinzessin dabei. In Stößen erklang laute Schlagermusik und wie am Befana-Fest die Stimme einer Frau, die offenbar Feieranweisungen gab. Immer wieder im Wechsel das Dröhnen, die Stimme, eine kleine Wolke Kindergeschrei, dann wieder die Musik. Ich sah ein schwarzes Auto am Straßenrand beim Olivenhain halten. Ein Mann stieg aus, elegant in Mantel und Handschuhen. Er hielt das Telefon am Ohr, sprach aufgeregt hinein. Auch während er die Beifahrertür öffnete und einer älteren Frau heraushalf, unterbrach er das Gespräch nicht. Die Frau trug einen auffallenden Mantel in Orangerosa, der in all dem Grau und Silber von Bäumen, leise zitterndem Laub und Landschaft und dem weißlichen Licht hervorstach und an etwas Rohes denken ließ, an das Fruchtfleisch von Papaya oder die Narbe einer Brandwunde. Der Mann zog sich unter beschwichtigenden Gebärden der Frau gegenüber mit dem Telefon tiefer in den Olivenhain zurück und redete leiser, dringlich, nervös. Die ältere Frau setzte sich in Bewegung, den Hügel hinauf. Sie ging sehr langsam in ihrem unförmigen Mantel, der grelle Fleck schob sich wie etwas Wundes durch die mattfarbene Umgebung. Vom Mantelkragen hingen faustgroße Bommeln herab, die im Takt ihrer Schritte hin- und herschwangen. Vielleicht war ihr das Herz schwer, oder sie hatte ein schwaches Herz und trug deshalb den wunden Mantel so behutsam den Hang hinauf und um die nächste Biegung, während die Musik von unten dröhnte und die Telefonstimme des Mannes verschluckte. Dann verstummte die Musik wie abgehackt, und es war ein paar Augenblicke still, das ganze Tal musste sich von den Lärmstößen erholen. Nur die Worte des Mannes standen trocken und scharf in der Luft. Er schaute auf, sah, dass die Frau nicht mehr beim Auto stand, und brach sein Telefongespräch ab. In großen Schritten, die nicht zu seiner vornehmen Aufmachung passten, setzte er sich in Bewegung und lief den Berg hinauf. »Mamma!«, rief er wie erschrocken, »Mamma!« Hinter der Biegung hörte ich ihn noch mehrmals rufen. Unten im Tal setzte Kindergeschrei ein, die Stimme der Spaßmacherin ertönte und im nächsten Augenblick auch wieder das pumpende Stampfen der Schlagermusik.

Auf dem Friedhof war an diesem Sonntag weniger los als sonst. Carnevale ließ sich wahrscheinlich schlecht mit Besuch bei den Toten vereinbaren, dafür drang der Festlärm hinauf, zumindest in die vorderen Abteilungen hinter dem von den Blumenkiosken flankierten Tor. Die Kioske hatten an diesem Karnevalstag geschlossen. Ich suchte Maria Tagliacozzis Grab auf und stellte fest, dass jemand einen kleinen Blumenstrauß hinterlassen hatte, zwar aus Kunststoff, doch nicht grell. Ein kurzes Sträußchen mit weißen sternförmigen Blüten, ein wenig jasminisch, ein wenig lilienhaft und mit unspezifischen Plastikblättern, die weder zur einen noch zur anderen Blumenart passten, lag dort auf dem Boden neben der immer noch defekten Lampe.

Am nächsten Tag ging ich ins Rathaus und erkundigte mich nach Maria Tagliacozzi. Der assessore, an den ich gewiesen wurde, saß in einem winzigen Büro mit Blick auf die Ecke, wo ich eines Abends die Frau hatte so hartnäckig »Maria« rufen hören. Er sah mich argwöhnisch an. Der Name sagte ihm nichts. Er stellte ein paar Vermutungen an, fragte, ob die Grabstelle versorgt werde. Nur gestern, sagte ich, gestern lag ein Strauß Plastikblumen da. Der Beamte machte eine wegwerfende Geste. Dann ist es niemand aus Olevano, sagte er kühn. Wir nehmen nur frische Blumen. Kurz darauf besann er sich, als fürchte er, mir damit zu nahe getreten zu sein, und führte aus, welche Vorzüge Kunststoffblumen für weiter entfernt lebende Angehörige hatten.

Vielleicht ist sie aus Tagliacozzo, sagte er zum Abschied wie ein Reisebüroangestellter, Tagliacozzo ist ein sehr schöner Ort.

Strade

Es gab Katzentage und Hundetage in Olevano. Die windstillen Wartetage waren für die Katzen. Sie schlichen um jede Ecke und saßen grau, sandfarben und bräunlich getigert in jedem Winkel, als hätte der Bruchstein, aus dem die meisten alten Häuser gebaut waren, sie hervorgebracht. Sie waren argwöhnisch, abwartend und fremdenscheu, weniger spitzig wild als die Katzen in Rom und an der Küste. An sonnigen stillen Tagen flankierten Katzen die Bank vor der Bar wie kleine Gottheiten, die sich für die Raucher und das grobe Mädchen mit Kinderwagen zuständig fühlten, und sie lungerten vor dem Portal von San Rocco. Den Friedhof mieden sie, vielleicht scheuten sie die scheppernden Leitern oder den Mangel an Vögeln. Ganz selten saß eine schmutzig weiße Katze mit einem sehr runden Kopf zwischen den Büschen unterhalb der Veranda und wartete auf Freundlichkeiten. Die penible Hausbesorgerin vertrieb sie, sobald sie sie erblickte, so hatte die Katze gelernt, sich zwischen die Büsche zu zwängen und abzuwarten. Ich warf ihr manchmal kleine Essensbrocken zu und erlaubte ihr, in der Sonne auf der Veranda zu liegen, wenn ich las oder am Geländer stand und die Landschaft nach Veränderungen absuchte, die Rauchsäulen der Feuer zählte und Wegen nachspürte, die sich in der Landschaft abzeichneten. Immer noch rang ich mit mir um den Mut zu einer Wanderung, die mich weiter ins Gelände führte. Die Hausbesorgerin missbilligte dieses Vordringen der schmutzig weißen Katze in Bereiche, die ihr oblagen, und mehrmals wurde sie ungehalten. Wenn sie sich unbeobachtet fühlte, nahm sie sogar, was ihr gerade in die Hand fiel, und warf es nach der Katze; das musste sie besondere Überwindung kosten, weil sie alles in so peinlicher Ordnung hielt.

Hinter dem Haus auf dem Hügel führte eine winzige Straße ins Tal, die nach einem deutschen Maler benannt war. Er war sehr jung gestorben, und ich konnte mir nicht vorstellen, warum diese holprige, in den rückwärtigen Hang gezwängte Straße seinen Namen trug. Vielleicht lag es am Blick auf die Villa Serpentara, den man von hier aus hatte, die rötliche, römische *folly* eines Deutschen vom Anfang des letzten Jahrhunderts, sie lag zwischen den Steineichen am aufgeforsteten Hang drüben, auf der anderen Seite des Tals, je nach Blickwinkel direkt unter dem schroffen festungsartigen Riesenbalkon des Friedhofs von Bellegra.

Am oberen Ende war die kleine Straße von hohen Nadelbäumen gesäumt, von denen jeder die weißlichen Kokons trug, wie sie mir gleich nach meiner Ankunft aufgefallen waren. Scharen von Tannenmeisen hielten sich in den Baumkronen auf. Weiter unten befanden sich verwahrloste Sportplätze, auf denen ich manchmal Gruppen von Jungen Ball spielen sah. In das Gebüsch vor dem Sportgelände hatte sich ein stets aufgefrischter Müllberg gefressen, dort hielten sich viele Katzen auf, die von den weggeworfenen Speiseresten und verdorbenen Lebensmitteln sicher gut lebten. In stillen Mondnächten hörte ich sie manchmal bei ihren Katzenkämpfen fauchen und kreischen. Schaute man den Abhang hinauf, sah man über dem wirren wulstigen Gestrüpp die scharf gezeichnete Ecke des Friedhofs mit den darüber wogenden Zypressen aufragen, ein starrer und schwer zu deutender Gruß nach unten, an all das Verhedderte, das sich an diesem besonders steilen Weg angesammelt hatte. Hinter den Sportplätzen führte der Weg an der Notarztwagenstation vorbei zu der Fahrstraße, die wenige hundert Meter zuvor aus dem Tunnel stieß. Ein pensionierter Lehrer, der kundige Spaziergänge durch Olevano anbot und seiner herzschwachen Blaulippigkeit wegen meine Sorge erregte, erklärte mir an dieser Straßenecke, umdröhnt vom Lärm der Autos und Busse, der sich in Tal und Tunnel vervielfachte, dass in der Senke, wo heute der Marktplatz und der Fußballplatz sind, früher die Ziegelwerke der Gegend lagen. In diesem Tal wurden Dachziegel, Bausteine und Tonfliesen gebrannt, und die Hänge ringsum verloren allen Wald, weil das Holz für die Ziegelöfen verwendet wurde. Die Luft war hier immer schwer und wurde nach unten gedrückt, weil wenig Wind den Weg in diese Mulde fand, vermischt mit dem Rauch aus etlichen Ziegelöfen musste sie noch lastender auf allem gelegen und sich klebrig auf den nackten Steilheiten niedergelassen haben.

An Sturmtagen, die von dem weiten Tal nach Süden bis in die kleinsten Geländeritzen alles mit einer bebenden Unruhe erfüllten, blieben die Katzen unsichtbar. Dafür strichen Hunde umher, einzeln oder in kleinen Rudeln, zwängten sich durch Zäune, um Müllkübel zu attackieren, und jagten einander. Nach Einbruch der Dunkelheit trieb ihr Gebell in heiseren Schwaden unter den Sturmstößen, und es hörte sich an, als verfolgten sie die Mopedfahrer, die wie von einem Fieber ergriffen nur in solchen Sturmnächten stundenlang durch die Straßen des Dorfes kurvten, die Motoren aufheulen und ihre Bremsen quietschen ließen. Der heulende Wind, das zerfetzte Hundegebell und die sturmbesessenen Mopedfahrer machten Schlaf in solchen Nächten unmöglich, und es war fast eine Beruhigung, gegen Morgen die ersten dröhnenden Busse zu hören, die bergauf und bergab stöhnten, Pendler-, Schüler- und Flüchtlingsbusse, die schwarze Wolken aus dem Auspuff stießen. Das Geräusch ihrer in den steilen Kurven fast krepierenden Motoren bohrte sich durch die Morgen und Nachmittage, doch nach den Sturmnächten war diese Rückkehr einer Ordnung der Dinge erlösend, ein Aufbruch in den Tag, der den heulenden Mopeds und dem Kläffen der Hunde ein

Ende setzen würde, auch sie würden Schlaf brauchen und sich irgendwo unter den Wind betten und abwarten.

Auch an Jagdtagen blieben die Katzen in Deckung und überließen das Gelände den Hunden, die hechelnd durch die Olivenhaine trabten und versuchten, den Ursprung der Schüsse zu orten, die von den Hängen und Mauern im Dorf widerhallten. Gejagt wurde an stillen, schönen Tagen, wenn etwa die Sonne durch den Hochnebel brechen wollte, wenn die Landschaft blass und graublau in ihrer Schattenlosigkeit lag und sich fast eine Heiterkeit der Stimmung anbahnte. Niemand konnte mir sagen, was um diese Vorfrühlingszeit gejagt wurde. Ich hütete mich, an solchen Tagen spazieren zu gehen, nachdem mich mehrmals Schüsse im Wald oberhalb des Friedhofs und in den jenseits der Weinfelder gelegenen Olivenhainen überrascht hatten, die sich anhörten, als wären sie ganz in der Nähe abgefeuert worden. Doch nie sah ich jemanden schießen, sah auch nie einen Hund apportieren, vernahm nur nach jedem Schuss das ansteigende Toben der Hunde aus dem Dorf, die mit hängender Zunge darauf brannten, nach Beute zu stöbern.

An einem Jagdtag war ich mit dem ehrerbietig als professore angeredeten Lehrer auf einem Spaziergang, auf dem ich zum ersten Mal die Südwestseite des Dorfes von außerhalb sah, die steil aufsteigenden Mauern mit angedeuteten Bögen, auf denen die Häuser saßen, wehrhaft und in ihrer Ärmlichkeit so verletzlich. Wäsche flatterte unter den schiefen vorgelegten Läden, hinter denen man stets mit dem Wissen dieses Abgrunds vor dem Fenster lebte.

Auf einem kleinen Plateau unterhalb des Dorfes lag eine Kirche mit einem Marienbild, das zum Spaziergangsrepertoire des Lehrers gehörte. Der Legende nach sei es von Engeln hierher getragen worden, erklärte er. Die Mariengestalt hatte lange schmale Duccio-Hände, der dickliche Knabe auf ihren Knien trug ein amulettartiges rotes Halsband und hielt eine rote

Rose. An mehreren Kirchen zwischen Olevano und Rom hatten Engel ähnliche Marienbilder deponiert, alle von derselben albanischen Hand gemalt. Ja, er meinte tatsächlich Albanien, das weiße Land auf der anderen Seite des Meeres, auch Italien kippte hier und da nach Osten. Das Marienbild befand sich auf einer freistehenden Wand, von der Kirchenmauer durch einen schmalen Durchgang getrennt. Die Rückseite der Wand war bedeckt mit Schriftzügen. Früher, erklärte der Lehrer, durften nur Frauen dort ihre Bitten niederschreiben. Heute achtete niemand mehr darauf. Es gab zittrige kaum noch leserliche Sätze, vor über hundert Jahren angebracht, wahrscheinlich Frauen der ersten Generationen in Dörfern und Weilern, die überhaupt schreiben konnten, eingeritzte, kalligraphierte und hingeworfene Bitten: für Söhne, die aus dem Krieg heimkommen sollten, für Söhne, die gesund werden sollten, für Söhne, die doch endlich geboren werden sollten, und solche, die aus dem Gefängnis kommen sollten. Ein schriftgewordenes Heulen, Wispern, Zähneknirschen, Drängen und Bangen der Frauen von Olevano im 20. Jahrhundert, umrandet von neueren Bitten in Filzstift: um Bestehen eines Examens, Versöhnung mit dem Liebsten, ein neues Moped.

Draußen vor der Kirche hörte man die Schüsse der Jäger aus dem kleinen Tal nach Westen, in das man von der Burg aus blickte. Die Schüsse, ihr Echo, das wüste Kläffen der Hunde von der anderen Seite des Dorfes. Der Lehrer zeigte auf eine kleine, im Gebüsch unterhalb der Mauern des Dorfes kaum wahrnehmbare Terrasse. Das war früher das Gelände abseits des Friedhofs für Kinder, die starben, ohne getauft zu sein. Und dort, neben dem untersten Tor ins Dorf, waren die Reste des alten Quarantänespitals für die Wanderarbeiter, die kamen, um sich beim Abholzen der Wälder zu verdingen. Sie kamen von weit her. Immer kamen Leute von weit her und gingen irgendwann weiter. Alle diese Bergkämme, sagte der Lehrer und zeigte auf die Hänge hinter San Vito Romano, auf dem die Pinienkrieger standen, das sind Wege. Die Berge waren wichtiger als die Flüsse. Die Berge trugen die *strade. Le strade fanno storia,* setzte er hinzu, wie einen Punkt. Männer kamen aus dem Tal, Hunde hechelten folgsam um ihre Füße, die Männer trugen gebündelte Jagdbeute, Kaninchen und Vögel, die sie in ein halb im Gebüsch geparktes Auto warfen und mit schwarzer Plastikfolie zudeckten. Das Auto stand hinter der Kapelle der Santa Anna, heimliche Patronin der ungetauften Kinder im Friedhof *fuori le mura*, die sie alle, sämtliche Regeln der Verdammnis unterwandernd, ins Paradies führen würde. Die Kapelle stand immer offen, für den zufälligen Wanderer, der ein Obdach brauchte. So gehörte es sich hier.

Die Jäger fuhren davon, es war Mittag, und ich fragte den Lehrer, dessen Lippen vor Hunger oder sonnenwiderständischer Kälte sehr bläulich geworden waren, wo der alte Friedhof war, der, den man vor der Betonloge der *morţĭ* dort oben rechts genutzt hatte?

Die alten *morţĭ* waren, wie sich herausstellte, unter dem hässlichen Kirchenklotz im Dorf. Die Füße der *viĭ* schluffelten und schlurrten über ihnen auf dem Travertinboden, bei Messen und Gebeten und beim Aufräumen, Herrichten, Schmücken, wie es den frömmlichen Frauen oblag. Die *morţĭ* lagen versiegelt zwischen Fels und Beton in einem Riesenfornetto unter der Kirche, ohne Blumen und ohne luce perpetua, doch inmitten der *viĭ*.

Frauentag

Anfang März begannen die Mimosen an den Südhängen in Olevano zu blühen. Gelbe Wolken im Brombeergebüsch, zwischen zwergichtem Immergrün, noch kahlen Weiden, blassen Schilfstengeln. Ich hörte Grauammern und Feldlerchen in den Brachen zwischen Olivenhainen und Weinfeldern und immer wieder den Grünspecht. Abends sangen die Amseln. In einem Schrank der Wohnung hatte ich ein Fernglas gefunden, durch das ich jetzt von der Veranda aus die Gegend betrachtete. Ich konnte Gemüsebauern auf ihren Feldern in der Ebene erkennen und Landarbeiter, die in den Olivenfeuern stocherten. Ich machte Wege aus, die die schütter bewaldeten Hügel im Westen hinaufführten und über die sich selten auch Autos bewegten, und kleine Weiler auf fernen Hängen, die mit bloßem Auge gesehen nur wie eine Gesteinsbildung gewirkt hatten. Unterhalb des Bergkamms mit der Pinienreihe entdeckte ich eine Herde Schafe, die sich wie ein weißlicher Schatten langsam über den Boden bewegte.

Nach Süden ging mein Blick jetzt immer wieder nach Paliano, dem Dorf, das oben auf dem wie von Menschenhand geformten Halbrund eines Hügels saß, der unterhalb der Bebauung bewaldet war. Der sonst schattenblaue nadelbaumige Wald erwies sich im Fernglas als durchsetzt mit kleinen Inseln aus rötlich kahlen Laubbäumen. In der Dämmerung sah ich einzelne erleuchtete Fenster in den Häusern. Die ganze Landschaft erfuhr eine Veränderung mit der Betrachtung durch den Feldstecher und erinnerte mich an die ersten Kindheitserfahrungen dieser wundersamen Art der Verwandlung, als mein Bruder ein Fernglas geschenkt bekam und wir aus dem höchstgelegenen Fenster unseres Hauses plötzlich Einzelheiten am anderen Rheinufer sehen konnten, die vorher von derselben Stelle aus als bläulicher verschwimmender Wulst aus Ufergehölz und dahinter liegenden Bäumen erschienen waren, ohne jede Verbindung mit der Uferlandschaft, die wir von Spaziergängen aus der Nähe kannten. Durchs Fernglas wurde der Uferstreifen zu etwas Fremdem in der umgekehrten Folge der Dinge und durch die vielen nicht ganz scharf umrissenen Einzelheiten: das Wasser, dann Uferbefestigung, Dornengestrüpp und dahinter erst die Promenadenbäume, die vom Land aus natürlich den Vordergrund einnahmen. Die Uferbefestigung wie befleckt und uneben, der äußere Rand einer Markierung der Strommeile wie eine geheimnisvolle Chiffre. Es schien, als entfalte sich durchs Fernglas die *Möglichkeit* einer Landschaft, sowohl in der Staffelung der Geländestreifen als auch in der Art der Präzision, eine Möglichkeit, in die man fallen konnte wie in einen Abgrund, wenn man die Bedingungen, die Größen- und Entfernungsverhältnisse der Wirklichkeit in Vergessenheit geraten ließ.

Mit bloßem Auge betrachtet, war Paliano ein im Frühlingslicht sanfter Hügel mit erahnten Häusern auf der Kuppe, durchs Fernglas wurde es ein Märchenland, das es nur auf der anderen Seite des Fernglases gab, ein Spielzeugdorf mit winzigen Figuren – einerseits verlockend, doch dann auch wieder beängstigend unwägbar, denn sobald ich das Fernglas sinken ließ und mit bloßem Auge hinschaute, war es wieder Teil der Landschaft auf Ebene und Hügelstufen, die sich zwischen dem Monte Celeste von Olevano – erst jetzt wusste ich den Namen dieses Berges – und den Monti Lepini im Südwesten erstreckte.

Der Frauentag fiel in diesem Jahr auf einen Sonntag. In den vielen Jahren, in denen ich nicht in Italien gewesen war, hatte sich dieser Tag von einem Feiertag der Manifestationen, Proteste und Bekundungen zu einer Art Muttertag gewandelt, an dem die Süßwarenläden gelbes Zuckerzeug in Mimosenform verkauften, die Konditoreien Kuchen mit Mimosendekoration aus Marzipan anboten, die Parfumgeschäfte Geschenkpackungen mit Plastikmimosen versahen und an jeder Ecke ein Händler mit Mimosensträußen stand. Trotz all der Sträuße war der Bestand noch nicht geplündert, genügend blühende Mimosenbäume standen gelb und weich in der Landschaft, um sie frauentäglich zu schmücken, als ich mich am Morgen in Richtung Paliano aufmachte.

Es war eine mühsame Fahrt. Die Straßen deckten sich nicht mit denen auf der Landkarte, die ich in demselben Schrank gefunden hatte wie das Fernglas, sie brachen ab, waren von Fahrzeugen unsichtbar bleibender Anlieger blockiert oder schwenkten unvermittelt in eine ganz andere, nicht verzeichnete Richtung. Die als unglaubwürdig verworfene Warnung der Hausbesorgerin, Paliano sei weit, erwies sich als wahr, und eine Zufahrt fand ich erst von der breiten Staatsstraße zwischen Valmontone und Frosinone aus.

Das begehbare, betretbare Paliano hatte wenig mit dem Ort gemein, den ich durch das Fernglas betrachtet hatte. Es war Mittagszeit, die Sonne gab ein scharfes Licht, und die Straßen lagen leer, nur hier und da hoffte ein Mimosenverkäufer noch auf einen reuigen Ehemann oder Sohn, und in einer Konditorei standen noch drei Frauentagskuchen zum Verkauf. Aus den Wohnungen drang Geschirrklappern, Stimmengewirr hing in Wolken um die geöffneten Fenster, alle Lokale bis auf eine Bar Sport waren geschlossen. Auf dem kleinen Platz standen ein paar Jungen, sie hielten sich mürrisch an ihren Mopeds fest und bekundeten damit ihre Ablehnung des Frauentags, jedenfalls in der süßen Mimosenform. Die Festung in der Mitte von Paliano erwies sich als Gefängnis und Heilanstalt für tuberkulosekranke Sträflinge, auf einer Mauer kräuselte sich Stacheldraht, und vor einer kleinen Tür unten in der großen glatten furchterregenden Festungswand saß ein Polizist auf einem Plastikstuhl und sonnte sich. Neben ihm lag ein spitzmäuliger Hund auf dem sonnenerwärmten Boden. Vielleicht würde am Nachmittag Besuchszeit sein, und die Mütter, Frauen, Bräute und Töchter würden an dem Polizisten vorbei in das düstere Gebäude ziehen. Möglicherweise hatten die Häftlinge kleine Mimosenzweige aus Zuckermasse oder Buntpapier angefertigt, um sie ihren Besucherinnen zum Frauentag zu schenken.

Von einem winterkalten Punkt aus, an den die Sonne noch nicht gedrungen war, sah ich Olevano, das Haus auf dem Hügel, den Friedhof, und das alles machte den Eindruck einer Kulisse, unbeholfen vor den Hintergrund der grünlich grauen, nur sehr spärlich mit Bäumen bestandenen Monti Prenestini gesteckt oder geklebt, die sich hinter San Vito Romano erhoben und die Reihe der verzauberten Pinien trugen, die ich von meiner Veranda aus sah. Ich hatte das Fernglas nicht mitgenommen, um den Märchenblick von hier aus nach Olevano zu finden, und konnte mir kaum vorstellen, dass ich Tag für Tag dort in diese dünne Kulisse geheftet stand und meine Blicke über die Landschaft schweifen ließ, in der ich mich jetzt befand.

Ich folgte den Schildern zu einem Restaurant, das angeblich geöffnet war. Die Straße führte über einen Hügelkamm, zu beiden Seiten gesäumt von offenem, steil abfallendem Gelände und Strecken von Einfamilienhäusern mit Ausblick, manche wie provisorisch zusammengezimmerte Buden, andere prunkvoll mit vorgefertigtem Zubehör ausgestattet: Gipslöwen, verschnörkelte Laternen, Gartentore wie kleine Kirchenportale. Das Lokal lag in einem Steineichenhain, und die Straße war dort zu Ende. In den warmen Jahreszeiten musste es ein riesiges Ausflugslokal sein, jetzt war nur ein kleiner Teil mit einigen Dutzend Tischen geöffnet, wo Familien den Frauentag feierten. Am unteren Rand waren die Fenster noch mit dickem braunem Filz gegen Wind und Kälte verhängt, darüber sah man hinaus auf die Gipfel schneebedeckter Berge in einem scharfen bläulich weißen Licht, wie ich es in Olevano nie wahrgenommen hatte. Dieses Licht gab mir plötzlich das Gefühl, in eine unvorhergesehene und beängstigende Ferne geraten zu sein, kurz streifte mich ein unerwartetes Heimweh nach der Wohnung in Olevano. Ich saß zwischen einer großen Familie, die sich um eine schweigsame und nicht sehr gesund wirkende Mutter geschart hatte und lärmend ein Gericht nach dem anderen auftischen ließ, und einem älteren Paar, das kein einziges Wort miteinander wechselte. Die Art, wie die Familie versuchte, der Mutter Begeisterung für die Unzahl der bestellten Gerichte zu entlocken, war rührend und schrecklich, denn jedes von der Mutter verschmähte oder nach kurzem Kosten beiseitegeschobene Gericht wurde von den Söhnen reihum mit wölfischer Gier in Angriff genommen. Die jungen, stark geschminkten Ehefrauen blickten unterdessen gelangweilt und spielten mit ihren Mobiltelefonen. Vielleicht wusste niemand mit dem appetitlosen Kummer der alten Frau umzugehen, auch nicht der Ehemann in seiner von Hosenträgern gehaltenen Anzughose, der immer wieder aufstand und hinausging, wahrscheinlich wollte er rauchen und seine Ruhe haben. Am Tisch griff er ab und zu unbeholfen nach der Hand seiner Frau und brachte dabei die Dekoration aus Mimosenzweigen in Unordnung, die um ihren Teller arrangiert war. Einmal nahm sie ein Stück Brot, und ich sah, dass ihre Hand bis an die Fingerknöchel in einer Bandage steckte. Der Anblick der schweigsamen Mutter machte mich traurig, und ich rückte meinen Stuhl so, dass ich die Familie nicht mehr im Blick hatte. Das ältere Paar saß vor leeren Tellern. Hinter dem Kopf der Frau erhob sich das Panorama der eisigen Berge. Sie hatte ein starres Gesicht, sehr männlich, und durch den zurückgewichenen Ansatz ihrer rötlich gefärbten Haare wirkte die Stirn riesig, fast brutal. Dabei war die Frau klein, geradezu zierlich, ihre knochigen Hände sehr schmal. Sie trug ein Kleid in einer Farbe, die man in Italien gern Carpaccio nennt, nach dem venezianischen Maler mit einer Vorliebe für ein stumpf bräunliches Rot, das an rohes Fleisch erinnert oder an getrocknetes Blut. Über einer Schulter trug sie einen zusammengefalteten Schal, wie es vor Jahrzehnten mal als elegant gegolten hatte. Der Schal hatte ein Zickzackmuster in Grüntönen. Eine Kellnerin räumte die leeren Teller fort, eine andere brachte ein einzelnes Dessert, das die beiden sich wortlos teilten. Mit gleicher Langsamkeit löffelten sie jeweils von der eigenen Seite die Süßspeise, leerten ihre Weingläser, zahlten und gingen.

Vom Vorplatz des Restaurants aus versuchte ich, zwischen den Eichenstämmen Olevano zu sichten. Zuerst fiel mir die Orientierung schwer, die Landschaft mit den schneebedeckten Gipfeln und schroffen Steilheiten im Hintergrund war so fremd, das Licht so kalt, dass ich nicht wusste, in welche Richtung ich blicken sollte. Doch dann entdeckte ich das Dorf und auch den Friedhof. Beides war winzig, flach, fern, das Dorf seltsam gelblich im Nachmittagslicht, ein stumpfes Talende am Anfang einer Wildnis. Der Friedhof wirkte wie eine dieser Wildnis widersprechende eckige Lade, die nicht richtig in ihren Platz am Hang geschoben war, betongrau und zypressenschwarz, ein unansehnlicher Kasten oder ein einziges schmuckloses fornetto, das die unzähligen Grabkästen alle in sich barg.

Das Haus auf dem Hügel konnte ich nur mit Mühe ausmachen, nicht weil es so klein war, sondern weil sich die Raumverhältnisse verschoben hatten. Ich entdeckte es schließlich am Berg, wo es wie im Schatten des Friedhofs klebte, als hinge diese Lade drohend direkt über ihm. Die vielen Olivenbäume konnte man aus dieser Entfernung von den felsigen Flächen kaum unterscheiden.

Auf einem der Scheibenwischer an meinem Auto saß ein

kleiner blauer Falter in der Sonne, der erste dieses Jahres. Ich wollte ihn nicht verjagen und wartete ab, bis er unter einem plötzlichen kühlen Windstoß davonflog.

Zurück wollte ich nicht über Paliano fahren, doch auf dem Weg, der mir von oben so einfach erschienen war, verirrte ich mich immer wieder. Ich fuhr durch eine merkwürdige Gegend, die mich nach jeder Wegbiegung an eine andere Landschaft erinnerte, die ich bereist hatte, als könnte sich dieses Gelände zwischen dem kleinen Hügelkamm hinter Paliano und den viel höheren Bergen, an deren Fuß entlang ich meinte einfach nach Norden fahren zu müssen, nicht entscheiden, wohin es gehörte, als wollte es allen alles sein können, und war doch bloß ein Netz kleiner Irrwege durch längst Dagewesenes und nicht mehr Aufsuchbares. Schließlich gelangte ich auf eine *Strada del Vino*, von der ich wusste, dass sie mich irgendwann nach Olevano führen musste. Es war ein langer Weg, und im Vorabendlicht kam ich durch einen Ort, von dem ich sicher war, dass ich ihn kannte. Serrone, ein Name, mit dem ich nichts verband. Das Gefühl der fernen Vertrautheit mochte nur an einer Gruppe lässig schlendernder Menschen gelegen haben, die ich auf der Straße passierte; sie trugen alle weiße Kleidung wie altmodische Freizeitsportler. Sie bewegten sich mit einer so ruhigen Unbeirrbarkeit und Aufgehobenheit in ihrem Gehen auf ein bestimmtes Ziel zu, dass ihnen sofort eine unbezweifelbare Hingehörigkeit an diesen Ort und in diesen späten Nachmittag anzusehen war und ich kurz wünschte, ich könnte mich ihnen anschließen.

Die Weinstraße führte zwischen felsigen Hängen bergauf, und ich sah die Sonne hinter dem eingebuckelten Vulkanhügel untergehen, der sich Olevano immer nur auf einer Seite vom Abendrot gestreift zeigte. Es war fast dunkel, als ich von Bellegra aus ins Tal nach Olevano hinabfuhr, so war ich noch nie in den Ort gekommen. Der Friedhof lag links, von tausend kleinen unsteten Lichtern getragen im Abend schwimmend. Das Dorf weiter unten rechts, im gelben Licht der Straßenlaternen; reglos und leer stieg es über dem verlassenen Gelände am Boden der Senke auf, wo waren die *morțǐ*, wo waren die *viǐ*?

butterfly

In der Nacht nach dem Frauentag hatte ich einen Traum von M.

Er trägt ein ganz weißes Krankenhaushemd und sitzt in die Kissen gelehnt im Bett. Er blickt froh, zuversichtlich und hält mir die linke Hand entgegen. Um die Hand ist ein Streifen Verband gewickelt, der den Bluterguss auf dem Handrücken verdeckt. In dem Verband zeichnet sich ein kleiner getrockneter Blutfleck ab.

We have to change the needle, sagt M., und mich überfällt die alte Angst vor meinem Ungeschick und dem Blut, das ich nicht einzudämmen weiß. Der Gedanke, das weiße Krankenhaushemd zu besudeln, jagt mir einen Schrecken ein.

Ich ziehe den Halsrand des Hemds nach unten. Die Haut spannt sich dünn über dem Port, der oberhalb des Herzens eingesetzt ist, und ich sehe, dass gar keine Nadel darin steckt. Auf der erhabenen Stelle sitzt ein kleiner gelber Schmetterling.

It should be blue!, sagt M. mit plötzlicher Angst in der Stimme.

Der Schmetterling sei nur heute gelb, sage ich. Nur wegen des Frauentags in Italien.

M.s Kopf sinkt erschöpft in die Kissen. Seine Augen starren an die Decke und sind leer. Ich sehe, wie deutlich sich der Schädel unter der Haut abzeichnet. M. lebt nicht mehr.

Der Schmetterling erhebt sich von M.s Brust und lässt sich auf der Wimper seines linken Auges nieder. Dabei werden die Flügel hellblau.

Erminia

Manchmal brachte ich Blumen an Maria Tagliacozzis fornetto, nie gekaufte Blumen, nur das, was ich am Wegrand fand. Gänseblümchen, Traubenhyazinthen, Lungenkraut, Primeln. Wahrscheinlich nichts, was ihr eine Freude gemacht hätte, sie hätte sich wohl Mimosen zum Frauentag gewünscht und etwas Auffallenderes als diese kleinen niedrig am Boden wachsenden Blumen. Ich steckte die kleinen Sträuße hinter die Kabelhülse, die am unteren Rand des fornetto entlang verlief, dort welkten sie schnell, und wenn ich das nächste Mal kam, lagen sie wie herbeigewehtes Unkraut am Boden.

Ich ging noch einmal ins Rathaus und suchte den assessore auf. Er hatte angedeutet, dass er sich nach Maria Tagliacozzi erkundigen würde. Die Sonne schien in sein winziges Büro, in dem kein Platz für einen zweiten Stuhl war, deshalb erhob er sich höflich. Maria!, sagte er und zeigte stolz auf das gerahmte Foto seiner wenige Wochen alten Tochter, das jetzt auf dem Schreibtisch stand. Es kam mir angesichts des Babyfotos unangebracht vor, Maria Tagliacozzi ins Spiel zu bringen, auch hatte der Beamte offenbar nur eine vage Erinnerung an das Anliegen, mit dem ich schon einmal bei ihm gewesen war. Er wusste mir deshalb auch nichts Weiteres über sie zu berichten, erzählte mir dafür aber ganz allgemein und so, als gebe er einen freundlichen landeskundlichen Bericht, in den fornetti seien entweder Urnen oder Metallsärge. Die fornetti waren wie Gräber für eine bestimmte Zeit gepachtet. Wenn die Miete auslief, wurden die Metallsärge und Urnen herausgenommen. Die verbliebenen Gebeine aus den Särgen würden dann ins *ossario* gebracht, ins Beinhaus. Er beschrieb mir die Lage eines Beinhauses, es gab nicht nur eines. Der Friedhof war in einzelnen Abschnitten entstanden, von denen jeder sein Beinhaus hatte. Die Gräber waren etwas anderes. Darin befanden sich nie Urnen, immer Särge. Und sie hatten eine längere Pachtfrist als fornetti.

Auf dem Friedhof sah ich mich nach den Beinhäusern um. An der von ihm beschriebenen Stelle befand sich nur ein Behälter für Kompost. Ich stieß auf kleine, aus Feldstein erbaute Häuschen mit schmalen vergitterten Fenstern, die aber so blind und mit Spinnweben überzogen waren, dass ich im Innern nichts ausmachen konnte. Die Tür eines solchen Häuschens jedoch stand offen, und ich sah, dass sich nur Gerät darin befand: Reisigbesen, Schaufeln, Eimer.

Auf meiner Suche nach den Beinhäusern stieß ich auf ein Erdgrab mit einer in den Boden eingelassenen Grabplatte, die das Keramikfoto einer Frau trug. Es war kein eigens angefertigtes Porträt, sondern offensichtlich von einem beiläufig geschossenen Foto gemacht, vielleicht einem Urlaubs- oder Ausflugsbild, jedenfalls zeigte es eine Frau in kurzärmeliger Bluse, die ihr Gesicht in die Sonne hält, die Augen hat sie halb geschlossen, die Arme übereinandergelegt. Im Hintergrund erkennt man verschwommen Laub. Ihre Nase wirft einen spitzen Schatten auf die rechte Wange. Sie hat schwarzes Haar, lockig, kurz geschnitten. Ich sah sie auf Kundgebungen zum Frauentag vor mir, untergehakt mit anderen Frauen, vielleicht Arbeiterinnen. Maria Tagliacozzi wirkte eher nicht wie eine Demonstrantin und Streikerin, doch ihr Studiobild mochte täuschen. De Paolis Erminia, stand auf dem Grabstein. Geboren am 27. 8. 1927 in Olevano. Ein paar Monate jünger als mein Vater. Einen kurzen Augenblick erschreckte mich der Zufall einer Art Spiegelung mit dem Todesdatum Maria Tagliacozzis, die am 28. 7. starb. Ich wischte die Piniennadeln beiseite, die sich um die erhabenen Buchstaben gesammelt hatten. DE PAOLIS ERMINIA NATA A OLEVANO ROMANO IL 27.8.1927 MORTA A LONDRA IL 25.1.1979. Eine Woge längst abgelegter Erinnerungen wurde hochgespült. Januar und Februar 1979 waren die Monate des Müllstreiks in London. Die Innenstadtplätze und umzäunten Greens waren voll mit meterhohen Stapeln schwarzer Müllsäcke. Es war ein gnädig kalter Winter, das Licht hellgrau, Wolken von Krähen am Himmel. Überall hing der Geruch nach Müll, nach Verrottendem, Verwesendem. Als nach Wochen im Februar wieder Müllwagen auftauchten und die Arbeiter begannen, die Säcke wegzuräumen, stoben Ratten in alle Richtungen. Ich stand an einer Ecke des Nevern Square und sah die Krähen in den kahlen Bäumen, die Scharen stiebender Ratten, die vor Ekel bangen Arbeiter in ihren besudelten Overalls, die fliegenden, platzenden, triefenden Säcke, die die Männer in größter Hast in die Müllwagen werfen wollten. Etwas mir noch Unnennbares, das aber mit meinem Heranwachsen und Erwachsenwerden in jeder Faser verbunden war, ging bei diesem Anblick zu Ende, und ich vergaß diese Szene nie.

In der Nacht schlug ich mich mit Vorstellungen aller möglichen Sterbensweisen herum, die De Paolis Erminias Ende gebracht haben mochten. In meiner Phantasie wurde sie auf der Shaftesbury Avenue von einem roten Bus überfahren, lief auf der Camden Road vor ein Taxi, stürzte sich von der Hungerford Bridge, kam in einem Feuer um, wie sie so oft in den ofenbeheizten alten Wohnungen und bedsits vorkamen, dämmerte langsam auf einer Krebsstation aus dem Leben. Mir kamen Erinnerungen an die abwaschbaren Plastikgewebe in bräunlichem Rosa oder Gelb, die gerüscht wie Gardinen auf die Paraventgestelle geschoben wurden, damit trennte man die Betten auf den *wards* ab, den Stationen in den Krankenhäusern.

Wie bei Maria Tagliacozzi erwähnte der Grabstein keinen Ehemann. Gar kein Hinterbliebener wurde genannt, doch musste sie eine Familie gehabt haben, die den Transport der Leiche bezahlte, um sie hier, in Olevano, in einem richtigen Grab zu bestatten. Vielleicht kam der Sarg im Flugzeug an, auf dem Flughafen Ciampino, der an der Eisenbahnstrecke Valmontone–Rom liegt. Oder den ganzen Weg von London bis Olevano in einem Leichenwagen, es war ja Winter und kalt.

Ich fand mich damit ab, dass ich es nicht herausfinden würde. Mit einer weiteren Totenrecherche ins Rathaus zu gehen, scheute ich mich und fragte die Hausbesorgerin, ließ nur den Nachnamen fallen, ja, natürlich, De Paolis, die Autowerkstatt, wo man meine vom Einbruch zerbrochene Scheibe ersetzt hatte. An der Straße in der Ebene. Auch ein Ort, den mein Blick durchs Fernglas manchmal streifte. Wer weiß, was Erminia nach London verschlagen hatte. Vielleicht war das Foto hier aufgenommen worden, in Olevano. Vielleicht stand sie öfter so in der Sonne an den Türrahmen der Werkstatt gelehnt, ein bisschen hartgesotten und mit Erwartungen. Ein kleines Stück von einem hellgrauen Winter der Unruhe in London hatte ich mit ihr gemeinsam.

Schnitter

In die Haine um das Haus auf dem Hügel kamen die Olivenschnitter erst Ende März. Sie waren zu dritt, ein Mann, der Befehle gab und ab und zu auf Stunden verschwand, und zwei Gehilfen. Den ganzen Tag hörte ich das Geräusch der Baumscheren. Keine Säge. Nur das metallische Schnippen. Unter den Bäumen sammelten sich die abgeschnittenen Zweige. Am zweiten Tag zerkleinerten sie die Zweige. Vielleicht benutzten sie dazu andere Scheren, das Geräusch klang heller. Die beiden Gehilfen arbeiteten zusammen, sie neigten die Köpfe zueinander und redeten leise, manchmal lachten sie laut und warfen einen Blick auf ihren Arbeitgeber. Womöglich hatten sie sich über ihn lustig gemacht. Er stand ein gutes Stück entfernt und arbeitete alleine. Er trug einen weißen Kittel mit großen Taschen, das war wohl seine Arbeitskleidung, vielleicht ein ausgedienter Apothekerkittel. Oder er war Chemiker. Verbrachte die Tage in einem Labor, irgendwo in einem der südlichen Ausläufer von Rom, Richtung Frosinone, wo sich Industrieanlagen in das flache Land am Fuß der Hügel spreizten. Ein Olivenbauer war er sicher nicht, auch wenn er wusste, was jetzt mit den Bäumen zu tun war. Die Gehilfen trugen alte, etwas zerrissene Kleider und schwarze Strickmützen, die sie sich immer wieder über die Ohren hinunterzogen, obwohl es nicht kalt war. Der Arbeitgeber trug einen Hut, darunter sah sein Gesicht sehr lang und mürrisch aus. Sein Mobiltelefon klingelte oft, ich hörte das ungehaltene *Pronto*, mit dem er die Anrufe entgegennahm. Manchmal sprach er dann mit wichtiger Stimme sehr laut hinein, bei anderen Gelegenheiten drehte er den Gehilfen den Rücken zu oder entfernte sich ein paar Schritte weit und redete leise. Zwei weiße Hunde kamen, die ich hier noch nie gesehen hatte. Sie erinnerten mich an die Torhüterhunde von der Via Appia und lagerten sich auch ähnlich wie diese in einigem Abstand voneinander nahe der Straße zwischen zwei Bäume. Sehr ruhig, fast reglos ruhten sie dort sphinxisch und schauten zu, wie die drei Männer die Zweige zerschnitten. Ich hielt sie für die Hunde des Arbeitgebers, doch als er plötzlich aufschaute und sie sah, wirkte er ganz erschrocken. Er machte ein paar unbeholfene große Schritte auf sie zu und scheuchte sie mit fuchtelnden Armen davon, die Gehilfen kicherten leise und imitierten auf der Stelle tretend seine Schritte. Die Hunde erhoben sich gelassen und trotteten bergauf, Richtung Friedhof. Der Arbeitgeber wechselte ein paar Worte mit den Gehilfen und verschwand mit seinem Auto. Ein, zwei Stunden später kam er wieder und brachte drei Rechen. Zuerst trugen sie alle Zweige zu säuberlichen Haufen zusammen, die in regelmäßigen Abständen auf den lichteren Stellen des Hains lagen. Dann machten sie sich daran, mit größter Genauigkeit alle Reste an Zweigen und trockenen Blättern auf dem Boden zusammenzurechen. Es war ein schöner Morgen gewesen, sehr hell, frühlingshaft unter einer blassen Sonne. Jetzt, während die Männer rechten, tauchten hinter den Vulkanhügeln im Westen seltsame Wolken auf, die wie bräunliche Rauchringe über den Bergrändern emporstiegen und sich dann, im Näherrücken über die Ebene, violett verfärbten, während von Süden ein bläuliches Dunkel aufzog. Als die Männer fast fertig waren, donnerte es in der Ferne. Das erste Gewitter seit M.s Tod, dachte ich, und wäre ich ein Chassid gewesen, hätte ich mich vielleicht auf einen für solche Fälle gedachten Segensspruch besonnen, der sich wie ein Deckel über die Traurigkeit hätte stülpen lassen.

Die Männer beendeten ihre Arbeit unter dem kalten Wind, der jetzt in Stößen wehte, und breiteten Planen über die Reisighaufen, dann fuhren sie weg. Es dauerte noch einige Zeit, bis der Regen einsetzte. Zu einem Gewitter kam es nicht, die schweren Wolken zogen nach Norden ab und standen noch eine Zeitlang reglos, dunkelblau und unter gelegentlichem Knurren über den dortigen Bergkämmen.

Von der Piazza San Rocco drang unterdessen ein sehr feierlicher Gesang herüber, eine oder mehrere Männerstimmen ohne Begleitung, vielleicht ein Ritual in Erwartung der Osterzeit. Als der Gesang anhob, erinnerte ich mich an den Klang des Muezzins in ländlichen Gegenden anderer Länder. Am späten Nachmittag begann es zu regnen, anfangs heftig, dann in ein sehr weiches leises Rauschen übergehend. Am Abend hörte der Regen auf. Ein gelbliches Leuchten lag wie ein Kranz um die Wolken über den Bergen im Westen, und die Amseln sangen, wie ich sie in diesem Frühjahr noch nicht gehört hatte.

Am nächsten Tag war es hell und klar, ganz windstill. Nur der Mann im weißen Kittel kam und brannte einen Laubhaufen nach dem anderen ab. Er war sehr vorsichtig und ließ das Feuer nicht aus den Augen. Zum Schluss nahm er eine Schaufel und bedeckte die Feuerstelle mit Erde. Der Rauch stieg in dem klaren windstillen Wetter sehr gerade auf, vielleicht nahm der Mann das als ein gutes Vorzeichen. Trotz der geraden Rauchsäulen war die Luft rings um das Haus erfüllt vom scharfen Geruch der Feuer, jede Faser nahm den Geruch auf, und er wich lange nicht.

Capranica

Erst am Tag nach den Feuern sah man, wie viel lichter die Bäume, ja die ganzen Haine um das Haus geworden waren, die Bäume wirkten gestutzt, frisiert, der Grasboden gebürstet, Winterspuren waren beseitigt, alles lag aufgeräumt. Sonnenlicht breitete große Flecken auf dem Boden zwischen den Bäumen und den noch erkennbaren Feuerstellen aus. Das verbliebene Zeugnis von Dagewesenem und seiner Beseitigung blieb der Brandgeruch, der allem anhaftete und ein, zwei Tage nach dem Feuer noch so intensiv war, dass er alles andere überlagerte und schließlich einen leichten Ekel weckte.

Ich fuhr nach Palestrina, um dem Geruch zu entkommen, und von dort weiter hinauf. Nach Westen breitete sich tief unten am Fuß der Berge eine im Frühlingslicht fast liebliche Landschaft vor Rom aus, von kleinen Flüssen durchzogen, mit Hainen betupft, bis sie hinter Tivoli an die riesige blasse Narbe der Travertinbrüche stieß. Von den Aussichtspunkten an der Straße sah der Steinbruch aus wie eine angelegte Wüstenei, abgezirkelt, wucherlos. Der Stein von Rom war dort unten so in jede Pore gedrungen, dass die Unsteinigkeit von Laub an den spärlichen Bäumen längs der Straße nach Rom hinein jeden Durchreisenden verwundern musste.

Ich machte Halt in einem kleinen Ort, der mich an Frankreich erinnerte, an einen Sommer mit M. in einem Bergdorf in den Alpen, wo wir uns fehl am Platz fühlten, jeden Tag gingen gewaltige Gewitter nieder, von den Hängen hörte man Geröll abgehen, das Verschiebungen in der Landschaft anrichtete, Bäume niederriss und wegsame Strecken unpassierbar machte.

M. hatte Angst, ich sah es ihm an, vor dem Geröll, den Abgründen, den Hunden, die am Haus ihrer Herren knurrend die kleinen Straßen versperrten und vor uns ratlosen Wanderern nicht weichen wollten. Nichts von alledem war hier, die Ähnlichkeit mochte kurz an einem bestimmten Lichteinfall gelegen haben, an dem Brunnen, den man gleich bei der Einfahrt sah, der Ziege, die beide Orte im Namen führten. Ein paar Marktstände waren auf dem weiten Platz eingangs des Ortes aufgebaut, ohne dass ein Käufer in Sicht war. Es gab Ziegenkäse und Würste, an einem anderen Stand Brot, Kuchen und Torrone in großen Brocken. Zwei Afrikaner wanderten ziellos umher und hielten Socken in den ausgestreckten Händen, was in Abwesenheit jeder möglichen Abnehmer noch kläglicher aussah als am Markttag in Olevano.

Beim Betrachten der Auslagen kam mir das Bedürfnis, etwas zu kaufen, das ich von Italien mit nach Hause bringen konnte. Etwas, das mit Geschmack und Geruch die Tage einer Eingewöhnung in die leere, hinterbliebene Wohnung überbrücken würde. Ich fragte den Käsehändler, ob der Käse von hier sei. Er bejahte und hielt mir wie zum Beweis ein kleines Ringbuch mit laminierten Fotos von Ziegen, angeblich seinen, entgegen, als müsste man diesen abgebildeten Ziegen ihren hiesigen Lebens- oder Weideort ansehen können.

Ich steckte das gekaufte Stück Käse in die Tasche und ging durch den kleinen Ort. Es war kalt trotz der Sonne, die Häuser hatten eine seltsame Unfertigkeit an sich, Plastikplanen in Fensterhöhlen knatterten, und provisorische Absperrungen umzäunten bröckelnde Eingangsstufen. Niemand aber war unterwegs, nur an einem Haus lagen zwei Kinderroller draußen auf der Gasse in der Sonne. Durch Lücken zwischen den Häusern sah man die schneebedeckten Berge im Osten. Wo die Zwischenräume sich weiteten, ließen sich auch die unzähligen Kämme, Rücken, Hügelzüge und kleinen Ebenen erkennen, die sich bis hin zu den Bergen in der Ferne erstreckten und sich in ihrer ganzen Kargheit darboten. Die Olivenhaine drüben im Osten, wo Olevano lag, wogen nichts mehr aus dieser Entfernung. Die ganze Landschaft lag von Wegen und Straßen durchzogen, die Orte und Berge und Täler miteinander verbanden, eine Schrift der Unwirtlichkeit, die gelesen werden wollte und die man nur von hier, aus der Höhe, entziffern konnte, wenn man sie erlernt hatte.

Als ich zurück zu dem Platz kam, waren die Stände schon abgebaut. Der Käsehändler und die Kuchenverkäufer verfrachteten ihre Waren in Lieferwagen, die Afrikaner warteten in einigem Abstand, die Socken waren schon in Plastikbeuteln verschwunden, sicher wollten sie eine Mitfahrt verhandeln, wenn der Zeitpunkt gekommen war.

Als ich in der Bar am Platz einen Kaffee trank, kamen die Händler herein. Zwei Kolumbianerinnen führten die Bar, sie sprachen Italienisch mit einem rauen Akzent und spielten andere Musik als in den übrigen Lokalen der Gegend. Zwei Männer saßen stumm über ihrem Wein, der eine von ihnen schaute sich nach den neuen Gästen um. Als er die Afrikaner sah, die draußen stehen geblieben waren, fuchtelte er mit den Händen und rief, ohne jemanden im Besonderen anzusprechen: Ha, die Heimkehrer! Die sind von hier! Niemand beachtete ihn, und die Afrikaner draußen, die ihn sicher nicht hatten hören können, drehten dennoch wie betreten der Bar den Rücken zu, während der Mann mit dem schleppenden Zungenschlag von Betrunkenen zu einer belehrenden Rede anhob. Zu den Kolumbianerinnen gewandt erklärte er mit ausholenden Gebärden, hier oben, auf diesen Höhen über Palestrina, seien zu römischer Zeit die Siedlungen für verdiente Militärs gewesen, die nach ihren Dienstjahren am Nil zurückkehrten. Mit schwarzen Frauen und Männern, sagte der Mann an der Bar, alles war hier voll von schwarzen Frauen und Männern, das waren noch andere Zeiten.

Er fand keine Zuhörer, vielleicht wiederholte sich diese Szene jeden Samstag, wenn Käse- und Kuchenhändler noch ihren Kaffee tranken und die Afrikaner draußen standen, um ihre Fahrgelegenheit nicht zu versäumen, und kein Geld oder keine Lust hatten, sich in der Bar aufzuhalten und von dem einsamen Trinker als verlorene Söhne willkommen geheißen zu werden. Der Lehrer hatte mir auf dem Spaziergang um Olevano etwas Ähnliches erzählt wie der Betrunkene. Er hatte auf diese Hänge gezeigt und behauptet, dort finde man heute noch Scherben von Geschirr aus den Nilgegenden, denn dort, in den Bergen über Palestrina, bekamen die verdienten Rückkehrer des römischen Heers aus Afrika Land, um sich in der Heimat niederzulassen. Es war mir wegen der Pinien haftengeblieben, wegen ihrer Soldatenhaftigkeit in meiner Vorstellung, die sich so zu dieser Geschichte fügte.

Ich fuhr noch ein Stück aus dem Ort hinaus, um die Pinienkrieger zu finden. Nach kurzer Zeit entdeckte ich sie am oberen Rand eines Abhangs. Ich setzte mich ein Stück unterhalb der Baumreihe auf einen Stein und aß ein Stück von dem Käse, der mir jetzt ganz ungeeignet erschien, nach der Abreise von hier noch irgendeine Rolle zu spielen. Über den ganzen mit frühlingsgrünem kurzem Gras und winzigen Blumen bedeckten Hang verstreut lagen weiße Steinbrocken, struppiges Gebüsch, noch winterkahl, bildete Wülste, und kleine Gruppen Schafe und Büffel grasten still und ohne sich stören zu lassen. Vor mir lag die Landschaft der letzten Monate ausgebreitet, und die darin eingeschriebenen Wege erklärten mir, wie diese Orte zusammenhingen. Ich sah die kleine Straße nach Valmontone und ein Stück der großen Straße nach Frosinone, ich sah Paliano und den Weg über den schmalen Kamm bis zu dem Ausflugslokal und auch die Landstraße von Paliano nach Olevano, auf der ich mich verirrt hatte. Von hier oben aus betrachtet sah ich, dass es einfach ein langer Weg war, der vieles streifte, und dass ich mich gar nicht verfahren hatte. Ich sah den Ort Serrone, wo mir die weißgekleideten Ausflügler begegnet waren, Roiate und Bellegra und fernere Orte im Hinterland. Olevano war ganz deutlich zu erkennen und, wenn ich die Augen zusammenkniff, auch das Haus auf dem Hügel und der Friedhof, nur dass sie von hier oben aus wie hintereinander lagen, wie Stufen auf einem Weg: das Dorf, das Haus, der Friedhof. Ich bemerkte kein einziges Feuer auf dem ganzen weiten Land.

Mir wurde schwindlig beim Betrachten dieser ausgebreiteten Gegend, die sich so offenlegte und mir doch so unverständlich blieb. Ein unebenes Gelände von unstetem Anschein, weil es sich von jeder Seite anders bot. Von jeder Seite zogen die Wege eine andere Schrift, warfen die Berge andere Schatten, verschoben sich die Ebenen, die Vorder-, Mittel-, Hintergründe. Ein Gelände, das in mir seine Spuren hinterließ, ohne dass von mir eine lesbare Spur blieb. Etwas an dem Verhältnis zwischen Sehen und Gesehenem, zwischen der Bedeutung des Sehens und der des Gesehenseins oder Gesehenwerdens als tröstlicher Bestätigung der Existenz erschien mir plötzlich als ein brennendes Rätsel, das sich jedem Namen entzog. Hätte mir jemand dort an diesem Hang gesagt, dass man an der Unfähigkeit, dieses Rätsel zu lösen und überhaupt nur zu benennen, sterben konnte, ich hätte es geglaubt.

flying

In der Nacht nach dem Ausflug nach Capranica hatte ich einen Traum.

M. kommt auf mich zugeschritten, so wie früher, füllig, beschwingt, in Jeans und Pullover, lachend.

Ich strecke ihm die Arme entgegen, er ergreift sie und bricht zusammen, wird mager, klein, zerbrechlich, während ich ihn halte und sehe, dass er stirbt. Ich bette seinen toten Körper auf den Boden. Ein Sog erfasst mich, und ich schwebe hoch über der Ebene am Fuße von Olevano. Ich sehe die Berge im Westen, den Hügel mit Paliano, den Kamm mit den Pinien, ich erkenne das kleine Capranica oben auf dem Berg neben den Pinien, obwohl alles im Halbdunkel liegt, wie im Schatten einer riesigen Wolke.

Ich weiß, dass ich jetzt etwas sagen muss. Ich muss auf eine Frage antworten:

viĭ oder *morţĭ*?

Ich weiß nicht, was ich antworten soll, und spüre ein immer stärkeres Ziehen in der Brust. Das Schweben dort, über der Ebene, mit dem Dorf und dem Friedhof und dem Haus auf dem Hügel im Rücken und der Wolke über mir, ist eine unsägliche Anstrengung für das Herz. Im Traum meine ich mich noch nie so angestrengt zu haben.

Wird mir die Hand verdorren, die ich von den *morţĭ* abziehe?

Ortolan

In den letzten Märztagen kam der Frühling. Die feuchtkalte Verschlossenheit des Dorfes brach auf. Ich hörte Kinder bis in die Abenddämmerung auf dem Kirchplatz Fußball spielen, und Leute saßen vor ihren Häusern in der Sonne. Katzen buckelten auf den aufgewärmten Stufen der Stiegen, Hunde balgten sich am Straßenrand oder streiften paarungslustig umher. Die Türen der Läden standen offen. Der Schuster mit dem alten Mussoliniplakat an der Wand hörte italienische Schlager, und seine Kunden und Bekannten diskutierten gutgelaunt. Die Landschaft wandelte sich von Blau zu Grün. An den Wegrändern erschienen Blumen, zartlila Lippenblütler und sternförmige weiße Blumen, die mir fremd waren. Alles, was vorher abweisend gewirkt hatte, wollte jetzt einladend sein.

Der Himmel war in diesen letzten Märztagen von einem leichten grauweißlichen Hochnebel überzogen, der sich weder zerstreute noch zu Wolken verdichtete, nur das Blau wie durch einen Schleier scheinen ließ. Das Licht breitete sich mit einem weichen Flimmern über alles in gleichem Maße, und die Schatten waren grau und ohne Schärfe. Das Flimmern hatte nichts von dem blendenden Flirren des Sommers, nur eine sanfte Trübung, die mich immer zweimal hinschauen ließ, unsicher, ob ich mich im Erkennen eines Dings beim ersten Blick nicht getäuscht hatte.

Irgendwo zwischen Olevano und den Bergen im Südwesten wurden Sprengungen vorgenommen. Mehrmals täglich erschütterte der Lärm von Explosionen den Boden, die Vögel flogen erschrocken auf und gaben bange kurze Laute von sich. Mit dem Fernglas suchte ich die Gegend ab, meinte ein-, zweimal eine große kahle Stelle an einem sehr fernen Hang zu entdecken, doch bald darauf war ich mir ungewiss, ob diese narbenartige Kahlheit nicht doch schon immer dort gewesen war, ich hatte selten bis zu diesen schroffen lilablauen Bergen geblickt, die hinter Colleferro lagen, wo ich nie gewesen war. Nirgendwo stiegen Staubwolken auf, die eine Sprengungsstelle verraten hätten. Außer die Vögel und mich schienen diese Explosionen niemanden zu erschrecken und zu beschäftigen, als ich einmal die Hausbesorgerin danach fragte, wusste sie nicht, was ich meinte.

Ich räumte auf und packte meine Hefte und Bücher ein, legte die Steine, die ich gesammelt hatte, in Schachteln und wickelte die belichteten Filme in schwarze Folie für den Transport. Ich ging durch die Gassen im Dorf und versuchte, mir die Ausblicke und Veränderungen der Perspektive einzuprägen. Es gab niemanden, dem ich einen Abschied schuldete, das war eine Erleichterung. Ich machte meinen täglichen Gang um den Friedhof herum, sah den neuen, stets schwarz gekleideten Verkäufer an dem linken Blumenkiosk, der sich an seine Rolle noch gewöhnen musste. Eine elegante Frau in Hosenanzug stand an seinem Stand, sie wollte beraten werden, klirrte ungeduldig mit dem Autoschlüssel und setzte die große Sonnenbrille auf und ab. Der neue Blumenverkäufer betrachtete ratlos sein schmales Angebot aus weißen und gelben Chrysanthemen. Er nahm einen weißen Strauß, hielt ihn hoch und sagte: Hier haben wir weiße Blumen. Dann bückte er sich zu den gelben Chrysanthemen, zog einen Strauß heraus und sagte: Und hier gelbe. Ich warf einen Blick durch das Tor, doch auf den Friedhof ging ich nicht mehr. Die Grabplatten von Maria Tagliacozzi und De Paolis Erminia hatte ich fotografiert und würde zu Hause sehen, was auf den Bildern erschien.

Ich ging weiter durch die Olivenhaine, zwischen den Weinfeldern hindurch und an der Gruppe irrgastiger Birken vorbei.

Seit der Stutzung des Olivenhains kam der Grünspecht nicht mehr zum Haus. Ich vermisste den Ruf am Morgen, hörte ihn aber tagsüber weiter entfernt, zwischen Bäumen in dem kleinen Tal längs der steilen Straße mit dem Namen des deutschen Malers und hinter dem Friedhof, wo es manchmal klang, als führte er ein Gespräch mit zwei Eichelhähern in dem kleinen Steineichenhain ein Stück weiter bergauf.

Um die Birken, die jetzt im dünnen Grün der ersten Blätter standen, sah ich Goldammern und Blaumeisen. An dem Hang unterhalb der jetzt verblühten Mimosen knarzte ein Neuntöter im Gestrüpp.

Am letzten Tag hörte ich einen Ortolan. Durch das Fernglas sah ich ihn auf einem niedrigen Gebüsch am Rand des Olivenhains unterhalb der Terrasse. Einen Augenblick lang schwiegen alle anderen Vögel. Ich erinnerte mich an eine Sommernacht in den Hügeln bei Siena, während der letzten Ferien, die ich in Italien verbrachte. Ich war kein Kind mehr und noch nicht erwachsen. Es war Anfang August, und mit Einbruch der Dunkelheit erschienen Lichter in den umliegenden Weinbergen. Die Lichter bewegten sich, man hörte Stimmen, Rufe, Befehle, leise und gedämpft. Mein Vater stand an der Gartenmauer, von der aus man ins Tal blickte, über die Weinberge hinweg. Ich sah die Glut seiner Zigarette und hörte, wie er sein Weinglas aufnahm und wieder auf der Mauer abstellte. Die unzähligen Lichter, die von allen Seiten her durch die dunkle Landschaft wanderten, boten einen unheimlichen Anblick, auf den ich mir keinen Reim machen konnte. Vielleicht wurde ein Mensch gesucht. Doch ab und zu hörte man Lachen, die Stimmen hatten nichts Besorgtes. Mein Vater sagte kein Wort, und ich stellte keine Frage. Am nächsten Tag sahen wir überall in den Weinfeldern aufgespannte Netze, die zum

Einfangen von Singvögeln bestimmt waren. Dieser Tag war der Beginn der Jagdsaison.

Am letzten Abend in Olevano trübte sich der Himmel ein, die Sonne wurde stumpf und verschwand hinter unruhigen Wolkenschichten, blau, mit zerrissenen Rändern.

Bassa

Es war noch dunkel, als ich aufbrach. Ein ganz feiner, kaum spürbarer Regen fiel. Die Luft roch nach Holzrauch, nach Erde und Gras. Im Dorf rührte sich nichts, es lag im Licht der gelben Lampen wie eine Kulisse nach der Aufführung. Die ersten Vögel regten sich mit stillen, scheuen Morgenlauten, noch halb im Traum.

Ich folgte dem schmalen Weg, der in einem spitzen Winkel an der Stelle auf die Hauptstraße stieß, wo ich in den ersten Tagen gesehen hatte, wie man einen Toten aus dem Haus schob. Oben, an der Haltestelle vor dem Tunnel, standen die Pendler in kleinen Gruppen und warteten auf den Bus. In der nächsten Biegung kam mir ein fast leerer Bus entgegen, der nach Rocca Santo Stefano fuhr. Bei Genazzano hatte ich einmal das große Depot gesehen. Die blauen Busse standen dort auf einem Gelände, das aussah wie ein stillgelegter Rangierbahnhof, voll rostiger Gegenstände, mit schiefen Schuppen und gesäumt von kahlem Holundergebüsch.

Als ich die steilen Kurven bergab hinter mir hatte und in der Ebene war, barst das Bleiherz wie im Märchen, und vor Erleichterung vergaß ich, einen Abschiedsblick auf die Werkstatt De Paolis zu werfen. In Abständen streifte das Licht meiner Scheinwerfer kleine Gruppen von Menschen, die verschlafen und gegen die Morgenkühle gekrümmt auf den Bus warteten. Überall, wo ein Weg auf die Straße traf, befand sich eine unmarkierte Haltestelle für Passagiere aus Weilern, Gehöften, Dörfern, die ich beim Betrachten der Ebene nie wahrgenommen hatte.

Als ich hinter Valmontone auf die Autobahn fuhr, brach der Tag an. Der Nieselregen blieb, doch der Himmel hing nicht tief, und ein weißliches Licht breitete sich aus. Den Dingen zu beiden Seiten der Autobahn schenkte ich kaum Beachtung, sah nur, wie weich die Landschaft dalag im Vergleich zum Januar, wie sie Schärfe und Schroffheit verloren hatte, hier und da wölbte sich ein hellblühender Strauch in den Feldern, vielleicht Weißdorn oder Flieder, alles war grün. Ich suchte nicht mit den Augen nach Orten oder Namen, ich wollte Olevano, Lazio, Rom, diese vage kalte Südlichkeit der letzten Monate zurücklassen und wieder Gelände unter mir wissen, das mit meinem abgebrochenen Leben eine Verbindung hatte. Hinter dem letzten Apennintunnel weitete sich das Land. Bologna sagten die Schilder, die Berge lagen hinter mir, die Alpen schienen noch fern, ich sah nur Ebene ringsum, die helle Erde des Flachlands, grüne Wiesen, unübersehbare Gärten mit blühenden Obstbäumen. Ich verließ die Strecke, die ich mir vorgenommen hatte, und fuhr nach Nordosten. Ich streifte Ferrara, sah ein Stück der Rampari und wollte nicht an den eisigen Tag im Januar erinnert werden. Ich fuhr weiter ohne Plan und kam an den Po, meinte in der Ferne den dünnen Schatten der hellblauen Euganeischen Hügel zu sehen. Doch nach Osten lag das ganze Land flach hingebreitet, wie wogend, mit einzelnen Bäumen, Baumgruppen, Gehölzen als Inseln und fernen Kirchtürmen als Segelmasten unsichtbarer Boote. Ich machte Halt in einem Ort namens Polesella und fragte mich, ob ich als Kind einmal hier gewesen war. An diesem flachen Zwischenland zwischen Alpen und Apennin, das wegen des meist milchigen Lichts nach der Schärfe der Berge stets in Schwebe schien, hätte ich mich als Kind gern festhalten wollen. Meinem Vater war es zu gestaltlos, er nannte es Nichtsland, doch er liebte den Fluss, wir hielten an Brücken über den Po und schauten flussauf und flussab, zu den Bergen, zum Meer und stellten Vergleiche an mit dem Rhein.

Vielleicht erinnerte mich der Fluss in Polesella tatsächlich nur an den Rhein, und ich war nie hier gewesen. Der Fluss war breit, graublau, gesäumt von Weidenbäumen, überspannt von einer hässlichen Brücke. Bei Polesella beschreibt der Fluss eine weite Biegung, um sich dann in der Ebene nach Osten zu verlieren, während der Rhein meiner Kindheit weit ausholte und sich dann nach Westen wandte, wo ihm bis zum Meer nichts im Weg stand. Ich ging ein Stück am Ufer entlang, meine Füße hatten sich drei Monate lang an Steigungen gewöhnt und suchten nach Halt im Flachen. Unweit von hier begann das riesige Delta, unstet und schwerelos, mal Erde, mal Meer, immer auch Himmel. Nach Osten reichte das Land bis zum Horizont, zum Meer, von nichts verstellt, verschwamm die Grenze von Himmel und Erde zu einem unsicheren Streifen, der grau, blau, violett flimmerte.

Dort, in Richtung Meer, war der Himmel von einem hellen, weichen Aprilblau, fast türkis. Von Norden kamen Wolken auf, mir grauste vor den Alpen, ich zögerte, dann erhob sich ein Wind, und es wurde kalt. Als ich mich zum Gehen wandte, sah ich einen weißen Reiher im Gebüsch am anderen Ufer. Er stand reglos, wie ein Zeichen, das dort zwischen Gezweig und Erde ans Ufer gemalt war. Egret, das Wort hatte ich von M. gelernt. An einem stillen Streifen der Themsemündung hing einmal ein Schwarm Seidenreiher wie eine lockere Wolke aus Schneetupfen in spindligem Wintergehölz über rötlichem Ried. Ein Mündungsvogel, dem Unsteten verschrieben.

II

CHIAVENNA

la scintilla che dice
tutto comincia quando tutto pare
incarbonirsi

Eugenio Montale, l'anguilla

Altipiano

Wörter rollten in der Hand wie Murmeln, versehrte Glasmurmeln mit stumpfer, zerkratzter Oberfläche und winzigen Scharten, gescheuert an Sand, Erde, Beton, am Glas anderer Murmeln. Ein leises Klicken, wenn sie aneinanderstießen, ein Geräusch, in das der ganze Körper angespannt horchte, ob es zu einem Bild wurde.

Murmeln waren Geheimnisse in meiner Kindheit, es gab nie Regeln für ein Spiel, auch keine Spieler, sie waren nur Habegut, in ihrer Schönheit unerklärlich. Einmal klemmte ich mir eine Murmel zwischen Ober- und Unterlid und schaute damit ins Licht. Ich kam nicht hinter das Geheimnis der Murmel, sie stand bloß schwarz vor meinem Auge, trotzdem fühlte ich mich geblendet. Wenig später bekam ich eine Augenentzündung, für deren Ursache ich insgeheim den Murmelversuch hielt. Ich lag mit verbundenen Augen im Zimmer. Es war Sommer, ich fror in dem schwärzlich blinden Dunkel und lernte eine kleine Welt mit den Händen: Wege von einem Zimmer zum anderen, an Wand, Geländer, Türen entlang. Jede Fingerkuppe fühlte eine andere Farbe.

Mein Vater las mir vor, doch auf Italienisch, was ich nicht verstand. Man braucht nicht immer alles zu verstehen, sagte er und las, mit der Zeit bekamen die Wörter etwas Beruhigendes, und ich fand sie schön und dachte mir das Meine dabei. Manchmal fragte ich nach einem Wort, und mein Vater warf es kurz auf Deutsch hin: Hier. Vielleicht. Links Berg. Ich weiß nicht, aus welchem Buch er las, möglicherweise war es ein Reiseführer, denn einmal fragte ich nach einem Wort, das ich mehrmals wiederholen musste: altipiano. Hochebene, sagte mein Vater schließlich, und das Wort war mir genauso fremd wie altipiano. Ich fragte aber nicht weiter danach, weil die Erklärungen meines Vaters nie ein Ende nahmen und auch wenig klärten, und ich hörte lieber dem Italienisch zu.

Die Augenentzündung war bald geheilt, die Augenbinde wurde abgenommen, und ich konnte wieder sehen. Die Welt hatte sich nicht verändert. Doch ich hatte das Wort altipiano in der einen Hand und das Wort Hochebene in der anderen, und manchmal hob ich sie verstohlen ans Licht und versuchte hindurchzusehen, gab aber immer acht, dass sie meinem Auge nicht zu nahe kamen.

Einige Zeit danach sahen wir in der Schule einen Film über den Fluss Po. Erst viel später wusste ich, dass der Film *La Gente del Po* heißt und von Antonioni ist. Damals war es nur einer von mehreren Schwarzweißfilmen über Flüsse, ich erinnere mich auch an einen Film über das Rhônedelta und über den Rhein bei Rotterdam. Die Filme flackerten versehrt von vielen Flickstellen über die Leinwand und rissen oft, der Klang war von einem steten knisternden Rauschen begleitet. Als wir den Film über den Po sahen, erkannte ich mich sofort in dem Kind, das krank unter Deck liegt, obwohl ihm die Mutter vorliest und nicht der Vater. Es trägt auch keine Augenbinde, aber es liegt krank im Bauch des Kahns und sieht nichts von dem Fluss und der Landschaft draußen. Ich glaubte so sehr, mich in diesem Kind zu erkennen, dass mir bei der Erinnerung an die Tage meiner Blindheit lange der Geruch der Schulturnhalle in die Nase stieg, wo wir die Filme sahen, und mir das Geräusch der schweren gummiartigen Verdunkelungsvorhänge, die von größeren Kindern zugezogen wurden, in den Ohren schlurrte.

Viele Jahre später, als ich schon längst kein Kind mehr war, erlitt mein Vater eine Blutung im Auge. Er musste ruhig liegen und durfte die Augen nicht anstrengen. Ich las ihm vor, er wünschte sich italienische Geschichten, obwohl mein Italienisch dürftig war. Er korrigierte meine Aussprache und unterbrach mich zwischendurch, um Dinge sehr weitschweifig zu erläutern. Ein Buch, aus dem ich vorlas, hieß *Narratori delle pianure*, und nach langer Zeit fiel mir das alte schöne Geheimniswort altipiano wieder ein. Während mein Vater einen weiteren Aussprachefehler nutzte, um mir ins Wort zu fallen, mich zu verbessern und dann weitausholend von einer angeblich weltberühmten Karussellfabrik am Po bei Mantua zu erzählen, stellte ich mir ein Stück flacher nebelumwallter Flusslandschaft Norditaliens vor, das knapp unterhalb einer sehr niedrig hängenden Wolkendecke zwischen Himmel und Erde schwebte. Die spärlichen Pappelhaine waren der Landschaft Anker in den Lüften.

Positiv

Mein Vater starb während einer Hitzewelle im Juni, die bereits in den letzten Maitagen eingesetzt hatte. Zwei Wochen lang hatte ich mir auf meinen täglichen Gängen durch Vorortstraßen, Parks und den schmutzigen Trottoirs um Euston Station einen Weg durch die klebrige Stadtluft gebahnt. Ventilatoren summten am Arbeitsplatz, Hunde schlichen hechelnd hinter ihren Besitzern am Rand des Parks entlang, Kinder jammerten schlaflos bis spät in die Nacht, und in den schachtelartigen Hintergärtchen saßen die Menschen und tranken zu viel – wegen der Hitze, der plärrenden Kinder, der keuchenden Hunde, dieser lauen Nächte, die etwas noch nie Dagewesenes an sich hatten.

An dem Tag, als mein Vater starb, waren meine Schuhe beim Überqueren einer Brücke über die Themse im geschmolzenen Asphalt stecken geblieben, und es hatte mich einige Mühe gekostet, sie zu befreien, denn das Barfußgehen auf der dampfenden, teerdunstigen Straße wäre nicht möglich gewesen. Der Verkehr war zum Stillstand gekommen, und die Verkehrspolizisten schritten eckig und aufgeregt längs der Straße, auch sie fürchteten, im Asphalt stecken zu bleiben, und wussten zudem nicht, zu welchen Gebärden sie ihre Arme und Hände recken, knicken oder kreuzen sollten, weil es kein vorgeschriebenes Repertoire für ein Verhalten auf schmelzendem Asphalt gab, auf dem sich die Räder nicht mehr drehen wollten.

Der Anruf kam am frühen Abend. Aus den offenen Fenstern der benachbarten Häuser tönten Geschirrklappern und

Kinderrufe, vermischt mit dem Murmeln von Nachrichtensprechern und den Erkennungsmelodien von Fernsehserien. Aus dem wie ein Keil zwischen die Schachtelhöfe der Reihenhäuser geschobenen großen Garten der Villa in der nächsten Querstraße stiegen Rauchwolken auf, die sich in den abschirmenden Zweigen einer Zeder verfingen, und es roch beißend nach verbranntem Fisch. Die Landeroute der Flugzeuge verlief an diesem Abend in einiger Entfernung, über der Themse. Ich stand zögernd am klingelnden Telefon und betrachtete die plumpen Flugzeugleiber, die sich aus dem hitzegrauen Himmel in die bläuliche Luft über den Häuserdächern senkten. Der kreischende Lärm der gedrosselten Motoren blieb weit weg.

Todesnachrichten sind Scheren oder scharfe Messer, die den Film der Welt durchtrennen. Messer oder Schere – was schneidet glatter? Eine müßige Frage, die sich ohnehin erst Jahre nach dem Ereignis stellt, etwa bei nachträglichen Flickversuchen an dem durchtrennten Band. Nie lassen sich die Enden mehr so aneinanderfügen, dass die Dinge passen, immer kommt es zu Überlappungen oder Verschiebungen, die eine Hälfte eines zum Lachen bereiten Kindergesichts liegt unter der anderen oder klebt an einem Rosenstrauch oder Türpfosten, viel zu hoch für den kleinen Körper, das Lachen auf immer misslungen, ein nicht enden wollender Fehlschlag. Ich fand mich von einem Augenblick auf den anderen zwischen zwei baumelnden Zelluloidsträngen im Dunkel sitzen, während die Tonspur aus mir unerfindlichen Gründen weiterlief.

Am nächsten Tag befand ich mich in einem dieser plumpen Flugzeugleiber, wie ich sie am Vorabend beim Landeanflug durch die graue Hitzeluft beobachtet hatte. Auch am Ankunftsort war es heiß, die Luft ähnlich grau und zäh, unter ihrer Last lag die Landschaft reglos in ihrer Zerrüttung, an Hügelkämmen und gelegentlich sichtbar werdenden Flussuferstreifen klebten kleine Erinnerungsfetzen, die sich aus einem größeren Bild losgerissen und an diesen Stellen niedergelassen hatten.

Am Abend saßen wir im Zimmer meines Vaters. Auch Jahre nachdem er die Zigaretten aufgegeben hatte, roch es noch immer nach kaltem Rauch. Es roch nach diesem alten Rauch, nach schalem Wein, nach Staub, nach der abgewetzten Sitzfläche des Schreibtischstuhls, nach der Schwärze der Schallplatten. Es roch auch nach Landkarten, nach einem dunkelgrünen Kugelschreiber und der geschmacklosen Schreibtischgarnitur aus Onyx. Wir legten die Matthäuspassion auf, und als es dunkel wurde, packten wir den Diaprojektor aus.

Wir nahmen zwei Bilder von der Wand und stellten den Projektor so zurecht, dass der Lichtstrahl auf die kahle Stelle fiel. Es dauerte eine Weile, bis wir Bücher in der richtigen Höhe auf dem Tisch aufgeschichtet hatten, um den Projektor daraufzustellen. Mein Vater hatte immer zwei Bände der Enzyklopädie genommen, doch die stand nicht mehr in seinem Zimmer. Wir schalteten den Projektor ein und rückten den Tisch mit dem Aufbau aus Büchern weiter von der Wand ab, damit das Bild kleiner und schärfer würde. Noch war es nur ein weißes Viereck. Der Projektor surrte. Wir zogen die Vorhänge vor, und mein Bruder, der zu diesem Zeitpunkt schon betrunken war, zerrte die Kästen mit Dias herbei, die hinter der Tür standen. Auf halbem Wege zum Projektor stürzte der Stapel um, und der Inhalt einiger Kästen lag auf dem Boden verstreut. Mein Bruder kniete auf dem Teppich und machte sich daran, die Dias wahllos in die Fächer zurückzustopfen. Mein Vater hatte seine Dias stets in einer peniblen, doch für Außenstehende undurchsichtigen Ordnung gehalten. Diese Ordnung war jetzt eingerissen und nicht wiederherzustellen. Wir verloren kein Wort darüber, dass wir nun nicht einmal wissen würden, *was* außer der Ordnung war. Dieser Moment einer schlagartigen Erkenntnis von Unwiderruflichkeit hatte allerdings der Umstände wegen – Trunkenheit, Unbeholfenheit, das erwartungsvolle Surren des Projektors – etwas Kleines, erbärmlich Selbstverständliches. Mein Bruder vergoss seine leisen Trinkertränen auf die durcheinandergeworfenen Dias und die umgestürzten Kästen. Weiterhin wortlos waren wir dann höflich bemüht, einander den Vortritt beim Bedienen des Projektors zu lassen, schließlich fiel diese Rolle mir zu.

Wir hatten den alten Projektor genommen, der nur einen Träger für zwei Dias hatte. Diesen schob man händisch hin und her und wechselte das gerade betrachtete Bild, während das andere projiziert wurde. Um den Projektor lag eine Hitzewolke, und in dem weißen Lichtbündel vor dem Objektiv tanzten die Staubkörner wie winzige Tierchen.

Die ersten Bilder zeigten Szenen einer Familienreise nach Italien. Unserem Alter nach zu urteilen, musste es kurze Zeit nach der Beseitigung der Dunkelkammer gewesen sein, also einer der ersten Diafilme, die mein Vater benutzte. Vielleicht war seine Unerfahrenheit mit dem Material der Grund für die Überbelichtung, für unsere Blässe auf den Bildern, für die Verwaschenheit und Fadenscheinigkeit von Farben, Formen, Landschaft, durch die man hindurch auf die kahle Wand sah und auf die deutlich umrissenen Rechtecke der abgehängten Bilder. Trotzdem kamen mir Erinnerungen an den Aufenthalt, die mit diesen Bildern wenig zu tun hatten, an das weiße Licht, die Schwüle, an Spaziergänge zwischen Feldern, auf denen der Mais hoch stand, an die Gerüche in der Pension, an das salzlose Brot, an Gänge durch den Ort mit meinem Vater am Abend, wenn er noch nach Einbruch der Dunkelheit in den kleinen Läden Einkäufe erledigte und ich auf mein Bitten hin allein draußen stehen durfte, zwischen den Kisten mit Tomaten und Pfirsichen, zwischen den redenden, lachenden Passanten, so, als gehörte ich dorthin, als wäre ich vertraut mit dieser Straße und den darauf herrschenden Gepflogenheiten, als bewohnte ich diesen abendlichen, von neuen Lauten erfüllten Raum zusammen mit den Menschen, die mich da, an diesen Straßenecken, Straßenrändern achtlos streiften.

Es wurde unerträglich stickig und heiß in dem kleinen Raum hinter den zugezogenen Vorhängen, und nach der Hälfte des ersten Kastens brach ich die Vorführung ab. Als ich den Stapel wieder in seine Ecke schob, dachte ich daran, dass dies eine Ansammlung der Blicke meines Vaters war. Durch sein Auge hatten wir auf diese an die Wand geworfenen Szenen geblickt, und einen Moment lang meinte ich, die Dünnheit und Blässe der Aufnahmen könnten der endgültigen Abwesenheit seines Blicks geschuldet sein. Jede Diaprojektion inszenierte unbeholfen den Augen-Blick. Vielleicht hatte mein Vater deshalb die Dunkelkammer und das Entwickeln von Fotos aufgegeben. Er war seiner einsamen Zeugenschaft beim allmählichen Auftauchen des Bildes in dem schwappenden Chemiebad überdrüssig und wollte seinen Blick größer in Szene setzen. Kurz schwand mir der Groll, den ich jahrzehntelang deshalb gehegt hatte.

Die Nacht war jetzt schwarz und dicht. Über den niedrigen Hügeln hinter dem Fluss wetterleuchtete es, aber es war nur ein fernes Zucken, in dem der Umriss des Hügelkamms ganz kurz sichtbar wurde und dann wieder in dem Finstern verschwand, das sich so klebrig und fassbar anfühlte, als könnte man etwas daraus formen, ein Gegenschnee, heiß, weich und schwarz. Mein Bruder wanderte im Garten auf und ab, man hörte die Schritte auf dem Rasen nicht und sah nur die sich hin und her bewegende Glutspitze der Zigarette.

Nacht

In meiner Kindheit fuhren wir oft nach Italien. Wir hatten keine Familie dort und keinen Ort, doch mein Vater sprach italienisch, und zwischen seinem Sprechen oder Sprechenwollen in einer mir unverständlichen Sprache und den Reisen bestand ein Zusammenhang, den ich hinnahm, ohne Fragen zu stellen. Die Reise bis zur italienischen Grenze oder zumindest der Sprachgrenze, die schon in der Schweiz verlief, kam mir immer wie ein großes Atemholen und schließliches Atemanhalten vor, das sich dann endlich im Sprechen meines Vaters entlud. Mit dieser Entladung von Spannung und der mit dem Ende des Atemanhaltens verbundenen Unordnung der Luft in Lungen und Kopf verbanden sich mir die Namen der ersten Orte auf der Südseite der Passstraßen, die wie durch Zauberspruch immer in der Sonne lagen. Airolo!, sagte mein Vater schon mit einer anderen Stimme als der gewohnten, und weiter unten im Tal breitete sich eine rötliche Stadt in einem hellen Sonnenflecken aus, während wir noch im Schnee steckten.

Einmal übernachteten wir in Chiavenna. Wir fanden eine Pension, die von einer bitter blickenden Frau geführt wurde. Jedes Möbelstück und jede Treppenstufe ächzte. Wir bekamen ein Familienzimmer, in dem es nach Mottenkugeln roch, die Betten standen düster und riesig wie zufällig platziert und stehengelassen in dem großen Raum. Meine Eltern hatten einen Streit, und mein Vater ging hinaus. Ich lag unter dem steifen Laken und tat, als schliefe ich. Meine Mutter saß am Fenster und wartete auf meinen Vater. Das Licht der Straßenlampen fiel mattgelb durch die Bäume längs der

Allee. Die Pension musste an einer Kreuzung oder vor einer Kurve an der Durchfahrtsstraße gelegen sein, immer wieder hörte man das Dröhnen und Quietschen bremsender Autos und Lastwagen, und Fahrtwind ließ die Schatten der Blätter in den mattgelben Lichtpfützen auf dem Fußboden unruhig zittern. Die Lampe war ausgeschaltet, und meine Mutter saß still im Dunkel auf einem Stuhl, der schwarz war wie die Betten, während ich in die Nacht horchte. Kein Wort fiel. Sicher fragte ich mich im Stillen, wohin mein Vater gegangen sein mochte und ob er überhaupt zurückkehren würde. Vielleicht saß er in einer Kneipe, trank und plauderte, verlegen bemüht, seine Unzugehörigkeit zu vertuschen. Oder er spazierte durch Gassen, schaute in die erleuchteten Wohnungen Fremder, stieg einen Gebirgspfad hinauf, und vielleicht würde er nie wiederkommen. Oder er hatte sich wieder ins Auto gesetzt und war weitergefahren, nach Mailand, nach Padua, Bologna, ein ganzes Land lag vor ihm ausgebreitet. Was würde aus uns werden, hier in Chiavenna? Meine Mutter sprach nicht Italienisch. Wie würde sie uns ernähren? Ich lag stocksteif in dem durchgelegenen Bett und versuchte mich auf die aufgeschnappten Brocken Italienisch zu besinnen, die irgendwo in meinem Kopf abgelegt waren, sich aber nicht für diese Situation zu eignen schienen. Es waren Flachlandworte, unpassend in dem Gebirgsdorf, dessen karges Umland ich bei der Anfahrt gesehen hatte, unpassend in einem Licht, das so von Schatten bestimmt war, anders als das weiße Licht der Tiefebenen, in dem alles in gleicher schattenloser Kleinheit lag. Würde ich Treppen und steile Gassen zu einer winzigen Dorfschule ersteigen müssen, in Schürze oder Kittel gekleidet, wie ich sie an hiesigen Kindern gesehen hatte? Hatte ich Angst? In Erinnerung blieb mir nur diese innere Aufregung bei dem Gedanken an ein mögliches Verschwinden meines Vaters und die damit verbundene mögliche Umwälzung unserer Leben, verschlagen an einen ganz fremden Ort namens Chiavenna, ein Wort, das ich leise vor mich hin murmelte, halb in Erwartung einer Zukunft, in der ich mit diesem zugegebenermaßen schönen Namen auf die Frage nach meinem Wohnort antworten würde. Ich wohne in Chiavenna. Ja, Kia-ven-na, nicht Schi-a-venna.

Es war nicht das erste Mal, dass mein Vater nach einem Streit einfach ging und stundenlang ausblieb. Meine Mutter, am offenen Fenster des Kinderzimmers stehend und in die Nacht starrend, war ein Anblick, den ich kannte. Ich lag in der Tiefe des Zimmers im Bett und blickte auf den schwarzen Himmel, der sich um ihren Kopf zu legen schien. Die Augen gewöhnten sich schnell an diese Dunkelheit, die unter dem anhaltenden Blick die Schwärze verlor und sich allmählich als durchscheinende Schicht über einem fernen diffusen und unerklärlichen Schimmer offenbarte. Die Finsternis war eine Erfindung. Ein ausgedachtes Märchen, das bang machen wollte. Mein Vater kam immer zurück, meistens in den frühen Morgenstunden, friedlich betrunken, sich fadenscheinig auf unerwartete Begegnungen mit durchreisenden Verwandten berufend, auf Notlagen Fremder, alte Bekannte, immer spielte der Bahnhof eine Rolle, Verspätungen, Umstiege, verpasste Abfahrten. Später stellte ich mir oft meinen Vater in dem muffigen Nonstopkino beim Bahnhof vor, wo wir Kinder manchmal abgesetzt wurden, wenn er etwas zu erledigen hatte. In diesem Kino saßen meistens Männer, manche ungewaschen, manche in eine Wolke aus Rasierwasser gehüllt und kleine Koffer auf dem Schoß umklammernd, viele tranken still aus Bierflaschen und rauchten, und manche weinten bei den abgehalfterten Kitschfilmen, die zwischen der Wochenschau liefen und gerne rissen, und dieses Weinen vor allem weckte in uns Kindern ein nervöses Kichern.

An die Rückkehr meines Vaters in die düstere Pension in Chiavenna erinnere ich mich nicht. Entweder war ich eingeschlafen, oder ich habe den zischelnden Wortwechsel, der sicher auf seine Rückkehr folgte, in Vergessenheit versinken lassen. Am nächsten Morgen regnete es dünn. Auf der Straße war es jetzt still, und man hörte den Regen auf den Blättern der Bäume. In dem ebenfalls mit schwärzlichen Möbeln ausgestatteten Frühstückszimmer, wo wir, umgeben von etlichen weiß gedeckten Tischen, die einzigen Gäste waren, bekamen wir Milchkaffee und Brot vorgesetzt. Der Nieselregen hielt an bis hinter Mailand. Dann wich er diesem gleichmäßigen flimmernd weißen Licht der Ebene, in dem die verlassenen und teils verfallenen Bauernhöfe zu schweben schienen.

Katzelmacher

Mein Vater hinterließ sein Zimmer und seinen Schreibtisch in der Unordnung, die wir an ihm gekannt hatten. Tief in den schweren Schreibtischschubladen, die wir nie hatten anrühren dürfen, hielt er immer noch gehortete Lebensmittelvorräte versteckt, eine Angewohnheit der Angst, die er nicht ablegen konnte. Als Kind war ich beim ersten verbotenen Durchstöbern seiner Schreibtischschubladen auf diese Fischkonserven und Pumpernickelpakete gestoßen, sie hatten mir einen Schrecken eingejagt wie ein hässliches Geheimnis, das umso schwerer wog, weil ich es nicht zur Sprache bringen konnte, ohne meinen Übertritt preiszugeben.

In seiner Vorratsschublade fand ich ein altes Foto, das meine Schwester und mich mit unserer Großmutter zeigte. Wahrscheinlich eines der letzten Fotos, die mein Vater noch selbst in seiner Dunkelkammer entwickelt und abgezogen hatte. Bevor er zu Dias überging und die kleine Dunkelkammer auflöste, die dann zu einer Abstellkammer für Ausgedientes wurde, hatte er solche Bilder mit matter Oberfläche hergestellt, und wenn ich mich auf mein Kindheitsgefühl besann, wirkten die Dinge darauf weiter weg als auf den glänzenden Fotografien. Diese Abzüge wiesen immer Makel auf, Schlieren und Verschwommenheiten, aber sie waren auf einem schönen festen Papier gedruckt, das ich lieber berührte als die glänzenden Fotos.

Das Foto von meiner Schwester, unserer Großmutter und mir war nicht lange nach dem Tod unseres Großvaters aufgenommen, der an einem regnerischen Novemberabend bei der Rückkehr vom Zigarettenkauf am Kiosk wenige Meter von seinem Zuhause entfernt von einem Lastwagen überfahren worden war. Auf dem Foto war Frühling, wir posierten auf einer Gartenbank vor einem blühenden Strauch, dessen Blüten wie aufgeklebte Bäusche aussehen, und meine Schwester hält die Handtasche meiner anderen Großmutter über den Arm gehängt wie eine vornehme ältere Dame. Nach dem Tod ihres Mannes war unsere Großmutter erst eine Zeitlang in sich zusammengesunken, dann hatte sie sich das stets zu einem Nackendutt gedrehte lange Haar abgeschnitten, eine ondulierte Frisur legen lassen und wurde damit für uns ein anderer Mensch. Neben den Fotos ihrer Katzen, die alle auf der belebten Straße neben ihrem Haus überfahren worden waren, stand jetzt eine Fotografie unseres Großvaters in einer dunklen ernsten Kluft. Vor allem aber wurde sie, die jede unserer Fahrten mit einem Hinweis auf ihr unüberwindliches Heimweh bei auch nur der kürzesten Abwesenheit quittiert hatte, eine Reisende. Dieses Foto war kurz vor ihrer ersten großen Reise aufgenommen, vielleicht war es sogar eine Art Abschiedsbesuch vor dem Aufbruch, und wenige Tage später würde sie mitsamt einem großen braunen Koffer, der innen kariert ausgeschlagen war, im Zug nach Genua fahren und von dort mit dem Schiff nach Haifa. Beim Betrachten des Bildes meinte ich mich zu erinnern, dass sie an diesem Nachmittag, kurz nachdem wir für das Foto posiert hatten, noch einmal ein Lied aus ihrer Kindheit vorsang, um das wir als kleine Kinder immer bettelten. Sie nannte es das Katzelmacherlied, das sie als Mädchen von den italienischen Scherenschleifern und Besteckmachern gehört hatte, die es beim Vorbeiziehen an den Häusern sangen. Der Text des Liedes war ein entstelltes Italienisch, aus der Erinnerung gesungen, eine Aneinanderreihung von Klängen und Silben, die keinen Sinn ergaben, aber meine Großmutter sang es gerne, mit halbgeschlossenen Augen, die ihr etwas Entrücktes verliehen, das mich verlegen machte. Auf dem Foto sieht man bereits die verzogene Unterlippe, eine Verzerrung, die in den folgenden Jahrzehnten fortschritt und ihr schließlich das Singen unmöglich machte, was sie betrübte.

Als wir meiner Großmutter die Nachricht vom Tod unseres Vaters brachten, stand sie am Fenster, als hätte sie nach uns Ausschau gehalten. Ich weiß ja doch, dass er tot ist, sagte sie, als wir eintraten, ich hatte einen Traum, in dem ich Schlittschuh lief, ich war ein junges Mädchen und sang, doch dann sah ich unter dem Eis sein Gesicht.

Aal

Auf einer der letzten Fotografien, die meinen Vater abbilden, steht er in einem Boot. Es ist ein altmodischer Holzkahn, man sieht Angelgerät, rechts und links von meinem Vater stehen zwei Männer, Freunde, Bekannte, Angler, ich kenne sie nicht. Mein Vater hält einen Aal in der Hand, der sich noch windet, das Tier ist unscharf, weil es sich bewegt, aber man erkennt die schlangenartige Form. Mein Vater steht leicht vornübergebeugt, breitbeinig, die Hände und Arme mit dem sich windenden Körper von sich gestreckt, auf seinem Gesicht ein Lachen.

Ich habe nie herausgefunden, wo diese Fotografie aufgenommen wurde und wer die beiden Männer sind. Es ist ein verhangener Tag, das Licht grau, das Ufer des Gewässers hat kleine Schilfbuchten und steigt an einer Seite leicht zu einer Wiese an. Vielleicht eine Obstwiese, man erkennt Bäume in einiger Entfernung. Ich wollte lange glauben, dass das Foto in Italien entstanden war, musste mir aber irgendwann eingestehen, dass das Licht zu nördlich war.

Mein Vater wird mit den Männern nicht italienisch gesprochen haben. Das hätte ich ihm in einer solchen Situation gewünscht. Er war kein Angler. Manchmal ruderte er uns Kinder auf einem toten Rheinarm auf und ab, und er war ein guter Schwimmer. Bei Aufenthalten am Meer schwamm er immer so weit hinaus, dass man ihn nicht mehr ausmachen konnte, und sorgte damit mehrmals für Aufregung, weil wir meinten, er würde nicht mehr zurückkommen.

Die meisten Ruderpartien auf dem stillen Wasser des Toten

Arms fanden in einem ähnlichen Licht statt wie auf dem Foto von meinem Vater mit dem Aal. Mein Vater ruderte uns bis an die sandige Spitze der Insel, wo der eigentliche Fluss begann, diese Stelle war von einem Aalfänger markiert, einem schwarz angestrichenen Boot mit langen Stangen am flusswärtigen Ende, von denen Netze hingen. Bis auf die Höhe dieser Netze ruderte mein Vater nie, mal sagte er, der Fluss sei ihm zu gefährlich, mal sagte er, Aale seien Aasfresser, in deren Nähe wollte er nicht geraten. Nach diesen Ausflügen auf den Toten Arm mussten wir auf dem Heimweg die Aalräucherei passieren, die von dem Eigentümer des Aalfängers und seinen Söhnen betrieben wurde. Manchmal stand das Tor zu dem Verkaufsraum offen, drinnen brannte eine Neonleuchte, in deren bläulichem Licht wir die langen, vom Räuchern bräunlich glänzenden schlänglichen Körper von einer Stange hängen sahen. Unter den hängenden Aalkörpern befand sich ein grober Steintisch mit Messern darauf. Bei dem Gedanken an das Verspeisen von Aalen, die zuvor ihr Fischinneres mit Aas angefüllt hatten, überlief es mich kalt vor Ekel. Der Aalräucherer stand erwartungsvoll in der Tür und wartete auf Kundschaft. Mein Vater hielt uns zur Eile an.

Irgendwann wurde die Aalräucherei geschlossen, und Aalfang wurde verboten, weil das Rheinwasser zu giftig war. Der schwarze Aalfänger blieb liegen und wurde von dem Besitzer in Stand gehalten, die Seiten des Schiffes waren immer glänzend schwarz gestrichen und die Kabine darauf grün mit roten Fensterrahmen. Das niedrige Gebäude der Räucherei hingegen war schon bald nach der Schließung von schnellwachsendem Weidengebüsch und Brennnesseln umstanden, in deren Schutz es verfiel. Rostfarbene Tropfadern zogen sich vom Wellblechdach die Wände hinunter.

Auch wenn ich meinem Vater die Kenntnis der Wasserwanderschaft der Aale zwischen dem Sargassomeer und den Flüssen Europas verdankte, wusste ich doch, dass sich sein

Schlangenekel auch auf Aale erstreckte. Deshalb erschreckte mich das Foto im ersten Augenblick, so viele Jahre nach unseren Ruderausflügen. Immer wieder unternahm mein Vater Versuche, diesen Ekel vor Schlangen in den Griff zu kriegen, wie er es nannte, und machte auch gern andere zu Zeugen dieses Bemühens. Dieses In-den-Griff-Kriegen war ihm auf dem Ausflug mit den beiden Fremden – die ihm Freunde sein mochten – anscheinend gelungen, wenngleich es keine Schlange, sondern ein durch seine Aasfresserei gräulicher Aal war, den er hielt, und ich mochte mir nicht vorstellen, wie er sich mit diesem ihm so widerwärtigen, doch angsterfüllt todesahnenden Fisch in schwarzer Fremdenhaut zwischen den Händen gefühlt hatte.

In den heißen italienischen Sommern verging kaum ein Tag, an dem er nicht von einem seiner langen einsamen Spaziergänge in den Weinbergen oder schütteren Wäldchen zurückkam, ohne von einer Begegnung mit einer Schlange zu berichten. Blaue, grüne und erdbraune Schlangen, zackengemusterte und schillernde waren ihm über den Weg geschossen, gezischt, gezuckt, in Erdlöchern verschwunden oder in unheimlicher Leisigkeit und sich der Farbe der Stämme anpassend auf Bäume hinauf buchstäblich verschwunden.

Einmal verbrachten wir einen Sommer in einem baufälligen Haus bei Florenz. In den Mauerrissen hausten kleine schwarze Skorpione, die sich nachts mit einem kaum hörbaren trockenen Schlurren über den Fliesenboden bewegten. Morgens fanden wir sie in unseren Sandalen und in den Kaffeeschalen auf dem Fensterbrett in der Küche. Mein Vater schenkte ihnen keine Beachtung, fragte aber das alte Hausbesorgerpaar gleich nach den Schlangen. *Ci sono serpenti?*, war eine Frage, die ich früh lernte, von der ich aber auch früh wusste, dass sie sich erübrigte, denn die Antwort lautete in Italien immer gleich.

Die Hausbesorger, die stets als Paar auftraten und jede Aufgabe gemeinsam ausführten, bejahten natürlich auch hier. Jawohl, hier wohnten Schlangen. Sie sagten »wohnen«, während sie meinem Vater von ihrem sauren Wein zapften, der mit einer Schicht Öl luftdicht abgeschlossen war, weshalb immer kleine Fettaugen an den Wänden des Weinglases zurückblieben. Abends schlurften sie über die große Terrasse und gaben Wasser in die Untersetzer der Geranientöpfe, dabei goss die Frau aus einer kleinen Gießkanne, während der Mann eine große verbeulte Blechkanne mit Wasser schleifte, aus der er die kleine der Frau immer wieder auffüllte. Wegen der ansässigen Schlangen mussten wir draußen in festem Schuhwerk spielen und möglichst immer einen Stock mit uns führen, um damit heftig auf den Boden zu klopfen, wenn wir etwa einen Federball im Schatten der Bäume suchten. Unterhalb der Terrasse führte ein Pfad zu einem kleinen Teich, über dem sich täglich die Mittagshitze so ballte, dass man meinte Händevoll herausgreifen zu können. An diesem Weg entdeckte mein Vater im Loch einer Mauer, in der kleinen Halbschattenhöhle, die ein herausgebrochener Stein hinterlassen hatte, eine ruhende Schlange. Er behauptete, sie sei blau und liege ganz still, lasse sich aber auf Augenkontakt ein. Jeden Tag suchte er dieselbe Stelle auf und ermunterte uns, mitzukommen, doch niemand mochte sich ihm anschließen. Das Blau der Schlange klang versöhnlich und fast verheißungsvoll, und vielleicht waren es diese Besuche bei der blauen, blinzelnden, ungerührten Schlange in der zerbrochenen Mauer bei Florenz, die meinen Vater dazu brachten, nach der Überwindung seines Ekels und der Angst, die er sicher auch hatte, zu streben, bis er schließlich an einem grauen Sommertag in einem nördlichen Land, wohl unweit seines Geburtsortes im Rheinland, diesen Aal in den Händen hielt, flankiert von zwei Menschen, deren Freundschaft er womöglich nur zu diesem Zweck gesucht hatte.

Migration

Auf einer Reise machten wir Halt an einem Fluss. Die Alpen lagen gleich hinter uns, warfen noch ihren Schatten auf die weiten kargen Flächen, bedeckt von Geröll, wie von den Bergen geflüchtet, die das zerstreute Flussbett markierten, unterbrochen von erdigen Inseln inmitten des Schotters, wo Gebüsche wuchsen, Gesträuch und kleine Bäume, die sich zu niedrigen Wülsten formten, rund gegen all den kantigen Stein, Miniaturwälder, grüngrau im staubigen Sommerlicht. Die Landschaft weitete sich hier, hellrötliche Kirchtürme, die ihrer Schmalheit wegen besonders hoch wirkten, ragten aus den verstreuten Dörfern der Ebene. Das Geröllfeld war durchsetzt mit grünen Wasserläufen, die sich dehnten wie zu kleinen Seen, dann wieder zu Rinnsalen verengten. Die weiten Geröllstreifen verkehrten etwas in der Landschaft, sie lagen wie eine Narbe am Fuß der Hügel, die durch das ins Auge fiel, was abwesend war: das Wasser. Trotzdem hatte diese Landschaft aus Fluss und Steinen mit den kleinen Gehölzen dazwischen etwas Märchenartiges, aus der Wirklichkeit von Bergen, Tälern und Dörfern Gelöstes. Hier und da lagen Fahrräder auf dem Schotter, Kinder spielten und badeten in den blaugrünen Wasserläufen, sprangen von Böschungen und tauchten unter, obwohl das Wasser so untief wirkte. Sie scherten sich nicht um die aufziehenden Wolken, unter denen ich fror, was mehr an der plötzlichen Schärfe von Licht und Schatten liegen mochte als an der Temperatur. Auch der ferne Donner, der uns die Flucht ergreifen ließ, schreckte die Kinder am Fluss nicht auf.

Auf dem Weg nach Süden, Richtung Meer, ging bald ein heftiges Gewitter nieder, das den Fluss in seinem Schotterbett sicher anschwellen lassen würde. Als der Regen nachließ und die Sonne auf die dampfende Straße schien, war von den Alpen hinter uns nichts mehr zu sehen. Wir übernachteten in einem kleinen Ort nah am Meer. Die Straße zum Ort war von grasbewachsenen Wällen gesäumt, an denen Holztreppen hinaufführten. Oben auf den Wällen hockten kleine Schuppen und Buden, vor denen Angeln schräg in den Himmel ragten.

Später am Abend gingen wir spazieren. Kleine Kanäle zogen sich durch den Ort, und im Licht der Straßenlampen spiegelten sich die Häuserfronten im stillen Wasser. Männer drängten sich in einer Sportbar, in der Mitte des Raumes standen Billardtische, dichte Rauchschwaden hingen in der Luft, Lärm schlug in Wellen aus dem Lokal, Stimmengewirr mit einem dünnen Faden von Radioklängen. Mein Vater blieb immer gern vor solchen Lokalen stehen. Vielleicht wäre er lieber hineingegangen, als mit uns zu spazieren, hätte zwischen den fremden Männern gestanden, getrunken, geraucht und gestikuliert, obwohl ich mir meinen Vater beim Gestikulieren schlecht vorstellen konnte. Die kleinen Alimentari hatten geöffnet, alte Frauen schlurften über die Gehsteige und trugen Milch und Zitronen in ihre Häuser. Ich hoffte immer auf einen kurzen Einkauf, auf eine Gelegenheit, in die kleinen Welten der Lebensmittelgeschäfte einzutauchen, die erfüllt waren von dem seltsamen, immer gleichen Duft nach Brot, Orangen und Kräutern und dem Surren von Ventilatoren und Murmeln von Radiostimmen aus Hinterzimmern oder Höfen. Es war Ferienzeit, und vielleicht lag es daran, dass auch die gewölbeartigen Fischgeschäfte noch geöffnet waren, sie boten am Abend natürlich keinen frischen Fang mehr an, die Steintische, auf denen morgens die Fische ausgeweidet, zerschnitten und abgewogen wurden, waren saubergeschrubbt, und der Kachelboden, auf dem sich im Laufe der Verkaufsstunden am

Morgen die fischblutigen Eingeweide häuften, glänzte nass und von allen Schlachtspuren befreit, doch die Fischhändler standen noch bereit, um Vorbereitetes und Eingemachtes aus Aal zu verkaufen. Sie trugen saubere Schürzen und Gummischuhe, ihre Hände steckten in den Schürzentaschen oder ruhten auf dem Bauch gefaltet, oder sie rauchten bei einer Plauderei mit Passanten. Hinter ihnen schwammen Aale zur Ansicht in großen Glasbecken, in Kühltheken lagen geräucherte Aale und Aalstücke, an den Wänden der Läden hingen große Tafeln mit Bildern von Aalen und gerahmte Fotografien von Fischern, die einzeln oder zu mehreren stolz ihren Fang präsentierten. Die Aale waren eine große Attraktion für Feriengäste, die abends an den Kanälen entlangschlenderten und neugierig die Becken mit den sich müde und bang ineinander verknäulenden Körpern betrachteten, die in mir einen unbeschreiblichen Ekel weckten. Ich war erleichtert, dass mein Vater sich an keinem Fischgeschäft aufhielt und keinen Fischhändler in ein Gespräch verwickelte.

Später am Abend lagen wir Kinder bei geöffneten Fenstern in dem Hotelzimmer im Bett. Von der kleinen Piazza tönten Stimmen und Musikfetzen, die Luft war trotz des kürzlichen Gewitters schwer und etwas klebrig. Wir konnten wegen des Lärms nicht schlafen, und mein Vater, der draußen auf dem kleinen Balkon saß und rauchte, erzählte uns aus dieser halben blaufeuchten Dunkelheit ins Zimmer hinein. Er war kein großer Naturkundler, doch an diesem Abend und wahrscheinlich deshalb, weil die Frage nach den vielen Aalen an diesem Ort aufgekommen war, erzählte er uns von der geheimnisvollen Wanderschaft der Aale, die alle im weit entfernten Sargassomeer als kleine glasige Fischlein zur Welt kommen. In großen Schwärmen ziehen diese weißlich durchsichtigen Fischkinder durch den Atlantischen Ozean, bis sie nach Europa kommen, wo sie sich schwärmeweise Flüsse aussuchen, die sie hinaufschwimmen. Wenn sie aus dem Salzwasser ins

Süßwasser gelangen, werden sie braun und lang und dick und schlangenhaft von dem, was sie fressen, zum Beispiel Aas. Sie leben im Schlamm verborgen, immer in Gruppen. Dort, am Boden der Flüsse und Seen, werden sie mit jedem Jahr dunkler und größer. Irgendwann, auf ein geheimes und keinem Menschen oder anderen Lebewesen erkennbares Zeichen sammeln sie sich wieder zu Schwärmen und treten ihre Heimreise an. Dafür müssen sie zuerst wieder das Meer finden. Sie folgen den Flüssen, aber um Abkürzungen zu nehmen, können sie auch Strecken über Land zurücklegen, sogar bergauf. Mit Schnalzen und leisem Händeklatschen versuchte mein Vater uns zu erläutern, wie es sich anhört, wenn ein solcher großer Schwarm Aale, vom unüberwindlichen Drang zur Heimkehr an den Ort ihrer Geburt getrieben, nachts eine Wiese überquert. Es war eine seltsame Geschichte, und ich wusste nicht, ob ich sie glauben sollte. Mein Vater erzählte sie wie unbeteiligt, bis auf die Geräusche am Schluss, die er sehr hingebungsvoll hervorbrachte. Er machte auch Pausen zwischendurch, um sich Wein nachzuschenken oder eine Zigarette anzuzünden. In dieser Gegend, wo wir jetzt waren, erklärte er schließlich, fanden sich immer viele Aale auf ihrem Heimweg zusammen, um ins Meer zurückzugleiten, wo sich ihr Äußeres wieder verändern würde, sie würden heller und dünner, denn auf ihrer Reise durch das Salzwasser würden sie nichts mehr fressen, bis sie wieder im Sargassomeer angekommen waren, wo sie herkamen. Doch die hiesigen Fischer wussten genug von der Aalwanderung, um ihnen mit ihren Netzen aufzulauern und viele von ihnen zu fangen.

Halb zweifelnd, ob das alles wahr sein konnte, lag ich noch länger wach. Ich fragte mich, ob die Aale auch das zerfurchte Flussbett passierten, an dem wir Halt gemacht hatten. Die Stimmen draußen wurden spärlicher, irgendwann war es still. Ohne meinen Ekel zu verlieren, hatte ich Mitleid mit diesen traurigen verknäuelten Aalen in den Schaubecken, die sich in ängstlicher Ahnung um jede Aussicht auf eine Heimkehr gebracht sahen.

Noch lange verfolgte mich die Vorstellung, versehentlich abends auf eine Wiese zu geraten, über die Tausende Aale, sich in unglaublicher Anstrengung windend, durchs Dunkel vorwärts klatschten, einer sagenhaften Heimat zu.

Mosaik

Rom war ein Erwartungswort, das am Ort selbst dann schnell zu Anderslautendem zerfiel. Trotz der Verheißung in dem kurzen murmelhaften Namen, der sich auf der flachen Kinderhand rollen ließ, war Rom keine Stadt, die sich öffnete und lesen ließ. Auf unserer ersten Reise dorthin wohnten wir in einer Pension an einer schmalen Gasse, die Zimmer lagen unter dem Dach. Tauben gurrten, und Krähen flogen über die Häuser, über die Dächer hinweg sah man Kuppeln und Türme und viele Antennen. Die Tauben und Krähen lagen miteinander im Streit, einmal sah ich aus der Nähe eine Taube mit einer Krähe um ein Stück Beute kämpfen, die Augen der Taube erschreckten mich, so rund und glatt vor Entschlossenheit, aus solcher Nähe hatte ich noch nie Vogelaugen gesehen, und es war ein Anblick, der mit einem Mal alle Taubengeschichten von Friedlichkeit als Lüge dastehen ließ.

Tagsüber waren die schmalen Straßen im Zentrum von Verkehr erfüllt, wir mussten uns an die rauen, porösen Häuserwände pressen, um den hupenden Autos zu entgehen, wenn mein Vater uns an einen Ort nach dem anderen führte, wo es Sehenswürdiges gab. In den stilleren Stadtteilen, wo Vespas, Mopeds und dreirädrige Lieferwagen unterwegs waren, hing eine angenehme Lärmwolke über unseren Köpfen, Stimmen, Geschirrklappern, Familienklänge, unter denen ich mich aufgehoben fühlte wie unter einem Schutz, der aber auch jäh entzogen werden konnte, wenn die Straße auf eine breite, von allen Seiten nach verwirrenden Regeln befahrene Kreuzung mündete. Wir verirrten uns mehrmals auf den geschickten

Abkürzungen, über die mein Vater uns zu etwas Bedeutendem führen wollte, und einmal gerieten wir auf einem solchen Weg immer weiter vom Stadtinneren weg, stolperten durch Straßen mit halbfertigen, aber schon bewohnten Blocks, Wäsche hing an aufgespannten Leinen vor den Fenstern, Campingstühle standen auf winzigen Balkonen ohne Brüstung, hier und da saß auch jemand auf dem geländerlosen Balkon und las Zeitung, alles war Baustelle, ein Schrottplatz erstreckte sich als schmaler Streifen in die Tiefe, wo budenartige Werkstätten lagen, humpelnde Hunde und struppige Katzen streiften uns um die Füße, bis wir an eine breite, von langgestreckten Gebäuden gesäumte Straße in staubigem Licht gelangten, wo Gruppen von Männern mit Kappen auf dem Kopf vor Fabrikmauern standen und darauf warteten, in die schiefen, staubigen Busse einzusteigen. Erschöpft vom langen Gehen und verwirrt über die Orientierungslosigkeit meines Vaters pressten wir uns zum Befremden der Arbeiter auch in ihre Feierabendbusse und standen unerbeten zwischen den müden und schweigsamen Männern. Die Arbeiter hielten sich an ihren Aktentaschen fest, zerknüllte Papiere mit Fettflecken von verzehrtem Käse und Salami mochten darin sein, abgegriffene Geldbörsen, Brotkrümel, Schlüssel. Die wenigen Frauen im Bus standen zu einer dichten Traube zusammengedrängt und bildeten eine kleine, nach außen mit ihren weniger abgenutzten Taschen bewehrte Festung gegen die Männer. Mein Vater starrte aus dem Busfenster, die Erleichterung war ihm anzusehen, als wir in Gegenden kamen, die er wohl wiedererkannte. An einer Brücke stiegen wir aus. Tief unten floss, von hohen Steinmauern eingefasst, der schmächtige Tiber. Er war von Sandbänken durchsetzt, auf denen sich Unrat gesammelt hatte, am schmalen Ufer saßen vereinzelt Leute im staubigen Gras, sie schienen alle einem Mann mit hochgekrempelter Hose zuzuschauen, der auf einer Sandbank stand und mit einer Stange etwas aus dem Fluss fischen wollte.

Wenn ich mich später an diese Tage in Rom erinnerte, sah ich mich und meine Familie wie Zwerge durch die Straßen gehen, und ich würde heute noch ohne weiteres glauben, dass auch mein Vater seiner Sprache ungeachtet kaum groß genug war, um über einen der Gasthaustische schauen zu können, die die belebteren Straßen säumten. Wer passte in diese Stadt mit ihrem beiseitegestoßenen Fluss und ihren Kirchen und Altertümern, die sich allenthalben in den Weg drängten? Im schwülen Dämmer der Tage trat manchmal hervor, was im hellen Tageslicht verborgen blieb: Etwas an den ernsten Häuserfronten widersetzte sich dem benebelnden Sog der Monumente und den im Dienste dieses Sogs buckelnden Schniegelmännern vor den Lokalen und den buhlenden Rufen der Souvenirverkäufer an ihren unzähligen Ständen. Ein, zwei Stockwerke über der Straßenebene begann ein Leben, das vom Großartigen abgekehrt war und alles im Wogen des Sogs auf den Straßen Begriffene klein und kümmerlich machte. Auch in den Gassen um die Pension hing dieses monumentenwidrige Leben, bereit, sich in jede Pore zu drängen, die nicht vom Großartigen verstopft war. In den Bars standen Männer in Trauben zusammen, mit denen wir vielleicht sogar im selben Bus gefahren waren, Fernseher liefen, Ventilatoren an der Decke warfen unrunde Schatten und trieben die Rauchschwaden in die Ecken. Kinder schweiften umher, die abends zu zweit oder dritt zum Einkaufen in die Alimentari geschickt wurden und auf dem Heimweg ihre halbgefüllten Einkaufsnetze schwenkten. Mädchen drängten sich an den Gitterbrüstungen winziger Balkone und führten lachende Unterhaltungen mit Halbwüchsigen auf der Straße, von denen mindestens einer eine Vespa hatte, deren Motor er leise murmeln ließ. Mein Vater stand abends lange am Fenster und schaute hinunter in dieses ferne Gassenleben. Manchmal ging er auch aus, aber nur kurz, zu seinen nachtlangen Abwesenheiten fehlte ihm in Rom vielleicht der Mut, oder er spürte die

Kleinheit, die er sich an den Sehenswürdigkeiten zugezogen hatte.

Am letzten Tag gingen wir zu einer Kirche. Wir standen unter einem riesigen Mosaik und durften das Opernglas benutzen, das meine Mutter auf Reisen mit sich führte, während mein Vater mit einem glatzköpfigen Mann, der erwartungsvoll hinter Bücherstapeln an einem Tisch stand, ein langes Gespräch führte. Am Schluss streckte der Mann seine hohle Hand aus, gestützt von der anderen Hand wie eine Schale, und mein Vater legte ihm Geld hinein.

Das Mosaik spannte sich auf wie ein Himmel in Gold und Blau und Grün, voller Vögel, die in goldenen Feldern zwischen Blumenornamenten saßen. An einer Stelle konnte ich ein rotes Vogelpaar erkennen, das von weißen Blumen umrankt seine roten Jungen im Nest fütterte. Immer wenn die Reihe wieder an mir war, durch das Opernglas zu schauen, suchte ich dieses Vogelpaar, und jedes Mal fand ich es nur mit Schwierigkeiten, entdeckte aber dafür vierbeinige Fabelwesen, Engel und zuletzt am unteren Rand einen schwarzen Käfig, der sich über einen blauen Vogel stülpte. Der Vogel krallte sich mit seinen orangen Füßen in das schwarze Gitternetz und starrte geradeaus, wo andere Tiere wie zu einem Umzug aufgereiht standen. Es war ein trauriger Anblick in diesem Kuppelhimmel der Lieblichkeiten, und ich verstand nicht, wie das Vogelpaar mit diesem Käfigvogel in Verbindung gebracht werden konnte. Durch das Opernglas erkannte man die unzähligen ungleichmäßig geformten Steine, aus denen das Mosaik gelegt war, und das Verschwinden dieser Zerbrochenheit, wenn ich mit bloßen Augen schaute, war ein weiteres Rätsel. Trotz der Rätsel und der Traurigkeit des Käfigs wurde die Mosaikkuppel an diesem letzten Tag ein Trostschirm über mir, der mich auf dem Weg an den menschenumwogten Attraktionen vorbei bis zu dem stillen Stadtteil behütete und gegen die Empfindung der Sonderlichkeit feite.

Als wir abreisten, waren die Straßen nass von einem Gewitterregen, und das dunkle Gewölk hatte sich noch nicht ganz verzogen. Wir standen im Morgenverkehr zwischen den schiefen Bussen, von denen der Regen den Staub abgewaschen hatte, und die Menschen auf ihrem Weg zur Arbeit starrten aus den Busfenstern hinab in unser Auto, so dass ich den Blick abwandte.

Stunden später, als wir schon hinter Bologna waren, hatte das Auto einen Defekt, und wir mussten zu einer Werkstatt fahren. Der Mechaniker brachte Stühle heraus, auf denen wir in seinem betonierten Hof sitzen konnten, während er den Schaden reparierte. Wir saßen in der weißlichen Sommerluft von Norditalien, die sehr anders war als die Luft in Rom, hörten das Rauschen der Autobahn in der Ferne und aßen unseren Reiseproviant, während mein Vater uns erklärte, dass das Mosaiklegen eine große Kunst war, bei der die Abertausenden von kleinen ungefähren Vierecken aus Halbedelsteinen, buntem und weißem Glas und Ton vermischt mit Blattgold in einem solchen Winkel zueinander stehen mussten, dass alles im fertigen Bild gleich gut zu sehen war und auch in der Wölbung einer Kuppel aussehen musste wie auf einer Ebene ausgebreitet. So wie hier, sagte mein Vater, mit einer weiten Geste auf die flache schattenlose Landschaft zeigend, in der ein Pappelhain lag und ein verfallenes Gehöft wie eine Insel inmitten von stoppelbedeckten Feldern.

Schwimmen

Wir verbrachten Zeit am Meer, manchmal unentschlossen schwankend zwischen den offenen, kostenlosen Stränden und den geschlossenen, die in Abschnitte mit Namen unterteilt von blauen, grünen, bunten Strandhäuschen umgrenzt waren. Liegestühle standen in Reihen hintereinander, ein braungebrannter Muskelmann teilte sie auf Vorzeigen eines Kassenzettels aus und wies eine Strandkabine zu.

Die offenen Strände lagen außerhalb des Ortes, am Ende einer piniengesäumten Allee. Ein Pfad führte auf einen niedrigen Dünenkamm, nicht höher als eine Böschung. Von dort schaute man auf die Maisfelder im Landesinnern, durchbrochen von Pappelreihen, kleinen Höfen, die im gleißenden Sonnenlicht blitzenden Autos auf der Küstenstraße jenseits der Felder. In die andere Richtung schaute man auf den Strand, die Streifen Unrat, die die Brandung anspülte, mitnahm, wieder an Land warf, Badende, Familiengruppen mit bunten Sonnenschirmen, großen Badetüchern, Hunden. Das waren die Strände für die Leute, die das ganze Jahr über in den Badeorten lebten, für die Familien der Kellner, Eisverkäufer, Tankwarte und Automonteure, der Besitzer der kleinen Läden und der unerschrockenen Fahrer der grauen dreirädrigen Lieferwagen, von denen es auf den Straßen wimmelte und die alles transportierten, von Obst und Gemüse bis hin zu Gasflaschen und Ballen von Schmutzwäsche aus den Pensionen. Die Mütter, Kinder, nichtsnutzigen halbwüchsigen Brüder all der Geschäftsleute, Handwerker und Angestellten mussten ja auch einen heißen Sommer hinter sich bringen. Hier verdösten sicher auch die von der Sonne schwarzgebrannten Verkäufer von Kokos- und Melonenschnitten ihre spärlichen Pausen, ohne dass ihnen etwas Schatten spendete. Wahrscheinlich neigte mein Vater eher zu dem offenen Strand, er hatte seine Vorstellungen von dem, was das wahre Italien ausmachte, doch wir landeten schließlich auf einem der überwachten, mit Badekabinen und Liegestühlen versehenen und einem schönen Namen geschmückten Abschnitte, mein Vater bezahlte an einem Kassenhäuschen die Miete, und der Strandwärter überreichte uns Liegestühle und den Schlüssel für ein blassblaues Strandhäuschen, dessen Geruch nach Muff und Salz und Holz und Urin sich mir unauslöschlich einprägte.

Mein Vater langweilte sich am Strand. Er las Zeitung, teilte uns die Sprachbrocken aus, die wir erbaten, um uns mit anderen Kindern verständigen zu können, und ein, zwei Mal am Tag ging er sehr lange schwimmen. Mein Vater war ein guter Schwimmer, in seiner Jugend war er im Rhein geschwommen, von einem Ufer zum anderen, wo der Fluss breit war und tückische Strömungen hatte. Nach einer halben Stunde wurde meine Mutter nervös, und wir standen mit ihr am Rand des Wassers, die Hände an die Stirn gelegt, meine kurzsichtige Mutter mit ihrem kleinen Opernglas, und blickten aufs Meer hinaus, auf dem vor allem nachmittags ein unerträgliches Gleißen lag, das in den Augen stach. Natürlich war mein Vater nie zu sehen, näher am Strand waren zu viele Leute im Wasser, weiter draußen waren die winzigen Punkte mutiger Schwimmer zu klein, um eine Person zu erkennen. Aber schließlich erblickten wir ihn dann doch irgendwann, nah am Ufer, erschöpft und mit einem schwachen wie entschuldigenden Grinsen auf dem Gesicht, wenn er aus dem Wasser stieg. Nach diesen Exkursionen saß er lange reglos im Liegestuhl und starrte vor sich hin, winkte sogar stumm ab, wenn wir Wörter brauchten.

Eines Tages herrschte eine seltsame Stimmung. Das Meer

war spiegelglatt, der Himmel bedeckt und hing schwer, die warme Luft war bleiern. Es saßen nur wenige Menschen am Strand, und zum ersten Mal sah ich angeschwemmte Quallen, kleine durchsichtige Gebilde, kreisförmig, mit einem gewellten, kranzartigen Rand, durch den sich ein rötlich pastellfarbener Streifen zog. Das Meer lag zu still, um rettende Wellen auszuschicken, die sie wieder zurück ins Wasser holten. Kaum jemand badete, das schlaff ans Ufer schwappende Wasser war mit einem schmutzigen Film überzogen, den niemand durchschwimmen wollte, um das klarere Blaugrau weiter draußen zu erreichen.

Doch mein Vater entschloss sich bald zu einer Schwimmtour. Am Rand des Wassers schien er noch zu zögern, sicher widerte ihn der Schmutzfilm auch an. Im nächsten Augenblick war er aber bereits im Wasser und hatte den trüben Streifen bald durchstoßen. Dann war er nur noch ein einzelner kleiner Punkt in dem stillen Wasser, der sich stetig weiter hinausbewegte.

Meine Mutter blickte immer wieder unruhig hinaus aufs Meer, sie hatte ihr Opernglas vergessen. Doch auch wir Kinder konnten ihn auf dem leeren Meer nicht mehr entdecken, die Wasserfläche lag wie ein Tuch, von keinem Schwimmer durchbrochen. Niemand hatte auf die Uhrzeit geachtet, als er ins Wasser ging, und meine Mutter wurde von Panik ergriffen, die sich auf uns lähmend auswirkte, wir standen stocksteif neben ihr, hilfloser als je in unserem Leben angesichts des Meers, des schweren Himmels, der Leere, dieser Abwesenheit eines winzigen Punktes, auf den wir hätten unsere Hoffnung setzen können.

Ein paar andere Badegäste kamen und redeten auf meine Mutter ein, doch sie verstand kein Italienisch, rannte, französische Satzfetzen ausstoßend, außer sich vor Aufregung mit kleinen Schritten hin und her. Der Strandwärter wurde geholt, er hatte ein Fernglas, mit dem er die Wasserfläche absuchte, und seinem Gesicht konnten wir ansehen, dass er niemanden entdeckte. Zwei Frauen geleiteten meine Mutter zu unseren Liegestühlen, wir Kinder standen ratlos herum, der Strandwärter erklärte jetzt den Italienern etwas und ging davon, ein kleiner Auflauf bildete sich um uns, etliche Frauen beugten sich zu uns und sagten Freundliches, was aber alles fehl am Platz war, und dann tauchte mein Vater auf, er kam durch einen schmalen Durchgang in der Kabinenreihe, die die Grenze zum Nachbarstrand bildete. Er sah blau und bleich zugleich aus, so wie der Himmel und das Meer an diesem Tag. Er ließ sich in den Liegestuhl fallen, zog ein Handtuch über sich, und ich sah, wie seine Beine zitterten. Wir sagten gar nichts, mich hatte eine seltsame Mutlosigkeit überkommen, doch die Italiener klatschten erleichtert in die Hände und tätschelten meiner Mutter das Haupt, sie weinte leise, und eine Frau kam und brachte uns Eis, das sie wahrscheinlich großzügig gekauft hatte, weil sie in uns schon Halbwaisen gesehen hatte, ein vorschneller Beweis von Mitleid, der sich jetzt nicht mehr rückgängig machen ließ. Bald nahmen die Italiener mit einem gewissen Taktgefühl wieder ihre Strandplätze ein, jemand verständigte winkend den Strandwärter, und wir blieben zurück, ein fremdes Inselchen im Elend unter der bleiernen Luft. Es donnerte schwach, mehr ein Knurren des Himmels, der zu schwer und diesig grau war, um mit Gewitterwolken aufzuwarten. Wir machten uns auf in die Pension. Am nächsten Tag reisten wir ins Landesinnere, obwohl die Pension noch auf einige Tage bezahlt war. Wir bekamen jeder von dem rundgesichtigen Wirt ein Luntschpacket, wie er es nannte, und wurden damit ins Hinterland entlassen. Die ganze Nacht hatte es gewittert, der Tag brach klar an, alles war in ein stilles frühes Morgenblau eingehüllt, doch lag etwas anderes in der Luft jetzt, das vielleicht schon der Herbst war.

Lapislazuli

Mein Vater bezeichnete sich selbst als Fachmann für die Farbe Blau. Er blickte zum Himmel und hatte für jede Schattierung einen anderen Namen: das grau überhauchte Triester Herbstblau zum Beispiel, das weißliche Mantuablau, ein lila getöntes Neapelblau und das schwindelerregende, in unserer Gegend fast undenkbare und nicht einmal in Italien anzutreffende *reine* Bergellblau. Jeder Ort hatte ein anderes Blau, jedes Blau einen anderen Namen, und auch die Maler bestimmte er nach den Blaus, denen sie anhingen. Sein Schreibtisch war immer von entfalteten Landkarten bedeckt, die große Flächen unterschiedlich dichter Blaus zeigten, durch die sich, verglichen mit den grauen, braunen, grünen und weißen Flächen, spärliche Linien und Schriften zogen, und lange dachte ich, das seien die wichtigsten Teile der Landkarte.

Als ich sieben wurde, bekam ich von meiner reisenden Großmutter eine kleine Kette mit einem Anhänger aus blauem Stein. Meine Schwester hatte zum siebten Geburtstag eine ebensolche Kette bekommen, ihr Anhänger war aus Rosenquarz, und ich hatte sie seither um diesen etwas wässrig rosigen Stein beneidet, der aussah, als sei er durchscheinend, und ich bildete mir ein, er werfe ein rosa Licht, wenn man ihn in die Sonne hielt. Mein Stein nun war blau, ein sehr starkes Blau mit winzigen hellgelblichen Einsprengseln darin, doch matt und fest und ohne die lichte Milchigkeit des Anhängers aus Rosenquarz. Blau war meine Lieblingsfarbe, und trotzdem war ich enttäuscht, ich hätte lieber auch einen Rosenquarz gehabt, an den ich mich jetzt als Gegenstand meines

Neids und meiner Erwartung gewöhnt hatte, ich hatte mir nie einen anderen Stein vorgestellt als diesen, wenn ich an die Kette dachte, die mir bevorstand. Jetzt hatte ich den blauen Stein, der Lapislazuli hieß, und auch wenn ich eingestehen musste, dass der Name schöner und geheimnisträchtiger war als Rosenquarz, fiel es mir schwer, mich damit anzufreunden, und irgendwann, als ich ihn bei einem Anlass tragen sollte, begann ich mir einzubilden, er liege wie Blei auf meiner Brust und hindere mich am Atmen. Diese Feindseligkeit gegenüber dem Lapislazuli hielt an, bis mein Vater eines Tages in einem italienischen Museum vor einem Bild der Maria erzählte, dieses Blau ihres Umhangs, das so engelhaft schön war, dass sein Maler irgendwann selbst zum Engel erklärt wurde, werde aus Lapislazuli gewonnen. Er zeigte auf die winzigen Goldsprenkel auf dem Gewand und behauptete, diese kämen von den kleinen Einsprengseln, wie ich sie auch im Stein meiner Kette hatte, denn das sei wahrhaftiges Gold, das sich in winzig zarten Adern durch diesen Stein ziehe, der tief in den Bergen ferner Länder verborgen liege. Wir waren auf Reisen, und ich hatte die Kette nicht mit, doch nach dieser Geschichte begann ich, sie zu vermissen. Abends erzählte mein Vater uns jetzt von Lapislazuli. Wo man den Stein fand, welche verschiedenen Tönungen er besaß und wie unterschiedlich kostbar der Stein sein konnte. Den kostbarsten Lapislazuli fand man tief in Bergwerken in Persien, wo er von auserwählten, besonders kleinwüchsigen Bergleuten gefunden und vorsichtig aus dem Felsen gelöst würde. Die Bergleute durften nicht höher gewachsen sein als ein Kind von etwa meiner Größe, doch mussten sie all die Klugheit und Umsicht der Weisen haben, um sich nicht von leuchtenden Scheinblaus auf die falsche Fährte locken zu lassen, von Steinen, die sich wie zur irreführenden Ablenkung vom wahren Lapislazuli in dessen Nähe blau stellten, nur um sich dann am Tageslicht als bröselige Brocken von einem besonders stumpfen Grau zu entpuppen. Wer mehr als dreimal ein solches Scheinblau aus dem Berg mitgebracht hatte, wurde in den Bleibergbau verschickt, was eine Art schwerer Strafe war. Solche konnte der Kaiser von Persien nicht brauchen, sagte mein Vater und beschrieb dann die Lampen, die die Bergleute um den Kopf trugen, und die Werkzeuge – sehr feine Hämmer und Meißel –, die sie bei ihrer Arbeit benutzten, sowie die aus dünnem Golddraht geflochtenen Körbe, in denen sie die Steine ans Tageslicht brachten. Die gewonnenen Steine wurden nach ihren Blautönen und nach der Dichte der Goldadern darin sortiert und zu Pulver zerstoßen, was mit größter Vorsicht geschehen musste, denn wer Lapislazulipulver einatmete, fiel in einen tiefen Schlaf, aus dem er erst nach Monaten wieder erwachte und seines Lebens nicht mehr froh würde, weil er nur noch an all die sagenhaften Blaus denken konnte, die er in seinen Träumen während des langen Schlafes gesehen hatte. Mit diesem Pulver stellten die Maler die Farbe des Mariengewands her. Das kostbarste Pigmentpulver kam von sehr weit her und trug deshalb den Namen Ultramarin – von jenseits des Meeres.

Mein Lapislazulistein, der weit weg zu Hause in seiner Schachtel lag, wuchs mir bei diesen Erzählungen immer mehr ans Herz, und mein Vater unterließ es bei keiner Gelegenheit, in einem Museum mich auf die Blaus aufmerksam zu machen, die aus Lapislazuli gefertigt waren. In Florenz gingen wir an einem drückend heißen Tag an einer Kunsthandlung vorüber, in der Pigmente im Fenster ausgestellt waren, und die drei verschiedenen Pulver aus Lapislazuli überwältigten mich ein jedes auf seine Weise in ihrer schieren Bläue, und ich drückte mein Gesicht an die heiße, schmutzige Glasscheibe, um festzustellen, ob ich in den kleinen Schalen mit dem Pulver Spuren von Goldstaub erkennen konnte.

Ich lernte, dass der Maler, der seiner Blaus wegen zum Engel wurde, Fra Angelico hieß, und mit der Zeit verstand ich, dass mein Vater stundenlang ausblieb, wenn meine Mutter darauf bestand, dass wir uns in Pensions- oder Ferienhausbetten vom Herumgehen in der Sonne ausruhten. Mein Vater suchte unterdessen Gemälde von Fra Angelico auf und vertiefte sich in die Blaus der Gewänder und in das Gold von fein verzierten Engelsflügeln. Jedenfalls kehrte ich nach der Bekanntschaft mit den Verwendungen des Lapislazuli mit einer großen Zuneigung zu dem blauen Stein an meiner Kette zurück und konnte mich lange damit beschäftigen, mir die Bergung dieses Steins aus einem Bergwerk tief in Persien auszumalen und die kleinen Einsprengsel im Sonnenlicht auf ihren Goldglanz zu untersuchen.

Sperber

Die Vögel in Italien sangen anders als in unserem Garten zu Hause, es mochten auch andere Vögel sein, obwohl ich die Amseln und Meisen erkannte und die Krähen und einige, deren Namen ich nicht wusste. In einem Dorf auf einem Berg verbrachten wir mehrere Tage, und ich hörte immer wieder einen Ruf, ohne den Vogel zu sehen. Die Hänge des Dorfes fielen steil zu Tälern ab, die im Sommer ein müdes Grün hatten. Der Vogelruf hallte aus dem Tal, auf das unsere Fenster gingen, ein heller hackender Laut, der sich mal wie ein unfreundliches Lachen anhörte, mal wie ein anklagender Wehruf. Ich machte meinen Vater mehrere Male darauf aufmerksam, ohne dass er reagierte, aber einmal horchte er auf und sagte: Sperber, und dieser Name gefiel mir. An demselben Ort, den man von weit her auf dem Hügel sah, lernte ich, dass die Felsen dort aus Tuff sind, auch ein Wort, das ich behielt. Das Dorf saß auf dem Felsen wie ein schartiger Auswuchs, in dem die Fenster Löcher waren und die Türme aufgeschossene starre Ableger. Trotzdem sah es freundlich aus, und meine Neugier auf den Ort war bei der Anreise mit jeder Kurve, die wir hinter uns brachten, gewachsen. Das Dorf schloss sich um uns Ankömmlinge, als würden wir erwartet. Der Stein strömte Wärme aus, in den Gassen roch es nach Brot, metallisch nach Geranien, nach Thymian und süß nach Anis. Wir bezogen zwei Zimmer in einer Pension, von der aus man den Felsen hinab in die Tiefe schaute, auf den von Pfaden durchzogenen Wald und auf weitere Hügel und Berge in der Ferne. Es gab von Sehnen durchsetztes, in dünnen Scheiben gebratenes Fleisch und Tomaten zum Abendessen, und wir machten einen Spaziergang durch das Dorf. Vor einer Kirche spielten Kinder noch im Dunkeln draußen, ihre Stimmen hallten von den Mauern wider, und mir prägte sich ein, dass die Kirche mit ihrer Fassade von abweisender Glätte San Rocco hieß. Wie so oft, wenn ich in der Fremde Kinder spielen sah, stellte ich mir vor, zu ihnen zu gehören, ich würde meinen Namen haben, aber in einer anderen Sprache sprechen und in diesem Bergdorf aus Tuff wohnen, tagein, tagaus, in dem es keine Gärten gab, aber Gassen und Plätze, auf denen Kinder ohne jede Aufsicht von Erwachsenen spielten, und wie immer werde ich mich auch da, vor dieser Kirche San Rocco, gefragt haben, wie ich als eines dieser Kinder, hierhergehörig und dieser Sprache mächtig und nicht der meinen, wohl diese Familiengruppe finden würde, die an dem heißen Augustabend unser Spielfeld streifte, mit Kindern, die guckten und nichts sagten. Was würde ich beim Anblick dieser Familie von mir selbst halten? Mit diesem Gedanken, dem ich mich oft überließ, stieß ich immer an eine Grenze, an der ich früher oder später aufgab. Der Gedanke berührte eine Teilung meiner selbst in Möglichkeiten, die mich überforderte. Doch beiläufig dämmerte mir dabei etwas, das, auch wenn ich es bis heute nie zu benennen gelernt habe, mir wie ein schwindelnd verlockender und zugleich unheimlicher Vorstoß über eine Grenze der Wirklichkeit hinaus vorkam oder wie eine Aufhebung der Grenzen der Wirklichkeit. Diese Vorstellung, ich könnte mir selbst als ein bloßer Teil dieser Familie von werweißwoher gegenüberstehen und auch von mir selbst abgeschätzt und beurteilt werden, ließ mich nachts wach liegen. Was wäre *Ich* in dieser Begegnung? Damit geriet ich immer an den Punkt, an dem ich scheiterte. Ein Weiterdenken und ein Sich-Ausmalen des Wagnisses eines solchen Blicks war nicht möglich. Diese Unmöglichkeit mochte auch an der Ahnung liegen, dass ich bei einer solchen Teilung die tiefe Einsamkeit dieser Familiengruppe und jedes

Einzelnen in ihr von außen zu sehen bekommen hätte. Dem wollte ich aus dem Weg gehen.

In diesem Bergdorf lag ich oft wach. Fast jede Nacht war in der Ferne um einen hohen Berg ein Wetterleuchten zu sehen. Im Tal war es still bis auf die Geräusche von Tieren, von Nachtvögeln, vielleicht auch Füchsen, scharfe, flache Laute, wie zur Verständigung über Angst.

Mein Vater war stets auf der Suche nach Spuren. Meistens waren es die Etrusker, denen er nachspürte. Bücher über etruskische Stätten stapelten sich auf seinem Schreibtisch, und *necropoli* gehörte zu den Alltagsvokabeln der Aufenthalte in Italien. In dem Ort aus warmem Tuffstein wanderten wir durch die Gassen, Stiegen hinauf und hinunter, durch Torbögen und enge Gänge zwischen Häusern. Weinhandlungen, Gemüsegeschäfte und Metzgereien lagen in Gewölben noch unterhalb der Straßenebene, die Händler waren freundlich und gaben meinem Vater Auskunft über Dinge, die wir nicht verstanden, und waren am Ende wahrscheinlich enttäuscht, dass die freundlichen Gespräche zu keinen Käufen führten.

Wir gingen aus dem Ort hinaus, über die terrassenartigen Streifen, auf denen aus der Nähe betrachtet der Wald schütterer stand, als man von oben hinabblickend meinte, und fanden schließlich, was mein Vater gesucht hatte, schmale Gänge in den Felsen, feucht, kühler und trotzdem schwer stand die Luft darin, Moosflecken zogen sich über die Wände. Die Gänge waren unterschiedlich breit, manche so eng wie Spalten, wir fürchteten uns, und mein Vater ging alleine hinein, rief in Abständen etwas heraus, dann war es still, Fliegen summten, und man hörte den Sperber irgendwo, dann kam mein Vater zurück, und wir gingen weiter. Wir verirrten uns auf dem Weg zurück ins Dorf und gelangten durch ein zerbrochenes Tor zu einem kleinen Friedhof. Der Friedhof lag auf einer Art Felsenterrasse, von dem aus wir über Straße und Tal auf den Ort blickten. Von hier aus betrachtet, hatte der Ort etwas Wehrhaftes, wie eine Festung, als müsse er sich gegen eine Gefahr wappnen, die aus den Tälern aufsteigen oder von den umliegenden Bergen überspringen konnte. Der Friedhof ähnelte dem Dorf auf gewisse Weise, weil er auch einen allerdings kleineren Felsen krönte, und unterhalb der Außenmauer des Friedhofs fiel der Hang steil zu einem Weg ab. Im Unterschied zum Dorf jedoch lag der Friedhof offen, von keinem Turm bewehrt, möglichen Angriffen ausgesetzt. Nur im Hintergrund erhob sich eine Reihe hoher dunkler Zypressen, eine unnötige Rückendeckung, die die Ausgesetztheit des Geländes nicht schmälerte.

Ich hatte bisher nur Friedhöfe mit Gräbern von Angehörigen gekannt, denen man einmal im Jahr eine gedenkende Freundlichkeit erwies. Inmitten fremder Gräber zu stehen, an einem fremden Ort, war mir neu. Mein Vater wischte Nadeln, Blätter, grobkörnigen Sand beiseite, die sich auf den Grabplatten gesammelt hatten, darunter erschienen Schriftzüge in unvertrauten Buchstaben, die mein Vater für uns entzifferte. Wir folgten ihm etwas verlegen von fremdem Grab zu fremdem Grab, während er unnötigerweise auch die italienischen Vor- und Familiennamen laut vorlas, die auf einzelnen Gräbern in lateinischen Buchstaben standen. Es war ein kleiner Friedhof, der verwahrlost wirkte, mit einigen Gräberreihen, zwischen denen Unkraut und Baumschösslinge wuchsen, und hohen Zypressen im Hintergrund. Die Grabsteine, Grabmäler und Platten waren grauweiß, manche aus Marmor oder Travertin, andere verwittert und mit Flechten besetzt, glatt und kühl im Gegensatz zum Tuff. Wie ein kleines ernstes Kummerdorf lag der Friedhof dem rötlich gelben Bergort gegenüber, sie sahen einander unweigerlich immer an.

Als wir aus dem Ort auf dem Tuffberg abreisten, machte mein Vater einen kleinen Abstecher zu dem Friedhof, um den Ausblick zu fotografieren. Es war ein sehr heißer Tag, windlos und weiß, die Luft voller Zikadenzirpen, der Ort sah grauer aus als vorher, verschlossener, was an der Hitze liegen mochte. Wir saßen auf einer kleinen Mauer, von der aus der Blick auf eine Wiese oder Weide ging, die von hohen Bäumen eingerahmt war, und horchten, stets möglicher Schlangen eingedenk, auf ein Rascheln in trockenen Resten hinter uns. Wir durften durch das Opernglas meiner Mutter sehen, während mein Vater fotografierte. Als ich an der Reihe war, sah ich einen großen Vogel am Rand der Bäume still in der Luft schweben, der dann sehr plötzlich hinabstieß, ich verlor ihn aus den Augen, doch hatte ihn kurz darauf wieder im Blickfeld, wie er sich schwingenschlagend mit einem kleinen Beutevogel zwischen den Krallen davonmachte, auf die hohen Bäume zu. Ich ließ das Glas sinken und nahm nur einen verschwommenen Schatten vor dem Grün der Baumwipfel wahr. Als ich es wieder an die Augen hob, war der Vogel verschwunden. Später erzählte ich davon, schon auf der Weiterfahrt, als Dorf und Friedhof weit hinter uns lagen. Das war der Sperber, sagte mein Vater, als hätte er den Vorfall selbst gesehen, vielleicht hat er sich einen Stieglitz gefangen.

maiale

Bei den unvermeidlichen Fahrten auf Schnellstraßen und Autobahnen verlor auch mein Vater wie angesteckt von der allgemeinen Sorglosigkeit seine Vorsicht, er setzte seine Sonnenbrille auf, trat aufs Gaspedal und rauchte in den Zugwind der offenen Fenster. Wie alle anderen Autofahrer kaufte er sich mit dem Schein für die Autobahn eine Art Jahrmarktsfahrt der möglichen Karambolagen, gespielten Furchtlosigkeiten und knapp verpassten Tragödien. Am schlimmsten war die Autobahn durch den Apennin, mit kurzen und langen Tunneln und Galerien, von denen man in Abgründe blickte. Fast bei jeder Fahrt passierten wir Unfallstellen, die von Tragödien zeugten, die sich doch nicht hatten verpassen lassen. Auf einer Rückreise durch den Apennin wurden wir von einem großen Lastwagen überholt, einem Viehtransporter voller Schweine, die mit der unerschrockenen Neugier ihrer Art durch die Schlitze zwischen den Latten der kleinen Boxen auf dem Anhänger schauten. Es war ein quälend langes Überholmanöver, wie sie selten vorkamen, ein müßiges Spiel ums Schnellersein, das sich auf der engen Straße mit den Tunnelstrecken ohne Ausweichbuchten nicht so einfach abbrechen ließ. Sowohl hinter dem Schweineanhänger als auch hinter uns hupten andere Autofahrer mit spürbarer Wut, weil sie sich durch den immer schwerfälliger und dröhnender beschleunigenden Lastwagen um ihren eigenen Fahrspaß gebracht sahen. Während sich der Viehtransporter schlingernd auf einer Höhe mit uns befand, betrachtete ich den Schweineanhänger, der manchmal wie im Schwindel von der Schnelligkeit ausschwenkte und unserem Auto sehr nahe kam. Der Anhänger bestand aus einer Art Stahlgerüst auf Rädern, das mit Holzlatten ausgekleidet war. Durch die horizontalen Zwischenräume zwischen den Latten sah man die Schweine auf zwei oder sogar drei Ebenen stehen, jedenfalls drängte sich mir die Vorstellung von einer Art Apartmenthaus auf. Ich hatte nie viel übrig für Schweine, hätte nie eines berührt, mich ekelte der Geruch von Schweineställen, und nach Geschichten von Säuen, die Menschen die Finger abbissen und ihre eigenen Ferkel auffraßen, fürchtete ich mich sicher auch. In diesen Minuten auf einer Höhe mit dem Schweinetransporter erwachte in mir zum ersten Mal ein freundlicheres Interesse an den Tieren, die sich voll Ausblicksgier an die Sehschlitze drängten, um nach draußen schauen zu können, dabei musste ihnen die Welt, die sie dort erblickten, völlig fremd und unvertraut sein. Ich sah die Tiere nur in Bruchstücken, Augenpartien, Rüssel, Streifen der Leiber, Beine, zuckende Ohren, das rosige Beige ihrer Borstenhaut, die Gier ihrer schnuppernden Rüssel, die Flinkheit der Augen, die lustige Aufgeregtheit der Ohren, etwas an der Unbändigkeit dieser Schweineneugier jedenfalls gefiel mir plötzlich, und ich mochte mir die Tiere lieber auf einem Ausflug vorstellen als auf dem Weg ins Schlachthaus.

Das Wettrennen fand dann doch ein Ende, weil mein Vater an einer Raststätte die Autobahn verließ. Italienische Raststätten schienen ihm immer Orte der Verheißung zu sein, Versuchungen, denen er erlag. Wir Kinder streiften zwischen den grandiosen Schokoladenarrangements und gigantischen Spielzeugfiguren umher, von denen man sich kaum vorstellen konnte, dass jemand sie nebenbei auf einer Reise erstand, und sahen unseren Vater, wie er mit Kaffee und Zigarette zwischen anderen Durchreisenden stand, lässig, allein, unterwegs.

Als wir wieder auf die Autobahn zurückkehrten, hatte sich ein Stau gebildet. Endlos kroch die Schlange voran, schließlich in einen Tunnel hinein, in dem die Luft schwer von Abgasen zitterte, ein kurzer Schlauch, dessen rechte Wand bald zu einer halboffenen Galerie wurde. Durch die bogenförmigen Öffnungen wehte stinkender Rauch herein. Reisende aus den stillstehenden Autos drängten sich an der Brüstung, die zu hoch war, um viel sehen zu können, doch manche ließen sich sogar auf die Vorsprünge helfen, man hörte das Stimmengewirr, das schließlich von dem ratschenden Klackern eines Hubschraubers übertönt wurde. Mein Vater stieg aus, um zu rauchen, schlenderte zu der Brüstung, wurde von anderen Zuschauern des Vorgangs in ein Gespräch verwickelt. Wir folgten ihm mit den Blicken, neugierig und in der schrecklichen Spannung, die die Ahnung von Grausigem mit sich bringt, er stellte sich auf Zehenspitzen, fand mit den Füßen irgendwie Halt im Mauerwerk und beugte sich vorsichtig über die Brüstung. Im nächsten Moment sah ich, wie er sich die Hand vor die Augen schlug, wieder auf die Straße trat und sich dann krümmte und sich übergab. Es dauerte sicher nur Sekunden, zu kurz für uns, um zu reagieren, doch prägte es sich als eine Szene quälender Länge ein, und bei jeder Erinnerung daran mischten sich Entsetzen, Mitgefühl und Widerwillen zu anderen Teilen. Mein Vater kam zum Auto zurück, er hielt den Kopf gesenkt, als wollte er niemandes Blick begegnen, und ließ sich stumm in den Sitz fallen. Langsam ging es aus dem Tunnel, mein Vater sagte nichts, bemühte sich, nicht nach rechts zu schauen, wo die Absperrung der Straße durchbrochen war. Unten auf einem Felsvorsprung hing der Schweinetransporter, von dem Rauch in bräunlichen Schwaden aufstieg. Am Abend machten wir irgendwo Halt, schon in den Alpen, in einem kleinen Ort an einem Fluss, den man in der Ferne rauschen hörte. Später setzte ein leichter Regen ein, der auf das Sommerlaub tropfte und ein tröstliches leises Rascheln und Wispern erzeugte.

Disco

Auf unseren Reisen hielten wir uns unterwegs gelegentlich in Norditalien auf, wo mein Vater einen Bekannten hatte, den er manchmal auch als Freund bezeichnete. Der Freund war Arzt und Kommunist und seine Tochter lernte Russisch. Als ich zehn war, gab sie an mit einer Brieffreundschaft mit einem Mädchen in der Sowjetunion und zeigte uns stolz die Briefe, die sie auf Russisch bekam und die von dicken Ausstreichungen der Zensur durchsetzt waren. Sie bewohnten ein großes Haus mit vielen Zimmern, und überall außer in Küche und Esszimmer roch es nach Mottenkugeln. Die Ehefrau des Arztes war oft unpässlich, und meistens unterhielt er uns in Gesellschaft seiner Tochter, seines kleinen Sohns und der vornehmen Großmutter, die immer einen Fächer bei sich trug. Wir gingen im Lago Maggiore schwimmen, was ich scheute, ich fürchtete die Algen, in denen ich beim ersten Schwimmausflug an den See einmal gemeint hatte Aale zu erkennen. Wir besuchten Lokale mit Spielplätzen, auf denen Geräte in Gestalt von riesigen Disneyfiguren standen. Zwischen diesen grellbunten Geräten, für die wir viel zu groß waren, fühlten wir uns fehl am Platz. Der Arzt, von dem mein Vater stets nur als dem dottore sprach, redete viel und hinterließ immer eine wüste Landschaft aus Krümeln und Flecken um seinen Teller. Manchmal fuhren wir mit ihm auch lange Strecken zu Orten, wo Kundgebungen oder Feste stattfanden, öde Vororte von Mailand, die von der Stadt durch einiges leeres Brachland getrennt in der Nähe von Fabriken lagen. Auf Grünflächen zwischen Wohnblocks waren Tische aufgestellt, Bücher,

Broschüren und Plakate lagen zum Verkauf aus, aber es gab auch immer zu essen und zu trinken und Musik zwischen den Reden, die von den Betonwänden der Wohnblocks widerhallten. Vor dem Tanzen am Abend mussten wir wieder aufbrechen, um mit dem dottore zurück in sein Haus und zu seiner leidenden Frau zu fahren. In ärmlichen kleinen Städtchen gab es Feste mit Musik und Tanz, der schon tagsüber begann. Musiker spielten auf wackligen Bühnen mit Mikrofonen und Scheinwerfern, jeder tanzte und sang mit, wie es ihm gefiel, und wenn es gewitterte, flüchtete die Menge in den trübe beleuchteten Veranstaltungssaal einer Bar, wo Stühle in einer Ecke aufgetürmt standen und ein Billardtisch in der Mitte, an dem die Gewitterflüchtigen eine Partie begannen. Die Frauen auf den Kundgebungen waren energisch und laut, sie lachten viel und gingen untergehakt in geschlossenen Reihen hinter den Männern, die Plakate trugen. Es war neu und aufregend und etwas beunruhigend, weil ich wenig verstand, doch teilte sich das angenehme Gefühl einer großen Aufwallung mit. Es wurde allenthalben viel gestreikt in Italien, und das Wort *sciopero* war nicht zu überhören. Wenn wir abends im Esszimmer des dottore bei einem späten Abendessen saßen, lief der Fernseher mit Berichten von viel größeren Kundgebungen und Demonstrationen, als wir gesehen hatten.

Zum Garten gehörte ein Wäldchen, ein *boschetto*, nach dem auch das Haus benannt war, doch auch in dieser Verkleinerung war es noch ein großes Wort. Der *boschetto* bestand aus einer Gruppe dünnstämmiger Bäume, die wahrscheinlich in einem Wettstreit ums Licht zu schnell wuchsen, ein kleiner Pfad wand sich zwischen den Stämmen, von Brennnesseln gesäumt, und am Boden des Wäldchens kroch Dornengestrüpp, das Dickicht vorgaukelte. Mit der Tochter des Arztes wanderten wir auf dem Pfad hin und her und versuchten uns zu verständigen. Eines Tages fanden wir einen kleinen toten Vogel, die gelbschwarzen Flügel hatte er eng an den grünlichen Körper gelegt. Auf den ersten Blick wirkte er unversehrt wie ein Spielzeug, und ich hob ihn auf. Er hatte eine kleine Wunde am Hals, um die Federn und Flaum winzige verklebte Büschel bildeten, und er lag kühl und steif in meiner Hand. Wir drei beweinten ihn, ohne uns darüber verständigen zu müssen, und verscharrten ihn schließlich in einer mit Schuhabsätzen und kleinen Zweigen gekratzten Kuhle und breiteten Erde darüber. Die Tochter bestand darauf, dass wir uns alle sehr gründlich die Hände wuschen, doch als diejenige, die den Vogel aufgehoben und gehalten hatte, blieb mir noch stundenlang ein Gefühl wie von Aussätzigkeit, was vielleicht daran lag, dass das Mädchen mir mit ausgestrecktem Arm ein geöffnetes Buch vors Gesicht hielt, das ich nicht berühren durfte. Die aufgeschlagene Seite zeigte mehrere kleine bunte Vögel, unter anderem auch einen, wie wir ihn gefunden und begraben hatten. Lucarino, sagte sie. So hieß der Vogel auf Italienisch. Am nächsten Morgen suchte ich die Stelle auf, wo wir den lucarino verscharrt hatten. Er lag bloß, Ameisen bildeten eine breite Straße zwischen dem nur noch halb vorhandenen Vogelkörper und dem Unterholz. Am zweiten Morgen fand ich nur die Knochen, ein zartes Gebilde, in dem man keinen Vogel mehr erkennen konnte, eher wie ein rätselhaftes Stück aus ganz dünnem Porzellan, das derjenige, der es angefertigt hatte, als missraten betrachtet haben mochte und es deshalb hier beseitigen oder verbergen wollte. Als ich kurz darauf das Wort lucus im Lateinunterricht lernte, musste ich an den Vogel denken.

Den letzten Besuch beim dottore machten wir in einem Frühjahr. Das Wäldchen ergrünte zögernd, und es war kalt, die Berge auf der anderen Seite des Sees trugen noch große Schneeflecken. Wir machten einen Ausflug in einen größeren Nachbarort, wo der Freund meines Vaters bei einer sehr förmlichen Feier eine Medaille erhielt, ich weiß nicht mehr, ob es seinen Verdiensten als Arzt oder als Aktivist galt. Jedenfalls begaben wir uns danach, als es schon dunkel wurde, in ein großes Ausflugslokal, das aber nicht am See lag, sondern in einem ausfransenden Niemandsland am Ortsrand. Vor dem Lokal standen Männer in Trauben zusammen, manche hielten sich an ihren Mopeds fest, ein paar winkten dem dottore grüßend zu. Drinnen standen gedeckte Tische in langen Reihen, doch es waren nicht viele Gäste da. Eine Glaswand trennte den Gastraum zum Teil von einem weiteren Raum ab, der ganz leer war und nur von einigen großen Aquarien beleuchtet wurde. Dort war eine *discoteca*, erklärte uns der Arzt. Während wir aßen, kamen mehr und mehr Männer in den Raum nebenan. Ein Rollladen an der Rückwand wurde hochgezogen, dahinter fand sich eine matt beleuchtete Bar mit langer Theke, und Musik wurde gespielt, italienische Schlager, zu denen sich Glitzerlichter an der Decke des niedrigen Raumes drehten. Es war wie eine Nebenwelt zu dem Restaurant, wo sich inzwischen einige Familien eingefunden hatten, es wurde geredet, gelacht, gegessen, Kellner schweiften mit Wein und Speisen umher, während sich im Raum hinter der Glaswand eine Art Schummerzirkus entfaltete. Die Männer standen an der Bar oder an der Glaswand und starrten ins Restaurant, tranken und rauchten. Ein Mann kam an unseren Tisch und stellte dem dottore mit fast ehrerbietiger Höflichkeit eine Frage, dieser nickte, der Mann trat zurück und stand in einem dunklen Winkel nahe der Glaswand, bis wir das Essen beendet hatten. Mein Vater erklärte uns, dass wir, meine Schwester, die Tochter des dottore und ich, jetzt in der Diskothek tanzen gehen dürften. Ich war elf, höchstens zwölf, die Aussicht, in einer Diskothek zu tanzen, machte mich aufgeregt und verlegen zugleich. Auf ein Handzeichen des dottore kamen gleich einige Männer, allen voran derjenige, der im Schatten gewartet hatte, und geleiteten uns auf die Tanzfläche hinter der Glaswand. Die Männer waren vielleicht Mitte zwanzig, mir erschienen sie alt, und ich fühlte mich sonderbar. Ein kleiner

Mann legte mir die Hände auf die Hüften und schob mich zu der langsamen und etwas schwülstigen Schlagermusik herum, er hatte sehr ernste Augen unter sehr buschigen Brauen, seine Stirn war gefurcht, als müsste er sich anstrengen oder konzentrieren, manchmal versuchte er ein Lächeln oder sagte etwas, was ich sicher auch ohne die Musik nicht verstanden hätte. Nach diesem Tanz kaufte er mir ungefragt eine Cola, ich sah, dass seine Hände Schrammen hatten, und die Rillen in seinen Handballen waren schwarz. Ich bedankte mich höflich, obwohl ich Cola nicht mochte. Männer verständigten sich andeutungsweise, mit Blicken und kurzen Fingerzeichen, wahrscheinlich darüber, wer jetzt wen herumschieben durfte. Der nächste Mann war ebenso ernst und auch nicht sehr groß, und auch er bewegte mich wie zur Probe etwas steif hin und her, befühlte meine Taille und Hüften dabei, und als die Musik endete, winkte ich im Voraus ab, keine Cola. Weitere Mädchen wurden aus dem Gastraum auf die Tanzfläche geführt, und ich war unsicher, ob ich die Tanzfläche fliehen oder bleiben sollte, irgendetwas bereitete mir Vergnügen an diesem Geschiebe zu der schweren Musik, als wäre ich nicht mehr ganz ich selbst oder als wäre es ganz egal, wer ich war. Dann wurde die Musik schneller und lauter, die Männer von der langsamen Musik traten in den Hintergrund und drückten sich an der Bar herum. Endlich geriet ich an einen Jungen, der vielleicht sechzehn war, er hatte lange Haare und tanzte wie auf Schulpartys mit Popmusik, ohne Anfassen.

Am nächsten Tag reisten wir ab und fuhren weiter nach Süden, und wie fast immer lag die Ebene hinter Mailand in diesem weichen, leisen, alle Umrisse besänftigenden Licht. Meine Eltern stritten sich über den Verlauf der *Linea Gotica*, ein Name, den ich nie vergaß, auch wenn ich erst viel später wusste, was sie war.

Ein Jahr später bekamen wir die Nachricht vom Tod des dottore. Mein Vater war sehr erschüttert und saß tagelang an einem Kondolenzbrief, den er der Witwe schicken wollte. Im Sommer kam die Tochter zu Besuch zu uns. Meine Schwester und ich waren nervös vor ihrer Ankunft, wir hatten noch niemanden in unserem Alter gekannt, dessen Vater gestorben war. Doch das Mädchen stieg aus dem Zug und wirkte ungerührt. Sie lebte jetzt in Florenz bei ihrer Großmutter und hatte ein bodenlanges Kleid in ihrem Koffer, vielleicht erwartete sie, auf einen Ball geführt zu werden. Sie sprach nur noch von Russland und ihrer russischen Brieffreundin, einen ganzen Stapel der zensurgeschwärzten Briefe hatte sie im Koffer, und erzählte von einer bevorstehenden Reise, bei der sie die Steppe zu besichtigen gedachte. I want to visitate the steppa, sagte sie in ihrem etwas bröckelnden Englisch, the steppa has no end.

Tarquinia

Seiner Vorliebe für die Etrusker widmete mein Vater auch außerhalb der Reisen in Italien viel Zeit. Er verbrachte Stunden über Landkarten, markierte Fundorte, verband die Fundorte mit dünnen Linien, übertrug dieses Netz von Linien auf Pauspapier und grübelte über den entstandenen Mustern. Er kritzelte Namen an die Verknüpfungspunkte, Jahreszahlen, machte Notizen auf den Rand des Blattes, legte neue Zeichnungen an, größere, kleinere, unbeschriftete, ein Hin und Her von Wegen, die keiner Unwegsamkeit Rechnung trugen, ein Labyrinth ohne Anfang und Ende, ein Streckennetz in der Leere. Er sprach wenig darüber, doch auf Reisen in Italien war Etruskisches immer gegenwärtig. Von unzugänglichem Gelände, umschleiert vom Hörensagen, am Rand des Apennin bis zu schwefeldünstenden Tälern im Gebirge und dem Hinterland der Küste, überall gab es Etruskerspuren, und immer waren es Gräber, Gräberstädte, Sammlungen von Grabbeigaben. Necropoli war ein Wort, das von werweißwievielen Schildern ins Auge sprang. Irgendwann gesellte es sich unweigerlich zu dem Geheimniswort Nekrosen, mit dem unverständlich benannt war, was dem Leben meines zweiten Großvaters ein Ende setzte. Wer Etruskisches aufsuchte, kam am Tod nicht vorbei, der jedoch in Landschaften und Aussichten gebettet fast freundlich schien, gehegt, ersucht, verstanden. Die Etrusker hatten keine Gedichte hinterlassen, keine Schriften und Erläuterungen, ein paar Wörter, wenige Namen. Nur ihre Totenstädte waren geblieben, die früher Auge in Auge mit denen der Lebenden lagen. Totenstädte mit Bildern, Reliefs, Kammern und

Gegenständen, die, wie es hieß, denen entsprachen, deren sich die Lebenden bedienten.

An einem grellen Tag mit scharfen Schatten besuchten wir Tarquinia. Es war kalt, vielleicht Februar, und ein bitterer Wind ging über das Plateau mit den Gräbern, von dem aus man zur einen Seite über den dünn besiedelten Küstenlandstreifen aufs blendend schimmernde Meer und zur anderen Seite auf eine riesige weiße Felsnarbe in der Hügellandschaft blickte. Der Wind riss an den spärlichen grausilbrigen Olivenbäumen, die verstreut und geduckt auf dem winterfahlen Gelände standen, an den laublosen Baumkronen mit Mistelkugeln und den Schirmpinien am Straßenrand. Er heulte um die Ecken der Hütten, durch die man die Gräber betrat, und trieb quer über das Gräberfeld Staubwolken vor sich her.

Die Grabstätten selbst waren mir nicht geheuer, was nicht an den Toten lag, sondern vielmehr an der dumpfen Unterirdischkeit und der damit verbundenen Unwägbarkeit von dem, was man dort lebendig antreffen mochte. Es musste damals, als wir Tarquinia besuchten, für Schlangen viel zu kalt gewesen sein, der Wind war so eisig, dass sich alle Ansässigen in der kleinen Stadt hinter verschlossene Türen zurückzogen, und jede Natter, die sich ins Offene gewagt hätte, wäre zu einem trocknen Stöcklein erstarrt vom Wind aufgehoben und davongetragen worden. Trotzdem packte mein Vater einen abgerissenen winterdürren Ast, der gleich beim Eingang zu dem Gelände im Weg lag, um damit beim Hinabsteigen uns vorauf warnend auf den Boden zu schlagen. Auf der ersten Treppe barst der Ast schon in Stücke, mein Vater versuchte sich noch mit dem Stümpfchen, gab aber dann auf und stapfte nur mit schweren Schritten voran, die Taschenlampe gezückt, die er zur besseren Ausleuchtung mitgebracht hatte.

In den Kammern herrschte eine Art rauschender Stille, unter der von dem Wind draußen nichts mehr zu hören war. Dort, in diesen Totenstuben, galten andere Regeln, Licht,

Wetter, Wind und Klänge draußen zählten hier nicht. Womöglich hatten die Toten ihr eigenes Licht, bei dem sie die Malereien an den Wänden betrachten konnten, und dieses Licht erlosch, wenn Lebende eintraten. Unsere Stimmen klangen anders, flach und echolos, die Wörter stießen stumpf an die Wände mit den aufgemalten Figuren und Mustern, fielen trocken zu Boden, als machten die Kammern sie ungesagt. Die Toten hatten ihre Betten und Nischen und hier und da ihre in die Wände gemeißelten Dinge, eine Ordnung aus Stein, die ihnen recht sein und in ihrem Totendasein so guttun mochte wie das Weiche zu ihren Lebzeiten.

Bei den vorderen Hütten standen Gefäße für die Asche von Toten, große geborstene und kleinere pilz- und kastenförmige Behälter, angefressen von der Salzluft und mit Flechten bedeckt, die sich zu Mustern in der rauen hell- und dunkelgrauen Oberfläche fügten. Ich streckte die Hand über die niedrige Absperrung, um die Oberfläche einer Pilzurne zu berühren, die sich weicher und weniger zerklüftet anfühlte als erwartet. Ich zog die Hand zurück und mir war, als hätte ich etwas Verbotenes getan.

Draußen lag das weite Gelände in seinen blassen Grüns und Fastgelbs unter dem Wind, der in immer heftigeren Stößen über die Gräser strich und in die niedrigen nadelholzigen Kriechgebüsche fuhr. Die Staubwolken formten sich hier und da zu kleinen Säulen, die wie eine Vorhut des Winds dicht über dem Boden dahinflogen, flüchtige Engel aus den feinsten Partikeln der Stoffe dieser Gegend. Die Helligkeit breitete sich gleißend über die Fläche, die die Totenstadt bedeckte, uneben, von trockenen Wegen durchzogen. Die Wege verliefen zwischen den Hütten wie die Linien auf dem Etruskernetz, das mein Vater auf Pauspapier zeichnete. Eine tonlose Lebendenschrift über all den ausgehobenen und noch im Verborgenen liegenden Heimstätten der Toten, um die längst niemand mehr trauerte. Die riesige weißliche Schroffheit, so kahl auf der anderen Seite des gestrüppigen Tals, das sich hinter der Nekropolis senkte, diese Narbenfläche der Lebendenstadt, die geschleift und nur noch in ihrer Abwesenheit erkennbar war, lag stumpf wie im Schatten, obwohl das Licht auch dorthin fiel, doch es versickerte im dichten Gestein.

Ponte Cavour

Nach Jahren reisten wir wieder nach Rom. Es war eine andere Stadt geworden. Windige Sonnentage wechselten sich ab mit grauen Schneeregentagen, Sturmböen verfingen sich in Loggien und zwischen den Antennen auf den Dächern. An den nassen Abenden waren die Straßen fast leer. Die Lichter spiegelten sich auf dem Pflaster und Asphalt, Frauen hasteten mit Einkäufen nach Hause, die eisernen Rollladen wurden früher als sonst heruntergelassen. Um Stazione Termini duckten sich die Männer mit Hut und hochgestellten Mantelkragen gegen den Wind, der an Schildern und Absperrungen rüttelte und die Luft mit unablässigem Scheppern erfüllte. Bei der Ankunft hatte sich mein Vater verfahren und fand aus dem Geviert um den Bahnhof nicht mehr hinaus. Bei dem verirrten Kreisen öffneten sich kurze Blicke in die Schichten der Stadt. Auf beleuchteten Gehsteigen, über denen die Markisen der Lokale schief im Wind standen, beugten sich verdrossene Kellner hinaus ohne Hoffnung auf Kundschaft. In der Mitte einer Kreuzung ohne Autos und Passanten vor dunklen Gebäudeklötzen ohne ein einziges helles Fenster stand ein Trio Verkehrspolizisten in langen Regenmänteln, wie Automaten hoben und senkten sie die Arme in den leeren Abend. An schmalen Straßen voller Regenpfützen drängten sich geschminkte Frauen in Hosen und hochhackigen Schuhen in Hauseingänge, rauchend, summend, lachend, hier und da sah man hinter halb heruntergelassenen Laden nur ihre Beine und die Schuhe mit hohen Absätzen. Kunden kamen vorsichtig, schauten sich um, beugten sich so tief, dass sie unter die Laden schauen konnten, verhandelten mit den Frauen oder machten sich hastig davon. Es waren keine jungen Frauen, die ich dort sah, die meisten vielleicht im Alter meiner Mutter. Sie trugen aufgebauschte Frisuren und viel Schminke. Kleid, Rock, Kopftuch waren die gängige weibliche Kleidung auf den Straßen in Italien, und bei den abendlichen Frauen hinter Stazione Termini wirkten daher die Hosen mit weiten Beinen wie eine Berufskluft, die sie bei ihrem heimlichen Geschäft in diesem unwirtlichen Frühjahr wenigstens warm hielt.

In Rom hatten sich die Ordnungen aus der Zeit unseres ersten Besuches verschoben. Die Trennung in Ansässige und Durchreisende, in Gewichtigkeit von vergangenen und unzugängliche Leichtigkeit von gegenwärtigen Leben drängte sich weniger ins Blickfeld. Risse verliefen jetzt auf anderem Gelände, und Zugehörigkeiten waren umgeschrieben. In allen Stadtvierteln hatte Unrast Teile der Ansässigen ergriffen, Durchreisende nahmen die Unruhe auf und trugen sie weiter. Es gab Straßensperren, Trauben von Polizisten allenthalben, vorbeiziehende Demonstrationen, das alles war mir neu und schob sich vor jeden Blick auf das, was mir zur Betrachtung empfohlen war. In den vollgestopften Bussen standen wir nicht mehr wie ein Fremdeninselchen an unseren Vater gedrängt, umringt von den müden und argwöhnischen Männern und wenigen Frauen auf dem Weg zur Arbeit oder nach Hause. Jeder Mann hatte jetzt eine Hand bereit für stumme Belästigungen und beängstigende Zudringlichkeiten. Einmal schlug eine Frau im Bus einen Mann ins Gesicht, sie trug ein für das Wetter viel zu dünnes gepunktetes Kleid und ein Kopftuch, und Tränen liefen ihr über die Wangen, als sie nach dem Schlag in aller Hast ausstieg, vielleicht hatte sie ausgeharrt und sich gefürchtet und erst gewagt, zu schlagen, als ihre Haltestelle kam. Als die Frau auf dem Trittbrett stolperte und mein Vater sich beugte, um ihr zu helfen, stieß sie ihn mit Wucht zurück und sprang in den kalten Regen hinaus. Die Männer im Bus murrten und lachten zugleich, und nach den Tränen der Frau musste ich plötzlich selbst weinen.

Abends gingen wir in ein Café am Ponte Cavour. Dort saßen wir eine Stunde, zwei Stunden ohne meinen Vater, der für das Sitzen in Cafés wenig übrighatte und froh war, allein durch die Straßen gehen zu können. Die Stühle und Bänke hatten grünweiß gestreifte Polster, und von den Rückenlehnen der Bänke bis zur Decke waren die Wände mit Spiegeln bedeckt. Es war ein großer Gastraum, der an keinem der Abende voll besetzt war, die Gäste saßen an ihren runden Tischchen und rauchten, plauderten, lasen. Jeden Abend thronte eine Dame mit Pelzkappe auf der Bank gegenüber der schimmernden Theke und verzehrte sehr langsam und elegant einen kleinen Kuchen nach dem anderen. Nach stundenlangem Gehen durch die Straßenschauspiele fühlte ich mich wohl dort, das Café lag wie ein vornehmer Hafen am Meer der Bewegung von Rom, und obwohl ich keine Vorliebe für Vornehmes hatte, konnte ich in diesem Hafen einfach sitzen und aus dem Fenster schauen, wie es dort draußen dunkel wurde, wie die langen Schlangen der Autoscheinwerfer von der Brücke gekrochen kamen, wie sich junge Leute mit Vespas an der Mauer zum Tiber sammelten und redeten, jeden Abend, solange wir dort saßen und werweißwielang in den Abend hinein, wenn wir schon fortgegangen waren. Ich hielt Ausschau nach Zeichen, mit denen sich die Stadt lesbar machte. Diese Versammlung unter den frühlingsbereiten Platanen am Tiberufer war ein solches Zeichen, und auch die Demonstrationen, auf denen magere Mädchen die Fäuste reckten, was mir gefiel, und an einem stillen Tag mit weißem norditalienischem Licht auch Ostia Antica. Dieses langsame Buchstabieren an der Stadt Rom fiel in den kurzen Abschnitt des Heranwachsens, in dem ich – wie jedes Kind irgendwann – fast unvermittelt, von einem Zufall angestoßen, die *Welt ohne mich* erkannte und sie am liebsten den ganzen Tag durch die Fensterscheiben dieses Cafés betrachtet hätte. Eines Abends wanderte mein Blick ziellos vom Fenster zu dem hohen Spiegel, in dem man einen Teil des Cafés, den Eingang und die Theke überblicken konnte, ich sah jemanden eintreten und erschrak kurz darauf, weil ich einige Augenblicke gebraucht hatte, um meinen Vater zu erkennen.

Schließlich legte sich der Wind, der Regen blieb aus. Unter einem weißen Himmel, der Sonnenschein zu einer gleichmäßigen sanften Helligkeit filterte, besuchten wir das Grab von John Keats. Der Friedhof war voller Katzen, die zwischen den Gräbern umherstreiften, sich an unseren Beinen rieben. Das Grab von John Keats war ein Ort, wo Katzen immer auf Zuneigung hoffen konnten. In der Nähe des Eingangs standen halb versteckt unter gestutzten Zypressenbäumen kleine Teller wie für eine Zwergengesellschaft, eine alte Frau kam mit einem Topf voller Essensreste und verteilte sie auf die Teller, um die sich schon Katzen drängten. Neben dem Friedhof ragte eine spitze Pyramide aus dem Verkehr, ein kantiges Zeichen, Verweis auf die Insel der Toten, die hier, von der Stadt umlärmt, lag. Ein römischer Krieger hatte sich die Pyramide als Grabmal errichten lassen, vielleicht von Sehnsucht nach der sandfarbenen Fremde Ägyptens verzehrt, wo er, seiner Kriegertracht ungeachtet, ein anderer gewesen war als hier in Rom, wo sein Auge unweigerlich Tag für Tag auf die ernsten Gruppen dunkler Schirmpinien fiel.

Vom Friedhof an der Pyramide fuhren wir hinaus nach Ostia. Wir wanderten durch die grasüberwucherten Gassen zwischen den Resthäusern der See- und Geschäftsleute, der kleinen Händler, Vermittler zwischen dem Meer und der Stadt flussaufwärts vom Sumpfland, das Ostia umgab. Ein stilles Gelände um die zerbrochenen Gehäuse des Ortes unter meernahem Himmel. Nichts erinnerte mehr an Städtischkeit, und trotzdem konnte man sich in der Verfallenheit der Dinge besser ein einstiges Leben vorstellen als im Wiederhergerichteten, so als wären das Gras und Unkraut und die kleinen Blumen in den Ritzen zwischen Ziegel- und Pflastersteinen eine Art Schutzhaut, die möglichst vieles und auch Unsichtbares bewahrte. Möwen kreisten rufend in der Luft, und die halbrunden leeren Öffnungen in den Urnenwänden der alten Totenstadt sahen aus wie kleine Versionen der bucklig zerbröckelten Häuser längs der gepflasterten Straßen, die zur früheren Lebendenstadt gehörten. Totenstadt, Lebendenstadt – beide waren leer, alle Anwesenheit abgezogen, und sie bezogen sich in dieser Leere aufeinander, so wie sie sich früher, mit Lebenden und Toten angefüllt, über die Straße hinweg, die allem seinen Platz zuwies, aufeinander bezogen hatten. Ganz anders als in der Stadt waren die Dinge hier schön in ihrer Hülsenhaftigkeit und Leere und ohne Zeugnis sein zu wollen.

Ostia am Meer wirkte noch leerer als die Ruinenstadt. Die meisten Rollladen waren heruntergelassen, die Läden noch gegen den Winter verbarrikadiert oder dabei, für die Saison wiederhergerichtet zu werden. Das Meer lag graublau und still und kräuselte sich leicht um die Tibermündung am Ende des Strands. Klein und eingezwängt zwischen Zweckgelände kam der Fluss aus dem Sumpf- und Marschland und entließ sich ins Meer.

Caccia

Unsere letzte gemeinsame Reise nach Italien fiel in einen müden Sommer, der nichts Gutes verhieß. Wir wohnten am Rand eines Dorfes, umgeben von Weinfeldern, Olivenhainen und kleinen Baumgruppen, an unwirtlichen Hängen kroch Brombeergestrüpp, in dessen Schutz Nattern raschelten. In einiger Entfernung gab es einen kleinen Steineichenwald. Wir waren zum dritten oder vierten Mal dort, hatten gesehen, wie sich eine Art kleiner Wohlstand in den Dorfhäusern einnistete, verwilderte Olivenhaine gesäubert, gestutzt und gepflegt wurden, wie die Weinpflanzen blau von Kupfersulfat starrten und schwarze und weiße Lämmer geschlachtet wurden, die fruchtlosen Böcklein des Frühlingswurfs. In einem Garten am Dorfrand wurden Schweine gehalten, auch diese würden geschlachtet werden, doch erst im Winter, wenn das Blut nicht so schnell verdarb, wie die Bäuerin erklärte, bevor sie in allen Einzelheiten darlegte, wie eine Schlachtung vor sich ging, wie mit Blut und Gedärmen zu verfahren war und wie Füße, Ohren, Schnauze zur Verwendung kamen.

Im Laufe der wenigen Jahre, in denen wir den Ort kannten, entstand im Innern des Steineichenhains eine kleine Müllkippe. Gelegentlich kam ein alter Mann mit einem großen Stock an dem Haus vorbei, wo wir wohnten, einmal sah ich ihn an der Müllkippe mit dem Stock Jagd auf Ratten machen. Er ließ den Stock unter gezischten Verwünschungen auf den Boden krachen, ob er Ratten erwischte, wusste ich nicht. Mein Vater ging oft ins Dorf, kaufte Wein und Käse und ließ sich mit den

Weinbauern auf lange Gespräche über die Vorzüge von Weinsorten, Stahlfässern, bestimmten Spritzmitteln ein.

Über der Landschaft hing in diesen Wochen eine schwere Hitze, die nicht weichen wollte, nachts sahen wir im Westen oft Wetterleuchten, doch kein Gewitter erreichte uns. Von seinen üblichen Spaziergängen kehrte mein Vater immer sehr erschöpft zurück, berichtete wenig und saß dann lange unter einem Maulbeerbaum. Er schaute in die Landschaft, versuchte sich an den Kirchtürmen, Hausdächern und Zypressenreihen in der Ferne zu orientieren und ihnen Namen zu geben, die er auf der Karte gefunden hatte.

Eines Morgens erschien eine große Gruppe von Landarbeitern, Männer und Frauen, die den Wein ernteten. Sie brachten zwei oder drei Esel mit und wechselten sich damit ab, den Esel mit den gefüllten Körben zum Weinbauern zu führen. Mittags setzten sie sich in den Schatten und aßen, tranken und schliefen. Die Esel zuckten mit den Ohren, um sich der Fliegen zu erwehren, und bekamen Wasser. Die Ernte in den Weinfeldern um das Haus dauerte drei Tage, dann verschwanden die Landarbeiter wieder. Meinen Vater hatten sie nervös gemacht, sie gingen unwillig auf seine Plauderversuche ein und sprachen außerdem einen Dialekt, den er nur mit Mühe verstand. In der Nacht nach der Ernte wurden die Netze für den Vogelfang ausgebracht. Das geschah in der Dunkelheit, wenn die Vögel schliefen. Männer mit Taschenlampen bewegten sich zwischen den abgeernteten Reihen der Weinstöcke, und wir wussten nicht, was vor sich ging, bis jemand am nächsten Tag den Zweck der Netze erklärte. Der Anblick der Netze und der Männer, die ihren Fang einsammelten, machte uns alle wortkarg. Am nächsten Tag war der Anfang der Jagdsaison. Bei Tagesanbruch parkte ein Jeep neben dem Haus, zwei Männer mit Hunden stiegen aus und nahmen ihre Gewehre von der Ladefläche. Den ganzen Tag über hallten Schüsse aus allen Richtungen, gelegentlich auch Hundegebell.

Mein Vater wagte keinen Spaziergang. Er ging ins Dorf, kam etwas angetrunken zurück und wartete mit Statistiken über Schussopfer unter den Jägern auf. Für den nächsten Tag beschlossen wir einen Ausflug zu einer Etruskernekropole, von der mein Vater meinte sie noch nicht ausreichend zu kennen, doch der Morgen brach schon mit einer so lastenden Hitze an, dass wir den Plan aufgaben. Trotz der Hitze hielt sich das Jagdfieber. Der Jeep parkte wieder neben dem Haus, Schüsse und Hundegebell hallten durch das sanfte Tal. Weder am ersten noch am zweiten Tag der Jagd sahen wir die Jäger mit ihrer Beute zurückkehren, der Jeep verschwand unbemerkt, ohne Hundehecheln, ohne dumpfes Aufprallen erlegter Beute auf die Ladefläche.

Am Nachmittag des zweiten Jagdtages bildete sich im Westen eine dunkelblaue Wolkenfront und schob sich näher. Die Wolken hatten riesige braune Bäuche, und um die Ränder leuchtete es grünlich gelb, doch bald war auch dieser Lichtkranz verschwunden, und die Landschaft verlor alle Farbe. Das Gewitter dauerte Stunden. Der Strom fiel aus, hinter uns flackerten Kerzen in den finsteren Räumen, und jeder für sich standen wir an den Fenstern und schauten in den Gewittersturm. Am nächsten Morgen hingen die Vogelnetze verwüstet zwischen den Bäumen und Weinstöcken. Die Erde war nach dem Regen nicht mehr hellbraun und staubig, sondern rot. An den Hängen hatten sich kleine Erdrutsche aus Schlamm und Geröll gebildet, die wie Wunden in der Landschaft lagen. Vom Maulbeerbaum war ein großer Ast abgebrochen und hatte im Fallen den Stuhl umgerissen, auf dem mein Vater gerne saß. Die Vögel sangen wie noch an keinem Morgen in diesen heißen Wochen, und kein einziger Schuss fiel. Alles außer den Vögeln war gedämpft und geduckt, die Sonne stach, wenn sie zwischen den Wolken hervorkam, und das Licht war dann grell und scharf. Am Nachmittag war der Himmel wieder blau, das Rot der Erde verlor zusehends an Wundheit, die

Landschaft richtete sich wieder zu ihrer gewohnten Lieblichkeit auf. Wir aßen beim Licht der Gasflammen in der Küche zu Abend, denn der Strom war noch nicht wiederhergestellt, und die Kerzen hatten wir aufgebraucht. Es gab nicht viel zu sagen, und vielleicht war jeder für sich voll Erleichterung mit dem Gedanken beschäftigt, dass unsere Zeit an diesem Ort jetzt zu Ende ging.

Vögel

Jahre später verbrachte ich noch einmal ein paar Stunden mit meinem Vater am Rand von Italien, in Triest. Mein Vater hatte seinen Beruf aufgegeben und arbeitete jetzt als Reiseführer. Er verbrachte nur noch wenig Zeit zu Hause. Wenn ich aus dem Ausland zu Besuch kam und ihn antraf, erzählte er nur von seinen Reisen. Er hatte sich auf Touren zu frühmittelalterlichen Mosaiken und Etruskernekropolen spezialisiert, die er jetzt bildungslustigen Touristen zeigte, erklärte und sicher voller Abschweifungen und Umwege in allen Einzelheiten erläuterte. Schulterzuckend nahm er hin, dass er sich nicht immer nur diesen Themen widmen konnte und auch mit Reisegruppen über das Forum Romanum oder sogar ins Kolosseum gehen musste, das er immer gehasst hatte. Doch meistens gelang es ihm, ein Mosaik unterzubringen, sagte er. Mindestens eins.

Die Reisegruppe hatte in Triest übernachtet, wo ich sehr früh am Morgen eingetroffen war. In der Dämmerung war der Zug aus den Bergen gekommen, ich stand am Zugfenster, und eine Zeitlang konnte ich nicht ausmachen, wo das Meer war und wo der Himmel. Die Welt war in der Schwebe, bis sich Erde und Himmel voneinander lösten und die kleinen Lichter in diesem Blaugrau als Schiffe hervortraten. Es war nach Jahren ein erster Besuch in Italien, auf Flüchtigkeit bedacht und auf diesen Randort beschränkt, der in meiner Vorstellung schon einem anderen Europa zuneigte, mehr dem Osten als dem Süden und mehr den ineinander verwirrten und verhedderten Melodien unterschiedlicher Sprachen als dem Italienischen, dem sich mein Vater so verschrieben hatte.

Wir saßen auf einem großen, um diese Morgenstunden noch menschenleeren Platz in dem einzigen Café, das schon geöffnet war. Der Himmel war grau und tief, ohne lastend zu sein, obwohl die Luft sich so feucht und warm anfühlte, dass ich ständig meinte kleine Regentropfen zu spüren. Mir war fremd und merkwürdig zumute, etwas an diesem kurzen Treffen in dieser Rand- und Grenzstadt, die für meinen Vater, wie er unaufgefordert erklärte, so italienisch und für mich, auch ohne dass ich es erwidernd einwarf, so unitalienisch war, erschien mir gestellt und unecht. Vielleicht fehlten mir die vertrauten Gesten des Rauchens, das er vor ein paar Jahren aufgegeben hatte, oder das Gehen, das mir dort mit einem Mal als die Bedingung für eine Verständigung vorkam. Nach acht oder zehn Tagen Reiseführung war er noch ganz auf seine Rolle als Erklärer eingestellt, von der ihn jetzt keine Zigaretten und am frühen Morgen auch kein Wein ablenken konnten, er wollte mir alles erläutern und eine kleine Vorlesung über seine letzte Darbietung in Ravenna erteilen, wo ich noch nie gewesen war. Was hätte ich ihm erzählen wollen? Ich wusste es nicht mehr. Die Berichte von Kunstwerken machten mich müde. Ich sah mich auf dem großen fremden Platz um, während mein Vater redete, und dieses abgelenkte Umherschweifen meiner Blicke mochte ihn enttäuschen. Der große Platz stieß am fernen Ende an die Hafenpromenade. In der Nähe, wo eine wassergefüllte Rinne durch den Platz verlief, wogten Möwen- und Taubenschwärme, die sich um die Krümel und Reste in den Ritzen zwischen den Steinplatten stritten. Zwischen einer Möwe und einer Taube entbrannte ein Kampf, der meinen Vater verstummen ließ, und zusammen sahen wir schweigend zu, wie die Möwe langsam die Oberhand gewann und mit unbeschreiblicher Wüstheit auf die Taube einhackte. Schließlich flog sie davon und hinterließ die leblose Taube auf dem Platz, ein wenig Blut rann unter dem Schnabel hervor. Andere Möwen stießen kreischend zwischen Platz und

Wasser hin und her, ein kleiner Schwarm Kundschaftertauben zog ein, zwei Kreise über dem zu Tode gehackten Genossen und schwenkte dann auf die Fassaden der Stadt zu, stieg auf und ließ sich auf einem Dach nieder. Mein Vater schüttelte sich vor Widerwillen, und wir brachen auf. Wir gingen auf die Mole hinaus und betrachteten das Panorama der Stadt. Der Himmel war jetzt weiß und wie unschlüssig, ob er die Sonne durchbrechen lassen sollte. Aus diesem Abstand vom Meer her betrachtet, sah man der Stadt eine gewisse Traurigkeit an, zu der sie allen Grund hatte, doch gleichzeitig lag in dieser Traurigkeit oder eher in ihrer Unbedingtheit etwas Versöhnliches, das sich oft da auftut, wo die Zugehörigkeiten ungeklärt und die Möglichkeiten ineinander verstrickt sind. Hätte mein Vater mich gefragt, ich hätte ihm jetzt das Italienische von Triest zugestanden, in dem stillen Wissen, dass wir beide etwas ganz anderes damit meinten.

Ich begleitete ihn zu dem Hotel am Hang, wo die Reisegruppe auf die Abfahrt wartete. Der Himmel entschied sich unterdessen gegen die Sonne, und ein dünner Regen setzte ein, der weniger zu fallen als in der Luft zu hängen schien. Unsere Spaziergänge lagen lange zurück, und ich bemerkte zum ersten Mal, wie die Steigung der steilen Straße meinem Vater zusetzte. Ab und zu musste er innehalten und Luft holen. Ich sah den Bus schon bereit stehen und verabschiedete mich. Die Vorstellung von meinem kurzatmigen Vater in einem Reisebus voll Beflissenheit war befremdend. Ich sah ihn als kleingekrümmten herzschwachen professore vor mir, wie er auf einem Sitz nahe beim Fahrer hockte, aller Freiheit des Umherirrens begeben, und dieses Bild erschreckte mich. Zum Abschied empfahl er mir die Mosaiken in Ravenna. Vor allem das Hafenbild, sagte er mit Nachdruck und ohne weitere Erklärung und ging davon. Ich fragte mich, was aus seiner Fachmännischkeit für Blautöne und seiner damit verbundenen Zuneigung zu den Bildern von Fra Angelico geworden war, von denen er schon lange nicht mehr sprach, und nahm mir vor, ihn bei nächster Gelegenheit danach zu fragen.

Mein Vater starb im Jahr darauf. Ich sah ihn noch einmal im Winter, doch wir verloren kein Wort über Triest und auch nicht über die Blaus von Fra Angelico. Er hatte im Herbst eine Etruskertour gemacht, wie er es nannte. Quer durch die obere Hälfte Italiens vom Nordosten bis zum Tiber. Spina, sagte er, Spina im Delta, das ist noch ein Geheimnis. Ich ging einem längeren Gespräch und den angekündigten Erklärungen anhand bereits ausgebreiteter Landkarten aus dem Weg.

Im darauffolgenden Frühjahr erlitt mein Vater kurz nach der Rückkehr von einer Mosaikenreise einen Herzinfarkt. Solange er bei Bewusstsein war, schob er den Infarkt auf seinen Koffer, den er eine besonders weite Strecke getragen hatte. Irgendwo am Rhein hatte er sich vom Busfahrer absetzen lassen, am anderen Ufer von seinem Zuhause, und den Koffer zur Anlegestelle einer Fähre geschleppt. Vielleicht wollte er nicht, dass man ihn sah, wenn er aus dem Reisebus stieg. Vielleicht ging es ihm auch um die Überfahrt von der linken auf die rechte Seite des Flusses. Am rechten, dem östlichen Ufer war er aufgewachsen, diese Seite stand in geringerem Ansehen. Er selbst hatte sie immer für die schönere gehalten, gab aber zu, dass ihre größere Schönheit nur vom linken Ufer aus zu erkennen war.

Am Tag seiner Rückkehr soll es sehr heiß gewesen sein. Oft sah ich in Gedanken meinen Vater mit dem Koffer vor mir, zur Seite gekrümmt von dem Gewicht, in diesem weißen scharfen Licht des Rheinlands an schwülen Tagen, wie er in Richtung Norden geht, schon diese Biegung im Blick, wo sich der Fluss, alle Hügel hinter sich lassend, nach Westen wendet. Wie er am Steg der Fähre steht und wartet, den Blick auf die gegenüberliegende Seite geheftet.

Je weiter der Tod meines Vaters zurücklag, desto kleiner

wurde er in meiner Vorstellung dieses Gangs am Fluss entlang, und desto größer der Koffer, in den er werweißwieviel von seinem Leben gestopft hatte, für das er nie einen Namen fand.

Regen

Am Tag der Beerdigung meines Vaters regnete es in Strömen. In der Nacht war das Wetter plötzlich umgeschlagen. Ein heftiges Gewitter hatte die Hitze, die auf der Landschaft hockte, gebrochen und einen Baum an der schmalen Straße zum Friedhof gefällt. Wir mussten am Straßenrand parken und das letzte Stück zu Fuß gehen, der Wind schlug den Regen gegen unsere Beine, und der Rock des schwarzen Sommerkleids, das ich zu Hause in den Koffer geworfen hatte, als könnte diese Hitze nie vergehen, tropfte vor Nässe. Ein Mann mit einem großen Schirm kam von der Totenhalle und flüsterte meiner Mutter etwas zu. Zum letzten Mal fragte sie, ob ich meinen Vater wirklich nicht noch einmal sehen wollte, und ich sagte wieder Nein, und der Mann eilte, wie peinlich berührt oder als fürchte er einen Familienstreit, beflissen davon. Aus sicherer Entfernung, vom offenen Vestibül der Totenhalle aus, rief er: Dann schrauben wir ihn jetzt zu!

Wir waren eine winzige Trauergesellschaft, die dem Sarg durch die Pfützen folgte. Meine Mutter hatte niemanden verständigt außer die nächsten Angehörigen. Mein Vater hätte sich geschämt beim Anblick dieser dürftigen Schar, er hielt etwas vom Trauern und betrachtete seine Teilnahme an Trauerzügen als eine Art Pflicht. Sicher hätte er sich auch einen großen Trauerzug hinter seinem Sarg vorgestellt.

Der Friedhof war mir völlig unbekannt, und das Grab erschien mir sehr weit entfernt. Der Wagen mit dem Sarg holperte über die nassen kiesbestreuten Wege, der Kies knirschte, und die Männer, die den Wagen schoben, hätten vielleicht gern geflucht. Am Grab mussten wir warten, durch den starken Regen war ein Teil der ausgehobenen Erde wieder hinuntergerutscht. Kleine Komplikation, sagte der Mann von der Totenhalle entschuldigend, aber auch verstimmt. Mich traf die Krankenhausvokabel an diesem Ort. Der Mann wisperte mit den Sargträgern. Sie mussten entscheiden, ob das Grab noch tief genug war.

Es war kalt wie im Oktober. Das ist die Schafskälte, so hieß es früher. Der Sommer hatte Hundstage und Schafskälte, vielleicht sagte man es immer noch. Mitte Juni wurden die Schafe geschoren. Mir fielen Schafhürden ein, die wir auf einer Reise gesehen hatten. Sie lagen am Rand eines Dorfes nahe der Grenze von Schweiz und Italien, bei Bergamo vielleicht. Von der Straße blickte man hinunter auf flaches Land. Die Hürden standen leer nach der Schur, und in den Unterständen hinter den Hürden lag die geschorene Wolle, säuberlich getrennt: links die weiße, rechts die dunkle Wolle.

Die Sargträger und der Mann von der Totenhalle nickten bestätigend. Ja, versicherten sie sich gegenseitig in gedämpftem Ton, das Gab war noch tief genug. Der Regen prasselte auf die Regenschirme, vom Rhein hörte man die Schiffe und die Züge von der anderen Seite so laut, als verliefen die Gleise ganz in der Nähe. So war es immer bei Regen dort am Fluss, der nach der nächsten Biegung die Hügel hinter sich hatte und durch flaches Land floss, wo der Klang sicher andere Richtungen einschlug als hier. Hier wurde der Klang zwischen den niedrigen Hügeln hin- und hergeworfen, von der rechten auf die linke Seite und umgekehrt, ein unermüdliches Echospiel, besonders bei Regen, das war ein Naturgesetz.

Der Sarg wurde ins Grab gesenkt, die Schaufeln nasser Erde klatschten auf das Holz unten im Grab. Der Regen hielt noch Tage an.

III

COMACCHIO

Le parole. Già.
Dissolvono l'oggetto.

Come la nebbia gli alberi,
il fiume: il traghetto.

Giorgio Caproni

Bassa

Die Erde in der Bassa Padana ist hellbraun in diesem Licht bitterkalter Wintertage, in dem ich sie noch nie gesehen habe, fast lila überhaucht, so viel Blau liegt in der Luft unter dem weiten Himmel. Nach Nordosten stehen die Colli Euganei zartblau als zaghafte Zeichnung am unteren Rand des Himmels. Die Äcker sind sauber gepflügt zu den kleingebrochenen Schollen der weichen Erde von Schwemmland. Die Höfe liegen wie Inseln im Äckermeer, umstanden von Bäumen, das kahle Gezweig rötlich und reglos in der frostigen Windstille, alles dem Boden Verhaftete hat diese hellen erdigen Töne gegen den Himmel. In den offenen Höfen zwischen Schuppen und Scheunen steht das Zubehör des Ackerbaus, weit und breit keine Weide, vielleicht eine Lehre aus Flutjahren, in denen das Vieh vom übernacht leise über die Ufer tretenden Fluss davongerissen wurde, bauchoben trieb, bis es sich flussabwärts in sperrigem Gestrüpp oder zwischen den gesplitterten Balken zertrümmerter Scheunen- und Hofdächer verkeilte, während der Wasserspiegel sank und man zu zählen begann, was man zu beweinen hatte.

Die Schwemmlandzeiten sind vorbei, der Po ist zu beiden Seiten von einem Damm gesäumt, die kleinen Weiler und Ortschaften liegen in seinem Schutz und Schatten. In diesem Januar führt der Fluss sehr wenig Wasser, kieshelle Inseln sind hervorgetreten, die Bewegung zum Delta hin, das sich am östlichen Horizont schon anbahnt, ist vom Damm aus kaum wahrnehmbar. Zwischen Damm und Fluss sind angelegte Schonungen schnellwachsender Bäume, Spillerstämme wie Striche, die in das abgefallene Laub gezogen sind. An einer Biegung weicht der Dammweg weit vom Fluss zurück und macht Platz für eine Baustelle, die brachzuliegen scheint, wie in Hast verlassen. Zu Kreisen gelegte Rohre sind von fahlem Gras überlappt, und eine Ansammlung rostiger Gegenstände, die sich in die ausgehöhlte Böschung des Damms drücken, zeigt an, wie gut dieses ungleichmäßige Braunrot sich hier in die Landschaft fügt, als sei sie aus diesem Flussblau und Erdbraun, aus diesem dünnen Weidichtholz und Dornengebüsch gewachsen, das je nach Licht- und Schatteneinfall gelblich oder violett scheint. Zwischen Gestrüpp ein großes kranartiges Gerät, das gegen den Himmel steht wie ein Satzzeichen, voreilig hingesetzt, ohne dass ein Satz gefolgt ist, alles versammelte Zubehör hier kann allenfalls als Buchstaben gelten, die sich zu nichts fügen als Farben. Auf der anderen Seite des Flusses ein hoher Kirchturm, der gegen die strammen, in regelmäßigen Reihen aus dem Boden ragenden Striche des Gehölzes schief steht. Ein Schrägstrich zum Horizont, auch ein Satzzeichen, um das sich aber eine Ansammlung kleiner Dachworte schart. Ein Taubenschwarm steigt neben dem Dorf auf, eine kleine, vom dunklen Gepunktel zum hell schimmernden Schnörkel sich wendende Luftschrift. Dort, auf dem anderen Ufer, liegt unter ihr ein Satz, der sich an die Ebene wendet. Ein kurzer, wegen des Schrägstrichs unvergesslicher Satz, der die Einleitung der Biegung ist, zu der sich der Fluss hier anschickt, eine Biegung als Geste sanfter Großzügigkeit gegenüber dem Land, das in seiner Flachheit auf jeden Eingriff, jeden Übergriff gefasst sein muss, doch vom Fluss mit solcher Nachsicht umfasst wird, dass es sich mit aller ihm verfügbaren weidengestrüppigen Anmut darauf einlässt. Auch diese Biegung ist ein Satz, eine kleine geraunte Ausrede des Flusses so kurz vor seinem Zerfasern in unzählige Unschlüssigkeiten, die sich unter allen möglichen ungereimten Namen tarnen.

Auf einem kleinen Ufervorsprung, der sich am Ansatz der Biegung gebildet hat, steht ein Mann in hohen Stiefeln und angelt. Zu den Kiesinseln und Sandbänken scheint es nur ein Sprung, das Wasser kann hier nicht tief sein, Fische sind in der seichten Strömung sicher spärlich, erst recht in dieser Kälte, in der sich die meisten Fische in Vertiefungen im Flussbett drängen, um mit dem Leben davonzukommen. Der Mann, die Angel, die Schnur, alles ist reglos, das Wasser fließt fast unmerklich, auch eine kleine Schrift, der Mann-am-Fluss, der Fänger im Kies, ohne Hoffnung auf Fang, dennoch hält er sich an der Angel fest.

Über den Pfad auf dem Damm kommt eine Frau mit entschlossenem Schritt. Die Sonne steht tief und legt einen Lichtkranz um die Gestalt. Schwer zu sagen, wie alt sie ist. Ihr Schritt ist jung, doch ihre Aufmachung ist wie aus einer anderen Zeit. Sie trägt einen weißen Mantel mit breitem Kragen und einem fest um die Taille gebundenen Gürtel, der die Mantelschöße abstehen lässt. Über dem Unterarm hängt eine schwarze Handtasche wie zur Stadtpromenade, ihr Haar ist steif frisiert und sitzt um ihren Kopf wie eine Haube. Sie geht entschlossen, den Blick halb gesenkt, in eleganten Schuhen auf hohen Absätzen. In der Richtung, aus der sie kommt, lässt sich kein Dorf ausmachen. Auch an dem kleinen Dorf hinter der Rocca geht sie vorüber, immer kleiner werdend gegen den Nachmittagshimmel. Eine verbliebene Statistin aus einem der vielen Filme, die früher hier gedreht wurden, vielleicht wollte sie den schönen Mantel nicht hergeben und ging und ging aus einer Szene in die nächste, unverdingt, auf alle Verwandlungen ringsum eingestellt, la donna del Po.

Das gedrungene Gebäude der Rocca, eine Miniaturtrutzburg, früher gleich am Wasser, das jetzt von ihr abgerückt ist, wirft einen langen Nachmittagsschatten in ihrem Korsett aus Gerüst, das ein Auseinanderbrechen verhindern soll. Ein Erdbebenriss zieht sich durch die Mauer. Der Kirchturm am anderen Ufer mag seine Neigung auch dem Erdbeben verdanken, das ihn zum Ausrufezeichen gemacht hat, um die Gegend zum Gedenken an die Geländeverschiebungen zu mahnen.

Von den Feldern am Fuß der Böschung wehen Wolken von Sperlingsgezwitscher, die kurzen schepprigen Wintersilben kleiner Vögel, die in den schnell schrumpfenden Sonnenflecken flattern. Ein Mann steigt zum Weg hinauf. Er trägt hohe Stiefel, eine wetterfeste Jacke, eine Lederkappe, um den Hals einen Feldstecher. So mögen Jäger aussehen, die im Schilf stehen. Nur der Hund fehlt. Die Frau im weißen Mantel ist eine winzige Figur in der Ferne. Soll ich ihr folgen oder weiter in die andere Richtung gehen? Ratlos wende ich mich an den jägerischen Mann. In welche Richtung ist es schöner?, frage ich. Hier ist es überall schön, sagt er mit ausholender Gebärde auf den Weg, den kleinen Ort, die Äcker und Höfe, die Schonung und die Baustelle, den Fluss und die Ferne. Überall gleich schön, wiederholt er.

Später, im Dämmer, geht es über kleine Landstraßen zurück in die Stadt. Es ist Feiertag, ein letzter Schlenker der Weihnachtszeit. Auf den Straßen herrschte um die Mittagszeit kaum Verkehr, in den Dörfern drängen sich jetzt die geparkten Autos. Ein Familientag, auf den sonnenbeschienenen unebenen Dorfstraßen erprobten Kinder ungeschickt und in Festtagskleidern bibbernd ihre neuen Rollschuhe, Roller und Autos mit Fernsteuerung, bis sie zum Essen hereingerufen wurden. Jetzt ist es still zwischen den Häusern, hier und da brennt schon Licht, der Dämmer beginnt, letzte Krähenschwärme sammeln sich und steigen auf, Vogelwolken, die in Richtung ihrer Schlafbäume flattern, kahler Ulmen, Erlen, Weiden, Pappeln, die wie Zeichnungen gegen das dünne Abendblau stehen. Außerhalb der kleinen Ortschaften ziehen sich lange Alleen, Wassergräben, Ackerland. Gelegentlich ein verlassenes Gehöft inmitten gepflügter, versorgter Felder, zusammengesackt und eingeknickt unter der Last seiner zerbrochenen Dächer. Ein ganz dünner Bodennebel steigt von den Äckern und Gräben auf, von dem in der Stadt nichts zu merken sein wird.

Corso

Ich kam wieder nach Ferrara, um den Corso Ercole I d'Este hinauf- und hinabzugehen, um in die Gärten – gelesene, vorgestellte und wirkliche – zu beiden Seiten der Straße zu blicken, über Mauern und durch Pforten in den Mauern, in die kleinen Seitengassen, die von der schnurgeraden Straße abzweigten. Es war wieder Januar, und ich wollte bis zur Porta degli Angeli spazieren und von dort auf den Stadtwall. Mit diesem Ziel war ich an dem kleinen Bahnhof angekommen und hinaus auf den Vorplatz getreten, wo die afrikanischen Flüchtlinge, die sich die einsamen kalten und hungrigen Tage in der Bahnhofsgegend vertrieben, auf die Busse warteten, um zur Nacht in die untätig stillen Dörfer und halb verlassenen Ortschaften um stillgelegte oder nur noch zum Schein betriebene Fabriken zurückzukehren. Dort, im Umland, hatten sie ihre Unterkünfte, in spärlich eingerichteten, einst öffentlichen Gebäuden, die mit Müh und Not noch zum bloßen Obdach taugten. Das bisschen Stadt um den Bahnhof am Rand von Ferrara suchten sie auf, standen herum, knüpften vielleicht Bekanntschaften mit anderen Flüchtlingen und wanderten an Markttagen zur Piazza Travaglio in der Hoffnung auf Gelegenheit zu kleinen Arbeiten, Handeln, Handreichungen für die Chinesen, die ihre Textilien ausbreiteten, einen Beutel voll Sockenpaare, die sie als fliegende Händler in den Straßen anbieten durften.

Ich kam im Pendlerzug aus Bologna, es war schon dunkel, der Nebel, der sich gebildet hatte, begann zu gefrieren. Der Nebel war mir recht, ich hoffte auf diese Verschleierung der

Gegenstände, die Auflösung der Fernen, vertraut von anderen flusslastigen Tiefebenen. Doch dieser Abendnebel zum Empfang war eine Täuschung. Während der nächsten Tage schien die Sonne von einem kalten Himmel, Raureif lag auf den Grünflächen, und auf dem Gewässer um das Schloss in der Stadt bildete sich eine dünne Eisschicht. Ich hatte eine kleine kahle Wohnung in einem schludrig renovierten Gebäude gemietet, die Wohnung lag unter dem Dach, und morgens trat die rötliche Landschaft aus Ziegeln, Giebeln und Kaminen vor dem Küchenfenster langsam ans bläuliche Licht. Wenn es hell wurde, zeigten sich Tauben auf den Firsten, schweigend vor Frost, in den Rillen und Rissen der alten Ziegel saß Moos und kurzstengeliges Kraut, das sogar winzige weiße Blüten trug. Eine Baustelle ragte ins Blickfeld, ein modernes Haus, das sich über die Dächer erhob und ausgebessert oder weiter aufgestockt wurde. Dort war jeden Tag ein Baukran in Bewegung, und auf den Gerüsten arbeiteten Männer vom Morgengrauen an in der eisigen Kälte, ab und zu drang ein rumänischer Fetzen ihrer Wortwechsel bis zu mir.

In der Nacht zum sechsten Januar wurde es laut in den Gassen, nach Mitternacht zogen lärmende Gruppen umher, weckten die Erinnerung an das Straßenfest zu Ehren der epiphanischen Hexe in Olevano, das verstärkende Echo, das sich so unberechenbar zwischen den Hängen und Häusern bewegte und die monotone Musik und schrillen Rufe so lange in der Luft stehen ließ.

Der erste Gang über den Corso Ercole I verwischte mir die ausgemalten Landkarten, die ich im Kopf herumtrug. Das unebene Pflaster schien sich meinen Fußsohlen einprägen zu wollen wie eine ertastete Schrift, es lenkte meine Schritte vorüber an den ernsten glatten Hausfassaden mit verschlossenen Fenstern, die so ungerührt und starr wirkten, als sei die ganze Fassade nur Attrappe. Dahinter war alles möglich: Niemandsland, Verwilderung, gestörtes Gelände alter Geschichten. Dann trat jemand aus einem Haus, eine Dame im Nerz, die Haustür zog sie so rasch hinter sich zu, dass ich keinen Blick ins Innere erhaschen konnte. Über den Rand der Mauern, die ab und zu die Fassaden unterbrachen, ragte starres Gezweig entlaubter Baumkronen, Zypressenwipfel, winterverdrossene Palmenwedel. Nichts regte sich im Frost. Auch Bassanis Winter sind eisig, nicht so hell wie dieser Sonntag, eher neblig, reifig, grau oder voll Schnee. Kaum jemand war auf dem Corso unterwegs, die lange Straße lag still in der Sonne, und nirgendwo ein Hinweis auf die vagen Spuren, nach denen ich Ausschau hielt. Ich gab die Suche nach dem mythischen Garten der dreißiger Jahre bald auf, hatte Schwierigkeiten, ihn auf der Stadtkarte einzuordnen, fand nichts, an dem ich meine Vorstellung orientieren konnte. Der Garten der Finzi-Contini blieb das von Erinnerungen und Lesarten überprägte Land, die Verlustzone, die sich in Deckung hielt. Der Sinn der Suche in den fremden Straßen mit vertrauten Namen lag im empfundenen Streifen der erahnten Ränder, die dieses Gelände der Verlorenheit säumten. Die Namen mussten als Halt reichen, dazu die Erinnerung an die Wirklichkeit der Wandelgänge zwischen den begrünten Grabhügeln von Cerveteri.

Am Ende des Corso traf ich auf die Porta degli Angeli, die Engelspforte am Weg auf der Krone des Walls, der die Stadt umgibt, mit Blick auf den äußeren Grenzweg der Stadt, das stehende, im Sommer sicher übelriechende Gewässer eines Kanals, eine stark befahrene Ausfallstraße und Ausläufer des mal ins Dörfliche, mal ins bemüht Vorstädtische zerfasernden Stadtgewebes von Ferrara, flach durchzogen von Pappelreihen, hier und da ein schütterer Hain auf einem Stück Land, das sich der Nutzbarkeit entzog, oder ein zum Verbergen von Verfallendem geduldetes Gestrüpp. Nichts, was nicht mehrfach überprägt war, immer in der Schwebe zwischen Tilgung und Spur.

Freizeitläufer in grellen Sportanzügen überholten mich in Scharen auf dem Weg zur Montagnola, einer Art Empore im Winkel der Wallmauer, die dort in Richtung Südosten abknickt. Von der Empore aus blickte man in das beiläufig zersiedelte Umland der Stadt, dem nichts Ländliches mehr eignete. Ein Bild kam mir in den Sinn: junge Männer, die auf ihren Rädern aus der nebligen Ebene kommen, Werkzeuge oder Nahrungsmittel im Gepäck, und hier Tag für Tag diese Festungsmauer erklimmen, die Eroberung proben und dann, oben angelangt, einfach weiterradeln, sich zerstreuen, ihre Marktstände oder Werkstätten aufsuchen und am Abend durch eines der ostwärtigen Stadttore wieder das Weite suchen. Ohne als Eroberer erkannt worden zu sein, radeln sie in den Dämmer hinaus, der sich über die Ebene heranschiebt. Jetzt erklommen keine Bauernjungen mehr mit geschultertem Fahrrad die grasdurchsetzte Wand, um sich ein Stück Umweg zu geöffneten Stadttoren zu ersparen. Es gab nicht einmal mehr einen Markt in Ferrara, außer den von Chinesen betriebenen Ständen mit Textilien und Hausrat aus brüchigem Kunststoff auf der Piazza Travaglio, der Schleuse der Stadt.

Es läutete Mittag, die bunten Läufer vertröpfelten in die Ferne, der Weg lag bald leer zwischen den Platanenreihen. Unten, am Fuß des Walls mit dem Platanengang, erstreckten sich Gärten, Wiesen mit Obstbäumen als kleine angelegte Landidylle in der Stadt, am Innern des Stadtwalls gelegen, unangreifbar vom Offenen draußen. Ein Pfad führte hinab in diese leise, von Dornengebüsch und Hecken eingehegte Landschaft, das klirrende Braunellenzirpen in den dichten Sträuchern breitete sich wie ein dünnes Tuch unter die Stille. Auf einer Bank saß ein Mann, er trug einen alten Tweedmantel, sehr weiße Turnschuhe und eine Sonnenbrille mit Drahtfassung, die etwas altmodisch Amerikanisches hatte, ein kleines Stück siebziger Jahre, das an Fotografien aus New York denken ließ, lässige Männer am Atlantikstrand, Wolkenkratzer, die sich in den Brillengläsern spiegelten. Zwischen den Mantelrevers schaute ein mattbrauner winziger Hund hervor, spitzmäulig und vor Kurzhaarigkeit fast nackt. Die Nackenhaut des Hundes warf wulstige Falten. Der Mann erhob sich, als ich mich näherte, als hätte er nur darauf gewartet, sich einem einsamen Passanten anschließen zu können. Ha freddo, sagt er mit einem Kinnruck in Richtung des Hundes, und nach Jahren kam mir wieder dieser Satz in den Sinn: Ich hab so kalt, den die Schwester meines Großvaters ratlos vor sich hin zu murmeln pflegte, als gäbe es dafür keinerlei Abhilfe auf dieser Welt. Der Mann war sehr klein und hatte Mühe, mit mir Schritt zu halten, doch er ließ nicht ab. Sicher wollen Sie zum jüdischen Friedhof, sagte er, als wir an eine lange helle Mauer kamen. Passen Sie nur auf, riet er, ohne dass ich eine Antwort gegeben hatte. Passen Sie auf, wo Sie hintreten. Der Hund gab einen leisen Klagelaut von sich, als wollte er sich auch dazu äußern.

Dort müssen Sie klingeln. Der Mann zeigte auf das Tor. Seine Hand steckte in durchbrochenen Handschuhen aus Strick und braunem Leder. Das alte Wort Autofahrerhandschuhe fiel mir ein, fast vergessen, ich hatte schon lange keine solchen mehr gesehen. Der Friedhofswärter öffnete mir das Tor und ließ mich wortlos eintreten. Er hielt eine Serviette in der Hand, aus Räumen hinter einer angelehnten Tür im Innern drang Tellerklappern, der Wärter hatte es eilig, zurück zu den Speisen zu gelangen. Ich drehte mich nicht mehr nach dem Mann im Tweedmantel um und trat auf das Gräberfeld hinaus.

Der Friedhof war nach einem undurchsichtigen Plan angelegt. Die Anlage folgte vielleicht der komplizierten Ordnung der Ferrareser Synagoge in der Via Mazzini, wo die italienische, die deutsche und die spaniolische Synagoge neben- und übereinander verschachtelt alle hinter demselben Tor zur Straße lagen. Sie bildeten eine nach außen hin nur durch das große, doch nicht besonders auffällige Portal geschützte, in verschiedene Ebenen der Bedeutung und Gewichtigkeit unterteilte Innenwelt, in der man sich verlieren konnte. Auf eine große Fläche verteilt und trotz der weiten offenen Rasenstücke hatte auch der Friedhof mit seinen voneinander durch Hecken, schmale Alleen und Haine getrennten Abteilungen etwas Verwirrendes und Verschachteltes. Er lag unterhalb des Stadtwalls, mit Blick zur Promenade zwischen Platanen hinauf, wo zur Mittagszeit keine bunten Läufer mehr unterwegs waren. Die Platanen mit ihren Resten von starrem Laub, dem alle Farbe abhandengekommen war, standen reglos gegen den kalten blauen Himmel. Aus einiger Entfernung hörte ich einen Trauerschnäpper kurz rufen, trillerlos, nur diese Folge von Doppellauten, die sich für mich immer so anhörten, als wollte die Kehle den ausgestoßenen Ruf mit der zweiten Silbe wieder rückgängig machen und verschlucken. Ein Ton für leere helle Februarmorgen, die zu dem Geruch der Stadt passten, es roch nach Februar in den Gassen, dieser Nicht-mehr-ganz-Wintergeruch meiner Kindheit, mit dünnen Adern aus Duft nach Fettgebackenem, eine Luft, der man anmerkt, dass noch Frost bevorsteht. Ich konnte den Vogel nirgends entdecken, sicher saß er geschützt in einem Sonnenstreifen zwischen letzten Blättern, die in ihrer Januardürre noch auf Sturm warteten, um abzufallen. In den schattigen Bereichen des Friedhofs überzog Raureif die Erde, das Gras und das welke Laub. Stellenweise war der Boden übersät mit Ginkgofrüchten, die einen übelkeiterregenden Geruch verbreiteten. Vielleicht war es das, was der Mann mit dem Hund gemeint hatte, als er seinen Ratschlag gab. Der Frost hatte die abgefallenen Früchte aufplatzen lassen, die Gestankwolke kroch in alle Richtungen, schien noch tagelang danach an meinen Schuhen zu haften und in der Luft zu hängen.

Einige Besucher waren zwischen den Gräbern unterwegs, suchend, Grabinschriften entziffernd. Eine ältere Frau hatte sich erschöpft auf einer sarkophagartigen Grabstätte niedergelassen, neben ihr stand ein Jüngling mit Schnurrbartanflug und hängenden Schultern und sah ratlos aus. Wo ist Bassanis Grab?, rief die Frau mir mit schriller Stimme zu, während sie sich an ihren Stiefeletten zu schaffen machte. Sie schickte den Jüngling zum Friedhofswärter, um Erkundigungen einzuziehen. Zwei Männer, beide in eleganten Wintermänteln und mit feinen Hüten auf dem Kopf, schritten zielstrebig. Ich sah sie vor einem Familiengrab stehen, wo sie sich länger aufhielten, womöglich beteten sie, dann schlenderten sie zwischen anderen Gräbern umher und inspizierten die Namen. Ich fand Bassanis Grab durch Zufall, am Rand einer großen Rasenfläche, ein Rosenstrauch mit großen Hagebutten warf seinen Schatten auf den Gedenkstein. Später, als ich die Inschriften auf den Grabsteinen am anderen Ende der Rasenfläche betrachtet und sie auf Spuren aus gelesenen Geschichten geprüft hatte, sah ich die beiden eleganten Männer auch an seinem Grab Halt machen.

Reiher

Eines Morgens erschien eine Putzfrau zum Reinigen der Wohnung, eine hagere Frau mit breitem, mir unverständlichem Dialekt, die mir vergeblich etwas klarzumachen versuchte. Dabei machte sie immer wieder eine wellenförmige Bewegung mit den Händen. Beim Nachgrübeln darüber kam mir später die seltsame Vorstellung, sie könnte damit Aale gemeint haben. Vielleicht wollte sie mir mitteilen, sie sei aus einer Aalfischergegend oder komme aus einer Aalfischerfamilie, oder womöglich hatte sie sogar Aalzubereitungen zum Verkauf in ihrer großen Tasche aus Kunststoffgewebe mitgebracht, aus der sie auch ihre Arbeitskleidung zog. Als sie merkte, dass ich sie einfach nicht verstand, nahm sie ein kleines Radio aus der Tasche, stellte es im Küchenfenster auf und schaltete einen Sender mit Schlagermusik ein.

Es war ein nebliger Morgen, wie ich ihn mir in dieser Gegend vorgestellt hatte. Ich ging durch die Straßen von Ferrara, geriet an den Bahnhof und nahm den Zug nach Codigoro. Beim Anblick des Namens auf der Tafel der Abfahrten hatte ich ein Bild aus Bruchstücken vor mir. Einzelheiten aus der Geschichte von Edgardo Limentani und dem Reiher stiegen auf, vermischten sich mit Erinnerungen an ganz andere, ferne Orte zu einem an den Rändern ausfransenden Bild, ein Netz weiter Adern der Leere breitete sich zwischen den unverbundenen Erinnerungsschnipseln aus. In einer Absteige am Hauptplatz von Codigoro verbrachte Edgardo Limentani die Stunden vor und nach der Vogeljagd in der Lagune von Volano. Es war ein Wintertag, zwei Jahre nach dem Krieg.

Mein Vater hatte sicher nie in seinem Leben ein Gewehr in der Hand gehabt, um Vögel zu schießen, und es gab keine für mich erkennbare Parallele zwischen dem sich auf den Seiten eines schmalen Buches entfaltenden Verdruss von Edgardo Limentani, der in einem Haus an der auf das mächtige Portal des jüdischen Friedhofs von Ferrara zuführenden Via Montebello lebte, und dem Leben meines Vaters, trotzdem hatte ich bei der Lektüre immer wieder meinen Vater vor Augen gehabt.

Es war ein kleiner Regionalzug. Mir gegenüber saß eine Frau in abgetragenem wattiertem Mantel, die einen alten Mann mit hängender Unterlippe schlurfend und schrittchenweise an den Sitz geführt hatte. Der Mann keuchte. Sobald der Platz gefunden war, begann sie sich mit einem Bündel behördlich wirkender Briefe zu beschäftigen, die sie in ihrer großen Handtasche mitführte. Die Umschläge waren säuberlich aufgetrennt, und der Brieföffner kam mir in den Sinn, den mein Vater besaß, ein hässliches Stück mit einem Vogelkopf aus Ebenholz als Griff, das meine Großmutter von einer ihrer Altersreisen mitgebracht hatte. Ich wusste nie, ob es an der Schärfe des Brieföffners oder der Fertigkeit meines Vaters lag, dass man den liegenden Umschlägen nie ansehen konnte, ob sie geöffnet waren oder nicht.

Etliche Fahrgäste trugen ein sichtbares Gebrechen mit sich herum, was seine Erklärung fand, als sich der Waggon nach wenigen Stationen am Regionsspital von Ferrara fast leerte. Ich konnte dem schwankenden schlurfenden Zug der Gebreste mit ihren tastend klopfenden Stöcken und erschöpften Begleitern noch eine Weile hinterhersehen, während er sich über den Bahnsteig und auf den Weg zwischen schludrig begrünten Böschungen auf den Spitalsklotz zubewegte und andere Gebrechliche, die den Arztbesuch schon hinter sich hatten, einstiegen.

Hinter Cona öffnete sich der Blick auf Ländlichkeit. Ich hatte mir nebelverhangene Landschaften erhofft, diese stille Zwischenwelt von Formen und Farben, die jeder Fluss mit sich führt und bei Gelegenheit auswirft, um die in seiner Nähe Lebenden in Bann zu halten. Doch an diesem Januartag lichtete sich der Dunst bald zwischen den Äckern, es war kein Fluss- und Kanalnebel, sondern bloß ein vom Himmel verhängter Schleier, der immer dünner wurde und sich schließlich unter einer blassen Wintersonne in Luft auflöste. Der Himmel behielt noch dieses ferne Taubenblau nicht ganz entschiedener Sonnentage, doch jeder Umriss war klar, und die Landschaft lag ausgebreitet, in ihrer Flachheit von einzelnen Hainen, Alleen, Kanaldämmen unterbrochen, die den Blick zum weißlich flimmernden Horizont im Osten verstellten, wo ich das Delta mit seinem Gezweig aus Wasseradern vermutete und das Meer. Schwärme von Vögeln erhoben sich von Feldrändern, Tauben, die ihre schrägen Halbkreise zogen, dunkel aufstiegen und sich so in den Flug legten, dass ihre Unterseite auch im zaghaften Sonnenlicht hell aufschien, ein Spiel um Hinwendung und Abwendung im Licht, das ich von flachen Flusslandschaften und Mündungsgegenden so gut kannte und nie aufhören konnte, als Zeichen zu sehen, ohne je gelernt zu haben, es zu entziffern. Obstplantagen zogen sich gerippig längs des Bahndamms hin, die flachgezwängten Bäume wie aufgespannt an den Spalieren, kahl und zur Kleinwüchsigkeit gedrängt, immerhin hatte sich wintergrünes Kraut zwischen den Reihen breitgemacht. Weiße Folie hing in Fetzen von billigen Gewächshäusern und winkte flatternd, wenn der Fahrtwind einen Streifen erfasste. Die hohen Gewächshaustunnel wölbten sich hohl über krautiges Gestrüpp, jahreszeitliche Verwahrlosung war überall sichtbar, bis auf die säuberlich gepflügten Äcker mit ihren geraden Furchen. Über ein Feld, auf dem ein Hauch Grün von keimender Wintersaat lag, flogen tief zwei graue Reiher. Der Zug hielt in kleinen Ortschaften, neben überwucherten Resten verlassener Hütten und Bauernhäusern waren kleine Siedlungen gleichförmiger Häuser entstanden, in den Vorgärten spreizte sich blattloses

Ziergesträuch neben gestutztem Immergrün. Niemand ging über die Straßen, niemand stieg ein, um an diesem Vormittag die kurze Reise nach Codigoro anzutreten. Die Gebrechlichen verließen den Zug nach und nach, standen blinzelnd auf den unbefestigten schmalen Bahnsteigen, als müssten sie sich den Weg nach Hause in Erinnerung rufen. Die Gegend schien wie versuchsweise und trotz der überwucherten Ruinen noch nicht lange besiedelt, auch die Kirchtürme wirkten wie Versuche, von merkwürdigen kleinen Kuppeln gekrönt, die ein wenig an die orthodoxer Kirchen erinnerten, nur waren sie nicht glänzend poliert und insgesamt etwas schadhaft. Die Bahnlinie schnitt wie mit Bedacht durch die Zweisamkeit der Dörfer und ihrer gesondert gelegenen Friedhöfe, stets befand sich das von Ziegelmauern umgebene kleine Totendorf auf der anderen Seite der Gleise als die Ortschaft, zu der es gehörte, immer im offenen Feld, von Äckern oder Wiesen umgeben, wie freundliche Festungen, die rückwärtigen Mauern der Prunkgrabmale am Rand dem Betrachter aus dem Zug zugekehrt. Die Wintersonne schien auf die Spitzen der weißen Engel und steinernen Kreuze. Hier und da schob sich eine schüttere Allee – Linden, Platanen, Kastanien – zwischen Eisenbahn und Friedhof und gab den Schnitt schon vor, den die Eisenbahnschienen dann endgültig machten. Immer würden die Trauerzüge so geplant werden müssen, dass kein Zug sie auf dieser allerdings wenig befahrenen Strecke unterbrach, oder die Trauergäste, der Wagen der Onoranze funebre mit dem geschmückten Sarg und auch der Pfarrer waren darauf eingestellt, an einem Bahnübergang aufgehalten zu werden, dessen Schranken sich mit blechernem Schellen senkten. Unter Umständen würde auf diese Art und Weise ein Trauerzug sogar geteilt und der Sarg bereits jenseits der Schienen sein, während die Hinterbliebenen noch diesseits ausharren mussten.

An einem alten Bahnhofsgebäude blieb der Zug stehen. Zwei Passagiere stiegen aus dem hinteren Waggon, ich sah sie über den schotterbestreuten Bahnsteig gehen. Das Hauptgebäude des Bahnhofs mit seiner Andeutung von einem Portal und schönen Bogenfenstern war zugesperrt, doch in einem Nebenflügel gab die offen stehende Tür den Blick in einen kahlen Wartesaal mit bekritzelten Wänden frei. Nur zwei Bänke standen darin, doch diese waren breit wie Betten und einander so dicht gegenübergestellt, als sollten sie zum tröstenden Lager für Gestrandete dienen, die den letzten Zug versäumt hatten oder sich hier, an diesem kleinen Bahnhof angekommen, im Zweifel über ihr weiteres Ziel befanden. Die Waggontüren schlossen sich schließlich, doch der Zug rührte sich nicht. Der Schaffner stand auf dem Schotter und telefonierte. Schließlich klopfte er an die Fensterscheiben, um die magere Handvoll verbliebener Reisender zum Aussteigen anzuhalten. Ich gesellte mich zu den drei Frauen, die mit ihren Einkaufstaschen den Zugführer umstanden. Der Zug konnte nicht weiterfahren. Ein Bus würde kommen. Wann, wusste man nicht. Die kleine Gruppe bewegte sich hinaus auf den Vorplatz, ein schmaler mit weißlichem Kies bestreuter Wartestreifen an einer baumgesäumten Straße. Durch die Bäume sah ich Dächer, die ocker und rosa verputzten Wände von Dorfhäusern. *Lidi* stand auf dem Bus, der schließlich kam, der Bus zum Meer, eine vage Ortsangabe, die vielleicht der Winterlichkeit geschuldet war, wenn sich ohnehin niemand in die Seebäder aufmachen würde. Die drei Frauen stiegen ein, doch ich entschied mich im letzten Augenblick dagegen. Während der blaue Bus sich durch die Allee Richtung Osten entfernte, war ich plötzlich erleichtert, dass mir Codigoro verwehrt blieb. Was sollten mir die Schauplätze von Edgardo Limentanis Verzweiflung? Die eingebildeten Schatten meines Vaters in Kneipen, kleinen Gastwirtschaften, am Ende schmaler Straßen, wo schon die winterblassen Schilfwedel von Kanalufern winkten?

Ich wanderte durch den kleinen Ort, der trotz der Sonne in stiller Winterstarre lag. Schüttere Kundschaft hatte sich im

Lebensmittelladen eingefunden, wo eine schwarze Frau hinter der Theke mit Käse, Wurst und einem Häuflein harter Stockfischbrocken stand. Während die Kunden dabei waren, sich für eine Ware zu entscheiden, hatte die Frau ihre Hände über dem Bauch gefaltet, als habe sie nach einigem Üben die Pose einer alten italienischen Alimentari-Verkäuferin vor dreißig, vierzig Jahren auswendig gelernt. Heute stehen die Verkäuferinnen nicht mehr so im Laden, doch aus werweißwelchem Grund war es der schwarzen Frau, die es hierher verschlagen haben mochte, eingefallen, sich in dieser Art der Verkäuferinnensprache zu üben. Vielleicht hatte sie in ihrer Heimat alte italienische Filme gesehen, in deren Klänge sich die Straßengeräusche des Ortes mischten, wo sie lebte: Hupen und Rufen und Rattern von Omnibussen und dazu das klackernde Surren eines Ventilators, so dass ihr diese Haltung aus den Filmen ein Gefühl von Heimischkeit gab.

Vor einem Lokal mit überdachter Veranda stand der Wirt ohne Hoffnung auf Kundschaft. Zu dem Lokal gehörte ein kleines Hotel, dem Reiher gewidmet, wie in altmodischer Schrift über der Markise an der Wand stand. Vielleicht leuchtete die Schrift sogar in Sommernächten und prägte sich Durchreisenden ein. Die schmalen Straßen des Ortes waren leer bis auf Katzen, die alle bräunlich getigert waren. In einem Garten bückte sich ein alter Mann über seinen Brennholzstapel und füllte langsam einen Korb. Er nahm die Scheite von dem säuberlichen Stapel neben dem Schuppen, wog sie in der Hand und drehte sie hin und her, bevor er sie in den Korb legte. Der Garten war schmal und tief, in gärtnerisch gestutzten rundlichen Obstbaumkronen plusterten sich Amseln, und Hühner staksten steifbeinig von der Kälte im Gras.

Im Ort gab es neben dem Hotel zum Reiher auch eine Piazza Giorgio Bassani, wo man sicher an wärmeren Tagen und hellen Abenden stand und plauderte oder trank, mit Blick auf einen Laden, über dessen Schaufenster sich in großen Buchstaben die Aufschrift *Game Over* zog. Hinter dem Ort trafen zwei Kanäle oder Flussausläufer beinahe zusammen, doch entschieden sich dann doch gegen das gemeinsame Weiterfließen, und ein Damm zog sich zwischen ihnen hin. Drüben, jenseits des Wassers, erstreckte sich weites tief liegendes Ackerland, von Gräben durchzogen, trockengelegtes Deltagelände, in dem irgendwo die Nekropole von Spina versunken gelegen hatte. Die bis zur Verzerrtheit vergrößerten Fotografien im archäologischen Museum von Ferrara zeigten die Arbeiter unter ihren breitkrempigen Hüten bei der Arbeit, barfuß in hochgekrempelten Hosen stehen sie auf Spaten und Schaufeln gestützt, zahnlos und verlegen in die Kamera blickend, vor ihren Füßen die Grabbeigaben der Etrusker, hinter und neben sich das riesige werdende Ackerland, das vorher mit Wasser bedeckt war. Die Fotografien sollten den Zufallsfund bei der Arbeit an den Gräben für die Landgewinnung illustrieren, wirkten jedoch unbeholfen gestellt. Die angeblichen Finder grinsen steif und angestrengt – wehe dem Schaufelmann mit schlammverkrusteteten Waden, dem es in den Sinn kommen mochte, sich nach einer Vase zu bücken.

Der Ort war nicht groß, die freundliche Altmodischkeit der Gärten, Kneipen, kleinen Geschäfte verlor sich zum Rand hin, wo ein paar neue Zweckbauten eckig aus gestutztem Gebüsch ragten. Dahinter stieg die Böschung einer Umgehungsstraße an. *Lidi* stand auf einem großen Straßenschild, das nach Osten zeigte. Nach dem Bus zum Meer nun die Straße zum Meer. Kaum ein Auto war unterwegs. Das Wort Lido hatte für mich als Kind einen Beiklang von Eleganz gehabt, bis wir einmal auf einer Frühjahrsreise kurz an die Adria gerieten. Wir wollten das Meer sehen, und mein Vater musste uns hochheben, damit wir durch ein Loch in einem Bretterzaun einen Blick auf blendende Leere werfen konnten. Ein flacher Strand, rastlose Möwen ohne Beute über fernem seichtem Wellenschlag. Wir fanden in dem Ort auch ein Café, dessen Betreiberin von unserem Erscheinen geradezu beunruhigt war. Tutto chiuso, sagte sie, als wollte sie uns loswerden. Dabei drückten sich Männer in Overalls an der Theke herum und tranken zur unvermeidlichen Schlagermusik. Sicher wollten sie unter sich bleiben, ungestört von Fremden, deren Zeit noch nicht gekommen war. Schließlich bekamen wir doch süßbittere Limonade in kleinen Flaschen serviert, saßen auf der Caféterrasse im kalten Wind unter einer knatternden Fahne und blickten durch den Durchgang zwischen Strandkabinen auf einen schmalen Streifen hellblaues Meer.

An der Straße zu den Lidi stieß ich auf einen neu aussehenden Friedhof. Ein kahler Betonpark inmitten von Äckern, auf denen Krähen pickten. Gelbblütiges Kraut und Gräser umstanden tröstlich die umgebende Mauer, die ansonsten in ihrer steinernen Eckigkeit dem Auge wenig Halt und Trost bot. Durch das Gittertor sah ich eine Wand mit Kolumbarien, Reihen mit Grabplatten, künstliche Blumen in Plastikhaltern, lauter Grelles und Unzerbrechliches, das hier anstelle der Vasen, Teller und Schmuckstücke von Spina zur Verwendung kam. Die Lichter der kleinen Grablampen, der aus Olevano vertrauten ewigen Lichter, ließen sich im hellen Licht nicht ausmachen, doch ich stellte mir vor, wie der Friedhof, so einsam und vom Dorf getrennt hier zwischen den Äckern gelegen, in Nebelnächten wie eine Versammlung von Irrlichtern scheinen mochte, schwebend, flackernd, unstet. Bevor ich die Namen und Daten betrachten konnte, erschien ein Wagen der hiesigen Onoranze funebri, ein dunkelgrauer Leichenwagen mit Sarg unter bunten Gestecken und Schleifen. Trauergäste stiegen aus den am Straßenrand geparkten Autos und bildeten einen kleinen Leichenzug hinter dem Wagen. Ein schmächtiges Gefolge von einem guten Dutzend Trauernden in praktischer Winterkleidung, wattierten Mänteln und Anoraks mit Kunstpelzbesatz. Sie warfen argwöhnische Blicke in meine Richtung.

Ich machte mich rasch davon, betreten über meine Neugier zum falschen Zeitpunkt und an diesem mir völlig fremden Ort, wo mich der Zufall hingestoßen hatte. Unschlüssig stand ich in einiger Entfernung von dem kleinen Friedhof und sah wieder zwei Reiher, die auf einem zwischen zwei Pfosten gespannten Kabel saßen. Waren sie ein Zeichen, warteten sie selbst auf ein Zeichen? Jedenfalls schienen sie hier am rechten Ort, in geziemendem Abstand wachende Hüter der Toten und unbemerkte Begleiter der Trauerversammlung.

Ein Bus hielt am Straßenrand, wie aus dem Nichts aufgetaucht. *Ferrara* stand auf einem ins Fenster geklemmten Schild. Ein schwarz gekleidetes altes Paar stieg aus, die Frau trug eine grelle Kunststoffrose und bot ihrem buckligen Mann den Arm. Ich stieg in den leeren Bus und sah dem langsam schlurfenden Paar nach. Ein Trauergast kam aus dem Friedhofstor gelaufen und winkte mit beiden Armen hinter dem Bus her, eine rote Krawatte flatterte vor seiner Hemdbrust, die Schöße des aufgeknöpften Mantels schienen das Schilfgras im Straßengraben zu streifen. Der Busfahrer bremste tatsächlich und setzte zurück, um den Beerdigungsflüchtling aufzunehmen. Der Mann ließ sich in einen Sitz fallen, und ich hörte ihn noch eine Weile keuchen. Er tupfte sich mit einem großen aus der Hosentasche gezogenen Stofftaschentuch die Stirn ab und atmete auf, als sei er einer Gefahr entronnen. Der Bus fuhr auf eine Schnellstraße, die Landschaft lag still und flach, längere Zeit gab es keinen Halt. Grauweiße Schilfwedel säumten die Straße, Weidengebüsch stand zwischen Äckern, Linden und Akazien um Gehöfte, in der Ferne Pappelreihen. Scharen von Krähen staksten langsam auf der hellbraunen Erde gepflügter Felder herum. Hier und da tauchte ein Industrieflecken nahe der Schnellstraße auf, kleine Fabriken, an einem Wasser schnitten Arbeiter rötliches Ried. Als der Bus in Ferrara ankam, war der Trauergast längst ausgestiegen, und ich hatte es nicht gemerkt.

Bernstein

In der Nacht nach meinem abgebrochenen Ausflug nach Codigoro hatte ich einen Traum. Ich ging in einem Graben, die hohen Wände zu beiden Seiten waren nass, am Boden des Grabens standen Pfützen, in denen sich der Himmel spiegelte. Die Erde in den Wänden war von stumpfen Kieseln durchsetzt. Obwohl sich der Himmel in den Pfützen spiegelte, war es dämmrig in dem Graben, und es roch feucht und erdig, ein wenig sogar salzig, wie es um Lehmadern riecht. Ich hatte Angst bei meinem Gang, sowohl davor, mit den bloßen Füßen auf etwas Lebendiges zu treten, das unter meinen Zehen davonglitschen würde, als auch vor dem Einstürzen der Wände, denn in meinem Traum kam mir die Kiesgrube meiner Kindheit in den Sinn. Kinder legten dort verbotenerweise Höhlen in den Wänden an, manche wurden verschüttet, es gab Todesfälle. Ich war oft an dem kleinen augenartigen See am Boden der Grube gewesen, umringt von den trichterförmig aufsteigenden Wänden, in denen sich immer irgendwo ein Sandgeriesel löste. Kurz bevor ich im Traum eine Holzstiege erreichte, über die ich am Ende des Grabens hinausgelangen würde, zog ich einen Kiesel aus der Wand und schloss mit dem Gefühl, etwas Verbotenes zu tun, die Hand darum. Die Stiege schwankte unter meinen Füßen wie ein Kahn. Oben, am Rand des Grabens, stand ich auf einer Ebene, die mit dünnem, fahlem Gras bewachsen war. Die scharfen Halme legten sich flach an die Erde unter einem Wind, von dem ich jedoch nichts spürte. Obwohl sich in den Pfützen am Boden des Grabens ein blauer Himmel mit bauschigen Wolken gespiegelt hatte, war hier oben der Himmel weißlich grau. Es war heiß wie im Sommer. Aus großer Ferne tönten Vogelrufe, ein brachvogelartiges Klagen, doch kein einziger Vogel war zu sehen. Es war eine völlig leere Landschaft, an deren Horizont sich nichts abzeichnete. Ich öffnete die Hand und sah, dass der Kiesel ein Bernstein war, der die Form eines Kopfes hatte. Das Profil des Gesichts mit einer sehr geraden Nase war erkennbar, doch das Besondere an dem Bernsteinkiesel war der sehr stark gewölbte Hinterkopf, der im Traum sogleich die Empfindung von M.s Kopf am Ende seiner Krankheit in meine Hände zurückrief, mit der erschreckenden Ertastbarkeit aller Einzelheiten des Schädels unter der Haut. Ein letzter Gedanke im Traum, schon auf dem Weg hinaus ins Wachen, war, dass es diese Erinnerungen in meinen Händen waren, die den Kiesel hatten zum kopfförmigen Bernstein werden lassen.

Später fiel mir die Bernsteinkette ein, die ich als Kind gehabt hatte und die mir lange als das Schönstmögliche auf der Welt erschienen war. Die unkantigen, unregelmäßig geformten Tropfen der Bernsteine mit den Einschlüssen, die wie kleine eingeschriebene Botschaften oder Schatten von Botschaften im gelblichen Leuchten der scheinbaren Durchsichtigkeit erkennbar waren, traten an die Stelle der Murmeln und ihrer unenträtselten Geheimnisse. Ich hatte die Kette von einer entfernten Tante ungewissen Verwandtschaftsgrads bekommen, die ihre Jugend in Königsberg verbracht hatte und in jeder Erzählung über diesen Ort von der großen Kälte erzählte, die winters dort herrschte und die Meereswogen dazu brachte, mitten in der Brandung zu gefrieren, so dass sie am Rand des Strandes reglos erstarrt standen und sich die zarte Spitzenkante aus gefrorener Gischt über den verschneiten Strand wölbte, bis nach Wochen oder gar Monaten ein Tauwetter einsetzte. Diese zu einem spitzenartigen Gewebe gefrorene Gischt blieb ein Bild, das für mich stets von einem leisen hohen Summen und Klirren begleitet war, und ich wollte mir gar nicht denken, mit welcher Trauer man bei einsetzendem Tauwetter diese von dem leisen unablässigen Sirren und Singen des Winds umschwebte Schönheit mit dem Geräusch zerschellenden Glases in sich zusammenbrechen sehen mochte. Immer fiel Schnee in diesen Königsberger Erzählungen, immer lag die Welt leise und reglos in einem Wintermärchen, wie ich es mir nur ausmalen konnte, und dennoch musste es auch andere Zeiten geben, denn ich bekam die Kette mit den Worten überreicht, das baltische Meer trage den Bernstein vor allem bei den Herbst- und Frühjahrsstürmen wie von Riesenhänden im weitgreifenden Schwung ausgeworfen auf den weißen Sand bei Königsberg. Als ich die Kette noch nicht lange besaß, machten wir auf einer Reise in Italien in einem kleinen Ort am Po Mittagshalt. Wir hatten den Fluss von einer Brücke betrachtet und saßen danach in einem Wirtshausgarten am Fuße der Dammböschung. Dort erzählte mein Vater eine Geschichte vom Bernstein, die von Königsberg und dem baltischen Meer weit weg führte. Es war die Geschichte von Phaeton, der beim ungestümen Versuch, den Sonnenwagen zu lenken, den Pferden die Zügel schießen ließ und die halbe Welt in Brand steckte, bis Zeus ihn mit einem Blitzschlag tötete. Phaeton stürzte in einen Fluss, der, wie mein Vater behauptete, der Fluss Po war, wenngleich er in der Legende einen anderen Namen trug. Phaetons Schwestern standen unterdessen weinend am Flussufer. Sie wurden in ihrem Kummer in Pappeln verwandelt, und ihre Tränen wurden zu Bernstein. Ich sah die Pappeln der Bassa Padana und den Fluss, doch nichts aus dieser Umgebung ließ sich mit dem Schnee- und Eismärchen namens Königsberg verbinden, das verstörte mich vorübergehend.

Die Legende von den Tränen der Schwestern des gestürzten Phaeton ist im Delta des Po angesiedelt, in diesem weiten Gelände auf schwankendem Boden, durchzogen von Flussläufen, die zum Meer gehen, und salzhaltigen Gewässern, die wie vom Meer ausgestreckte Finger landeinwärts greifen. In dieser Gegend liegt Spina. Die Funde von Spina hatte ich im Museum von Ferrara gesehen und einige Zeit gebraucht, bis ich mich darauf besann, an was mich der Name erinnerte. Ich hatte hier keine Etrusker erwartet, sie gehörten für mich in Erinnerungslandschaften Mittelitaliens, fern von Ferrara und seinem Umland. Die Bassa Padana war Durchfahrtsland gewesen, ein, zwei Übernachtungen wollten mir einfallen, keine Fundstätten, die aufzusuchen waren, vielleicht hatte auch deshalb meine ratlose Zuneigung dieser Gegend gegolten, die ich so oft unbetreten und unbetretbar wie ein Film über die Ereignislosigkeit an mir hatte vorüberziehen sehen. Doch im Palazzo des Museums in Ferrara lernte ich an einem bitterkalten Sonntag, dass es draußen in der östlichen Ebene vor der Stadt Etrusker gegeben hatte, eine Handelsstadt und ihre Nekropole, die das Gerangel von Land und Meer unter Sand und Sumpf und Kiesel begraben hatte. Ich las, dass die Etrusker in dieser Ebene östlich der Berge auf die Picener folgten, einen Volksstamm, von dem ich noch nie gehört hatte, und die – deshalb ihr Name – dem Ruf des Spechts folgend in Richtung Südosten weitergezogen waren, um dort zu siedeln. In meiner Vorstellung konnte es sich nur um den Grünspecht handeln, und ich verstand die Picener gut, die sich von diesem bestürzten Ton, dessen Urhebervogel sich nur mit Mühe entdecken ließ, hatten verleiten lassen, in eine andere Gegend zu ziehen. Und dann, beim Betrachten der grobkörnigen Fotos von den Aushebungsarbeiten, war mir auch wieder eingefallen, wie mein Vater fünfundzwanzig Jahre vorher in Triest mit einer Art Verheißung von diesem Ort gesprochen hatte. Ich wanderte an den Glaskästen vorbei und betrachtete die Schönheiten, die den Toten Gesellschaft hatten leisten sollen: Spielzeuge aus Tierknochen für Kinder, winzige gedrechselte Steinspindeln für Frauen, Geschirr in allen Größen mit Szenen von Festen und Kämpfen, Schmuckreifen und Ringe. Buntes Glas kam später hinzu, Vorboten der Mosaike mit ihren wässrigen Grüns und Blaus, zarte, pastellige Farben, durchscheinend, nicht durchsichtig, dem Licht zugetan in einer stillen Buntheit, ohne Strahlen. Den Gegenständen ist das Entzücken anzusehen, das sie bei denen hervorriefen, die die Toten für ihre Reise bereiteten, und bei den Toten selbst hervorrufen sollten, wenn sie ihre Augen in der Unterwelt aufschlugen oder aus der Asche wieder zu sich fanden. Lauter Bezeugungen der Liebe zu den Toten, den Fortgegangenen, den Vorausgereisten. Noch später als das Glas kam der Bernstein zu den Schätzen hinzu, Handelsgut, keine aus dem Podelta gefischten Tränen. Dieser geheimnisvolle Harzstein aus einem Meer, das die Etrusker sich gewiss nicht vorstellen konnten, mochte alles andere an Kostbarkeiten und Edlem in den Schatten stellen, als man ihn zum ersten Mal in den Händen drehte, gegen das Licht hielt, an der Haut spürte, und so wurde er eine Zeitlang zur größten Verheißung, die man den Toten mit auf den Weg geben konnte.

Ich schaute aus dem Fenster des letzten Saals auf den Garten hinter dem Palazzo. Gestutzter Buchs, Zypressen und kahle Laubengänge – alles war vor Eiseskälte dunkelblau, während im Westen die Sonne dunstig rot unterging. Ich machte mich auf den Weg zurück in die Wohnung und kam durch die Straße, in der Bassani aufgewachsen war. Das Haus trug ein Gedenkschild, sicher war es noch bewohnt, doch jetzt leuchtete kein einziges Licht in den Fenstern. Gegen den hellblau-türkisen Abendhimmel starrten scharf und schwarz die Zweige eines ausladenden Baumes im Garten, der die Mauer überragte. Im Baum hing ein einziger erfrorener Granatapfel an einem Ast, ich konnte mir denken, wie verschrumpelt er nach den kalten Nächten dieser Rautage sein musste. Und ein Vogelnest war zwischen den Zweigen zu erkennen, wie eine dunkelnde Wucherung hing es im unteren Teil der Krone, ein wenig schief, als hätte der Wind schon daran gezerrt, halb schwebend hielt es sich da in dem vor Eisigkeit reglosen Abend. Il nido è in tavola!, hörte ich die Frau in *Uccellacci e Uccellini* rufen, deren Kinder nichts zu essen haben und die ein Vogelnest gekocht hat. Der Mann am kargen Tisch isst das Nest, und in meiner Erinnerung hat er dabei immer ein Tuch über den Kopf gebreitet, wie es die Esser der von den Vogeljägern gefangenen kleinen Ortolane im Sommer tun. Warum essen sie unter dem Tuch? – wer würde das nicht fragen. Damit Gott sie nicht sieht, lautet die Antwort.

Rangierbahnhof

Ferrara ließ sich nicht leicht verstehen. Die schmalen Gassen im Winterlicht führten oft an andere Stellen als erwartet, an den wechselnden Rot- und Brauntönen der Fassaden verriet das Licht Unzuverlässiges über die Tageszeit, die Mischung von stiller Nördlichkeit und Ahnung scharfer tiefer Schatten in greller Hitze anderer Jahreszeiten verwirrte. Ein Ernst lag über allem, eine Verschlossenheit, die fast an Ottomanisches erinnerte: Gärten waren zu erahnen, die Tiefe der Häuser zu erraten, die alle Pracht, die sie beherbergen mochten, hinter verschlossenen Toren und prunklosen Fassaden hielten. Am letzten Morgen in Ferrara suchte ich den Po di Volano auf, den Flussausläufer, der die Südseite der Stadt streift, gesäumt von Mauern und Durchfahrtsstraßen, eine Grenze zum Vorörtlichen, zum Umland, eine Trennungslinie zwischen der abgeschirmten Stadt und dem Wenigen an Industriegegend, das es hier zwischen der ausfransenden Besiedlung gab. Es war ein bitterkalter früher Morgen, am sonnenabgewandten Ufer hatten sich um die herabhängenden Zweige von schütterem Ufergebüsch kleine Eiskrusten gebildet. Der Fluss war auf Höhe der Stadt so begradigt, dass er eher nach einem Kanal aussah, ein Zweckgewässer, vielleicht noch eine Strecke weit schiffbar und genutzt, bis er sich im Delta hinter Codigoro verlor, in die Lagune mündete, wo Edgardo Limentani den Reiher sterben sah. Die Straße über die Via Pomposa bis ans Meer würde heute noch dieselbe sein, neblig an Winterabenden, wenn die Feuchtigkeit aus den Bonifiche stieg, den von Gräben und Kanälen durchzogenen und von tausend kleinen verödeten

Armen des Po unterwanderten Abschnitten trockengelegten Lands.

Abseits des Flusses geriet ich in die Via Piangipane, die Brot-und-Tränen-Straße, wie ich es las, welch ein Name für die Straße, in der sich früher das Gefängnis befand. Sie lag zwar innerhalb der Stadtmauern, doch sichtlich an den Rand gedrängt, ihr haftete etwas von Abseits an, von Gemiedenheit, eine Gegend, mit der man nichts zu tun haben wollte. Hier und da stießen Brachen hinter rostigen Zäunen an die Straße, die Häuser waren Halb- oder Viertelneubauten, in deren Kern noch alte Hütten stecken mochten, jetzt sah es angestrengt respektierlich aus, Hunde bellten hinter Toren, eine chinesische Familie schälte sich aus einem Auto. Zwischen den Wohnhäusern kleine Läden, Nagelstudio und Schnellpizzeria mit Stehtheke, am frühen Morgen ohne Kundschaft. Das Gefängnis ein langgestreckter Ziegelbau, die untere Fensterreihe noch vergittert. Hier würden Frauen vor dem Portal Schlange gestanden haben, um Nachricht zu erbetteln, um Essen zu bringen, um Gefängniswärter mit Käse, Aal und Wein zu bestechen, damit Briefe weitergegeben wurden, vielleicht gar ein Buch, Zigaretten. Der Gehsteig vor dem Portal war für Bittsteller und Ratlose wie geschaffen, öde und leer, im Sommer wohl unerträglich heiß. Das Gefängnis von Ferrara beherbergte keine Gefangenen mehr, von verwilderten Brachlandstreifen flankiert – vielleicht einstigen Gemüsegärten, die die Häftlinge zu bearbeiten hatten –, war das Gebäude jetzt mit einer schiefen Menorah verziert, die es zum jüdischen Museum erklärte. Damit war die Säuberlichkeit der Fassade, die Unbeschädigtheit der Fenster, die ganze der Straße angepasste Neurespektierlichkeit des ausgedienten Kerkers in einen Rahmen gebracht, der der Leere galt. Es war ein trauriger Anblick in seiner unbeholfenen Beflissenheit, der manchen Betrachter in die Flucht zurück zu den schönen Gassen weiter oben in der Stadt schlagen mochte. Hinter dem Gefängnis, jenseits des Stadtwalls, lag der kleine Hafen von Ferrara, ein schmales Becken, einstmals für Fischerboote und Lastkähne, heute für Ausflugsdampfer, die jetzt im Winterschlaf lagen. Auf dem kleinen Platz neben dem Hafenbecken wurde sicher früher gehandelt, gefeilscht, eine Bresche der Durchlässigkeit, von der aus womöglich auch der Wall erklommen und mit größerer Heimlichkeit überwunden wurde als von den radelnden Bauernjungen an der Punta della Montagnola. Der Busbahnhof belegte jetzt den Zwischenraum zwischen Hafen und Wall, eine unschlüssige Gegend, die am Morgen von Ankommenden belebt war, vor allem Frauen mit großen Taschen stiegen aus den Umlandbussen und machten sich hastig, den Kopf gegen die Kälte gesenkt, in ihren schiefgelaufenen Winterstiefeln auf den Fußweg zur Arbeit. Im Fenster des blauen Auskunfts- und Fahrkartenschalters blinkte noch ein silbrig besprühter winziger Weihnachtsbaum, der Angestellte stand an der rückwärtigen Tür und rauchte mit den Busfahrern auf Zigarettenpause. Hinter der nächsten Biegung des Stadtwalls lag der Bahnhof, der mit Gefängnis und Hafen ein spitzes Dreieck bildete, das sich, des Stadtwalls ungeachtet, aus dem ernst-strengen Ferrara schnitt und etwas anderes sein wollte, ein Stück Stadt mit den Spuren der Zwischenkriegszeit in den Wohnblocks, den rissigen Gehsteigen, über die die Passanten, gegen den Frost in Schals gehüllt, an ihre Aktentaschen geklammert, hastig auf den Bahnhof zuruderten. Am Rand des Dreiecks erhob sich wie ein Thron das Sportstadion, das vielleicht immer noch Mittelpunkt für die Arbeiter und kleinen Angestellten aus den Wohnblocks war. Anwohner beim Hundespaziergang schlurften müde und kältescheu an den nummerierten Einlasstüren des Stadions vorbei, grüßten sich gegenseitig mit kurzem Nicken und in den Schal gestoßenen Wortbrocken, während sich ihre alten asthmatischen Hunde in der Hoffnung auf eine baldige Heimkehr aus dem Frost zwischen dem Abfall erleichterten, den Wind und Wetter in die Ecken unter den Tribünen geweht hatten. An der Porta Po kehrte ich zurück auf den Wall. Die Straßenkreuzungen mit den von Trampelpfaden durchzogenen Grünflächen, die Tankstellen, Geschäfte und Wohnhäuser an dem Geflecht von Ausfallstraßen, das in der Ferne sichtbare Ziegelgebäude am Rande des Bahnhofsgeländes, das sicher einmal Frachtbahnhof gewesen war, erinnerten mich mit ihrer lässigen Geschäftigkeit, der flatternden Wäsche auf Balkonen, den lungernden jungen Männern an den Straßenecken und zwei untätigen Polizisten, die in die Ferne blickten, plötzlich an Italien in meiner Kindheit, an meine Kindheit überhaupt, an eine ungefähre, mit dem Licht, mit der Weite, mit der Ungewissheit der Richtung unbekannter Ausfallstraßen hinaus ins Land verbundene Hoffnung, die hier an die kleinen, sich in schmalen Zwischenräumen auftuenden Ausschnitte des Horizonts der Bassa Padana vor der Stadt geheftet war. Mitteleuropa ist voll von solchen Fracht- und Güterbahnhöfen, zerbröckelnden Malen vergangener Zeiten an breiten Streifen etlicher ungenutzter Gleise, zwischen denen Goldraute, Klatschmohn und Wegwarte blühten, von Ziegelschuppen mit rostfraßigen Schildern. *Güterabfertigung* stand auf einem solchen versehrten Schild am Bahnhof im Ort meiner Kindheit, ein stets von brandigem Geruch umgebener flacher fensterloser Bau aus dunklen Klinkern mit einer hohen Plattform, hinter der manchmal die eisernen Schiebetore offen standen und den Blick in eine grausig dunkle Tiefe zuließen. Der Rangierbahnhof in der Geschichte von den Finzi-Contini, Micòls Erzählung vom Geräusch der hin- und hergeschobenen Züge, die sie als Kind von ihrem Fenster aus hören konnte, hatten sich im Laufe der Jahre mit meinen eigenen Erinnerungen an das halb bange, halb neugierige Lauschen auf die Züge im Dunkeln verbunden, diese Mischung von Schrecken und Hoffnung, die mit dem Echo der durch die Nacht rauschenden Züge längs des Rheins verknüpft war. Tagelang war ich in Ferrara den Wegen auf einer Landkarte der Fiktion gefolgt, hatte Fäden zwischen Ortsnamen, Himmelsrichtungen, Zitaten zu spinnen versucht, und erst jetzt, bei der Einsicht in die Vermischung des gelesenen Horchens auf die rangierten Züge mit meinen eigenen Erinnerungen, verstand ich nach all dem Wandern auf dem Stadtwall und durch die vom Corso Ercole I d'Este abgehenden Straßen, dem Abschreiten der Via Arianuova und den im Kopf vorgenommenen Verortungsversuchen, dass der Ort in der Geschichte ein Gedenkort war, dessen Wege und Blickrichtungen anderen Regeln folgten als denen, die ich, als Fremde und Jahrzehnte später, verfolgen konnte. Er war ein Ort, der nur durch die Empfindung der Abwesenheit und das Gedenken an das Verlorene aufgesucht werden konnte und darin seine allen anderen betretbaren und betastbaren Orten Ferraras überlegene Wirklichkeit hatte.

Am Nachmittag nahm ich den Bus in die Lidi. Ich kam zu früh an die Haltestelle gegenüber dem Bahnhof, stand in einer Bar mit Blick auf die Straße und hielt mich an einem Kaffee fest. Gäste kamen und gingen, der Fernseher lief, die weihnachtlich verpackten Schokoladenschachteln und übrig gebliebenen Panettoni glitzerten im Licht der tiefstehenden Sonne. Schüler sammelten sich draußen, müde Frauen in dicken wattierten Mänteln, die ihre Schicht abgearbeitet hatten und jetzt nach Hause wollten, drei Afrikanerinnen, die sich mit Kopfhörern von der Welt abschotteten. Der Bus war voller Schulkinder, die hinter Ostellato ausstiegen, an Bedarfshaltestellen im offenen Land, neben Riedstreifen, Pappelhainen, Weidengehölzen, wo jemand im Auto wartete, um sie nach Hause zu fahren, in eins der weit verstreuten einsamen Gehöfte oder trostlosen Zweifamilienhäuser. Der Bus leerte sich langsam, klapperte in träger Fahrt durch lange Straßen hinter Comacchio die ausgestorbenen Seebäder ab, passierte die Reihen zugesperrter Häuser, deren Räume verlassen hinter vorgelegten Läden dämmerten. Ich fragte mich, wo die

Schüler lebten, was sie hier an einen dieser leeren Orte zwang, welcher Arbeit ihre Eltern nachgehen mochten. Nur in Porto Garibaldi, der alten Hafenstadt Ferraras am Meer, zwischen Bootswerkstätten, Kläranlagen und einem langen, von Booten gesäumten Kanal zum Meer, war ein wenig Leben sichtbar. Ich stieg in Lido degli Estensi aus, hier begannen schon die Pinienwälder der Gegend um Ravenna, zwar zu künstlichen kleinen Hainen zwischen den Ferienhaussiedlungen gestutzt, doch hochgewachsen, streng, jetzt im Winter fast schwarz. Hinter einem Parkplatz sah man das Meer, blassblau unter dem Himmel, der sich schon zur Dämmerung anschickte.

Saline

Hinter den Seebädern liegen die Valli di Comacchio, mehr Wasser als Land, von schmalen Wegen begleitete Kanäle, Gräben und Becken, die südlichen Ausläufer des Deltas zwischen Po di Volano und dem Fluss Reno. Früher wurde hier Salz gewonnen, so wie gegenüber, auf der anderen Seite des Adriabogens, in Strunjan, zwischen Piran und Koper, wo ich vor Jahren an einem heißen Apriltag mit M. umherwanderte und zwischen rissig ausgetrockneten Flächen und den von niedrigen Graswällen unterteilten Becken eine Leere und Stille erlebte wie noch an keinem anderen Ort. Alles schien damals unerreichbar weit fortgerückt – die Felsen, die Piran verdeckten, die Häuser am Küstenhang von Strunjan, die Weinberge, sogar das Meer in unserem Rücken. Nichts zählte mehr außer dem zerklüfteten Boden, den stillen Wasserflächen in den Gräben, den fensterlosen kleinen Hütten. Das Wort Zone war mir damals in den Sinn gekommen, die Salzzone, in der Zeit anders verlief, überhaupt andere Gültigkeiten herrschten. Niemand außer uns war weit und breit zu sehen, es war Mittag, die Luft flirrte über dem Gelände in der außergewöhnlichen Hitze unter einem weißlich überwölkten Himmel, und als wir den Rückweg längs der steinschlagdrohenden Felsen nach Piran antraten, stellten wir beide fest, dass wir jeden Sinn für die Zeit verloren hatten, die während unseres Herumwanderns in den Salzfeldern verstrichen war.

Versehentlich hatte es mich hierher verschlagen, in eine Unterkunft mit Blick auf eine halbwelke Topfpalme, Schilfrohr, Weidengebüsch und viel Himmel. Abseits der Küstenstraße, landeinwärts von den ausgestorbenen Seebädern. Die Betreiber hatten alle Hoffnung auf ein Auskommen aufgegeben, etwas Bitterkeit lag in der Luft, ein melancholisches Erstaunen darüber, dass die Verlassenheit der Ausflugsorte am Meer und der Blick in die Leere der winterlichen Salinen den Betrachter nicht nur mit Verzweiflung überwältigen konnten. Die Familie der Betreiber bewohnte ein durch gewaltige Metalltore gesichertes Haus, an dessen Grundstück die kleinen Gästepavillons grenzten. Haus und Pavillons lagen wie Zufallsgegenstände am Rand dieser Leere, nach Süden hin erstreckte sich ein gepflügtes Feld hinter einem Wassergraben, in der Ferne ließ sich ein Bauernhaus ausmachen, umstanden von Pappeln. Akazien, Erlen, Weiden, Pappeln: Bäume, wie sie in allen Gegenden stehen, die als dünne Schicht über dem Grundwasser schwanken, das sich jederzeit in Rillen, Furchen, kleinen Mulden zeigen und unversehens den Himmel spiegeln kann. Was hier gedeiht, wurzelt greiferisch, Bäume wachsen schnell, als fürchteten sie, das Wasser könnte sie im Sumpf verschwinden lassen. Pappeln schießen mit einer solchen Geschwindigkeit empor, dass sie keine Zeit haben, Jahresringe auszubilden, und mit den angesammelten Sommern innen hohl werden. Die Hohlräume werden Behausungen für all die Erscheinungen, die in Gelände mit Bodennebel auftreten: Erlkönigsartige und ihr Gefolge. Stürme haben leichtes Spiel mit den aufgeschossenen, ausgehöhlten Bäumen. Sie stürzen, versperren Wege, richten Unheil an, die Geister werden obdachlos und übersiedeln in anderes Gehölz. Das Holz der Pappeln war mir immer splittrig und minderwertig erschienen, doch irgendwann bemerkte ich, wie viele Bilder, auf Pappelholz gemalt, die Jahrhunderte überdauert hatten. Fra Angelico, über dessen Blau mein Vater in ein fast bestürzendes Entzücken geraten konnte und immer viel zu sagen wusste, malte auf Pappelholz, und ich fragte mich beiläufig, ob die Pappelhaftigkeit des Holzes etwas mit diesem besonderen, entrückenden Blau zu tun hatte.

Vor der Pension lag ein offenes, von Schlammfurchen durchzogenes Gelände, das im Sommer als Campingplatz zu dienen schien. Kleine Hinweistafeln ragten schief aus der Erde, längs einer Einfahrt zeigten schlammbespritzte Schilder auf einen Empfangsbereich, der sich nicht ausmachen ließ. Jetzt stand ein schmutzverkrusteter Bagger auf der Fläche, als hätte man vor langer Zeit ein großes Vorhaben aufgegeben und die Maschine vergessen. Neben dem Bagger befand sich eine überdachte Terrasse mit Tischen und Bänken, am Rand des Dachs klemmte noch ein Weihnachtsschmuck, der aus der Nähe als Schlitten mit Rentier zu erkennen war.

Der Besitzer pries halbherzig die roten Flamingos an, die angeblich in den Gewässern unweit der Pension lebten. Ich machte mich auf zu einem kurzen Spaziergang, es war später Nachmittag, die Sonne stand tief, und es wurde sehr kalt. Ich folgte einem kleinen Pfad zwischen raschelnden Schilfständen, wie weißliche Wäldchen erhoben sie sich hoch aus den Gräben. Der Pfad führte zu einem großen viereckigen Gewässer, ein künstliches Becken, wie ein kleiner See. Ein brüchiger Badesteg ragte vom grasbewachsenen Rand über das Wasser. In ein Gebüsch am Rand des Pfades gezwängt, stand das schiefe Gerüst einer Schaukelbank, ein Stück weiter, halb in der Erde versunken, zwei weiße Gartensessel, die ramponierten Reste einer versuchten Idylle, die hier nichts verloren hatte.

Ich folgte dem Pfad um das Gewässer. Der Weg bildete eine Art breiten Damm, auf dessen anderer Seite auch wieder Wasserläufe waren, Gräben oder Kanäle, das Wasser stand nicht still, es floss langsam, bewegt vom Austausch mit anderen Gräben und Becken, ein verästeltes System, angelegt zur Entwässerung des Bodens. Im Unterschied zu Strunjan waren in den Salinen von Comacchio weder ein bebauter Hang in der Ferne noch Uferfelsen in Sicht, das Land dehnte sich flach in alle Richtungen. Stand man auf einer leicht erhöhten Grasnarbe, sah man nach Norden, Westen und Süden nichts als das verschwimmende Muster von Wasser, Grasstreifen, an wenigen Stellen unterbrochen von teils verfallenen Gebäuden, hoch wie zweistöckige Häuser mit wenigen Fenstern, vielleicht Salzspeicher oder ehemalige Gerätehäuser, Arbeitsstätten, wo Salz gesiebt und in Fässer gefüllt wurde. Ich hatte vergessen, was ich aus den alten Schwarzweißfilmen im Piraner Museum über Salzgewinnung gelernt hatte, nur die Überbelichtung durch die grelle Sonne, die gebückte Haltung der Frauen mit Körben und Sieben, das Flimmern der versehrten Stellen auf dem Zelluloid und der Eindruck einer harten Arbeit waren mir in Erinnerung geblieben, dazu ein Gefühl von Wundheit beim Betrachten der bloßen Hände und Füße der Arbeiterinnen in ihrem Umgang mit großen Mengen Salz. Was in den Salinen von Comacchio die Horizontlinie durchbrach, waren außer den wenigen Gebäuden ein paar wulstige Gehölze, die in den Jahren seit der Aufgabe der Salzgewinnung am Rand der Gräben hatten Fuß fassen können, krüpplige, niedrige Bäume, Ried, Weidicht, fiedrige Tamarisken. Das Gelände war viel größer als Strunjan, doch dem Salzgewinn schon lange entwöhnt, eine Wildnis für Vögel, die nicht den Schutz von Bäumen brauchten. Die Sonne ging unter, der Himmel wölbte sich in Schichten aus Orange, Rot, Purpur und Lila über der Landschaft, deren Wasserstreifen die Farben spiegelten, eingerahmt von den immer schwärzeren Landlinien. Vögel kreuzten den Himmel, pfeilartige Zeichen, schwarz gegen das dunkelnde Rot. In den Gebüschen am Rand des Teichbeckens gaben Sumpfmeisen ihre leisen Laute der Beunruhigung von sich. Ich hörte Krickenten von der anderen Seite des Beckens, Kiebitze in der Ferne, später auch Nachtreiher.

Als ich zurückkehrte, war der Weihnachtsschmuck an der überdachten Terrasse eingeschaltet, weiß glitzrig blinkte der Schlitten mit dem Rentier, doch viel zu klein und blass, um von der Straße aus als Einladung wahrgenommen zu werden. Wer sollte sich auch in diese Leere einladen lassen? Der Besitzer drückte sich um die Pavillons herum und lud mich ein, mit seiner Familie zum Einkaufen nach Porto Garibaldi zu fahren. Vielleicht war ich ihnen nicht geheuer, oder sie wollten mich nicht ganz allein zurücklassen. Ich nahm die Einladung an, Porto Garibaldi interessierte mich, aus dem Bus betrachtet war es mir wie ein Zwischenort vorgekommen, ein abseits aller Absicht und Kontrolle lebendiger Knotenpunkt von Vorübergehendem, eine Ballung der Vorläufigkeiten, wie sie sich oft, als gebe es ein physikalisches Gesetz dafür, beschützend um Kerne bilden, deren Schutzbedürftigkeit niemandem aufgefallen ist. Der Kanal, die lange Reihe der vertäuten Fischerboote, die Werften und Abstellplätze mit unzähligen kreuz und quer stehenden Booten, die hier dem Winter überlassen blieben, das alles zeugte auf tröstliche Weise von einem Leben abseits der öden Ausblicke in den Badeorten.

Doch jetzt war es dunkel, von Porto Garibaldi ließ sich wenig sehen. Die Strecke war kurz und verwirrend, auf einer hauptsächlich von Lastwagen frequentierten Straße vorbei an den halbherzig flackernden Neonreklamen für winterlich Stillgelegtes oder überhaupt Aufgelassenes, über verschlungene Straßenschleifen auf den Parkplatz eines Supermarkts. Nach Westen, der sich noch an einem vom Schwarz fast eingeholten rötlichen Streifen erkennen ließ, tat sich über dem Land eine große Dunkelheit auf. Ich kam mir klein und fremd vor, um passende Sätze verlegen bei diesem unerwarteten Familienausflug. Die kleinen Töchter, die neben mir saßen, spielten wortlos mit ihren Mobiltelefonen. Ich verschwieg meine Abneigung gegen Supermärkte und machte Einkäufe. Bei der Rückkehr kam mir das Gelände, auf dem ich im Schutz der blinkenden Weihnachtsillumination mein Obdach hatte, noch mehr wie eine namenlose Insel vor als am Nachmittag im Tageslicht.

Ich schlief wenig in der ersten Nacht. Ein Wind war aufgekommen und fuhr immer wieder raschelnd in die schlaff herabhängenden Blätter der vertrocknenden Topfpalme draußen. Von den Salinen her hörte ich unruhige Vogelrufe. Nicht nur der Nachtreiher rief, auch Enten, kleinstimmige Singvögel, die sicher tief in ihrem Gebüsch verkrochen saßen, und ein heiserkehliger Vogel, dessen Ruf ich nicht bestimmen konnte. Vielleicht gab es kleine Raubtiere, leise Schleicher. Füchse konnte ich mir hier nicht vorstellen, es war ein Land ohne Deckung. Ich stand an der Tür und lauschte in die Nacht. Das blinkende Flackern des Rentierschlittens blendete nur und warf kein Licht, in dem man etwas erkennen konnte. Das Dunkel war zu tief. Mich beunruhigte nichts. Die namenlose Insel war ein guter Ort. Das Rascheln der Palme, das Wispern der trockenen Schilfstengel, die Vogelrufe, das alles war eine neue Sprache, die gelernt werden wollte.

Eisvogel

Am Morgen blinkte der Weihnachtsschmuck nicht mehr. Vielleicht war es die Aufgabe der Kinder, den Rentierschlitten vor der Schule aus- und nach der Rückkehr wieder einzuschalten, und ich fragte mich, ob sie einen Namen für den Gegenstand hatten. Der Vater würde sicher das Auf- und Abmontieren übernehmen, und den größten Teil des Jahres verbrachte das Rentier im dunklen Winkel einer Garage, womöglich in Gesellschaft anderer weihnachtlicher Utensilien, die längst nicht mehr benutzt wurden. Die Mädchen entwuchsen den Dekorationen und verließen sich aufs Licht der Mobiltelefone. Bei der Ankunft hatte ich in einer Ecke zwischen Haus und Garage zwei kleine Spielzeuge bemerkt, rosa Einkaufswagen aus Plastik, die verkeilt und wie an die Mauer geprallt standen, halb zerbrochen, Laub und allerhand Abfall hatte sich darin gesammelt, als hätte sie schon lange niemand vom Fleck bewegt. Eine rosa Puppenversion der verbeulten metallenen Einkaufswagen, die Jugendliche in Ostlondoner Seitenstraßen voll Trotz und Zorn mit solcher Wucht gegeneinander- und in Ecken rammten, dass kein Anwohner sie entwirren und wegbewegen konnte. Innerhalb weniger Wochen füllten sie sich mit Müll, wurden zu sperrigen Denkmälern bitterer Abende gleich welcher Jahreszeit, und niemand schenkte ihnen mehr Beachtung.

Die Nacht war sehr kalt gewesen, und der zerfurchte Schlamm auf dem Campinggelände war gefroren. Der von hohem fahlem Röhricht gesäumte Wassergraben, über den der Pfad zu dem Becken führte, war von einer dünnen, nicht ganz geschlossenen Eisschicht bedeckt. Unter dem Eis sah ich einen weißen Umriss: ein toter Vogel, der unter der durchscheinenden Decke begraben lag. Der Vogel lag auf dem Rücken, er war nicht groß, vielleicht wie eine Taube oder Seeschwalbe, sein Gefieder schien stumpf grauweiß, doch das konnte auch an dem bräunlich trüben Wasser unter der Eisschicht liegen. Ich konnte die gespreizten Flügel erkennen, die im Tod fleddrigen Spitzen der Flügelfedern, den leicht zur Seite gedrehten Kopf, die Brust. Gestern hatte ich an derselben Stelle gestanden und auf das Bauernhaus am anderen Ende des Ackers geblickt, und ich hatte nichts in dem kleinen Wasserlauf bemerkt. Konnte er in der Nacht und vor Einsetzen des Frosts, der das Wasser gefrieren ließ, aus der Höhe so in den Graben gestürzt sein, mit ausgebreiteten Flügeln? Vor Jahren hatten M. und ich einen Vogel unter dem dicken Eis eines Teiches gesehen. M. hatte mich auf den weißlichen Schatten hingewiesen, er konnte nicht erkennen, was es war. Der Vogel hatte nahe am sumpfigen Rand gelegen, zwischen hohen Schilfrohren, die dort etwas zurückwichen, als hätte sich das Röhricht geteilt, um dem Vogel Platz zu machen. Das Eis war viel dicker gewesen als hier, es hatte wochenlanger Frost geherrscht, und ich nahm an, dass der Vogel geschossen worden war. Der Jäger mochte ihn nicht gefunden haben, oder er hatte nach dem Schuss die Flucht ergreifen müssen, weil ihm die Erlaubnis fehlte oder er jemanden fürchtete. Hier jagte sicher niemand.

Der Beckensee lag spiegelglatt. Am fernen Ende schwankte ein kleines Boot, und Männerstimmen tönten über die stille Wasserfläche. Der Motor des Bootes wurde angelassen, es legte sich beängstigend schief, die Männer lachten laut und riefen sich kurze Sätze zu. Mitten auf dem Gewässer verstummte der Motor, die Männer prüften etwas, das durch kleine Bojen auf dem Wasser markiert war. Das Boot pendelte hin und her, die Männer zogen an Leinen, fuhren mit Stöcken ins Wasser, sicher hatten sie Reusen oder Netze ausgelegt. Sie bewegten sich näher aufs Ufer zu, kehrten um, steuerten wieder die Bojen an, ein Zickzackweg, der Außenstehenden unverständlich blieb. Wenn der Motor schwieg, sirrte die Luft von Vogelstimmen. Schwärme von Sumpfmeisen machten sich in den Büschen am Ufer zu schaffen, die langen Schwanzfedern zuckten zwischen den Ranken, und auf einem Stromkabel zwischen zwei schiefen Masten saßen sechs, sieben junge Reiher. Schwarze Enten paddelten in kleinen Gruppen am Rand des Beckens und stießen klagend tönende Laute aus. Der Zaun längs des Wegs war an etlichen Stellen geknickt und zum Boden gebogen. Dahinter erhob sich ein etwas höher gelegener Damm, von dem aus man landeinwärts bis zum Horizont nichts als Land- und Wasserstreifen sah. Im nächsten Gewässer entdeckte ich die Flamingos, von denen der Pensionsbesitzer gesprochen hatte. Sie hatten sich weit weg, am gegenüberliegenden Ende zu einem Schwarm zusammengerottet, vielleicht verhielten sie sich so bei Kälte. Flamingos hatten etwas Exotisches in meiner Vorstellung, das nicht in meine Vogelwelt passte. Ihr italienischer Name, den ich gestern erfahren hatte, war *fenicottero*, der Phoenix schwang noch mit im Wort, ein Vogel, der nirgends zu Hause ist als in der Sage. Auch hier wirkten sie nicht heimisch, selbst wenn sie sich offenbar mit dem gelegentlichen Frost abgefunden hatten. Von weitem schienen sie wie eine schwimmende Ansammlung aus schmutzig rosa Kissen, unbefugt abgeladener Abfall, ausgesonderte Requisiten längst vergessener Vergnügungen, die jetzt darauf warteten, vom Wind weitergetrieben zu werden. Aus der Nähe betrachtet, zeigte sich, dass die Vögel nicht schwammen, sondern auf ihren sehr hohen dünnen Beinen im seichten Wasser standen. Die meisten hatten die Köpfe nahrungsuchend ins Wasser gesteckt, die Hälse geschlängelt. Obwohl sie sich kaum bewegten und nur wenige die Köpfe wie witternd hochreckten, ging Nervosität von ihnen aus. Die rosige Farbe stach von der Landschaft aus Grau-, Braun- und matten Grüntönen ab, dieser Misston unter den Farben erzeugte Unruhe, im Frühjahr würde es zwischen den dumpf rosa überhauchten Tamarisken anders sein. Unter einem höheren, helleren Himmel und umgrünt mochten sie sogar einen Anblick von gewisser Anmut bieten. Plötzlich, ohne dass ich einen Laut vernommen hätte, hob die ganze Schar die Köpfe. Ich stellte mir vor, dass sie eine Art der Unterwasserverständigung hatten, vielleicht durch Beinbewegungen, kurze Wedelschwenke des Körpers, die das Wasser auf eine Art und Weise in Schwingungen versetzten, dass alle gewarnt wurden. Drei Vögel erhoben sich und offenbarten unter den breit entfalteten Flügeln das rote Gefieder und die schwarze Unterseite, scharfe, entschiedene Farben, die in einem seltsamen Widerspruch zu dem schmuddelrosigen Deckgefieder standen. Die drei Gesandten flogen in meine Richtung, die Hälse vorgereckt und die langen rosa Beine ausgestreckt, sie gaben quietschende Laute von sich, kurz und hell, die ich ihnen nicht zugetraut hätte. Etwas Kräftigeres hatte ich erwartet, eine Art Kranichschrei, doch den Flamingokehlen fehlten Muskeln und Wendigkeit der Kranichhälse, und so brachten sie jetzt diese kläglichen, unmelodischen Laute hervor, während die im Wasser verbliebenen Genossen ihnen stumm hinterherblickten. Die Vögel hielten auf mich zu, doch dann schwenkten sie ab, ließen sich mitten in dem seichten Becken nieder und steckten die Köpfe ins Wasser, der restliche Schwarm in der Ferne bewegte sich an eine andere Stelle. Die kurze Nervosität der Flamingos hatte sich auf die Enten übertragen, die dicht am Ufer im Wasser schaukelten, ein kleiner Kampf brach zwischen ihnen aus mit schrillem Geschnatter und Wellenschlag, dann war es still.

Die Luft roch nach Salz und Erde, nach Meer und Land zugleich. Das Haus mit den kleinen Pavillons lag dunkelrosa in der fahlen, blassen Winterlandschaft, freundlich, trotz der hohen Tore. Hinter dem Haus befand sich ein Umspannwerk, ein langgestrecktes Gebäude, Masten mit kurzen auseinanderstrebenden Armen wie in Not zum kopflosen Flehen emporgereckt, trommelartige Anlagen, dicke Drähte und Kabel hinter einem mit Alarmvorrichtungen gesicherten Zaun. Dahinter zog sich die Straße, über die wir nach Porto Garibaldi gefahren waren. Ein ununterbrochener Strom großer Lastwagen zog jetzt darüber, doch kein Laut drang von dort in dieses Hinterland, als gehörte die Straße zu einer anderen Welt. Bis auf das gelegentliche Aufdröhnen des Motorbootes mit den drei Fischern und die Vogellaute war es ganz still, der endlose Zug der Wagen lief wie ein Film, eine stumme Kulisse zu diesem in der Obhut des rosa Hauses gelegenen Land aus Wasser, Gras, schütterem Gebüsch und Vögeln, überhaupt schien sich jetzt alles in Filmspuren aufzuteilen, in deren Mitte das Haus, die Gewässer, die Vögel lagen, zur Rechten erstreckte sich als Nebenspur der Acker mit dem pappelumstandenen Bauernhaus, neben dem ich jetzt auch lautlos ein Auto davonfahren sah, dahinter, auch für sich und ihren eigenen Regeln von Zeit und Klang gehorchend, die Straße mit den Lastwagen. Wenn ich die Augen zusammenkniff, meinte ich sogar festzustellen, dass das Licht dort über dem Acker und dem Bauernhaus ein anderes war, sowohl von dem der Straße als auch von meiner Insel unterschieden, selbst die Körnigkeit von Farben und Flächen war anders als hier, wo ich ging, in dieser weichen Luft und diesem weißlichen Frostlicht unter bedecktem Himmel.

Presepio

Eines Nachmittags bot mir der Besitzer an, mich nach Comacchio mitzunehmen. *Via Romea*, erklärte er in entschuldigendem Ton, als wir lange warten mussten, bis sich im Verkehr an der großen Straße eine Lücke bot. Via Romea klang schön und altertümlich, nach Wander- und Pilgerschaft, nach Rom. Jetzt war der Weg vor allem Lastwagen vorbehalten, die längs der Adria pendelten, zwischen Rimini und Venedig, durch das riesige schwankende Delta des Po. Die Straßenränder waren übersät mit Abfall. Die Kennzeichen der meisten Lastwagen auf der Gegenseite zeigten Kroatien, Serbien, Türkei an, auch wenn die Aufschriften auf den Seiten auf andere Herkünfte verwiesen, deutsches Fleisch, niederländischer Kunststoff, sicher ohne Zusammenhang mit den Wegen und Aufträgen der Lastwagen, die verhökerter Bestand von anderswo waren. Die irreführenden Werbungen mochten den Betreibern nur recht sein.

Es war nicht weit nach Comacchio. Die Straße führte an Brachen, müßig liegenden Werkstätten, aufgelassenen Betrieben im Rücken der Seebäder vorbei. Zur einen Seite öffnete sich ab und zu der Blick auf Gewässer mit Fischerbooten. Die kleine Stadt lag ausgestorben hinter Umgehungsstraßen unter dem hellgrauen Winterhimmel.

Überall in Italien sah man um Weihnachten hergerichtete Krippendarstellungen, manchmal wie ein großes Panorama im Glaskasten, mit unzähligen Figuren, Menschen, Tieren, Landschaft, manchmal als unbeholfene Puppenstube mit Kinderzimmerzubehör. Presepi gehörten zu Kirchen, doch hier in Comacchio stieß man allenthalben auf lebensgroße Puppen, die zu weihnachtlichen Szenen aufgebaut waren: Heilige Familien in Booten unter Brücken, unter Torbogen, an kleinen Plätzen. In dem leeren Städtchen, in dem nur ein paar hungrige Katzen über die Gehsteige längs der Kanäle streiften, wirkten diese Gruppenbilder unheimlich in ihrer leblosen Zuckrigkeit, in ihrer Abgekehrtheit von den verschlossenen Fassaden, den ausgebleichten Schildern an Wänden und in Fenstern. Wie Scheinbewohner standen die Presepio-Figuren im klammen Brückenschatten, an Vorsprüngen, wo der Wind sich schärfte, in Ecken, wo der Wind sich abstumpfte. Plumpe Ablenkungen von den vielen verwitterten Tafeln, die Häuser zum Verkauf anboten. Es gab ein Museum, dessen stolzes Prunkstück ein aus dem Schlamm gehobenes römisches Schiff war, irgendwo auch einen der Aalzubereitung gewidmeten Besichtigungsort, wie mir ein Fischhändler erklärte, der gedankenverloren in seinem leeren neonerleuchteten Laden stand, als ich vorüberkam. Er trug eine abwaschbare Schürze über Anorak und Gummistiefeln und starrte hinaus auf den leeren Platz, hinter dem die Umgehungsstraße verlief. Der Fischhändler, der sicher auf eine lange Reihe öder Tage hinter und vor sich blickte, hatte hoffnungsvoll die Gelegenheit ergriffen und mich angesprochen, als ich stehen blieb und seine Auslagen betrachtete. Während mein Blick über die von allen Waren verlassene Fischtheke wanderte und über die Regale voll Konserven und Einmachgläsern mit undefinierbarem Inhalt, pries er mit ausladenden Gebärden an, was er zu bieten hatte. Als er kein Glück ahnte, nahm er den Prospekt einer Ausstellung von Gegenständen zu hiesigen Bräuchen und dem Umgang mit Aalen. Begeistert zeigte er auf die Abbildungen großer Bottiche, in denen Aale in großen Mengen gekocht wurden. Mich schauderte, und ich überließ den Fischhändler seiner Enttäuschung.

Viel gab es in Comacchio nicht zu sehen. Im Sommer

mochte es freundlicher sein, die Straßen belebter, die Häuser bunter. Radiomusik würde aus den weit geöffneten Fenstern tönen, die Türen würden offen stehen, Hunde in der Sonne liegen, und die Vorhänge aus bunten Plastikschnüren würden sich im Durchzug regen. Touristen würden an den Kanälen entlangschlendern, vielleicht würde auf den kleinen Plätzen Musik gespielt, und Straßencafés würden sich auftun. Der Wind würde warm und salzig vom Meer wehen, und vielleicht würde es zu einer vorhersehbaren Zeit und von einem weithin hörbaren Signal begleitet heißen: Die Aale kommen! Hinter den vorgelegten Laden mancher Häuser mochten jetzt Fischer den Winter verdämmern und von diesen Zeiten träumen. An einem Kanal bemerkte ich ein Café, das mir zuvor nicht aufgefallen war. Ich blieb stehen und starrte durch das große Fenster hinein wie Jane Eyre in die rettende Kate auf der Heide. Es war eine Sportbar, in der sich Männer um einen Billardtisch drängten, ein Fernseher lief, in kleinen Gruppen standen Gäste an der Theke, redeten, tranken Kaffee oder Bier, blickten zum Bildschirm hinauf. Es sah nach Wärme aus, nach Leben, nach einer Szene, wie ich sie in meiner Kindheit hätte in Italien sehen können. Mitten in dieser verloren-verlassenen kleinen Stadt im Po-Delta tat sich mit der Sportbar ein Fenster in eine aus der Ferne vertraute, mir nicht einmal zugängliche, nur von Männern frequentierte Welt der Kneipe auf und tröstete mich kurz über etwas hinweg, das ich beim Wandern durch die norditalienischen Straßen in diesen Wochen vage und unbenannt als Abwesenheit und Verlust spürte.

Der Pensionsbesitzer war gut gelaunt, als ich ihn am Auto traf, vielleicht hatte er eine angenehme Nachricht bekommen, einen Zahlungsaufschub oder Unterweisung in einer kleinen Steuerlist. Seine pralle Aktentasche hatte er jedenfalls irgendwo zurückgelassen, dieser Umstand allein mochte ihn beschwingter durch den Wintertag gehen lassen.

Er nahm einen großen Umweg um die Valli. Die Straße

war vom Wasser durch einen Damm getrennt, über den Rücken des Damms ragten die Dächer der Fischerhütten und die schräg aufgestellten Stangen, zwischen denen sich die Netze spannten, sie hoben sich dunkel vom weißlich grauen Himmel ab. Zur anderen Seite, landeinwärts, erstreckten sich Äcker, von keinem Dorf und Weiler unterbrochen, die Bonifiche, in denen irgendwo die Fundstelle der Nekropole von Spina lag. Die Trockenlegung des Landes hatte den Menschen im Delta das Rückgrat gebrochen, erklärte der Pensionsbesitzer unvermittelt. Hier lebten Wassermenschen, keine Landmenschen, hier sei man nicht für den Ackerbau geschaffen. Seit den Trockenlegungen breite sich Unglück über die Gegend. Er glaubte offenbar daran, dass das Verhältnis zu Wasser oder Land eine Art Erbanlage war. Wegen des abhandengekommenen Wassers und der damit verbundenen Berufe war sein Großvater Faschist geworden. Aber einer von den guten Faschisten, sagte er schnell und nachdrücklich. Ich wusste nicht, was gute Faschisten waren, und fühlte mich klein und ratlos zwischen diesen Leeren zu beiden Seiten der Straße, neben dem fremden Pensionsbesitzer, der mir sicher mit seiner Erzählung und dieser Fahrt eine Freundlichkeit erweisen wollte. Sein Großvater war Bürgermeister gewesen, ein guter Mensch, wiederholte er mit Nachdruck, dem die Kommunisten halfen, nach Sizilien zu fliehen, um der Inhaftierung zu entgehen. Ich lernte einiges bei dieser Fahrt zwischen dem Wasser, das den allmählich dämmernden Nachmittagshimmel trug, und dem winterlich gepflügten Felderland, das im Sommer noch öder aussehen mochte als jetzt mit den langsam verschattenden Furchen, die sich bis zu dem fernen, von leeren Baumkronen unterwölkten Horizont durch die hellbraune Erde zogen. Die Linea Gotica war unweit von hier verlaufen, hinter Ravenna. In der Gegend der Valli di Comacchio hatten sich die faschistischen Renitenten länger gehalten als in jedem anderen Teil Italiens, ganze Nester seien noch 1945 ausgehoben worden und selbst seine, des Pensionsbesitzers, Kindheit sei überschattet gewesen von den Waffen- und Munitionsfunden im Land, geplanten und ungeplanten Explosionen, die manchen Gliedmaßen oder sogar das Leben gekostet hatten. Die Landschaft bekam eine andere Farbe, und Edgardo Limentanis Wintertag zwischen Codigoro und Volano, wenige Kilometer nördlich von hier, lag für mich mit einem Mal in einem anderen Licht, das die Historie auf die Geschichte warf.

Es dämmerte schon, als wir den Reno überquerten, der südlich der Valli di Comacchio in die Adria fließt. Hier war das Delta zu Ende. Der Redefluss des Pensionsbesitzers versickerte. Doch noch etwas wollte er mir zeigen. Ein Ortsschild »Piangipane« tauchte am Straßenrand auf, wenige Minuten später hielten wir vor einem Friedhof. Gleichmäßige Reihen identischer weißer Grabsteine ragten in den tiefgrauen Dämmer. Nur diese Riegen der Grabsteine waren zu erkennen und, kurz im Licht der Autoscheinwerfer bei der Abfahrt, am Pfosten des Eingangs ein Davidstern. Die Grabsteine, die hinter uns in den Abend gesunken waren, erschienen wie Marksteine dieser Grenze namens Linea Gotica, der die Landschaft eingedenk blieb, die sich in norditalienische Gespräche drängte und durch Erzählungen lief. Im Frühling vor M.s Tod hörten wir am Jahrestag der Liberazione einen ruppigen Kellner in Berlin Widerstandslieder singen. Aber nur die, die man südlich dieser Linie gesungen hatte, betonte er. Er sang *O Vanna mia*, behauptete, es handele von seinen Großeltern, und M. war gerührt.

Über die Via Romea fuhren wir zurück. Der Verkehr war spärlicher als tagsüber. Rechts und links der Straße dunkelten kleine Wälder, die Scheinwerfer streiften hochstämmige Pinien, zwischendurch kleine Gewässer, und gelegentlich öffnete sich ein weiter Blick auf flaches Land in Richtung Meer, auf dem winzige vereinzelte Lichttupfer standen. Zur Linken ahnte man die Valli, ein großer, geöffneter Nachtmund. Mich streifte eine kurze Erinnerung an eine Fahrt mit M. über die nächtliche Krim, bei der sich alle Orientierungspunkte auflösten. Unterdessen erzählte der Pensionsbesitzer von den Jahren, die er mit seiner Familie auf einem Katamaran vor den Antillen verbracht hatte. Seine Geschichte erschien hier, in diesem flachen winterlichen kriegsversehrten Deltaland, so unwirklich, dass ich anfangs zögerte, ihm zu glauben.

In der schlaflosen Nacht sann ich über den Zusammenhang zwischen dem Ort, dem Friedhof, der Straße am ehemaligen Gefängnis in Ferrara nach. War es ein Brot-und-Tränen-Dorf dort, in diesem vom Abend eingeholten Land hinter Ravenna, oder hatte es seinen nur scheinbar mit Brot und Tränen verbundenen Namen der Straße geliehen?

Männerkanal

Ich gewöhnte mich an das nächtliche Rascheln des Winds in der Topfpalme und die Vogelrufe in der Dunkelheit. Die Unruhe der ersten Nacht wiederholte sich nicht. Gelegentlich hörte ich Nachtreiher, Kiebitze, manchmal spitzere, hellere Laute, ich wusste nicht, ob Flamingos Nachtrufer waren und wie weit ihre Rufe tragen würden. Immer jedenfalls waren es Vögel, die nachts zu hören waren, nie ein anderes Tier. Tagsüber wanderte ich zwischen den Salinenbecken umher und entdeckte im wechselnden Licht der winterlichen Tage das Gelände immer neu. Jeden Morgen sah ich die jungen Reiher auf dem Stromkabel sitzen. Sie waren unerschrocken und harrten lange aus, während ich näher kam. In Gruppen zu zweit oder zu dritt flogen sie irgendwann auf und entfalteten weiße Flügel und ein weißes Schwanzgefieder, unvermutet unter dem bräunlichen Deckkleid. Meistens blieb einer sitzen, bis ich fast unter dem Kabel stand. Eine Art Mutprobe, die zu ihrer großen Gelassenheit passte. Bisher hatte ich Reiher nicht in größeren Gruppen gesehen, meistens einzeln, manchmal in Paaren, Graureiher an fließenden Gewässern, ganz selten Seidenreiher an Flussmündungen, ungerührt, wie erstarrt. Auch diese jungen Vögel hier saßen vollkommen still in einer Reihe, ohne erkennbare Verständigung miteinander. Nicht einmal die Hinterkopffedern bebten. Dort oben auf dem Kabel ähnelten sie in Kopf und Körper alle in gleichem Maße den altägyptischen Darstellungen von Reihern, die dem Totengott Benu ihre Gestalt leihen. Wenn der Tag sich neigt, wandelt sich der ägyptische Gottesreiher in einen Falken, der in die untergehende Sonne fliegt und im Morgenrot als Reiher neu geboren wird. Ein Hauch von Phoenix bei den Reihern, die hier in Nachbarschaft der *fenicotteri* lebten. Falken sah ich allerdings in den Salinen nie.

Täglich waren die drei Fischer in ihrem Boot unterwegs. Immer prüften sie etwas, nie brachten sie einen Fang ein oder angelten. Einige Gräben weiter lag ein langgestrecktes Gebäude, fast wie ein niedriger Stall. Ich hatte gelernt, dass die teils verfallenen Ziegelgebäude in den Salinen *casoni* hießen und früher die Arbeiter in den Salzfeldern beherbergten. Das stallartige Gebäude war auch einmal Unterkunft gewesen, es befand sich am Ende eines Gebiets mit kleineren Becken und breiteren Wegen dazwischen. Jeden Tag stand ein offener Lieferwagen dort, und jemand in leuchtend gelber Schutzweste schritt das Gelände ab, beugte sich hier und da über etwas oder ging in die Hocke, um Dinge aus der Nähe zu betrachten. Meistens war irgendwo auf dem Gelände auch ein weißer Vogel auszumachen. Jeden Morgen suchte ich mit den Blicken nach ihm wie in einem Vexierbild. Er stand reglos und allein, weiß wie ein egret, ein Seidenreiher, mehr ließ sich aus der Entfernung nicht feststellen. Vielleicht versteckte er sich vor dem Mann und spielte ein Spiel.

Der Pfad stieß an eine schmale, von einer Böschung gesäumte Straße, wo das Wasserbecken mit einem Kanal jenseits der Böschung und den Valli verbunden war. Eine kleine Brücke führte über den Kanal. Dort hielten sich Männer auf, die mit Muschelfang beschäftigt waren. Ihre Autos hatten sie am Wegrand geparkt, sie rauchten, lachten und plauderten, während sie mit ihren Netzen, Reusen und Geräten hantierten. Hinter ihnen stieg der Damm an, von dem aus man in ein weiteres Netz von Gräben, Kanälen und Becken geriet. Zwischen winterrostigen Brombeerranken blickte man über stille Wasserflächen bis Comacchio im Norden und in die andere Richtung über die Pension und das Umspannwerk hinaus bis zu den Schirmpinien, die wie Wolken jenseits der Via Romea über den Häusern des Lido di Spina standen. Aus dem gilblichen Schilf unweit der Pension erhob sich ein alter Wachturm aus den Jahrhunderten der Salzmacht, ein Ausguck, von dem aus man früher das Gelände nach Salzdieben absuchte.

Auf dem Damm verlief ein Pfad am Kanal entlang in Richtung Meer. Die Böschung war mit Dornengestrüpp überwuchert, in dem sich Abfall verfangen hatte, hier und da führten Trampelpfade zum Wasserrand hinab, wo kleine Flächen von Ranken befreit und zum Sitzplatz geebnet waren. Gegenüber lag eine Reihe von Fischerhütten, die Stangen und Netze standen starr in der Luft und warteten auf Aale, die sich im Schwarm zur Heimkehr anschicken wollten. Die uralte Mechanik ließ sich studieren, mit der die Netze ins Wasser gelassen und angefüllt mit einem Knäuel sich bang windender, um ihre Heimkehr gebrachter Aale gehoben werden konnten. Ein Stück weiter ließen sich auf der anderen Kanalseite flache, schuppenartige Häuser zwischen den Bäumen erkennen, dann eine Reihe von Drahtzwingern, in denen Hunde tobten und sich wütend gegen die Wände ihrer Käfige warfen. Rings um die Zwinger befand sich eine Art Schrottplatz, zwei Männer machten sich darin zu schaffen, einer schlurfte zu den Hunden und versetzte den Zwingern Tritte, was das rasende Gebell noch steigerte.

Ich zögerte lange, die Via Romea zu überqueren. Der Verkehr riss nicht ab. Um die Leitplanken auf der Brücke über den Kanal hatten sich Wülste von Papier und Plastik gebildet, all die Verpackungen, die die Lastwagenfahrer aus den Fenstern geworfen hatten: Zigarettenschachteln, kleine Schnapsflaschen, Schokoladen-, Erdnuss- und Kondompackungen mit kroatischen, serbischen, albanischen Aufschriften.

Jenseits der Straße wurde das Bett des Kanals breiter, am Fuß der Böschung führten Planken zu schwimmenden Fischerhütten, die kaum mehr waren als aus allen möglichen

Materialien zusammengebastelte Unterstände auf Flößen. Manche hatten kleine Ruderboote an der Seite festgezurrt, Außenbordmotoren wölbten sich unter dicken Plastikfolien, Angeln ragten auf wie die Netzstangen an den Valli. Auf dem Damm war niemand unterwegs, doch Fahrräder lagen im Gras, und als ich meine Kamera herausnahm und durch den Sucher blickte, bemerkte ich auf einigen Flößen Männer, die reglos, halb zwischen ihren Planen und Geräten verborgen, standen und mich sehr still beobachteten.

Es war leise hier, selbst die Lastwagen von der Straße waren kaum zu hören, die spärlichen Möwen und Seeschwalben kreisten suchend und ohne Rufe. Nur um eine Bootswerft und Werkstatt auf der anderen Seite stieg kurz eine Lärmwolke auf: metallisches Knirschen, stotterndes Aufdröhnen eines Werkzeugmotors, dazu ein Wortwechsel zwischen Männern, die einen im Anzug, die anderen im Werkstattoverall. Doch schließlich mündete der Wortwechsel in Gelächter und Schulterklopfen, und auch das Hämmern, Kreischen und Dröhnen versiegte. Die Wohnblocks und Pinien von Lido degli Estensi rahmten einen großen Brachlandstreifen ein, an dessen Rand wettergebeutelte Werbetafeln weitere Neubauten anpriesen. Die Straßen lagen ausgestorben, aus dem Schornstein eines einzigen Hauses in der Nähe des Strands stieg Rauch, hinter den Fenstern brannte Licht. Im Winter musste es zwischen den Pinien sehr finster sein. Die Außenwände der Häuser im Schutz der Bäume sahen stockfleckig und schmutzig aus, das alpine Beiwerk scheingeschnitzter Balkone und Giebel vom Wetter gebeutelt und in seiner Nutzlosigkeit entlarvt.

Obwohl die Sonne nicht schien, war der weite Strand blendend hell. Das Meer lag glatt und still, in den seichten Wellen, die sich um die zerfurchte Kanalmündung kräuselten, schwammen Seeschwalben mit schwarzen Köpfen. Trauerschwalben? Schnell schreibt man der Schwärze in der Natur Trauerhaftigkeit zu.

Alles an dieser Ecke des Strandes schien wie abgelegtes Zubehör aus einer anderen Zeit, aus Filmen, aus vergessenen, halb erinnerten, verschollenen, verworfenen Szenen, aus den versammelten bruchstückhaften Reminiszenzen ganzer Generationen von Italienreisenden: die abstrakten Betonskulpturen, die achterbahnartige Rutsche mit bleichroten Kunststoffverzierungen, die in ein winziges Becken führte, schiefe Bauzäune, das eckige, unbeholfene, zwecktäuschende und von Zeit und Wetter angegriffene Strandmobiliar in völliger Menschenleere, die bloßliegende Einfassung des mündenden Kanals, an der eine kleine Felsenlandschaft aus überschüssigem Beton klebte. Sicher hatte man gehofft, diese Missratenheit würde für immer unter Wasser bleiben. Doch selbst an dieser malträtierten Küste, versehrt vom gewaltsamen Rhythmus der Ströme von Ansturm und Rückzug der zeitweiligen Anwohner, blieb das Meer sein eigener Herr, wandte sich in Abwesenheit von Felsen, an denen es sich brechen konnte, mal hierhin, mal dorthin, wie es wollte, und so lag die vermeintlich versunkene Betonwucherung bloß.

Nahe der Kanalmündung machten sich zwei Männer in einem Boot zu schaffen, sie hoben Kies und Sand vom Kanalboden und stocherten im Wasser, um Ablagerungen zu messen. Sie sprachen in lauten, scharfen Worten miteinander wie im Streit und erhoben sich, so dass das Boot ins Schwanken geriet. Kurz ließ sich ein Handgemenge befürchten, doch dann ließen sie sich wieder auf ihren Sitzen nieder. Ein Polizeiwagen fuhr im Schritttempo am Kanal entlang, bog in die Straße ein, die hinter dem Strand verlief. Die beiden Polizisten starrten wie benommen durch die Windschutzscheibe geradeaus in die vor Leere und Verlassenheit helle Weite.

Auf dem Rückweg nahm ich wieder den Pfad über den Damm. Ich ließ die Kamera in meiner Tasche verstaut und war bemüht, nicht auf die stillen Gestalten zu achten, die mir, zwischen dem angesammelten Zubehör auf ihren zusammengezimmerten Wasserzufluchten halb versteckt, mit den Augen folgten. Niemand sagte ein Wort, doch ich kam mir wie ein Fremdkörper in dem Gelände längs des Kanals vor, ein ungebetener Eindringling, der sich zum Zeugen von etwas machte, das hier, zwischen Böschung und Kanal, verborgen bleiben wollte.

Der Pensionsbesitzer hatte Helfer um den Bagger versammelt, und gemeinsam begutachteten sie den Motor unter der hochgeklappten Haube. Ein Hund umsprang sie, einer der Männer unterhielt ihn mit dem Werfen von Stöckchen, die der Hund apportierte. Bellend stürzte er mir entgegen, ein beflissenes Tier, das seinen Unterhalter mit gehorsamer Wachsamkeit beeindrucken wollte und sich enttäuscht zurückpfeifen ließ. Redend und rätselnd standen die Männer über die Maschine gebeugt. Sie klopften, hantierten, schnipsten ihre Zigaretten in hohem Bogen davon, was den Hund jedes Mal in kurze Aufregung versetzte. Das Rentier blinkte im hellgrauen Nachmittagslicht, die Kinder hatten ihre Morgenpflicht vergessen.

Spina

Am nächsten Morgen kamen die Mechaniker wieder, um sich an dem Bagger zu schaffen zu machen. Über den Schlamm breitete sich eine dünne Reifkruste, der Rentierschlitten blinkte noch im grauen Frühlicht. Diesmal saß ein Mann in der Baggerkabine, Worte wurden laut gewechselt, plötzlich stotterte der Motor auf, dann verstummte er wieder. Schraubenschlüssel schimmerten matt in geöffneten Werkzeugkisten, der Besitzer stand eine Weile neben den Handwerkern und schaute ihnen bei den Reparaturversuchen zu. Dann begann er den Platz abzuschreiten, als wollte er ihn noch einmal in Erwartung der Wiederaufnahme seines Projektes vermessen. Der Hund der Handwerker war ruhiger, doch bellte jedes Mal, wenn das Motorenstottern wieder versiegte. Die Sonne ging auf, die Wedel an den Schilfrohrspitzen färbten sich rosa, und am Himmel stand ein krächzendes Rufen wie von Wildgänsen, ohne dass ein Vogel zu sehen war.

Ich machte mich auf den Weg zu den Fundstätten von Spina, die ich auf der Karte ausgemacht hatte. An der Stelle, wo die Männer mit ihren Muschelnetzen beschäftigt waren, rauschte und sprudelte es an diesem Morgen um die Verbindung zwischen Becken und Kanal, als seien unsichtbare Schleusen geöffnet. Hunde umstrichen die Beine der untätigen, rauchenden, schauenden, plaudernden Muschelfischer und hielten mich wachsam im Blick. Hinter einer Biegung tat sich ein weiter, flacher, teils unter Wasser stehender Sumpf auf. Am Rand, zwischen rötlich erdfarbenem Kriechgestrüpp, erkannte ich einen weißen Vogel ganz deutlich als Seidenreiher. Über eine Brücke gelangte ich in ein Gelände, in dem sich die Leere, auf die ich aus dem Pavillon blickte, als bloßer Anfang einer menschenlosen Weite darstellte, die viel größer war, als ich erwartet hatte. Eine Landschaft oder Abwesenheit von Landschaft tat sich auf, die vergessen lassen konnte, dass es das Meer, Comacchio, die Bassa Padana gab, dass es überhaupt etwas anderes gab als dieses Schwanken des Wassers, der winzigen Inseln aus gestrüppigem, winzig verästeltem Kraut, das in der Wintersonne rötlich violett schimmerte, als die verfallenden Speicherhäuser der Salinen, die wie Luftspiegelungen in der Ferne hingen, als die Ahnung von Becken, Dämmen, winzigen Gebüschhainen, als andere Lebewesen außer Vögeln. Die Flamingos standen hier in großen Scharen zusammen, Brachvögel, Schnepfen, Reiher, Silber- und Fischmöwen, die gelegentlich mit ihrem Kreischen durch die Luft schnitten. Der Weg wurde zu einem Damm zwischen der Weite der Salinen und Valli und einem breiten Kanal, auf dessen nördlicher Seite Baumwipfel aus dem tiefer gelegenen Flachland ragten, kahles Weiden-, Erlen-, Pappelgezweig, dahinter ließ sich die flache menschenleere Ebene des gewonnenen Ackerlands ahnen, aus dem die Totenstadt von Spina ans Licht getreten war.

Der Damm zog sich kilometerlang hin, so lang, dass mir beinah die Hoffnung abhandenkam, je irgendwohin zu gelangen. Durch die scharfe Winterluft wanderte ich mit schwindendem Empfinden des Bodens unter meinen Füßen und geriet mit jedem Schritt tiefer in einen Traum, in ein Nichts- und Niemandsland aus leise bewegtem, kalt glitzerndem Wasser und wogenden Inseln, die nur Vögeln Halt und Zuflucht bieten konnten. Als im hellen Licht des Wintertags die blauen Schatten von Gebirgen langsam über den südwestlichen Horizont traten, fühlte ich mich vollends aus den Regeln der Welt entlassen und ihnen enthoben, auf unbekanntes Geheiß werweißwelcher Richtung anheimgegeben, die sich über meine Ziele hinwegsetzte. In Abständen sah ich jetzt Seidenreiher am

Wasserrand des Grabens stehen, weiß und ungerührt, Wächter zum Hüten der Leere bestellt. Manche flatterten empor, wenn ich mich näherte, stießen vor in die Luft mit ausgebreiteten Flügeln und eingezogenem Kopf, die Beine starr nach hinten gereckt, und schwangen sich mit weitem Flügelschlag unter trockenem klanglosem Krächzruf ein Stück weiter, um sich wieder an dem Graben niederzulassen, die dünnen langen Büschel am Hinterkopf federten kurz und kaum merklich nach, während sie aufs Neue ihre stumme Wache bezogen, als wüssten sie immer genau, welchen Platz sie einzunehmen hatten. Wie maßen sie die Abstände, wie teilten sie diesen unwägbaren Raum unter sich auf?

Schließlich erreichte ich eine Brücke über den Kanal, die auf der anderen Seite an eine kleine Landstraße stieß. Dort entlang musste ich mit dem Pensionsbesitzer an den südlichen Rand der Valli, an den Friedhof von Piangipane gefahren sein. Es konnte keinen anderen Weg geben, auch wenn nichts zu beiden Seiten der Straße Erinnerungen an die Fahrt durch den sinkenden Dämmer weckte. Der Gedanke, dass ich mich schon einmal dort entlangbewegt hatte, dazu in Begleitung eines Menschen, der wie ich von der anderen Seite dieses Geländes kam, doch im Unterschied zu mir in diese Gegend gehörig und hier niedergelassen war, gab mir beruhigenden Halt in der Menschenleere und auf dem Boden, der auch nach dem Verlassen des Damms noch unter mir zu wanken schien. Zu beiden Seiten lag jetzt die Ackerlandschaft, riesige Felder, ebenmäßig gepflügt, manche mit dünnen Sprenkeln grünender Wintersaat. Kahle Gebüschreihen markierten hier und da eine Feldergrenze oder einen Wasserlauf. Spärliche Baumgruppen erhoben sich vereinzelt in der Landschaft. Zwischen den Ackerflächen lagen Gebäude verstreut, die nichts von Bewohntheit ausstrahlten, sie wirkten eher wie Schuppen, Scheunen, Silos, Verarbeitungsstätten, wo der Ertrag der Felder sortiert und verpackt werden mochte. Vielleicht wollte niemand hier wohnen, wo man die Nekropole unter sich wusste, man mochte Geister ahnen, Unheil, womöglich machten Geschichten von vorgefallenen Unheimlichkeiten die Runde, die sich bei Besiedlungsversuchen ereignet hatten. Zudem wusste ein jeder, wie unberechenbar das Grundwasser emporsteigen und übernacht Gärten, Veranden, Eingangstreppen überfluten konnte, bis in den Gärten nur noch Wolken zu gedeihen schienen, und auch dem Wind in dieser Gegend ließ sich einiges an Erbarmungslosigkeit zutrauen.

Traktoren standen ordentlich und reglos neben den Schuppen oder Scheunen geparkt, nichts bewegte sich, bis auf ein paar winzige Autos, die sich wie Käfer in großer Ferne über die schnurgeraden, Unbefugten versperrten Wege zwischen den Äckern schoben. Ich verstand den Satz vom gebrochenen Rückgrat der Gegend durch die Verackerung der Wasserflächen, stellte mir das grelle Gelb von Raps vor, das schmutzige Blattwerk von Rübenstengeln, das Blaugrün von Kartoffelpflanzen, die Staubluft von Maisfeldern, die sich hier zu anderen Jahreszeiten breitmachen würden. Das Verhältnis zwischen den Valli und den Bonifiche, zwischen der unsteten, von Vögeln beherrschten und gehüteten Wasserwelt und der starren, leblosen Verfügtheit des Ackerlands wirkte feindlich, das Gekritzel der kahlen Baumwipfel wie stachlige Zäune, die schärfere Grenzen als die zwischen Äckern benennen und zur Kenntnis bringen wollten.

Die Ausgrabungsstätte der Necropoli unterschied sich dadurch vom Ackerland, dass sie von einem Zaun umgeben war. Die Zufahrt lag hinter einem versperrten Tor mit schwarzer Verbotshand auf dem Schild – kein Zutritt. Auf der anderen Seite, in einiger Entfernung von der schmalen Straße, stand ein Gebäude mit vorgelegten Fensterläden, nichts regte sich. Auf dem Ausgrabungsgelände führte ein von mageren Bäumen gesäumter Weg auf eine offene Fläche, hinter Gebüschen ließen sich Schuppen erkennen, niedrige Gebäude, ackerbaune Erde. Ein Stück weiter am Zaun entlang war ein Bauwagen zu sehen, daneben Unförmiges unter Folien, es mochten Werkzeuge sein, Vorrichtungen, die zur Behutsamkeit im Umgang mit Gefundenem zwangen. Über einen Platz zogen sich die Furchen von Reifenspuren wie auf der Fläche vor der Pension an den Salinen, als habe ein größeres, schweres Fahrzeug hier noch nach den letzten Regenfällen verkehrt. Hinter dem von Spuren durchzogenen Platz erstreckte sich weites, leeres Gelände, bloße Erde, heller als die umgebenden Äcker, vielleicht weil sie ungepflügt war. In der Ferne tauchte plötzlich wie aus dem Nichts ein Mann auf und schritt zwischen den Erdaufwerfungen einher. Er trug eine neongelbe Schutzweste, auf dem Kopf eine Mütze oder einen Helm, ganz ähnlich der Gestalt, die ich täglich zwischen den Becken der Salinen sah, und genau wie diese bückte er sich hier und da, ging in die Knie, erhob sich wieder und ging weiter, wandte nicht den Kopf und sah mich sicher gar nicht, und selbst wenn er mich gesehen hätte, wäre ich nicht eingelassen worden, und was hatte ich dort auch zu suchen? Ein großer Schwarm Krähen näherte sich in einer wogenden lockeren Wolke und ließ sich auf dem Gelände nieder. Sie pickten herum, ein paar Möwen tauchten auf und kreisten über einem benachbarten Acker. Auf ihrem grauen Gefieder lag ein rosa Schimmer. Die Krähen und Möwen stiegen auf, senkten sich, vermischten sich nie, brachten eine flirrende Bewegung ins Bild, die der Gegend guttat. Sie zogen ihre kruckigen und knirschenden Rufe über die Felder, die Laute hingen von den Vogelkehlen losgelöst starr in der Luft und fielen dann zu Boden ohne Widerhall, und vielleicht lag es an diesem Ausbleiben jeden Echos, dass mich hier eine Traurigkeit überfiel, so lähmend, als sollte ich einer Untröstlichkeit erliegen und nie wieder einen Fuß rühren können, um mich von diesem Ort fortzubewegen. Nach all den schönen Kostbarkeiten in den Vitrinen des Museums in Ferrara, nach der den Dingen ansehbaren Liebe zu den Toten, nach dem spürbaren fürsorglichen Trachten danach, den Verstorbenen ein größtmögliches Wohlergehen zu bereiten, erschien mir diese öde Fundstätte inmitten der so unfürsorglich und lieblos bestellten Ackerlandschaft roh. Nichts ließ die versunkene Totenstadt ahnen, kein Weg von Trauerzügen und den Gängen Gedenkender, die sich zwischen der Stadt der Lebenden und der der Toten bewegt hatten, ließ sich mehr vorstellen. Was konnte weiter voneinander entfernt sein als die in Vertrauen und Andenken gehegte Stätte für die, die allem Nutzen enthoben waren, und dieses nur dem Nutzen, der Ausnutzung und Nutzbarkeit verschriebene Gelände der Bonifiche? Zwischen der Nekropole und dem Ackerland tat sich eine ähnliche Unversöhnlichkeit auf wie zwischen den Valli und den Bonifiche, eine Spannung, die ein altes Gleichgewicht aus dem Lot gebracht hatte.

Ich spürte die scharfe Kälte, die inzwischen trotz der Sonne alles durchdrang. Als ich mich wieder auf den Weg machte, erhob sich der Krähenschwarm, der lose, schwirrende, rastlose Schatten der unzähligen Vogelkörper und Flügel stand wie eine behütende Wolke eine Zeitlang über mir, und sogar ihre Rufe klangen behutsam und ermunternd. Als ich wieder an dem langen Damm längs des Grabens ankam, hatte sich das Sonnenlicht vom unteren Rand der Böschung schon zurückgezogen und die Seidenreiher ragten wie bläuliche Statuen daraus auf. Sie rührten sich nicht, wenn ich näher kam.

An dem Sumpfgebiet eingangs der Salinen, noch vor den Muschelnetzen der Männer machte ich Halt. Die Flamingos hatten sich jetzt hier in den großen Lachen zu einer lärmenden geselligen Stunde versammelt. Im Licht der späten Sonne sahen sie anmutiger und angenehmer aus als unter bleiernem Himmel. Einige Vögel lösten sich aus der lärmenden Gruppe und stiegen auf, ich sah die roten und schwarzen Flügelspiegel und die buchstabenartigen Formen, zu denen sich die kleine Schar am Himmel fügte. Im Flug benahmen sie sich wie Kraniche, die langen Hälse weit vorgereckt, die Beine nach hinten gestreckt, die Flügel sehr weit gespannt. Sie hatten dabei etwas beinah Lustiges, als wollten sie mit ihrer Flughaltung die Unausgewogenheit des langhalsigen Körpers besonders hervorkehren. Doch dann wiegten sie sich im Licht und legten sich schräg, bis die Sonne ihr Rückengefieder wie rosiges Perlmutt schimmern ließ, und wendeten sich dann wieder gegen die Sonne, so dass nur Dunkles am Himmel stand, und dabei wurden sie ganz Zeichen, und ihr hölzernes Waten und Herumstehen im brackigen Wasser geriet in Vergessenheit. Sie flogen über dem Gewässer in Kreisen und großen Dreiecken, schrieben Eckiges und Rundes in die Luft und wischten es dann mit einem hellen Perlmuttstreifen wieder aus. Sie stießen flügelschlagend in Richtung der tiefstehenden Sonne und gaben die Rufe von sich, die mich am Morgen an Wildgänse erinnert hatten: heiserscharfe, trompetenartige Laute aus angestrengten Kehlen, ein Klang, den ich eher mit nördlichen Gegenden verband.

Unter den Flamingoschatten am Himmel sah ich, dass ich auf meiner Wanderung zwischen den spiegelnden Weiten der Valli keiner Illusion erlegen war: Im Licht der späten Nachmittagssonne zeichneten sich tatsächlich im Südwesten die Ausläufer des Apennin am Horizont ab, lilablau, deutlich gegen den helltürkisen Himmel umrissen, und wie ein Trost kam mir eine alte Ordnung der Welt in den Sinn. Am Fuß dieser blauen Hügelschatten lag Bologna, und nach Nordwesten von dort Mailand, das Land hatte Namen und Richtungen und Farben, die an Erinnerungen geheftet und miteinander verbunden waren wie die Totenstadt von Spina mit der blaugrauen Weite der Valli.

Auf dem Weg um das Becken stieß ich auf den Pensionsbesitzer. Er trug eine sehr modische wattierte Jacke in leuchtendem Orange, das im Licht der sich zum Untergang anschickenden Sonne fast blendete. Er führte einen Mann über das Gelände, dessen Arm er gelegentlich in begeisterter Vertraulichkeit ergriff. Er grüßte mich überschwänglich, wandte sich aber sogleich wieder dem Fremden zu. Den wenigen Wortfetzen entnahm ich, dass er seinen Besitz anpries. Vielleicht war der Fremde ein Kaufinteressent, der es dem Pensionsbesitzer ermöglichen würde, dem rosa Haus, dem Bagger, dem Campingplatz und den Pavillons, dem ganzen schilfumwisperten Vogelreich und der schwankenden Welt zwischen Wasserflächen und Himmel auf Nimmerwiedersehen den Rücken zu kehren und sich nur manchmal beim Aufwachen die im Traum verspürten Schatten der Kiebitz-, Reiher- und Flamingoflügel aus den Wimpern zu streifen.

Hunde

Um die Salinen ertönten, mal ferner, mal näher, gelegentlich Explosionsgeräusche, die mich verwirrten. Ich konnte keine Quelle ausmachen, die Richtung wechselte, ebenso die Lautstärke, nirgendwo waren Spuren einer Sprengung zu sehen, keine Staubsäulen oder Staubwolken. Mal schienen sich ganze Folgen kleiner dumpfer Knälle von den Strommasten zu lösen, die in langen Reihen überall aufragten, wo festes Land war, dann wieder hörte es sich nach Detonationen jenseits der Via Romea an. Unwillkürlich brachte ich den Lärm mit den Waffen- und Munitionsvorräten in Verbindung, die diesseits der Linea Gotica in Verstecken die Jahre und Jahrzehnte überdauert hatten, wie der Pensionsbesitzer mir bei der Fahrt um die Lagune erzählt hatte. Eines Morgens war die Luft erfüllt von den Geräuschen, als fänden in der Nähe Schusswechsel statt. Der Unsichtbarkeit ihrer Herkunft wegen ging von den Geräuschen etwas Bedrohliches und an diesem Tag sogar Unheimliches aus, obwohl die Vögel keine besondere Unruhe an den Tag legten. Ich ging an diesem Morgen nicht in die Salinen, sondern in Richtung Meer. Die Geräusche rückten in die Ferne, wurden spärlicher, versiegten schließlich, übertönt von den Wellen und Möwen. Es war ein kalter Tag, auf dem Strand schlug mir ein bitterer Wind ins Gesicht, unter dem all das abgenutzte und trostlose Vergnügungszubehör auf der hellen leeren Weite des Sands buckelte und sich bog. In den Straßen von Lido Estensi schepperte, was in Herbst und Winter durchgerostet war oder sich aus schlechter Befestigung gelöst hatte: Schilder von Immobilienmaklern, Markisen und Satellitenschüsseln. Die lange Promenadenstraße, die zwischen zwei aus Betonelementen gefügten Prunkbögen parallel zum Strand verlief, war übersät mit trockenen Piniennadeln und Zapfen, Abfallfetzen und Bruchstücken nicht mehr identifizierbarer Dinge, die der Wind hierhin und dorthin verschlagen hatte. Die Eisdielen, Vergnügungssalons und Modegeschäfte waren zugesperrt und schliefen hinter vorgelegten Läden. Auf der meerwärtigen Straßenseite erhob sich zwischen den niedrigen Geschäftshäusern ein hohes Apartmentgebäude, dessen Fassade mit hellblauem und grünem Scheinmosaik verkleidet war. Die Mosaikverkleidung, eine starre Vertretung des Meers, das man trotz seiner Nähe von hier aus nirgends sehen konnte, hatte sich an einzelnen Stellen schon gelöst, war in handtellergroßen Placken abgefallen und hatte dunkelgraue Lücken hinterlassen. Condominio Poker d'Assi stand auf einem Schild, das Wind und Wetter aus dem Gleichgewicht gebracht hatten. Eine junge Frau trat aus dem Eingang, unter einer schweren schwarzen Lederjacke trug sie ein flattriges Gewand aus goldschimmerndem Kaftan und weiter Hose, in der Hand eine ebenfalls goldfarbene Handtasche. Müde und mitgenommen blickte sie die leere Straße auf und ab und erschrak, als sie mich sah. Sie senkte den Blick auf die schwarzen Schuhspitzen, die unter der Schimmerhose hervorschauten, und ließ sich von ihnen zu dem einzigen Geschäft führen, das geöffnet hatte. Mit einer brennenden Zigarette in der Hand kam sie heraus und strebte gleich zurück zu dem blassblauen Gebäude. Ich vermied es, sie anzusehen, ich hatte ihren dünnen Winterschlaf gestört und ihrem Traum im Weg gestanden, an dem sie sich auf dem kurzen Ausflug hatte festhalten wollen. Im Stillen wünschte ich ihr einen sanften Winter, dessen langsames Schwinden sie aus einem Fenster des Condominio mit Blick auf Strand und Meer in kurzen täglichen Wachpausen verfolgen mochte, und freute mich, dass sie mir den Weg zu dem Geschäft gewiesen hatte. Die hagere Verkäuferin schien verblüfft von der unverhofften Kundschaft. Die junge Frau war ihr sicher vertraut, nach ihrem Besuch hatte sie sich auf einen ungestörten Tag an ihrem kleinen Heizofen hinter der Theke eingestellt, mit Kreuzworträtselheften und Schokolade, die so wie die einzelnen, jetzt als Ziergegenstände in den ansonsten leeren Regalen aufgebauten Toilettenartikel vom Sommer übrig geblieben waren. Außer diesen Sommerresten gab es Zigaretten, Feuerzeuge und Busfahrscheine zu kaufen. Ich fragte nach Landkarten der Gegend und Postkarten, sie zuckte bedauernd mit den Schultern. Jetzt sei ja Winter, erklärte sie mir mit einer fast nachsichtigen Höflichkeit, als vermute sie, dass mir das entgangen war. Im Winter war nichts erhältlich. Mit einer Armbewegung, die einerseits Resignation ausdrückte, mir andererseits aber auch zu bedeuten schien, dass sie in Ruhe gelassen werden wollte, wies sie auf die kümmerlich besetzten Regale.

Ich überquerte den Kanal nach Lido di Spina. Der Name dieses Badeorts war auf Täuschung angelegt und sicher erst vor einigen Jahrzehnten für den bis dahin leeren, pinienbestandenen Streifen adriatischen Hinterlands mit der Absicht ersonnen, eine Verbindung zu dem sagenhaften Ort der Nekropole und der dazugehörigen versunkenen Hafenstadt vorzugaukeln. Die Straßen hier verliefen weniger gerade als im benachbarten Lido, sie schlangen sich um Anlagen aus identischen Häusern zwischen Pinienhainen, ihrer sommerlichen Adrettheit entglittene kleine Vorgärten stießen an die Gehsteige, hier und da stand sogar ein Gartenzwerg wie ein kümmerliches Zitat etruskischer Grabbeigaben. Kein Mensch war unterwegs, ein kleiner Müllwagen bewegte sich durch die Straßen, in denen kein einziger Müllbehälter am Straßenrand stand. Bei seinen Pflichtübungen in der Verlassenheit des Geländes kreuzte der Müllwagen meinen Weg so oft, als habe er sich verirrt und suche den Weg aus dem im Stich gelassenen Straßengewirr.

Lido di Spina lag ganz im Schatten der Schirmpinien. Die kleinen Häusergruppen drängten sich in den Wald, der sie hoch überragte. Der Wind, der kleine Papierfetzchen und trockene Nadeln über den Boden schob und am Meer so kalt geweht hatte, konnte die schwarzen Wipfel kaum in Bewegung versetzen, als gälten andere Gesetze für sie. Vereinzelte Nebelkrähen spreizten sich auf Rasenstreifen. Der Müllwagen war schon länger ausgeblieben, doch jetzt hatte ich selbst die Orientierung verloren. Das Meer war nicht mehr zu hören, obwohl es nicht weit sein konnte, und keine Straße schien zurück in den Nachbarort oder zur Via Romea zu führen. Nur die Scheindetonationen ertönten sehr schwach und von weiter Ferne, aus keiner bestimmten Richtung. Ich wusste nicht mehr, ob ich im Kreis ging, merkte mir ein Vorgartengebüsch, den Phantasienamen eines Ferienhauses, doch auch wenn alles andere wieder gleich und längst gesehen erschien, die Merkmale, die ich mir eingeprägt hatte, fand ich nie wieder. Als ich an einer Häusergruppe vorüberkam, die ich meinte schon etliche Male passiert zu haben, bemerkte ich zwei Hunde, die vor dem Eingang saßen. Sie waren beide schmutzig weiß und hatten spitze Schnauzen, die sie wie zur Witterung leicht in die Höhe reckten. Als sie mich sahen, klopften sie leicht mit dem Schwanz auf die Fliesen vor dem Haus und ruckten kaum merklich in eine Stellung wachsamer Anspannung, gaben aber keinen Laut von sich. In dem Haus brannte Licht, was plötzlich einerseits tröstlich erschien, andererseits die völlige Verlassenheit dieser wider alles Erwarten verwinkelten und verschachtelten kleinen Siedlung unterstrich. Als hätte sie die winzige Veränderung in der Haltung der stummen Hunde von drinnen wahrgenommen, erschien eine Frau in der Tür. Sie trat zwischen die beiden Hunde und legte jedem der beiden eine Hand auf den Kopf. Die Frau trug einen rosa Trainingsanzug mit einer Disneyfigur auf der Brust und silbrige Turnschuhe. Hinter ihr tat sich der Blick in einen schummrig erleuchteten Korridor auf. Ich erklärte ihr etwas verlegen, dass ich den Weg aus der Siedlung nicht fand, und hoffte, sie würde es nicht für eine Ausrede halten, die andere Absichten vertuschen sollte. Die Frau hob die Hand und verschwand, ohne die Tür zu schließen, ich sollte warten. Die Hunde wedelten jetzt gedämpft freudig mit dem Schwanz und machten abwechselnd Anstalten, sich zu erheben, setzten sich dann aber wieder hin, als ermahnten sie sich gegenseitig zu Würde und Gehorsam. Die Frau erschien in einem Pelzmantel, den sie sich über die Schultern geworfen hatte, wie es Damen vor Jahrzehnten taten. Der Pelzmantel hatte eine ähnlich schmutzig weiße Farbe wie das Hundefell. Als die Tür hinter ihr ins Schloss fiel, standen die Hunde auf und setzten sich mit ihr zusammen in Bewegung. Aus der Nähe sah ich, dass sie älter war, als ich anfangs gedacht hatte, ihr blondes Schimmerhaar hatte mich aus der Ferne getäuscht. Ich sagte etwas entschuldigend Dankbares, sie nickte nur und machte sich auf. Mit schleifenden Schritten ging sie vor mir her, etwas gekrümmt, aber schnell, flankiert von den Hunden. Wenn diese sich an ihren Pelzmantel drückten, sahen die drei von hinten aus wie ein einziges seltsames Tier, ein Fabelwesen, das noch nicht zur Erzählung gebracht worden war. Sie schien kein Interesse an einer Unterhaltung zu haben, raunte jedoch den Hunden immer wieder etwas zu. Einmal verirrte sich ein Brocken von dem Geraune bis zu mir, ich hörte, dass sie russisch sprach. Es wunderte mich nicht, Italien war voller Russen, am sechsten Januar hatte ich in Ferrara etliche fein und vornehm gekleidete russische Familien und Damen mit großen Blumensträußen gesehen, von denen ich annahm, dass sie auf dem Weg zu heimatlichen Weihnachtsfeiern waren. In ihren silbrigen Schuhen schlurfte die Russin entschlossen voran, die Hände ins dicke Nackenhaar der Hunde vergraben. Sie beugte sich immer weiter vor, um den nur übergeworfenen Mantel auf den Schultern zu halten, ihr Kopf verschwand fast dabei. All die altmodische Lässigkeit, die ihr beim Überwerfen des Mantels vorgeschwebt haben mochte, kam bei dieser Haltung abhanden, und es wirkte eher, als gehe sie gebrechlich unter dem Pelz wie unter einer Last, die sie zu Boden drückte. Auf dem Mantelrücken ließen sich kleine kahle Stellen im Pelz erkennen. Vielleicht hatten sich Motten eingenistet, oder Mäuse hatten daran gerupft. Das Tscheckern von Elstern, die sich nicht blicken ließen, ertönte aus einem dunklen Pinienwäldchen, ein düsterer Ort für diese Vögel.

Hinter einer Biegung stießen wir unvermittelt auf die Via Romea. Lastwagen dröhnten vorüber, auf der anderen Straßenseite schimmerten zwischen Bäumen die Wasserflächen der Valli. Ich kramte ein paar russische Wörter hervor und bedankte mich, erklärte, dass ich von den Salinen kam. Die Frau nickte freundlich, lächelte sogar, die Hunde hatten sich neben ihr niedergelassen und schienen auch mit ihren spitzen Schnauzen zu lächeln, als ich meine russischen Worte sagte. Drei kurze Explosionsknälle drangen von der anderen Straßenseite herüber. Was ist das?, fragte ich unbeholfen. Dieser Lärm? Die Frau sah mich verständnislos an, während weitere Lastwagen vorbeifuhren. Sie hatte den Mantel etwas zurechtgerückt und stand wieder gerade. Die Hände hatte sie aus dem Nackenfell der Hunde gelöst und hielt sich vor der Brust den Mantel zu. Sie zitterte vor Kälte. Die Explosionen, sagte ich erklärend. Die Frau breitete zum Zeichen der Ahnungslosigkeit kurz die Arme aus, während sie sich zum Gehen wandte. Das ist hier so, sagte sie. Mit hochgezogenen Schultern kehrte sie noch einmal die Handflächen nach oben, und ich wusste nicht mehr, ob mir diese Gebärde sehr italienisch oder sehr russisch vorkommen sollte. Dann machte sie sich auf den Weg, zurück in ihr Zuhause zwischen all den leeren Häusern.

Ich folgte der Straße am äußersten Rand des schmalen Seitenstreifens, so weit wie möglich von der bebenden Fahrbahn entfernt, bis ich auf der Höhe der Einfahrt zu den Salinen war.

Ich musste lange auf eine Lücke im Verkehr warten. Dort am Rand der Via Romea fielen die Detonationen kaum auf. Die vorüberfahrenden Lastwagenfahrer würden sie auch bei geöffnetem Fenster nicht einmal bemerken.

Negativ

Der Bagger war repariert und stand für Arbeiten bereit. Ich rechnete täglich damit, dass die blinkende Weihnachtsdekoration abmontiert würde. Vielleicht ließ der Besitzer sie nur meinetwegen noch am Dach der Terrasse, als nächtliche Aufmunterung, die ihr schwaches Flackerlicht in die Dunkelheit der dahinter liegenden Salinen warf, ohne etwas zu erhellen. Ich schickte mich zur Abreise an. Auf langsamen letzten Gängen versuchte ich mir einzuprägen, was ich hier jeden Tag gesehen hatte: die Wasserflächen mit den dünnen Landstreifen dazwischen, die Linien, die die Vögel über der Landschaft auf den Himmel zogen, die Farben der verfallenden Ziegelbauten im wechselnden Licht, die blassen Schilfrohre, die gelassenen Reiher, die winterträgen Flamingos und den stillen Zug der Lastwagen. Der Graben zwischen dem Ried war nicht mehr von Eis bedeckt, der tote Vogel war seit einigen Tagen verschwunden, vielleicht gab es Aasfresser in dem Sumpfland, die im Verborgenen lebten. Am Tag vor meiner Abreise herrschte dünner Nebel, auf den ich im Delta gewartet hatte. Das Bauernhaus am Ende des Ackers war ein weicher schwankender Umriss zwischen fiedrig durchsichtigen Pappeln, die wie ausgebleichte Fingerabdrücke in der Luft hingen. Zwei große Hasen querten das Feld unter dem Nebel, sie schienen mit Bedacht und sehr langsam große Sprünge zu vollführen, sie mochten sich im Schutz der Nebelschleier vor Feinden sicher fühlen, und ich hoffte, dass sie in ihrem anscheinenden Taumel auf dem offenen Feld nicht die Scheu vor der befahrenen Straße verlieren würden.

Das Umspannwerk lag als Ansammlung ungeschlachter schlafender Tiere hinter dem rosa Haus, eingehüllt vom Dunst, der die kopflosen Fleher zu baumstumpfigen Schatten, die Kabel und Drähte zwischen den erhobenen Armen zu dünnen Spinnfäden verwischte. Lastwagen glitten schemenhaft unter dunkelgrauen Pinienwolken, alles offenbarte das mögliche Andere, das ihm, in klarem Licht verborgen, eingeschrieben war.

Ich machte mich daran, meine Sachen zu packen, Notiertes zusammenzulegen, Gefundenes zu sortieren – was würde ich mitnehmen, was wieder hinaus in die Landschaft geben? Ich entschied mich für eine gesprenkelte Nachtreiherfeder, die ich in den Koffer legte, dazu die getrocknete, geborstene Samenkapsel einer schilfartigen Pflanze, die gegen das Licht gehalten aussah wie die spitze Schnauze eines Hundes, halb geöffnet, und einen glatten gelblichen Stein, der fremd und verloren, vom umgebenden Sumpfland abstechend auf dem Weg gelegen hatte, wo ich ihn fand. Die unmerklichen und doch unentwegten Bewegungen des Landes mochten ihn als entglittenen Einzelgänger aus einer vor Jahren angelieferten Kiesladung an diese Stelle verbracht haben oder aus tiefer liegenden Schichten haben emporsteigen lassen, jedenfalls kam er auf irgendeine Weise von anderswo. Die übrigen Fundstücke breitete ich auf der Fensterbank aus, um sie beim letzten Spaziergang vor meiner Abreise nicht zu vergessen. Ich zählte die belichteten Filme und packte sie vorsichtig ein. Belichtete Filmrollen vor der Entwicklung blieben immer ein zerbrechliches Geheimnis, als sähe man noch unbekannte Träume in lauter identischen Hüllen aufgereiht. Sollte es wirklich ungeöffnete Traumkapseln geben, die darauf warteten, im Schlaf aufzugehen, was würde mit ihnen geschehen, wenn ein Riss Licht, Töne, Farben der ungeträumten Welt eindringen ließe?

Aufbrüche hatte ich gelernt. Beseitigen von Spuren, Verstauen von An- und Eingesammeltem, Anlegen eines nie zum

Druck gelangenden Bildes von Innenräumen im Gedächtnis. Was sich schließlich in der Erinnerung behauptet, weiß man nie im Voraus, es entzieht sich jeder Absicht. Würde ich einmal hierher zurückkommen, würde alles anders sein als im Gedächtnis aufbewahrt, auch anders als von den entwickelten, abgezogenen Fotografien abgelesen. Keine Fotografie ist ein Abbild. Ist der Rahmen einmal gewählt, bestimmt er die Grenzen einer Welt, die das Auge beim Betrachten des fertigen Bilds immer wieder neu deutet und deren Fortsetzung jenseits des Rahmens es immer wieder mit neuen Vorstellungen füllt.

In einem nie genutzten Seitenfach meiner Kameratasche ertastete ich beim Verstauen der Filme einen eckigen Umriss. Ich zog einen Träger für Negativstreifen heraus, eine kleine schmale Tasche aus weicher Pappe, wie ich sie schon länger nicht mehr benutzte. Den Streifen, der darin steckte, hielt ich gegen das Licht. Ich erkannte M. sofort. Seine leicht hochgezogenen Schultern, den Kopf ein wenig zur Seite gewandt. Er war auf jedem der vier Negative zu sehen, die in kurzer Folge vor dem gleichen Hintergrund aufgenommen worden waren, Varianten für ein Bildnis. Ins Licht blinzelnd, halb lächelnd. Es musste ein windiger Tag gewesen sein, ein kleines Büschel Haare ragte schief auf, eine Strähne lag über der Stirn. Die Hände hatte er in die Jackentaschen gesteckt, die Kapuze hinter seinem Nacken bildete einen kleinen Wulst. Er trug die Regenjacke, die ich ein halbes Jahr nach seinem Tod auf unerfindliche Weise verlor.

Es war ein heller Tag auf dem Negativ, im bläulichen Dunkel der offenen Fläche erkannte ich die zarten Gespinste kahler Bäume, weiß im entfernten Hintergrund. Ich konnte mich nicht mehr an die Gelegenheit erinnern, trat näher ans Fenster, um besser sehen zu können, rätselte über winzige Einzelheiten, die sich nicht einordnen ließen. Die Bäume las ich schließlich als Pappelreihe, und ein seltsamer Schrecken ergriff mich, weil ich einige Sekunden lang meinte die hiesige

Landschaft zu erkennen. Ich trat mit dem Streifen hinaus, um mich zu vergewissern, dass die Anordnung von Bäumen und Gegenständen im Hintergrund anders war als hier. Sobald ich die Negative gegen den Acker und das von Pappelspinnweb umgebene Bauernhaus im dünnen Nebel hielt, fiel mir der Tag wieder ein, an dem ich diese Bilder aufgenommen hatte. Es war in einem Februar gewesen, vor Jahren, an der Themsemündung, die Tage schon spürbar unwinterlich im Licht. Nachmittag, Ebbe, das sinkende Wasser war noch dabei, auf die Rinne in der Mitte zu zurückzuweichen, die Boote schaukelten erst noch auf den leichten Wellen und saßen dann im Schlick, dickschnäbelige Möwen stiegen in unruhigen Schwärmen auf, ließen sich auf dem Schlick, auf den Booten, auf gestrandeten Bojen nieder, kreischten und pfiffen und schlugen schwer mit den Flügeln. Auch wenn sie in Schwärmen aufstiegen, wirkten Möwen immer einzelgängerisch. Jede nahm ihren Kurs und suchte sich ihre Beute aus mit einer Art Ruchlosigkeit, die mich immer wieder bestürzen konnte.

M. hatte damals ein Bild für einen Zweck gebraucht, deshalb die vielen ähnlichen Aufnahmen, doch das war sicher nicht der Grund für den Ausflug. Wahrscheinlich war es uns dort nur eingefallen, probehalber Fotografien zu machen, die sich vielleicht verwenden lassen würden. Mir kamen die Abzüge wieder in den Sinn, die Auswahl, M. fielen immer andere Dinge auf als mir, so auch der Kragenwulst im Nacken, den er mit seltener Bestimmtheit entstellend fand. Ich sah die Pappelreihe vor mir, die am Spätnachmittag jenes Tages schwarz und scharf gegen einen rotorangen Himmel stand, über den dann langsam ein anfangs leicht violettes tiefdunkles Blau wuchs. Zwischen den Aufnahmen und dem Sonnenuntergang hatten wir einen langen Spaziergang gemacht. Der Bahnhof fiel mir ein, an dem wir ausgestiegen waren, Leigh-on-Sea, eine Art langgestreckter Holzschuppen, vielleicht aus den zwanziger Jahren, fast wie ein altmodischer, ländlicher

Wintergarten, mit Ausblick auf die Themse, die hier schon fast Nordsee wurde und im niedrigen Wasserstand die riesigen Wattflächen offenbarte, doch immer wieder kehrte ich in Gedanken zurück zu dieser Pappelreihe, die, wie ich jetzt meinte mich zu erinnern, erst zart und grau im hellen Licht stand und dann nach einer kurzen rauchigen Bläulichkeit ein so tiefes Schwarz annahm, bevor sie sich im dunklen Tintenblau des Abends auflöste.

Jahrelang waren diese Erinnerungen irgendwo in meinem Kopf abgelegt gewesen und stiegen auch jetzt nur auf, weil ich hier, an diesem Ort, auf die verschollenen Negative gestoßen war, die seit langem in dem unbenutzten Seitenfach stecken mussten, ohne dass ich sie vermisst hatte. Der Nachmittag an der Themse, das Spätwinterlicht, die unvermutete Entdeckung einer Landschaft mit so viel Leere unweit von London, das alles war plötzlich nahegerückt, und hier, nach den Tagen mit Blick auf das kleine Gehölz um den Bauernhof am fernen Ende des Ackers, erschien mir diese Ansicht der Pappelreihe, die im sich neigenden Februarnachmittag gegen den Hintergrund der riesigen Ebbemündung von hellem Grau zu Blau zu Schwarz geworden war, mit einem Mal als so bedeutend, dass ich nicht begreifen konnte, wie sie mir je hatte aus dem Gedächtnis gleiten können. Ich hielt die Negative immer wieder hoch ins Licht und las in den weißen dünnen Kritzeln der Baumreihe in England, entzifferte die Augenblicke der Vergangenheit, bis diese Schrift der winterlichen aufstrebenden Zweige der von Ferne an Federn erinnernden Bäume wie ein Wahrzeichen über diesem kleinen Kapitel aus meinem Leben mit M. stand, das sich hier wieder aufblätterte.

Hafen

Am letzten Morgen in den Salinen wehte ein heftiger Wind. Der Himmel hing tief, und es begann zu regnen. Der Regen prasselte auf das kleine Vordach des Pavillons, auf den trockenen Palmblättern machte er ein flüsterndes Geräusch. Der Wind riss an etwas, das immer wieder halb blechern, halb hölzern gegen eine Fläche schlug. Mein letzter Spaziergang durch die Salinen war kurz, der Regen breitete Schleier über die Landschaft, hinter denen nichts zu ahnen lag, auch die Vögel hielten sich in Deckung, und keine Reiher saßen auf dem Kabel.

Der Pensionsbesitzer fuhr mich zur Bushaltestelle. Der Bus war verspätet, wir saßen unter dem Regen, und er erzählte mir, wie überdrüssig er dieser Gegend war. Er wollte mit seiner Familie wieder zurück auf den Katamaran vor den Antillen, erklärte er. I live in a broken land, seufzte er mehrmals zwischendurch in seinem italienisch klingenden Englisch, als wollte er diesen Satz gerne ausprobieren. Er mochte sich vorstellen, wie er sich anhören würde, wenn er ihn von seinem Katamaran aus über einen Streifen tiefblauer See vor den Antillen einem anderen Segler zurief: I lived in a broken land!

Unter dem Regen, der langsam zu Schneeregen wurde, am schief aus seiner Verankerung ragenden Schild der Bushaltestelle in dem ausgestorbenen Badeort konnte ich ihm glauben.

Ich fragte ihn nach den Explosionsgeräuschen, die während der Frosttage die Luft erfüllt hatten. Zuerst sah er mich ratlos an, der Vergleich mit Explosionen hatte ihn sicher erschreckt. Doch dann schien er sich zu besinnen, zu verstehen, was ich meinte. Das liege am Umspannwerk, behauptete er. Sottostazione elettrica. Auf weitere Erklärungen ließ er sich nicht ein. Das sei immer so gewesen, erklärte er nach einer Pause. Man gewöhne sich daran, auch wenn es nur im Winter passiere. Jeden Winter zucke man erst wieder zusammen, doch dann falle einem der Grund wieder ein.

Ich wusste nicht, ob ich ihm glauben sollte, ob er mich wirklich verstanden hatte, doch der Bus nach Ravenna erschien, und ich verabschiedete mich.

Nach den Tagen in der Landschaft der Leere der Valli, zwischen Schilf und Wasser und Vogellauten, lag alles mit meinem tagtäglichen Leben Verbundene in einer ähnlichen Entfernung wie meine Erinnerungen und schien in seiner Zuverlässigkeit ebenso ungefähr und schwankend, licht- und wetterabhängig wie diese. Jahre nach dem Tod meines Vaters war es mir in den Salinen von Comacchio, mit täglichem Blick auf den stummen Lastwagenstrom von und nach Ravenna mit einem Mal gewesen, als sollte ich eine Aufgabe erfüllen. Etwas Aufgetragenes erledigen. Orte aufsuchen, Gelände begehen, mich an den dünnen Fadenspuren entlangtasten, die sich zwischen meinen Erinnerungen und Bildern, Orten, Namen spannten. Spina hatte ich gesucht, nun war ich auf dem Weg nach Ravenna.

Zuerst fuhr der Bus nach Lido di Spina. Er wand sich wie der Müllwagen durch das verschlungene Straßennetz, das nicht groß sein konnte, doch ähnlich wie bei meinem Spaziergang schien mir auch jetzt die Orientierung verloren zu gehen. Keine Straße schien der Bus auszulassen. Ich hielt Ausschau nach dem Haus der Russin, doch ähnelten ihm so viele Häuser, das ich mich nur auf die Hunde als sicheres Merkmal hätte verlassen können, und diese sah ich nicht. Auch Licht bemerkte ich in keinem Haus. Auf der Via Romea ging es langsam voran, der Wind trieb nassen Schnee auf die Windschutzscheibe, die in der kurzen Sekunde zwischen dem Auf und Ab der Scheibenwischer wieder undurchsichtig wurde. Unter den Reifen der entgegenkommenden Lastwagen spritzte schmutziges Wasser auf. Rechts der Straße lagen die grauen Valli, die mit dem Schneeregen zu einer umrisslosen Wolke verschmolzen, nach der Überquerung des Reno blickte man durch die schräg fallenden dicken Flocken in die Pinienwälder zu beiden Seiten, die Wipfel breiteten sich schwarz über den hohen Stämmen und hielten den Schnee von dem dämmrigen Raum darunter fern.

Ravenna wirkte heller als Ferrara, offen zum Meer hin, auch wenn der Hafen inzwischen weit weggerückt war. Die Stadt war weniger ernst, trotz der harschen Winterlichkeit dieses Tages. Der Wind riss die letzten Blätter von den Platanen, spärliche Passanten stemmten sich gegen den Schneeregen, am Bahnhof drängten sich die heimatverlorenen Afrikaner an die Glastüren der Halle und starrten hinaus. Aus dem Fenster meines winzigen Hotelzimmers in Ravenna sah ich durch die Lücken zwischen den Häusern auf der anderen Straßenseite bis zu den Rangiergleisen des Bahnhofs. Die bunten Regionalzüge glitten vorüber, segelten in der Mitte des breiten Betts aus etlichen Dutzend Gleisen, rangiert wurde nicht. Es war ein Provinzbahnhof wie in Ferrara, vergangener Bedeutung entwöhnt und um diese Jahreszeit nur von Pendlern benutzt, zu denen man auch die Heimatlosen rechnen konnte, die sicher hier wie in Ferrara am Morgen eintrafen, um wenigstens in der Obhut der Ausweghaftigkeit eines Bahnhofs zu stehen, um frierend und hungrig ein paar Worte mit anderen Heimatlosen wechseln zu können, vielleicht für eine Handlangerei angeheuert zu werden und sich die Zigaretten zu verdienen.

Wo sollte ich anfangen mit den Mosaiken? Ich folgte den Wegweisern zu der größten Kirche, hielt dabei wie die Einheimischen den Kopf gegen den nassen Wind gesenkt. Inzwischen war es nur Regen, der fiel, härter und dichter als die schweren Flocken vom Vormittag. Die übrig gebliebenen Weihnachtsdekorationen an den Kiosken flackerten kläglich im Wind, der an ihnen riss. Ravenna gefiel mir in seiner Leere und Wettergebeuteltheit. War es die letzte Stadt in Italien, die mein Vater gesehen hatte? Ich versuchte, mir die Straßen in Licht und Hitze vorzustellen. Mit Touristengruppen, die stoßweise in die Mosaikenheiligtümer vorrückten, dazwischen mein Vater. Die Wärter von San Vitale drückten sich in kleinen, halb verglasten Kabausen gegen Heizöfchen und ließen ihre üble Laune an dem halben Dutzend frierender Touristen des Nachmittags aus. Das Kuppelgewölbe der riesigen Kirche breitete sich in seiner golden schimmernden Buntheit über mir aus, bis ich beim Betrachten der Bilder alle Kuppelhaftigkeit vergaß, eine merkwürdige Wirkung, die Augenblicke lang die Orientierung im Raum auflöste, allem ein Gefühl von Schwebe verlieh, eine Unsicherheit von Oben und Unten und Perspektiven. Mir fiel ein, wie mein Vater uns die Kunst des Mosaiklegens erklärt hatte. Die winzigen Unterschiede im Winkel der Einbettung der kleinen Steine, die genaue Abwägung der Folge von Glas und Halbedelstein und Keramik und Gold, ich stellte mir vor, wie die Mosaikkünstler auf schwankenden Leitern unter der noch leeren gewaltigen Kuppelwölbung standen und sich an einer Vision des Bildes festhielten, die ihre Hände führte, von Lapislazuli zu grünem Glas zu Bergkristall zu Rosenquarz zu Malachit zu Karneol zu einem abgeschrägten Zacken aus glasiertem Ton. Konnte es so gewesen sein? Wie viel Berechnung ging in die Schuhspitzen der Gruppen um Kaiser und Kaiserin, um diesen Eindruck des Ebenen, Flachen zu bewirken? Wer hatte Moses gelegt, mitten im Aufstieg auf einen Berg, auf den Felsen kleine Feuer wie Hände, die aus dem Stein wachsen. Moses bindet seinen Schuh und schaut auf die weiße Hand aus den Wolken, die zum Segen gehalten ist. Am Gipfel des Felsenberges steht ein kahler Baum, schwarz wie vom Feuer verkohlt. Dieses Bild blieb mir haften und ließ alles andere im Raum verblassen.

Im Mausoleum der Galla Placidia dürfte man nur drei Minuten bleiben, wie auf den Schildern am Eingang stand. Niemand war da, um es zu überprüfen, vielleicht hatten sich die Wärter in eine Kammer verkrochen, wo es nicht so kalt und klamm war. Es mochte eine Vorsichtsmaßnahme sein, die weniger mit dem vorgeschützten Grund – dem komplizierten Gleichgewicht der Luftfeuchtigkeit – zu tun hatte als mit der Sorge, bei zu langem Aufenthalt könnte der Betrachter sich in diesen Blaus auflösen, den Boden unter den Füßen verlieren und schwerelos zwischen den Ornamenten, Sternen und Vögeln der Mosaiken umherirren, bis aller Sinn für Irdischkeit abhandengekommen war. Dann würden die Wärter nach Feierabend die lästige Aufgabe haben, die Blautrunkenen aus der Luft zu pflücken und irgendwo abseits und von jedem Blau geschützt wieder zur Besinnung kommen zu lassen. Das wäre eine Aufgabe, zu der sich kein Wärter hergeben wollte.

Das Hafenmosaik fand ich in der Kirche Sant' Apollinare Nuovo, ganz zum Schluss, nachdem ich lange die geheimnisvolle Bewegung und Fliehkraft der eleganten, kostbar gewandeten und doch auch narrenhaften drei Weisen aus dem Morgenland mit ihren Geschenken betrachtet hatte, die durch einen Märchenhain der Fülle der Apsis zustreben. Dabei liegt das Hafenbild ganz am Anfang der Reihe von Mosaiken, es zeigt drei rotbraune Schiffe auf einem dunkelblauen Meer, das oberste Schiff hat ein Segel gehisst, und über Schiffen und Meer spannt sich ein Himmel aus Gold.

Es war ein schönes Mosaikbild, voller Bewegung in den Wellen, im schwachen Funkeln des Himmels, der sich, ebenso wie das bewegte Meeresblau, unter Sonneneinfall zu einer ganz anderen Belebtheit entfalten würde. Es war ein Bild ohne jede Anspielung auf Heiliges, kein Zeichen im Himmel, kein Zeichen von den Stadtmauern, die sich um die Hafenausfahrt erhoben. Ein Blick, ein Ausblick auf die Möglichkeit der Weite, die aber noch eingefasst und gefangen war, sich noch nicht auftat, nur angedeutet war. Ich war unsicher, ob dies tatsächlich das Mosaik war, das mein Vater damals erwähnt hatte. Ich blickte lange und rätselnd zu dem Bild hinauf, obwohl das Licht immer dämmriger und schwächer wurde. Dies war eine unbedeutende Ecke der Mosaiken, die im Winter nicht gut beleuchtet war. Doch als ich mich zum Gehen wandte und noch einmal auf die Mosaiken gegenüber dem Hafenbild blickte, sah ich etwas, in dem ich mit unvermittelter Gewissheit das Bild erkannte, das mein Vater gemeint hatte. Es war ein ausdrückliches Gegenüber des Hafenbildes, auch gerahmt von Stadtmauer, doch zieht sich noch ein oberer Rahmen quer darüber, auf dem sich drei weiße Figuren befinden, zu klein, um sie genau auszumachen. Engel wären golden, nahm ich an, vielleicht waren es Kinder, ich konnte es nicht erkennen, drei weiße Gestalten für die drei Boote auf dem Hafenbild gegenüber, man wollte ihnen wünschen, dass sie sich aufs Segeln verstanden. In der Mitte jedenfalls, zwischen den Rahmungen aus Mauerwerk, tat sich ein hell, zart, licht blaugrünes Nichts auf, eine Weite, ein Meer oder ein Himmel, der aller Begrenzung entgleiten würde, sobald sich der Betrachter abwandte. In der Mitte des hellen Blaugrüns zeichnete sich schwach ein Umriss ab, der alles sein konnte – ein Boot, eine Insel, eine versunkene Stadt, der Schatten einer Wolke, überhaupt eine Einbildung des Betrachters, eine Täuschung des Auges. Diese beiden Mosaike, der dunkelblaue, umgrenzte Hafen mit den noch unschlüssigen Booten und die hellblaue Weite ohne ein Ziel, ohne etwas Benennbares, sogar ohne Horizont, führten seit Jahrhunderten ein Zwiegespräch – über das Leben, das Licht und das Freie draußen, ein Flüstern der unzähligen kleinen, goldumhauchten Steine, von dem mein Vater etwas mitgehört haben musste, und das hatte er mit dem Hafen gemeint.

Der Wind legte sich spät am Abend, und auch der Regen hörte auf. Die Nacht war still, bis lange vor Tagesanbruch die ersten Ansagen vom Bahnhof in das Zimmer tönten. Am Morgen schien die Sonne, es war kalt und sehr hell. Ich nahm den Zug von Ravenna nach Bologna, dann weiter nach Mailand und von dort in die Alpen, wo der frühe Abend hereinbrach. Ich schaute aus dem Zugfenster und sah Schatten der Landschaften vorübergleiten, die meine Kindheitserinnerungen bebilderten. Die Obstgärten um Bologna, jetzt starre rötliche Bäumchen, die ihre Zweige kahl emporreckten, Dörfer, aufgelassene Fabriken, kleine Städte im schrägen Winterlicht. Hinter Mailand hielt ich vergeblich Ausschau nach den Siedlungen aus gleichförmigen Wohnblocks mit Grünflächen dazwischen. Erst als der Zug schon am Fuße der Alpen war, kam es mir vor, als glitten Dinge und Anblicke vorüber, die ich vor langer Zeit genauso gesehen hatte: Schroffheiten der Hänge, geschlagene Schneisen nach Geröllabgängen, kleine Waldgruppen aus Nadelbäumen, die im etwas unsicheren Sonnenschein des Nachmittags fast blau aussahen. Kleine, unbenutzt wirkende Bahnhöfe zogen vorüber, deren Namen mir von fern bekannt vorkamen. In Chiasso kam die Grenzpolizei und führte eine junge schwarze Frau ab, die schräg gegenüber von mir auf der anderen Seite des Gangs gesessen hatte. Sie war ganz kurz vor der Abfahrt des Zuges in Mailand eingestiegen und hatte mit drei schwarzen Männern in einem schweren westafrikanischen Französisch gesprochen, von dem ich nichts verstanden hatte. Die drei Männer hatten auf sie eingeredet, schließlich hatte sie sich hingesetzt und den Kopf in den Vorhang am Fenster gedrückt. Die Sonne schien lange auf ihr Gesicht, sie hatte die Augen geschlossen. Wie ein Kind, dachte ich später, ein Kind, das die Augen schließt, um nicht gesehen zu werden. Die drei Männer waren in Chiasso verschwunden. Leise und ohne ein Wort ließ die Frau sich abführen. Kein Weg aus Italien für sie, und kein Weg nach Hause.

Lamentatio

Vor fast sechshundert Jahren malte Fra Angelico ein Trauerbild, das die Lamentatio, die Totenmesse, für Franziskus von Assisi darstellt. Die dreiteilige Predella aus Pappelholz hängt unter Fra Angelicos Gemälde des Jüngsten Gerichts, einem Bild voller Blaus, mit goldumwirkten Engeln und Purpurtönen. Die Predella wirkt darunter auf den ersten Blick matt und klein. Früher war sie in den Sockel eines Altarbildes gefügt und ist deshalb von jeher daran gewöhnt, sich mit dem geringeren Platz zu Füßen des Großartigen zu bescheiden.

Die Predella mit ihrem kleinen Blau und den matten Farben der beiden Seitentafeln erzählt ohne Engelsvisionen und Mariendarstellungen in lapislazuligetränkter und ultramariner Entrücktheit. Es ist ein Bild, das den Tod in der Mitte hat: zu seiner Linken ist das Leben, zu seiner Rechten die Hinterbliebenenschaft.

Die linke Seitentafel zeigt eine Begrüßungsszene. Franziskus und Dominicus begegnen sich im Kreis anderer Mönche. Sie stehen in einer Welt der leisen Farben: Hinter ihnen liegt ein Gebäude, neben ihnen tut sich eine Landschaft auf; umbrische Hügel, mattgrün, ein weites Tal, darin verstreut Kirchtürme, Klöster, Dörfer und, wie es beim nahen Betrachten scheinen will, eingehegte Friedhöfe. Zu den Orten der Lebenden gehören die Orte der Toten. Über der Landschaft steht ein Stück Himmel in Engelsblau, fast wie ein Nachtrag. Ach, dieses Blau, mag es Fra Angelico eingefallen sein, als er die Landschaft beendet hatte. Ein wenig kostbares Blau ließ sich noch links oben anbringen, ein Platz für Engel über all dem Irdischen, auch das gehört zur Wirklichkeit.

Der rechte Seitenteil zeigt eine Kammer. Hier halten sich die Hinterbliebenen auf. Eine kantige Öffnung im Hintergrund, Fenster oder Tür, blickt in die Natur. In nachtgrünen Schattierungen wuchert sie draußen, es ist dunkel, von irgendwoher dringt ein schwaches Licht zwischen die Pflanzen, die eher den Zugang verwehren, als dass sie einladen. Die Landschaft der Weite ist verstellt. Die Kammer selbst ist in bräunlich rosigen Tönen gemalt, tamariskenfarben, flächig und schattenlos, und sie zieht das Auge hinein in die Beklommenheit und Furchtsamkeit, mit der die Mönche, die mit ihrer Trauer in der Fremde sind, der Erscheinung des Verstorbenen beiwohnen. Einer von ihnen hat die Flucht ergriffen, nur noch der Fuß und eine Falte des wehenden Gewands sind in der Tür nach links zu sehen, ein anderer verbirgt das Gesicht, halb am Boden liegend vor Schrecken. Träumen sie? Wie werden sie aus diesem Traum erwachen, jeder auf seine Weise gestreift von der Begegnung mit dem Toten? Und wie wollen sie sich jemals einig werden über das, was ihnen erschienen ist? Kein Tupfer Blau findet sich auf dem Bild. In Abwesenheit des Himmels bleiben die Hinterbliebenen gefangen im unberechenbaren Raum des Traums.

Der Tod selbst, die Lamentatio, nimmt den größten Raum in der Mitte ein: Die Mönche haben sich um den Toten versammelt. Sie tragen ihre dunkle Kluft, zwei von ihnen halten ein rotes Buch in der Hand, aus dem sie lesen oder singen wollen. Das Rot der Bücher sticht ab von der glanzlosen Farbe ihrer Tracht und steht zwischen ihnen wie eine Botschaft, die weitergegeben wird, eine Antwort auf das rote Gewand eines Knienden vor dem Sarg. Der Tote liegt im Sarg, der mit einem gelb-rot gestreiften Tuch eingefasst ist. An seinem Kopfende stehen zwei Würdenträger in bunter Kleidung, in einigem Abstand vom Fußende des Sarges Bettler in Dunkelbraun und Schwarz. Hinter dem Sarg stehen die Mönche. Einer beugt sich fassungslos über das Gesicht des Toten, ein anderer über seine Füße, so wie Maria, Johannes oder Maria Magdalena auf unzähligen Darstellungen der Kreuzabnahme über die Füße des toten Jesus. Die Füße von Toten sind ein erbarmungsloser Anblick, sie sagen: Tod, *noch vor den Händen, und doch will man sie halten, wärmen, bedecken, einen Weg finden, ihre Erstorbenheit durch Verhüllen und Berühren rückgängig zu machen oder zumindest zu vertuschen. Die Hilflosigkeit des Hinterbliebenen vor dem toten Körper beim Tasten um die Füße des Verstorbenen steht in diesem Bild geschrieben. Die Mönche sind bestürzt und benommen in ihrem Beten oder Warten vor dem Toten. Ein junger Mönch hat sich abgewendet und die Hände vors Gesicht geschlagen. Er steht in einer Starre der Untröstlichkeit. Es ist ein Bild der Trauer, auf dem das blaue Dreieck über den Türmen und Mauern des Klosterhofes niemandem im Bild ins Auge fällt und niemandem etwas bedeutet, es hängt wie eine kleine Pflichtübung dort am oberen Rand, der kostbare Lapislazuli wurde umsonst mühsam gewonnen und zu Pulver gestoßen, er gereicht zu keinem Trost in der Hinterbliebenenschaft.*

Anhang

Italienische Zitate in Übersetzung:

Pier Paolo Pasolini: Motto Teil 1, S. 9

Beweyne eyn gestorben welt.
Doch jch bin nit todt, jch, ders beweynt.

Übersetzt von Christian Filips, in: P. P. P., Dunckler Enthusiasmo, Urs Engeler Editor, Basel/Weil am Rhein 2009, S. 259

Eugenio Montale: Teil 1, S. 15

Ich habe die Berge nie sehr geliebt und ich hasse die Alpen.

Übersetzt von Michael Marschall von Bieberstein, in: E. M., Satura / Diario. Aus den späten Zyklen. Piper, München/Zürich 1976, S. 176

Eugenio Montale, Der Aal: Motto Teil 2, S. 119

der Funke der sagt
alles beginnt wenn alles scheint
wie verkohlt, begrabener stocken.

Übersetzt von Esther Kinsky mit lexikalischer Hilfe von Jutta Eckes. Italienischer Text in: E. M., La bufera e altro, Mondadori 1975, S. 91

Giorgio Caproni: Motto Teil 3, S. 193

Die Wörter eben.
Sie lassen die Dinge zergehn.

Wie der Baum im Nebel ertrinkt.
Wie der Fluß vor der Fähre versinkt.

Übersetzt von Hanno Helbling, in: G. C., Gedichte, Klett Cotta, Stuttgart 1990, S. 110

Inhalt